1519: Kaiser Maximilian I., Herrscher über halb Europa, Prachtmensch, Liebhaber, Kunstfreund, hat den Tod vor Augen. Er entledigt sich aller Insignien der Macht, hüllt sich in ein Grabtuch und legt sich in den Sarg, den er seit Jahren mit sich führt. Er ist bereit.

Sein Weg bis dorthin ist das Leben eines Mannes, der aus dem Mittelalter kommt und das Tor zur Neuzeit aufstößt. Er ist ein Zerrissener zwischen zwei Frauen, seiner ersten Liebe Rosina und seiner Ehefrau Maria, der Erbin von Burgund. In seinen Streben nach Ruhm und Ehre will er das alte römisch-deutsche Kaiserreich in neuem Glanze wiederaufrichten. Aber dieses Ziel hat einen hohen Preis. Wird er dafür sein Glück und das Glück seiner Kinder opfern? Wird es ihm gelingen, als Sieger Frieden in Europa zu stiften?

Die dramatische Lebensgeschichte des Tat- und Prachtmenschen, des Liebhabers und Kunstfreundes Maximilian erzählt Bestsellerautor Peter Prange ebenso sachkundig wie mitreißend. Die Verfilmung von ORF/ZDF war ein großer TV-Erfolg.

»Autor Prange ist selbst eine Art ›deutscher Kaiser‹ der historischen Erzählkunst!« Arno Udo Pfeiffer, buchbord.de

»Der Tübinger Autor setzt Päpsten, Königen und Künstlern literarisch ein Denkmal.« Express

Weitere Titel von Peter Prange:

›Herrliche Zeiten. Die Himmelsstürmer‹, ›Der Traumpalast. Im Bann der Bilder‹, ›Der Traumpalast. Bilder von Liebe und Macht‹, ›Eine Familie in Deutschland. Zeit zu hoffen, Zeit zu leben‹, ›Eine Familie in Deutschland. Am Ende die Hoffnung‹, ›Winter der Hoffnung‹, ›Unsere wunderbaren Jahre‹, ›Das Bernstein-Amulett‹, ›Himmelsdiebe‹, ›Der Kinderpapst‹, ›Die Rose der Welt‹, ›Ich, Maximilian, Kaiser der Welt‹, ›Die Philosophin‹, ›Die Principessa‹, ›Die Gärten der Frauen‹, ›Die Rebellin‹, ›Werte: Von Plato bis Pop – alles, was uns verbindet‹

Weitere Informationen, auch zu E-Book-Ausgaben, finden Sie bei www.fischerverlage.de

Peter Prange

ICH, MAXIMILIAN, KAISER DER WELT

Historischer Roman

FISCHER Taschenbuch

MIX
Papier | Fördert gute Waldnutzung
FSC® C083411

2. Auflage 2025
Erschienen bei FISCHER Taschenbuch
Frankfurt am Main, November 2015

Abbildungsnachweis: Schwert © www.buerosued.de
Landkarte und Stammbaum: Thomas Vogelmann, Mannheim

Satz: Fotosatz Amann, Memmingen
Druck und Bindung: CPI books GmbH, Leck
ISBN 978-3-596-19819-1

Kontaktadresse nach EU-Produktsicherheitsverordnung:
produktsicherheit@fischerverlage.de

Für meine Leserinnen und Leser

Karl V.
*1500 †1558
Kaiser
und König von Spanien
Begründer der spanischen
Linie der Habsburger
Isabella
*1501 †1526
(Elisabeth)/Isabel
durch Heirat Königin
von Dänemark,
Norwegen
und Schweden
Eleonore/
Leonor
*1498 †1558
durch Heirat
Königin von Portugal
und Königin
von Frankreich
Johanna
*1479 †1555
»Johanna
die Wahnsinnige«
Königin von Kastilien
Tochter
Ferdinands II.
von Aragón und
Isabella I.
von Kastilien
Philipp
*1478 †1506
Maximilian von Habsburg
Kunigunde
*1465 †1520
Herzogin von Bayern
Schwester Maximilians
Kaiser,
König
Burgund
Eleonore
*1436 †1467
Eleonore Helena
von Portugal
Friedrich
Kaiser,

Ferdinand I.
*1503 †1564
Kaiser
nd König von Böhmen
nd Ungarn, Begründer
les Hauses Österreich
Maria
*1505 †1558
durch Heirat
Königin von Böhmen
und Ungarn
Katharina/
Catalina
*1507 †1578
durch Heirat
Königin von
Portugal
Margarete
*1480 †1530
von Österreich
Statthalterin
der Habsburgischen
Niederlande
Franz
*/†1481
inder Maximilians
Maria
von Burgund
*1457 †1482
Erbherzogin
von Burgund, Tochter
Karls des Kühnen,
Herzog von Burgund
und Luxemburg,
und Isabella
von Bourbon
Anna
Herzogin
der Bretagne
*1477 †1514
Zweite Gattin
Maximilians
Bianca Maria
Sforza
*1472 †1510
Dritte Gattin
Maximilians
Eltern Marias
Stiefmutter Marias
Karl
der Kühne
*1433 †1477
Herzog von
Burgund
Isabella
von Bourbon
*1437 †1465
Herzogin von
Burgund
Margarete
von York
*1446 †1503
Zweite Gattin
Karls des
Kühnen

Prolog

DER KAISER

»Wer sich im Leben kein Gedächtnis macht, der hat im Tod kein Gedächtnis, und desselben Menschen wird mit dem Glockenton vergessen.«

Maximilian I. von Habsburg

Burg von Wels, Oberösterreich, Januar 1519

Sie erreichten die Burg im Abendgrauen. Schwaden von Pulverschnee trieben ihnen entgegen, in eisiger, lautloser Stille.

Der kaiserliche Tross kam aus Innsbruck und hatte den weiten Weg ohne viel Rasten zurückgelegt, erst zu Wasser, dann zu Lande, wobei der Kaiser die mitgeführte Sänfte verächtlich abgetan hatte. Er war sein Leben lang ein ausdauernder Reiter gewesen. Hier aber, hinter den schützenden Toren seiner vertrauten Stadt Wels, ließ er die Zügel seines Pferdes, kaum dass sie angehalten hatten, fahren und sagte: »Ich bin müde. Weiter geht es nicht mehr.«

War es wahrhaftig er, der so sprach? Maximilian, römisch-deutscher Kaiser, der sein gewaltiges Reich jahrzehntelang vom Sattel aus regiert, der seinen umherziehenden Hofstaat bis an die Grenzen seiner Kräfte gefordert, selber aber nie Müdigkeit gekannt hatte? Ohne Zögern war Rosina, die mit den Damen reiste, zu ihm geeilt. Die eisklare Luft hüllte den Tross in ein seltsames Schweigen, in der die Stimme des Kaisers weit trug, obgleich er gedämpfter sprach, als Rosina es von ihm kannte. Als sie ihn die wenigen Worte sagen hörte, wusste sie, dass es tatsächlich nicht mehr weiterging, sondern hier zu Ende war. Sie würden die Burg, in der sie so oft gemeinsam angekommen waren, nicht mehr gemeinsam verlassen.

Dass er an Kraft verlor, war schon im vergangenen Sommer in Augsburg nicht zu übersehen gewesen. Unter den Ständen des Reichstags hatte es Getuschel gegeben: Der Kaiser, einst Inbild unverwüstlicher Manneskraft, sei fahl im Gesicht, gelb seine Haut und die Wangen eingefallen. Rosina bemerkte vor allem, dass seinem Blick etwas fehlte. Dieser helle, klare Blick aus seinen Bernsteinaugen, der ihr so oft die Sinne verwirrt hatte, schien auf einmal trüb. *Wir sind alt geworden, mein Liebster. Aber du darfst doch nicht rascher ans Ende kommen als ich!*

Sie hätte ihm gern geholfen, doch nach dem halben Jahrhundert, das sie an seiner Seite verbracht hatte, wusste sie: Er hätte es ihr nicht gedankt. Er war noch immer Maximilian, geboren, um zu herrschen und das Schicksal zu formen, so wie er als Jüngling schon mit bloßen Händen eiserne Hufeisen verformt hatte. Wenn ihn etwas in die Knie zwang, wollte er keine mitleidigen Zeugen.

Maximilian stieg von seinem Braunen, schlug die Steigbügel über und klopfte dem Tier den Hals, ehe er es seinem Burschen überließ. Allein, hochaufgerichtet, schritt er durch den knirschenden Schnee der Burg entgegen, die er nach seinen Wünschen hatte umbauen lassen. Dass seine Schritte schleppend waren, bemerkte nur, wer ihn sein Leben lang kannte. Am Tor des Südtrakts klopfte er dem Wächter, der vor ihm das Knie beugte, leutselig auf die Schulter, wie er es immer tat. Erst auf der Treppe, auf dem Weg zu seinem Lieblingssaal, in deren Decke er rohe Holzbalken hatte einziehen lassen, damit sie nach Wald und Jagd dufteten, brach er zusammen.

Zwei seiner Kammerherren trugen ihn hinauf. *Wolf sollte es tun*, durchfuhr es Rosina, Wolf, der Freund seit Kindertagen. Aber Wolf war nicht mehr da. Von ihrem Dreigestirn waren nur noch sie beide übrig, Max und Rosina, und sie wusste, es würden nicht Tage, sondern Wochen vergehen, bis die hohen Herren, sein Kanzler und all die anderen Besserwisser, Rosina erlaubten, Max zu sehen.

Das Abendessen konnte der Kaiser nicht mehr in seinem geliebten Saal einnehmen. Stattdessen trugen sie ihn in ein Schlafgemach hinter der Pfeilerhalle. Den Raum mit Blick in den Hof, wo er die Hufe der Pferde scharren hörte, sollte er nicht mehr verlassen. Von hier aus regierte er noch einmal für kurze Zeit das Riesenreich, das ständig vom Zerfall bedroht war wie das Gebiss eines Greises. Eine Gesandtschaft aus Kroatien traf ein und bat um Hilfe für ihre

Grenzstädte, die immer wieder von Türken überfallen wurden. Maximilian hatte vom Kreuzzug gegen die Türken geträumt, sein Leben lang, doch jetzt konnte er den Gesandten nur sagen, dass es ihm am Geld fehlte. Woher sollte er es auch nehmen? In Innsbruck war sein Hofstaat schmählich aus den Gasthäusern gewiesen worden, weil seine Schulden sich himmelhoch türmten und der Kaiser nicht imstande gewesen war, sie zu bezahlen.

Es war nicht mehr Dezember, sondern Januar, nicht mehr das endlose Jahr 1518, sondern ein blankes, neues Jahr, als der Kanzler in ihre Kammer kam, um sie zu holen.

Rosina sprang auf. »Steht es so schlecht?«

Der kaiserliche Berater senkte den Blick. »Der Priester ist bei ihm.«

»Georg Reysch?« Max vertraute dem kauzigen Kartäuser, dem wenig Menschliches fremd war. »Er gibt ihm die Sakramente?«

Der Kanzler bekreuzigte sich.

Rosina nahm ihr Schultertuch, das sie vors Feuer gehängt hatte, um es anzuwärmen. Durch die Fugen der Burg kroch Kälte, und die Nacht würde lang werden.

Würde sie jemals enden?

In der Tür von Maximilians Gemach blieb Rosina stehen, während der Kanzler dem Kaiser meldete, dass seine *Maîtresse en titre* gekommen sei. Früher hatten nicht wenige der Herren Max um Rosina beneidet, um ihre dunkle Schönheit und die Sinnlichkeit, aus der sie keinen Hehl machte. Heute mochte sich mancher fragen, warum er die verblühte Mätresse bei sich behielt. Doch Rosina wusste, in seinen Augen war sie immer noch schön. Müde lehnte sie ihr Gesicht an den Türstock und spähte ins Halbdunkel, in dem ihr Geliebter lag. *Für die Welt sind wir zwei alte Leute, die ihre Zeit überlebt haben. Die zwei lebensgierigen Kinder, die wir waren, sehen nur noch du und ich.*

Das Zimmer erschien ihr warm, fast überheizt. Vor den Erker mit dem Kreuzstockfenster hatte jemand einen Gobelin gehängt, um den jaulenden Nachtwind auszusperren. Das Heer der Berater war in den Hintergrund getreten, stand jetzt aufgereiht wie einstmals Max' Holzsoldaten in den Schatten und wartete. Auch Georg Tannstetter, der Erste unter den Leibärzten, hatte sich bereits dorthin zurückgezogen, da seine Kunst hier nichts mehr vermochte. Nur zwei Männer bewegten sich im Raum. Der eine, um seine Aufgabe zu Ende zu bringen, und der zweite, weil er niemals still saß.

Georg Reysch, der Kartäuserprior, beugte sich noch einmal über das Gesicht seines Kaisers, dem er die Stirn mit dem heiligen Chrisam gesalbt hatte, und legte ihm die Hostie auf die Lippen. *Zum letzten Mal. Leib und Blut Jesu, Wegzehrung für die Reise ohne Rückkehr.* Eine gemurmelte Segensformel beendete das kleine Seelenamt. Der Priester wandte sich ab und stellte die Schalen des Versehbestecks zurück auf die Kredenz.

Das Geschöpf, das am Fußende des Bettes auf und ab hüpfte, hätte Rosina gern ans andere Ende der Welt verbannt. Aber es gehörte hierher, in dieses Zimmer und in diese Nacht. Kunz von der Rosen: Narr des Kaisers und Vollstrecker ihrer aller Schicksal. Sein durchpflügtes Gesicht schien so alt, als hätte er den Tod aus der Taufe gehoben. Noch immer flink wie ein Äffchen winkte der ewige Zeremonienmeister die Berater heran, kaum dass der Priester vom Bett des Kaisers zurückgetreten war. War es nicht seltsam, dass ein schrumpeliger Zwerg diesen kraftstrotzenden Weltenherrscher überleben sollte? Eine verkrüppelte Kiefer, die windzerzaust dem Sturm widerstand, der die prächtige Eiche fällte ...

Jetzt hüpfte der Zwerg zu Rosina, die ihm im Lauf der Zeit manches gewesen war: Verbündete, Feindin, Mittel zum Zweck. Mit seiner Affenpfote winkte er sie in den Raum. Die Gegenwart des Todes erfasste sie plötzlich mit solcher Macht, dass sie zurückscheute. Dann aber sah sie keinen Tod mehr, sondern nur noch Max. *So wie damals im Stroh.* Sie musste sich beherrschen, ihm nicht entgegenzurennen.

Das Bett unter dem roten Baldachin war ihr nicht unbekannt. *Ein so bequemes Polster hatten wir nicht allzu oft für die Liebe, mein Herr und Kaiser. Vor uns war kein Ort sicher, nicht einmal in den letzten Jahren, auch wenn die Glieder schon gehörig ächzten.* Als er ihre Schritte hörte, wandte er ihr das Gesicht zu. Gelb wie Wachs und bis auf die Knochen ausgezehrt. Seine mächtige Habsburger-Nase, bei der sie ihn so manches Mal gepackt hatte, um ihm den verstockten Kopf durchzurütteln, glich jetzt endgültig dem Schnabel eines Falken.

Der nimmermüde Kunz rollte ein Pult mit Schreibutensilien herbei und stellte es den Herren zurecht. An Rosinas Seite schob er eine geschmiedete Truhe, die sie sogleich erkannte. Sie drehte sich weg. Noch hatte sie kein Auge dafür. Nur für Max. Sie nahm seine Hände, gab den Teufel darum, ob es sich schickte. *Wann hätten wir uns je darum geschert?*

Einst hatte er triumphierend gelächelt wie einer jener römischen Feldherren und Cäsaren, von denen er abzustammen meinte. Wie einer, der tollkühn Brücken hinter sich abbricht, um voller Tatendrang vor seinen Füßen neue zu errichten. *Mach halblang, Gernegroß*, hatte Rosina in solchen Momenten gespottet, *dir quillt der Stolz wie Dampf aus den Ohren.* Nie hatte sie ihn wissen lassen, wie sehr sie dieses Lächeln liebte.

Jetzt war davon nichts mehr übrig. Dunkel flackerte sein Blick. »Ich bin gescheitert, nicht wahr?« Unsäglich schwach klang seine Stimme. »Das Reich, das ich festigen wollte, zerbröckelt mir unter den Händen. Und Karl ist noch nicht gewählt!«

Karl, seinen Enkel, wollte er noch zu Lebzeiten als Nachfolger einsetzen, um dem Haus Habsburg die Kaiserwürde zu sichern.

»Sorgt Euch jetzt nicht darum, Majestät.«

Täuschte sie sich oder war da ein Zucken im Winkel des Mundes? »Wenn nicht jetzt – wann dann, *figliola*? Es ist doch nichts fertig. Nicht einmal mein Grabmal, trotz all der Jahre, die daran schon herumgepfuscht wird.«

Sie presste die Lippen zusammen. Zu lachen, wenn ihr zum Weinen war, hatte sie gelernt, aber jetzt wollte es nicht gelingen.

»Ich habe versagt, nicht wahr? Was ich ihr gelobt habe – ich habe es nicht gehalten.«

Ihr. Der Schmerz, der sich in Rosinas Herz grub, war so roh und harsch und frisch wie vor vierzig Jahren. Die anderen Frauen bedeuteten nichts – weder die flüchtigen Gespielinnen oder Schlafweiber noch die zwei traurigen Gestalten, mit denen er sich an neuen Ehen versucht hatte. Nur die eine. Noch immer und auf ewig – *sie.*

Rosina betrachtete sein Gesicht. Sie hatte ihn ohrfeigen wollen, jedes Mal, wenn er mit diesem weltentrückten Blick von jener Frau zu sprechen begann, und oft genug hatte sie es getan. Jetzt sah sie das Flehen in seinen Augen und wollte es nicht mehr. Was immer die andere ihm gewesen war und was sie selber nicht hatte sein dürfen – sie, Rosina, war die Frau, die ihm im Sterben zur Seite stand.

Sie strich ihm über den Handrücken. »Doch, Majestät. Ihr habt es gehalten.«

»Aber ich kann meinem Enkel Karl Burgund nicht übergeben.«

»Ihr übergebt ihm ein geeintes Reich.« Rosina nahm all ihre Kraft zusammen, um ihrer Stimme Festigkeit zu geben. »Eines, in dem die Sonne nicht untergeht, Majestät.«

Die Augen, deren Funkeln Rosina immer wieder um den Verstand gebracht hatte, richteten sich noch einmal auf sie, und jetzt zupfte an den Winkeln des Mundes sein Lächeln. »Danke, *mia bella bugiarda.* Mein süßes, verbotenes Mädchen. Danke für alles. Und keine Majestät mehr. Damit ist es vorbei.«

Er drückte ihre Hände mit einem Rest seiner alten Kraft. Manchmal hatte sie ihn angefaucht: *Lass mich los, du Untier, du brichst mir die Knochen!* Dann wandte er sich an Kunz: »Ist zum Schreiben alles bereit?«

»Alles nach Wunsch, Majestät.«

»Keine Majestät mehr«, verwies Maximilian auch den Narr. Seine Hand zitterte, als er sie aus Rosinas Händen befreite, das kaiserliche Siegel von dem schmalen Tisch neben seinem Bett nahm und es den Wartenden entgegenhielt. Gerade noch rechtzeitig, ehe es zu Boden fiel, schob Kunz ein samtenes Kissen darunter, auf dem er es in den dunklen Teil des Raumes, zum Heer der Berater trug.

Der Kaiser beugte sich vor, um die golddurchwirkte Stola von seinen Schultern zu streifen, zog sich die Ringe von den Fingern und hielt alles, ohne hinzusehen, ins Leere. Wiederum war das Äffchen Kunz zur Stelle und nahm ihm die Kleinodien ab. »Ich habe die Zeichen meiner Macht abgelegt«, sagte Maximilian. »Fortan untersage ich einem jeden, mich mit den Titeln anzusprechen, die zu tragen ich auf Erden berechtigt war. Mein Testament ist geschrieben und um alles Nötige ergänzt. Lediglich die Anweisungen für mein Begräbnis bedürfen noch der Niederschrift.«

Er machte eine Pause, sandte seinen müden Blick zur Tür, als erwarte er noch einen Gast. »Bringt meinen Sarg«, sagte er dann. Kunz, der die dazu nötigen Männer bereits herbeibeordert hatte, erteilte mit rudernden Armen Befehle.

In der Stille trommelte Rosinas Herz. Bereits seit vier Jahren führte Maximilian seinen Sarg auf all seinen Reisen mit sich. Er hatte ihn selbst entworfen, ein schlichter Kasten aus geschliffenem Holz. In der Abgeschiedenheit ihrer Kammer hatte Rosina ihn deswegen gescholten: *Alles musst du in Szene setzen wie ein Schauspiel. Selbst den Tod versuchst du, deinem Willen zu unterwerfen.* Als jetzt der Sarg, der für den überlebensgroßen Kerl viel zu schmal schien, hereingetragen wurde, dachte sie: *Er mag sich darin geborgen fühlen. Ein wenig Ruhe vor dem letzten Sturm.*

»Hilf mir, Rosina.«

Seine Stimme ließ sie herumfahren. Fragend sah sie ihn an.

»Dir wird es nicht zuwider sein, mir mit dem Niederkleid zu helfen.« Der neuerliche Versuch eines Lächelns war von Schmerz verzerrt.

Wie hätte es Rosina zuwider sein können? Um die straffen Lenden, von denen sie die Decke herunterschob, waren einmal ihre süßesten Träume gekreist. *Wie oft haben wir nicht schnell genug zupacken können, haben Stoff in Fetzen gerissen und einander wehgetan, weil wir zu gierig waren, um sacht zu sein?* Jetzt war sie sacht. Öffnete die Truhe, die Kunz bereitgestellt hatte, und entnahm ihr das letzte Gewand, das sie ihm um die Hüften wickelte.

»Das Leichenhemd auch, *figliola.*« Sie musste sich zu ihm niederbeugen, um seine Stimme zu vernehmen.

»Hat das nicht Zeit bis – danach?«

»Ich will es selbst tun!«, begehrte er auf. Kaum mehr hörbar, aber noch immer herrisch. Rosina wollte unter Tränen lachen.

Seine prächtigen Schultern waren knochig geworden. Ein letztes Mal liebkoste sie sie, während sie ihm half, die Falten des Totenkleides glattzustreichen. Ihr Gaumen war ausgetrocknet, sie musste schlucken.

»Da mein Grabmal noch nicht fertig ist, wünsche ich, in der Sankt-Georg-Kapelle in Wiener Neustadt begraben zu werden«, wandte sich Maximilian an die Berater, die sogleich zu schreiben begannen. In jener Kapelle war er einst getauft worden. Maximilian, ersehnter Kaisersohn, die leuchtende Hoffnung für Geschlecht und Reich. Hatte damals, als sie ihn im Glanz des Osterfestes übers Taufbecken hoben, die Luft nach Frühling geschmeckt? Wenn sie ihn zu Grabe trugen, würde der Morgen dunkel sein und das Land erstarrt unter Eis.

»Näht meinen Leichnam in einen Sack und begrabt ihn unter den Stufen des Altars«, fuhr Max schwer atmend fort. »So dass der Priester, wann immer er die Messe zelebriert, mein Herz mit seinen Tritten traktiert.«

Rosina wollte auffahren, die Berater holten tief Luft, und selbst Kunz, den sonst nichts auf der Welt aus der Fassung bringen konnte, sperrte wortlos das Maul auf. »Mein Leichnam soll nicht gesalbt werden«, fuhr Max unbeirrt fort. »Stattdessen lasst mir die Zähne herausbrechen, meinen Schädel kahl rasieren und meinen Leib geißeln, als Sühne und Strafe für mein Leben.«

»Niemals!«, rief Rosina.

Sein Blick traf sie. »Du weißt wofür.« Dann presste er die Lippen aufeinander und verstummte.

Zu ihrem Entsetzen sah Rosina, dass seine Hand nach dem Sarg tastete, dass er das Gewicht seines wundgelegenen Körpers verlagerte und versuchte, die Beine über den Rand des Bettes zu strecken. Er würde darauf bestehen, auch dies Letzte selbst zu tun, würde es keinem anderen überlassen.

Sich ihm entgegenzustellen, hatte nie Sinn gehabt. Also stützte sie ihn, damit er sich keinen Schmerz zufügte. Sein Blick flackerte jetzt so heftig, dass er vermutlich nichts mehr sah, und sein Atem ging in flachen Stößen. Als er jedoch spürte, dass die hölzernen Wände seine Schultern umfassten, kam eine Art von Ruhe über ihn. Langsam sank sein Kopf zurück, das Gesicht von Resignation gezeichnet. Rosina schaute ihn an. Er hatte recht, sein Werk war nicht vollendet, und vielleicht gab es das auf Erden auch nicht: Vollendung. Aber er hatte getan, was ihm zu tun blieb.

Rosina kauerte sich neben dem Sarg am Boden und wartete. Eine klamme Kälte verdrängte die Wärme im Raum. Sie zog sich das Tuch um die Schultern und umfasste ihre Knie. Die Stundenkerze brannte herunter, und Kunz hieß einen Diener eine neue anzünden.

Vielleicht war Rosina für ein paar Augenblicke eingeschlafen, als die Stimme Tannstetters sie aufschrecken ließ. »Der Kaiser ist tot.« Weich und leise. Mit dem Finger an seinem Hals.

»Der Kaiser ist tot«, wiederholte der Kanzler gewichtig, und es begann ein allgemeines Kreuzeschlagen. »Schreib Er das nieder. Die dritte Morgenstunde. Den zwölften Jänner.«

Verstohlen, mit einem Hüpfschritt, war Kunz hinter Rosina getreten. »Das Gedächtnis der Welt wird richten«, zischte er an ihrem Ohr. »Über ihn. Über dich. Über uns alle.«

Erster Teil

DER BETTELPRINZ

»Die Frauen werden ihn gernhaben müssen.«

Kaiser Friedrich III. über seinen Sohn Maximilian

Wiener Neustadt
Frühjahr 1473

I

Der prächtige Turnierharnisch lag achtlos hingeworfen auf der Stallgasse. Als Rosina sich aufsetzte, um einen Strohhalm aus ihrem Strumpf zu zupfen, musste sie lächeln. Etwas von einem toten Käfer hatte das vielgliedrige Ding aus poliertem Metall, in dem die Sonne sich spiegelte. Männer stürzten sich in Schulden, um ein solches Stechzeug zu besitzen. Rasseln und Scheppern, begleitet vom Gewieher der Pferde, drang von draußen herbei, wo sich die Ritter für das Turnier bereitmachten. Nichts Erstrebenswerteres schien es für sie zu geben, als in voller Rüstung einander aus dem Sattel zu heben. Sobald jedoch das Liebeswispern einer Schönen sich ins Waffenklirren mischte, kam so mancher aus dem verschraubten Blech nicht schnell genug heraus.

Das galt auch für Max, der sich den Verschlag in der Stallgasse mit ihr teilte. Mit Schwung warf er sie ins Stroh und verschloss ihr die Lippen mit den seinen. Rosina musste noch mehr lachen, gleichzeitig belustigt und seltsam verzückt. Obwohl es in ihrem ganzen Leib kribbelte, packte sie ihn bei den Schultern, über denen er weder Blech noch Leder trug, und kniff ihm ins Fleisch. Ein Aufschrei entfuhr ihm, und er musste ihre Lippen freigeben. Was sie selbst im nächsten Augenblick bedauerte.

»Du Satansweib!« Er setzte sich auf und rieb sich die Schulter. Ein paar Strähnen seines gewellten, goldgelben Haars fielen ihm in die Stirn, in seinen Augen funkelte es, und wenn Rosina an seinem muskulösen Oberkörper herabsah zu der straffen Bauchdecke, tat es ihr fast leid, dass er das Beinzeug der Rüstung anbehalten hatte. Dabei war er nicht einmal schön, seine Nase hätte einem Falken besser gestanden, und dem Alter nach war er fast noch ein Kind.

Erst vierzehn Jahre zählte er, zwei Jahre weniger als Rosina. Aber er hatte etwas an sich, das allen jungen Mädchen und sogar mancher erwachsenen Frau einen Seufzer entlockte: *Schaut her – ein Mann!*

Mit seinen Bernsteinaugen erwiderte er ihren Blick. »Wie schön du bist«, flüsterte er. Die dunkle Stimme war die eines Mannes, aber die Erregung darin, die ungeduldige Freude enthielt noch eine Ahnung von dem Jungen, der ein Geschenk in den Händen hält und nicht abwarten kann, es auszupacken.

Sollte Rosina ihn gewähren lassen? Sie war Kammerfrau bei Prinzessin Kunigunde, der Tochter des Kaisers und Maximilians Schwester. Ihr Onkel, der Bischof von Salzburg, dem sie die Stellung im Haushalt der Prinzessin verdankte, hatte ihr eingeschärft, stets den Standesunterschied zu achten. Sie sei die Tochter eines Kärntner Freiherrn und einer Italienerin unbestimmter Herkunft – ihr Schicksal sei es, auf einen braven Kammerherrn oder allenfalls einen Ritter zu hoffen.

Als würde Max ahnen, was in ihr vorging, zog er sie an sich, und ehe sie sich's versah, küsste er sie von neuem. Rosina ließ sich fallen und genoss das schwindelerregende Gefühl. Woher wollte ihr Onkel wissen, was ihr Schicksal war? Er kannte die Zukunft doch genauso wenig wie sie!

»Rosina«, raunte Max in ihr Ohr. »Ich will dich, *mia bella bugiarda*. Jetzt. Ganz.«

Durch die Art, wie er ihren Körper erkundete, mit seinen Augen und seinen Händen, spürte Rosina, wie schön sie war. Trotzdem wusste sie, dass sie ihr Herz festhalten musste. Sanft, aber bestimmt schob sie ihn zurück.

»Eile mit Weile, Hoheit. So weit sind wir noch nicht.«

»Aber ich will dich!«, rief er, mit blitzenden Augen.

»Ach, Ihr wollt mich?« Rosina lachte. »Gestern noch das Stottergöschl, das keine drei Worte sagen kann, und heute säuselt er schamlose Wünsche.«

Sein Blick wurde finster, und über der großen Hakennase bildeten sich zwei Furchen. »Ganz wie du willst«, versetzte er schneidend. Beim Versuch, sich in dem schweren Beinzeug zu erheben, geriet er ins Schwanken. »Glaub ja nicht, du wärst die Einzige, Rosina. Es gibt andere, nicht weniger schön als du, denen bin ich schon ziemlich lange Manns genug!«

Sie hatte ihn verletzt. *Stottergöschl*, so hatten die Wiener ihn als Kind genannt, weil er noch mit drei Jahren kein Wort hatte richtig aussprechen können und wie ein Säugling stammelte. Obwohl er das Stottern längst überwunden hatte, setzte die Kränkung ihm sichtlich immer noch zu.

Sie hielt ihn am Handgelenk fest und sah zu ihm auf. »Ist das dein Ernst, Max? Bin ich nicht die Schönste?« Ihn zu duzen und bei der Koseform seines Taufnamens anzusprechen, hatte sie sich nie zuvor herausgenommen.

»Doch«, sagte er. »Du bist die Schönste, und das weißt du. Aber einen Narren aus mir zu machen, erlaube ich keiner, nicht mal dir.«

Rosina sprang auf und legte ihm die Hände auf die Schultern. Während sie ihn auf die schmollend vorgestreckte Lippe küsste, flüsterte sie: »Wer käme denn auf solche Gedanken und wollte aus dir einen Narren machen?«

Gleich wurde er wieder übermütig, neigte den Kopf und wollte den Ansatz ihrer Brust küssen. Zärtlich griff Rosina in seine Locken, um ihn daran zu hindern. »Meinst du nicht, du solltest dir die Freuden, die du begehrst, erst mal verdienen?« Wie auf ein Zeichen drang das Klirren sich kreuzender Klingen in ihr Versteck, und gleich darauf wieherte ein Pferd. Rosina wies mit dem Kinn in die Richtung, aus der die Geräusche kamen. »Willst du in den Schranken meine Farben tragen? Oder bin ich dir das nicht wert?«

Nur einen Herzschlag lang ließ seine Miene einen Anflug von Zweifel erkennen. Rosina wusste, seit er am Morgen die Rüstung angelegt hatte, brannte er darauf, in die Turnierbahn einzureiten und sich mit anderen Rittern zu messen. Trotzdem hatte er den Harnisch wieder ausgezogen – ihretwegen.

Max umfasste ihr Kinn und zwang sie, zu ihm aufzublicken. »Eure Farben, werte Dame.« Während er ihr seine Linke entgegenstreckte, hob er mit dem rechten Arm den Harnisch, der doch so schwer war wie ein Kalb, mit solcher Leichtigkeit vom Boden, als wöge er nicht mehr als ein Lederwams. Rosina sah den Stechhelm, der am Rücken der Rüstung befestigt war und nach vorn herunterklappte wie bei einem Gehängten. *Gott gebe acht auf deinen Kopf, mein süßer Prinz.*

Sie löste einen Streifen Seide von ihrem Kleid und wand ihn um seinen Unterarm. Als sie ihm noch einmal über die Wange strich, nahm er ihre Hand und drückte auf die Innenseite einen Kuss. »Vergiss nicht – ich komme wieder. Um mir meinen Lohn zu holen.«

»Das werden wir ja sehen, Gernegroß.« Sie gab ihm einen Klaps und fuhr ihm durchs Haar.

Statt einer Antwort bückte er sich zu Boden, wo ein Hufeisen im Stroh lag, hell und blank. Er hob es auf und hielt es in die Höhe. »Siehst du dieses Eisen?«

»Na und?« Rosina zuckte die Schultern. »Das muss der Rappe verloren haben, den sie vorhin zum Stechen holten.« Plötzlich ritt sie der Teufel, und mit einem Grinsen fügte sie hinzu: »Der steirische Ritter, der ihn reitet, ist übrigens nicht weniger stattlich gebaut als sein Tier.«

Ohne ein Wort erwiderte Max ihren Blick, und während er ihr in die Augen schaute, packte er mit beiden Händen die Schenkel des Eisens und faltete es zusammen, als wäre es aus Pergament. Dann drückte er es ihr in die Hand und wandte sich ab.

Am Ende der Stallgasse schaute er noch einmal über die Schulter zu ihr zurück. Sein Blick versprach ihr ein Himmelreich, und mit rasendem Herzen wünschte sich Rosina, er möge sein Versprechen halten.

2

Natürlich glich ein Turnier, das der geizige Kaiser für seine Gäste gab, nicht den großartigen Spektakeln, die Max aus den Ritterromanen und Heldensagen kannte. Seine Mutter Eleonore, eine gebürtige Portugiesin, hatte ihn damit gefüttert wie mit Milch und kandierten Früchten. Aber seine Mutter lebte nicht mehr, seit sechs Jahren war sie schon tot. Im Geiste sah Max wieder Rosinas Gesicht, ihr verführerisches Lächeln, ihren spöttischen Blick ... Nein, er war kein Kind mehr, sondern ein Mann, und ein Mann erfocht Turnierpreise nicht für seine Mutter, sondern für seine Liebste.

Mit seiner schweren Rüstung, deren Blechplatten bei jedem Schritt laut klirrten, trat Max zu seinem Pferd, dem der Bursche gerade die Rossstirn und den Schellenkranz umlegte, damit es beim gegnerischen Angriff nicht scheute. Das Tier, das durch den Schutz ohne Augenlöcher nichts sah und kaum etwas hörte, war allein auf die Hilfen seines Reiters angewiesen. Nur wenige Pferde besaßen Vertrauen genug und waren hinreichend ausgebildet, um sich ihrem Reiter in solcher Weise in die Hand zu geben. Iwein, sein Brauner, dem jetzt der schützende Stechsack vor die Brust gebunden wurde, war ein solches Pferd. Max legte ihm die Hand zwischen die wachsam gespitzten Ohren und spürte sein Blut pulsieren. Als ihm die goldgelbe Decke mit dem Doppeladler über den Leib geworfen wurde, regte das Tier nicht einen Muskel.

Max hatte den Braunen, ein Geschenk seines Onkels Sigmund, selbst ausgebildet, obgleich sein Vater eingewandt hatte, er sei dafür zu jung und werde sich nur die Glieder brechen. Max hatte ihn eines Besseren belehrt. Solange er sich erinnerte, hatte er die Aufgaben eines Ritters allen anderen vorgezogen, hatte lieber im Sattel gesessen als in der Studierstube, um lateinische Vokabeln zu lernen, lieber mit Hunden und Falken gearbeitet, als in der Kanzlei den Belehrungen seines Vaters und dessen Beratern zu lauschen, und jede sich bietende Gelegenheit zur Jagd und zum Wettstreit genutzt. Die Welt war, so seine tiefste Überzeugung, weder eine Studierstube noch eine Kanzlei, sondern ein einziger großer Turnierplatz, auf dem die Edelsten sich maßen, um Ruhm und Ehre zu erlangen.

Max spürte, wie ihm unter dem gefütterten Leinen der Helmhaube die Hitze in die Wangen stieg, und mit einem Lachen packte er den Knauf des Sattels. Zwei Mann waren für gewöhnlich nötig, um einen voll gerüsteten Turnierer auf den Rücken seines Pferdes zu hieven, doch Max schaffte es allein. Verstohlener Applaus wurde laut. Max tat, als bemerke er ihn nicht, ließ sich die Lanze reichen und legte sie auf dem Rüsthaken des Brustpanzers auf. Dass sich alle Blicke auf ihn richteten, wenn vor den Schranken sein Name verkündet und sein Wappen aufgezogen wurde, war er von klein auf gewohnt und störte ihn nicht. Im Gegenteil. In der Bewunderung der Menschen badete er wie in einem Zuber mit französisch parfümierter Seife, die er im kärglichen Haushalt seines Vaters allerdings kaum je bekam.

Mit sachtem Druck schloss Max die Schenkel um Iweins Leib und lenkte den Hengst im versammelten Schritt vom Hof. Er fieberte der Stechbahn entgegen – wer immer sich ihm dort entgegenstellen würde, er sollte in ihm einen mehr als würdigen Gegner kennenlernen. *Für dich, Rosina.*

»Max! So warte doch – Max!«

Gedämpft durch den Helm erkannte Max die Stimme seines Freundes Wolf von Polheim. Der um ein Jahr ältere Sohn aus altem Adel war Max als Kämmerer beigegeben worden, noch ehe sie beide auf eigenen Beinen laufen konnten. Max hatte es flinker gelernt als Wolf, doch wann immer er gestürzt war, hatte Wolf ihm aufgeholfen. Die Hofschranzen nannten ihn darum *Maxls schmalen Schatten.* Tatsächlich aber war der unscheinbare junge Mann der wohl einzige Mensch, von dem Max sicher annehmen konnte, dass er ihn liebte.

Jetzt sprang ihm Wolf in den Weg und griff Iwein in den Zügel.

Der Hengst, der eine fremde Hand nicht gewohnt war, scheute und versuchte zu steigen. Max hatte alle Mühe, ihn zur Räson zu bringen. »Hast du den Verstand verloren? Wenn Iwein dir den Schädel eingeschlagen hätte, hätte er mehr Mitleid verdient als du.«

»Max, du darfst nicht zum Stechen.« Noch einmal hob Wolf die Hand, um nach dem Zügel zu greifen.

»Ich soll was nicht dürfen?«

»An dem Turnier teilnehmen. Dich mit der Lanze stechen.«

»Aha. Und wer will mir das verbieten?«

»Dein Vater! Erst beim Frühstück hat er gesagt, er wünsche nicht, dass sein Sohn sich einer solchen Gefahr aussetzt.«

»Mein Vater soll sich wünschen, was er will.« Gelassener, als er sich fühlte, zuckte Max die blechbewehrte Schulter. »Außerdem muss er es ja nicht unbedingt erfahren.«

»Aber er weiß es doch schon!«, rief Wolf. »Irgendwer hat es ihm verraten, kaum dass du im Harnisch warst.«

Inzwischen hatten sie die Aufmerksamkeit der ringsum versammelten Knappen und Knechte auf sich gezogen. Ein paar Spötter tuschelten und lachten.

»Verstehe«, erwiderte Max. »Und du sollst mir jetzt den Harnisch runterreißen, damit dem kaiserlichen Wunsch Genüge getan ist, richtig?« Er spürte, wie der Zorn in ihm aufstieg. Er hatte es satt, sich wie ein dummer Junge behandeln zu lassen. Er war ein Mann, der für seine Angebetete in den Kampf zog!

Unglücklich verzog Wolf das Gesicht. »Nimm doch Vernunft an, Max. Dein Vater ist außer sich, er droht dir mit allen Teufeln!«

»Ich pfeife auf die Drohungen meines Vaters!« Max warf den Kopf in den Nacken. »Hat er damit etwa die Böhmen aufgehalten oder die Ungarn? Genauso wenig hält er mich damit auf. Er bellt nur, das ist alles, was er kann. Zum Beißen fehlen ihm die Zähne.« Max straffte die Zügel und trieb sein Pferd an. »Aus dem Weg.« Ohne nach links und rechts zu schauen, trabte er an, so dass Wolf nichts anderes übrigblieb, als mit einem Aufschrei aus dem Weg zu springen. Die Spötter verstummten.

Unter der Fahne mit seinem Wappen nahm Max Aufstellung. Der Anblick der fast endlosen Bahn im gleißenden Sonnenlicht erregte ihn. Platz genug, um sein Pferd anzugaloppieren, Tempo aufzunehmen und ruhigen Bluts den Moment abzuwarten, in dem er die Lanze zurücknehmen und mit aller Kraft zustoßen musste.

Sein Vater war so geizig, dass er für das Turnier nicht mal eine Tribüne hatte aufschlagen lassen. Sogar die Damen mussten sich in Ermangelung von Sitzplätzen am Rand der Stechbahn drängen, wo aufwirbelndes Erdreich ihre Kleider beschmutzte. Ein schneller Seitenblick verriet Max, dass Rosina nicht unter ihnen war. Aber er wusste, irgendwo im Verborgenen sah sie zu, wie ihr Ritter sich für sie schlug. Er hatte ihr rotes Seidenband nicht um den Schaft seiner Lanze gewunden, wo man für gewöhnlich die Farben seiner Dame trug, sondern es am eisernen Armschutz der Rüstung belassen. Jetzt hob er die Hand und ließ das Band im Wind flattern. *Mein Banner, Rosina. Halte dich bereit.*

Eine Fanfare ertönte. Für Iwein war dies ein Signal, sich unter seinem Reiter noch mehr zu sammeln.

Drüben, am anderen Ende der Bahn, wartete der Gegner. Max hob nur flüchtig den Blick. Sein Herausforderer war der Ritter, den er sich insgeheim gewünscht hatte, der Besitzer des mächtigen Rappens, der das Hufeisen verloren hatte. Er musste kurz schlucken. Rosina hatte nicht übertrieben. Der schwarze Hengst war ein Riese, ein wahres Ungetüm von einem Pferd, und über den Reiter hätte man Ähnliches sagen können. Einen so gewaltigen Kerl aus dem Sattel zu stoßen würde ein Maß an Kraft kosten, wie Max es nie zuvor hatte aufbringen müssen.

Er verkürzte die Zügel, um Iwein am Tänzeln zu hindern. Hatte die leise Furcht, die ihn beschlichen hatte, sich auf das Tier übertragen? Plötzlich wurde Max bewusst, dass er in diesem Kampf den Tod finden konnte, dass sein Herz in ein paar Augenblicken womöglich seinen letzten Schlag tat. Die Spitze der Lanze war zwar stumpf, doch wenn sie zwischen die Panzerplatten der Rüstung drang, konnte sie einem Mann den Schädel durchbohren.

Andere brachen sich den Rücken oder das Genick. Ein Ritterstechen mochte ein Spiel sein, aber es war das Abbild einer Schlacht: ein Kampf auf Leben und Tod.

Der steirische Ritter schloss sein Visier, und Max wollte es ihm eben nachtun, als eine Stimme gellend seinen Namen rief. Schon wieder Wolf. »Max, du darfst nicht!« Gelächter von der Seite. »Dein Vater wird toben, wenn er das erfährt.«

»Ich werde dir zeigen, was ich nicht darf!« Wütend klappte Max das Visier herunter und gab seinem Pferd die Sporen. Aus dem Stand fiel Iwein in Galopp, jagte mit donnerndem Hufschlag auf den Gegner los, so dass die Erdbrocken nur so stoben. In seinem Rücken verhallte Wolfs Schrei.

Die Entscheidung über Sieg oder Niederlage, Triumph oder Schmach lag in der Wahl des richtigen Augenblicks. Im ersten Durchgang verpassten sie ihn beide, der Steirer ebenso wie Max. Die zu früh gestoßene Lanze des Gegners streifte seine Hüfte und warf ihn zur Seite, doch es gelang ihm, sich im Sattel zu halten, auch wenn der Schmerz ihm den Atem raubte. Sein eigener Stoß erfolgte einen Wimpernschlag zu spät und ging ins Leere. Am Ende der Bahn wendete er sein Pferd und stellte sich neu auf.

In seiner Hüfte wütete ein Feuer. Wie sollte er mit solchen Schmerzen sich in den Stoß legen und diesem die nötige Wucht verleihen? Das Visier seines Gegners sah aus wie eine grinsende eiserne Maske. Zweifellos war der Steirer ein erfahrener Kämpfer, dem nicht entgangen war, welche Wirkung sein Stoß erzeugt hatte. War der Kampf schon entschieden?

Wieder glaubte Max, ein Lachen zu hören, das Lachen einer Frau. Rosina? Mit aller Kraft trieb er Iwein erneut zum Galopp an. Der Rausch der Geschwindigkeit löschte den Schmerz, eine seltsame Kälte nahm von ihm Besitz. Ohne Hast neigte er seinen Körper zur Seite, fasste die Brust des Gegners ins Auge und legte sein ganzes Gewicht in den Stoß der Lanze. Im Donnern der Hufe und dem Klirren der Rüstung hörte er kaum den Aufprall, mit dem die Spitze seiner Waffe den Panzer traf, und er galoppierte weiter bis ans Ende der Bahn. Nur an der Erschütterung des Bodens, die wie eine Welle in seinem Rücken aufstieg, spürte er, dass er den Steirer aus dem Sattel gestoßen hatte.

3

Wenn Wolf von Polheim auf etwas in seinem Leben stolz war, dann darauf, Maximilian von Habsburgs Freund zu sein. Obwohl er selber der Ältere war, bewunderte er den Sohn des Kaisers so sehr, dass er sich fast darüber wunderte, dass dieser ihn zu seinem Freund erkoren hatte. Darum empfand Wolf es nicht nur als seine selbstverständliche Pflicht und Schuldigkeit, Max immer wieder aus der Patsche zu helfen, sondern betrachtete jede sich bietende Möglichkeit, seinem Freund beizustehen, als Auszeichnung und Ehre. Wie anders hätte er beweisen können, dass er der Wertschätzung des Prinzen würdig war?

Natürlich war dem Kaiser nicht verborgen geblieben, dass Max sich über sein Verbot hinweggesetzt hatte, und er schäumte vor Wut. Jedes seiner Lebensjahre, so hatte er gedroht, wolle er seinem Sohn zur Strafe auf das Sitzfleisch nummerieren, wenn dieser nicht auf der Stelle bei ihm erscheine.

Wo würde Max nach seinem Triumph stecken? Wolf brauchte nicht lange zu raten: im Stall natürlich – Max würde sein Pferd, das ihn zum Sieg getragen hatte, selbst versorgen, wie es sich für einen Ritter gehörte. Wolf lief über den Hof und eilte hinüber zur langen Reihe der Verschläge. Als er die angelehnte Stalltür aufstieß, stutzte er. Was war das? Iwein, der Braune seines Freundes, stand unversorgt mit Sattel und Decke auf dem Rücken in seinem Verschlag – doch von Max keine Spur.

Ein Geräusch ließ ihn aufhorchen. Ein leises Stöhnen, als litte jemand Schmerzen. Wolf drehte sich um. Auf der anderen Seite der Stallgasse stand eine der hölzernen Halbtüren offen. Als er in den

Verschlag blickte, musste er grinsen. Aus dem Stroh ragten ihm zwei männliche Hinterbacken entgegen, die rhythmisch auf und ab tanzten, darum herum lag das zerlegte Beinzeug einer Rüstung, aus deren Mitte die Schamkapsel in die Höhe ragte.

Max. Er war mal wieder der Erste von ihnen, auch darin, obwohl er der Jüngere war.

Auf Zehenspitzen wollte Wolf sich davonschleichen. Doch dann sah er das Gesicht des Mädchens, das da mit Max im Stroh lag. Im selben Augenblick stockte ihm der Atem. Rosina von Kraig. Die Eine, die Wolf für sich erkoren hatte. Das Mädchen, dem seine Minne galt und auf das er nachts in seiner Kammer heimlich Gedichte verfasste, um ihre Schönheit zu besingen. Er spürte, wie ihm das Blut aus den Wangen wich, und sein Herz begann mit solcher Macht zu rasen, als wolle es ihm aus der Brust springen.

»Max!«

Das tanzende Gesäß hielt inne. Rosinas Züge erstarrten.

Unendlich langsam drehte Max sich herum. »Sei uns willkommen, mein Freund«, sagte er mit einem Grinsen. »Auch wenn der Zeitpunkt ein besserer sein könnte.«

»Du sollst sofort zu deinem Vater kommen«, sagte Wolf, ohne Rosina eines Blickes zu würdigen. »Sofort! Hörst du? Sonst macht er Kleinholz aus dir.«

4

Mit hitzigem Gesicht lief Max die Stufen zur Studierstube seines Vaters hinauf. Auf dem Treppenabsatz blieb er stehen, und atmete einmal tief durch. Dann öffnete er die Tür und betrat den Raum.

Im nächsten Moment hatte er eine Ohrfeige sitzen.

Vor Empörung schnappte er nach Luft. Zum letzten Mal war er als Kind von seinem Hauslehrer geschlagen worden. Er hatte dem

Kerl keinen einzigen Rutenstreich vergeben, und das Latein, das ihm die Schläge eingetragen hatte, hasste er noch heute. Seitdem hatte kein Mensch mehr gewagt, die Hand gegen ihn zu erheben. Mit geballten Fäusten fuhr er herum, um seinen Vater zur Rede zu stellen. Doch anstelle des Kaisers fand er sich dessen Kanzler gegenüber, Haug von Werdenberg, ein knöcherner Mann, der ihn dünnlippig ansah und mit der Hand durch die Luft strich, als wolle er der Wange des Kaisersohnes gleich noch eine Lektion erteilen. Blind vor Wut wollte Max ihm an die Gurgel.

»Beherrsch Er sich!« Die Stimme seines Vaters rief ihn zurück. Der Kaiser hing tief in seinem Sessel und lutschte an einer Melonenscheibe. »Sonst kann Er von derselben Arznei gern Nachschlag erhalten. Wie's jedem gebührt, der sich Unserem Befehl widersetzt.«

Max spürte, wie ihm das Blut ins Gesicht schoss. Er hatte an diesem Tag einen gefürchteten Ritter aus dem Sattel gehoben, er hatte das schönste Mädchen des Hofes erobert, und wäre Wolf nicht gekommen, hätte er mit ihr womöglich die äußersten Freuden der Liebe geteilt. Doch sein greiser Vater, der übellaunig in seiner klösterlich armseligen Studierstube hockte und von morgens bis abends Melonen schlabberte und Kerne ausspuckte, ließ ihn von diesem Tintenpisser ohrfeigen! In dem verzweifelten Versuch, einen Rest seiner Würde zu bewahren, wandte Max sich ab und wollte gehen, doch ein schwammiges Hindernis versperrte ihm den Weg. Sein Onkel, Sigmund von Tirol, genannt das Weinfass. Die Hände wie ein Mönch vor dem Bauch gefaltet, in dem Unmengen von Süßspeisen und Bratenstücken begraben waren, verzog er schmerzlich das Gesicht, als hätte er selbst den Backenstreich einstecken müssen, den sein Neffe gerade empfangen hatte.

Ehe Max ihm ausweichen konnte, kniff sein Onkel ihm in die misshandelte Wange. »Nicht so stürmisch, Bub. Auch wenn es gehörig in der Ehre zwickt – aber verdient ist verdient!«

»Verdient?« Max glaubte, nicht richtig zu hören.

»Du musst deinen Vater verstehen«, fuhr Sigmund fort. »Du bist schließlich sein einziger Sohn, wie kann er dir da gestatten, dass du dir den Hals beim Ringelspiel brichst? Nun zieh keine so finstere Miene, das missfällt den Damen. Befassen wir uns lieber mit den schönen Plänen, die dein Vater für dich hat.«

»Pläne?«, wiederholte Max noch einmal wie ein Idiot. »Was für Pläne?«

Ohne von seiner Melone zu lassen, bedeutete der Kaiser mit einem Kopfnicken dem Kanzler, für ihn zu sprechen. Wie es seine Angewohnheit war, zupfte Werdenberg an seinem Spitzbart, bevor er zu reden begann.

»Euer Vater und Euer Onkel sind übereingekommen, dass es an der Zeit für Euch ist zu heiraten.«

Max war so verblüfft, dass es ihm für einen Moment die Sprache verschlug. Heiraten? Er? Nachdem man ihm gerade noch eine Ohrfeige verpasst hatte wie einem dummen Bäckerjungen?

Plötzlich regte sich in ihm ein vollkommen aberwitziger, doch so verlockender, wunderbarer, paradiesisch schöner Gedanke, dass er gar nicht anders konnte, als seine ganze Hoffnung in ihn zu setzen.

»Und?«, fragte er mit trockener Kehle. »Wer soll meine Braut sein?«

5

Gleich nach der Morgenandacht war Philippe de Commynes, Vertrauter und Gesandter des Herzogs von Burgund, zur Audienz beim französischen König gerufen worden, um das Anliegen seines Herrn Karls des Kühnen vorzutragen, doch Ludwig hatte immer noch nicht das Wort an ihn gerichtet, obwohl die Glocken der Schlosskapelle bereits zum Angelus läuteten. Stattdessen beschäftigte der König sich mit seinem dreijährigen Sohn und Thronfolger, dem Dauphin Charles, einem auffallend hässlichen, buckligen Kind, das zu allem Überfluss auch noch an einem Wasserkopf zu leiden schien.

Herr im Himmel, dachte Philippe – *das soll Maries Bräutigam sein?*

Mit ängstlicher Neugier strich der Junge gerade um einen Käfig, in dem ein purpurgewandeter Greis wie ein Tier gefangen war.

»Warum ist der Mann eingesperrt?«, wollte Charles wissen.

»Er soll dir selber die Antwort geben«, erwiderte Ludwig. »Nun, Eminenz«, forderte er den Gefangenen auf, »worauf wartet Ihr?«

»Weil ich ein Verräter bin, mein Prinz«, antwortete dieser.

»Was ist ein Verräter, Sire?«, fragte Charles den König.

»Ein böser Mensch. Kardinal La Balue war unser Finanzminister. Doch statt unser Geld zu mehren, hat er uns bestohlen.«

»Warum habt Ihr ihn dann nicht geköpft?«

»Damit er jeden Tag die Herrlichkeit mitansehen muss, von der er nun ausgeschlossen ist. Außerdem ist er ein nützliches Tier. – Ah, Unser Barbier«, begrüßte Ludwig einen schmächtigen Mann, der mit einem Stoß Akten unter dem Arm in den Saal getrippelt kam. »Was bringt Ihr für Neuigkeiten?«

Philippe de Commynes hob die Brauen. An den europäischen Höfen ging das Gerücht, dass König Ludwig sich von seinem Barbier täglich mit unzähligen Nachrichten versorgen ließ, die seine Spione in Frankreich und auf dem ganzen Kontinent für ihn zusammentrugen. Obwohl Commynes die Warterei mehr als satt hatte, war er gespannt.

»In Eurer Hauptstadt Paris herrscht Hungersnot«, berichtete der Barbier. »Das Volk beginnt, gegen Eure Majestät zu murren.«

Ludwig zuckte gleichgültig die Schulter. »Man soll in den Kirchen verkünden, es habe einen Anschlag auf Unser Leben gegeben, der erst im letzten Augenblick vereitelt werden konnte. Dann wird das Volk seinen König wieder lieben und den Hunger vergessen.«

Philippe war beeindruckt. Die Idee war genial.

»Was noch?«, fragte Ludwig.

»Der Kanzleisekretär, der Eure Majestät beleidigt hat, wurde heute Morgen hingerichtet«, erklärte der Barbier.

»Beleidigt? Mich? Wie hat ein Kanzleisekretär das geschafft?«

»Er hat Eure Majestät eine Spinne genannt.«

Ludwig lächelte, sichtlich geschmeichelt. »Aber so nennt mich doch halb Europa! Schade um seinen Kopf.« Dann wurde er wieder ernst. »Und was gibt es für Nachrichten aus Burgund?«

Jetzt begriff Philippe, warum Ludwig ihn so lange hatte warten lassen.

»Die Gerüchte verdichten sich. Prinzessin Marie soll Maximilian von Habsburg heiraten. Es ist bereits die Rede von einem Treffen in Trier. Zwischen dem Kaiser und Herzog Karl.«

»Das ist ungeheuerlich!« Ludwig verließ seinen Thron und trat zu dem Käfig, in dem der Kardinal aufmerksam das Gespräch verfolgte. »Was haltet Ihr von der Sache, Eminenz?«

»Ich fürchte, Eure ureigensten Interessen stehen auf dem Spiel«, erwiderte La Balue. »Wenn Friedrich und Karl sich durch eine Ehe ihrer Kinder verbünden, ist die Wiederherstellung von Frankreichs Einheit in Gefahr. Und damit Euer Lebenswerk.«

»Wie recht Ihr habt! Leider …« Ludwig nahm ein Stück Kuchen und steckte es dem Kardinal durch das Gitter in den Mund. »Doch danke für Euren Rat.« Dann fuhr er mit einem plötzlichen Ruck zu Philippe herum. »Und Herzog Karl erdreistet sich, unser Angebot seit Monaten ohne Antwort zu lassen?«, fragte er in scharfem Ton. »Will er Uns beleidigen, indem er Unseren Sohn als Bräutigam seiner Tochter abweist? Zugunsten eines Prinzen, der von seinem kaiserlichen Vater nichts erben wird als einen Sack voll Schulden?«

Philippe de Commynes straffte sich. Endlich kam Ludwig auf den Grund zu sprechen, weshalb sein Herr ihn nach Plessis-les-Tours an den französischen Hof geschickt hatte. Er sollte Ludwig beschwichtigen, ohne verbindliche Zusagen zu machen.

»Herzog Karl lässt Euch ausrichten, er sei von Eurem Angebot, Euren Sohn Charles mit seiner Tochter Marie zu verehelichen, überaus geschmeichelt. Nur angesichts des zarten Alters des Dauphins schien ihm keine Eile geboten.«

»Unsinn! Karl will mich hintergehen, er will seine Tochter dem Sohn des Kaisers verkuppeln, Maximilian von Habsburg. Doch richtet ihm aus, als Maries Pate werde ich nicht zulassen, dass sie einen anderen Prinzen heiratet als den Thronfolger Frankreichs.«

»Ich bin sicher, Herzog Karl hegt keinen anderen Wunsch.«

»Wollt Ihr mich zum Narren halten?« Ludwig trat einen Schritt auf Philippe zu. »Es heißt, Ihr seid ein gewitzter Mann. Wenn es Euch gelingt, Karl von seinen österreichischen Plänen abzubringen, und er sich an seine Pflichten gegenüber Frankreich erinnert, soll es Euer Schaden nicht sein. Vielleicht«, fügte er mit einem Blick auf den Kardinal hinzu, »brauche ich ja bald einen neuen Berater.«

Damit ich auch eines Tages in einem solchen Käfig lande?, dachte Philippe. *Nein, da haben wir schönere Aussichten.* Laut sagte er: »Erlaubt Ihr ein offenes Wort, Sire?«

»Redet!«

»Ich selber betrachte die österreichischen Pläne mit ähnlichem Argwohn wie Ihr. Auch ich bin der Meinung, dass auf einer Verbindung der Häuser Burgund und Habsburg kein Segen liegt.«

Ludwig runzelte die Stirn. »Soll das heißen, Ihr stellt Euch gegen Euren Herrn?«

»Nein, Sire«, erklärte Philippe. »Ich stelle mich nur auf die Seite Burgunds.«

Ludwig sah ihn prüfend an. »Was führt Ihr im Schilde?«

Würde ich Euch das verraten, würdet Ihr mich vermutlich köpfen.

»Nun? Heraus mit der Sprache!«

Philippe dachte nach. »Was die Vermählung des Dauphins mit Karls Tochter angeht«, sagte er dann, »so kann ich Euch nichts versprechen. Prinzessin Marie hegt wegen des Altersunterschiedes Bedenken. Aber ich bin gewillt, alles mir Mögliche zu tun, um die österreichische Verbindung zu hintertreiben.« *Und nicht nur diese*, fügte er im Geiste hinzu.

»So? Wollt Ihr das?«, fragte Ludwig. »Warum? Zieht es Euch an meinen Hof?«

Philippe überlegte, ob er durch eine solche Lüge die Wahrheit vielleicht glaubwürdiger machen sollte. Doch dann entschied er sich dagegen. Warum die Dinge unnötig komplizieren?

»Nein, Sire, bei allem Respekt. Mein Platz ist in Burgund.«

»Wieso helft Ihr mir dann?«

»Allein aus Achtung vor mir selbst. Aus keinem anderen Grund.«

Ludwig zog ein überraschtes Gesicht. »Oho«, sagte er. »Seid Ihr etwa ein Mann von Charakter?«

6

Ich will diese Marie nicht heiraten«, protestierte Max. »Ich kenne sie doch gar nicht!«

So behände, wie es ihm niemand zugetraut hätte, schnappte sein Vater sich seinen beinernen Stock, holte aus und versetzte der Wandtafel zu seiner Linken einen pfeifenden Hieb. Max zuckte zusammen und wandte wider Willen den Blick. Die Tafel zeigte einen kunstvoll verzierten Stammbaum des Hauses Habsburg. Die Stockspitze ruhte auf dem schwarzen Schriftzug unter der Stammbaumwurzel: AEIOU.

Der Kaiser ließ die Stockspitze klopfen. »Und? Bequemt Er sich vielleicht, Uns zu sagen, was diese Lettern bedeuten?«

Max verdrehte die Augen. »*Austria est imperare orbi universo*«, betete er die lateinische Formel herunter. Sein Vater hatte sie ihn so oft hersagen lassen, dass er sie im Schlaf beherrschte.

»Und – was heißt das auf Deutsch?«

»Alles Erdreich ist Oesterreich untertan.«

»Brav«, lobte der Vater. »Und wie, meint Er, soll Unser geliebtes Österreich dieser Bestimmung gerecht werden? Auf dem Schlachtfeld? Wie stellt Er sich das vor? Ohne Soldaten und ohne Geld? So schlau ist selbst ein Esel, dass er davon die Finger ließe, wenn er welche hätte.« Er schüttelte den Kopf. »*Tu felix Austria nube* – du, glückliches Österreich, heirate! Burgund ist reich, Burgund ist mächtig. Du kannst es erobern, mit einem einzigen Wort vor dem Traualtar, dem kleinen Wörtchen *Ja*!«

Für einen Augenblick sah Max das Füllhorn der Fortuna vor sich. Das Großherzogtum Burgund, ein Flickenteppich mehrerer Reichs- und französischer Kronlehen, das von Dijon bis Holland, von Luxemburg bis zur Picardie reichte, war ein so reiches und gesegnetes Land, als hätte die Glücksgöttin all ihre Gaben darüber ausgegossen. Ein Ehebündnis mit der burgundischen Prinzessin war darum der Traum eines jeden Prinzen.

»Na, Maxl, fällt langsam der Groschen?« Onkel Sigmund nickte ihm aufmunternd zu. »Die Euch zugedachte Braut ist das begehrteste Fräulein unter allen heiratsfähigen Fürstentöchtern in Europa. Und nun hat gar der Heilige Vater in Rom sein Wort eingelegt und sich für Eure Vermählung mit Marie ausgesprochen. Ein Bündnis zwischen Burgund und Habsburg wäre als Bollwerk gegen die Gefahr der Türken nämlich ganz in seinem Sinne.«

»Ich bedaure«, erwiderte Max.

»Ihr bedauert was?«

»Ich danke für die Ehre, die Ihr mir antragt. Doch leider sehe ich mich nicht imstande, diese Ehre anzunehmen.«

»Was bitte schön soll das heißen, Ihr seht Euch nicht imstande?«, fragte Werdenberg.

»Das heißt, was es heißt. Ich bin einer anderen im Wort.« Max warf den Kopf in den Nacken, und todesmutig fügte er hinzu: »Es ist mein Wunsch, Rosina von Kraig zu ehelichen.«

Falls der Kanzler vorgehabt hatte, ihm seine Rede mit einer weiteren Backpfeife zu vergelten, so erstarrte ihm vor Schreck die Hand. Diese zitterte in der Luft wie sein Spitzbart.

»Rosina von Kraig.« So unwillig, dass seine Halswülste bei jeder Silbe wabbelten, wiederholte Onkel Sigmund den Namen. »Wollt Ihr behaupten, Ihr sprecht im Ernst? Man teilt Euch mit, dass Euer Vater mit dem reichsten Herzog Europas in Verhandlung treten will, um Euch dessen Erbtochter zu sichern, und Ihr werft uns ins

Gesicht, Ihr wolltet Euch die Kammerfrau Eurer Schwester ins Brautbrett legen? Ja, ja, ich weiß, Bub, *la bella Rosinella* hat Äuglein wie ein Kohlenfeuer, und in ihrem Mieder gibt es tüchtig was zu schnüren. Aber Hand aufs Herz: Kannst du dir das Glutäuglein vielleicht mit einer Krone auf den schwarzen Locken vorstellen? Ist das ein Weib, dem du dein Haus- und Staatswesen anvertraust, wenn dich das Schlachtfeld ruft?«

»Rosina von Kraig ist die Nichte des Bischofs von Salzburg!«, brach es aus Max heraus. »Die Frau, die Gott mir anbefohlen hat! Und ich stehe zu dem Wort, das ich ihr verpfändet habe, bei meiner Ehre! Außerdem – von welchem Schlachtfeld redet Ihr? Rüsten wir etwa ein Heer, um dem Haus Habsburg und dem gerupften Reichsadler wieder Ruhm und Achtung zu verschaffen? Kriege kosten Geld, und von Geld trennt mein Herr Vater sich nicht. Statt in den Kampf gegen Ungarn zu ziehen, schüttelt er lieber sein leeres Säckel, dass man sich schämen muss. Bettelkaiser schimpfen die Wiener ihn, und mich, seinen Sohn, einen Bettelprinzen.« Wie zum Beweis blickte Max an seinem schäbigen Gewand herunter. »Sind das Kleider, die der Sohn eines Kaisers trägt? Ha! Würde ich mich Marie von Burgund in diesem Aufzug präsentieren, müsste sie glauben, man wolle sie mit einem Vagabunden als Bräutigam narren.«

In Erwartung eines höchstkaiserlichen Zornesausbruchs hielt Max inne. Doch sein Vater legte seinen Stock beiseite, setzte sich an den Tisch und griff nach einer Melonenscheibe.

»Genug des Wortemachens«, erklärte er. »Wir sind uns einig? Dann troll Er sich, vergäll Er Uns nicht länger das Frühstück.«

Max straffte die Schultern. »Wir sind uns keineswegs einig«, versetzte er. »Eure Erwägungen in Ehren, aber ich liebe Rosina von Kraig und bin entschlossen, sie zu heiraten.«

»Heiraten will Er sie. Lieben tut Er sie.« Der Vater würdigte ihn keines weiteren Blickes, sondern wandte sich Sigmund zu. »Hört Euch das an, Vetter. Was macht ein Mensch von Verstand mit solchem Kindskopf? Wir reden von der Zukunft des Heiligen Römischen Reiches, und der Kerl träumt von den Apfelbäckchen einer Kammerjungfer.«

Nicht von Apfelbäckchen, dachte Max, *von Liebe. Aber dass du von der nichts verstehst, weiß ich nur allzu gut. Und meine arme Mutter wusste es auch.*

»Nicht solche Strenge, Majestät, ich bitt' Euch.« Sigmund zauste sich das schüttere Haupthaar. »Haben wir als junge Hirsche nicht alle geglaubt, wir müssten jedem Bäumchen erst einen Altar errichten, ehe wir uns daran das Geweih abstoßen?« Er spitzte sein Mündchen wie zu einem Kuss. »Für die Liebe, Bub, für die gibt's andere Lösungen. Seht mich an! Meinen Lenden dürften an die vierzig Kinder von fünfzig verschiedenen Müttern entstammen, oder meinethalben auch fünfzig Kinder von vierzig Müttern, ich kann mir das nicht merken. Aber habe ich die vielleicht alle geheiratet? Werde ich mir Blei ans Bein ketten, wenn ich Gold haben kann?«

»Ich bin ein Ehrenmann«, fauchte Max.

»Natürlich seid Ihr das, Maxl.« Sigmund grinste. »Ein Ehrenmann seid Ihr und sollt auf dem ehelichen Lager ja auch keinesfalls zu kurz kommen. Wisst Ihr denn überhaupt, was man sich an den Höfen Europas von der burgundischen Marie erzählt?«

»Was soll man sich schon erzählen?«, entgegnete Max. »Dass sie die einzige Tochter des reichen Herzogs Karl von Burgund ist, dass selbiger Karl mit drei Ehefrauen keinen Sohn gezeugt hat, und dass damit Marie zur Erbtochter avancierte. Was sie darum als Braut wert ist, habt Ihr mir ja sehr eindrücklich dargelegt.«

»Richtig, richtig. Und jener kühne Karl kennt keinen größeren Wunsch als eine Königskrone, damit Europas Fürsten nicht länger auf ihn als einen Emporkömmling herunterschauen, sondern ihm als ihresgleichen in die Augen sehen. Und wer besitzt die Macht, ihm diese Krone zu verschaffen? Kein anderer als Euer kaiserlicher Vater! Weshalb wir unter allen Bewerbern um Maries Gunst den fettesten Köder an der Angel haben. Doch was gibt es nun über das Fischlein selbst zu sagen, nach dem wir um Euretwillen die Angel auswerfen?«

Sigmund von Tirol legte eine Kunstpause ein. Max gab sich große Mühe, seine wachsende Neugier hinter einer möglichst gelangweilten Miene zu verbergen.

»Sie ist der Schönsten eine!«, rief Sigmund aus. »Das Inbild junger Mädchenblüte ist Marie von Burgund. Sie bringt die Herzen der Edelsten zum Schmelzen.«

Bei den Worten seines Onkels sah Max vor sich das Gesicht seiner Geliebten: Rosina. Ihre helle Haut, ihr roter Mund, umrahmt von der Fülle ihrer schwarzen Locken. Doch seltsam, unter Rosinas Antlitz blitzte plötzlich das elende AEIOU seines Vaters auf, wie eine stumme Mahnung.

»Und *wie* hübsch ist sie?«, fragte er.

7

Der Tag war wie ein gerade erst aufgezogenes Laken: blitzsauber, kühl und knisternd vor Frische. Die Lockung eines solchen Morgens war unwiderstehlich für Marie. Wenn sie sich beeilte, würde niemand sie hindern, sich vor dem Frühstück aus dem Palast zu stehlen. Marie zog den Prinsenhof von Gent allen anderen Residenzen, die sie im Laufe ihrer sechzehn Lebensjahre bewohnt hatte, vor, weil ihm ein weitläufiges Jagdgebiet angehörte, das sich bestens zur Reiherbeize eignete. Außerdem war der Weg zu den Stallungen vom Wohntrakt her nicht einsehbar.

Marie war aufgewachsen wie die Disteln, die an der Mauer um den Sattelplatz in die Höhe wucherten, sich selbst überlassen, ohne elterliche Führung. Ihr Vater war als Statthalter nach Holland berufen worden, als sie sechs Jahre alt gewesen war, und die Mutter, die zwei Jahre später gestorben war, hatte sie kaum gekannt. Seit es aber entschieden war, dass ihrem Vater kein männlicher Thronfolger mehr geboren würde und somit sie als Erbin des Herzogtums galt, war es mit ihrer Freiheit vorbei. Wenn sie an diesem prächtigen Morgen Zeit für sich haben wollte, durfte sie sich darum von niemandem blicken lassen.

Keine halbe Stunde später saß Marie im Sattel ihrer Rappstute Passionata und galoppierte hinaus in den unberührten Tag. Reine, das Falkenweibchen, das sie selbst gezähmt und ausgebildet hatte, kauerte auf dem ledernen Handschuh, der ihren Unterarm bedeckte, als wären Falke und Falknerin miteinander verwachsen. Marie wusste: Auf jemanden, der von dieser Kunst nichts verstand, würde ihr Ritt mit dem Vogel spielerisch leicht wirken, doch in Wahrheit steckten unzählige Stunden beharrlicher Übung darin.

Marie liebte die Gesellschaft ihrer Tiere. Die in Andalusien gezogene, für ihr Temperament gefürchtete Stute und der Falke standen ihr ebenso nahe wie Cuthbert, der graue Stöberhund, den ihre Stiefmutter, Margarete von York, ihr aus England hatte schicken lassen. Von Tieren fühlte sie sich wortlos verstanden, während sie im Wortgeklingel der Menschen oft nur scheppernde Leere hörte. Deshalb ritt sie zur Beize am liebsten allein, auch wenn Philippe de Commynes, der Berater ihres Vaters, sie immer wieder ermahnte, einen Begleiter mitzunehmen, damit ihr nichts geschehe – am besten ihn selbst. Doch seine Schmeicheleien, mit denen er sie stets bedachte, hätten ihr die Freude am Galopp ihrer Stute verdorben, an den Farben und Düften des Herbstes und an der Stille, in der ihr Hufschlag widerhallte.

Doch nicht nur Passionatas Hufschlag, auch der Ärger und Verdruss der vergangenen Wochen hallte in ihr wider – sogar hier, in Gottes freier Natur. Marie war alles andere als eine dumme Gans, sondern eine junge, gebildete Frau mit wachem Verstand, die geistreiche Gespräche liebte. In ihrer Gegenwart aber schien keinem Menschen mehr ein anderes Thema als ihre Heiratsaussichten in den Sinn zu kommen. Auch ihr Vater und seine dritte Frau Margarete redeten mit ihr weniger über den Herzoghasser und Rebellen Jan Coppenhole, der eine wirkliche Bedrohung für die Herrschaft im Land war, als über ihre mögliche Eheschließung, wobei die in Betracht kommenden Kandidaten schneller wechselten, als ein Kinderkreisel sich drehte.

Kaum ein Tag verging, ohne dass ein Verehrer vorstellig wurde und Marie mit Bekundungen seiner Liebe zu Tode langweilte. Da wurde geseufzt und geschluchzt, dass die Wände weinten – als würde Marie nicht durchschauen, dass die inbrünstigen Oden, Verse und Schwüre nicht ihr, sondern ihrem Erbe galten.

Wäre es nach ihr gegangen, so hätte sie überhaupt niemanden geheiratet. Jedenfalls nicht so bald und auf keinen Fall einen Mann, der nicht ebenso begeistert und ausdauernd zu Pferde saß wie sie. Keinen, dem sie die Achtung schuldig bleiben musste, weil er ihr nicht gewachsen war – und schon gar kein Wickelkind, und wenn es hundertmal die Krone Frankreichs erben sollte!

Zu ihrer Erleichterung hatte sich auch ihr Vater dem Ansinnen König Ludwigs von Frankreich, die burgundische Erbin mit seinem spätgeborenen Thronfolger zu vermählen, bisher verweigert. Das Herzogtum, für dessen Unabhängigkeit Karl zeitlebens gekämpft hatte, Frankreich nun durch ein Ehebündnis wieder zuzuführen, wäre in seinen Augen einer Kapitulation gleichgekommen. Marie war heilfroh darüber. Die Vorstellung, einen Dreijährigen heiraten zu müssen, hatte ihr schon manche Nacht den Schlaf geraubt.

Marie ließ Passionata sich ein gutes Stück ausgaloppieren, ehe sie die Stute hinter dem Waldsaum, an einem zum See hin abfallenden Hang, wieder zum Schritt durchparierte. Aus dem dichten Gras am Ufer stiegen Nebel, und auf den Halmen glänzten Perlen von Tau. Marie wartete ab, lauschte auf jede Regung des Tieres zwischen ihren Schenkeln, bis das sachte Beben und Tänzeln, das von der Anstrengung des Galopps rührte, allmählich nachließ und die feinnervigen Glieder sich entspannten. Dann erst brachte sie die Stute zum Stehen und wandte ihre Aufmerksamkeit dem Greifvogel zu, der reglos auf ihrem Arm ausgeharrt hatte. Ihr Hund benötigte keinen gesprochenen Befehl. Daran gewöhnt, allein, statt in der Meute loszupreschen, um Wild aufzutreiben, sprang er davon, kaum dass Marie seine Flanke mit der Spitze ihres Stiefels streifte.

Da ihr Vater jahrelang auf einen Sohn gehofft hatte, war Marie auf die Rolle einer Landesherrin nie vorbereitet worden. Sie aber fand, dass der Umgang mit Tieren eine gute Schule dafür bot: Von ihnen hatte sie gelernt, dass man Gehorsam nur erwarten durfte, wenn man selber Vertrauen entgegenbrachte und um Vertrauen warb. Genau so behandelte sie Reine. So leise flüsterte sie dem Falken ihre Befehle zu, dass kein noch so feines Menschenohr sie hätte hören können.

Die Wahl des richtigen Augenblicks war für den Falkner auf der Beize so wichtig wie für den Ritter in der Stechbahn. In dem Moment, in dem der Hund den Reiher aus dem Gras trieb, musste Marie ihrem Falken die Haube vom Kopf ziehen. Verspätung verschaffte dem Jäger einen Nachteil, zog sie aber zu früh, so mochte es das Tier verwirren. Mit einem Sprung teilte Cuthbert die hohen Halme, und der Wasservogel flatterte erschrocken auf. Jetzt! Ohne zu zögern, griff Marie nach dem Leder.

Von der Augenbinde befreit, schüttelte Reine den Kopf, um ihre Sinne zu sammeln, dann straffte sich ihr muskulöser Leib, und wie ein Pfeil von der Sehne schnellte sie von Maries Arm gen Himmel. Das alles vollzog sich innerhalb eines einzigen Wimpernschlags, viel zu geschwind, um es mit Blicken zu verfolgen.

In schnurgerader Bahn schoss der Falke auf den Reiher zu. Kaum wurde dieser sich des Angreifers gewahr, hob er sich steil in die Lüfte und spie dabei die Reste des Fisches aus, den er gerade verspeist hatte, als wolle er sich zum Duell mit dem Raubvogel erleichtern. Marie hielt den Atem an. Sie hatte etliche Male zugesehen, wie die beiden Könige der Luft versuchten, sich gegenseitig an Höhe zu überbieten, doch die Schönheit des Schauspiels packte sie jedes Mal aufs Neue. Es dauerte nicht lange, dann hatte der Falke den Reiher eingeholt und attackierte ihn mit den Fängen. Mit erstaunlichem Geschick wich er dabei den Hieben des langen

Schnabels aus, flog eine scharfe Volte und setzte von der anderen Seite erneut auf sein Opfer zu.

Viele Falkner gingen mit zwei Tieren auf die Beize, um das Risiko für die kostbaren Vögel zu mindern, doch das hätte Reine in ihrer Ehre verletzt. *Sie ist wie ich*, dachte Marie. *Sie will es alleine schaffen* ... Der Reiher kämpfte auf verlorenem Posten. An der Schwinge getroffen verlor er an Höhe, und nach einem zweiten Treffer ging er wie tot zu Boden. Sogleich hielt Cuthbert mit gereckter Rute auf ihn zu. Marie trieb ihre Stute ein paar Schritte voran und ließ sich leise aus dem Sattel gleiten, um das besiegte Tier nicht mehr als nötig zu erschrecken.

Der Reiher lag zwischen Schilfhalmen und schlug toll vor Angst mit den Schwingen. Marie kniete sie sich zu dem Vogel, der zerrupft, aber unverletzt schien, und löste eine der hellen Federn aus seinem Brustgefieder. Das war ihre Trophäe. Ein Jagdmesser brauchte sie nicht. Lautlos trat sie zurück und ließ dem Reiher den Frieden, den er brauchte, um sich von seinem tapferen Kampf zu erholen. Kurz darauf erhob er sich in die Lüfte und flog über den See davon.

Marie liebte diese Art zu jagen. Die Reiherbeize war die Königsdisziplin des Waidhandwerks, eine Herausforderung für Mensch und Tier. Sie forderte Ausdauer, Gespür und Selbstbeherrschung – um sinnlos zu töten, hätte Marie ihren Falken nie missbraucht. Sie zog ihr Federspiel aus dem Gurt und ließ es zweimal durch die Luft kreisen. Das war Reines Signal. Mehr brauchte der Vogel nicht, um im Flug innezuhalten, die Freiheit des weiten Himmels aufzugeben und zu seiner Herrin zurückzukehren. Marie sah ihm zu, bis er auf ihrem Handgelenk aufsetzte – leicht wie eine Feder. Respekt, Bewunderung, ja Liebe durchströmten sie. War es möglich, Ähnliches für einen Mann zu empfinden?

Die Jagd hatte all ihre Sinne belebt. Mit glühenden Wangen und bebend vor Lebenslust schwang sie sich wieder in den Sattel und galoppierte den Weg zum Prinsenhof zurück. Der vor ihr liegende Tag erschien ihr voller Verheißungen und Möglichkeiten. Wer weiß, vielleicht hatte sie Glück und das Heer der Verehrer blieb ihr heute erspart. Dann könnte sie sich wieder einmal in das Lieblingsbuch ihres Vaters vertiefen, ein prachtvolles Werk über die Kunst der Falknerei von dem Stauferkaiser Friedrich II., oder in die neue *Moralité*, ein allegorisches Schauspiel über die Regierungskunst als höhere Form des Dramas, das ihre Stiefmutter Margarete ihr geschenkt hatte. Oder sie übte ihr geliebtes Latein, bei dessen Konjugationen sie sich stets fühlte, als poliere sie ihren Geist mit einem Silberlappen, bis er blitzte. Am meisten aber zog es sie zu ihrer Laute, um die Melodie, die ihr im Kopf herumging, in Saitenklang umzusetzen – zwei Stimmen, die sich jagten, in steigenden Kadenzen, wie der Flug von Reiher und Falke.

Der Tag war noch immer herrlich wie ein frisch aufgezogenes Laken, und durch die Feuerfarben der Baumkronen stahl sich die Sonne. Marie war glücklich, als sie an diesem Vormittag auf dem Sattelplatz des Prinsenhofes einritt, und voller Dankbarkeit, am Leben zu sein.

8

Philippe de Commynes wusste: Wenn Marie bei so herrlichem Wetter das Frühstück ausfallen ließ, brauchte er sie in ihren Gemächern erst gar nicht zu suchen.

»Schafft sie mir her!«, hatte ihr Vater, der Herzog, ihn angeherrscht. »Sobald der Lothringer hier ist, will ich sie in ihren Räumen wissen, oder Ihr sollt mich kennenlernen!«

Philippe de Commynes war kein Dienstbote, und es widerstrebte ihm in tiefster Seele, sich in solcher Weise anherrschen zu lassen. Er war Herzog Karls Knappe geworden, kaum dass er seinem Kinderkittel entwachsen war, und seither hatte er mehr als genug getan, um sich den Respekt des Burgunders zu verdienen. Unter anderen Umständen hätte er Karl zu verstehen gegeben, dass auch ein Herzog ihn nicht ihn wie einen Laufburschen behandeln durfte. Dass er in diesem Fall davon absah, hatte aber nichts mit Herzog Karl zu tun.

Sondern mit dessen Tochter. Marie. Der nämlichen, die er um jeden Preis herbeischaffen sollte.

Sicher, wo er sie finden würde, wählte er die schmale Hintertreppe, die auf das Gelände der Stallungen und Gehege hinaus führte. Seine Vermutung hatte ihn nicht getäuscht. Nach wenigen Schritten kam Marie ihm entgegen, den Falken noch auf dem Handschuh, das helle Haar gelöst, als hätte sich ein Rest vom rötlichen Schimmer der Sonne in ihren Locken gefangen. Wie so oft hielt Philippe bei ihrem Anblick einen Herzschlag lang inne. Es gab nicht viel Süße, die ihn berührte, dazu schmeckte sein Leben zu bitter, aber das Bild, das sich ihm hier bot, machte den Panzer in ihm weich. Statt sie zu schelten, musste er lächeln.

»Dass der Vogel nicht in Eure Gemächer gehört, sagt man Euch gewiss nicht zum ersten Mal, Prinzessin. Und ohne Zweifel seid Ihr auch wieder die schwarze Teufelin geritten, Passionata, mit der Ihr Euch eines Tages Euer hübsches Genick brechen werdet.«

Das Lächeln, das sie ihm zur Erwiderung sandte, hätte des Herzogs vielgerühmte Panzerreiter mit leichter Hand entwaffnet. »Ach Gott, Philippe. An einem Genick ist wahrlich nichts Hübsches – und außerdem nennt mich nicht Prinzessin, ich bitte Euch.«

»Wie beliebt.« Er deutete eine Verbeugung an.

»Und dass ich Reine nach der Jagd auf der Stange bei mir sitzen lasse, damit sie meine Nähe spürt, wisst Ihr so gut wie ich.«

»Dass ich es weiß, heißt nicht, dass ich es gutheiße.«

Marie lachte. »Ihr sprecht, als wärt Ihr mein Vater oder mein längst verblichener Erzieher.«

»Und Ihr betragt Euch, als würdet Ihr eines solchen durchaus noch bedürfen«, parierte er. »Da Ihr aber Euren Vater erwähnt: Er war höchst ungehalten, als ich ihm melden musste, dass Ihr zur Frühstückszeit nicht in Euren Gemächern aufzufinden wart.«

Marie seufzte und zog ihr reizendes Gesicht in Falten. Wann

immer sie das tat, verschwand vor Philippes Augen die kühle Dame, die im Jagdsattel wie im gelehrten Gespräch brillierte, und er sah in ihr das blutjunge Mädchen, das sie noch immer war.

»Soll ich raten, was mein Herr Vater von mir will?«

»Ich befürchte, Ihr ratet richtig.«

»Es ist also wieder einmal ein Herr eingetroffen, der mir Süßholz ins Ohr raspeln möchte, weil ihm keine größere Wonne erdenklich ist, als Marie von Burgund zu heiraten?«

»So ähnlich ließe es sich ausdrücken«, gab Philippe zu. »Und für diesmal muss ich Euch bitten, die Sache nicht auf die leichte Schulter zu nehmen. Der Herr, der Euch seine Aufwartung zu machen wünscht, ist Nicolaus von Lothringen. Euer Vater scheint fest entschlossen, ihm im Fall eines Antrags Eure Hand zu gewähren.«

»Das ist nicht Euer Ernst, Philippe! Ich kenne diesen Lothringer doch gar nicht – mein Vater weiß nicht einmal, ob wir einander überhaupt riechen können.«

Philippe presste sich ein Lächeln ab, obwohl ihm nach allem anderen zumute war. »Soweit ich im Bilde bin, handelt es sich weniger um eine Frage des Geruchs als um eine der Gebietsansprüche. Das Herzogtum Lothringen würde die hochburgundischen Länder mit den niederburgundischen verbinden, so dass das Herrschaftsgebiet Eures Vaters einen geschlossenen Gürtel von der Nordsee bis Dijon bilden würde. Ihr wisst, wie sehr Ludwig von Frankreich danach giert, sich Burgund wieder anzueignen, doch wenn ein solcher Wall sein Paris umschließt, hätte er schlechte Karten auf der Hand.«

»Und das ist Grund genug, mich an einen wildfremden Mann zu verschachern?«

»Ich bitte Euch.« Zum zweiten Mal zwang sich Philippe zu einem Lächeln. »Warum seht Ihr Euch den Lothringer Herzog nicht erst einmal an? Es heißt, er sei ein ausnehmend schöner Mann.«

Sie sah zu ihm auf, der Blick ihrer blauen Augen klar und unverstellt. »Ist es das, was Ihr mir ratet, Philippe?«

Er musste sich Zwang antun, um zu nicken. »Es scheint mir das Vernünftigste, Prinzessin.«

»Der Mensch wartet in meinem Empfangsraum?«

»Ebenda.«

»Könnt Ihr mir dann wenigstens Kunz schicken? Allein bin ich nicht sicher, die Prüfung zu bestehen, ohne gähnen zu müssen.«

Diesmal musste Philippe wirklich lächeln – Marie trug selbst eine Frechheit noch mit Liebreiz vor. Außerdem schmeichelte es ihm, dass sie ihm genug vertraute, um die Formen zu vergessen. Wenn sie Kunz von der Rosen bei der Unterredung mit dem Lothringer dabeihaben wollte – nur zu! Kunz war der Hofnarr ihres Vaters, ein boshafter Zwerg, aber was, wenn nicht Bosheit, war in diesem Leben schon vergnüglich? »Ich werde Kunz wissen lassen, dass Ihr seine Gesellschaft wünscht.«

Sie legte ihm die Hand auf den Arm. »Ihr seid ein Geschenk des Himmels, Philippe. Wie wir ohne Euch zurechtkommen würden, weiß Gott allein, und wenn wir uns unbedingt an einem schönen Mann ergötzen wollen, dann brauchen wir keinen Lothringer, sondern haben ja Euch.«

Damit ließ sie ihn stehen und entschwand die Treppe hinauf. Mit einem Seufzer blickte er ihr nach. Dass er als ansehnlicher Mann galt, war ihm nichts Neues, an Komplimenten von Frauen hatte es ihm nie gemangelt. Doch sie waren ihm stets zum einen Ohr hinein- und zum anderen hinausgegangen. Ihn drängte es nicht zur Liebe, sondern zur Macht – das hatte schon manche Schöne erfahren. Maries Kompliment aber machte ihm schwache Knie. Plötzlich fühlte er sich so wehrlos und jung, wie er es in seinen sechsundzwanzig Jahren nie zuvor gewesen war.

9

Der neueste Bewerber um die Tochter Burgunds wartete in ihrem privaten Empfangsraum. Marie liebte dieses Zimmer, sie hatte es nach ihrem Geschmack im flämischen Stil einrichten lassen. Blitzblanke Butzenscheiben lenkten den Blick auf die lichten Fenster, und der Kachelofen mit seinem Feuer von duftenden Hölzern verbreitete eine Behaglichkeit, die es sonst nur in Bürgerstuben gab. Vor allem aber war der Raum angefüllt mit Dingen, die ihr teuer waren: Bücher und Schriften, die sich auf dem Lesepult stapelten, ihr Cembalo im Winkel hinter dem Ofen, ihre Laute aus Tiroler Kirschholz an der Wand. Hier war ihre Insel, auf die sie sich flüchtete, wenn die Wellen des Hoflebens drohten, über ihr zusammenzuschlagen. Umso stärker jedoch war ihre Abneigung nun gegen den Besucher, der unaufgefordert in diese abgeschiedene Welt eingedrungen war.

Nicolaus von Lothringen hatte ausgerechnet in ihrem Lieblingssessel Platz genommen. Bei ihrem Eintritt erhob er sich. Marie schenkte ihm nur ein kurzes Nicken und ließ den Falken auf die Stange beim Ofen gleiten. Dann erst wandte sie sich dem Gast zu, um die Förmlichkeiten der Begrüßung hinter sich zu bringen.

»Teure Prinzessin! Mir mangelt es an Worten, um Euch begreiflich zu machen, welche Freude es mir bereitet, die Schönheit, die ganz Europa besingt, leibhaftig vor mir zu sehen.«

Dir mangelt es an so manchem, dachte Marie, *aber bestimmt nicht an Worten ...* Während er sie mit weiteren Albernheiten bedachte, musterte sie ihn. Dass er mit seinem elegant frisierten Blondschopf, den gepolsterten Schultern und der enggeschnürten Taille dem gängigen Ideal männlicher Schönheit entsprach, ließ sich nicht leugnen. Doch schien er sich dieser Wirkung nur allzu sehr bewusst. Geziert tänzelte er von einem Bein auf das andere und schwenkte beim Sprechen die Hüften, als bewege er sich zwischen Spiegeln und erfreue sich an der eigenen Ansehnlichkeit.

Als sich lautlos die rückwärtige Tapetentür öffnete und der Narr Kunz sich ins Zimmer stahl, atmete Marie auf. Hätte der Zwerg neben dem Lothringer gestanden, so hätte er ihm bis knapp unter die Brust gereicht. Würde man jedoch beider Geist der Länge nach vermessen, würde der Vergleich andersherum ausfallen. Mit einem Finger an den Lippen bedeutete Kunz Marie, ihn nicht zu verraten.

Kaum merklich nickte sie ihm zu und verbiss sich ein Lachen. Der Lothringer war viel zu sehr in seinen Auftritt vertieft, um etwas zu bemerken. Auch dass Kunz hinter ihm in Stellung ging und begann, sein Getänzel und Hüftkreisen nachzuäffen, blieb ihm verborgen.

»Teuerste Freundin. Der Herzog von Savoyen, den ich zu meinen Freunden zählen darf, berichtete mir von Eurer hohen Musikalität und rühmte Eure Kunst auf der Fiedel.« Mit einer Verbeugung wies er auf Maries Laute. Kunz ahmte die Verneigung so übertrieben nach, dass er vornüberzustürzen drohte.

»Ich liebe Musik!«, flötete Nicolaus von Lothringen und rollte die langbewimperten Augen. »Somit frage ich mich, Teuerste, ob Ihr wohl so freundlich wärt, mir die Freude zu machen?«

Johanna, Maries Hofdame, die bis jetzt schweigend über ihrer Stickarbeit gesessen hatte und von dem Besucher vermutlich so wenig bemerkt worden war wie Kunz, erhob sich und schritt zur Wand. Mit einem Grinsen nahm sie die Laute vom Haken und reichte sie Marie mit einem Knicks. »Eure Fiedel, Prinzessin.«

Marie sandte ihr einen funkelnden Blick zu. *Du hast gut lachen, Du bist es ja nicht, die den Hohlschädel heiraten soll.* Dann nahm sie das Instrument und setzte sich auf einen Schemel. Mit dem Lauteschlagen erging es ihr wie mit dem Reiten: Wenn sie erst einmal darin vertieft war, vergaß sie die Welt samt all ihren unerwünschten Freiern. Suchend spielte sie ein paar Töne der Melodie an, ließ sie in einen kleinen Lauf münden und leitete über zu einem Chanson des flämischen Tonsetzers Ockeghem, eine zärtlich verspielte Weise, die sie besonders gern mochte.

»Entzückend, Teuerste, ganz und gar entzückend!«, rief der Lothringer. Hinter ihm spitzte Kunz die Lippen wie sein Vorbild, winkelte eines seiner krummen Beinchen an und ließ den Kopf kreisen. Johanna in ihrem Winkel entfuhr ein Prusten.

Nur Marie konnte nicht lachen. Sogar der Zauber, den Musik für gewöhnlich auf sie ausübte, versagte bei der Vorstellung, dass sie womöglich diesen Pfau heiraten musste und dann gezwungen sein würde, ihn in ihrer Welt zu dulden, wann immer er es wünschte.

Marie ließ die Laute sinken und stand auf. »Ich bitte, mich zu entschuldigen«, sagte sie. »Ich fühle mich nicht wohl.«

»Ich bin bestürzt, das zu hören, teure Freundin!«, rief ihr Freier. »Wenn Ihr meiner Hilfe bedürft, wäre ich nur allzu gern …«

»Nicht nötig. Ich brauche nur ein wenig frische Luft, das ist alles.« Ehe er etwas einwenden konnte, eilte sie aus dem Raum.

Auf der Treppe kam ihr Philippe de Commynes entgegen. Ohne ein Wort begriff er, wie es um sie stand. Mit einem liebevollen Lächeln breitete er die Arme aus, und ohne nachzudenken, sank Marie an seine Brust. Es tat so gut. Solange sie zurückdenken konnte, gehörte Philippe dem herzoglichen Haushalt an, er war ihr seit Kindheit vertraut, der vielleicht einzige Mensch außer Johanna und ihren Eltern, dem sie ihr Innerstes preisgeben konnte.

»So schlimm?«, fragte er, als sie zu ihm aufblickte.

Marie nickte. »Noch viel schlimmer.«

»Seid ehrlich. Ihr habt dem Lothringer nicht einmal eine Chance gegeben.«

»Mag sein«, gestand sie. »Aber was würdet denn Ihr tun, wenn man Euch zwingen würde, Eure Zukunft einem solchen Menschen zu überantworten? Einem selbstgefälligen Aufschneider und Phrasendrescher? Ich weiß, ich bin mit dem falschen Geschlecht zur Welt gekommen – aber habe ich darum denn gar kein Recht, über mein Leben zu entscheiden?«

Sachte strich er ihr über den Rücken. »Ach, wer hat schon das Recht, über sein Leben zu entscheiden. Können die Bürger von Gent entscheiden, von wem sie regiert werden? Kann ein Küchenjunge entscheiden, ob er vor einem Feuer steht, um einen Spießbraten zu wenden? Kann ein Knabe entscheiden, ob er als Knappe einem Ritter dienen will, der ihm mit Gertenhieben den Stolz austreibt? Niemand von uns kann über sein Schicksal entscheiden, *ma belle princesse*. Das ist nun mal das Spiel des Lebens, jeder bekommt die Karten, die er bekommt. Aber auch mit einem schlechten Blatt kann man gewinnen, wenn man seine Trümpfe mit Bedacht ausspielt.«

Marie sandte ihm ein Lächeln. »Danke, Philippe.«

»Wofür?«

»Dafür, dass Ihr mir den Kopf zurechtgesetzt habt. Ihr dürft nicht glauben, mein Erbe liege mir nicht am Herzen. Das Gegenteil ist der Fall. Dafür, dass alle Länder, die meine Vorfahren erobert haben, im Herzogtum Burgund vereint bleiben, statt in Stücken dem König von Frankreich in den Rachen zu fallen, bin ich bereit, den Pflichten, die meine Geburt mir auferlegt hat, zu gehorchen.«

»Das weiß ich doch«, erwiderte Philippe ungewohnt weich. »Ich habe Euch nie anders als beherzt und tapfer gekannt.«

Sie warf den Kopf in den Nacken. »Den Lothringer heirate ich aber trotzdem nicht!«

»Dann war also meine ganze Rede in den Wind gesprochen?«, lachte er.

»Philippe«, sagte sie. »Ihr könnt nicht wollen, dass ich diesen Schwätzer heirate! Und in Wahrheit findet Ihr das auch überhaupt nicht zum Lachen, denn sonst wärt Ihr kaum mein Freund.«

»Ihr habt recht.« Der Blick seiner dunklen Augen suchte den ihren. »Dass Ihr jemanden heiratet, der Euch nicht verdient und der Euch zuwider ist, will ich in der Tat nicht. Und ich werde alles dafür tun, dass es dazu nicht kommt. Ihr könnt auf mich zählen.«

Die wenigen Worte genügten, und sie fühlte sich leichter. Ihr Vater war ein Mann, den man nur schwer von einer Entscheidung abbringen konnte. Philippe aber gehörte zu den wenigen Menschen am Hof, deren Rat ihm etwas galt.

»Ich danke Euch«, sagte sie. »Ich weiß, Dank nutzt sich ab, wenn man ihn allzu oft wiederholt, aber ich wüsste wirklich nicht, was ich ohne Euch täte.«

Zärtlich strich er ihr eine Haarsträhne, die sich aus ihrer Frisur gelöst hatte, aus der Stirn. »Das braucht Ihr auch nicht zu wissen. Wenn es nach mir geht, braucht Ihr das *niemals* zu wissen.«

10

Wie üblich musste Marie stundenlang warten, ehe Hugonet, ihres Vaters langjähriger Kanzler, sie endlich wissen ließ, dass der Herzog bereit sei, sie in seinen Privaträumen zu empfangen.

»Er bedauert, dass es früher nicht möglich war«, bekundete der kahlköpfige, immer ein wenig betuliche Greis, als trüge er selbst die Schuld daran. »Aber was will man machen? Es will ja tagtäglich die halbe Welt und an manchen Tagen auch die ganze etwas von unserem Herzog.«

Ihr Vater empfing sie in einem Raum, dessen Einrichtung von seiner Liebe zu Prunk und überbordender Schönheit zeugte. Zusammen mit seiner Frau Margarete saß er bei einem Imbiss. Auf dem Fenstersims kauerte Kunz, ein Bein über das andere geschlagen. Die Narrenpritsche auf dem Schenkel, schien er mit halbgeschlossenen Lidern vor sich hinzudösen. Aber Marie wusste, der Narr döste nicht. Hinter dem Greisengesicht war er hellwach, und seinen Ohren entging kein Wort.

Sein Herr, Maries Vater, der gerade an einem Wachtelschenkel nagte, war von der Erscheinung der genaue Gegenpart des Narren. Vollblütig, kraftstrotzend, überlebensgroß – so hatte Marie ihn immer wahrgenommen. Selbst jetzt, in seinen reiferen Jahren, war er ein Inbild von Männlichkeit, neben dem Margarete, Maries zierliche Stiefmutter, fast verschwand. »Die vielzitierte Tochter«, bemerkte er und ließ den abgenagten Knochen zurück in den dampfenden Sud gleiten. »Nur herein, meine Liebe. Gerade haben wir von dir gesprochen.«

»Das kann ich mir denken«, erwiderte Marie und nahm dem Paar gegenüber Platz auf einem Stuhl.

Ihr Vater winkte einem Diener und hieß ihn, ihr einen Becher mit dunklem Wein zu füllen. Marie probierte. Der Wein war so, wie ihr Vater sein ganzes Leben liebte: reich, süß und schwer.

»Kunz hat uns verraten, dass die Bewerbung des Lothringers allem Anschein nach nicht auf deinen Beifall stieß.«

»Kennt Ihr den Mann?«, fragte Marie. »Seid Ihr ihm überhaupt je in Person begegnet?«

»Glaub mir, mein liebes Kind, ich bin im Laufe meines Lebens so manchem Menschen in Person begegnet, der mir nicht schmeckte, auch habe ich mich mit Männern gemein machen müssen, denen ich lieber die gelupfte Kehrseite zugedreht hätte. Aber immer, wenn ich deswegen zu hadern anfing, habe ich mich gefragt: *Karl, was bist du? Herzog von Burgund. Und was willst du werden? König von Burgund. Ist das nicht ein bisschen Ärger wert?*«

Marie wollte entgegnen, dass es für sie nicht um ein bisschen Ärger, sondern um ihr ganzes Leben ging. Doch als sie begriff, was ihr Vater gerade gesagt hatte, stockte sie. » König?«, wiederholte sie. »Bisher dachte ich, Ihr würdet Euch mit der Arrondierung Eures Herzogtums begnügen, und zu mehr wird Euch der Lothringer ja auch kaum verhelfen können.«

Ihr Vater stieß sein freies, schallendes Lachen aus, mit dem er jedermanns Herz gewann. »Hübsch unverfroren ist sie, was?«, wandte er sich an seine Frau. »Aber dabei so reizend, dass kein Mensch ihr etwas übelnehmen kann. Ein Apfel, der nicht weit vom Stamm gefallen ist, meint Ihr nicht auch?«

Margarete verzog spöttisch den Mund. »Ohne Frage. Nur was die Bescheidenheit angeht, kann Eure Tochter Euch nicht das Wasser reichen.«

Wieder lachte der Vater – Spott über sich selbst ertrug er so freimütig, wie er Spott mit anderen trieb. Dann erhob er sich zu seiner ganzen Größe, trat zu dem Diener und flüsterte ihm einen Befehl zu. Der Mann verschwand und kehrte gleich darauf mit einer Vogelstange zurück, auf der ein prächtiger, grün gefiederter Papagei angekettet war. »Nun aufgepasst«, rief Karl spitzbübisch feixend, nahm dem Diener die Stange ab und stellte sie vor Marie nieder. »Wer Großes erreichen will, muss erst einmal lernen, im Großen zu denken, *ma chère*. Und der französische Ludwig wird seine Hände nicht von Burgund nehmen, solange wir nicht selber nach Großem greifen, um es zu sichern.«

Noch während er sprach, packte er eine der Klauen des Vogels, und kitzelte die Haut zwischen den Zehen. Augenblicklich begann das Tier, sich aufzuplustern, und nach ein paar unverständlichen Lauten krächzte es deutlich erkennbare Worte: »*Carolo duci corona regia, Carolo duci corona regia!*« – Herzog Karl die Königskrone, die Krone des Königs für Herzog Karl!

»Und?«, fragte der Vater. »Was sagst du jetzt?«

»Dass Ihr keinen Vogel an der Kette halten solltet«, erwiderte Marie. »Jedes Geschöpf sollte aus freien Stücken wählen dürfen, wo und wie es lebt.«

»Hoho! Du redest ja schon wie der Rebell Jan Coppenhole!«, spottete ihr Vater. Dann aber lächelte er sie zärtlich an. »Das war schön gesprochen, mein Kind. In deinem hübschen Kopf wohnen kluge Gedanken, aber ein wenig Lebenserfahrung fehlt dir noch. Die meisten Geschöpfe könnten nämlich in der Freiheit, die du ihnen so innig wünschst, gar nicht überleben.«

»Sprechen wir noch über Vögel?« Marie sah ihren Vater direkt an. »Oder sind wir inzwischen bei den Töchtern angelangt? Falls Letzteres der Fall ist, so weiß ich, dass mir der wirklich freie Flug wohl nie gestattet sein wird. Aber was den Herrn betrifft, der mich an seine Kette legt, wünsche ich zumindest, ein paar Worte mitzureden. Schließlich seid auch Ihr keine Ehe eingegangen, von der Ihr sicher sein konntet, dass sie Euch zum Unglück gereicht.«

Ihr Blick wanderte von ihrem Vater zu Margarete, die zwar bald zwanzig Jahre jünger, aber als Schwester des englischen Königs ihrem Mann mehr als ebenbürtig war. Jeder am Hof wusste, dass die beiden einander nicht nur von Herzen zugetan waren, sondern einander ergänzten und brauchten, in wechselseitigem Respekt.

»Auch unsere Ehe wurde aus Vernunft geboren«, wandte ihr Vater leicht verunsichert ein.

»Einen Mann zu heiraten, der mir in jeder Hinsicht unterlegen ist, kann nicht vernünftig sein!«, rief Marie.

Ehe ihr Vater zu einer Erwiderung ansetzen konnte, nahm Margarete ihn beim Arm. »Eurer Tochter scheint der Lothringer wirklich über Gebühr zu widerstreben«, sagte sie. »Warum lasst Ihr Marie nicht wissen, dass über seine Bewerbung das letzte Wort noch nicht gesprochen ist? Vielleicht ließe sie sich für den anderen Plan ja eher gewinnen?«

»Mit Verlaub«, ließ Kunz sich aus seinem Winkel vernehmen. »Falls die Ansicht des Narren interessiert: Verglichen mit dem Herrn von Lothringen dürfte der neue Bewerber als ein deutlich kleineres Übel befunden werden.«

»Der neue Bewerber ist bisher nicht mehr als eine Schimäre«, brummte Karl, der sich nicht gern eine Karte aus der Hand nehmen ließ, die er selber ausspielen wollte.

»Von diesem Bewerber will ich hören«, sagte Marie. »Dafür trinke ich sogar noch ein Glas von Eurem viel zu schweren Wein.«

II

Über Nacht war es Frühling geworden. Zwar waren die Tage noch kühl, doch der Himmel war gläsern blau und die Luft flimmerte vor Sonne. Rosina konnte sich nicht erinnern, in ihrem früheren Leben auf den Wechsel der Jahreszeiten je geachtet zu haben. Aber jene Rosina gab es nicht mehr. Die neue Rosina, die vor einem Jahr aus der alten herausgebrochen war wie eine Blüte aus einer Knospe, sah das, was sich um sie herum ereignete, mit neuen Augen. Es war, als erschlösse sich die Schönheit der Welt ihr erst jetzt und machten sich ihr in all ihren großen und kleinen Wundern zum Geschenk, in Düften, Klängen und Bildern.

Denn Rosina war verliebt.

Nach einem Jahr, so hatte sie die Kammerfrauen oft schnattern hören, nutze die Liebe sich ab und verlöre ihren Glanz. Aber ihre Liebe war anders. Sie nutzte sich nicht ab, sondern wuchs mit jeder

Stunde, die sie mit ihrem Geliebten verbrachte, gewann an Glanz mit jeder neuen Eigenschaft, die sie an ihm entdeckte.

Hinter der Mauer, die den Garten der Burg begrenzte, erhob sich ein leichter Wald. Im Schatten hoher Eichen sprossen Moose und Pilze, Gräser und duftende Kräuter. Dort saß Rosina, an einen Stamm gelehnt, und hielt den Kopf ihres Geliebten im Schoß. Max lag auf dem Rücken und hatte die Beine ausgestreckt, als gäbe es nicht eine einzige Sorge auf der Welt. So kannte ihn ein jeder: der strahlende Prinz, der von allen Jahreszeiten nur den Frühling mit seinen hohen, hellen Himmeln kannte ... Rosina aber wusste, dass es in seinem Herzen auch andere Jahreszeiten gab, Gewitter, Nebelwolken und tiefe, sonnenlose Schwärze.

»Weißt du, wie sehr ich es hasse, wenn die Leute meinen Vater verspotten?«, fragte er. »Erzschlafmütze nennen ihn die Wiener, und das Schlimmste ist: Sie haben recht. Die Kurfürsten haben ihm die Krone nur angetragen, weil sie eine Marionette auf dem Thron haben wollten, und wenn sie ihm huldigen, geben sie sich nicht mal Mühe, ihre Häme zu verbergen. Das Reich ist unter ihm zu einem Spinnennetz verkommen, das beim kleinsten Hauch zerreißen kann. Weißt du, was meine Mutter zu mir gesagt hat, als ich kaum auf den Beinen stehen konnte?«

Wie stets, wenn er von seiner viel zu früh verstorbenen Mutter sprach, verdüsterte sich sein Gesicht. Rosina schüttelte den Kopf.

»Wüsste ich, dass du wie dein Vater handelst, so müsste ich bereuen, dich für einen Thron geboren zu haben«, wiederholte er voll Bitterkeit die Worte seiner Mutter. »Darum bin ich ihr etwas schuldig. Ehe ich ein solcher Schwächling von Kaiser werde wie mein Vater, will ich lieber überhaupt kein Kaiser sein.«

»Maxl«, sagte Rosina zärtlich. »Warum jagt dir der Gedanke, einmal schwach zu sein, solche Furcht ein?«

Er schaute sie nur kurz an, dann wandte er seinen Blick von ihr ab und schaute in den Himmel. »Als ich vier Jahre alt war, hat mein Onkel Albrecht versucht, meinem Vater, also dem eigenen Bruder, die Herrschaft über die Hauptstadt zu entreißen. Meine

Mutter und ich befanden uns in der Burg, als er seine Geschütze gegen uns auffuhr. Während sie uns mit steinernen Kugeln beschossen, packte mich meine Mutter und floh mit mir ins Kellergewölbe. Dabei hielt sie mich so dicht an sich gepresst, dass ich spürte, wie ihr das Herz raste. Damals habe ich gelernt, was Todesangst ist – noch ehe ich wissen konnte, was Tod überhaupt bedeutet.«

Vom Gefühl überwältigt wollte Rosina ihn an sich ziehen, doch er schob sie von sich fort. Er wollte ihre Liebe, ihre Leidenschaft – ihr Mitleid wollte er nicht. »Mein Vater war vollkommen machtlos«, fuhr er ohne jeden Ausdruck fort. »Er konnte uns weder beschützen noch befreien, nur die Hände ringen und klagen. Er handelte nicht wie ein Mann, sondern wie ein Wurm. Hätte der böhmische König nicht sein Heer geschickt, um die Burg zu entsetzen und uns unter dem Spottgejohle der Wiener in die Freiheit zu geleiten, hättest du den Kerl, der hier bei dir sitzt, nie kennengelernt.«

»Das hätte ich nicht ausgehalten.«

»Damals war ich ein Kind, das sich nicht wehren konnte«, sagte er, ohne auf ihre Bemerkung einzugehen. »Aber ein Mann, der sich nicht wehrt, der will ich nicht sein.«

Sie strich ihm das Haar aus dem Gesicht. »Sag, Maxl, bist du nicht doch noch ein bisschen jung, um schon ein Mann sein zu müssen?«

Mit einem Schlag fiel alles Müde von ihm ab. »Glaubst du das von mir?« Er packte sie bei den Armen und warf sie hintüber auf das weiche Bett aus Moos. »Einer wie ich kommt als Mann schon zur Welt, und wenn du das nicht weißt, *figliola*, dann pass auf, wie ich es dich lehre!«

Er hatte es sie bereits gelehrt. Nicht nur einmal, sondern unzählige Male in diesem Jahr voller Zauber. Ja, er war ein Mann, einerlei wie jung er noch war. Wenn er je seinem Vater auf den Kaiserthron folgte, so würde das Reich kein Spinnennetz bleiben, und niemals würde er das Leben eines Schwächlings führen. Rosina beugte sich zu ihm herab und küsste ihn auf den hervorspringenden Wangenknochen. »Ich liebe dich.« Die Worte drängten einfach aus ihr heraus, sie hatten zu viel Kraft, als dass sie sie hätte zurückhalten können.

Er stieß einen tiefen Seufzer aus. Was hatte er noch auf dem Herzen? Als würde er ihre Frage erraten, sagte er: »Dass ich dich anbete, weißt du, nicht wahr, *Rosinella bellissima*?«

Sie lachte, doch zugleich spürte sie, dass die Leichtigkeit des Frühlingsmorgens dahin war. »Wenn du so redest, gibt es schlechte Nachrichten.«

»Nein, *figliola*. Wirklich schlechte Nachrichten kann es für uns zwei doch gar nicht geben.« Er setzte sich auf und küsste sie. »Höchstens ein paar Stolpersteine, die uns aber nicht aufhalten.«

Sie löste sich aus seinen Armen und richtete sich auf. »Was für Stolpersteine meinst du?«

Er seufzte noch einmal. »Es wird dir wehtun, Rosina. Mir tut es auch weh, aber es lässt sich nun mal nicht ändern. Wir werden uns eine Zeitlang nicht sehen. Mein Vater nimmt mich mit auf eine Reise.«

Rosina horchte auf. »Eine Reise? Wohin?«

Er zuckte die Schulter. »Zuerst nach Augsburg. Selbst ein Stubenhocker von Kaiser wie mein Vater muss sich gelegentlich auf einem Reichstag blicken lassen. Ob du es glaubst oder nicht, er hat dazu sogar das gesamte Gefolge neu eingekleidet.«

»Ich dachte, dein Vater hat kein Geld.«

»Er hat sich welches geliehen«, erwiderte Max. »Zweitausend Gulden, vom Bankhaus Fugger. Sag, *bella bruna*, würdest du mich nicht gern mal in Silberbrokat bewundern?«

Er grinste, aber sie schüttelte nur den Kopf. »Ich brauche keinen Silberbrokat. Ich begnüge mich mit dem, was daruntersteckt.«

Hell lachte er auf und gab ihr einen Kuss. »Und ich dachte, so etwas dürfte ein anständiges Mädchen nicht einmal denken.«

»Kein Wunder«, versetzte Rosina. »Ich bin ja auch keines. Und du hör endlich auf, um den heißen Brei herumzureden. Sag mir lieber, warum dein Vater ausgerechnet jetzt zu einer Reise das Land verlässt. Hat er nicht andere Sorgen? Der Ungarnkönig Matthias Corvinus hat sein Land für unabhängig erklärt. Er will dem Kaiser die böhmische Krone abjagen, das pfeifen doch die Spatzen von den Dächern. Droht er nicht sogar mit Krieg?«

»Du hast recht, die Gefahr besteht. Aber den Ärger mit den Ungarn hat mein Vater schon viele Jahre ausgesessen, und er wird es auch weiterhin tun. Um Österreichs Ehre willen wäre es seine Pflicht, Corvinus auf dem Schlachtfeld zu stellen, aber auf dem Ohr ist er taub. Stattdessen hat er dem Ungarn meine Schwester als Braut angeboten.«

»Kunigunde? Davon hat sie mir noch gar nichts gesagt!«

»Wie auch? Sie weiß es ja selber noch nicht«, brummte Max. Und mit einem Gesicht, als beiße er in eine Zitrone, fügte er hinzu: *»Tu felix Austria nube.«*

»Ich verstehe kein Latein.«

»Du, glückliches Österreich, heirate«, übersetzte er. »Außerdem hofft mein Vater, dass die Verhandlungen, die er im Reich führen wird, Corvinus einschüchtern und in die Schranken weisen.«

»Verhandlungen? Was für Verhandlungen? In Augsburg?«

»Nein. Nicht in Augsburg.« Max schlug den Blick zu Boden, als hätte sie ihn bei einer Lüge ertappt. »Vom Reichstag reisen wir weiter nach Trier. Zu Gesprächen mit Karl dem Kühnen.«

»Lass dir nicht jedes Wort aus der Nase ziehen! Rede wie ein Mann! Zu welchem Zweck führt ihr Gespräche mit dem Herzog von Burgund?«

»Es geht um ein Schutzbündnis, so viel ich weiß. Zum Nutzen der ganzen Christenheit.«

»Zum Nutzen der ganzen Christenheit?«

Wieder zuckte Max die Schulter. »Mein Vater und Herzog Karl wollen in Trier über einen gemeinsamen Feldzug gegen die Ungläubigen beraten.« Er hörte sich an, als hätte er den Satz auswendig gelernt.

Ein kurzes Schweigen entstand. Dann sagte Rosina: »Spar dir dein Schmierentheater. Hör auf, mich zu belügen!«

»Belügen?«, protestierte er. »Ich dich? Niemals, *mia bella!*«

Als er sich zu ihr beugen und sie abermals küssen wollte, schlug sie ihm über den Mund. Das war besser, als in Tränen auszubrechen! »Glaubst du, ich bekomme nicht mit, was geredet wird?«, sagte sie. »Dein geiziger Vater hüllt sein Gefolge in Brokat, um über einen Türkenfeldzug zu verhandeln, den er nie im Leben wagen wird? Das kannst du einer Dümmeren erzählen!«

Mit blitzenden Augen sprang er auf. »So lasse ich mich nicht von dir behandeln, Rosina!« Wütend wandte er sich ab und stapfte auf die Lichtung zu, auf der sein Brauner graste.

»Aber ich muss mich von dir belügen lassen!«, rief sie ihm nach. »Ich bin ja nur die kleine italienische Kammerfrau, mit der der große Maximilian von Habsburg sich vergnügt, bis man ihm eine edlere Speise serviert. Aber keine Sorge, dein Freund Wolf hat ein paar Andeutungen gemacht. Den Rest kann ich mir selber zusammenreimen. Ich weiß, warum dein Vater nach Trier reist. Und ich weiß auch, warum er auf einmal wünscht, dass sein unbotmäßiger Sohn ihn begleitet.«

»Rosina!« Mit einem Satz war er bei ihr und schloss sie in die Arme. »Wolf ist ein verfluchter Schwätzer.«

»Er ist dein Freund. Aber mein Freund ist er auch.« Immer machtvoller stiegen die Tränen in ihr auf, doch um sich nicht vor ihm zu demütigen, unterdrückte sie sie. »Ich bin jedenfalls froh, die Wahrheit zu wissen.«

»Die Wahrheit. Pah. Und was ist das, wenn ich fragen darf?«

»Die Wahrheit ist, dass dein Vater nach Trier reist, um mit Karl dem Kühnen über deine Heirat mit seiner Tochter Marie zu verhandeln!« Rosina atmete auf. Sie hatte es ausgesprochen, ohne zu weinen. »Alles andere fällt dann ganz von selbst an seinen Platz. Burgund und Habsburg können ihr unbesiegbares Bündnis bilden, gegen wen immer sie wollen – gegen die Türken, gegen Corvinus und sein aufsässiges Ungarn, gegen die ganze Welt. Und gegen die kleine Kammerjungfer Rosina.«

»So so. Das ist also die Wahrheit.« Max zog sie an sich. »Die Wahrheit nach den Alleswissern Wolf von Polheim und Rosina von Kraig, richtig? Und was ist jetzt mit der Wahrheit nach Maximilian von Habsburg? Darf die auch Gehör finden, oder kehren wir die unter den Tisch?«

»Du warst es doch, der mir Märchen erzählt hat!« Eine Träne quoll aus Rosinas Auge. All dies würde nun also ein Ende haben: der Frühling und die Zärtlichkeit, die Ritte an den Waldsaum, die vertrauten Gespräche, die hitzigen Wortgefechte, die Küsse und Umarmungen – alles, was ihre Liebe bedeutete.

»Ach, Rosinella. Du dummes, süßes Mädchen.« Er strich mit den Lippen über ihre Wange und küsste ihr die Träne fort. »Versprichst du, dass du das nächste Mal, wenn Wolf dummes Zeug schwatzt, zu mir kommst, statt auf sein Gerede zu hören? Hättest du mich gefragt, hätte ich dir nämlich sagen können, dass der Feldzug gegen die Ungläubigen keineswegs ein Märchen ist, sondern ein Ziel, das Burgund und Habsburg tatsächlich eint und das sie eines Tages wirklich in die Tat umsetzen könnten. Auch über Waffenhilfe gegen Corvinus wird mein Vater in Trier mit Karl reden, falls der Heiratsplan mit Kunigunde fehlschlägt.«

»Und was ist mit dem anderen Heiratsplan?«, fragte Rosina.

»Ja, den gibt es auch«, erwiderte Max, »und es kann sein, dass sie über ein solches Ehebündnis verhandeln. So ist nun mal der Lauf der Welt. Aber was ändert das an meiner Liebe zu dir?«

Zögernd hob Rosina den Kopf, und ihre Blicke trafen sich. »Heißt das ...«, begann sie und brach ab.

Maximilian nickte. »Ja, Rosina. Das heißt es. Ich bin der Sohn des Kaisers. Das hast du immer gewusst, und du weißt auch, dass ich nicht die Absicht habe, wie mein Vater das Leben einer Schlafmütze zu führen, sondern ich will tun, wozu ich geboren bin. Dafür werde ich manches Opfer bringen müssen. Aber das heißt nicht, dass ich auch meine Liebe zu dir opfern werde. Bei allen Erzengeln und Heiligen – egal, wozu mein Leben mich jemals zwingen mag, die Frau, die zu mir gehört, wird immer Rosina von Kraig sein. Eher würde ich auf die Kaiserkrone verzichten als auf dich.«

Manchmal, wenn Max solche großspurigen Reden schwang, zerzauste sie ihm spöttisch das Haar, aber heute war ihr danach nicht der Sinn. Müde lehnte sie den Kopf an seine Brust und schmiegte sich in seinen Arm, um die Wärme seines Körpers und den Schlag seines Herzens zu spüren.

Zärtlich hielt er sie fest. »Wie soll ich denn ohne dich sein?«, flüsterte er in ihr Ohr. »Das, was mich antreibt, was in mir brennt – wer soll denn das verstehen, wenn nicht du? Du kennst den, der in mir steckt. Für jede andere wäre ich nur ein dummer Junge in zu großen Schuhen, der nach den Sternen greift.«

»Das bist du doch auch, mein Gernegroß«, erwiderte sie mit einem Lächeln. »Aber wenn du in deine zu großen Schuhe erst mal hineingewachsen bist, werden die Sterne auf der Hut sein müssen.«

Er hob ihr Kinn und sah sie an. »Dann weißt du jetzt also, dass du von diesen burgundischen Plänen nichts zu fürchten hast?«

Sie wich seinem Blick aus. »Und was, wenn sie hübsch ist, diese Marie?«

Max lachte. »Da kann ich dich beruhigen. Mein Onkel Sigmund hat zwar versucht, mir einzureden, sie sei wunderschön, aber der findet eine jede hübsch, wenn sie nur kein Bein nachzieht oder schielt. Den Beweis jedenfalls blieb er mir schuldig.«

»Wirklich?«, fragte Rosina.

»Wenn ich's dir sage! Bist du nun endlich wieder mein kluges, vernünftiges Mädchen?«

»Ich weiß nicht, Maxl. Sind Liebende je klug und vernünftig?«

»Ich schon«, erwiderte er. Und wie um sein Wort zu besiegeln, nahm er ihre Hand und drückte in die Innenfläche einen Kuss.

12

Im blühenden April waren sie aufgebrochen, leichten Sinns und voller Tatendrang. Jetzt war September, und über die kahlen Felder wallten Nebel.

Das prächtige Augsburg hatten sie bereist, und weder die Schönheit der Stadt noch den Empfang, der ihm dort bereitet worden war, würde Max je vergessen. Die Bürger der wehrhaften Reichsstadt mochten seinen Vater als »kaiserliches Faultier« schmähen, doch ihm, ihrem in Silber gekleideten Prinzen, jubelten sie zu. Händler und Handwerker schmückten ihre Türen mit Girlanden, sämtliche Kirchen ließen ihre Glocken läuten, und junge Mädchen warfen ihm Blumen und verschämte Blicke zu. Die Augsburger machten keinen Hehl daraus, dass auf ihm, dem Prinzen, ihre Hoffnungen ruhten und dass er ihnen mit jedem Winken, jedem Lächeln ein Versprechen gab.

Die Turniere, Reiterspiele und Aufzüge schien die Stadt allein ihm zu Ehren zu geben, und während er von einer Vergnügung in die nächste taumelte, spürte er, wie sehr er die Aufmerksamkeit genoss, die man ihm schenkte, die bewundernden Blicke der Männer genauso wie die schmachtenden der Frauen. Nicht als Maximilian oder Maxl, sondern *als Herrscher* geliebt zu werden war ein Elixier, das er noch nicht kannte. Es machte ihn schneller und schwerer trunken als Wein.

Im Saal des Perlachturms hatte Max zum ersten Mal einen Reichstag erlebt. Die hohe Zahl der Abgesandten, die aus allen Ecken des Reichs zusammengekommen waren, beeindruckte ihn. Doch schon bald bemerkte er, wie unzufrieden die Versammelten mit der Herrschaft ihres Kaisers waren, wie erbittert sie um jeden Tribut, den dieser ihnen abverlangte, feilschten, wie selbstbewusst sie auf ihre Freiheitsrechte pochten. Sein Vater, der sie ohne jedes Gespür für ihre Belange und Bedürfnisse behandelte, erzürnte sie mit seinem Starrsinn, bis keine Einigung mehr möglich war. *Er hat keinen Zauber*, dachte Max. Seiner kleinkrämerischen Seele fehlte der Funke, der auf die Herzen der Menschen übersprang, um sie für die eigenen Ziele zu gewinnen.

Er selbst wollte anders sein, wollte von den Menschen, über deren Geschick er entschied, geliebt und geachtet werden! Doch wie war das zu erreichen ohne ein Vorbild, ein Ideal, das ihm den Weg wies? Um zu wissen, was für eine Art von Herrscher er *niemals* werden wollte, brauchte er sich nur an seinen Vater zu halten. Wie aber sah der Herrscher aus, an dem er sich orientieren, nach dessen Größe er streben konnte? Die Helden der portugiesischen Sagen, die seine Mutter ihm in so vielen Nachtstunden vorgelesen hatte, ragten überlebensgroß vor ihm auf, doch sie waren keine Männer aus Fleisch und Blut. Jäh fühlte er sich inmitten des Menschentrubels einsam.

Durch den Widerstand der Reichsstädte erbost und in übelster Laune, weil in einer der mitgeführten Melonenkisten die Früchte verdorben waren, erteilte Friedrich schließlich den Befehl zum Aufbruch. Im Schneckentempo schleppte sich der lange Tross mit seinen zweitausendfünfhundert Reitern, den Kanzleischreibern, Alchimisten, Astrologen, Jagdhelfern, Knechten und Bediensteten nach Baden, nach Straßburg und anschließend nach Basel. Zwar wurden bei jedem Halt erneut Gespräche über die burgundischen Pläne geführt, doch erschien Max die Zusammenkunft in Trier allmählich wie eins der Märchen, die man Kindern erzählt, an die jedoch kein erwachsener Mensch mehr glaubt.

Was hatte Herzog Karl angeblich behauptet? Das Zeitalter des Römischen Reiches sei an sein Ende gelangt – jetzt beginne das Zeitalter Burgunds? So war es Max zu Ohren gekommen.

Immer langsamer kamen sie voran. Einmal hielt das Wetter sie auf, einmal die Pest, die in einer Ortschaft an ihrem Weg grassierte. Die Begeisterung für die Reise ließ allenthalben nach. Hatte es in Augsburg noch Zerstreuungen jeder Art gegeben, so verging jetzt ein Tag wie der andere, in einer Eintönigkeit, in der Max seine Einsamkeit nur umso stärker empfand. Er sehnte sich nach Unterhaltung, nach Wettkampf und Jagd. Er sehnte sich nach dem freundschaftlichen Gerangel mit Wolf, der zwar dem Gefolge angehörte, mit dem er jedoch nie allein war. Vor allem aber sehnte er sich nach Rosina – mit einer Macht, die ihn selber verblüffte.

Wurde er mit diesem Zug zur Schlachtbank geführt? Oder würde der Kelch an ihm vorübergehen? Beinahe täglich schnappte er Gesprächsfetzen auf, aus denen hervorging, dass mancher kaiserliche Berater Bedenken gegen die burgundischen Pläne hegte. Die Forderungen, die Karl der Kühne stellte, schienen ihnen allzu hoch: Ein Reichslehen sollte der Kaiser nach dem Willen des Burgunders aus dem Reich herauslösen und zum eigenständigen Königreich erklären. Ohne Zustimmung der Kurfürsten hatte Friedrich, selbst wenn er es wollte, dazu kein Recht. Berthold, der Fürstbischof von Mainz, hatte sich zu ihrem Sprecher erhoben und bedrängte den Kaiser, ohne ein Geheimnis aus seiner Abneigung zu machen. Ihm schlossen sich zahlreiche Fürsten und Edelleute an, die Friedrich wie er misstrauten und sicherstellen wollten, dass der Kaiser weder ihre Privilegien noch Teile des Reiches an den Burgunder verscherbelte.

Am vorletzten Tag des Septembers schließlich erreichte der Zug die alte Bischofsstadt Trier. Trotz des grauen, feuchtkalten Wetters wimmelte es in den Gassen vor Menschen, die einen Blick auf den Kaiser und mehr noch auf dessen Sohn werfen wollten. Statt des Silberbrokats trug Max einen Rock aus golddurchwirktem, rötlichem Samt. »Er passt zu Eurem Haar, mein Prinz«, hatte sein Kammerjunker am Morgen beim Ankleiden gesagt. »Ihr seid durch und durch ein schöner Herr.«

»Und du bist durch und durch ein Schwätzer«, hatte Max erwidert. Er gab nichts auf Schmeicheleien, dafür war er nicht eitel genug, und um sich zu überzeugen, dass er kein schöner Herr war, brauchte er sich nur an seine gewaltige Nase zu fassen. Umso mehr genoss er aber die Blicke der Menschen, die ihn im Sattel des tänzelnden Iwein verfolgten – zumal er sich ihnen hier nicht als Bettelprinz zeigte, sondern ausnahmsweise in Kleidern, die seinem Stand entsprachen.

Der kaiserliche Hofstaat bezog im Palais des Trierer Erzbischofs Quartier, während das Kloster Sankt Maximin für die Gäste aus Burgund hergerichtet worden war. Diese wurden eine Woche nach Ankunft der Habsburger vor Trier gesichtet.

War das Wetter bislang trüb gewesen, so riss der Himmel an diesem Morgen auf, und eine strahlende Oktobersonne vergoldete die Dächer der Stadt. »Ich möcht' mich Majestät ja nicht unbeliebter machen, als ich schon bin«, hatte Sigmund gesagt, als der Kaiser sich gerade zum Frühstück gesetzt hatte. »Aber ich fürchte, es wird erwartet, dass Majestät Herzog Karl entgegenreitet.«

Der Kaiser warf seinem Vetter einen giftigen Blick zu. Doch trotz seines Missvergnügens blieb ihm nichts anderes übrig, als sein Frühstück abzubrechen. »Eil Er sich, dass Er auf sein Pferd kommt«, schnarrte er Max zu, während die Bediensteten die Schale mit den Melonenvierteln forttrugen. »Wenn solcher Aufwand schon getrieben sein muss, soll der kühne Karl die Katze, die er kaum im Sack kaufen wird, auch zu Gesicht bekommen.«

Während Max sich Rock und Barett bringen ließ, hüllte einer der Kammerherren den Kaiser in einen Mantel aus Goldstoff, der um die Schulterpartie mit zwei Reihen Edelsteinen besetzt war. Nie zuvor hatte Max seinen Vater so vornehm angetan gesehen. Wollte der Kaiser dem reichen Burgunder imponieren? Wenn ja, dann hatte Max seine Zweifel: Der Mantel mochte noch so kostbar sein – so krumm und schief, wie Friedrich sich darin hielt, wirkte er wie ein Junker, der sich heimlich den Mantel seines Herrn umgelegt hatte.

Auch zu Pferd saß der Kaiser, dem jede körperliche Tätigkeit zuwider war, mehr schlecht als recht. Max straffte Rücken und Schultern dafür umso mehr, während sie die von Menschen gesäumte Straße hinunter ins helle Sonnenlicht ritten. Ihnen folgte nur eine kleine Entourage, der der unvermeidliche Werdenberg sowie der argwöhnische Berthold von Mainz angehörten. Mit von der Partie waren außerdem Wolf und Onkel Sigmund, der auf dem Rücken seines armen Schimmels hin und her schwappte wie ein Schluck Wein in einem Becher. Niemand sagte ein Wort, auch Vater und

Sohn schwiegen. Es lag eine erwartungsvolle Spannung in der Luft, in der jedes Gespräch erstarb.

Da ertönte eine Posaune, Trompeten fielen ein, zusammen mit Feld- und Kesselpauken. Max beschattete mit der Hand die Augen. Während die Fanfare über die Ebene hallte, wirbelten in der Ferne Staubwolken auf, um einen Zug anzukündigen, der doppelt so groß sein musste wie der Tross des Kaisers. Mit Hufgetrappel, Räderknirschen und Peitschenknallen rückte er vom Horizont heran, und während die Wagen und Reiter allmählich sichtbar wurden, entfaltete sich, von der Sonne wie mit einem Glorienschein bekränzt, vor Max ein Schauspiel, das alles übertraf, was er sich in seinen kühnsten Träumen hätte vorstellen können.

So und nicht anders sollte ein Herrscher reisen! So und nicht anders sollte er zeigen, wer er war, und jeden in die Schranken weisen! Dem Gefolge des Burgunderherzogs gehörten nicht doppelt, sondern dreimal so viele Berittene an wie dem Zug des Kaisers, und sie alle trugen silberne Harnische und ritten auf Pferden in Goldschabracken, in denen sich das Licht des Morgens brach. Eine weitere Fanfare ertönte, und dann schallte die Stimme des Herolds über die Ebene: »Karl, Großherzog von Burgund!«

Ein Name wie eine Verheißung, gefolgt von einem Jubelruf, der sich von Mund zu Mund fortpflanzte. Fahnen in leuchtenden Farben flogen in die Höhe, und die Trommler rührten mit tanzenden Schlegeln die Felle ihrer Instrumente. Über zwei Meilen lang erstreckte sich der Zug, dem die herzoglichen Lanzenreiter in drei Reihen voranritten. Sodann präsentierten sich die Ritter vom Goldenen Vlies, dem ruhmreichen Orden, den Karls Vater begründet hatte, mit ihren Collanen, an denen ihr Wahrzeichen baumelte, das goldene Widderfell. Auf sie folgten die Geschütze der berühmten burgundischen Artillerie, die wie wild schnaubende Bestien über die Unebenheiten der Straße polterten, sodann die Musiker der Hofkapelle, der endlose Strom der Fußsoldaten und die Schwadron der hochbeladenen Kriegswagen. Wie geblendet starrte Max den Ankömmlingen entgegen.

»He, klapp den Mund wieder zu!«, sagte Wolf, der auf seinem Fuchswallach zu ihm aufgerückt war. Max blieb ihm die Antwort schuldig. Er hatte den Mann erspäht, der dieser großartigen Heerschar gebot: Herzog Karl, genannt »der Kühne«. Auf einem mächtigen Dunkelbraunen, der ganz in ein Tuch aus schwerer, violetter Seide gehüllt war, ritt der Burgunder auf die Habsburger zu. Wie Maximilians Vater trug auch er über dem Kürass einen Mantel aus gezogenem Gold, doch wirkte der des Kaisers geradezu schäbig gegen Karls Gewand, das vom Kragen bis zum Saum über und über mit Edelsteinen besetzt war und funkelte wie eine Monstranz.

»Hunderttausend Gulden soll sein Lehnsrock gekostet haben«, sagte Wolf. Max antwortete mit einem stummen Nicken, unfähig, sein Staunen in Worte zu fassen. Dabei war es nicht nur die Pracht von Karls Kleidern, die Max in den Bann schlug, viel mehr noch beeindruckte ihn die Gestalt des Burgunders selbst. Wie mit seinem Pferd verwachsen, ragte der Herzog mit seinen breiten Schultern aus dem Sattel empor, den Oberkörper leicht vorgeneigt, den Blick fest auf sein Gegenüber gerichtet, während um seinen Mund in dem harten, dunkelhäutigen Gesicht ein Anflug von Hochmut spielte. Niemand, der die zwei Herrscher sah, konnte einen Zweifel daran hegen, dass der Burgunder den Habsburger an Rang und Bedeutung bei weitem übertraf.

Ja, das Zeitalter des Römischen Reiches war an sein Ende gelangt – jetzt begann das Zeitalter Burgunds ...

Sobald Karl den Kaiser entdeckte, gebot er seinem Tross durch ein Handzeichen Halt und lenkte sein Pferd in ruhigem Schritt durch die Reihen der Lanzenreiter. Er trug keine Kopfbedeckung, und in der Sonne schimmerte sein Schopf dunkel wie der eines jungen Mannes. Vor den Habsburgern parierte er sein Pferd und schwang sich aus dem Sattel. Während ein Knappe seinen Braunen übernahm, beugte der Herzog vor seinem kaiserlichen Lehnsherrn das Knie, wie es das Zeremoniell gebot. Doch selbst in dieser Geste der Botmäßigkeit wirkte er dem Kaiser überlegen.

Nur auf diesen selbst schien Karl keinen Eindruck zu machen.

Mit mürrischem Gesicht und wenig elegant rutschte Friedrich von seinem Pferd.

»Wie schmeichelhaft, dass Ihr uns auch ohne Herold erkannt habt«, knurrte er, während er seinen Lehnsmann zu sich aufhob und umarmte. Der Herzog, der die Replik nur mit einem spöttischen Lächeln quittierte, überragte den Kaiser um mehr als einen halben Kopf. Max erschien sein Vater in den Armen des Burgunders so hilflos wie eine Maus in den Fängen einer Katze.

»Ich möchte so sein wie dieser Mann«, flüsterte er. »Ja, sollte ich je über das Reich herrschen, will ich ein Herrscher sein wie er.«

13

Während der burgundische Quartiermeister in Sankt Maximin Wohnung für seinen Herrn und dessen Hofstaat nahm, begab sich Herzog Karl, der sich lieber draußen unter seinen Männern als in den engen, weihrauchvernebelten Klostermauern aufhielt, in das riesige Feldlager, das vor Triers Toren aufgeschlagen worden war. Hier hielt er seine Besprechungen ab, die offiziellen wie die geheimen, und hier war darum der Ort, an den auch sein Narr, Kunz von der Rosen, gehörte.

Vielleicht gab es ja etwas Interessantes zu erfahren?

Kunz, der in einem verwachsenen Körper und mit dem Gesicht eines Greises zur Welt gekommen war, hatte es als Knabe manches Mal in tränenreiche Verzweiflung getrieben, dass sein strahlend schöner Geist in dieser erbärmlichen Hülle gefangen war und darum vor den Menschen keine Achtung fand. Diese hatten nur Augen für den äußeren Schein, in die Tiefen einer Seele blickten sie nicht. Es hatte sogar eine Zeit gegeben, in der Kunz sich vom Leben nichts anderes wünschte als den Tod. Diesen Wunsch hatte er zwar inzwischen überwunden, aber die Tatsache, dass er noch immer keinen Grund hatte, den Tod zu fürchten, machte ihn den meisten all der anderen Menschen um ihn her, die ihn an Körpergröße übertrafen, haushoch überlegen.

Denn mit den Jahren hatte er gelernt, dass es auch Vorzüge hatte, zu klein und zu hässlich zu sein, um bei den Großen und Schönen Beachtung zu finden. Kunz konnte jedem Gespräch beiwohnen, ohne dass sich jemand daran störte. Solange er mit den Schellen an den Säumen seines Narrenkostüms spielte und sich die Narrenpritsche auf den Schenkel klatschte, sprachen die Herren in seiner Gegenwart ihre Geheimnisse so unbekümmert aus, wie sie es in Gegenwart von Karls grünem Papagei taten. Was immer er dabei aufschnappte, bewahrte Kunz so sorgfältig in seinem Gedächtnis auf wie ein junges Mädchen seine Liebesbriefe zwischen den Seiten seines Stundenbuchs. Nicht alles, was er auf diese Weise erfuhr, ließ sich sofort verwenden. Aber wer als verunstalteter Zwerg geboren worden war, der hatte gelernt zu warten. Und Kunz konnte warten – wie ein Pfaffe heucheln konnte und ein Rosstäuscher lügen.

Obwohl er in den Augen Herzog Karls nichts anderes war als ein sprechendes Tier, wusste Kunz, dass er erst am Anfang stand. Von dem Geld, das man ihm für seine Dienste zahlte, sparte er seine Zukunft an, und das Buch, das er in seinem Geiste schrieb und täglich mit neuen Informationen füllte, würde ihm dermaleinst dazu verhelfen, auf eigene Rechnung zu leben – in einem eigenen Haus und mit einem Dutzend Weiber, die ihn verwöhnten. Über die Frage, wie er bis dahin leben würde, machte er sich keine Gedanken. Es genügte ihm vorerst, zu wissen, dass eine kleine, verwachsene Affenfratze die Macht besaß, den Großen und Schönen so manches Schnippchen zu schlagen.

Also tat er, womit er betraut worden war: nach Mitteln und Wegen zu suchen, um Maximilian von Habsburg vom Schachbrett zu nehmen. Die Aufgabe war ganz nach seinem Geschmack. Leidenschaftlicher Schachspieler, der er war, spielte er mit den Figuren aus Fleisch und Blut auf der Bühne des Lebens noch lieber als mit den hölzernen oder elfenbeinernen Figuren auf dem Brett.

Um an den Sohn des Kaisers zu gelangen, musste er sich nicht einmal ins erzbischöfliche Palais stehlen. Maximilian von Habsburg war ein Berg, der zum Propheten kam. Bereits am ersten Abend nach Ankunft der Burgunder drückte der habsburgische Prinz sich im Eingang von Karls Zelt herum wie ein schüchterner Freier vor der Badestube seiner Angebeteten. Und kaum wandte Karl sich dem Prinzen zu, sprudelte dieser nur so vor Beredsamkeit: Ob er wohl des Herzogs Schwert noch einmal anschauen dürfe? Ob der Herzog einen Blick auf sein eigenes Schwert werfen wolle? Ob der Herzog tatsächlich zu sehen wünsche, wie er sich mit dem englischen Langbogen schlüge?

Bei jedem anderen hätte solche Beflissenheit peinlich gewirkt. Dieser Maximilian aber besaß eine Gabe, die anderen Jünglingen für gewöhnlich abging und die selbst die meisten erwachsenen Männer nicht besaßen: eine natürliche, gleichsam angeborene Größe. Nicht, weil er so hoch und breit von Wuchs war, dass er auf jeder Schulter einen Sarg hätte tragen können, sondern vielmehr, weil in seinem Blick etwas lag, das keine Grenzen kannte.

Diese Gabe verfehlte offenbar auch nicht ihre Wirkung auf Herzog Karl, der einen Narren an dem österreichischen Prinzen gefressen zu haben schien. Kunz wunderte das nicht. Ein blutvoller Machtmensch wie sein Herr, dem das Schicksal einen Thronfolger vorenthalten hatte, war derlei Gefühlen hoffnungslos ausgeliefert: Hätte Karl von Burgund sich seinen Sohn malen dürfen, so hätte dieser vermutlich ausgesehen wie Maximilian von Habsburg.

Auch heute war der Prinz nach dem Ende der heutigen Verhandlungen im Palais wieder mit dem Herzog zurück ins Feldlager geritten. Karl hatte ihm eine Ausgabe der burgundischen Kriegsordnung geschenkt, über die sich die beiden seither ereiferten. Eine Stunde lang streiften sie nun schon zwischen den Geschützen der Artillerie umher, und Maximilian ließ sich Zielgenauigkeit und Schussweite jeder einzelnen Kanone erklären. Besonders hatten es ihm die schweren, in Bronze gegossenen Hauptbüchsen aus Bronzeguss angetan.

»Wenn es einen Weg gäbe, das Geschützrohr auf einer Art Zylinder in der Lafette zu lagern«, sinnierte er, »dann ließe sich seine Neigung und somit auch die Schussweite ändern. Für meine eigene Artillerie würde ich die besten Kanonengießer vereinen, damit sie mir einen solchen Versuch unternehmen. Auch würde ich ihnen sagen, sie sollten die Geschützkaliber vereinheitlichen. Dann wäre es leichter, sie mit Munition zu versorgen.«

»Das würde Euch eine hübsche Stange Geld kosten«, wandte der Herzog ein.

»*Pecunia est nervis belli*«, versetzte Maximilian. »Geld ist der Nerv des Krieges. Wer keines ausgeben will, bleibt besser hinter seinem Ofen hocken, statt in die Schlacht zu ziehen.«

Der Herzog war sichtlich beeindruckt. »Wie bedauerlich, dass Ihr Eure Stellung in der Welt bereits innehabt, mein Prinz«, lachte er. »Andernfalls hätte ich Euch angeboten, das Amt meines Waffenmeisters zu übernehmen.«

»Glaubt Ihr das, Euer Gnaden?«, fragte Max, und seine Augen bekamen einen merkwürdigen sehnsuchtsvollen Ausdruck. »Dass ich meine Stellung in der Welt bereits innehabe? Ich glaube das nicht. Meine Stellung in der Welt kommt mir vor wie ein Kinderkittel, in den man einen erwachsenen Mann hineinzwängt.«

Noch einmal lachte Karl auf, doch es klang eher bewundernd als belustigt. Väterlich breitete er den Arm um die Schultern des Prinzen und führte ihn von den Steinbüchsen fort zu dem Zelt, das seinem privaten Gebrauch diente. »Um Euch darauf Antwort zu geben, brauche ich ein wenig Zeit, Maximilian«, sagte er. »Es ist Euch doch recht, dass ich Euch, da wir unter uns sind, so nenne? Zumal Ihr Euch ja wohl anschickt, mein Schwiegersohn zu werden.«

»Es ist mir mehr als recht, Euer Gnaden. Es ist mir eine Ehre! Und das sage ich nicht, um Euch zu schmeicheln.«

»Das höre ich gern«, sagte Karl. »Wollt Ihr mit mir zu Abend essen? Ich meine – nur Ihr und ich?«

»Ich mag nicht schon wieder sagen, es wäre mir eine Ehre«, erwiderte der Prinz. »Mit einem Langweiler, der nur immer das Gleiche sagt, wird ein Mann wie Ihr sich nicht zum Essen setzen wollen.«

»Nur nicht das Licht unter den Scheffel gestellt!« Herzog Karl klopfte ihm auf die Schulter. »Würdet Ihr die Langweiler kennen, mit denen ich meine Tafel schon geteilt habe, gewöhntet Ihr Euch solche Bescheidenheit schnell ab.«

14

Nur Ihr und ich, hatte der Herzog gesagt, und das bedeutete: *nur Ihr und ich und der drollige Kunz ...*

Die Herren, die für gewöhnlich mit Karl speisten – vor allem Commynes und Kanzler Hugonet –, hatte er für diesen Abend von seiner Tafel ausgeschlossen. Kunz hatte die Aufgabe gehabt, ihnen die Nachricht zu bringen. Jetzt sah er vom Ofen aus zu, wie der Herzog sich zusammen mit seinem Gast an einem fetttriefenden Kapaun in einem Sud aus Korinthen, Pflaumen, Datteln und Pfefferkörnern gütlich tat. Dazu floss der schwere, dunkle Burgunderwein.

Vom kandierten Obst, dem scharfen Käse und den Süßigkeiten, die zum Abschluss aufgetragen wurden, rührte keiner der beiden mehr viel an. »Und?«, fragte Karl und schenkte beide Becher einmal mehr voll bis zum Rand. »Was meint Ihr nun zum Gang der Verhandlungen? Werden wir zu einem Abschluss kommen, der beiden Seiten schmeckt und unseren Ländern zum Wohl gereicht?«

Der Prinz zögerte und rutschte mit seinem Hinterteil auf seinem Stuhl hin und her, ohne ein Wort zu erwidern.

Verwundert hob Karl die Brauen. »Was ist Euch denn auf die Sprache geschlagen?«

»Die Liebe«, brach es aus Maximilian hervor.

Karl nickte. »Ja, die Liebe. Von der braucht Ihr mir nicht zu schweigen. Ich bin zwar alt genug, um Euer Vater zu sein, aber doch auch jung genug, um zu wissen, was sie mit uns anstellt.«

»Es wäre mir unerträglich, Euer Gnaden zu beleidigen«, sagte Maximilian unglücklich.

»Und womit solltet Ihr mich beleidigen, junger Freund? Wollt Ihr etwa sagen, dass Ihr zwar die Vereinigung unserer beiden Länder wünscht, um das Reich gegen seine Feinde zu stärken, dass aber der Preis, den es dafür zu zahlen gilt, Euch zu hoch erscheint?«

»Nie und nimmer!« Maximilian sprang auf. »Eure Forderung nach einer Königskrone für das geeinte Burgund ist mehr als berechtigt. Mein Vater zögert nur, weil die Kurfürsten bislang ihre Zustimmung zur Herauslösung eines Reichslehens verweigern und die kaiserliche Hausmacht durch das Bündnis mit Euch nicht vergrößert sehen wollen. Ich aber wünschte, er würde sich über derart kleinliche Bedenken hinwegsetzen und dem beschämenden Zaudern ein Ende machen.«

»Bravo!« Der Herzog klatschte Beifall, und Kunz fiel mit seiner Narrenpritsche ein. »Gut gesprochen, junger Freund. Kleinliches Zaudern ziemt keinem Mann, der Großes im Sinn hat. Aus diesem Grund aber werde ich mich nicht mit der Krone für Burgund begnügen. Ich verlange die deutsche Königskrone, die mich zum Nachfolger Eures Vaters erhebt.« Er schaute Max prüfend an. »Nun, was sagt Ihr dazu? Ist das ein Preis, der Euch zu hoch dünkt?«

Maximilian wich seinem Blick nicht aus. »Die Krone steht Euch zu«, sagte er. »Wenn nicht Euch, wüsste ich nicht, wem sonst.«

»Wenn dem so ist«, erwiderte Karl mit einem Lächeln, »ist es dann gestattet zu fragen, wie es um Euch selbst steht?«

Der Prinz überlegte einen Moment. »Ich glaube«, sagte er dann mit erhobenem Kopf, »dass ich ein Herrscher werden kann, wie Ihr einer seid. Aber ich bin es noch nicht, ich muss es erst lernen. Und dazu brauche ich ein Vorbild. Wie Euch.«

»Ausgezeichnet, ganz ausgezeichnet!« Karl hob seinen Becher, wartete, bis Max es ihm nachtat, und stieß das eigene Gefäß so heftig gegen seines, dass Wein vom einen ins andere schwappte. Auf diese Weise hatten Männer jahrhundertelang sich gegenseitig bewiesen, dass sie dem anderen kein Gift in den Wein gemischt hatten, und so ihre guten Absichten bekundet. Kunz wäre trotzdem misstrauisch gewesen und hätte lieber in den Becher gespuckt, als davon zu trinken. Doch die beiden Männer leerten in tiefen Zügen ihre Gefäße.

»Die enge Denkungsart des Kaisers habt Ihr zu Eurem Glück nicht geerbt«, sagte Karl. »Aber Ihr müsst lernen, noch größer zu denken.«

»Größer, als wenn ich mir Euch zum Vorbild nehme?«, fragte Maximilian. »Größer, als wenn ich mir sage, ich, Maximilian, will der Erbe Karls des Kühnen werden und das habsburgisch-burgundische Bündnis in die Zukunft führen?«

»O ja. Noch *viel* größer.« Beinahe flüsterte Karl. »Dass Ihr Euch ein Vorbild sucht, ist gut und richtig, aber Ihr müsst über Euer Vorbild hinausdenken. Wenn Ihr wahrhaft groß denken wollt, müsst Ihr Euch nicht sagen, dass Ihr vieles erreichen könnt, sondern dass es nichts gibt, das Euch unmöglich ist. Nicht *Ich will ein Bündnis in die Zukunft führen*, sondern *Ich will dieses Reich, das Karl der Große begründet hat, erneuern und seine Grenzen erweitern, bis die Sonne darin nicht mehr untergeht.* Nicht *Ich, Maximilian, Erbe Karls des Kühnen*, sondern *Ich, Maximilian, Kaiser der Welt!*«

Nachdem die Worte verhallt waren, wurde es in dem weiten Zelt so still, dass man das Zischen der Kerzenflammen und das Tropfen des Wachses hörte. »Ich, Maximilian, Kaiser der Welt«, wiederholte der Prinz in die Stille hinein.

»Das hat einen Klang, nicht wahr?«

Maximilian nickte. »Ist mir dennoch eine Frage gestattet?«

»Nur heraus damit!«

»Wenn nun Ihr, wie Ihr es anstrebt, zum römischen König erhoben werdet – dann seid Ihr der nächste Kaiser. Wer aber garantiert mir, dass ich in diesem Fall als Euer Nachfolger je in Betracht komme? Womöglich überlebt Ihr mich. Oder die Kurfürsten wenden sich im Laufe Eurer Herrschaft vom Haus Habsburg ab. Mein Vater hat nicht eben die Herzen für unsere Sache gewonnen, und unser Bündnis mit Burgund wird uns nicht beliebter machen.«

Pardauz, dachte Kunz. Dass dieser Bengel durch eine ungerechte Laune des Schicksals zum Herrscher geboren war, bedeutete nicht, dass es ihm an geistiger Kühnheit fehlte.

Karl lachte jetzt laut und frei heraus. »Das lobe ich mir – ein Schüler, der schneller lernt, als sein Lehrer denkt. Recht habt Ihr, mein Bester!« Er machte eine Pause, dann fuhr er mit ernster Miene fort: »Größe heißt auch erkennen, wann man die Sterne aus eigener Kraft nicht erreicht. Dann ist es Zeit, einen noch Größeren auf die eigenen Schultern zu nehmen.« Er fasste den Prinzen fest ins Auge. »Für Euch als meinen Schwiegersohn und Erben bin ich bereit, auf die römische Krönung zu verzichten und mich mit einer Krone für Burgund zu begnügen. Euren Vater werde ich das jedoch erst wissen lassen, wenn er mir garantiert, dass mein Königreich sich nicht weiter auf mein angestammtes Herrschaftsgebiet beschränkt, sondern künftig auch Savoyen, Utrecht, Verdun, Toul und Geldern einschließt. Sind wir uns einig?«

Maximilian nickte. Doch statt über den unglaublichen Triumph, den er gerade errungen hatte, zu strahlen, zog er zu Kunzens Verwunderung ein Gesicht, als wäre ihm eine schwarze Katze über den Weg gelaufen.

Karl bemerkte gleichfalls seine Missstimmung. »Was bedrückt noch Euer Herz?«, fragte er.

»Noch immer der Preis«, erwiderte Maximilian.

»Bitte erklärt Euch.«

Kunz sah, wie der Habsburger mit sich rang. »Was Ihr von mir verlangt«, sagte er schließlich, »ist der Verzicht auf die Liebe.«

Karl nickte. »Der Preis, der Euch zu hoch erscheint, ist also die gar harte Pflicht, meine Tochter ehelichen zu müssen?«

»Ich habe Euch gleich gesagt, ich habe Angst, Euch zu beleidigen!«, rief der Prinz.

»Nun verstehe ich«, erwiderte Karl. »Ihr fürchtet, Ihr beleidigt mich, wenn Ihr meiner Tochter eine andere vorzieht, die Euch begehrenswerter erscheint. Habe ich recht?«

»Euer Gnaden, von der Schönheit Eurer Tochter spricht man allerorten …«

»So. Tut man das? Und nun wüsstet Ihr wohl gern, ob solche Reden der Wahrheit entsprechen? Als Maries Vater dürft Ihr mich danach nicht fragen. Eines Tages werdet Ihr selbst eine Tochter haben und sehen, dass die eigene Tochter für ihren Vater stets das herrlichste Geschöpf Gottes auf Erden ist. Aber da Ihr ja in meinem Lager schon so gut wie zu Hause seid – fragt, wen Ihr wollt. Zum Beispiel meinen Narren Kunz. Er ist für sein unbestechliches Urteil berühmt.«

Zum ersten Mal an diesem Abend wurde der Prinz sich des Narren gewahr und wandte das Gesicht nach ihm. Eilig vollführte Kunz eine Geste, um Maximilian zu bedeuten, dass er ihm später gern zur Verfügung stehen würde.

Komm zu mir, mein Bübchen, und lass dir von mir sagen, wie abgrundtief hässlich unsere Marie ist. Sie ist winzig. Sie ist bucklig. Sie leidet an Warzen, ihre Haut löst sich in grauen Schuppen, und die Schwindsucht rafft sie dahin. Ich habe ein Bildchen für dich, das mein Wohltäter Philippe de Commynes hat malen lassen. Das wird dich in Angst und Schrecken versetzen.

»Maximilian?« Karl legte dem Prinzen die Hand auf die Schulter. »Darf ich Euch raten, wie ich meinem eigenen Sohn raten würde?«

Maximilian drehte sich zu ihm herum. »Ich sage nicht wieder, es ist mir eine Ehre«, antwortete er mit einem unfrohen Lächeln. »Aber es ist mir eine.«

»Nichts hebt uns so sehr in den Himmel wie die Liebe«, sagte Karl. »Und nichts stößt uns tiefer hinab und fügt uns schlimmere Schmerzen zu. Aber wenn all dieses Auf und Ab der Gefühle vorbei ist, bleibt Euch Burgund und Habsburg, das Reich, die Welt und ein kleines Stück Unsterblichkeit. Legt Euch schlafen, mein

Sohn. Denkt in Ruhe nach. Ich brauche Euch mehr nicht zu sagen, denn Ihr seid Manns genug, Eure Entscheidung selbst zu treffen.«

Der Prinz erhob sich zu seiner ganzen eindrucksvollen Länge und reichte Karl die Hand. Sein Lächeln verriet noch immer keine Freude, aber es war das Lächeln eines Mannes. »Es ist mir eine Ehre, mein Herr Schwiegervater.«

Statt einzuschlagen, drückte Karl ihn an seine Brust. »Und mir erst, mein Sohn. Und mir erst.«

15

Ohne ihre Helme, doch noch im schweren Stechzeug, saßen Max und Wolf auf dem Abreiteplatz, wo es nach Pferd und Männerschweiß roch. Erhitzt wie sie waren, spürten sie durch die Ritzen ihrer Rüstungen den kalten Novemberwind. Der Herzog gab ständig Turniere für seine Leute, und die beiden Freunde hatten soeben mehrere Waffengänge hinter sich gebracht. Natürlich hatte Max wieder einmal allen eine Lektion erteilt. Allen – mit Ausnahme Karls. Trotz der johlenden Forderungen der Zuschauer, die die beiden in der Stechbahn sehen wollten, waren Max und der Herzog nicht gegeneinander angetreten.

Jetzt streifte der Burgunder durch die Reihen seiner Männer, klopfte da eine Schulter, ließ sich hier eine Verwundung zeigen. Er kannte jeden beim Namen und hatte für jeden ein Wort. »Was für ein Mann«, murmelte Max.

Wolf ging die schwärmerische Bewunderung seines Freundes allmählich auf die Nerven. Max erklärte jede Bemerkung, die den Lippen des Burgunders entwich, zum letzten Schluss menschlicher Weisheit. Die Kriegs- und Feldordnung, die sein Idol ihm geschenkt hatte, las er mit einer Andacht wie ein Mönch sein Brevier.

Während das Gold und Rot des Herbstes unmerklich dem Grau und Weiß des Winters wichen, waren die zähen Verhandlungen den entscheidenden Schritt vorangekommen. Karl hatte sich bereiterklärt, auf die römische Krone zu verzichten. Dafür verlangte er eine Erweiterung seines Herrschaftsbereichs, die Erhebung in den Stand eines deutschen Kurfürsten und die Krönung zum König von Burgund. In einem feierlichen Akt hatte Friedrich ihn am Vortag auf dem Marktplatz von Trier mit Geldern, Savoyen und Lothringen belehnt. Max hatte das Zepter gehalten und dabei so selig ausgesehen wie an manchem Frühlingsmorgen, wenn er mit Rosina vor sich im Sattel aus den Feldern gekommen war.

War Wolf als Einzigem aufgefallen, dass Karl bei seinem Eid auf Kaiser Friedrich nur lautlos die Lippen bewegt hatte, ohne dass ihm ein hörbares Wort entwichen war?

Beide Parteien schienen mit dem Abkommen zufrieden. Als Gegenleistung für des Kaisers Zugeständnis hatte Karl sich verpflichtet, wenn nötig im Konflikt mit Ungarnkönig Matthias Corvinus zu vermitteln und im Kriegsfall die Habsburger mit seinem Heer zu unterstützen. Darüber hinaus erhielt Maximilians Onkel, der kinderreiche Sigmund, die Vorlande von Tirol zurück, die er zur Finanzierung seines vielköpfigen Haushalts an den Burgunder verpfändet hatte.

Um den Handel perfekt zu machen, stand nun Karls Krönung zum König an, die im Dom von Trier mit großem Pomp gefeiert werden sollte. Der Herzog hatte seinen halben Hausschatz mitgeführt, um die Prachtgewänder, das goldene Geschirr, die kunstvoll gefertigten Möbel und den Zierrat bei jeder Gelegenheit zur Schau zu stellen. Wolf war diese welsche Protzerei zuwider. Wer weiß, vielleicht war das Bündnis mit dem reichsten Herzog Europas ja wirklich das Beste, was dem Haus Habsburg geschehen konnte, wie Max behauptete – doch war das die ganze Wahrheit? Die Tatsache, dass die Krönung ohne jede Garantie von Karls Seite erfolgen sollte, nährten Wolfs Zweifel. Und diese hatten sich am Morgen nochmals vermehrt, als er auf dem Donnerbalken unwillentlich Zeuge eines Gesprächs zwischen Berthold von Mainz und Albrecht von Sachsen geworden war. Beim Verrichten ihrer Notdurft hatten die beiden Männer so laut gesprochen, dass Wolf ihre Worte unmöglich überhören konnte.

»Haben wir die Nachtmütze nicht gewählt, um freie Bahn zu haben?«, wetterte der Mainzer Fürstbischof. »Stattdessen will er uns die Eier abschneiden, um kastrierte Kapaune aus uns zu machen, und der Burgunder drückt ihm dazu das Messer in die Hand!«

»Aber das Reich sind doch wir!«, wandte Albrecht ein. »Die deutschen Kurfürsten!«

»Pah«, machte Berthold. »Worte, nichts als Worte! Was gelten sie vor der Burgunder Artillerie? Ich sage Euch, wenn wir dieses Band nicht durchtrennen, noch ehe es geknüpft wird, dreht man uns und unseren Freiheitsrechten daraus einen Strick!«

»Aber wie sollen wir das Band durchtrennen, wenn Friedrich es unbedingt geknüpft haben will? Gegen unseren Kaiser dürfen wir uns nicht stellen.«

»So – dürfen wir das nicht? Sollen wir uns lieber gegen unsere eigenen Interessen stellen und fortan nach der Pfeife des Burgunders tanzen?«

»Sagt, was Ihr wollt, Eminenz – der Kaiser ist der Kaiser.«

Der Fürstbischof hatte vom Ast einer Eiche einen Wedel Laub gerupft und ihn dem Sachsen gereicht. »Da. Nehmt das und wischt Euch den Arsch.«

Damit war das Gespräch beendet gewesen. Sollte Wolf seinem Freund davon berichten? Fürstbischof Berthold war kein Mann, den man ignorieren durfte. Wenn man ihn seiner Stimme beraubte, würde er andere Wege finden, sich Gehör zu verschaffen.

»Wenn ich erst sein Schwiegersohn bin«, murmelte Max, der mal wieder in der burgundischen Feldordnung las, »will Karl mich zum Ritter vom Goldenen Vlies schlagen.«

»Dann bist du also wirklich entschlossen, dich den Wünschen deines Vaters zu fügen?«, fragte Wolf.

Max hob den Kopf von seinem Buch. »Nicht den Wünschen meines Vaters – den Interessen des Reiches! Oder wäre es dir lieber, wenn Herzog Karl seine Tochter dem französischen Dauphin in die Ehe geben würde und Ludwig sich Burgund einverleibt?«

»Die Kurfürsten wurden nicht befragt, Berthold von Mainz ist außer sich …«

»Die Kurfürsten mit ihrem Kleinkram sollen mir gestohlen bleiben!«, rief Max. »Ich kann so eng nicht mehr denken! Es schnürt mir die Luft ab!« Wie zum Beweis löste er die Riemen am Hals, um sich von seinem Brustpanzer zu befreien. »Durch Herzog Karl ist mir klargeworden, dass ich zu Größerem geboren bin. Ich will keine zerfallene Ruine verwalten, sondern Herrscher der Christenheit werden, wie es die römisch-deutschen Kaiser jahrhundertelang gewesen sind. Ich will nach Konstantinopel ziehen und die Herrschaft der Ungläubigen beenden. Habe ich erst Burgund an meiner Seite, kann mich nur der Himmel noch aufhalten!«

Hoffentlich bist du gewappnet, wenn der Himmel das tut, dachte Wolf, sagte aber nichts. Max suchte mit seinen Blicken schon wieder den Burgunder. Herzog Karl, noch angetan mit Brustpanzer und Beinschienen, war zu seinem Berater Philippe de Commynes getreten, der wie so oft den Zwerg im Schlepptau hatte.

»Sag, Karls Narr, Kunz von der Rosen, wollte der dir nicht ein Porträt von deiner Braut zukommen lassen?«

Max nickte, ohne Wolf anzusehen.

»Und? Hat er es dir gegeben?«

Ein weiteres stummes Nicken. Max verschränkte die Hände und ließ die Gelenke knacken.

»Jetzt lass dir nicht alles aus der Nase ziehen! Ist diese Marie wirklich so hübsch, wie Sigmund behauptet?«

»Du kennst doch meinen Onkel«, grummelte Max. »Wenn er nicht übertreiben kann, macht ihm das Leben keinen Spaß.«

»Aber leidlich hübsch ist die Prinzessin schon, oder?«

»Herrgott, Wolf, bei dieser Heirat geht es doch nicht um hübsch oder nicht hübsch! Es geht um …«

»Das Reich, ich weiß«, fiel Wolf ein. »Tu mir einen Gefallen und halte mir diese Predigt nicht noch mal. So, wie du rumdruckst, nehme ich an, dass sie nicht sehr hübsch ist, oder? – Ist ja schon gut!«, fügte er rasch hinzu, als Max protestieren wollte. »Zum Glück ist das deine Sache, nicht meine. Allerdings, an Rosinas Stelle würde ich dir eine Ohrfeige verpassen, die du dein Lebtag nicht vergisst. Egal, was du vom Reich und künftiger Größe faselst.«

Max wandte ihm das Gesicht zu. Irgendetwas in seinem Blick rührte Wolf an, so dass er seine Worte fast bereute. Er hatte gut reden – er wusste ja nicht, wie es war, als Sohn eines Kaisers die Bürde eines ganzen Reiches auf den Schultern zu spüren. »Tut mir leid, Max. Ich sollte mich um meine eigenen Dinge scheren.«

Statt einer Antwort nestelte Max an seinem Waffenhemd und förderte darunter eine Miniatur zutage. Schweigend reichte er sie seinem Freund.

Als Wolf das Bildchen sah, stockte ihm der Atem. Zu behaupten, das Mädchen, das ihm da entgegenblickte, sei nicht hübsch, war eine Untertreibung, die vor den Beichtvater gehörte. Ein so aberwitzig hässliches Gesicht hatte Wolf sein Lebtag nicht gesehen! Von plumpen, reizlosen Zügen blätterte graue Haut. Der Mund war ein dünner Strich, die Nase eine Knolle, und über den triefenden Augen hing ein Lid tiefer als das andere. »Bei allen Heiligen, Max!«

Sein Freund sagte lange Zeit nichts, sondern sah ihn nur todtraurig an.

»Eins musst du mir versprechen«, sagte er leise. »Du musst Rosina zur Seite stehen. Ich will nicht, dass sie meinetwegen leidet.«

»Daran wirst du nichts ändern können«, erwiderte Wolf bitter. »Wer selber liebt, doch zurückgestoßen wird, leidet immer.«

»Ich stoße sie nicht zurück. Sag ihr, ich finde einen Weg.«

»Was für einen Weg willst du denn finden?«, fragte Wolf. »Zwei Frauen gleichzeitig heiraten kannst nicht einmal du.«

»Ich weiß es selber noch nicht«, sagte Max und blickte über den Abreiteplatz hinweg ins Weite. »Nur, dass ich Rosina nicht aufgeben kann, das weiß ich. Ich brauche sie an meiner Seite, verstehst du? Ohne sie habe ich nicht den Mut, den Weg vor mir zu gehen.«

16

Im ehrwürdigen Dom von Trier wimmelte es vor Menschen. Scharen von Bediensteten schmückten unter Leitung von Olivier de la Marche, dem Hofgroßmeister Herzog Karls, die Wände des Gotteshauses mit Girlanden, Bannern und Bändern. Ein Dutzend Maler eilte mit Staffeleien und Paletten im Altarraum umher, ein jeder auf der Suche nach dem günstigsten Standort, prüfte Lichteinfall und Schatten, damit am großen Tag kein Missgeschick geschah – diejenigen unter ihnen, welche die Krönung des Herzogs am eindrucksvollsten auf der Leinwand verewigten, würden später den Auftrag erhalten, auch die Hochzeit Maximilians mit der Tochter des Gekrönten ins Bild zu setzen. Musiker probten ihre Fanfaren, und von der Kanzel herunter baumelte kopfüber der Narr Kunz von der Rosen und sang die Verse eines anzüglichen Liedes.

Auch Max, der mit dem Herzog die Arbeiten inspizierte, war erfüllt von der Hochstimmung, die in dem Kirchenschiff herrschte. Die aufreibende Zeit der Verhandlungen war vorüber, das große Ziel erreicht. Selbst Berthold von Mainz, der bis zum Schluss gegen die Verbindung der Häuser Habsburg und Burgund gewettert hatte, schien seinen Widerstand aufgegeben zu haben.

Bester Laune hatte der Herzog befohlen, ihm die Krone zu bringen, die er bei der Krönung tragen würde. »Und?«, fragte er Max mit übermütig blitzenden Augen, als er sie von dem Samtkissen nahm und sich zur Probe aufsetzte. »Wie steht sie mir?«

»Sie könnte ein wenig Politur vertragen«, erwiderte Max. »Sonst stellt Euer Glanz den ihren in den Schatten.«

Der Herzog lachte. »Das dürfen wir natürlich nicht dulden. Das Reich, nicht der König muss glänzen! Habe ich recht?«

Maximilian konnte sich nicht erinnern, je die Gesellschaft eines Mannes so sehr genossen zu haben. Karl behandelte ihn wie einen ebenbürtigen Gefährten, dessen Urteil er schätzte und mit dem er Geheimnisse teilte.

»Da wäre noch etwas.« Der Burgunder legte ihm den Arm um die Schultern und führte ihn ein Stück beiseite. »Nur eine Kleinigkeit, über die Euer Vater und ich uns nicht ganz einig sind.«

»Bitte sprecht.«

Der Herzog schaute ihn an. »Der Kaiser wünscht, dass Ihr vor meiner Krönung meiner Tochter *in procuram* angetraut werdet. Einen solchen Akt halte ich nicht nur für vollkommen unnötig – er erscheint mir auch wenig ehrenhaft.«

Per procuram? Was zum Teufel sollte das heißen? Max verfluchte seinen alten Hauslehrer, der ihm mit seinen Rutenhieben das Latein nicht eingebläut, sondern ausgetrieben hatte.

»Nun?«, fragte Karl. »Was meint Ihr dazu?«

»Ich bin ganz Eurer Ansicht«, antwortete Max eilig. »Ich werde mit meinem Vater sprechen.« Lieber wäre er tot umgefallen, als sich anmerken zu lassen, dass er keine Ahnung hatte, was dieses *per procuram* bedeutete.

17

Bei einer Trauung *per procuram* handelt es sich um einen zeremoniellen Akt«, antwortete Werdenberg beim Nachtmahl auf Maximilians Frage. »Euer Vater wird einen Vertreter nach Gent entsenden, der an Eurer Stelle der Braut dort öffentlich beiwohnt.«

»Öffentlich beiwohnt?« Max war fassungslos. »Ihr meint, ein anderer Mann wird sich mit meiner Braut in ein Bett legen, und halb Gent sieht dabei zu?«

»Gemach, Bub, gemach.« Onkel Sigmund verdrückte den letzten Bissen eines Käselaibs und wischte sich mit einem Tuch über die Lippen. »Nackert sind die zwei nur bis zu den Knien, und zwar von den Füßen an aufwärts.«

»Und wozu soll das Ganze dienen?«

»Sobald die Ehe *per procuram* vollzogen ist, muss der Brautvater die Mitgift zahlen, in diesem Fall hunderttausend Gulden«, sagte der Onkel und rieb sich genüsslich den Bauch, als rechne er die Summe bereits in Fleisch- und Mehlspeisen um. »Außerdem hat Euer Vater auf diese Weise eine Art Garantie, nicht wahr? Wer kann schließlich mit Gewissheit sagen, ob der Burgunder an die Hochzeit überhaupt noch denkt, wenn er erst mal gekrönt ist.«

»Wollt Ihr damit andeuten, dass Ihr dem Herzog misstraut?« Max warf seinem Vater einen bösen Blick zu.

»Sagen wir, das Vertrauen fiele ihm leichter, wenn dieser Akt vollzogen wäre«, erläuterte Onkel Sigmund. »Wir sind doch alle nur Menschen.«

»Der Herzog von Burgund ist kein Betrüger!«

»Was für ein hässliches Wort«, seufzte Sigmund. »Aber ein wenig schummeln, das tun wir doch alle hier und da.«

»Dann könnte der Herzog genauso gut behaupten, dass mein Vater nach dieser Trauung *per procuram* womöglich seinerseits die Krönung vergisst«, entgegnete Max.

»Ich möchte fast meinen«, nickte Sigmund, »auf die Idee ist Euer Herr Papa auch schon gekommen.«

»Das ist nicht Euer Ernst!«, rief Max. »Glaubt Ihr wirklich, ich gäbe mich zu einem solchen Verrat her?«

Sein Vater warf ihm einen missmutigen Blick zu. »Ist Er eigentlich begriffsstutzig?«, schnarrte er. »Oder *will* Er nur nicht begreifen, dass Wir auf seine Neigungen keine Rücksicht nehmen können? Hier geht es um die Zukunft des Reiches!«

»Es geht um meine Ehre!«, protestierte Max. »Auch wenn Ihr diesen Begriff vermutlich nicht kennt.«

Max machte sich auf eine Ohrfeige gefasst, zumindest auf einen scharfen Verweis. Doch sein Vater verzog kaum das Gesicht. »Leg Er sich schlafen. Törichte Knaben gehören um solche Zeit ins Bett. Wir Männer haben noch ein paar Dinge zu bereden.«

18

Philippe de Commynes war es nicht gelungen, die Verhandlungen zwischen dem Herzog von Burgund und Kaiser Friedrich zu verhindern, noch war es ihm möglich gewesen, die Unterredungen in seinem Sinne zu beeinflussen – die wichtigen Fragen hatten die beiden Herrn stets unter vier Augen erörtert. Doch darum gab er nicht auf. Wenn das Schicksal sich nicht nach seinem Willen fügte, musste er es korrigieren.

Für sich. Und für Marie.

Um zu wissen, an wen er sich halten musste, brauchte er nicht lange zu überlegen. Berthold von Mainz war ein ebenso entschiedener Gegner der angestrebten Liaison wie er selbst. Doch es fehlte ihm am nötigen Rückhalt unter den deutschen Kurfürsten, um Friedrich von seinen Bündnisplänen mit Burgund abzubringen. Umso dankbarer würde er sein, wenn man ihm geeignete Mittel zur Verfügung stellte. Dabei erwies es sich als überaus vorteilhaft, dass Philippes Handschrift sich im Laufe der Jahre, in denen er für Karl die Korrespondenz besorgte, mehr und mehr der Handschrift seines Herrn anverwandelt hatte, so dass ein Dritter kaum unterscheiden konnte, welches Schriftstück von welcher Hand ausgefertigt worden war. Zudem konnte er über Karls Siegel frei verfügen.

Zum Glück war Berthold nicht wie der Kaiser und sein Hofstaat im erzbischöflichen Palais untergebracht, sondern hatte ein eigenes Quartier am anderen Ende der Stadt. Trotz der späten Stunde wurde Philippe sogleich vorgelassen. Berthold saß bei Kerzenlicht über eine Bibel gebeugt.

»Der Berater Herzog Karls«, fragte er verwundert, als Philippe die Kammer betrat. »Was führt Euch zu mir?«

»Mein Gewissen, Eminenz.«

»Wollt Ihr, dass ich Euch die Beichte abnehme?« In die Verwunderung des Fürstbischofs mischte sich Skepsis.

»So könnte man es durchaus nennen«, erwiderte Philippe. »Auch wenn es bei dieser Beichte nicht um das Heil meiner Seele geht, sondern um das Heil des Reiches.«

»Dann bin ich fraglos der richtige Beichtvater für Euch.« Berthold klappte seine Bibel zu und stand auf. »Sprecht frei heraus.«

»Gern. Doch schwört zuvor, das Beichtgeheimnis zu wahren.«

»Ihr habt mein Wort.«

»Dann bitte ich Euch, das hier zu lesen.« Philippe zog einen Brief aus dem Ärmel und reichte ihn dem Fürstbischof.

»Was ist das?«

»Ein Schreiben Herzog Karls an den französischen König. Morgen früh geht ein Kurier nach Plessis-les-Tours ab, um es zu überbringen.«

Mit erhobenen Brauen begann Berthold zu lesen. Nach wenigen Zeilen pfiff er leise durch die Zähne. Obwohl er seiner Erregung mit keiner Silbe Ausdruck verlieh, sah Philippe, dass das Pergament in seiner Hand zitterte.

»Was verlangt Ihr dafür?«, fragte der Fürstbischof, nachdem er die Lektüre beendet hatte.

»Nichts, Eminenz«, erwiderte Philippe mit einer Verbeugung. »Nichts weiter, als dass Ihr eben den Gebrauch davon macht, den Ihr für richtig erachtet.«

»Worauf Ihr Euch verlassen könnt.« Berthold steckte den Brief ein und wandte sich zur Tür. »Mein Pferd!«

19

Max lief ruhelos in seiner Kammer auf und ab. War sein Vater wirklich ein so ehrloser Mensch, dass er Karl den Kühnen womöglich um seinen Teil des Geschäftes betrog und ihm die Krone verweigerte, wenn die Ehe mit Marie *per procuram* erst geschlossen war? Am liebsten hätte er den Herzog gewarnt, doch das streng bewachte kaiserliche Palais konnte er nicht unbemerkt verlassen.

Die Scheiben des Fensters klirrten leise im Wind, während an der Stundenkerze auf seinem Nachtkasten ein Ring nach dem anderen herunterbrannte. Doch mit Maries Porträt vor Augen und den Worten ihres Vaters in den Ohren fand Max keinen Schlaf. Wie spät mochte es sein? Draußen herrschte schwärzeste Nacht, es würde sicher noch etliche Stunden dauern, bis das erste Licht des Morgens sich zeigte.

Plötzlich wurden Stimmen laut, eilige Schritte hallten vom Hof herauf, gefolgt von Hufgetrappel. Wagenräder knirschten, Peitschen knallten. Ehe Max nachsehen konnte, was geschah, ging die Tür seiner Kammer auf, und Werdenberg steckte den Kopf in den Spalt. »Oh, Hoheit sind schon angekleidet? Umso besser – wir reisen ab.«

»Was soll das heißen, wir reisen ab?«, fragte Max.

»Es heißt, wir verlassen noch in dieser Nacht Trier.«

»Aber die Krönung …«

»Eine Krönung findet nicht statt«, erwiderte Werdenberg. »Die Verhandlungen sind vorerst gescheitert.«

»Di-di-die Krönung f-f-f-f-f-f-findet nicht statt?« Max brauchte eine Weile, bis er die Sprache wiederfand. »Aber wir sind bei Herzog Karl im Wort! Da können wir uns doch nicht mitten in der Nacht davonmachen, ohne Bescheid zu sagen!«

»Herzog Karl ist ein Betrüger. Hätte der Kaiser ihn gekrönt, hätte er sein Eheversprechen gebrochen.«

»Wie könnt Ihr so etwas behaupten? Das ist unerhört!«

»Ich habe nicht Befehl, mit Euch zu streiten«, sagte Werdenberg. »Ich habe Befehl, Euch zu Eurem Pferd zu schaffen.«

»Ich lasse mich aber nicht schaffen! Solange Ihr nicht beweist, dass der Herzog uns betrügen wollte, komme ich nicht mit.«

»In dem Fall habe ich Befehl, mich der Wachen zu bedienen«, entgegnete Werdenberg. »Doch wenn es Eurem Seelenheil hilft: Es existiert ein Brief, in dem der Herzog die Hand seiner Tochter dem französischen König verspricht, als Braut für den Dauphin. Berthold von Mainz hat ihn Eurem Vater gezeigt. Ist das Beweis genug?«

»Das glaube ich nicht! Nie und nimmer existiert ein solcher Brief! Herzog Karl hat mir selber erklärt, wie sehr es ihm widerstrebt, Burgund den Franzosen zu überlassen!« Fassungslos schaute Max den Kanzler an. Wer war hier der Lügner? Werdenberg? Sein Vater? Oder vielleicht Berthold von Mainz?

Ohne ein Wort reichte der Kanzler ihm ein Pergament. Der Brief war an den König von Frankreich gerichtet und trug die Unterschrift sowie das Siegel Herzog Karls. Max musste sich zwingen, hinzuschauen. Als er zu lesen begann, wurde ihm schwindlig.

»Glaubt Ihr mir jetzt?«, fragte Werdenberg.

Max starrte auf die Buchstaben. Obwohl sie vor seinen Augen tanzten, war ihre Botschaft doch unmissverständlich. »Wir müssen ihn bestrafen«, sagte er mit rauer Stimme. »Eine solche Schmach darf nicht ungesühnt bleiben.«

»Bestrafen? Den Burgunder? Womit?«

»Wir haben zweitausend Soldaten.«

»Karl hat fünftausend. Dagegen können wir nichts ausrichten!«

»Das ist mir ganz egal! Wir werden kämpfen wie die Löwen!«

»Und sterben wie die Lämmer.« Der Kanzler schüttelte den Kopf. »Genug geredet. Folgt Ihr mir jetzt aus freien Stücken? Oder bedarf es der Wachen, um Euch Beine zu machen?«

Hinter Werdenbergs Rücken tauchten zwei Bewaffnete auf. Max begriff. Er hatte nur die Wahl, erhobenen Hauptes das Palais zu verlassen oder wie ein Strauchdieb abgeführt zu werden. »Ich komme mit Euch«, sagte er und nickte Werdenberg zu.

Während er mit Beinen, die schwerer waren, als trüge er seine Rüstung, dem Kanzler hinaus folgte, versuchte er zu begreifen, was geschehen war. Doch das war unmöglich. In dieser einen Nacht hatte er alles verloren. Sein Vorbild Herzog Karl, die Herrlichkeit Burgunds, das Reich, in dem die Sonne niemals unterging: Alles, wovon er geträumt hatte, war mit einem Mal dahin.

Wofür lohnte es sich jetzt noch zu leben?

20

Den halben Tag lang war Marie auf ihrer Rappstute durch die Wälder gejagt. Erst ein plötzlich einsetzender Hagelsturm hatte sie zur Umkehr gezwungen. Im Stall drückte sie ihr Gesicht in Passionatas dampfendes Fell. »Sei mir nicht böse, dass ich dich so rangenommen habe. Seit drei Wochen schon bin ich ohne Nachricht aus Trier, das bringt mich noch um den Verstand. Das ginge dir doch genauso, wenn du nicht wüsstest, mit wem du demnächst die Raufe teilst, oder?«

In ihrem durchnässten Reitkleid lief sie die Hintertreppe hinauf in den Palast. Ihr war nach einer Decke und einem Becher heißem Wein, nach Alleinsein und Nachdenken. Warum schrieb ihr Vater nicht? Erst pries er Maximilian von Habsburg über den grünen Klee, und dann sandte er ihr kein Wort. In einem Brief hatte sie ihn wissen lassen, dass sie sich mit der Heirat abfinden werde. Auch wenn die Vorstellung, einen wildfremden Mann zu ehelichen, der noch dazu ein Jahr jünger war als sie und vielleicht noch ein unreifes Bürschlein, ihr ein Gräuel war: So schlimm wie der Lothringer konnte der Habsburger nicht sein.

Auch Margarete hatte ihr zugeraten. »Um Eure Mutter zu sein, bin ich zu jung«, hatte sie gesagt. »Darum spreche ich wie eine ältere Schwester zu Euch. Nach Auskunft Eures Vaters verfügt Maximilian von Habsburg über ein äußerst gewinnendes Wesen und ist dazu sehr erfreulich anzusehen. Vor allem aber – an seiner Seite habt Ihr Aussicht, eines Tages Kaiserin zu werden.«

»Und wenn mir daran gar nichts liegt?«

»Das glaube ich Euch nicht«, erwiderte Margarete. »Frauen wie Ihr und ich haben zu viel Herrscherblut in den Adern, um einer solchen Verlockung zu widerstehen. Und vergesst nicht: Ihr seid die reichste und begehrteste Erbin Europas. Ihr braucht starken Schutz, wenn Euer Vater einmal nicht mehr da ist.«

Marie wusste, dass Margaretes Warnung nur zu begründet war.

Ihr Leben war so zerbrechlich wie ein Traum. Nicht nur in Gent, in allen Städten Flanderns hetzten Rebellen das Volk auf, und wenn ihr Vater zu Tode kam, würde Ludwig keinen Moment zögern, seine Hand nach Burgund auszustrecken. Nur ein wehrhafter Mann an ihrer Seite konnte die Gefahren bannen, die ihr im eigenen Land und von Frankreich drohten. Der Sohn des Kaisers war dafür der richtige Mann, und Eheleute mussten ja nicht ständig zusammenleben. Wenn sie Glück hatte, würden ihr viele Monate im Jahr bleiben, in denen Maximilian wie ihr Vater durch die Welt zog und sie ihr Leben genießen konnte, wie sie es liebte.

Sie würde ihrem Vater noch einmal schreiben. Vielleicht war ihr Brief ja verlorengegangen.

Vor der Tür ihres Empfangszimmers wartete Johanna auf sie. Ihre Miene verriet nichts Gutes. »Der Herr Commynes ist da. Er sagt, er muss dich allein sprechen.« Wenn sie allein waren, benutzten Marie und Johanna das freundschaftliche Du.

Commynes. Ihr Vater hatte keinen einfachen Gesandten, sondern seinen wichtigsten Berater geschickt! Das bedeutete, dass es wichtige Nachrichten gab. Maries Herzschlag beschleunigte sich. Als sie durch die Tür trat, stand Philippe mit dem Rücken zu ihr am Fenster und sah hinaus in die winterliche Dämmerung. Mit einem Lächeln drehte er sich zu ihr herum. Sein vertrauter Anblick beruhigte sie. Auf Philippe hatte sie sich immer verlassen können.

»Marie.«

Für gewöhnlich sprach er sie mit ihren Titeln an, bis sie ihm gestattete, ihren Taufnamen zu verwenden.

»Seid willkommen, mein Freund«, erwiderte sie seinen Gruß. »Ihr kommt mit Nachricht aus Trier?«

Er nickte. »Bitte schließt die Tür. Was ich Euch zu sagen habe, ist allein für Euch bestimmt.«

»Spannt mich nicht auf die Folter.«

»Die Verhandlungen sind gescheitert«, sagte er. Und mit einem tiefen Blick in ihre Augen fügte er hinzu: »So, wie Ihr es erhofft habt.«

»Wie ich es erhofft habe?«, wiederholte sie verwundert. »Weshalb sollte ich das tun? Mein Vater hat sich viel von Trier versprochen – wie könnt Ihr da eine solche Nachricht gut nennen?«

»Begreift Ihr denn nicht? Ihr seid frei, Marie! Ihr braucht keinen Mann mehr zu heiraten, dem Ihr nicht angehören wollt. Jetzt könnt Ihr Eurem Herzen folgen und den Mann erwählen, den Ihr liebt.«

Marie vermochte den Sinn seiner Worte nicht zu erfassen. Doch irgendetwas an der Art, wie er mit ihr sprach, machte ihr Angst. »Ich liebe mein Pferd«, sagte sie, »meine Laute, die Lieder der Troubadoure und den Tau, der frühmorgens das Gras bedeckt. Auch liebe ich das Theater, die Schattenspiele der Laterna magica. Und natürlich liebe ich mein Land Burgund. Doch wie es ist, einen Mann zu lieben, weiß ich nicht.«

Er hob die Hand und berührte ihre Wange. »Ihr wisst es, Marie. Ihr seid nur zu jung und zu unschuldig, um es Euch einzugestehen. Euer Vater wird auf einige Zeit nicht nach Hause kommen. Kaiser Friedrich hat Trier ohne ein Wort verlassen. Das ist ein Affront, den Herzog Karl unmöglich hinnehmen kann.«

»Sagt mir, was mein Vater vorhat.«

»Er steht mit seinem Heer im Begriff, sich gegen Friedrich zu kehren. Er muss der Welt zeigen, dass mit dem Herzog von Burgund nicht zu spaßen ist.«

Die Vorstellung erschreckte Marie. »Wird Friedrich dann nicht das Reichsheer aufrufen?«

Philippe zuckte die Schultern. »Der Kaiser ist ein Geizkragen und ohne jeden Mumm. Außerdem gibt es Nachrichten, dass die Ungarn ihm in Wien zu Leibe rücken, dann sind große Teile seines Heeres gebunden. Was aber viel wichtiger ist: Solange Euer Vater in Deutschland Krieg führt, bedürft Ihr meines Schutzes.«

»Hier? In Gent?« Marie musste lachen. »Vor wem wollt Ihr mich beschützen?«

»Vor den Bürgern der Stadt«, erklärte Philippe mit ernster Miene. »Sie wollen keinen Krieg. Krieg bedeutet Steuern, und davon haben sie genug! Wenn es Krieg gibt, werden sie sich scharenweise diesem rebellischen Strumpfwirker anschließen.«

»Ihr meint – Jan Coppenhole?«

Philippe nickte. »Richtig. Jan Coppenhole. Der wartet nur auf eine Gelegenheit, um einen Aufstand gegen Euren Vater anzuzetteln und Burgund an Frankreich zu verraten. – Aber«, unterbrach er sich, »ich bin nicht gekommen, um mit Euch von Krieg und Steuern oder Jan Coppenhole zu sprechen.«

»Wovon dann?«, fragte Marie.

»Von der Liebe.« Mit einem zärtlichen Lächeln schaute er sie an.

»Ich … ich verstehe nicht«, stammelte sie, obwohl sie plötzlich fürchtete, besser zu verstehen, als ihr lieb war.

Philippe verstärkte sein Lächeln. »Sobald Euer Vater nach Gent zurückkehrt, werde ich ihn um Eure Hand bitten. Es mag ein wenig Überzeugungskraft erfordern, doch ich bin sicher, am Ende wird er erkennen, dass unsere Heirat nicht nur Euch, sondern auch Burgund zum Wohl gereicht.«

»Unsere Heirat?« Marie wollte zurückweichen, aber er nahm ihre Hände und sank vor ihr auf die Knie. »Ihr wisst, was ich für Euch empfinde«, sagte er und bedeckte ihre Hände mit Küssen. »Von Kind auf habe ich mein Inneres mit einem Panzer gewappnet, um nicht verletzbar zu sein. Aber vor Euch entblöße ich nun mein Herz. Es gehört Euch, Marie.«

»Seid Ihr von Sinnen? Ihr wisst, ich mag und schätze Euch sehr. Aber als Freund, nicht mehr.«

»Ich war es, der Euch von Eurem Bräutigam befreit hat. Weil Ihr mich darum gebeten habt.«

»Mit welchen Worten habe ich das je getan?«

»Nicht mit Worten, Marie. Nicht mit Worten.« Wieder nahm er ihre Hände und streichelte sich damit die Wangen. »Ich habe die Verzweiflung in Euren Augen gesehen. Und getan, was getan werden musste. Damit Ihr diese Kreatur, die Euch so sehr zuwider ist, nicht heiraten müsst.«

»Maximilian von Habsburg?«, rief Marie. »Ich kenne ihn doch gar nicht! Wie kann er mir da zuwider sein?«

»Ach, den meine ich doch gar nicht! Von dem Lothringer rede ich, Herzog Nicolaus!«

»*Was* redet Ihr da?« Marie überkam eine fürchterliche Ahnung.

»Begreift Ihr jetzt, wie sehr ich Euch liebe?« Erwartungsvoll blickte Philippe zu ihr auf

Über Maries Rücken jagten Schauer. Warum kam ihr niemand zu Hilfe – Johanna, Margarete, Hugonet? Aber die Tür, die sie zugezogen hatte, blieb verschlossen, nicht mal Schritte oder Stimmen waren draußen auf dem Gang zu hören. »Ich ... ich habe keine Ahnung, was Ihr mir damit sagen wollt.«

»Und ob ihr mich versteht«, erwiderte Philippe. Und mit einem verschwörerischen Blick fügte er hinzu: »Euer Wunsch war mir Befehl.«

»Nein!«, rief Marie. »Sagt, dass das nicht wahr ist!«

»Ja, glaubt Ihr, Euer lästiger Freier sei ohne Grund so plötzlich gestorben?« Unendliche Liebe sprach aus Philippes Gesicht. »Ich lud den Herrn von Lothringen zum Mahle. Er war arglos wie ein Kind. Was ich ihm vorsetzen ließ, verspeiste er mit gutem Appetit. Besonders eine in Kirschwasser flambierte Birne hatte es ihm angetan. Der Tod kam schnell. Er musste nicht leiden.«

Marie war, als würde der Boden unter ihren Füßen schwanken. Mit einem Ruck riss sie sich von Commynes los. Nur fort von hier! Doch im Nu war er auf den Beinen und versperrte ihr den Weg. Als er ihr Kinn packte und sie zwang, den Kopf zu heben, roch sie seinen Atem. »Jetzt wisst Ihr, wozu ich fähig bin – aus Liebe zu Euch. Für all die Prinzen und Fürsten, die um Euch werben, seid Ihr nicht mehr als ein verlockender Fleck auf der Landkarte. Für mich aber seid Ihr die Welt. Werdet meine Frau, Marie.«

Für einen Moment verschlug es ihr die Sprache. Doch nur für einen Moment.

»Seid Ihr verrückt? Glaubt Ihr etwa, ich nehme einen Mörder

zum Mann?« Voller Verachtung spuckte sie ihm ins Gesicht. »Schert Euch zum Teufel!« Mit ihrer ganzen Kraft stieß sie ihn beiseite und floh aus dem Raum.

21

Dunkle Wolken dräuten am Himmel über Wiener Neustadt, und die endlose Weite des Steinfelds, das die kaiserliche Residenz umgab, erbebte unter dem Gleichschritt ungarischer Soldaten, die im Takt der Trommeln marschierten.

Kaum war Friedrich mit seinem Tross aus Trier in die Heimat zurückgekehrt, war Matthias Corvinus mit einem zehntausend Mann starken Heer herangerückt, um den Kaiser in seiner Residenz festzusetzen. Statt die Hochzeit mit Prinzessin Kunigunde vorzubereiten, hatte der Ungarnkönig Friedrichs Abwesenheit genutzt, um in Österreich einzufallen.

Sollte sich der Albtraum von Maximilians Kindheit wiederholen?

Seit Monaten dauerte die Belagerung schon an, ohne dass das kümmerliche kaiserliche Aufgebot aus achthundert kampffähigen Bürgern der ungarischen Streitmacht etwas entgegenzusetzen hatte. Während Aasgeier über der Stadt kreisten, saß Max mit seinem Vater in der Residenz fest wie vormals als dreijähriger Knabe in der Hofburg von Wien. Dabei war im Rheinland ein gefährlicher Streit um die Vormacht im Reich entflammt, der dringend das Eingreifen des Kaisers erforderte. Wie um sich mit Gewalt zu nehmen, was ihm durch die Schmach von Trier verlorengegangen war, hatte der Herzog von Burgund einen Krieg entfacht, der sich von Köln bis nach Lothringen und in die Schweiz erstreckte. Allein, der Kaiser machte nicht die geringsten Anstalten, sich aus der Einkesselung zu befreien, um dem Burgunder im Reich Einhalt zu gebieten. In der Burg, so ließ er verlauten, befänden sich genügend Vorräte, um die Belagerung zur Not noch zwei Jahre zu überstehen. Zwar würden ihm dann wohl eines Tages die Melonen ausgehen, doch wenn die Staatsräson es verlange, dürfe man vor Opfern nicht zurückschrecken. AEIOU.

Max war nicht bereit, sich so ehrlos in sein Schicksal zu fügen. Sie mussten sich aus der Umklammerung befreien! Oder das Haus Habsburg war der Kaiserkrone nicht würdig! Noch unerträglicher als die demütigende Belagerung war Max dabei die Vorstellung, dass ausgerechnet der Verräter Karl, der Mann, den er in Trier bewundert hatte wie einen Gott, doch der ihn so sehr enttäuscht hatte wie kein anderer Mensch in seinem Leben je zuvor – dass dieser ehrlose Betrüger im Rheinland das Reich bedrängte, um womöglich jetzt tatsächlich die Hand nach der Kaiserkrone auszustrecken.

»Gebt mir fünfhundert Mann, um die ungarische Artillerie außer Gefecht zu setzen«, forderte er bei einer Lagebesprechung, der außer ihm sein Vater, Werdenberg und Sigmund von Tirol beiwohnten. »Allein mit seinen Reitern und Bogenschützen kann Corvinus die Burg nicht einnehmen.«

Sein Vater blickte ihn an wie einen, der seinen Verstand beim Würfeln verpfändet hatte. »Fünfhundert Mann gegen zehntausend?«, knurrte er. »Kann Er sich nicht in den Selbstmord stürzen, ohne fünfhundert brave Leute mit in den Abgrund zu reißen?«

Max ballte hinter dem Rücken die Fäuste. Er hatte lange über seinen Plan nachgedacht, und er war sicher, es gab eine Chance. »Ich werde bei Nacht angreifen«, sagte er. »Und ich weiß auch einen Weg, um unbemerkt aus der Burg zu gelangen.«

»Den Schnabel wird Er halten«, fuhr sein Vater ihm über den Mund. »Mit unseren wackeren achthundert Männern können wir die Burg verteidigen. Wozu sich also in Gefahr begeben?«

»Lasst doch den Bub erst einmal sagen, was er sich ausgedacht hat«, meinte Onkel Sigmund. »Irgendetwas müssen wir ja tun. Über kurz oder lang wird uns sonst der Wein ausgehen.«

»Wenn Ihr so weitersauft, eher über kurz als lang«, knurrte der

Kaiser. »Doch jetzt Schluss mit dem Unsinn. Wenn Wir sinnloses Schnattern hören wollen, gehen Wir in den Hühnerhof.«

Damit war das Gespräch beendet. Max biss sich auf die Lippe. Wieder einmal hatte sein Vater ihn abgefertigt wie einen dummen Jungen. Doch er gab sich darum nicht geschlagen. Wenn sein Vater ihm nicht die fünfhundert Mann zur Verfügung stellte, die er für seinen Plan brauchte, dann würde er den Angriff eben alleine wagen. Dafür brauchte er nur die Unterstützung zweier Menschen. Der zwei einzigen Menschen, die an ihn glaubten und ihm vertrauten.

Rosina und Wolf. Seine Geliebte und sein Freund.

22

Die deutschen Fürsten rüsten gegen Herzog Karl«, sagte Philippe de Commynes. »Albrecht von Sachsen hat sechzigtausend Mann unter seinem Befehl.«

»Die Nachricht scheint Euch ja großes Vergnügen zu bereiten«, erwiderte der französische König. »Seltsam, ich dachte, Ihr steht in Karls Diensten?«

Während der Barbier ihn weiter rasierte, warf Ludwig seinem Gast einen neugierigen Blick zu. Philippe zögerte. Sollte er ohne Umschweife erklären, warum er nach Plessis-les-Tours gekommen war? Oder sich lieber auf Umwegen seinem Ziel nähern? Er entschied sich für einen Mittelweg.

»Ich habe den burgundischen Hof verlassen.«

»Ich verstehe.« Ludwig hob interessiert die Brauen. »Und jetzt sucht Ihr einen neuen Ort, an dem Ihr Euch nützlich machen könnt?«

»Niemand kennt Herzog Karl so gut wie ich, Sire. Ich war sein engster Vertrauter.«

Der französische König lachte. »Und ich fürchtete schon, Ihr wäret ein Mann von Charakter. Wie überaus erfreulich, dass ich mich geirrt habe. Allerdings«, fügte er mit einem anerkennenden Blick hinzu, »die flambierte Birne, die Ihr dem Herzog von Lothringen vorsetzen ließet, gab bereits zu schönsten Hoffnungen Anlass. Der arme Nicolaus. Hätte er nur nicht davon gekostet.«

»Pardon, Majestät«, stammelte Philippe, »ich weiß nicht, wovon Ihr ...«

»Gebt Euch keine Mühe«, fiel Ludwig ihm ins Wort. »Ich weiß alles, was an Europas Höfen geschieht. Außer an meinem eigenen«, fügte er hinzu, als ihn ein plötzliches Jaulen unterbrach.

Philippe drehte sich um. In einem Winkel des Raums entdeckte er den Dauphin, der gerade einen Welpen an den Hinterläufen durch die Luft wirbelte. Der Thronfolger musste inzwischen etwa fünf Jahre alt sein. Aber er war noch genauso hässlich wie früher.

»Habe ich dir nicht gesagt, du sollst zuhören?«, rief Ludwig verärgert. »Damit du lernst, wie man regiert?« Vor Schreck ließ Charles den Welpen zu Boden fallen. Während das Tier jaulend davonlief, zog er ein so dummes Gesicht, dass es Philippe eine Freude war. *Euer Bräutigam, Marie von Burgund*, dachte er mit bitterer Genugtuung. *Ihr habt es nicht anders gewollt.*

»Was verlangt Ihr für Euren Gesinnungswechsel, Monsieur de Commynes?«, setzte Ludwig ihr Gespräch fort.

Mit einer Verbeugung wandte Philippe sich wieder dem König zu. »Die Gegenwart Eurer Majestät ist mir der größte Lohn.«

»Wäre Euch eine jährliche Pension von tausend Dukaten Gegenwart genug?«

»Majestät sind zu gütig.«

»Da Ihr nun mein Ratgeber seid«, sagte Ludwig mit einem zufriedenen Lächeln, »wie lautet Eure Empfehlung? Auf welche Seite sollen wir uns im Rheinland schlagen? Auf die Seite Burgunds oder Habsburgs?«

Auf die Frage hatte Philippe gewartet. »Ich würde Eurer Majestät raten, Friedrichs Verbündete im Reich zu unterstützen.«

Ludwig hob die Brauen. »Wir sollen uns gegen Burgund stellen? Zusammen mit dem Kaiser? Was wäre unser Gewinn?«

»Betrachtet Burgund als ein herrliches Stück Wildbret«, erwiderte Philippe. »Die kaiserlichen Truppen werden es, wenn Ihr sie mit Eurem Geld unterstützt, im Rheinland gehörig tranchieren und auf das Allerfeinste für Euch zubereiten. Ihr braucht es dann nur noch zu verspeisen. Vielleicht zur Hochzeit Eures Sohnes mit Prinzessin Marie?«

»Was für ein poetischer Gedanke.« Ludwig erhob sich aus seinem Rasierstuhl und trat zu Kardinal La Balue, der immer noch in seinem Käfig saß. »Was meint Ihr, Eminenz, haben wir Euren Nachfolger gefunden?«

Aus dem Gesicht des Kardinals sprach Todesangst. »Bei allem Respekt, Majestät, darf ich vielleicht daran erinnern, dass ich es war, der Euch vor den Gefahren warnte, die Eurem Lebenswerk aus einer Verbindung von Habsburg und Burgund erwachsen würden?«

»Das habt Ihr, Eminenz, in der Tat. Und ich bin der Letzte, der einen nützlichen Rat nicht zu schätzen weiß.« Nachdenklich kratzte Ludwig sich das Kinn. »Aber sind zwei Berater nicht einer zu viel?«

Während er dem Kardinal in die angsterfüllten Augen schaute, meldete sich sein Sohn zu Wort.

»Köpfen!«, krähte Charles. »Köpfen! Köpfen! Köpfen!«

23

Im Schein seiner Fackel führte Maximilian Rosina durch die Katakomben der Burg. Unter dem Vorwand, der Koch wolle mit ihr den Speisenplan der Prinzessin besprechen, hatte er sie aus der Kemenate seiner Schwester Kunigunde gelockt, um sie in seinen Plan einzuweihen.

»Was ist das für ein Plätschern?«, fragte Rosina und lauschte in die Dunkelheit.

»Der Kehrbach«, sagte Max. »Eine unterirdische Ableitung, um den Burggraben zu bewässern. Halt mal.« Während sie ihm die Fackel abnahm, begann er, seine Kleider auszuziehen.

»Was hast du vor?«

»Unter der Burgmauer durchtauchen.«

»Bist du verrückt?«

»Das weißt du doch!«

»Du wirst wie eine Ratte ersaufen!«

Lachend gab er ihr einen Kuss »Mach dir keine Sorgen, *figliola*. Wolf und ich haben das als Kinder hundertmal gemacht.«

»Wenn schon. Da draußen erwarten dich zehntausend Ungarn.« Sie schaute ihn mit ihren schwarzen Augen an. »Wozu, Maxl? Nur, um deinem Vater etwas zu beweisen?«

»Vielleicht«, gab er zu. »Aber was bleibt mir anderes übrig? Ich will herausfinden, wo die Ungarn das Pulver für ihre Kanonen lagern. Wenn es mir gelingt, das in die Luft zu jagen …«

»Sie werden dich erwischen.« Angst sprach aus ihren Augen. »Weißt du, dass ich es nicht überleben würde, wenn dir etwas geschieht?«

Er küsste sie noch einmal. »Ja, das weiß ich. Aber du weißt auch, dass ich nicht tatenlos zusehen kann, wie die Ungarn uns aushungern, während Karl uns im Reich die Krone stehlen will.«

Rosina versuchte zu lächeln, doch es gelang ihr nicht. »Warum nimmt du nicht wenigstens Wolf mit?«

»Das wollte ich ja. Aber ich konnte ihn nirgends finden.« Er streichelte ihre Wange. »Vertrau mir. Ich schaffe das auch allein.«

Noch einmal küssten sie sich, dann ließ Max sich in das kalte, schwarze Wasser gleiten. Die ersten Schritte reichte es ihm nur bis zur Brust, doch als er unter den Festungswall gelangte, stieß er mit dem Kopf an, und er musste untertauchen. Mit angehaltenem Atem glitt er durch die eisige, lautlose Finsternis, doch nach ein paar kräftigen Zügen konnte er schon wieder auftauchen, auf der anderen Seite der Mauer.

Frierend und außer Atem gelangte er ans Ufer. Der Mond war

von Wolken verhangen, irgendwo rief ein Käuzchen, sonst war alles still. Im Schutz des hohen Grases kroch Max zum Lager der Ungarn. Die vielen Wochen und Monate, in denen die Kaiserlichen sich ohne Gegenwehr in ihrer Burg verschanzt hielten, hatten Corvinus' Heerführer in Sicherheit gewiegt. Die meisten der Wachleute, die in großen Abständen voneinander postiert waren, hockten angelehnt an einem Baum oder Felsen und schienen zu schlafen. Max wählte eine Eiche, deren Äste stark genug waren, um ihn zu tragen, und zog sich lautlos an dem Stamm hinauf.

Von der Baumkrone aus überblickte er das ganze Lager. Als der Mond hinter einer Wolke hervortrat, entdeckte er, wonach er gesucht hatte: ein hölzerner Unterstand, vor dem vier Wachen aufgestellt waren. In dem dunklen Schatten erkannte er die Umrisse von Säcken, die sich bis unters Dach stapelten.

Das musste es sein – das Pulver der ungarischen Artillerie ...

Max unterdrückte einen Jubelschrei. Sein Ziel lag nur einen Steinwurf entfernt. Und alles, was er brauchen würde, um es in die Luft zu jagen, war ein Bogen und ein brennender Pfeil.

24

»Herein!«

Wolf zuckte zusammen, als er Friedrichs Stimme durch die Tür aus der Studierstube hörte, kaum dass er angeklopft hatte. Nach dem Nachtmahl war er eigentlich mit Max verabredet gewesen – sein Freund hatte dunkle Andeutungen gemacht, von einem möglichen Ausbruchsplan, den er mit ihm besprechen wollte. Doch er saß noch bei Tisch, da hatte Werdenberg ihn zum Kaiser gerufen.

In welche Patsche hatte Max sich nun schon wieder hineingeritten?

Wolf öffnete die Tür.

»Endlich, da ist Er ja!«, schnarrte der Kaiser ihm entgegen. »Wir dachten schon, Er wäre taub!«

Wolf verneigte sich. »Majestät haben mich zu sich befohlen?«

»Allerdings. Sonst wäre Er wohl kaum hier!« Friedrich spuckte ein paar Melonenkerne aus. »Wir haben drei Fragen an Ihn. Und die wird Er wahrheitsgemäß beantworten. Sonst soll Ihm die Zunge im Maul verdorren.«

»Zu Diensten, Euer Majestät.«

»Erstens!« Friedrich reckte seinen knöchernen Daumen in die Höhe. »Wüsste Er einen Weg, um unbemerkt von den Ungarn aus der Festung zu gelangen?«

»Gewiss, Majestät, durchaus, das heißt ...« Die Frage traf ihn so überraschend, dass er ins Stammeln geriet.

»Ja oder nein?«

»Ja, Majestät. Der Kehrbach, der den Graben bewässert ...«

»Er soll keine Vorträge halten!« Friedrich reckte den Zeigefinger. »Zweitens! Ist Er ein Kindskopf wie Unser missratener Sohn oder ein brauchbarer Mensch, dem man eine geheime Mission anvertrauen kann?«

»Eine geheime Mission?«

»Hat Er doch taube Ohren? Ja oder nein, haben Wir gesagt!«

»Ja, Majestät.«

»Drittens!« Friedrich reckte den Mittelfinger. »Ist es wahr, dass Er ein Auge auf die Kammerjungfer Unserer Tochter geworfen hat, Rosina von Kraig?«

»Wie können Majestät glauben ...?« Wolf spürte, wie ihm das Blut ins Gesicht schoss. »Ich weiß nicht, wie Majestät zu dieser Annahme ...«

»Ja oder nein!«

Wolf klopfte das Herz bis zum Hals, kalter Schweiß brach ihm aus. Wenn er jetzt nicht die Wahrheit sagte, dachte er plötzlich, würde ihm die Zunge tatsächlich im Maul verdorren. Also nahm er seinen ganzen Mut zusammen. »Ja, Majestät«, sagte er. »Ich liebe Rosina von Kraig. Und es wäre mein größter Wunsch, sie zu heiraten, wenn Majestät erlaubt.«

»Nun, wäre es das? Schön. Dann hat Er jetzt Gelegenheit, diesem Wunsch einen gehörigen Schritt näherzukommen.« Friedrich trat an sein Stehpult und reichte Wolf ein Pergament mit seinem Siegel. »Lese Er das und lerne Er die Worte auswendig. Für den Fall, dass Unser Schreiben auf der Reise verlorengeht.«

Wolf nahm das Pergament. Die Botschaft, die der Kaiser von eigener Hand geschrieben hatte, war an den Herzog von Burgund gerichtet. Schon nach wenigen Zeilen begann Wolfs Herz zu rasen. Doch diesmal nicht vor Angst, sondern vor Freude.

»Nun?«, schnarrte der Kaiser. »Ist Er bereit, den Auftrag auszuführen?«

»Ja, Majestät. Sehr wohl, Majestät.«

»Gut. Dann mache Er sich sofort auf den Weg! Doch unterstehe Er sich, Unserem Sohn auch nur ein Sterbenswörtchen zu sagen!«

25

So langsam und unmerklich, wie das Wasser in den Felswänden der Katakombe versickerte, verrann die Zeit, während Rosina mit klopfendem Herzen in die Dunkelheit starrte. Wie viele Stunden mochten vergangen sein, seit dieser Verrückte, den sie mehr als ihr Leben liebte, in dem schwarz plätschernden Kehrbach verschwunden war?

Max wagte heute die Durchquerung schon zum zweiten Mal. Rosinas Angst aber war darum nicht geringer als vor einer Woche, als er zum ersten Mal unter der Mauer der Burg hindurchgetaucht war. Im Gegenteil. Heute wollte er die Ungarn nicht nur ausspähen, heute wollte er sie angreifen. Allein. Bewaffnet lediglich mit einem Langbogen und einem in Wachstuch eingewickelten Kienspan.

Bei der Vorstellung, wie er irgendwo da draußen den Kienspan mit einem Feuerstein entzündete und die brennende Fackel in die Sehne seines Bogens spannte, um sie ins Lager der Ungarn zu schießen, klopfte ihr Herz so heftig, dass es ihr in den Ohren rauschte. Es gab so vieles, das schiefgehen konnte. Das Knirschen eines Schrittes, das Knacken eines Astes genügte, um Max zu verraten. Wenn die Ungarn ihn erwischten, würden sie kurzen Prozess machen. Als Sohn des Kaisers war er zwar eine wertvolle Geisel, doch das würde sein Leben nicht retten. Wie sollte er splitternackt beweisen, wer er war? Niemand würde ihm glauben.

Rosina verbot sich, den Gedanken zu Ende zu denken. Nur ein Wahnsinniger konnte auf einen solchen Plan verfallen! Wer sagte denn, dass er in der Finsternis überhaupt richtig zielen konnte? Wer garantierte, dass es ihm gelang, rechtzeitig zu fliehen? Rosina hielt es kaum noch aus. Er musste doch längst zurück sein, er war doch schon doppelt so lange fort wie beim ersten Mal.

Plötzlich schrak sie zusammen. Ein entfernter, wie durch eine Wand aus Wolle gedämpfter Knall ... War das die Detonation, mit der das Pulver in Flammen aufging? Max hatte behauptet, dass sie hier unten nichts hören würde und sie darum erst gar nicht auf irgendwelche Geräusche lauschen sollte. Für einen Wimpernschlag aber war ihr, als ob der Boden unter ihr erzitterte.

War dies der Augenblick, der über sein Leben entschied?

Rosina sank auf die Knie und faltete die Hände. Doch Worte zu einem Gebet fand sie nicht, in ihr war nur ein stummes Flehen. *Wenn sie ihn mir töten, töten sie mich mit.*

Wie hatte sie nur zulassen können, dass sie sich so unsterblich in ihn verliebte? Es hatte so harmlos begonnen, wie eine Spielerei zwischen zwei lebenshungrigen Kindern. Aber es war nie ein Spiel gewesen. Sooft Maximilian von Habsburg sie in seinen Armen hielt, rissen die Mauern ihrer Seelenburg ein und sie kapitulierte. Wer auch immer nach ihm sich ihrem Inneren nähern würde, er würde nichts mehr darin vorfinden, was es zu erobern gab. Jeder Winkel, jeder Gang dieser Burg war schon durch ihn besetzt.

Sie gehörte ihm, ganz und gar. Doch gehörte er auch ihr? Gerüchte waren an ihr Ohr gedrungen, dass der Kaiser die burgundischen Pläne weiterbetrieb. Vielleicht hatte Karl ja schon sein Einverständnis gegeben, vielleicht war sogar schon ein Bote in das umlagerte Wien unterwegs ... Aber nein, was immer die Leute sagten – Rosina konnte nicht glauben, dass Marie von Burgund eine Rivalin war. Keine andere Frau konnte Max aus ihren Armen reißen. Nur der Tod konnte das. Nur der Tod. In der hallenden Stille schlug ihr das Herz bis zum Hals.

Als würde ein riesiger Fisch aus den Fluten aufsteigen, tauchte plötzlich ein Kopf aus dem schwarzen Wasser des Kehrbachs auf, gefolgt von zwei breiten Schultern.

»Max!«

Prustend rang er nach Luft, warf den Bogen fort und stützte sich auf den Rand des Grabens. Mit einem Schrei der Erlösung lief Rosina auf ihn zu, grub ihre Hände in sein Haar und schüttelte seinen Kopf, wie um ihn für die überstandene Angst zu strafen. Dann legte sie sich zu ihm und küsste seinen nassen Mund. Sie ließ ihn nicht los, bis er erneut nach Atem rang.

»Ich hab's geschafft, *figliola*«, sagte er mit blitzenden Augen. »Du hältst den Befreier der kaiserlichen Residenz in deinen Armen.«

»Oder den verrücktesten Hund des ganzen Reiches.« Während sie sprach, liebkoste ihr Mund alle Stellen seiner Haut, die ihre Lippen erreichen konnten, sie küsste und biss sein Gesicht, seinen Hals, seine nassen Schultern. »Du bist wahnsinnig! Man sollte dich an die Kette legen und fürs Leben einsperren.«

»Ja, Rosina, leg mich an die Kette«, flüsterte er ihr mit rauer Stimme ins Ohr. »Sperr mich fürs Leben ein.«

Sie schaute an seinem triefenden, nackten Leib herab – ein junger Kriegsgott im Fackelschein. »Du bist unglaublich, Max von Habsburg, weißt du das?«

»Und ob ich das weiß! Wie hätte ich sonst das Feldlager der Ungarn in Brand gesteckt?«

In einer Aufwallung krallte sie ihm die Hände in die Schultern, spürte die Kraft zwischen seinen Schenkeln, wollte lachen und weinen zugleich.

Seine Lippen streiften über ihre Schläfe. »Meinst du nicht, du solltest deinen tapferen Helden belohnen, *mia bella?*«

»So, wie du bist?«, fragte sie. »Jetzt gleich?«

»Ja, Liebste. So, wie ich bin. Jetzt gleich. Ein Leben lang.«

26

Jeder Fürst liebt den Verrat«, sagte Kardinal La Balue in seinem Käfig. »Aber muss er darum auch den Verräter lieben?«

Philippe de Commynes, der wie jeden Morgen seit seiner Ankunft in Plessis-les-Tours der Toilette des französischen Königs beiwohnte, wusste nur allzu gut, auf wen diese Worte gemünzt waren: auf niemand anderen als ihn. Der Kardinal kämpfte darum, seinen Kopf auf den Schultern zu behalten, und das würde ihm nur gelingen, wenn er ihn, Philippe, im Wettbewerb um Ludwigs Gunst ausstach. Dieser hatte es ja unmissverständlich gesagt: Von zwei Beratern war einer zu viel.

Behaglich lehnte Ludwig sich in seinem Rasierstuhl zurück. »Weiß man inzwischen, wie viele Männer Karl in der Schlacht bei Grandson verloren hat?«

Der Barbier wetzte sein Messer. »Nach unseren Informationen mindestens fünftausend.«

Der König nickte zufrieden. »Dann war es also ein kluger Rat von Euch, Monsieur de Commynes, die Schweizer Truppen mit unserem Geld aufzurüsten. – Aber«, fügte er mit einem skeptischen Blick über die Schulter hinzu, »werden fünftausend Tote reichen, um Karl aufzuhalten?«

»Ich fürchte nein, Majestät«, antwortete Philippe. »Der Herzog ist ein aufbrausender Gewaltmensch. Niederlagen verdoppeln nur seine Wut. Zumal er alles daransetzen wird, Lothringen zu erobern. Sein alter Plan. Er will die hochburgundischen Länder mit den Niederlanden verbinden.«

»Dieser unbeherrschte Dummkopf. Die meisten Städte hatten sich ihm ja schon ergeben, bevor er in die Schweiz zog. Aber er wollte ja auch noch unbedingt Savoyen dazuerobern.«

»So hat es den Anschein, Majestät. Nach dem Rückzug aus den Bergen ist Karl jetzt wieder auf dem Weg nach Lothringen, um das Herzogtum endgültig an sich zu reißen. Ich bin sicher, es wird schon sehr bald zur entscheidenden Schlacht kommen. Vermutlich vor Nancy.«

»Ich muss Burgund zurückgewinnen«, knurrte Ludwig, während der Barbier ihn einseifte. »Koste es, was es wolle. Habt Ihr eine Idee, Monsieur de Commynes, um die Dinge in unserem Sinn ein wenig zu beschleunigen?«

»Ich denke ja.« Philippe warf einen Blick auf Kardinal La Balue, der aufmerksam in seinem Käfig die Ohren spitzte, und beugte sich dann zu dem König herab, um ihm seinen Vorschlag so leise zuzuflüstern, dass sein Rivale nichts hören konnte.

Als er fertig war, hob Ludwig voller Anerkennung die Brauen. »Also, wenn Euch das gelingt ...«

»Ich hege nicht den geringsten Zweifel, Sire. Allerdings sollten wir uns beeilen«, sagte Philippe. »Bevor Karl einen neuen Anlauf nimmt, sich mit den Habsburgern gegen Euch zu verbünden.«

»Meint Ihr, er könnte sich dazu erniedrigen? Trotz der Schmach von Trier?«

»Nach der Niederlage von Grandson steht Karl das Wasser bis zum Hals.«

»Gut. Dann macht Euch auf den Weg.« Obwohl er das Gesicht noch voller Schaum hatte, nahm Ludwig das schützende Tuch von seiner Brust und verließ den Rasierstuhl, um eine Truhe zu öffnen. Daraus holte er eine prall gefüllte Geldkatze hervor und reichte sie Philippe. »Jetzt wird sich zeigen, Monsieur de Commynes, ob Ihr ein Verräter seid, wie Seine Eminenz behauptet. Oder ob Ihr in Treue zu Frankreich und seinem König steht.«

27

Matthias Corvinus war ein Mann, der die Größe besaß, eine Niederlage einzugestehen. Ohne seine Geschütze, so wusste er, konnte er die Burg nicht einnehmen. Nur wenige Wochen, nachdem seine Artillerie vernichtet worden war, bot er Friedrich also den Frieden an. Der Belagerungszustand wurde aufgehoben, und beide Seiten unterzeichneten einen Vertrag. Darin verpflichtete sich der ungarische König, alle besetzten österreichischen Gebiete unverzüglich zu räumen. Im Gegenzug erklärte der Kaiser sich bereit, Corvinus als König von Böhmen zu bestätigen und eine Kriegsentschädigung über hunderttausend Gulden an Ungarn zu entrichten. In Anbetracht der Übermacht, mit der Matthias Corvinus aufmarschiert war, war das ein mehr als achtbares Ergebnis.

Am Abend nach dem Friedensschluss saß Max in seiner Kammer beim Feuer und streckte wohlig die Glieder. Gab es ein köstlicheres Gefühl als einen solchen Triumph?

Ich, Maximilian, Kaiser der Welt …

Ein Klopfen riss ihn aus seinen Gedanken.

»Herein!«

Werdenberg stand in der Tür. »Euer Vater wünscht Euch zu sprechen. In seiner Studierstube. Ohne Verzug.«

Selten hatte Max sich über den Anblick des Kanzlers so sehr gefreut. Endlich! Den ganzen Abend hatte er darauf gewartet, dass sein Vater ihn zu sich rief. Heute hatte der Kaiser keine Wahl, heute *musste* er ihm ein Wort der Anerkennung aussprechen. *Lass dir nicht anmerken, wie aufgeregt du bist*, versuchte Max sich zu beruhigen, während er Werdenberg durch die Gänge folgte.

Als er in die Studierstube trat, langte sein Vater gerade nach einer Scheibe Melone. Ihm gegenüber thronte das Weinfass auf einem Polsterstuhl und strich sich über den feisten Wanst. »Na, Bub?«, begrüßte ihn Onkel Sigmund mit einem Lächeln.

Ohne eine Antwort zu geben, blieb Max bei der Türe stehen.

»Nun setzt Euch schon und nehmt einen Becher.« Sigmund wies auf einen gefüllten Krug. »Dank Eures Geschicks mit dem Bogen fehlt es uns ja nicht länger am Tiroler Wein. Ach ja, die Heimat«, fügte er mit einem Seufzer hinzu.

Friedrich sandte seinem Vetter einen Blick, der diesen verstummen ließ. »Hört Er schlecht?«, schnarrte er Max entgegen. »Er soll sich setzen! Oder juckt's ihn im Hintern? Da ließe sich Abhilfe schaffen.«

Max blieb stehen.

»Eigentlich könntet Ihr den Bub jetzt ruhig einmal loben, lieber Vetter«, wandte Sigmund vorsichtig ein.

»Den Teufel werde ich tun«, erwiderte Friedrich. »Wenn Uns einer um hunderttausend Gulden bringt, dann loben Wir den nicht.«

»Aber Ihr müsst doch zugeben, dass wir mit den hunderttausend Gulden glimpflich davongekommen sind«, hielt Sigmund dagegen. »Hätte er seine hübschen Kanonen nicht verloren, hätte der feurige Ungar nie und nimmer mit uns verhandelt.«

»Wir haben mehrmals erklärt, dass die Bohnen, Linsen und Graupen in Unseren Vorratskammern für mindestens zwei Jahre Belagerung gereicht hätten!«

»Bohnen, Linsen, Graupen.« Onkel Sigmund verzog das Gesicht. »Was wäre denn das für eine Belagerung gewesen?«

»Wenn wir immer nur tun würden, was uns schmeckt, wären wir bald ruiniert«, versetzte der Kaiser. »Außerdem hätte Corvinus keine zwei Jahre durchgehalten. Albrecht von Sachsen wäre uns zu Hilfe gekommen. Nun, nachdem seine Arbeit im Reich ja getan ist.« Er griff nach einem Schriftstück und wandte sich an Max. »Weiß Er, was das ist?«

Max schüttelte den Kopf.

»Das wundert Uns nicht. Er war ja mit Baden in unterirdischen Pfuhlen beschäftigt. Nun denn – wir haben hier ein Schreiben, in dem der Herzog von Burgund erklärt, dass er die Verheiratung seiner Tochter Marie mit Unserem Sohn Maximilian wünscht.«

»Euer kaiserlicher Vater hat alle seine Ziele erreicht«, fügte Werdenberg hinzu. »Ohne jedes Zugeständnis.«

»Was blieb ihm auch anderes übrig?«, brummte der Kaiser. »Wir waren ja sein einziger Strohhalm.«

»Ja, lieber Vetter, das muss man Euch lassen«, sagte Onkel Sigmund. »Ihr versteht es, das Schicksal zu reiten. Wie ein Rittmeister sein bockendes Pferd. Ohne Euch in den Graben werfen zu lassen.«

Max hörte die Worte, aber er war außerstande, ihren Sinn zu erfassen.

Sein Vater spuckte ein paar Melonenkerne aus. »Hat Er eigentlich gar nicht seinen Spießgesellen Polheim vermisst?«

»Wolf?«, fragte Max

»Ebenden. Oder kennt Er noch einen mit diesem Namen?«

Max brauchte eine Weile, um zu begreifen. Was hatte Wolf mit alledem zu tun? Plötzlich fiel es ihm wie Schuppen von den Augen. Das also war die geheimnisvolle Mission, von der sein Freund beim Abschied geraunt hatte, als er Hals über Kopf ins Reich aufgebrochen war. Ein Kurierdienst, »im Auftrag deines Vaters« – das war die einzige Erklärung, die sein Freund ihm gegeben hatte. Wie lange war das her? Max hatte sich damals sehr gewundert über seinen Freund, der sich wie ein Aal gewunden hatte. Sie hatten doch sonst keine Geheimnisse voreinander. Jetzt wunderte er sich nicht mehr. Wolf hatte ihn verraten. Damit Max ihm bei Rosina nicht länger im Wege war.

»Wo steckt der Mistkerl?«, brach es aus ihm heraus.

»Wenn Er Wolf von Polheim meint«, erwiderte sein Vater, »tut Er ihm unrecht, das ist ein sehr brauchbarer Mensch. Darum haben wir ihn nach seiner Rückkehr bereits mit einer weiteren Mission bedacht.« Er steckte sich ein Stück Melone in den Mund, und schmatzend fügte er hinzu: »Er befindet sich auf dem Weg nach Gent, um dort im Namen Unseres Sohnes um die Hand der burgundischen Prinzessin anzuhalten. Sodann wird er *in procuram* die Ehe mit der Herzogstochter schließen.«

Max summte der Kopf, zu viele Nachrichten stürzten gleichzeitig auf ihn ein. Doch eines begriff er, und diese Erkenntnis traf ihn wie ein Keulenschlag: Wenn Wolf nach Gent aufgebrochen war, würde die Ehe mit Marie geschlossen. Unwiderruflich.

»A-a-a .... aber ... aber ... habt Ihr nicht ge-ge-gesagt, Ihr könntet kein Reichslehen aus dem Verbund lösen, wie Karl es verlangt, weil die Kurfürsten dazu die Zustimmung verweigern?« Herrgott, da war es wieder, das Stottergöschl.

»Ja, das haben Wir gesagt«, erwiderte sein Vater. »Und wenn Er darauf besteht, sagen Wir es gern noch einmal.«

»Aber der Herzog von Burgund muss doch auf seiner Forderung bestehen! Oh-oh-ohne die Königskrone darf er nicht in die Heirat einwilligen! Das ist eine Frage der Eh-eh-ehre!«

»Der Herzog von Burgund wird auf gar nichts mehr bestehen, und ganz bestimmt nicht mehr auf seiner Ehre«, erklärte Werdenberg. »Er hat seine Einwilligung gegeben, schriftlich, und die kann er nicht mehr zurücknehmen. Selbst wenn er es wollte.«

Verwirrt blickte Max von einem zum andern. Der Kanzler wich seinem Blick aus, und auch sein Vater schlug unwillig die Augen nieder.

Was hatte das zu bedeuten?

»Ach, Bub«, sagte schließlich Onkel Sigmund, und alles Mitleid der Welt sprach aus seinem teigigen Gesicht. »Habt Ihr denn wirklich nicht davon gehört? Der Herzog Karl ist doch tot. Er ist vor Nancy in der Schlacht gefallen.«

Zweiter Teil

DER BRÄUTIGAM

»Oh, meine Rosina!
Sie erbarmt mich im
Grunde meines Herzens.«

Maximilian von Habsburg
an Sigismund Prüschenk

Gent
Januar 1477

I

Dunkel läutete die Totenglocke vom Turm der St.-Bavo-Kathedrale, vor der die Genter Bürger sich zusammengerottet hatten. Seite an Seite mit Margarete und Johanna, das Gesicht verschleiert, von Kopf bis Fuß in ein schwarzes Gewand gehüllt, folgte Marie dem getreuen Kanzler ihres Vaters, Hugonet, der Mühe hatte, zusammen mit Olivier de la Marche den Frauen eine Gasse durch die Menschenmenge zu bahnen, die den Einzug der Trauernden mit gereckten Fäusten und wütenden Rufen begleitete.

»Haltung«, raunte Margarete. »Sie dürfen Eure Angst nicht spüren.«

Obwohl sie am ganzen Leib zitterte, straffte Marie die Schultern und betrat mit erhobenem Haupt das bis auf den letzten Platz gefüllte Gotteshaus. Ja, ihr Körper tat seinen Dienst noch, gehorchte ihrem Willen, aber ihr Herz war wie erfroren und erstarrt. *Tot. Mein Vater ist tot.* Das war der einzige Gedanke, den sie denken konnte, doch ohne ihn zu begreifen. Endlose Wochen hatte sie in Unsicherheit verbracht, endlose Tage und Nächte zwischen Hoffen und Bangen, mit immer wieder neuen, einander widersprechenden Nachrichten und Gerüchten – ihr Vater lebte, ihr Vater war verwundet, ihr Vater war vermisst –, doch welche Meldung auch immer zu ihr gedrungen war, stets hatte sie sich mit ihrer ganzen verzweifelten Liebe gegen die Vorstellung gewehrt, dass er aus diesem Krieg nie wieder heimkehren könnte … Bis es keinen Zweifel mehr gab. *Tot. Mein Vater ist tot.*

Obwohl Marie in jener eisgrauen, in Winterkälte erstarrten Zeit des Wartens enger denn je mit ihrer Stiefmutter Margarete von York zusammengewachsen war, hatte sie noch nie solche Einsamkeit verspürt wie nun in dieser Stunde des Abschieds. Sie hatte in ihrer Kindheit und Jugend von dem überlebensgroßen Vater nur wenig gehabt, und zuweilen hatte sie sich insgeheim einen gewünscht, der ein wenig kleiner, aber dafür gegenwärtiger gewesen wäre. Dennoch war dieser Vater, der sich um die halbe Welt mehr geschert hatte als um sein einziges Kind, ihrem Herzen näher gewesen, als sie sich zu seinen Lebzeiten eingestanden hatte. Er war immer da gewesen, auch wenn er fort war. Als ein Name, der Achtung einflößte und Bedränger in die Flucht schlug, als ein Schutz, der selbst aus der Ferne wirkte, als der Fittich, unter dem sie zur Frau herangewachsen war. Sie waren einander alles gewesen, was von ihrer Familie übriggeblieben war. Und jetzt war er fort, *wirklich* fort – für immer. Sogar der Sarg, der im Altarraum aufgebahrt war, war leer. Französische Soldaten hatten den Leichnam ihres Vaters nach der Schlacht im Morast gefunden, eingefroren, so hieß es, in einer Pfütze, inmitten von streunenden Wölfen. Als Siegestrophäe hatten sie ihn nach Frankreich gebracht, zu ihrem König, der die Herausgabe des Toten mit der Begründung verweigerte, Karl sei von französischem Geblüt und müsse darum in französischer Erde begraben werden.

»Er hat regiert, als gebe es keine Macht über ihm, er hat den Willen des himmlischen Herrschers verhöhnt.« Der Erzbischof war auf die Kanzel gestiegen und hatte mit der Predigt begonnen. »Gott will Frieden für sein Volk. Auf dass es im Schweiße seines Angesichts sein Brot esse. Karl aber hat das Volk seines Brotes beraubt, getrieben von gottloser Ruhmsucht hat er Krieg um Krieg geführt, auf Kosten seiner Untertanen ...«

Ungläubig starrte Marie zur Kanzel empor. Wie konnte dieser Mann, der sie getauft und zur Kommunion geleitet, der sie gefirmt und ihr die Beichte abgenommen hatte, so über ihren Vater reden? Hilfesuchend blickte sie sich um. Doch an den Gesichtern der Menschen ringsumher erkannte sie, dass der Bischof nur aussprach, was die meisten von ihnen dachten – nickend und mit beifälligem Murmeln verfolgten sie die Predigt. Ja, die Bürger von Gent hassten ihren Vater, hassten ihn schon lange, nur hatten sie zu seinen Lebzeiten nicht gewagt, diesen Hass zu zeigen. Doch kaum waren erste Gerüchte aufgekommen, Herzog Karl könnte in seiner letzten Schlacht mit zu hohem Einsatz gespielt haben, waren seine Gegner wie Ratten aus ihren Löchern gekrochen und hatten sich um den rebellischen Strumpfwirker Jan Coppenhole geschart, der offen zum Aufstand aufrief. Nein, nicht wie Ratten, dachte Marie, als sie die feindseligen Blicke sah. Wie Geier, die über den Mauern des Prinsenhofs kreisten und nur darauf warteten, niederzustürzen und einen Leichnam zu fleddern.

Den Leichnam Burgund.

Plötzlich ein Knall, wie von einer Büchse. Dann wieder.

»Was ist das?«, flüsterte Marie voller Angst.

»Sie werfen Steine gegen das Portal«, erwiderte Margarete und drückte ihre Hand.

Während sie einander bei den Händen hielten, schwoll der Steinhagel zu solcher Lautstärke an, dass der Bischof seine Stimme erheben musste.

»Darum hat der Allmächtige den Tyrannen vom Thron gestoßen. Weil Karl sein Volk verraten hat! Das ist Gottes gerechte Strafe!«

2

Glück war ein Gefühl, das in der Seele Philippe de Commynes' nur selten eine Heimstatt fand. Doch an diesem Tag, an dem der Hof von Plessis den Tod Karls des Kühnen feierte, erfüllte es seine Seele so, wie es nur einem Menschen zuteilwerden kann, dem in Vollkommenheit gelungen war, was er sich vorgenommen hatte. Philippe hatte seinem neuen Herrn und König versprochen, die Lösung der burgundischen Frage in Frankreichs Sinn zu beschleunigen, und er hatte sein Versprechen gehalten. Kein feindlicher Soldat hatte den Herzog von Burgund in der Schlacht besiegt, er war einem Hinterhalt aus den eigenen Reihen zum Opfer gefallen. Ein Säckchen Dukaten für einen Hauptmann, der mehr Weiber liebte, als er sich leisten konnte, hatte gereicht, um sein Ende zu besiegeln. Philippe hatte es sich nicht nehmen lassen, persönlich die Überführung von Karls Leichnam zu überwachen, als Zeichen seiner Treue und Redlichkeit.

»Bisweilen lieben Wir nicht nur den Verrat, sondern auch den Verräter«, raunte König Ludwig ihm zu, als er aus Philippes Hand die schwere Ordenskette der Ritter vom Goldenen Vlies nahm, die vor wenigen Tagen noch Karls tote Brust geziert hatte, um sie nun seinem Sohn Charles um die buckligen Schultern zu legen. »Von heute an gehört Burgund wieder Frankreich.«

Die im Thronsaal versammelten Granden applaudierten.

»Aber was ist mit Karls Witwe?«, fragte ein Greis.

»Und mit seiner Tochter?«, fiel ein anderer ein.

»Haben sie keine Ansprüche?«

Philippe antwortete für seinen König. »Niemand hat das Recht, Burgund Seiner Majestät streitig zu machen. Die Freigrafschaft ist ein Männerlehen. Prinzessin Marie ist Karls alleinige Erbin, einen männlichen Nachkommen gibt es nicht. Damit fällt das Herzogtum an Frankreich zurück.«

»Und um Tatsachen zu schaffen«, ergriff Ludwig das Wort, »werden an allen Grenzen zu Burgund französische Soldaten aufmarschieren.«

Der Dauphin blickte mit blöden Augen zu ihm auf. »Was sind Tatsachen, Sire?«

Mit umwölkter Miene überhörte Ludwig die Frage, um das Wort weiter an die Höflinge zu richten. »Dafür verlangen Wir Eure Gefolgschaft! Alle Welt soll wissen, wer Burgund regiert.«

Abermals meldete sich der Greis zu Wort. »Was ist der Lohn, Majestät, wenn wir mit Euch in diesen Krieg ziehen?«

»Niemand, der Uns gegen Burgund unterstützt, soll leer ausgehen.« Ludwig zeigte mit dem Finger auf die Männer, die ihm am nächsten standen, anfangend mit dem Greis: »Ihr bekommt Péronne, Ihr Amiens, Ihr St. Quentin.«

Während die Bezeichneten sich verneigten, wandte Ludwig sich wieder an Philippe. War jetzt der große Augenblick gekommen? Noch am selben Tag, an dem sein neuer Herr Karls Leiche in Augenschein genommen hatte, um sich vom Tod seines Feindes zu überzeugen, hatte er La Balues Enthauptung angeordnet und den Käfig des Kardinals aus seinen Gemächern verbannt.

Philippes Erwartung wurde nicht enttäuscht.

»Ihr habt Uns Eure Treue bewiesen, Monsieur de Commynes«, erklärte der König, »Ihr verdient Unser Vertrauen. Von heute an seid Ihr Unser erster Minister.«

3

Es ist nicht irgendeiner, der mich verraten hat, Rosina! Es ist Wolf! Mein Freund Wolf, dem ich vertraut habe! Mein Freund Wolf, der wie kein anderer wusste, was ich für dich empfinde!«

Max lag rücklings ausgestreckt, die langen Beine angewinkelt, auf Rosinas Bett und hatte trotz der Winterkälte nur ein seidenes Laken über seine Körpermitte geworfen. Rosina hatte das Zimmer tüchtig einheizen lassen, weil sie es mochte, wenn er auf diese Weise bei ihr lag und sie miteinander die Nacht zum Tag machten. Reden, Lieben, Reden, Lieben. Stunde um Stunde. Irgendwann, wenn die letzte Glut des Feuers in der Morgenfrühe schließlich erlosch, würden sie engumschlungen unter die Decken kriechen und vollkommen entkräftet noch eine oder zwei Stunden schlafen, geborgen in der Körperwärme des anderen, wie zwei Tiere in ihrer Höhle. Einen größeren Frieden als diese selige Erschöpfung nach der Liebe hatte Rosina nie gekannt.

Heute allerdings fühlte sie sich von diesem Frieden meilenweit entfernt, und für Max galt das offenbar genauso. Sie liebten sich nicht zärtlich, sondern heftig, beinahe grob, und in den Pausen, die ihre Körper ihnen aufzwangen, schimpfte Max ohne Unterlass vor sich hin. Für gewöhnlich hätte Rosina ihn mit zärtlichem Spott wieder zu sich gebracht oder ihn notfalls gekitzelt, bis er um Gnade bettelte. In dieser Nacht aber war ihr weder nach dem einen noch nach dem anderen zumute. Ihr Herz war schwer, und dass es je wieder leichter werden würde, konnte sie nicht glauben.

»Wird es dadurch besser, dass du Wolf die Schuld zuschiebst?«, fragte sie. »Was hätte er denn tun sollen? Deinem Vater den Befehl verweigern?«

»Ach, hör doch auf.« Mit einem Ruck setzte Max sich auf. »Ich möchte wetten, der brave Wolf hat sich darum gerissen, diesen sogenannten Befehl zu befolgen. Und du weißt auch warum, oder?«

Rosina nickte. Ja, das wusste sie, natürlich. Wolf von Polheim wünschte sich nichts sehnlicher, als dass die Burgunder Hochzeit zustande kam, damit für ihn selbst der Weg frei war. Er liebte sie, und einen besseren Mann als ihn konnte sie in diesem Leben nicht erwarten. Wolf genoss Ansehen am Hof und hatte sogar die Gunst des Kaisers gewonnen. Vor allem aber: Während Maximilian davon träumte, die ganze Welt wie einen Paradiesapfel in seinen Händen zu halten und bereit war, für diesen Traum ihre Liebe zu opfern, würde Wolf immer für sie da sein und sie auf Händen tragen.

Unschlüssig schaute sie den langen, unzufriedenen Kerl vor sich an. Sollte sie ihn aus dem Bett werfen oder sich noch einmal auf ihn stürzen und ihn lieben, dass ihm Hören und Sehen verging?

Ihr Blick fiel auf seinen entblößten Körper. In einer Aufwallung schlang sie ihm die Arme um den Hals und küsste ihn.

»Versprich mir, dass du niemals aufhören wirst, mich zu lieben.«

»Ja, *mia bugiarda*, das verspreche ich dir«, flüsterte er, seine Lippen auf ihren Lippen. »Ich kann doch ohne dich gar nicht sein.«

Wie schwerer, starker Wein durchströmten sie seine Worte. Sie glaubte ihm, wenn er ihr ewige Liebe schwor, glaubte ihm, dass er für immer mit ihr leben wollte. Max war kein Lügner. Nur einer, der sich allzu leicht selbst glaubte, besonders, wenn die Worte nach erhabener Größe klangen.

War das der Grund, warum er heute so anders war als sonst?

Ach, wäre es doch nur das gewesen. Aber Rosina wusste es besser. Sein kaiserlicher Vater hatte einen Reichstag in Augsburg einberufen. Um Geld von den deutschen Fürsten zu sammeln. Für einen Brautzug.

»Sag, Maximilian von Habsburg, wirst du mit dieser Marie von Burgund vor den Altar treten?«

»Ach, Rosina. Das ist doch nur Politik, das hat nichts mit uns zu tun.«

Er streckte die Hand nach ihr aus, um sie zu streicheln, aber sie wich ihm aus. »Wenn das nichts mit uns zu tun hast, warum hast du mir dann die Augsburger Pläne verschwiegen?«

»Warum wohl? Weil ich mich schäme.«

»Du schämst dich?« Sein Geständnis rührte sie.

»Ja, natürlich schäme ich mich!«, rief er. »Für meinen Vater! Der Kaiser geht für den Brautzug seines Sohnes auf Bettelfahrt. Obwohl er gar nicht so arm ist, wie er allen weismachen will. Hast du gesehen, wie schnell er die erste Rate der Kriegsschuld, die Ungarn für den Frieden verlangte, auf den Tisch gelegt hat? Fünfzigtausend Gulden! Aber jetzt spielt er wieder den Bettelkaiser. Was sollen die Fürsten nur von mir denken!«

Rosina sah ihn mit großen Augen an. »Das also ist deine Sorge? Was die Fürsten von dir denken?« Während sie die verfluchten Tränen niederkämpfte, die ihr in die Augen schossen, sprang sie aus dem Bett. »Besten Dank, mein Herr. Nicht der Brautzug widerstrebt Euch also, sondern nur die Art und Weise, wie Euer Vater ihn finanzieren will?«

»Himmel, was soll ich denn tun?« Max sprang ebenfalls aus dem Bett und baute sich vor ihr auf. »Wenn Wolf sich *per procuram* mit Marie vermählt, gilt diese Ehe als vollzogen. Selbst wenn ich Himmel und Hölle in Bewegung setze, habe ich dann kein Mittel mehr, um sie zu lösen, ohne meine Ehre zu verlieren. Verstehst du jetzt, warum ich so wütend auf Wolf bin?«

»Nein«, erwiderte Rosina. Ihr Zorn wich grenzenloser Traurigkeit. »Aber wenn du selber glaubst, du darfst dich deinem Vater nicht widersetzen, wie kannst du es dann von Wolf verlangen?«

»Du verteidigst Wolf ja nur, weil ... weil ...« Statt den Satz zu Ende zu sprechen, schaute er sie mit funkelnden Augen an.

»Weil was?«

»Das weißt du besser als ich«, schnaubte er. »Hand aufs Herz, Rosina. Wenn Wolf dir einen Antrag macht, was wirst du tun?«

Für einen Moment fehlten ihr die Worte. »Für diese Frage hast du eine Ohrfeige verdient«, sagte sie. »Aber wahrscheinlich würdest du nicht mal begreifen, warum. Für dich ist es ja kein Widerspruch, eine Frau zu lieben und mit einer anderen Heiratspläne zu schmieden.«

»Jetzt habe ich aber genug!« Er senkte den Kopf wie ein wütender Stier. »Was gibt dir das Recht, mich so zu beleidigen? Glaubst du, nur du leidest darunter, dass die Dinge so sind, wie sie sind? Hast du irgendeinen Grund, an meiner Liebe zu zweifeln? Halte ich mir Mätressen wie andere Männer meines Standes? Nein, ich gebe dir alles, was mein Herz für eine Frau empfinden kann, dir ganz allein. Und du beschimpfst mich wie einen Hund.«

Mitten im Satz wandte er ihr den Rücken zu. Schon diese kleine Geste der Abkehr war mehr, als sie ertrug. Im selben Moment spürte sie wieder, wie sehr sie ihn liebte. »Maxl«, sagte sie leise. »Hör auf, so zu schreien. Deine Schwester hat einen leichten Schlaf, sie könnte etwas mitbekommen.«

»Wenn schon. Gibt es in dieser Burg noch eine Seele, die nicht weiß, wo der Kaisersohn seine Nächte verbringt? Oder hast du plötzlich was dagegen, meine Geliebte zu sein?«

»Ich werde niemals etwas dagegen haben«, erwiderte Rosina, noch immer mit den Tränen kämpfend. »Deine Geliebte zu sein ist mein größter Stolz. Und wenn Wolf mir einen Antrag macht, werde ich ihn abweisen. Für mich gibt es nur einen Mann, dem ich lebenslange Treue schwören kann, ohne dass meine Zunge mir den Dienst verweigert.«

»Rosina. *Mia bella bruna.*« Er drehte sich wieder zu ihr herum und schloss sie in die Arme. »Ich liebe dich. Ich weiß, das sind nur Worte. Aber sie bedeuten mein Leben.«

»Meines auch, Maxl. Meines auch.« Angeschmiegt an seine Brust, spürte sie sein Herz an ihrem Busen schlagen. Auf einmal erfüllte sie eine große Ruhe. Was immer geschehen würde, er liebte sie, nur sie. Daran musste sie sich festhalten, etwas anderes blieb ihr nicht.

»Komm wieder ins Bett, Liebste«, flüsterte er ihr ins Ohr. »Die Glut wird schon kalt, und vor den Fenstern graut der Tag. Lass uns noch eine Stunde lang alles vergessen.«

4

Was wollt Ihr?«, fragte Marie. Ihre Stimme klang fest. Doch ihre Knie zitterten.

Aus der Horde aufgebrachter Bürger, die in den Prinsenhof eingedrungen war, trat ein einzelner Mann hervor. »Wir kommen im Auftrag der Gerechtigkeit.«

»Wer ist dieser Kerl?«, fragte sie leise den Kanzler, der zusammen mit ihr und ihrer Stiefmutter die Abordnung empfing.

»Jan Coppenhole«, raunte Hugonet ihr zu. »Der Strumpfwirker.«

Für einen Augenblick glaubte Marie, das tote, erfrorene Herz ihres Vaters in ihrer Brust wieder schlagen zu spüren. Der Rebellenführer war mit zehn weiteren Ständevertretern erschienen sowie mehreren Bewaffneten. Doch mehr noch als vor den Piken seiner Männer schrak Marie vor dem Mann selbst zurück. Dieser Coppenhole war groß, nicht übel gewachsen und trug auffallend reinliche, aber schlichte Kleider. Dichtes, dunkelblondes Haar umrahmte sein Gesicht, und seine Züge wären nicht ungefällig gewesen, hätten nicht Krater von Pockennarben seine Wangen übersät. Doch was ihr wirklich Angst einflößte, waren weder seine Größe noch sein Gesicht, sondern seine ungewöhnlich hellen, ins Gelbliche spielenden Augen. Aus diesen Augen sprach die Seele eines Eiferers, der vor nichts haltmachen würde, wenn seine Sache es verlangte, und alles dafür geben würde. Vielleicht sogar sein Leben.

»Mademoiselle de Bourgogne!«

Die Anrede war ein Affront – dem Titel, mit dem Coppenhole sie ansprach, war Marie seit dem Tod ihres Vaters entwachsen. Sie war die Herzogin, sie hatte sich auf den Thron gesetzt, gleich nach der Invasion der Franzosen, um aller Welt zu zeigen, dass sie die neue Herrscherin war! Schon wollte sie Coppenhole die Tür weisen. Doch bevor sie etwas sagen konnte, sprach der Strumpfwirker bereits weiter.

»Mein Fräulein Burgund«, wiederholte er auf flämisch, »es ist Euch bekannt, wie bitter dieses Volk unter Eurem Vater gelitten hat, wie es unter der Last seiner Steuern ächzte, wie der Handel unter seinen Kriegen erstarb ...«

Marie verschlug es die Sprache. Dieser Coppenhole wusste genau, was er tat, seine despektierliche Anrede war also nicht der lässliche Fehler eines unbedarften Bürgers gewesen, sondern eine vorsätzliche Beleidigung ihrer Person. Das bestätigte er mit jedem Wort. Warum gebot niemand diesem Menschen Einhalt? Margarete sah ihren Zorn, doch gab sie ihr mit einem Blick zu verstehen, jetzt besser zu schweigen. Marie biss sich auf die Lippen und hörte mit stummer Wut zu. Während Coppenhole die Sünden ihres Vaters aufzählte, redete er sich immer mehr in Rage, katapultierte seine Worte wie Geschosse zwischen den Lippen hervor, ohne Atem zu schöpfen, und seine gelblichen Augen verengten sich zu Schlitzen. Dabei hielt er die Arme vor der Brust verschränkt und ruckte mit dem Oberkörper vor und zurück, als könnte er sich nur mit Mühe beherrschen, um nicht gewalttätig zu werden.

»Wenn Ihr wünscht, dass wir Euch als Regentin anerkennen, verlangen wir von Euch die Unterzeichnung des Großen Privilegs«, schloss er endlich seine Rede.

Marie schaute ihren Kanzler fragend an.

»Ausgeschlossen«, erklärte Hugonet. »Wie Ihr wisst, hat Herzog Karl das Große Privileg der Städte aufgehoben und durch die zentrale Regierung des Herzogtums ersetzt.«

»Damit ist jetzt Schluss!«, erwiderte Coppenhole. »Wir wollen uns selber regieren! So wie wir es früher getan haben! Wir freien Bürger sind die Herren der burgundischen Städte, kein Herzog oder Fürst.«

Er reichte Marie ein zusammengerolltes Pergament. Ohne es anzunehmen, blickte sie auf das Schriftstück. »Was ist das?«

»Eine Liste mit unseren Forderungen. Und allen Beschwerden der Bürgerschaft zur Regierung Eures Vaters.«

Hugonet nahm ihm das Pergament aus der Hand. »Wir werden darüber beraten.«

Coppenhole maß den Kanzler mit einem finsteren Blick. »Gut.« Dann richtete er seine gelben Augen wieder auf Marie. »Wir geben Euch drei Tage. Doch bedenkt: Solange Ihr uns das Große Privileg verweigert, weigern wir uns, Euch als Regentin anzuerkennen. – Gehen wir, meine Herren«, forderte er die anderen auf. »Wir leben von unserer Hände Arbeit, wir können es uns nicht leisten, Zeit zu vergeuden.« Ohne Verbeugung wandte er Marie den Rücken zu, und an der Spitze seiner Anhänger verließ er den Saal.

»Was für ein erbauliches Spektakel«, sagte Kunz von der Rosen, der mit seiner Pritsche im Schoß auf der Ofenbank gedöst hatte, nachdem die Ständevertreter fort waren. »Ich hoffe nur, meine Herzogin, dass Ihr an diesem Coppenhole keinen Narren fresst und mich am Ende durch ihn ersetzt.«

»Jetzt ist keine Zeit für Späße«, sagte Marie. »Was sollen wir tun?«

Hugonet hob die Arme. »Wenn es wenigstens Nachrichten aus Wien gäbe«, seufzte er.

»Hat sich der Brautwerber, den der Kaiser angekündigt hat, immer noch nicht gemeldet?«, fragte Margarete.

»Leider nein, Euer Gnaden.« Der Kanzler schüttelte betreten den Kopf. »Aber wir hoffen täglich auf seine Ankunft.«

5

»Famos!«, jubelte der Zwerg und beugte sich so weit aus dem Sattel, dass Wolf fürchtete, der kleine Kerl werde von seinem viel zu großen Pferd stürzen. »Wer hätte gedacht, dass Ihr ein so famoser Reiter seid?«

Wolf war am Ende seiner Kräfte. Seit Wien war er nur aus dem Sattel gestiegen, um zu essen oder zu schlafen oder das Pferd zu wechseln. Trotzdem hatte er Wochen gebraucht, um den endlosen Weg durch Schnee und Eis und Morast hinter sich zu bringen. Von dem langen Ritt klebten ihm die Kleider am Leib, und er stank aus allen Poren wie ein Eber. Ehe er der Prinzessin von Burgund seine Aufwartung machte, brauchte er unbedingt einen Zuber Wasser und ein frisches Hemd.

»Habt Ihr noch die Kraft für einen letzten Galopp?«, fragte ihn der Zwerg, der ihn vor der Stadtgrenze von Gent erwartet hatte. »Meine Herrin ist in höchster Bedrängnis.«

Das war mit Händen zu greifen. Kaum hatten sie das Stadttor passiert, hörte Wolf das Johlen und Schreien der Rebellen, die laut Auskunft des Narren die wichtigsten Straßen und Plätze besetzt hielten, und an manchen Ecken loderten Fackeln auf. So eng, wie die hölzernen Häuser beieinanderstanden, konnte ein Feuer leicht von einem zum anderen Gebäude übergreifen. Höchste Zeit, dass jemand kam, der die Ordnung im Land wiederherstellen würde.

Würde Maximilian dieser Aufgabe gewachsen sein?

Die Bürger von Gent, berichtete der Narr, wollten keinen Habsburger auf dem Thron. Sie hatten den Tod des verhassten Herzogs offen bejubelt und wollten sich jetzt selber regieren, am liebsten in einem Bündnis mit Frankreich. Überall sah Wolf mit Piken und Gabeln bewaffnete Männer, und ohne die Hilfe des Narren, der alle Schleichwege kannte, wäre er kaum lebend ans Ziel gelangt.

»Wir können gar nicht vorsichtig genug sein«, mahnte der Zwerg. »Schließlich wollen wir Euch ja in einem Stück im Palast abliefern, damit auch kein Teil fehlt, um Prinzessin Marie auf dem ehelichen Lager zu beglücken – *per procuram*, versteht sich!«

Die Dämmerung legte sich über die Stadt, als sie den Prinsenhof erreichten. Über einen Sandweg, auf dem kein Hufschlag zu hören war, ritt Kunz vor bis zu einer Pforte in der Gartenmauer. Sie war so niedrig, dass sie absteigen mussten. Im Schutz der Mauer gab er Wolf ein Zeichen, sein Tier zu zügeln. Er selbst hatte seinen Braunen schon durchpariert und ließ sich flink wie ein Äffchen an dessen Flanke hinuntergleiten.

»Passt auf, dass niemand Euch hört«, zischte Kunz. »Wir gehen über eine geheime Treppe, denn Gesindel, das Euch übelwill, lauert in jedem Winkel. Könnt Ihr es glauben, mein Herr? Die Rebellen haben die Residenz von Wachen umstellen lassen und halten unsere Prinzessin in ihrem Haus wie eine Gefangene.«

»Das wird hoffentlich bald ein Ende haben«, sagte Wolf.

»Aber gewiss doch, mein Bester.« Kunz schlug seinem Pferd die Zügel über, und während er es mit einem Klaps laufen ließ, wies er Wolf an, dasselbe zu tun. »Nur keine Sorge um den Klepper. Sobald ich Euch bei der Prinzessin abgeliefert habe, schicke ich einen Knecht, der ihn versorgt.«

Im Schutz von Büschen und Hecken erreichten sie eine schmale Hintertür, die Kunz lautlos öffnete. Wolf blickte in einen finsteren Gang. Ein modrig feuchter Geruch schlug ihm entgegen.

Kunz drehte sich um und winkte ihn herbei. »Die Luft ist rein!«

Wolf musste sich ducken, um den Gang zu betreten. Während der Zwerg in der Dunkelheit verschwand, versuchte er, so leise wie möglich die Tür hinter sich zu schließen. Doch der Riegel rutschte ihm aus der Hand, und laut krachend fiel die Tür ins Schloss.

»Verflucht!«

Im selben Moment wurden Stimmen laut, dann Stiefelschritte, und ehe Wolf begriff, was geschah, sah er im Schein einer Fackel zwei bewaffnete Wachmänner vor sich.

Auf dem Absatz machte er kehrt – doch zu spät! Auch von hinten versperrten Wachmänner den Gang.

»Was habt Ihr hier zu suchen?«

Abermals fuhr Wolf herum. Ein Wächter hatte inzwischen den Zwerg gepackt und drehte ihm den Arm auf den Rücken.

»He, nicht so grob«, protestierte Kunz.

Noch während der Zwerg sprach, traf Wolf ein schwerer, harter Schlag am Kopf. Er wollte sich irgendwo festhalten, doch seine Hände griffen ins Leere und er stürzte vornüber auf den Gang.

Als seine Stirn auf den Steinboden schlug, blitzte ein helles Licht auf. Dann sank er in tiefe, undurchdringliche Schwärze.

6

Ich will ihre Liste sehen«, sagte Marie, kaum dass Coppenhole und seine Männer verschwunden waren.

Hugonet reichte ihr das Schreiben. Die Forderungen der Rebellen waren noch dreister, als Marie befürchtet hatte. Die Stände wollten eigene Gesetze erlassen, aus eigenem Recht Gericht halten und Steuern festlegen. Zudem verlangten sie das Stapelrecht und Schutzzölle auf sämtliche eingeführte Waren.

»Das ist ja, als wollten sie den Wohlstand des Landes hinter ihren Mauern einsperren!«

Hugonet nickte. »Besser lässt es sich nicht in Worte fassen, Euer Gnaden. Doch damit nicht genug. Sie verlangen, künftig selber über Krieg und Frieden zu entscheiden.«

»Und das soll ich unterschreiben?«, fragte Marie.

»Ich fürchte, es wird nichts anderes übrigbleiben.«

»Warum?«

»Ihr habt es selbst gehört. Sie erkennen Euch nur dann als Regentin an, wenn Ihr das Große Privileg bestätigt.«

»Aber wenn ich das tue, übertrage ich ihnen fast alle meine Befugnisse. Dann ist es doch gleichgültig, ob sie mich anerkennen oder nicht.«

»Nicht ganz«, antwortete Margarete, die bislang geschwiegen hatte. »Die Franzosen dringen überall in unser Herzogtum ein. Wir brauchen die Unterstützung der Stände. Ohne ihr Geld können wir kein Heer zu unserer Verteidigung ausrüsten.«

»Und wenn wir Ludwig um Frieden bitten?«, fragte Marie. »Schließlich ist er nicht nur der französische König, sondern auch mein Pate.«

»Ich will gern für Euch nach Plessis reisen«, sagte Hugonet. »Aber auch dafür brauchen wir die Stände. Wenn sie Euch die Gefolgschaft verweigern, habt Ihr in Ludwigs Augen keine Legitimation.«

»Nicht einmal für eine Bitte um Frieden?«

»Nicht einmal dafür.«

Marie sah im Geiste wieder Jan Coppenhole vor sich, sein pockennarbiges Gesicht, die gelben Augen ... Niemals würde sie sich vor dieser Kreatur erniedrigen – niemals! Doch andererseits ... Welche Möglichkeiten hatte sie? Die Franzosen hatten Burgund den Krieg erklärt und im Süden des Herzogtums die Grenzen durchbrochen, St. Quentin war schon besetzt, und wenn sich jetzt im Norden die Bürger gegen sie erhoben, war ihr Erbe verloren ...

»Mein Schreibzeug«, hörte Marie sich sagen.

Hugonet reichte ihr Feder und Tinte. Sie schloss die Augen und atmete tief durch. Dann tauchte sie den Gänsekiel in das Fass.

»Teilt den Ständen mit, dass ich das Große Privileg erneuert habe«, sagte sie, während sie ihren Namenszug unter das Schriftstück setzte.

Mit einer Handvoll Sand löschte sie die Tinte. »Möge mein Vater mir verzeihen.« Während Tränen der Wut und der Ohnmacht ihr in die Augen stiegen, nahm sie die Feder, mit der sie die Forderungen der Rebellen bestätigt hatte, und brach sie entzwei.

7

Philippe de Commynes hatte den burgundischen Kanzler noch nie leiden mögen. In ihrer gemeinsamen Zeit an Karls Hof waren sie stets Rivalen gewesen. Sein Anblick, wie er nun vor dem Thron des französischen Königs das Knie beugen musste, erfüllte Philippe mit außerordentlich angenehmen Gefühlen.

»Eure Legitimation!«

Hugonet zog ein Dokument aus dem Ärmel. Zu Philippes Verärgerung reichte er es aber nicht ihm, sondern dem König. »Meine Bestätigung, Sire, durch Herzogin Marie.«

»Ihr meint das Fräulein Burgund?«, fragte Philippe. »Das reicht nicht. Kommt Ihr auch im Auftrag der Stände?«

»Ich bin der einzige rechtmäßige Vertreter des Herzogtums und seiner Herzogin.«

So entschlossen die Antwort klang – für einen winzig kleinen Augenblick hatte Hugonet gezögert, sie zu geben. Philippe wusste, was dieses Zögern bedeutete: Die Stände hatten keine Ahnung von seiner Mission. Während er im Stillen beschloss, sich dies zu merken, las Ludwig murmelnd die Unterschrift des Briefs.

»Ewiger Majestät gehorsame und arme Tochter …«

»Marie von Burgund wendet sich voller Vertrauen an Euch«, sagte Hugonet. »Ihr seid ihr Pate und nächster Verwandter.«

Ludwig blickte von der Urkunde auf, mit solch verlogen schmerzlicher Anteilnahme im Gesicht, dass Philippe am liebsten applaudiert hätte. »Wir sind zutiefst betrübt über das Hinscheiden unseres lieben Cousins Karl. Als Zeichen unserer Anteilnahme haben wir im ganzen Land Trauer angeordnet.«

»Wenn Majestät erlauben«, wandte Hugonet ein, »die französischen Truppen an den Grenzen des Herzogtums erfüllen Marie mit großer Sorge.«

»Eine Maßnahme, die allein dem Wohl der Prinzessin gilt. Wir hegen keinen anderen Wunsch, als unsere Patentochter und ihre

Staaten zu verteidigen. Jeder Fürst in Europa soll sehen, dass Marie unter dem Schutz des französischen Königs steht.«

»Majestät sind zu gütig.« Hugonet verbeugte sich. »Allein, die Besetzung verschiedener Landstriche ...«

»Ihr meint die burgundischen Kernlande?«, fiel Philippe ihm ins Wort. »Wie Ihr wisst, gehören sowohl die Picardie als auch die Freigrafschaft zum französischen Kronlehen und fallen durch Karls Tod an Frankreich zurück.«

Mit Wohlgefallen registrierte Philippe, wie Hugonet um Fassung rang. »Aber Majestät ...«

»Kein Aber.« Ludwig zuckte die Achseln. »So sehr wir persönlich dies auch bedauern – Monsieur de Commynes hat vollkommen recht. So und nicht anders wollen es die Verträge!«

»Und jede Zuwiderhandlung«, fuhr Philippe fort, »bedeutet eine Provokation Seiner Majestät, die Seine Majestät unmöglich hinnehmen kann!«

»Nichts liegt der Herzogin ferner, als Seine Majestät zu provozieren«, sagte Hugonet. »Im Gegenteil, Marie bittet um Frieden.«

»Den wollen wir unserem Patenkind gerne gewähren«, erwiderte Ludwig. »Allerdings unter einer Bedingung.«

»Und die wäre?«

»Wenn Ihr vielleicht so freundlich sein würdet, Monsieur de Commynes ...« Während Ludwig den Satz in der Schwebe ließ, wanderte sein Blick zu dem Dauphin, der mit dumm glotzenden Augen das Gespräch verfolgte, ohne ein Wort zu begreifen.

8

Was verlangt mein Pate von mir?«, rief Marie. »Ich soll seinen Sohn heiraten?«

Hugonet, der nach seiner Rückkehr aus Plessis noch in den Reisekleidern zu ihr geeilt war, nickte. »Ich denke, wenn Ihr Euch zu dieser Ehe durchringen könntet, dürftet Ihr Burgund sogar pro forma behalten.«

»Wie alt ist der Dauphin inzwischen? Sieben Jahre? Neun Jahre?«

»Gerade acht«, erwiderte der Kanzler. »Aber«, fügte er hinzu, »sein Alter ist bedauerlicherweise nicht das größte Übel.«

»Was kann es Übleres geben, als ein Kind zu heiraten?«

Hugonet räusperte sich. »Nun, der Dauphin ist nicht gesund geboren. Er hat einen verwachsenen Rücken, und sein Kopf erinnert an eine Schweinsblase. Doch leider entspricht die Größe seines Verstandes nicht dem Umfang der Behausung.«

»Wollt Ihr damit sagen, der Dauphin ist schwachsinnig?«

Statt ihr zu antworten, senkte der Kanzler den Blick.

»Womit habe ich das verdient? Mein Pate erklärt mir den Krieg, meine Untertanen haben mich entmündigt, und will ich ihrer Vormundschaft entgehen, muss ich einen Kretin heiraten.«

Margarete griff nach ihrem Arm. »Ihr seid nicht allein. Meinem Gemahl habe ich gelobt, Euch vor aller Unbill zu schützen, wenn er eines Tages nicht mehr in der Lage wäre, dies zu tun. Nichts käme mich härter an, als ihm dieses Versprechen nicht zu halten.«

»Danke.« Marie schloss ihre Stiefmutter in die Arme. »Aber – habt Ihr auch eine Idee, was wir tun können? Ohne dass ich mich weder für die Pest noch für die Cholera entscheiden muss?«

»Ja«, erwiderte Margarete. »Um Burgund vor den Rebellen und vor Frankreich zu schützen, braucht Ihr einen Mann an Eurer Seite, der sowohl die Feinde im Innern Eures Herzogtums wie auch die Feinde aus dem Ausland in die Schranken weist.«

»Und Ihr glaubt, es gibt einen solchen Mann?« Marie fasste Hoffnung, zum ersten Mal seit langer Zeit. »Wer könnte das sein?«

»Der Mann, den Euer Vater für Euch bestimmt hat«, erklärte Margarete. »Der Sohn des Kaisers.«

»Maximilian von Habsburg?« So schnell, wie Maries Hoffnung aufgeflammt war, so schnell zerstob sie wieder. »An seine Hilfe kann ich nicht glauben. Seit dem Tod meines Vaters haben wir nichts mehr aus Wien gehört. Ganz zu schweigen von dem Brautwerber, den der Kaiser angekündigt hatte. Offenbar ist das Interesse der Habsburger an Burgund erloschen.«

Margarete wiegte nachdenklich den Kopf. »Um aufrichtig zu sein, diese Möglichkeit können wir nicht ausschließen. Aber wollt Ihr darum aufgeben, ohne Gewissheit zu haben?« Sie hob Maries Kinn und schaute sie an. »Schreibt Maximilian. Bittet ihn um Hilfe.«

9

Max saß am Fenster des spartanisch ausgestatteten Zimmers, das er sein Privatgemach nennen musste, und starrte hinaus in den Hof, wo der regengraue Abend in schwarze Nacht überging. Er hatte den Brief, den Olivier de la Marche ihm aus Gent gebracht hatte, schon hundertmal gelesen und kannte jedes Wort auswendig. Trotzdem nahm er ihn wieder und wieder zur Hand.

Mein Herr und Bräutigam.
Der Überbringer dieses Schreibens wird Euch sagen, wie es mir geht und wie ich hier gehalten werde. Kein Mensch kann verzweifelter sein, als ich es ohne Euch bin. Ich bitte Euch, bleibt nicht aus, um mir und meinem Lande Trost zu bringen, damit ich in meiner Einsamkeit nicht zu Dingen genötigt werde, die ich aus freien Stücken niemals tun würde. Beeilt Euch! Ich flehe Euch an!

Max betrachtete den Namenszug, mit dem sie unterzeichnet hatte: Marie von Burgund ... Wer war diese Frau, die sich in ihrer Not so verzweifelt an ihn wandte? Ihre flüssige, klare Schrift verriet, dass sie oft zur Feder griff, mit Sicherheit öfter als er selbst. Also eine Stubenhockerin, die lateinische Konjugationen liebte? Er schnupperte an dem Pergament, vielleicht hatte sie beim Schreiben ja eine Duftspur hinterlassen. Doch alles, was er ahnen konnte, war der

Duft seiner Geliebten, Rosina, der noch von ihrer letzten Umarmung in seinen Kleidern hing.

Leise stöhnte er auf. Die Zeit des Hinauszögerns und Vertröstens war vorbei. Er musste sich entscheiden.

Der Brief hatte ihn zwei Tage nach seiner Rückkehr aus Augsburg erreicht, wo sein Vater vergeblich um Gelder für seinen Brautzug gebettelt hatte. Die Fürsten, allen voran Berthold von Mainz, hatten sich gegen ein Bündnis Habsburgs mit Burgund ausgesprochen und jede Unterstützung abgelehnt. Sie wollten keine Stärkung des Reichs, sondern ihrer eigenen Rechte, und die sahen sie durch die angestrebte Ehe gefährdet. Noch schlimmer als diese Demütigung aber war der Abschied vom Ort ihrer Schande gewesen. Weil der Kaiser nicht genug Geld gehabt hatte, um die Handwerker und Händler zu bezahlen, deren Dienste er für die Abhaltung des Reichstags in Anspruch genommen hatte, hatten die Gläubiger ihn und seinen Sohn wie Diebe aus der Stadt gejagt – manche hatten sogar mit Rossbollen nach ihnen geworfen! Nach dieser Schmach hatte Max seinem Vater erklärt, nie und nimmer Marie von Burgund zu heiraten. Er konnte der reichsten Braut Europas doch nicht wie ein Bettler entgegentreten!

Aber jetzt? Wieder blickte er auf den Brief.

Mein Herr und Bräutigam ...

Nie zuvor hatte eine Frau ihn so angesprochen. Er versuchte, sich gegen die Wirkung dieser Worte zu wappnen, aber aus ihnen strömte ein Zauber, gegen den es weder Wehr noch Schutz gab. Nicht allein die Stimme der unbekannten Prinzessin glaubte er daraus zu vernehmen, sondern dahinter leise, wie ein Echo, die Stimme seiner Mutter, die alles getan hatte, damit er kein feiger Zauderer wurde wie sein Vater, sondern ein Ritter, der weiß, was er seiner Ehre schuldig ist.

Kein Mensch kann verzweifelter sein, als ich es ohne Euch bin ...

Durfte ein Ritter sich einem solchen Hilferuf verweigern? Die Nachrichten aus Burgund hatten auch auf dem Augsburger Reichstag die Runde gemacht. Marie wurde angeblich nicht nur vom französischen König bedroht, schlimmer noch waren den Gerüchten zufolge die Feinde im eigenen Reich, irgendwelche Rebellen, die schon ihren Vater Karl gehasst hatten. Max musste an eine Geschichte denken, die seine Mutter ihm einst erzählt hatte, von einem portugiesischen Ritter und seiner Angebeteten, die von ihren eigenen Untertanen in einem einsamen Turm gefangen gehalten wurde. Als niemand das Lösegeld zahlen wollte, das ihre Kerkermeister verlangten, setzten diese ihr Verlies in Brand. Ohne sein Leben zu achten, stürmte der Ritter zu ihr und rettete sie aus den Flammen.

Ich bitte Euch, bleibt nicht aus, um mir und meinem Lande Trost zu bringen …

Max musste schlucken. Seine Braut war in Not, nicht weniger als die Angebetete des portugiesischen Ritters, und er war der einzige Mensch auf der Welt, der ihr helfen konnte.

Bei dem Gedanken zuckte er zusammen. Seine *Braut*? Hatte er tatsächlich an Marie als an seine *Braut* gedacht?

Vor Scham schoss ihm das Blut ins Gesicht. Das war Verrat! Verrat an Rosina, der Frau, die ihm nicht nur sämtliche Liebesfreuden schenkte, die ein Mann sich wünschen konnte, sondern die zugleich seine Herzensfreundin war. Rosina, die ihn noch liebte, wenn ihm vor Erregung die Sprache versagte und er wieder das Stottergöschl wurde. Rosina, der er nie etwas vormachen konnte und bei der er das auch nicht musste, weil sie ihn so nahm und liebte, wie er war, ohne jede Verstellung.

Schluss jetzt! Max stand auf und zündete ein Licht an. Wozu all dieses Herumsinnieren, als wäre er kein Ritter und künftiger Herrscher, sondern ein Philosoph, der sich im Sessel einmal rund um die Welt grübelte? War das eines Mannes würdig? Und machte er etwas besser, wenn er den Augenblick vor sich herschob und Rosina noch weiter hoffen und bangen ließ?

Nein, ein Mann musste sich entscheiden! Und obwohl Max selbst noch nicht wusste, wie seine Entscheidung ausfallen würde, beschloss er, Rosina aufzusuchen, um sie ihr mitzuteilen. Bis zu ihrer Kammer war es ein weiter Weg. Zeit genug, um die Entscheidung zu treffen.

Er wandte sich bereits zum Gehen, da klopfte es an der Tür.

Wenn das Rosina war, war seine Entscheidung gefallen.

»Herein!«

Knarrend öffnete sich die Tür. Doch herein kam nicht Rosina, sondern sein Onkel Sigmund.

»Ach, Bub«, sagte er, »ich weiß, wie Ihr Euch quält. Aber glaubt Eurem alten Onkel, es gibt für alles eine Lösung. Auch für Euer Problem.« Mit seinen kleinen, flinken Augen schaute er sich in Maximilians Stube um. »Wenn Ihr ein Krügerl Wein für mich habt, würd' ich sie Euch gern verraten.«

10

Wo waren die Zeiten geblieben, in denen Marie auf Passionatas Rücken durch taufeuchtes Gras gejagt war, um mit Reine und Cuthbert auf die Beizjagd zu gehen? Wo die Zeiten, in denen sie Laute gespielt oder Bücher gelesen oder Lieder komponiert hatte?

Nie in ihrem Leben hatte sich Marie so erschöpft gefühlt wie in den ersten Wochen des Jahres 1477. Die Tage schienen ineinander überzugehen wie die Gebete des Kreuzwegs, eine endlose Abfolge von Pflichten, Kämpfen, zerschlagenen Hoffnungen und neuem Schrecken, unterbrochen nur von ein paar Stunden zerquältem Schlaf.

Vergebens. Alles, was sie getan hatte, um ihr Erbe zu retten, war vergebens gewesen. Sie hatte gegen ihre Überzeugung das Große Privileg erneuert, doch die Stände verweigerten ihr nach wie vor die Gelder, die sie zur Verteidigung ihres Herzogtums brauchte. Sie hatte den französischen König um Frieden gebeten, doch solange sie dem Dauphin nicht ihr Jawort gab, drangen Ludwigs Truppen immer tiefer in ihr Land, um in schnellen, rücksichtslosen Streichen Dorf für Dorf, Stadt für Stadt zu erobern. Schon hatten sie die Picardie und die Freigrafschaft eingenommen und standen vor dem Hennegau. In allen Gebieten, die sie besetzten, wüteten sie schlimmer als die sieben Plagen. Sie vernichteten die Ernten in den Schobern, trieben das Vieh aus Ställen und Koben und verbrannten die Erde auf den Feldern, so dass auf Jahre nichts Nahrhaftes mehr aus dem geschwärzten Boden sprießen würde. Schon wurde berichtet, dass die Märkte in manchen Städten leer blieben, dass Läden ihre Pforten schlossen, dass Menschen Hunger litten, Kinder, Greise und Frauen ... Wenn nicht schleunigst Hilfe kam, war das geeinte Burgund Vergangenheit.

Und aus Wien gab es immer noch keine Antwort.

»Ich glaube, wir müssen die Hoffnung aufgeben«, erklärte Hugonet mit ernstem Gesicht, nachdem über ein Monat vergangen war, seit Marie ihren Brief abgeschickt hatte.

Margarete schüttelte den Kopf. »So weit sind wir noch nicht.«

»Ich beneide Euch um Eure Zuversicht.« Hugonets Gesicht wurde noch ernster. »Aber wir wissen doch, wie der Augsburger Reichstag ausgegangen ist – keinen Pfennig haben die Fürsten für Maximilians Brautzug bewilligt. Und Philippe de Commynes ist bereits in der Stadt. Als Brautwerber für den Dauphin.«

»Philippe de Commynes?«, rief Marie. »Dieser Verräter *wagt* es? Lasst ihn sofort verhaften!«

»Das können wir nicht, Hoheit«, erwiderte Hugonet. »Monsieur de Commynes ist der Gesandte des französischen Königs.«

Marie wollte etwas erwidern, aber die Worte blieben ihr im Hals stecken. Stumm wandte sie sich zum Fenster. Es hatte keinen Sinn, sich gegen ihr Schicksal zu empören, wenn es nichts gab, was sie tun konnte. Ein Blick hinaus auf den Hof reichte, um sie davon zu überzeugen. Vor dem Portal patrouillierten wie immer die Wachen der Rebellen. Niemand, der zu ihr in den Palast wollte, konnte ohne die Genehmigung des Strumpfwirkers Jan Coppenhole das Gebäude betreten.

»Hat Monsieur de Commynes eine Botschaft für uns?«, hörte sie Margarete in ihrem Rücken fragen.

»Ja«, sagte Hugonet. »Ludwig drängt auf eine Entscheidung. Wenn wir ihn noch länger hinhalten, verwüsten seine Soldaten nicht weiter nur unsere Dörfer und Städte, sondern auch unsere Häfen. Dann können wir keinen Seehandel mehr treiben. Und es ist nur noch eine Frage der Zeit, bis Ludwig auch die Hauptstadt besetzt.«

»Haben wir denn keine Mittel, die Franzosen aufzuhalten?«

»Wenn wir das Volk auf unserer Seite hätten, vielleicht. Aber das Gegenteil ist der Fall. Die Bürger wünschen die Franzosen herbei. Kein Wunder. Monsieur de Commynes verspricht Euren Untertanen ewigen Frieden, wenn sie sich Frankreich anschließen. Und die Leute glauben, was sie glauben möchten.«

Betretenes Schweigen erfüllte den Raum. Draußen vor dem Palast kommandierte ein Hauptmann die Wachablösung. Kunz von der Rosen ahmte mit seinen kurzen Armen und Beinen die Bewegungen der Soldaten so drollig nach, dass sogar der Hauptmann lachen musste. Nur Marie war nicht nach Lachen zumute … Doch, es gab etwas, das sie tun konnte, ein allerletztes Mittel, um die Bedrohung von Burgund abzuwenden, auch wenn es sie ihr eigenes Lebensglück kosten würde.

Mit einem Ruck wandte sie sich vom Fenster ab. »Ich weiß, was ich meinem Vater schulde«, sagte sie. »Burgund ist wichtiger als ich.«

Hugonet schaute sie verständnislos an. Doch Margarete wusste, was ihre Worte bedeuteten.

»Bist du sicher, dass du das wirklich willst?«, fragte sie.

Marie nickte. »Lasst Philippe de Commynes rufen. Ich will ihm meine Entscheidung mitteilen.«

11

Er war noch am anderen Ende des Ganges, ein gutes Stück von ihrer Kammer entfernt. Trotzdem wusste Rosina, dass er es war, sie erkannte ihn an seinem Schritt: Max.

Würde er sie endlich aus ihrer Ungewissheit erlösen?

Ihr war nicht entgangen, dass er seit Wochen einen Brief in seinem Gürtel trug. Und sie wusste auch, woher er stammte. Eine Botschaft aus Burgund. Von *ihr*. Doch Max hatte ihr nicht gesagt, was in dem Brief stand.

Vor der Tür ihrer Kammer blieb er stehen. Rosina spürte, wie ihr Herz zu klopfen begann. Rasch verbarg sie ihr Haar, das sie schon zur Nacht gelöst hatte, unter einer Haube und setzte sich auf einen Stuhl beim Fenster. Sie wollte ihn nicht wie sonst in ihrem Bett empfangen. Nicht in dieser Nacht.

Es dauerte eine Ewigkeit, ohne dass sich etwas rührte. Dann endlich ging die Tür auf.

»Ach. Der Herr von Habsburg.« Der schnippische Ton, den sie anschlagen wollte, misslang. »Ich dachte schon, du kommst heute nicht mehr.«

»Ich liebe dich«, sagte er. Nur diese drei Worte. Sonst nichts.

»Ach Maxl.« Sie sprang auf und schlang ihre Arme um ihn. Doch statt sie zu küssen, vergrub er sein Gesicht an ihrer Brust. Konnte es sein, dass er weinte? Sie wollte es nicht wissen. Sie wollte tun, was sie immer getan hatten: sich zusammen mit ihm aufs Bett werfen und sich lieben. So lange, bis ihre Körper keine Kraft mehr hatten und sie sich aufsetzen und wieder denken mussten.

Doch Max befreite sich aus ihrer Umarmung. »Nein, Rosina, nicht jetzt. Ich muss mit dir reden.«

Sie hob den Kopf und schaute ihn an. Als sie sein Gesicht sah, wusste sie Bescheid.

»Du hast dich also entschieden? Du willst sie heiraten?«

»Was heißt hier wollen?«, protestierte er. »Ich *muss*! Wenn ich sie nicht heirate, verliert sie alles, was sie hat – vielleicht sogar ihr Leben. Und ich verliere meine Ehre. Außerdem, das Bündnis mit Burgund – wenn das platzt, schlägt mich mein Vater tot ... Aber was ziehst du für ein Gesicht?«

»Ach nichts«, wich sie aus. »Nur der Wein vom Nachtmahl. Mir wird letzthin übel davon.«

»Du solltest einen Arzt kommen lassen. Ich rede mit Kunigunde.«

»Und *wann* redest du mit ihr? Morgen? Nächste Woche? Oder bist du dann schon auf dem Weg nach Gent?« Plötzlich fühlte sie sich nur entsetzlich müde. »Ach, gib dir keine Mühe. Wovon sich deiner abgelegten Geliebten der Magen umdreht, ist dir doch einerlei.«

»Wie kannst du so etwas nur denken?« Max nahm ihre Hand. »Du hast doch selbst gesagt, dass ich dich nicht heiraten kann.«

»Und *du* hast gesagt, dass du nur mich willst. Mich oder keine.«

»Das gilt immer noch.«

»Und deshalb heiratest du diese Marie?« Sie entzog ihm ihre Hand.

»Ich heirate sie ja gar nicht wirklich, ich heirate *Burgund*.«

»Du heiratest eine *Frau*!«

»Aber ich liebe nur dich. Und im Herzen werde ich dir immer treu bleiben, egal, was passiert.«

»Und was ist mit dem Rest?« Am liebsten hätte sie ihm in den Schritt gefasst, doch sie beherrschte sich.

»Mach dir keine Sorgen«, sagte er mit schiefem Grinsen. »Marie ist hässlich wie die Nacht.«

»Dann wirst du dich mit anderen Weibern trösten.«

»Ich? Niemals!!!«

»Lass deine Schwüre, Maxl, ich kenne dich besser als du dich selbst. Auch wenn du noch so stark tust, du bist in Wirklichkeit schwach. Wie alle Männer.«

Wieder nahm er ihre Hand. »Schau, Rosina, eine solche Ehe hat nichts mit Liebe zu tun. Das ist Politik, da ist eh alles Betrug, sagt Onkel Sigmund. Und wer weiß, vielleicht stirbt Marie ja schon bald. Schließlich hat sie die Schwindsucht, da wird man kaum älter als ...«

»Ich soll warten, dass eine andere Frau stirbt, um mit dir zusammen zu sein?« Abermals entzog sie ihm die Hand. »Wenn du nach Gent reist, heirate ich Wolf!«

»Bitte, Rosina, hör auf, so mit mir zu reden! Ich halte das nicht aus! Nicht heute Nacht!«

»Und darum soll ich mich scheren, ja? Um das, was du aushältst? Scherst du dich um das, was *ich* aushalte?«

»Geht es davon besser, wenn du auf mich einprügelst? Dann sei mein Gast.« Er sprach jetzt ganz leise, und der Glanz in seinen Bernsteinaugen war erloschen. Er kam ihr vor, als wäre er mit einem Mal zehn Jahre älter geworden.

»Nein, es geht mir nicht besser«, sagte sie und streichelte ihm über die Wange. »Ganz und gar nicht. Weil – und das ist vielleicht das Schlimmste – weil etwas in mir ja weiß, dass du nicht anders kannst.«

Ein drittes Mal nahm er ihre Hand, diesmal so fest, dass sie sie ihm nicht mehr entziehen konnte. »Sag, was muss ich tun, damit du das nicht tust.«

»Was nicht tue?«

»Wolf heiraten.«

»Ach, ich will ihn doch gar nicht heiraten. Das habe ich ja nur gesagt, weil ... weil ...«

»Weil du mich ärgern wolltest?«

»Nein«, sagte sie. »Sondern, weil es einfach keinen Weg gibt. Für uns beide, für dich und mich.«

Er schlang die Arme um sie und zog sie an sich. »Doch, Rosina, vielleicht gibt es einen Weg. Ich habe mit Sigmund geredet.«

»Und – was hat er gesagt?«

»Erst musst du mir versprechen, dass du mir keine runterhaust.«

»Versprochen!«

Max blickte zögernd zu Boden. »Also, Onkel Sigmund meint ... Eine Frau heiraten und eine Frau lieben wären zwei verschiedene

Paar Stiefel. Also, wenn ich Marie heirate, dann heißt das doch nicht, dass du und ich …« Er gab sich einen Ruck und schaute sie an. »Ich wäre schließlich nicht der erste Herrscher, der sich eine Mätresse hält.«

»Eine Mätresse? Nein, Maximilian von Habsburg! Ich bin kein Spielzeug, das man im Kasten verschwinden lassen kann und nur ab und zu rausholt, um damit zu spielen.«

»Jetzt hör doch erst zu! So eine Mätresse meine ich doch gar nicht. Du sollst die Frau an meiner Seite sein, meine Herzdame, ganz offiziell, meine *maîtresse en titre*, die jedermann am Hof respektieren muss, genauso wie meine Gemahlin.«

Marie hörte seine Worte, sah seine Augen, die zu keiner Lüge fähig waren. Und konnte es trotzdem nicht glauben. »Deine *offizielle* Mätresse?«, fragte sie. »Das heißt, du willst dich zu mir bekennen?«

»Vor Gott und der Welt!«, rief er und hob seine Hand.

»Du lässt mich also nicht hier zurück, wo ohne dich alles leer und tot und sinnlos ist?« Sie schlang die Arme um ihn und bedeckte sein Gesicht mit Küssen. »Du nimmst mich mit nach Gent? An den Hof?«

»Ja, Rosinella«, sagte er und erwiderte ihre Küsse. »Allerdings, ein bisschen müssen wir noch warten. Sofort geht es leider nicht.«

»Warum nicht?«

Er hörte auf, sie zu küssen. Doch er hielt weiter ihr Gesicht zwischen den Händen. »Das Bündnis mit Burgund würde scheitern, wenn ich meiner Braut noch vor der Hochzeit eine Mätresse vor die Nase setzen würde.« Sie senkte den Blick, aber er hob ihr Kinn und zwang sie, ihn anzusehen. »Alles, was ich von dir verlange, ist ein bisschen Geduld. Bis diese Ehe geschlossen und der französische Ludwig sich wieder hinter seine Grenze zurückgezogen hat.«

»Und dann?« Sie warf den Kopf so heftig zurück, dass ihr Haar sich unter der Haube löste und ihr über den Rücken fiel.

»Dann hole ich dich nach. Vorausgesetzt, du bist dann noch Rosina von Kraig und nicht das rechtmäßig angetraute Eheweib des Herrn von Polheim.«

12

»Werde ich dich jemals wiedersehen?«

Im unruhigen Lichtschein der Fackel, die das Verlies erhellte, starrte Wolf auf Rosinas Bild, eine handtellergroße Miniatur, die in der Gefangenschaft zu seinem ganzen Lebensinhalt geworden war. Seit wie vielen Wochen steckte er schon in dem Kerker? Er wusste es nicht, er hatte das Gefühl für die Zeit verloren. Er wusste nur, ohne Rosinas Bild wäre er verrückt geworden. Allein der Blick aus ihren dunklen Augen hielt ihn am Leben.

Es war alles seine Schuld. Statt seinen Auftrag auszuführen, hatte er sich gefangen nehmen lassen, bevor er auch nur ein Wort mit der Prinzessin gesprochen hatte. Er hatte auf ganzer Linie versagt. Wegen seiner Unfähigkeit würde es weder eine Heirat noch ein Bündnis geben, das Herzogtum Burgund würde an Frankreich zurückfallen, und Rosinas Schicksal stand in den Sternen.

War das der Preis für seinen Verrat an Max?

Das Rasseln eines Schlüssels schreckte ihn aus seinen Gedanken. Der Hauptmann, der ihn festgenommen hatte, trat in die Zelle.

»Ich protestiere!«, rief Wolf, wie immer, wenn ein Wachmann sein Verlies betrat. »Ich bin der Botschafter des Kaisers! Ich verlange, die Herzogin von Burgund zu sprechen!«

Der Hauptmann puhlte mit seinem Daumennagel in den Zähnen. »Ihr seid in feindlicher Absicht in den Palast der Herzogin eingedrungen«, sagte er und betrachtete den Fetzen Fleisch, den er mit dem Nagel erwischt hatte. »Dafür wurdet Ihr zum Tod verurteilt.«

»*Was?*« Wolf sprang aus dem Stroh auf. »Was sagt Ihr da?«

»Tod durch das Beil. Das Urteil wird morgen früh vollstreckt. Wenn Ihr noch einen Wunsch habt, könnt Ihr ihn jetzt äußern.«

Wolf war unfähig, eine Antwort zu geben. Zum Tod verurteilt? Durch das Beil? Er war jung! Sein Körper, seine Glieder strotzten vor Lebenslust! Und sein Herz schlug für die wunderbarste Frau, die Gott erschaffen hatte ...

Wieder schaute er auf das Bild in seiner Hand, blickte in Rosinas dunkel glühende Augen.

Wenn Max mich verlässt und du nicht zurückkehrst – wer wird dann für mich sorgen?

Die Frage, die er in ihren Augen las, war noch schlimmer als seine Angst vor dem Tod.

»Keinen Wunsch?«, brummte der Hauptmann. »Mir soll's recht sein. Aber den Priester werdet Ihr ja wohl wollen? Oder seid Ihr einer, der lieber ohne Letzte Ölung zur Hölle fährt?«

Rosina, dachte er. *Meine Rosina. Ist es möglich, dass ich nie wieder deine Stimme höre? Wie du lachst, wie du mit mir sprichst, wie du mich beim Namen nennst?*

Wieder ging die Zellentür auf. »Gelobt sei Jesus Christus.«

Ein Mönch kam herein und schlug das Kreuz, um Wolf zu segnen. Der Hauptmann ging hinaus auf den Zellengang.

»Gebt uns ein Klopfzeichen, wenn wir Euch wieder rauslassen sollen, ehrwürdiger Vater«, sagte er. »Wir vertreiben uns solange die Zeit bei einem Spielchen.« Von draußen war bereits das Rappeln eines Würfelbechers zu hören.

»Knie nieder«, sagte der Mönch, als hinter ihm die Tür verriegelt wurde.

Ohne irgendetwas zu denken, folgte Wolf der Aufforderung.

»Ich bin gekommen, um dich mit den Stärkungen der Kirche zu versehen, ehe du vor deinen Schöpfer trittst.«

Die Stimme des Mönchs klang wie die eines alten Weibes. Unwillkürlich schaute Wolf zu ihm auf, um sein Gesicht zu sehen. Doch er konnte es nicht erkennen, im Schatten der weiten Kapuze sah er nur ein schwarzes Loch.

Kein Gesicht. Nur ein schwarzes Loch …

Plötzlich kam Wolf eine Idee.

»Bist du bereit, deine Sünden zu bekennen?«, kam es aus dem schwarzen Loch hervor.

»Ja, ehrwürdiger Vater«, erwiderte Wolf. »Das bin ich.«

13

Der Wagen war prächtig. Die mit Samt bezogenen Sitze waren so üppig gepolstert, dass man wie in einem Diwan darin versank, und alle Beschläge waren vergoldet, innen wie außen. Philippe de Commynes genoss die respektvollen Blicke, die ihm während der Fahrt durch Gents Straßen folgten, auch wenn er wusste, dass sie nicht ihm galten, sondern dem königlichen Wappen, das die Karosse zierte. Natürlich verdankte er diese herrschaftlichen Segnungen, die er nie zuvor gekannt hatte, nicht der Liebe seines Königs, sondern allein dessen Ehrsucht. Aber das war kein Schaden. Was ihn interessierte, war nicht Liebe, sondern Macht.

Die Wachen, die mit ihren Hellebarden vor dem Haupttor des Prinsenhofs auf Posten standen, sprangen aus dem Weg, um den Wagen Frankreichs in vollem Galopp passieren zu lassen. Philippe wies den Kutscher an, die beiden Rappen erst im letzten Moment zu zügeln. Als der Wagen vor dem Portal zum Stehen kam, stieg er in genüsslicher Langsamkeit aus, wohl wissend, dass hinter den Butzenscheiben der Fenster Beobachter lauerten, die jede seiner Bewegungen verfolgten.

War sie eine von ihnen? Marie?

Wie hatte er sich nach ihrer Hand gesehnt, nach ihrer Liebe und ihrem Respekt. Von keiner anderen Frau hatte er sich je Zärtlichkeit erhofft, nie sich gewünscht, anders als zur hastigen, bezahlten Befriedigung fleischlicher Gelüste in weiblichen Armen zu liegen. Sie war die Einzige gewesen, die große Ausnahme: Marie … Er hätte ihr zur Seite gestanden, mit seinem Leib und seinem Leben hätte er sie und Burgund gegen den Rest der Welt verteidigt. Solange sein Traum von ihr gelebt hatte, hatte in seinem verbitterten, vor der Zeit gealterten Herzen auch ein Stück Unschuld überlebt. Das war jetzt vorbei.

Vor dem Portal blieb Philippe stehen und schaute an der Fassade hinauf. Ob sie bereute, was sie getan hatte? Er zuckte die Achseln. Zu spät! Heute war der Tag der Abrechnung gekommen.

Ein Diener eilte herbei. »Die Herzogin erwartet Euch, Seigneur.«

Ohne den Kerl einer Antwort zu würdigen, betrat Philippe den Palast. Mit einem Anflug von Melancholie schaute er sich um. Hier war er zu Hause gewesen. Hier hatte er den Becher seiner süßesten Glückseligkeit und den seiner herbsten Niederlage geleert. Hier würde er nun den Kelch neu füllen – den seines köstlichsten Triumphes.

Sie erwartete ihn im großen Empfangssaal, auf dem Thron ihres Vaters, wohl in der Hoffnung, sich dadurch Respekt zu verschaffen. In Wahrheit aber ließ das wuchtige Möbel sie kleiner erscheinen, als sie in Wirklichkeit war. Links und rechts von ihr hatte sie ihre zwei Aufpasser postiert, Kanzler Hugonet und ihre Stiefmutter, die mit allen Wassern gewaschene Margarete von York. Ohne deren Beistand wagte sie offenbar nicht, ihm entgegenzutreten.

Und du willst eine Herzogin sein? Ein kleines, dummes Mädchen bist du!

Sie begrüßte ihn mit distanzierter Höflichkeit, wie einen Fremden. Dabei zeigte ihr Gesicht keinerlei Regung. Doch Philippe wusste, das war nur Fassade. Die Farbe ihrer Haut verriet sie. Blass war sie, so blass wie eine Leiche.

»Mein Kanzler ließ mir bestellen, Ihr hättet eine Nachricht von meinem Paten, dem König von Frankreich.« Beim Klang ihrer Stimme zog sich Philippe für einen Moment der Magen zusammen. Einst hatte er an ihrer Tür gelauscht, wenn sie allein für sich sang, nur um ihre Stimme zu hören.

»In der Tat, Euer Gnaden«, erwiderte er. »Mein Herr hat sich entschlossen, Euch die höchste Ehre zu erweisen, die einer Dame Eures Standes zuteilwerden kann. Ich spreche als Brautwerber vor. König Ludwig wünscht Euch als Gemahlin für seinen Sohn und Erben Charles, Dauphin von Frankreich.«

Während Philippe das Knie beugte, suchte er in ihrer Miene nach einer Reaktion. Doch zu seiner Enttäuschung hielt sie sich überaus tapfer angesichts der Aussicht, einem schwachsinnigen und verkrüppelten Knaben ins Bett gelegt zu werden.

»Bitte erhebt Euch«, forderte Marie ihn auf. »Nachdem Ihr um meinetwillen die beschwerliche Reise auf Euch genommen habt, würde ich Euch gern eine Erfrischung anbieten.«

»Ich verspüre keinen Durst«, antwortete er. »Mir ist allein daran gelegen, so rasch als möglich Eure Antwort zu erhalten, damit ich sie meinem Herrn überbringen kann.«

»Gewiss wünsche ich nicht, Euren Herrn warten zu lassen«, erwiderte Marie mit einem verräterischen Zucken um den Mund.

Philippe sah es mit Freuden. Wurde ihr endlich klar, was hier geschah? Dass ihr Leben in wenigen Augenblicken zerstört sein würde? Ein einziges Wort trennte sie noch von ihrem Schicksal, ein einziges Wort, das sie selber aussprechen würde. Philippe konnte es nicht erwarten, es aus ihrem Mund zu hören.

»Nun denn, Prinzessin – wie lautet Eure Antwort?«

Wie eine Eisläuferin, die eben noch voller Anmut über einen zugefrorenen See geglitten war, nun aber erkennt, dass das Eis sie nicht länger tragen wird, verlor sie die Fassung.

»Ihr werdet verstehen, dass ... dass eine solche Entscheidung nicht leichthin getroffen ist«, stammelte sie. »Außer Euch sprach nämlich auch der Gesandte des Herzogs von Kleve vor, dessen Antrag ebenfalls ein Anrecht auf Erwägung hat. Überdies warten wir derzeit noch auf Nachricht aus Wien, wo das Haus Habsburg sich zu erklären wünscht.«

»Wollt Ihr mich und meinen Herrn beleidigen, Fräulein von Burgund?« Philippe erhob sich und richtete sich in voller Größe vor ihr auf. »Das Herzogtum Kleve ist, mit Verlaub, nicht mehr als ein Tintenklecks auf der Landkarte. Und was den Habsburger betrifft, so wartet Ihr auf den doch nicht erst seit heute.« Er machte eine kurze Pause. »Sprecht einfach aus, was Euer Herz Euch gebietet«, forderte er sie auf. »Der Dauphin wäre mehr als glücklich, Euch zum Altar zu führen. Und das eheliche Lager mit Euch zu teilen.«

Den letzten Satz unterlegte er mit einem Lächeln, das keinen Zweifel am Sinn seiner Worte erlaubte. Und endlich, endlich zerfiel die Fassade. Maries Blick flackerte, ihre Miene zitterte, durch ihren schmalen Leib ging ein Beben. Während Philippe den Anblick genoss wie Honigwein, legte Margarete ihr die Hand auf den Arm. Wie um das Lamm zu ermutigen, sich auf die Schlachtbank zu legen.

»Was ist, Euer Gnaden?«, fragte Philippe. »Hat Euch die Aussicht auf die ehelichen Freuden die Sprache verschlagen?«

Er wusste, die Frage kam einer Beleidigung gleich. Aber Marie blieb nichts anderes übrig, als sie hinzunehmen. Schließlich stand er hier nicht als Philippe de Commynes, sondern als Vertreter Frankreichs und Fürsprecher des mächtigsten Fürsten Europas.

Marie räusperte sich. »Richtet ... richtet Seiner Majestät dem französischen König aus«, stotterte sie, mit beiden Händen die Lehnen ihres Throns umklammernd, »nein, richtet meinem Paten und geliebten Oheim aus, dass ich mit Freuden seinem Sohn, dem Dauphin und Prinzen Charles ...«

Philippe frohlockte. Jedes Wort, jede Silbe ihres hilflosen Gestammels war Musik in seinen Ohren, und er hätte ihr stundenlang lauschen mögen, bevor das eine, alles entscheidende Wort fiel. Doch plötzlich verstummte die Musik, mitten im Satz, und das ersehnte Wort blieb ungehört, weil draußen auf dem Gang Stimmen laut wurden. Verärgert drehte Philippe sich um.

Im selben Moment flog die Tür auf.

Ein Mönch, ein Kapuziner in braunem Habit, stolperte in den Saal. »Ich komme mit einer Botschaft des Kaisers«, stieß er hervor und warf seine Kapuze zurück.

Als Philippe das Gesicht sah, spürte er, wie das Blut in seinen Adern gerann. »Ein Mönch?«, rief er, um zu retten, was nicht mehr zu retten war. »Als Botschafter des Kaisers? Das ist doch lächerlich!«

Niemand hörte auf ihn.

»Kennt jemand den Mann?«, fragte Margarete.

Hugonet hob sein graues Haupt. »Ja, Hoheit. Dies ist Wolf von Polheim, ein Gefolgsmann des Kaisers und engster Vertrauter seines Sohnes Maximilian von Habsburg.«

»Unsinn!«, protestierte Philippe. »Das ist ein verwirrter Mönch, der seinem Abt entlaufen ist!«

Wieder hörte niemand ihm zu.

Margarete wandte sich erneut an den Kanzler. »Wenn Ihr behauptet, den Mann zu kennen – wo seid Ihr ihm begegnet?«

»In Trier, Hoheit. Er gehörte zum Tross des Kaisers und hat dort an jedem Turnier teilgenommen, zusammen mit dem Prinzen.«

»Dann seid Ihr Euch also sicher?«

Der Kanzler nickte. »Ganz sicher.«

»Ich danke Euch, Hugonet.« Mit zwei raschen Schritten trat die Herzoginwitwe auf Philippe zu. Während sie ihre Haube zurechtrückte, sah sie ihm fest ins Gesicht.

Als Philippe diesen Blick sah, wusste er, dass jenes Wort, mit dem Marie sich heute selbst vernichten sollte, für immer unausgesprochen blieb. Statt zu triumphieren, hatte er verloren, wieder einmal, wie so oft in seinem verfluchten Leben.

»Bestellt Eurem König, dass wir seinen Antrag zu schätzen wissen, ihn jedoch leider nicht annehmen können«, sagte Margarete. »Die Herzogin von Burgund wünscht kein Kind zum Gemahl, sondern einen Mann.« Sie unterbrach sich, dann fügte sie mit feinem Lächeln hinzu: »Ist der Mann erst da, stellen die Kinder sich ganz von selbst ein.«

14

Der Brautzug stand im Hof zum Abmarsch bereit. Doch Maximilian war noch in Rosinas Kammer. Zum allerletzten Mal. Während der Regen in schweren Tropfen gegen die Fensterscheiben klatschte, nahmen sie voneinander Abschied.

»Alle haben gesagt, du wirst dein Versprechen brechen, du wirst mich wegwerfen, wie es der Sohn eines Kaisers eben macht. Und ich war so verzweifelt, dass ich es fast geglaubt hätte.«

»Ach, *mia bugiarda*, wie könnte ich je so etwas tun?«

»Danke, Maxl.« Rosina nahm ihn in den Arm und gab ihm einen Kuss. »Du weißt nicht, was du mir damit geschenkt hast.«

»Doch, das weiß ich. Ich spüre es.« Die Berührung ihrer Lippen, die Berührung ihres Körpers erregte ihn so sehr, dass alles in ihm danach drängte, ihr die Kleider vom Leib zu reißen und sie aufs Bett zu werfen. Aber dafür war es zu spät. Draußen wartete sein Tross auf ihn, schon seit einer Stunde.

»Ich weiß nicht, wie ich das aushalten soll«, flüsterte er. »All die einsamen Nächte ohne dich.«

»Ich weiß es auch nicht«, flüsterte sie zurück und schmiegte sich noch enger an ihn.

»Aber wir müssen es aushalten, *bella*. Es ist das, was die Welt von uns fordert.«

»Sag jetzt nicht wieder, dass du der Sohn des Kaisers bist.«

»Doch. Ich bin der Sohn des Kaisers.«

»Ja, das bist du.« Unter Tränen lächelte sie ihn an. »Aber nicht nur das. Du bist auch mein Maxl, mein Stottergöschl, mein Gernegroß. Vergiss das nicht, Herzallerliebster. Und sorge dafür, dass deine Burgunderin es auch nicht vergisst.« Wieder gab sie ihm einen Kuss, noch inniger und süßer als der Kuss davor. Doch ganz plötzlich, mitten in diesem Kuss, machte sie sich aus der Umarmung frei, fast mit Gewalt, und schob ihn zur Tür. »Geh jetzt, Maxl«, drängte sie ihn. »Bitte geh! Bevor ich in Tränen ausbreche!«

Überrumpelt von dem jähen Abschied stolperte er hinaus auf den Gang. Als er hörte, wie hinter ihm die Tür zufiel, überkam ihn bleierne Müdigkeit. Wie lange würde es dauern, bis er Rosina wiedersah? Mit schweren Beinen ging er die Stiege hinab.

Draußen hatte der Regen aufgehört. Doch die Planen der wenigen Wagen, die seine Brautgeschenke bargen, waren bereits durchnässt. Der Anblick versetzte ihm einen Stich. Mit diesem jämmerlichen Brautzug, der aus einem Dutzend Karren, ein paar Packpferden und gerade mal zwei Dutzend Reitern bestand, sollte er durch Europa reisen, um die Tochter Karls des Kühnen um ihre Hand zu bitten? Welche Schande! Mit Kisten voll Gold und Juwelen und einer halben Stadt als Gefolge musste man als Sohn des Kaisers vor seine Braut hintreten!

»Die Schuldverschreibungen für Ulrich Fugger«, schnarrte hinter ihm eine wohlvertraute Stimme. Max drehte sich um. Sein Vater war ihm ins Freie gefolgt und drückte ihm einen Packen Papiere in die Hand. »Auf die Einkünfte und Zölle von Linz, Andernach und Bonn sowie auf die Renten von Kernneuburg, Stadt und Schloss Ens und Wald. Kann Er sich das merken?«

»Ja, natürlich, gewiss«, stammelte Max. »Wie ... wie viel wird Fugger dafür geben?«

»Sechzigtausend Gulden, so ist es ausgemacht.«

Max schaute auf die Papiere in seiner Hand. »Nur sechzigtausend?« Als er aufblickte, sah er hinter einem Fenster Rosina. Mit traurigem Gesicht schaute sie hinunter in den Hof. »Das reicht hinten und vorne nicht!«

»Das muss reichen!«, erklärte sein Vater. »Alle Städte, durch die Er kommt, werden Ihm weitere Gelder spenden. Außerdem ist jeder Fürst oder Bischof, der sich Seinem Zug anschließt, zu einem Geschenk verpflichtet.«

Maximilian hörte kaum hin. Er sah nur Rosinas Gesicht hinter der Fensterscheibe. Waren das Tränen oder Regentropfen, die an ihren Wangen herabströmten?

»Trotzdem ist es zu wenig«, murmelte er abwesend. »Ich muss meiner Braut einen Trauring schenken, und zur Hochzeit Gold und Juwelen. Könnt Ihr nicht ein paar Stücke aus dem Hausschatz ...«

»Die Kleinodien bleiben hier!«, erwiderte Friedrich. »Und jetzt reite Er los! Ich schreibe Seiner Braut, dass Er auf dem Weg ist.«

Ohne ein weiteres Wort kehrte er Max den Rücken zu. Während der Kaiser in der Burg verschwand, führte ein Stallknecht den gesattelten Iwein herbei.

Es war so weit – unwiderruflich.

Mit einem Seufzer bestieg Max sein Pferd und setzte sich an die Spitze des Brautzugs.

Bevor er das Tor durchritt, drehte er sich im Sattel um und hob die Hand, um Rosina noch einmal zu winken.

Doch ihr Fenster war leer.

15

Im Genter Rathaus brodelte es wie in einem Gärbottich, als Marie, verfolgt von den misstrauischen Blicken der Ständevertreter, den Sitzungssaal betrat. Sie selbst hatte die Versammlung einberufen, in Ausübung ihres Regentschaftsrechts, um eine Erklärung abzugeben, von der nicht nur ihr eigenes Schicksal abhing, sondern auch das Schicksal Burgunds.

»Was habt Ihr uns mitzuteilen?«, fragte Jan Coppenhole, der sie im Namen der Stände empfing.

Bevor Marie die Antwort gab, blieb sie stehen und fasste ihren Widersacher ins Auge. »Ich habe dem Sohn des Kaisers mein Jawort gegeben. Und ich bitte Euch, Ruhe zu bewahren, bis Maximilian von Habsburg hier in Gent eintrifft.«

Ein Raunen ging durch die Reihen der Männer. Ein älterer Kaufmann, in dem Marie den Gewürzhändler Hinrich Peperkorn erkannte, trat vor.

»Wie sollen wir Ruhe bewahren, wenn die Franzosen Krieg gegen uns führen?«, fragte er.

»Die Franzosen führen nicht Krieg gegen uns!«, widersprach Jan Coppenhole, bevor Marie antworten konnte. »Sie schützen uns vor dem deutschen Kaiser und der Unterwerfung durch das Reich!«

Die Männer, die ihn umringten, die meisten Handwerker in schlichten Arbeitsschürzen, klatschten Beifall. Marie wandte sich an die Partei der besser Betuchten, die Männer um Peperkorn.

»Die Franzosen wollen unser Land zerstückeln. Sie betrachten uns als Beute, die sie sich einverleiben wollen.«

»Die Franzosen bringen uns den Frieden«, entgegnete Coppenhole. »Doch statt diesen Frieden anzunehmen, indem Ihr den Dauphin heiratet, gebt Ihr einem Deutschen das Jawort und verlangt von uns, dafür ein Heer zu rüsten und Krieg gegen Frankreich zu führen. Mit unserem Geld! Wie Euer Vater! Doch davon haben wir die Nase voll! Wir wollen Frieden statt Steuern!« Er ruderte mit den Armen und wiederholte seine Parole, bis seine Anhänger darin einfielen. »Frieden statt Steuern! Frieden statt Steuern!«

»Ruhe!«, rief Peperkorn in den Lärm hinein und hob die Hand. »Lasst die Herzogin ausreden! Sie ist immerhin unsere Regentin!«

»Ich danke Euch«, sagte Marie. Dann hob sie die Stimme, damit jeder im Saal sie hören konnte. »Begreift doch, Bürger von Gent! Die Franzosen zeigen schon jetzt, wie sie uns beschützen wollen. Indem sie mit Kanonen auf uns schießen!«

»Weil Ihr den Kaiser in unser Land ruft!«, unterbrach Coppenhole sie erneut.

Marie schüttelte den Kopf. »Ludwigs einziges Ziel ist die Einigung Großfrankreichs! Auf unsere Kosten!«

»Und was will der Kaiser? Er will unseren Anschluss an das römisch-deutsche Reich!«

»Der Sohn des Kaisers kommt in friedlicher Absicht! Der Kaiser ist der Garant für den Erhalt unseres Landes! Nur unter seinem Schutz wird Burgund ein selbständiges Herzogtum bleiben!«

»Angenommen, Ihr hättet recht«, erwiderte Coppenhole. »Aber – wann kommt er denn, der Sohn des Kaisers?« Er stellte sich auf die Zehenspitzen, beschattete mit seiner Rechten die Stirn und verrenkte sich den Hals, wie um Ausschau zu halten. »Ich kann ihn nirgendwo entdecken, Euren Messias! So sehr ich mich auch bemühe!« Seine Anhänger lachten.

»Ja, Euer Gnaden«, pflichtete Peperkorn ihm bei, »wann kommt der Herzog von Österreich? Das sollten wir schon wissen.«

Marie biss sich auf die Lippen – darauf hatte sie keine Antwort.

Zwar war Maximilians Brautwerber endlich aufgetaucht, doch aus Wien gab es immer noch keine Nachricht. Was sollte sie also tun? Sollte sie die Männer belügen? Wenn auch die gemäßigten Stände nicht mehr an die Ankunft des Habsburgers glaubten, war es nur eine Frage der Zeit, bis man ihr auch die allerletzten Rechte raubte und Coppenhole an ihrer Stelle das Land regierte, zusammen mit den Franzosen.

»Schon bald!«, rief plötzlich eine Stimme.

Alle Köpfe im Saal flogen herum. In der Tür stand Olivier de la Marche. In der Hand trug er eine Schriftrolle, auf der ein rotes Siegel prangte.

War das die langersehnte Nachricht? Marie wagte kaum, es zu hoffen. Zu oft war sie schon enttäuscht worden.

Doch ein einziger Satz aus dem Mund ihres Hofgroßmeisters genügte, und ihre Ängste zerstoben.

»Maximilian von Habsburg ist auf dem Weg!« Während Marie einen Jubelschrei ausstieß, hob Olivier die Schriftrolle in die Höhe. »Eine Depesche aus Wien. Darin willigt der Kaiser in die Ehe seines Sohnes mit der Herzogin von Burgund ein!«

16

Wolf bewunderte Marie, wie er noch keine Frau bewundert hatte. Sie war eine Heldin! Im Vergleich mit ihr kam er sich wie ein dummer Junge vor, der in seinem ganzen Leben noch nie etwas zustande gebracht hatte. Zum Glück hatte er wenigstens den Mut gehabt, bei der Beichte den Mönch niederzuschlagen, um in dessen Kutte unerkannt aus dem Verlies zu fliehen. So konnte er an diesem kühlen, klaren Morgen doch noch seinen Auftrag erfüllen, für Maximilian *per procuram* die Ehe mit Marie zu schließen.

Mitten auf dem Marktplatz, vor dem Portal der mächtigen Kathedrale St. Bavo, stand das Prunkbett, in dem der Akt vollzogen werden sollte und um das sich Scharen von Genter Bürgern drängten. Sie alle wollten das Spektakel aus nächster Nähe verfolgen, so dass die Wachsoldaten Mühe hatten, sie im Zaum zu halten, während Wolf, angetan mit einer vollständigen Rüstung wie zu einem Turnier, auf den Beginn der Zeremonie wartete.

Noch war der Erzbischof damit beschäftigt, das Brautlager zu segnen. Messdiener schwenkten Weihrauchgefäße, so dass Wolf die Braut, die auf der anderen Seite des Bettes im hermelinbesetzten Mantel der Herzogin stand, durch die aufsteigenden Schwaden kaum noch erkennen konnte. Als der Bischof mit seinem Hirtenstab das Zeichen gab, trat Wolf, geführt von zwei Knappen, an das Lager, wie auch Marie, die ihm im Geleit zweier Hofdamen von der anderen Seite entgegenkam. Als beide die Bettstatt erreichten, legte sich jeder von ihnen auf eine der Hälften, die durch die blanke Klinge eines mannsgroßen Schwertes voneinander getrennt waren.

Wolf spürte, wie ihm das Herz schlug, als er den Kopf auf das Kissen bettete, keine Armlänge von Marie entfernt, und hielt den Atem an. Kaum wagte er, sie anzuschauen.

»Ich danke Euch, dass Ihr mir diesen Dienst erweist«, hörte er sie plötzlich leise flüstern. »Ich hoffe, Eure Zeit hier ist nun zu Ende, so dass Ihr zu Eurer Braut zurückreisen könnt.«

Überrascht hob Wolf den Kopf und sah ihr ins Gesicht. »Woher wisst Ihr, dass ich eine Braut habe?«

Marie lächelte ihn an. »Ich weiß es ja gar nicht«, sagte sie. »Ich glaubte nur, es Euren Blicken anzusehen.«

Einen Wimpernschlag lang wünschte er, er dürfte ihr sein Herz ausschütten. Doch da trat ein Knappe hinter ihn und entfernte die Eisenschiene seines rechten Beins, um das Knie freizulegen, während auf der anderen Seite des Bettes Johanna van Hallewyn ihrer Herrin den Strumpf löste. Als alles bereit war, zog Olivier de la Marche das Schwert zwischen ihnen fort. Zaghaft wie zwei Kinder näherten Marie und Wolf einander an, bis die entblößten Knie sich berührten. Für einen Moment spürte Wolf ihre Haut, dann sprach der Bischof die Segensformel, und er zog sein Knie zurück.

Sie hatten es geschafft! Habsburg und Burgund waren durch den Bund der Ehe vereint.

Unter dem Jubel des Volkes erhoben sie sich von ihrem Lager. *So sehr Max mich heute hassen mag*, dachte Wolf, als er Marie mit strahlendem Lächeln ihren Untertanen zuwinken sah, *eines Tages wird er mich dafür lieben.*

17

»*Waaas*?!« Ludwig riss sich das Rasiertuch von der Brust und sprang von seinem Stuhl auf. »Marie hat ihn geheiratet? Den Sohn des Kaisers?«

Während der Barbier zurückzuckte, um mit seinem Messer nicht den König zu verletzen, suchte Philippe de Commynes fieberhaft nach einer Antwort, die seinen Herrn beruhigen könnte.

»Nur *per procuram*, Sire«, sagte er, »in Stellvertretung. Nichts, was sich nicht rückgängig machen ließe.«

»Nein! Das ist nicht wahr! Das erlaube ich nicht! Nicht, nachdem sie die Hand meines Sohns ausgeschlagen hat!«

»Was heißt das – ausgeschlagen?«, wollte der Dauphin wissen. »Hat Eure Patentochter mich nicht mehr lieb?«

»Halt dein gottverdammtes Maul!« Ludwig nahm eine Vase und warf sie nach seinem Sohn. Doch sie verfehlte ihr Ziel. Laut scheppernd zerplatzte sie in einem Spiegel.

»Bitte! Papa!«, rief Prinzessin Anne, die, alarmiert von dem Lärm, in das Ankleidezimmer kam. »Eure Gesundheit! Der Arzt hat gesagt, Ihr dürft Euch nicht aufregen!«

Ludwig hielt inne und schaute seine Tochter an. »Du hast recht«, sagte er, »nicht mal Burgund ist einen Schlagfluss wert.« Er holte tief Luft und wandte sich dann mit beherrschter Wut an Philippe. »Was schlagt Ihr vor, Monsieur de Commynes, um Euren Fehler wiedergutzumachen?«

Für einen Augenblick sah Philippe im Geiste Kardinal La Balue vor sich, wie er gefangen in seinem Käfig hockte, das Gesicht voller Angst. »Wir müssen das Fräulein Burgund isolieren«, sagte er, während ihm unter seiner Brokatweste der Schweiß aus den Poren rann. »Allein auf sich gestellt, ist Marie nur ein dummes, einfältiges Ding, das sich gegen einen tüchtigen Aufruhr in ihrem Herzogtum nicht lange wird halten können.«

»Und wie wollt Ihr einen solchen Aufruhr schüren?«

»Erinnert Ihr Euch noch an den Besuch von Maries Kanzler?«, fragte Philippe. »Wie Hugonet einen winzigen Moment zögerte, als ich ihn nach seiner Legitimation fragte?«

Ludwigs Miene entspannte sich. »Ich glaube, ich weiß, woran Ihr denkt. Eine gute Idee. Allerdings werdet Ihr Hilfe brauchen.«

»Ich werde mit dem Anführer der Genter Rebellen sprechen, einem Strumpfwirker namens Coppenhole. Der Mann macht einen ausgezeichneten Eindruck.«

Ludwigs Miene hellte sich noch mehr auf. »Ihr meint – er ist bestechlich?«

»Noch besser, Sire«, erwiderte Philippe mit einer Verbeugung. »Er ist ein Eiferer.«

18

Was für ein schöner Mann«, sagte Margarete, als sie das Bild enthüllte, das der Kaiser von seinem Sohn geschickt hatte. »Die Nase ist zwar reichlich groß, aber ansonsten ...«

Auch wenn Marie die Begeisterung ihrer Stiefmutter für ihren Bräutigam übertrieben fand, ganz unrecht hatte Margarete nicht. Helle klare Augen, in der Farbe ein wenig wie frisch vergorenes Bier, schauten sie sie so offenherzig an, als würden sie aus dem Bild zu ihr sprechen. Dass Maximilian von Habsburg jünger war als sie, sah man ihm nicht an. Mit seinen breiten Schultern und der mächtigen Brust hatte er alles Kindliche und Weichliche abgestreift wie ein Jungtier den ersten Flaum. *Wie tröstlich musste es sein, an diese Schultern den Kopf zu lehnen …*

»Ob er schön ist oder nicht, ist mir gleich«, sagte sie. »Von mir aus könnte er abstehende Ohren und Schielaugen haben. Wenn er nur endlich hier wäre!«

Noch während sie sprach, ertönte draußen auf dem Gang eine Männerstimme. »Ich muss doch sehr bitten! Was nehmt Ihr Euch heraus, mein Herr?«

Marie und Johanna blickten sich an.

»War das nicht Hugonet?«

»So laut? Das ist doch gar nicht seine Art!«

Wie auf ein Zeichen eilten sie zur Tür. Als Marie sie aufstieß, schrak sie zurück. Ja, es war tatsächlich der Kanzler, den sie gehört hatte … Zwei Soldaten hatten ihn links und rechts unter den Armen gepackt und schleiften ihn über den Flur, unter der Aufsicht von Jan Coppenhole.

»Guillaume Hugonet«, sagte der Strumpfwirker. »Im Namen der Bürger von Gent: Ihr seid verhaftet!«

»Halt!«, rief Marie. »Lasst meinen Kanzler los! Sofort!« Die Soldaten, die Hugonet zwischen sich hielten, blieben stehen. »Ich verlange, zu wissen, was hier vorgeht! Was werft Ihr diesem Mann vor?«

»Hochverrat«, antwortete Coppenhole. Dabei nickte er zwei weiteren Soldaten zu, die auf dem Treppenabsatz postiert waren. Als hätten sie nur auf das Zeichen gewartet, traten sie vor. Kam jetzt Marie an die Reihe? Panisch vor Angst blickte sie sich um. Wo war Olivier? Doch die Soldaten nahmen nicht sie, sondern ihre Stiefmutter in die Mitte.

»Margarete von York, Herzoginwitwe von Burgund«, richtete Coppenhole das Wort an sie. »Der Rat der Stadt Gent und die Stände haben beschlossen, dass Ihr künftig nicht mehr hier, sondern in Mechelen residiert.«

»Ich protestiere!«, rief Margarete.

Coppenhole kümmerte sich nicht um sie. »Abführen!«, befahl er. »Alle beide!«

»Nein! Das erlaube ich nicht! Ich bin Eure Regentin!«

Mit erhobenen Fäusten warf Marie sich den Soldaten in den Weg, doch die stießen sie einfach zur Seite, mit solcher Wucht, dass sie gegen die Wand taumelte. Mit schmerzender Schulter musste sie zusehen, wie ihr Kanzler und ihre Stiefmutter den Gang hinuntergezerrt wurden.

»Bleibt!«, rief sie den beiden nach. »Lasst mich nicht allein!«

Auf der Treppe drehte Margarete sich noch einmal um. »Heirate den Habsburger, Marie!« Ihr sonst so ruhiges Gesicht war voller Verzweiflung. »Er ist deine einzige Rettung!«

19

Wie steht es?«, fragte Philippe de Commynes.

»Um meinen Becher?«, erwiderte Kunz. »Traurig, traurig. Er ist so leer, dass man bis auf den Grund sehen kann.«

Zum Beweis hielt er ihm das Gefäß entgegen. Commynes nahm den Krug und schenkte es halbvoll.

»Was wollt Ihr?«, fragte Kunz. »Eine halbe Antwort oder eine ganze?«

Widerwillig schenkte Commynes ihm nach. Sie saßen im Schankraum der Wirtschaft, in der sie sich immer trafen, wenn sie ungestört reden wollten. In dem finsteren Gewölbe waren sie vor neugierigen Blicken ebenso sicher wie vor neugierigen Ohren. Das Gasthaus war vom Prinsenhof eine kleine Reise entfernt, und der Wirt war ein verschwiegener Mann. Commynes bezahlte ihn so gut, dass er für sie ein eigenes Fass anständigen Wein bereithielt. In Zeiten, in denen selbst der sauerste Tropfen Mangelware war, war das ein Privileg, das Kunz von der Rosen zu schätzen wusste.

»Und?«, sagte Commynes. »Eure Antwort!«

Kunz trank einen Schluck. »Der Wein ist nach meinem Geschmack. Doch leider muss ich fürchten, dass meine Antwort nicht nach dem Eurigen sein wird.«

»Spann mich nicht auf die Folter.«

»Zu Befehl, Euer Gnaden.« Kunz stellte den Becher ab und wischte sich über den Mund. »Ich glaube, das Fräulein Burgund ist verliebt.«

»Was sagst du da? In wen?« Wie erhofft, verzog Commynes das Gesicht, als hätte er in einen faulen Apfel gebissen.

»In wen wohl? Natürlich in ihren Bräutigam! Wie es sich für ein züchtiges Mädchen gehört.«

»In Maximilian von Habsburg? Wie soll das sein? Sie hat ihn doch noch gar nicht gesehen.«

»Ihn nicht. Aber sein Bild. Sie kann sich gar nicht daran sattsehen, bei Tag und Nacht seufzt sie es an. So ein schöner Mann … Das findet sogar Margarete von York. Mich würde es nicht wundern, wenn sie sein Konterfei nachts heimlich küsst.«

Kunz lehnte sich zurück, um sich an Commynes' Miene zu weiden. Warum, fragte er sich, verschaffte ihm die Qual anderer Menschen eigentlich so tiefe Befriedigung? Vielleicht, weil sich um seine eigene Qual niemand scherte? Weil niemand glaubte, das Herz eines Zwergs könne groß genug sein, um sich auch nach Liebe zu sehnen? Genüßlich trank er noch einen Schluck Wein, bevor er Commynes erlöste.

»Nun ja, es ist Eure eigene Schuld, wenn das Fräulein Burgund sich in die Liebe flüchtet. Ihr habt der Ärmsten ja niemanden mehr gelassen. Das heißt, so wunderhübsch, wie Jan Coppenhole nach der französischen Pfeife tanzt, nehme ich an, dass die Verhaftung von Hugonet und die Trennung von dem geliebten Stiefmütterlein Euer Werk war, oder irre ich mich?«

Ein geschmeicheltes Lächeln huschte über Commynes' Gesicht. Kunz lobte im Stillen die Eitelkeit. Mit ihrer Hilfe ließ sich auch der intelligenteste Mensch so leicht leiten wie das dümmste Schaf.

Commynes blickte um sich, wie um sich zu vergewissern, dass

niemand ihn hörte. Dann beugte er sich über den Tisch und sagte: »Der Habsburger darf niemals nach Gent gelangen.«

Natürlich nicht, dachte Kunz. *Denn wenn er kommt und die Hochzeit vollzogen wird, kostet es dich deinen wohlfrisierten Kopf.* »Darf er nicht?«, fragte er laut. »Aber nach allem, was man so hört, ist er schon unterwegs und kommt gar prächtig voran.«

Wieder verfinsterte sich Commynes' Miene. »Du weißt, dass du in meiner Schuld stehst?«, fragte er.

Kunz nickte. Ja, er wusste, was gemeint war. Weil er Wolf von Polheim in den Kerker gelockt hatte, war Commynes der Ansicht, dass auch dessen Flucht auf sein Konto ging. Mit einem Seufzer fügte Kunz sich in sein Schicksal. »Wie lautet Euer Auftrag?«

»Warst du schon mal in Bayern?«, fragte Commynes zurück.

»Wenn der Auftrag etwas einbringt, war ich überall schon mal!«

»Ich will, dass du dich dem Habsburger anschließt. Wir müssen den Brautzug aufhalten.«

»Wie bitte soll ich das tun, Euer Gnaden? Zu meinem Bedauern bin ich ein recht klein geratener Mensch.«

»Spar dir deine dummen Witze.«

»Ich würde mir die dummen gern sparen, wenn mir die klugen nicht ausgegangen wären. Aber wie soll ein Winzling und Narr dem Zug des Habsburgers Einhalt gebieten?«

»Ganz einfach.« Wieder beugte Commynes sich vor, als fürchte er unerwünschte Zuhörer. »Du musst nur dafür sorgen, dass der Zug eine bestimmte Wegstrecke nimmt.«

Kunz begriff. »Oh, Ihr wollt dem Herrn Bräutigam Eure Aufwartung machen?«

Commynes fasste in seinen Mantel und holte daraus ein Pergament hervor. »Da, ein Empfehlungsschreiben für Ulrich Fugger. Der trifft den Habsburger in Augsburg.«

»Stets zu Diensten, Euer Gnaden. Nur – was sage ich meiner Herrin, dem Kleinod von Burgund?«

Commynes zuckte die Schultern. »Sag Marie, du reist ihrem Retter entgegen, um ihn zu größerer Eile anzutreiben.«

20

Seit Wochen waren sie schon unterwegs. Städte und Feldlager, Turnierplätze und Festsäle schienen sich zu gleichen, und Farben und Bilder vermischten sich im Nebel der Erinnerung. Von den vielen Ehren und Gunstbezeugungen, die man ihm allerorten erwies, fühlte Max sich geschmeichelt. Doch über die tiefe Einsamkeit, die er seit seiner Abreise aus Wien empfand, konnte auch der größte Jubel ihm nicht hinweghelfen. Wenn am Abend seine Männer sich mit den Schönen vergnügten, die ihnen die Stadtregierungen überall zur Zerstreuung schickten, zog er sich in sein Zelt zurück, um Briefe an Rosina zu schreiben.

Meine Geliebte, auf dieser endlosen Reise lerne ich, dass Treue keine uns auferlegte Pflicht ist, sondern ein Bedürfnis des Herzens. Ich will nicht leugnen, dass die Frauen mich umschwärmen, dass sich auch die eine oder andere bemüht, meinen Widerstand zu brechen. Doch vergebens. Ich leide solchen Schmerz an unserer Trennung, dass ich nicht die leiseste Versuchung spüre. Für mich gibt es nur eine, Rosina, und dass ich die nicht bei mir habe, bringt mich um den Verstand.

Auch das reiche Augsburg hatte zu seinem Empfang ein Turnier ausgerichtet, als hätte es jenen schmählichen Reichstag mit der Flucht des Kaisers vor den Handwerkern und Händlern der Stadt nie gegeben. Zur Freude der Zuschauer trat Max etliche Male in die Schranken und hob alle seine Gegner aus dem Sattel. Doch anders als in den anderen Städten konnte er sich am Abend nach dem Turnier nicht in seinem Zelt verkriechen, um mit seinen Gedanken an Rosina allein zu sein. Ulrich Fugger hatte ihm zu Ehren halb Augsburg in sein Haus geladen. Max hatte in seinem Leben noch nie so viele Speisen auf einmal gesehen. Zwei Dutzend Gänge ließ der Kaufmann auffahren: solche Berge von Fleisch und Wild und

Fisch, dass Maximilians kaiserlicher Vater davon die Gäste eines ganzen Jahres bewirtet hätte.

Sie waren gerade bei den Süßspeisen angelangt, da kam ein Pokal in den Saal spaziert, ein Pokal auf zwei kurzen, krummen Beinen, dessen riesige Schale bis zum Rand mit goldenen Münzen gefüllt war.

»Sechzigtausend Gulden«, sagte Ulrich Fugger. »Wie mit Seiner Majestät dem Kaiser vereinbart.«

Während er sprach, tauchte hinter dem Pokal das fratzenhaft verschrumpelte Gesicht eines Zwerges auf.

»Kunz von der Rosen? Wo kommst du denn her?«

»Ich bin direkt vom Himmel gefallen.«

»Wenn es gestattet ist, Euer Gnaden, ein Geschenk«, erklärte Fugger mit breitem Lächeln. »Man ließ uns wissen, Ihr hättet in Trier Freude an dem Narren gehabt. Möge er Euch fortan noch den trübsten Eurer Tage erheitern.«

»Wie – der Narr ist ein Geschenk?«, fragte Max irritiert. »Ich dachte, er stünde im Dienste Burgunds?«

»Für Geld kann man jeden kaufen«, erwiderte Kunz. »Erst recht einen so kleinen Menschen wie mich. Außerdem«, fügte er hinzu, »als Euer Besitz werde ich ja schon recht bald wieder nach Burgund zurückkehren.«

»Dann … dann danke ich Euch für Eure Aufmerksamkeit.«

»Es war mir eine Ehre.« Ulrich Fugger zog seinen breitkrempigen Hut. »Darf ich Euch nun um die Schuldverschreibungen bitten?«

»Gewiss.« Max zückte die Papiere, die sein Vater ihm mit auf den Weg gegeben hatte. »Auf die Einkünfte und Zölle von Linz, Andernach und Bonn sowie auf die Renten von Kernneuburg, Stadt und Schloss Ens und Wald«, repetierte er wie früher lateinische Vokabeln.

Mit einem Gesicht, als hätte er gerade einen schmackhaften Bissen verspeist, nahm Fugger die Papiere entgegen. »Dann schnippte er mit den Fingern in Richtung Kapelle. »Musik!«

21

Als sie auf dem Richtplatz ankam, merkte Marie, dass ihr Haar unbedeckt war. Kaum hatte Johanna ihr die Schreckensnachricht überbracht, dass an diesem Morgen die Hinrichtung stattfinden würde, war sie losgerannt, ohne Mantel und Haube und auch ohne Geleit. Johanna hatte die Wachen abgelenkt, damit sie aus dem Palast entkommen konnte.

Sie zog sich ein Tuch aus dem Brustlatz und knotete es sich um den Kopf. Sie hatten das Schafott an derselben Stelle errichtet, wo das Prunkbett gestanden hatte, in dem sie *per procuram* mit Maximilian vermählt worden war. Wie damals war der Platz schwarz von Menschen. Männer und Frauen, Kinder und Greise, sie alle drängten zu dem Hochgerüst vor dem Turm von St. Bavo, nicht wenige waren sogar auf Bäume und Dächer geklettert, um einen Blick auf den Henker zu erhaschen, einen halbnackten Riesen mit einer Lederhaube über dem Kopf, der seelenruhig sein Beil wetzte, ohne sich von den lärmenden Gaffern bei der Vorbereitung seiner Arbeit stören zu lassen.

Bis zuletzt hatte Marie gehofft, dass irgendjemand dem Wahnsinn Einhalt gebieten würde. Doch Coppenhole hatte kurzen Prozess gemacht. Binnen weniger Tage hatte er das Stadtgericht von Gent einberufen und Hugonet des Hochverrats bezichtigt. Indem der Kanzler, so warf die Anklage ihm vor, sich beim französischen König als einziger rechtmäßiger Vertreter des Herzogtums Burgund bezeichnet habe, obwohl er allein durch Marie, nicht aber von den Ständen dazu legitimiert worden sei, habe er die Bemühungen der Genter Bürger um einen Frieden mit Frankreich vereitelt, und zwar im Auftrag des österreichischen Kaisers, mit dem er ein Bündnis gegen das eigene Volk plane. Ohne zu zögern hatte der von Coppenhole eingesetzte Richter Hugonet zum Tode verurteilt.

»Er kommt!«

»Wo?«

»Dort drüben!«

Rund um das Schafott brach Tumult los. Frauen kreischten, Männer verrenkten sich die Hälse, Greise stießen Kinder beiseite, um einen besseren Platz zu erobern. Ein Mädchen riss sich die Haube vom Kopf und warf sie jubelnd in die Höhe.

Marie stellte sich auf die Zehenspitzen. Hugonet stieg gerade aus einem vergitterten Karren, mit dem man ihn zum Schafott gebracht hatte. Während Dutzende von Menschen die Arme nach ihm reckten, um einen Zipfel von seinen Kleidern zu berühren, weil das bei einem Todgeweihten Glück bringen sollte, führte man ihn wie ein Stück Vieh am Strick, die Hände auf dem Rücken gebunden, die hölzernen Stufen hinauf auf das Gerüst. Elend sah er aus, elend und am Ende seiner Kraft. Sein Anblick rührte Marie bis ins Mark. Dieser alte, vornehme Mann, der zeit seines Lebens mit peinlichster Sorgfalt auf sein Äußeres geachtet hatte, trug nun ein über und über verschmutztes Hemd, das ihm in Fetzen vom Leib hing. Als er Marie entdeckte, hellte seine Miene sich für einen Augenblick auf.

»Nein!«, schrie sie, so laut sie konnte. »Ihr dürft ihn nicht töten!«

Ungehört ging ihr Ruf im Lärm der Menge unter. Jetzt erkannte sie, dass sie ihm bereits das Nackenhaar geschoren hatten, damit es nicht den Fall des Beils behinderte. An Hugonets Seite stieg ein schwarzgewandeter, Gebete murmelnder Priester auf das Podium, wo außer dem Henker inzwischen auch ein Richter und Jan Coppenhole zu sehen waren. Der Strumpfwirker hatte sich mit vor der Brust verschränkten Armen neben dem Richtblock aufgebaut.

»Lasst mich durch!« Mit Gewalt drängte Marie sich in die johlende Menschenmenge. »Ich bin die Herzogin von Burgund!«

Ein paar Köpfe drehten sich zu ihr herum.

»Tatsächlich!«

»Das ist sie!«

»Die Herzogin!«

»Karls Tochter!«

»Marie von Burgund!«

Noch während die verwunderten Rufe ertönten, bildete sich vor ihr eine Gasse. Marie nutzte die plötzliche Freiheit und eilte zum Schafott. Doch vor der Treppe kreuzten zwei Wachen ihre Piken. Hugonet, der, gehalten von den Henkersknechten, schon vor dem Richtblock kniete, schüttelte stumm den Kopf.

»Lasst diesen Mann frei!«, befahl sie.

»Was fällt Euch ein?«, fragte Jan Coppenhole von dem Podest herab, während der Scharfrichter, ohne sie auch nur anzuschauen, mit dem Finger die Klinge seines Beils prüfte und seine Knechte Hugonet noch tiefer auf den Block drückten.

»Ich bin gekommen, um diesen Mann zu begnadigen!«, erklärte Marie. »Als Eure Regentin ist dies mein Recht. Guillaume Hugonet ist auf der Stelle freizulassen!«

»Warum? Weil er zu Eurem Hofstaat gehört? Weil er einen klangvollen Namen trägt?« Coppenhole schüttelte den Kopf. »Ich bedaure, Fräulein Burgund. Ab jetzt gelten in dieser Stadt für alle dieselben Gesetze, ob arm oder reich, für den Edelmann nicht anders als für den Schuhmacher oder Kesselflicker!«

Marie drückte die gekreuzten Piken nieder und sprang über die Stäbe. Wenn es sein musste, würde sie Hugonet persönlich losbinden! Doch als sie das Podest betrat, packte Coppenhole sie bei den Armen, mit solcher Gewalt, dass der Schmerz durch ihren ganzen Körper jagte.

»Was erlaubt Ihr Euch?«, schnaubte Marie. Nie zuvor hatte jemand gewagt, sich in solcher Weise ihrer zu bemächtigen. Blind vor Wut schlug und trat sie um sich, doch Coppenhole hielt sie fest wie ein Schraubstock. »Tut Eure Arbeit!«, befahl er dem Henker, ohne den Griff auch nur einen Moment zu lockern.

Während Marie am ganzen Leib zitterte, trat der Scharfrichter vor. Plötzlich wurde es so still auf dem Platz, dass man die Vögel zwitschern hörte.

Für einen endlosen Augenblick schwebte die Klinge über Hugonets kahlrasiertem Nacken. Mit dem Fuß schob einer seiner

Knechte einen geflochtenen Weidenkorb vor den Block, direkt unter das zu Boden gesenkte Gesicht des Kanzlers.

»Nein!«

Hell blinkte der Stahl der Klinge. Marie schloss die Augen. Es war entschieden – keine Macht der Welt konnte Hugonet mehr retten.

Ein scharfes Sausen zerschnitt die Luft, dann ein dumpfer Aufprall, und aus tausend Kehlen brach ein Jubel aus, in dem Marie wie in einer Meereswoge versank.

22

»Vertrocknet die Tinte in der Feder, weil die Einfälle im Kopf vertrocknet sind?« Vergnügt klatschte Kunz von der Rosen sich mit seiner Narrenpritsche auf den Schenkel.

»Kannst du Gedanken lesen?« Max sah von dem Brief an Rosina auf, an dem er schon den ganzen Abend saß, ohne recht voranzukommen.

»Das gehört zu meinem Amt«, erwiderte der Narr.

»Ach«, seufzte Max, »wenn ich nur die richtigen Worte fände, um auszudrücken, was ich empfinde. Alles, was ich schreibe, erscheint mir hohl und leer, verglichen mit meinen Gefühlen.«

»Dann sollten wir den Geist vielleicht ein wenig beflügeln?« Kunz sprang auf und schenkte ihm einen Becher Wein ein. »Ihr werdet sehen, wenn Ihr nur einen halben Krug geleert habt, erscheinen Euch Eure Worte so schön, als hätte Ovid selbst sie geschrieben.«

»Ovid?«, fragte Max. Er hatte den Namen noch nie gehört.

»Ein lateinischer Dichter, der wie kein Zweiter über die Liebe zu schreiben wusste.«

»Sei's drum!« Max hob den Becher und prostete dem Narren zu. Es tat gut, mit einem verständigen Menschen ein paar Worte zu wechseln. »Auf dein Wohl!«

»Auf Ovid von Habsburg!«

In einem Zug leerte Max den Becher. Der Wein war süß und schwer und durchströmte ihn mit angenehmer Wärme. Auch wenn er vielleicht sonst nichts bewirkte, auf jeden Fall würde er ihm zu einem wohligen Schlummer verhelfen.

»Gleich noch einen zweiten, Euer Gnaden!«, sagte Kunz und schenkte nach. »Auf einem Bein steht bekanntlich nur ein Storch.«

Dem zweiten Becher folgte ein dritter. Als sie beim vierten saßen, fragte der Narr: »Wird Euch nicht unbequem in all dem Blech? Man muss sonst befürchten, Ihr rostet, so wie der Wein einen Mann ins Schwitzen bringt.«

»Da könntest du recht haben.« Schon ein wenig träge setzte Max sich auf. »Ich rufe meinen Knappen, der soll mir helfen.«

»Ach, lasst den Bengel doch schlafen. Ich weiß jemand, der ihm die Pflichten freudig abnehmen wird.« Mit seiner großen Affenpfote winkte Kunz in Richtung Zelteingang.

Im nächsten Moment kam ein Mädchen herein. Max kannte ihr Gesicht, er hatte es bereits am Nachmittag gesehen, sie hatte ihm beim Stechen schöne Augen gemacht und gefragt, ob er auch sein übriges Spießwerkzeug so geschickt handhabe wie seine Lanze. Der Augenaufschlag, mit dem sie ihre Frage begleitet hatte, war ihm in die Glieder gefahren. Jetzt hatte sie ihr Schultertuch abgelegt, ebenso wie ihre Haube, und ihr Haar wallte in schwarz glänzenden Locken an ihrem üppigen Leib herab bis vor ihre großen, schweren Brüste. Sie sprach kein einziges Wort, als sie zu ihm trat, sondern schenkte ihm nur ein Lächeln, das ihn wie eine Verheißung berührte. Max rührte sich nicht. Ohne ihn aus den Augen zu lassen, löste sie den Riemen, der den eisernen Schurz mit der Schamkapsel hielt. Warum wehrte er sich nicht? Wieder traf ihn der Blick aus ihren dunklen Augen. Gleich darauf spürte er ihre Hände auf seiner Haut, wie zufällig streiften sie Bauch und Lenden. Auf Zehenspitzen, mit dem Zeigefinger an den Lippen, schlich Kunz von der Rosen zum Zelt hinaus.

»Ich bin Anja, Eure Dienerin«, raunte sie. »Ihr könnt mit mir tun, was Ihr wollt.«

Als sie sich über ihn beugte, um ihn zu küssen, regte sich sein Widerstand. Er wollte das nicht, er hatte doch ewige Treue geschworen ... Aber so sehr er seinen Willen bemühte, um sich gegen ihre Künste zu wehren, seine Arme gehorchten ihm so wenig wie seine Zunge. Wie viele Becher Wein hatte er getrunken? Eine selige Ohnmacht ergriff von ihm Besitz, als ihre Lippen die seinen endlich berührten.

Max schloss die Augen und ließ sie gewähren. *Der Geist ist willig, aber das Fleisch ist schwach* ... Fast hatte er vergessen, wie das war, wenn der Mund einer Frau mit dem seinen verschmolz. Er spürte, wie sie sich immer weiter an ihm vorwagte, spürte ihre Lippen auf seinem Gesicht, ihre Hände an seinem Körper, überall, als hätte sie ein Dutzend Arme ... *Ich bin jung*, dachte er. *Darf ich da nicht einmal alles vergessen? Wenigstens für diese eine Nacht?* Leise stöhnte er auf. Vielleicht hatte Rosina ihm ja dieses Mädchen geschickt, damit er heute nicht allein sein musste.

Rosina. Plötzlich war sie da. Er sah ihr Gesicht, wie sie am Fenster stand bei ihrem Abschied und er nicht wusste, ob das Regentropfen oder Tränen waren, die an ihren Wangen herabrannen.

»Gefalle ich Euch nicht, Euer Gnaden?« Das Mädchen richtete sich über ihm auf, das Gesicht voller zerzauster Locken.

»Dddd-och, na-natürlich«, stotterte er. »Wa-warum fragst du?«

»Weil ...« Statt den Satz zu Ende zu sprechen, deutete sie mit den Augen auf seinen Schoß. Als sein Blick dem ihren folgte, sah er, was sie meinte. Unschuldig schlummernd wie ein Kind lag da, was sonst sein ganzer Mannesstolz war.

Verwirrt schaute er das Mädchen an. »Ich ... ich weiß auch nicht ... Das ... das ist mir noch nie ...«

Wie eine Katze hockte sie sich auf seinen Unterleib »Hat Euer Gnaden vielleicht einen besonderen Wunsch?« Sie beugte sich über seinen Schoß. Dabei warf sie die Haare zurück und schlug die Augen so verführerisch zu ihm auf, wie sie es am Nachmittag getan hatte.

Doch nichts geschah.

Plötzlich wusste Max, was passiert war. Ihre Augen hatten ihren Zauber verloren – Rosina hatte ihn gebrochen.

Vor Freude packte er das Mädchen bei den Schultern und drückte ihr einen Kuss auf die Stirn. »Danke!«

Sie schaute ihn an, als wäre er von Sinnen. Lachend sprang er vom Bett und nahm aus der Truhe mit den Brautgeschenken einen kleinen Silberreif hervor.

»Den hast du dir verdient«, sagte er und streifte ihr den Reif über das Handgelenk.

»Danke, Euer Gnaden. Aber ich habe doch noch gar nichts …«

»Es ist gut«, unterbrach er sie und schob sie sanft fort. »Ich möchte jetzt allein sein.«

Kaum war sie hinaus, trat er wieder an sein Pult, um den begonnenen Brief zu Ende zu schreiben. *Ach, Rosinella, Herzallerliebste, wunderbarste Frau der Welt! Nie habe ich stärker gespürt, wie sehr ich Dich liebe, als in dieser Nacht. Du bist bei mir, ganz nah, als würde ich Dich in den Armen halten, obwohl doch Hunderte von Meilen zwischen uns liegen …* Wie aus einer sprudelnden Quelle flossen die Worte ihm aus der Feder, und er hatte ein halbes Dutzend Bögen beschrieben, als draußen der neue Tag anbrach und er die Tinte auf der letzten Seite löschte.

23

In diesen Tagen lernte Marie, was es hieß, allein auf der Welt zu sein. Margarete war fort. Hugonet war tot. Johanna war seit der Hinrichtung des Kanzlers nur noch ein Häufchen Elend, das bei jedem Geräusch zu Tode erschrak und sich kaum mehr aus dem Haus wagte. Was Marie blieb, war allein das Bild des unbekannten Bräutigams, das der Kaiser ihr geschickt hatte. Es stand neben dem Ofen, an die Wand gelehnt, wo Olivier de la Marche es abgestellt hatte. An jenem Tag, an dem der Hofgroßmeister mit der Nachricht vom Aufbruch des Habsburgers in der Versammlung der Stände erschienen war, hatte sie noch einmal Hoffnung geschöpft.

Doch jetzt?

Sie hatte Kunz von der Rosen nach Bayern geschickt, um ihren Bräutigam zur Eile zu drängen. Doch der Brautzug schleppte sich immer noch durch Deutschlands Süden. Dabei wuchs in Gent mit jedem Tag die Gefahr eines Umsturzes. Marie hatte sich am Morgen aus dem Palast gestohlen, sie wollte wissen, wie die Lage in der Stadt und die Stimmung unter den Leuten war. Um nicht erkannt zu werden, hatte sie ihre Trauerkleidung abgelegt und sich das Kopftuch einer einfachen Bürgerin ums Haar gewunden. Was war aus Gent nur geworden! Der Wochenmarkt, der ihr in seiner Überfülle früher stets wie das Schlaraffenland im Märchen erschienen war, hatte sich in einen Ort des Elends verwandelt. An den Fischständen hatten nur ein paar einsame Sprotten gelegen – die Fischerflotte, die sonst für die Belieferung mit Heringen sorgte, hatten die Franzosen vor der holländischen Küste versenkt. Die meisten Bäcker hatten ihre Stände erst gar nicht aufgebaut, und die wenigen, die etwas in den Körben hatten, verlangten für grobes Brot und vertrocknetes Kleingebäck Wucherpreise. Es gab weder Wurst noch Fleisch, kein Gemüse, kein Getreide, kein Bier. In den Eingängen der Häuser hockten Greise und bettelten. Kinder streunten in Rotten zwischen den leeren Ständen umher und hielten Ausschau nach etwas, das sich zu stehlen lohnte. Doch schlimmer noch als der Mangel war die Stimmung in der Stadt, die Marie in den Gesprächen der Menschen erlauschte. Statt sich gegen die Franzosen zu verbünden, die mit ihrem Krieg das ganze Elend verursacht hatten, gaben die Bürger ihrem toten Vater die Schuld an ihrer Not und wünschten sich die Franzosen herbei. Sogar Bilder mit dem Konterfei König Ludwigs wurden schon verkauft, als wäre es nur noch eine Frage der Zeit, bis Burgund unter die Herrschaft Frankreichs fiele.

»Frieden statt Steuern! Frieden statt Steuern!«

Wieder tönte der Kampfruf der Rebellen von der Straße herauf. Marie trat ans Fenster und schloss die Läden. Nach ihrer Rückkehr vom Markt hatte sie Wolf von Polheim zu sich gerufen und ihn gebeten, dem Zwerg hinterherzureiten. Maximilians Freund kannte ihre verzweifelte Lage, er war selber Opfer der Rebellen gewesen und nur um Haaresbreite dem Tod durch sie entkommen. Vielleicht konnte er den Habsburger überzeugen.

»Wann wirst du mich endlich erlösen?« Sie hob die Hand und streichelte sein Gesicht. »Bitte, lass mich nicht allein!«

Als sie die raue Leinwand unter ihren Fingerspitzen spürte, zog sie ihre Hand zurück, als hätte sie sich verbrannt. Um Gottes willen, verlor sie den Verstand? Sie redete mit einem Bild wie mit einem Menschen aus Fleisch und Blut, stierte in tote Augen, als könnten sie jäh zum Leben erwachen, träumte davon, sich an eine gemalte Schulter zu lehnen.

»Schäm dich, Marie von Burgund!«

Mit einem Ruck wandte sie sich ab und lief zum Waschtisch, tauchte ihre Hände in die Schüssel und kühlte ihr Gesicht.

24

Über flaches Land, das noch von den letzten Spuren des Winters gezeichnet war, zogen sie Köln entgegen. Max war müde und missgelaunt. Nicht mal seinem Narren Kunz, der auf einem winzigen Schecken an seiner Seite ritt, war es nach dem Kassensturz gelungen, ihn aufzuheitern. Die Prophezeiung des Kaisers hatte sich in keiner Weise bewahrheitet. Weder schlossen sich Maximilian auf dem Weg nach Gent irgendwelche Fürsten oder Bischöfe an, um seinem jämmerlichen Zug Glanz und Größe zu verleihen, noch bedachten die Städte, durch die sie reisten, ihn mit Gold und Juwelen. Im Gegenteil. Seiner eigenen Ehre war er es schuldig, an jedem halbwegs bedeutenden Ort ein Turnier oder Fest auszurichten – der Sohn des Kaisers durfte sich doch nicht lumpen lassen! –, so dass sein Geld dahingeschmolzen war wie auf den Feldern der Schnee in der Frühlingssonne. Von den sechzigtausend Gulden, die er in Augsburg von Ulrich Fugger bekommen hatte, waren in Frankfurt nur noch dreißigtausend übriggeblieben, und jetzt fletschte ihm bereits der grimmige Hund, der in bunten Farben den Grund seiner Geldtruhe zierte, zwischen den wenigen verbliebenen Münzen seine Zähne entgegen. Spätestens in Köln würde Max weiteren Kredit aufnehmen müssen. Zum Glück würden sie die Bischofstadt in Kürze erreichen. Kunz von der Rosen hatte einen Weg ausfindig gemacht, der zwar abseits der großen Straßen führte, ihre Reise aber, so hatte der Narr versichert, um etliche Meilen verkürzte.

Von dem einförmigen Geschaukel im Sattel seines dahintrottenden Iweins war Max ein wenig eingedöst, als er plötzlich aufschrak. Aus der bewaldeten Kuppe einer kleinen Anhöhe, nur einen Steinwurf von der Spitze des Zuges entfernt, brach eine Horde Reiter hervor und hielt im Galopp auf sie zu. Max brauchte keinen zweiten Blick, um zu erkennen, dass die Männer bis an die Zähne bewaffnet waren und außerdem in Überzahl.

Sofort zog er sein Schwert. Er war keiner, der vor einem Feind die Flucht ergriff! Außerdem wäre es dafür schon zu spät gewesen. Er konnte nur hoffen, dass es ihm mit seinen zwei Dutzend bewaffneter Männer gelang, die Angreifer aufzuhalten, damit die Knechte mit den Wagen und den Brautgeschenken den Hügel hinunter entkommen konnten. Er gab Iwein die Sporen, und während er mit gezogenem Schwert seinen Männern befahl, ihm zu folgen, galoppierte er die Anhöhe hinauf, den Angreifern entgegen.

Ein Schwertkampf zu Pferd an einem Hang war eine Kunst, die nicht vielen behagte, darauf hatten die Angreifer offenbar gesetzt. Max aber hatte in den Hügeln vor Wien genug Gelegenheit gehabt, sich in dieser Kunst zu üben. Während er aus den Augenwinkeln sah, wie Kunz von der Rosen sich mit seinem Pferdchen aus dem Staub machte, hob er den ersten Gegner mit einem gewaltigen

Schlag aus dem Sattel. Dann hörte er nur noch das Klirren der Schwerter, die aufeinanderschlugen, die Schreie der Verwundeten, das Stampfen und Wiehern der Pferde.

Wie viele Gegner hatte er bezwungen? Fünf oder sechs oder sieben?

Plötzlich tauchte ein wahrer Riese vor ihm auf, ein Kerl, der ihn um einen Kopf überragte, beritten mit einem schwarzen Hengst. Max riss sein Schild in die Höhe. Da galoppierte ein reiterloses Pferd an ihm vorbei. Für einen Moment schaute er dem Tier mit den schlagenden Bügeln hinterher. Dieser eine Moment genügte, und der Riese hatte ihn erwischt, irgendwo zwischen Hals und Schulter. Nur mit Mühe konnte Max sich im Sattel halten, er kippte so heftig nach hinten, dass er wie ein Anfänger an den Zügeln riss. Iwein reagierte auf die scharfe Parade mit einem mächtigen Satz, der Max außer Reichweite seines Gegners brachte. Aber kaum saß er wieder richtig im Sattel, wendete er seinen Hengst und setzte zum Gegenangriff an. Abermals holte der Riese aus, doch diesmal duckte Max sich rechtzeitig weg, und im nächsten Augenblick bohrte sich seine Schwertspitze in die Seite seines Gegners. Erst jetzt spürte er den Schmerz der eigenen Wunde, spürte das Blut, das unter seinem Hemd hervorquoll. Aber er hatte keine Zeit, sich darum zu kümmern. Noch während der Riese wie ein gefällter Baum von seinem Pferd fiel, nahte bereits ein weiterer Angreifer. Nur mit knapper Not gelang es ihm, den Stoß zu parieren.

Hatten sie Aussicht, den Kampf zu gewinnen? Max warf einen Blick über das Schlachtfeld. Seine Männer hatten sich wacker geschlagen, doch noch immer waren die Angreifer in Überzahl.

Er wollte sich wieder in das Getümmel werfen, da hörte er plötzlich seinen Namen: »Max!«

Verwirrte der Schmerz ihm die Sinne? Unwillkürlich drehte er sich um.

Als er den Mann sah, der nach ihm rief, war aller Schmerz verflogen, und neue Kräfte strömten ihm zu.

25

Ludwig von Frankreich war außer sich. »Wie konnte das passieren?«

Erleichtert bemerkte Philippe de Commynes, dass der König die Frage nicht an ihn, sondern an Hauptmann Campobasso richtete, dem er den Auftrag zur Durchführung des so gründlich misslungenen Plans gegeben hatte. Zum Glück war seine Majestät sich offenbar bewusst, dass nicht die Planung, sondern allein die Durchführung des Überfalls der Grund des Scheiterns war. Und das bedeutete für den Hauptmann nichts Gutes.

»Der Sohn des Kaisers war schon so gut wie tot«, erklärte Campobasso, leichenblass im Gesicht. »Wenn nicht im letzten Moment Wolf von Polheim aufgetaucht wäre …«

»Eure Flucht war Feigheit vor dem Feind!« Ludwig drehte sich zu Philippe herum. »Welche Strafe sehen wir dafür vor?«

»Tod durch das Schwert.«

»Ach ja«, seufzte Ludwig, »manchmal ist es nicht leicht, König zu sein.« Dann wandte er sich wieder dem Hauptmann zu. »Ihr habt es gehört. Es bleibt Uns nichts anderes übrig, als Euch zu köpfen.«

Der Dauphin klatschte in die Hände. »Köpfen! Köpfen!«

»Gnade, Sire!« Campobasso warf sich dem König zu Füßen. »Gnade! Ich flehe Euch an!«

Ludwig zuckte nicht mit der Wimper. »Abführen!«, befahl er den Wachleuten, die an der Tür bereitstanden.

Während die Männer Campobasso aus dem Raum zerrten, umtanzt von dem jubelnden Dauphin, zog Philippe seinen Hut, um sich zu verabschieden. Doch der König ließ ihn noch nicht gehen.

»Einen Moment, Monsieur de Commynes.«

Den Hut in der Hand, verharrte Philippe in der Bewegung. »Zu Euren Diensten, Sire!«

Ludwig schaute ihn mit regloser Miene an. »Wie gedenkt Ihr Euren Fehler wiedergutzumachen?«

»*Meinen* Fehler?«, erwiderte Philippe. »Pardon, Sire, der Plan war perfekt. Mein Gewährsmann, Kunz von der Rosen, hat dafür gesorgt, dass Maximilian zum idealen Zeitpunkt am idealen Ort war. Der Fehler lag allein aufseiten …«

»Ich warne Euch«, unterbrach ihn der König mit schneidender Kälte. »Wenn Ihr noch einmal versagt, werdet auch Ihr Euren Kopf nicht länger auf den Schultern tragen.«

Philippe fühlte sich unter Ludwigs Blick wie eine Fliege im Netz, Auge in Auge mit der Spinne. Fieberhaft dachte er nach, wie er sich retten konnte. Aber ihm fiel keine Lösung ein.

»Ich werde dafür sorgen, dass der Habsburger nicht nach Gent gelangt. Zumindest nicht, bevor die Stadt in unserer Hand ist. Das schwöre ich Euch!«

Er hoffte, dass Ludwig sich mit dieser Auskunft zufriedengeben würde. Doch den Gefallen tat ihm der König nicht.

»Ich habe genug von Euren leeren Versprechungen!«, herrschte Ludwig ihn an. »Ich will wissen, was Ihr *tun* werdet!«

»Ich … ich … werde …«

»Redet, wenn Euch Euer Kopf lieb ist!«

Philippe brach der Schweiß aus. Was im Himmel konnte er tun? Von der Hofkapelle hörte er die Glocken zum Angelus läuten. Unfähig, einen Gedanken zu fassen, fiel ihm nur eine alberne Phrase ein. Hatte sein letztes Stündlein geschlagen?

Wieder schlug die Glocke. Ludwig erhob sich von seinem Thron. »Gott ruft mich zum Gebet.«

Plötzlich kam Philippe eine Idee.

»Ich werde mich an den Bischof von Köln wenden«, erklärte er.

26

Max hatte im erzbischöflichen Palais von Köln zu einem Gastmahl geladen, das selbst einem Ulrich Fugger zur Ehre gereicht hätte. Die Tische bogen sich unter gebratenem Wild und gesottenem Schwein, und der Wein floss in Strömen. Unter großem Gejohle kletterte Kunz von der Rosen auf den Tisch, an dem Max der Tafelrunde vorsaß. Einen Kochlöffel quer im Maul, hockte der Narr sich zwischen zwei Gemüseberge, hob den Hintern und ließ einen Furz fahren. Donnernder Beifall war sein Lohn, sogar der Erzbischof schlug sich vor Vergnügen auf den Schenkel. Nur Wolf, der neben Max saß, zog ein langes Gesicht.

»Welche Laus ist dir denn über die Leber gelaufen?«

»Ich rechne gerade aus, was das alles kostet.«

»Scheiß auf das Geld! Du hast mir das Leben gerettet! Das müssen wir feiern!«

»Aber wovon willst du das bezahlen? Deine Kasse ist leer, du bist auf den Hund gekommen, und bis Gent ist es noch weit.«

Max zuckte lachend die Schultern. »Der Sohn des Kaisers hat in Köln Kredit.« Er nahm seinen Pokal und prostete dem Bischof zu, der sich gerade mit triefendem Kinn ein Stück Braten einverleibte. »Seine Eminenz hat dafür gesorgt, dass die Stadt uns mit allem beliefert, was das Herz begehrt. Mein Name genügt als Sicherheit!«

Als Max den Pokal zum Mund führte, spürte er kurz die Wunde unter seinem Verband, aber ein kräftiger Schluck Wein genügte, um den Schmerz hinunterzuspülen.

»Bravo«, rief Kunz und klatschte mit seinen Affenpfoten Beifall. »Gerade dem Tod von der Schippe gesprungen, ist er schon wieder des Teufels!«

Max lachte. »War eine gute Idee von dem Fugger, dich mir zum Geschenk zu machen.«

Das Gesicht des Narren zerfurchte sich. »Ich muss Euch etwas gestehen«, sagte er. »Ich habe dem Fugger diesbezüglich einen kleinen Bären aufgebunden. In Wahrheit hat mich Eure Braut hierhergeschickt, die edle Marie von Burgund, um Euch zur Eile zu drängen. So sehr verzehrt sie sich nach den Wonnen Eurer Liebe.«

»Und das hast du mir verschwiegen?«

»Hättet Ihr Euch denn über solche Nachricht gefreut?«, fragte Kunz mit Unschuldsmiene. »Es ist doch mein Amt, Euch zu erfreuen! Außerdem – der kleine Trug gereichte jedem zum Vorteil. Der Fugger konnte sich vor Euch als edler Gönner aufspielen, und ich habe ein wenig Luft aus meinem Säckel gepresst.«

Wieder musste Max lachen. »Du würdest deine Großmutter verkaufen, wenn dir jemand einen Pfennig böte, was?«

»Wünscht Ihr ein Gebot einzulegen, Euer Gnaden? Ich würde Euch ein Vorkaufsrecht einräumen.«

Max riss ein Stück Brot von seinem Laib und warf es dem Narren an den Kopf. »Lass gut sein, ich hätte selbst den einen oder anderen Verwandten zu verhökern«, sagte er. »Doch jetzt verschwinde. Bevor man dich mit einem Spanferkel verwechselt und am Ende verspeist.«

»Da sei Gott vor!«, rief der Narr und hoppelte grunzend auf allen vieren davon.

»Ich mag den kleinen Kerl«, sagte Max und drehte sich wieder zu Wolf herum. Als er das vertraute Gesicht seines Freundes sah, wurde er plötzlich von seinen Gefühlen übermannt. »Auch wenn es mir schwerfällt, es zu sagen – du verdammter Verräter hast mir gefehlt!« Schwer ließ er seinen Arm auf Wolfs Rücken niederfallen.

Doch Wolf verzog keine Miene. »Hat Kunz dir wirklich erst jetzt gesagt, dass Marie ihn geschickt hat?«

»Du hast es ja gehört, er wollte mir die gute Laune nicht verderben. Was ich ihm schwerlich verübeln kann. Außerdem war es ein guter Scherz, den Fugger hereinzulegen.«

»Ein sehr ernster Scherz«, erwiderte Wolf. »Du solltest dich nämlich wirklich beeilen.«

»Musst du mich ausgerechnet jetzt daran erinnern, wohin die

Reise geht? An einem so vergnüglichen Abend? Ich muss sagen, der Narr hat mehr Zartgefühl als du.«

»Marie ist in Not, Max. Wenn du nicht bald in Gent erscheinst, wird sie den Thron verlieren. Oder sie heiratet Ludwigs Sohn.«

»Nach allem, was man hört«, schnaubte Max, »müssten die beiden prächtig zusammenpassen. Eine Schwindsüchtige und ein Krüppel.« Er spürte, wie bei dem Gedanken an seine Braut seine Laune in den Keller sank. »Sag, Wolf, wie hässlich ist sie? Nur ein bisschen hässlich? Oder ganz und gar hässlich!«

»Sie ist überhaupt nicht hässlich! Im Gegenteil!«

»Du brauchst mich nicht zu schonen! Ich will die Wahrheit wissen. Hat sie Pockennarben, ist sie bucklig, triefäugig, kahlköpfig, schuppt ihr die Haut von den Wangen, hängen ihre Brüste?«

Ehe Wolf antworten konnte, trat ein Diener an den Tisch. »Ich bedaure, Euer Gnaden. Aber ein Bote des Kaisers ...«

»Ein Bote aus Wien?«, staunte Max. »Bring den Mann her!«

»Tut mir leid«, erwiderte der Diener. »Er wartet in Eurem Gemach. Seine Nachricht, sagt er, sei allein für Eure Ohren bestimmt.«

Widerwillig erhob Max sich von seinem Platz. Wolf griff nach seinem Arm. »Nimm dich in Acht! Vielleicht ist das ein Hinterhalt.«

»Jetzt hörst du aber die Flöhe husten«, sagte Max. »Wir sind mit drei Dutzend Franzosen fertiggeworden. Schon vergessen?« Damit ließ er Wolf sitzen und folgte dem Diener hinaus in die Nacht.

Als er sein Gemach betrat, stand der Bote mit dem Rücken zur Tür vor dem Schreibpult. Er trug eine schäbige braune Kappe und einen noch schäbigeren braunen Umhang. Was für ein Aufzug! So sahen die Boten seines Vaters aus ...

»Was bringst du für eine Nachricht, Kerl?«, fragte Max.

Der Bote blieb stumm. Ohne ein Wort drehte er sich um und griff nach seiner Kappe.

Als er sie vom Kopf nahm, ergoss sich eine Flut von schwarzglänzendem Haar über seine Schultern, und zwei Glutaugen blickten Max an.

»Ro … Rosina?«, stammelte er.

»Mein Stottergöschl!«

Überwältigt von Glück nahm Max sie in den Arm und drückte sie an sich. Eine Weile hielten sie einander nur fest, schweigend, mit der ganzen Innigkeit, mit der sie sich nacheinander gesehnt hatten, erst dann versanken sie in einem Kuss. Max atmete ihren Duft, spürte ihre Haut. Die Wüste der Einsamkeit lag hinter ihm. Sie war wieder da, bei ihm.

»Herzallerliebste!«

»Ja, Maxl?«

Wie Ertrinkende fielen sie übereinander her und bedeckten sich gegenseitig mit Küssen.

»Wie konnte ich nur leben ohne dich …«

»Und ich ohne dich …«

Plötzlich stutzte Rosina. »Was ist das für ein Verband?«, fragte sie zwischen zwei Küssen. »Hast du dich verletzt?«

»Ach was!«, sagte er selig. »Ein Kratzer, nicht der Rede wert. Aber sag, wie kommst du überhaupt hierher?«

Ihr Gesicht wurde ernst, und sie senkte den Blick. »Dein Vater hat mich von seinem Hof verbannt.«

»Das ist nicht wahr!«

»Doch, Max.«

»Was fällt dem Alten ein? Warum hat er das getan? Aus welchem Grund? Nun sag schon!«

»Nur wenn du versprichst, ruhig zu bleiben.«

»Versprochen!«

Sie hob den Kopf und schaute ihn an.

»Wovor hast du Angst?«, fragte er leise.

»Vor dir, Maxl.«

»Vor mir?«

Sie nickte. Dann gab sie sich einen Ruck und sagte: »Ich bin nicht allein hier. In meinem Leib wächst ein Kind.«

Max schluckte. »Du … du bekommst ein Kind?«, stammelte er. »Ein … ein richtiges Kind?«

Sie lachte. »Wenn es nach dem Vater gerät, wohl eher ein Stottergöschl als ein Kind.« Dann wurde sie plötzlich ernst. »Warum sagst du nichts? Bist du mir böse?« Um ihren Mund zuckte es leise. »Weil ... weil es ein Bastard ist?«

»Bist du verrückt geworden?«, rief er. »Wenn ich nichts sage, dann doch nur, weil ich so glücklich bin! Ich ... ich könnte dich vor Freude in die Luft werfen, aber das darf ich ja nicht.« Er legte die Arme um sie und zog sie an sich, so vorsichtig und behutsam, wie er nur konnte. »Rosinella – *mia bella bruna* ...« Auf einmal erschien ihm dieses Mädchen, mit dem er die wildesten und ungestümsten Stunden seines Lebens verbracht hatte, so zart und zerbrechlich, dass er nicht wagte, sie an sich zu drücken. Sie trug sein Kind in sich. Seinen Sohn!

»Jetzt lasse ich dich nie mehr los«, flüsterte er an ihrem Ohr. »Ich nehme dich mit nach Gent. Die ganze Welt soll wissen, dass du meine Herzallerliebste bist, die Mutter meines Kindes.«

Rosina schlang ihm die Arme um den Hals. »Weißt du eigentlich, wie sehr ich dich liebe, du ganz und gar unglaublicher Kerl?« Wieder bedeckte sie sein Gesicht mit Küssen. »Du wirst dich nicht umstimmen lassen, nicht wahr, Maxl, und wenn die ganze Welt es von dir verlangt? Du wirst dich immer zu uns bekennen, zu deiner *figliola* und deinem Kind?«

»Und ob ich das tue!« Er nahm ihre Hand und zog sie fort.

»Was hast du vor?«

»Wir gehen jetzt in den Saal, und dann verkünde ich der ganzen Gesellschaft, was für ein wunderbares Geschenk du mir aus der Heimat mitgebracht hast. Und ab morgen feiern wir das größte Freudenfest, das Köln je gesehen hat! Eine ganze Woche lang! Sieben Tage!«

Rosina strahlte ihn an, die Augen voller Glück. »So viel ist unser Kind dir wert?«, fragte sie.

»Mehr als alles Geld der Welt!«, sagte Max. »Wozu habe ich in der ganzen Stadt Kredit?«

27

Marie saß auf ihrem Thron im Audienzsaal und musterte die zwei Ständevertreter, die ohne vorherige Ankündigung an diesem Morgen um ein Gespräch mit ihr ersucht hatten. Jan Coppenhole hatte die Arme vor der Brust verschränkt und zog ein Gesicht, als könne er kaum die Luft in dem Palast ertragen, während Hinrich Peperkorn neben ihm verlegen den Hut in der Hand drehte.

»Ihr habt es sehr dringlich gemacht, meine Herren. Darf ich also erfahren, was Ihr mir mitzuteilen habt?«

»Ich fürchte, nichts Gutes, Euer Gnaden«, sagte Peperkorn.

»Zumindest nichts Gutes für Euch«, fügte Coppenhole hinzu.

»Nichts anderes hatte ich von Euch erwartet«, erwiderte Marie. »Dass Eure französischen Freunde den Zug meines Bräutigams überfallen haben, ist mir schließlich bekannt. Doch Gott sei Dank auch der glückliche Ausgang. Der feige Hinterhalt hat Euch nichts genützt. Der Herzog von Österreich hat inzwischen unversehrt Köln erreicht.«

»Ja, das hat er«, bestätigte Coppenhole. »Doch weiter wird er nicht kommen.«

»Unsinn! Wer sollte ihn daran hindern?«

»Der Kölner Magistrat. Die Räte haben Maximilian von Habsburg in ihrer Stadt festgesetzt.«

»Was redet Ihr da?« Marie sprang von ihrem Thronstuhl auf. »Ist das wieder eine Teufelei Eurer Franzosen?«

»Keineswegs, Euer Gnaden«, erwiderte Coppenhole ungerührt. »Der Kaisersohn hat selbst für seine Festsetzung gesorgt. Obwohl er arm ist wie eine Kirchenmaus, hat er die halbe Stadt freigehalten, sieben Tage lang, um die Ankunft seiner Mätresse zu feiern.«

»Seiner Mätresse? Welcher Mätresse?«

»Ein italienisches Fräulein vom Hof seines Vaters. Wie es heißt, trägt sie einen Bastard Eures Herrn Bräutigams.«

»Ich glaube Euch kein Wort!«

»Glaubt, was Ihr wollt. Maximilian von Österreich hat jedenfalls kein Geld, um seine Schulden zu begleichen. Da so etwas einem Habsburger nicht zum ersten Mal geschieht, haben die Kölner kurzerhand die Tore verriegelt. Ohne Begleichung seiner Schulden lassen sie ihn nicht aus der Stadt.«

Marie schnappte nach Luft. »Dann ... dann muss der Kaiser ihn auslösen!«

Peperkorn schüttelte den Kopf. »Euer Bräutigam hat sich an den Kölner Bischof gewandt. Doch der Ruf des Kaisers ist leider so, dass selbst die heilige Mutter Kirche nicht helfen will.«

Marie wurde plötzlich schwindlig, die Gedanken drehten sich in ihrem Kopf wie ein Kreisel. »Und jetzt?«, fragte sie und sank auf ihren Thron zurück.

Peperkorn räusperte sich. »Ich fürchte, jetzt müssen wir mit dem König von Frankreich verhandeln.«

»Über Eure Hochzeit mit dem Dauphin«, fügte Coppenhole hinzu. »Wir können nur zu Gott beten, dass König Ludwig Nachsicht walten lässt und uns überhaupt noch anhört.«

Als der Strumpfwirker zu Ende gesprochen hatte, schloss Marie die Augen. Ihr Bräutigam saß fest ... In Köln ... Mit seiner Mätresse ... Drei winzige Sätze, die ihr Schicksal besiegelten.

»Nun?«, fragte Peperkorn. »Wie lautet Eure Antwort?«

Marie schaute auf Maximilians Bild, das sie im Thronsaal hatte aufhängen lassen. »Gebt mir etwas Zeit«, bat sie. »Einen Monat!«

»So lange können wir nicht warten«, erklärte Coppenhole.

»Wir riskieren sonst einen Bürgerkrieg«, ergänzte Peperkorn.

»Bitte!«, sagte Marie. »Ich bin immer noch Eure Regentin!«

Die beiden Männer steckten die Köpfe zusammen und wechselten ein paar geflüsterte Worte.

»Gut, Euer Gnaden«, sagte schließlich Peperkorn. »Zwei Wochen. Aber wenn der Sohn des Kaisers bis dahin nicht eintrifft ...« Er ließ den Satz in der Schwebe.

»Dann?«

»Dann werden wir handeln«, sagte Coppenhole.

28

Rosina war mit Max glücklich gewesen, wo immer sie zusammen gewesen waren. Im Heu und in Himmelbetten. Im Palast und im Pferdestall. Sie war mit ihm glücklich gewesen, wenn sie im Überschwang ihrer Leidenschaft ein Bett zerbrochen oder sich vor Wut gegenseitig Wein über den Kopf geschüttet hatten, um sich hinterher nur umso heftiger zu lieben. Sie war in Wien und in der Neustadt mit ihm glücklich gewesen, und sie hegte keinen Zweifel, dass sie auch in Gent mit ihm glücklich sein würde. Wo immer sie einander hatten, fühlte Rosina sich wie in einer anderen Welt, geborgen in einer unsichtbaren Höhle, in der es nur sie beide gab. Sie würden Sorgen haben, sie würden sich manchmal zanken und manchmal auch streiten, aber sie würden glücklich miteinander sein. Immer.

Doch noch nie war Rosina so glücklich mit Max gewesen wie in diesen Kölner Tagen. Sie beide erwarteten ein Kind. Eine Hälfte von Max und eine Hälfte von ihr. Sie sah diesen Kerl an, sah ihm zu, wie er über irgendeiner Landkarte seine Habsburger Stirn in Falten legte und stellte sich diese zerfurchte Stirn über dem rosigen Gesicht eines Säuglings vor. Sie musste lachen, wenn er fluchte, weil sie ein hohes Kinderstimmchen solchen Fluch ausstoßen hörte, und musste weinen, wenn er sie auf neue, sachte Weise liebte, während sie daran dachte, dass eines Tages ihr Sohn eine Frau lieben und sie, seine Mutter, verlassen würde.

Vielleicht war ihr Glück in Köln so groß, weil es erwachsen geworden war. Zwei Kinder waren zu Eltern geworden. Vielleicht war es – ganz für sie, Rosina, allein – zudem noch ein Stück größer, weil sie die schlimmsten Wochen ihres Lebens hinter sich hatte. Sie war allein gewesen, als sie entdeckt hatte, dass sie ein Kind erwartete, und allein, als man sie vom Hof des Kaisers gewiesen hatte. Dass sie mit Max ihr Lager teilte, hatte sein Vater ertragen, nicht aber, dass ihre Liebe Folgen zeigte. Nie hatte Rosina so deutlich zu spüren bekommen, wie verlassen und entrechtet eine Frau war, wenn sie die Regeln der Männer verletzte. Hätte Max' Schwester Kunigunde ihr nicht Geld zugesteckt, sie hätte es nie und nimmer nach Köln geschafft.

In der Nacht hatte Max sie aufgeweckt. »Du hast im Schlaf geweint, Liebste.«

Sie hatte gewusst, warum. »Halt mich ganz fest, Maxl«, hatte sie gesagt. »Dann geht es gleich vorbei.«

Er hatte sie gehalten. Die ganze Nacht, ohne ein Auge zuzutun, als Hüter ihres Schlafs. Als sie am Morgen aufgewacht war, hatte er bleich und übernächtigt neben ihr gelegen. Aber er hielt sie immer noch in seinem Arm. In diesem Augenblick wusste sie, wie sehr er sie liebte.

»Wie geht's unserem Sohn?«, fragte er zärtlich.

»Ich glaube, er schläft noch«, sagte sie.

Er legte seine Hand auf ihren Bauch. »Nein, er ist gerade aufgewacht! Er bewegt sich!«

»Dafür ist es doch noch viel zu früh«, lachte sie. »Aber – was machst du eigentlich, wenn unser Sohn eine Tochter ist?«

Er sah sie mit großen Augen an, als käme diese Möglichkeit ihm zum ersten Mal in den Sinn. »Ich fürchte«, sagte er dann mit einem Grinsen, »in dem Fall werde ich sie Rosinchen nennen und ihr einen hohen Turm bauen, damit kein böser Bube sie mir raubt. Und du musst das Opfer auf dich nehmen, dein Lager noch einmal mit mir zu teilen, damit Rosinchen einen Bruder bekommt.«

»Ich glaube, zu diesem Opfer wäre ich bereit.« Zärtlich küsste sie die Spitze seiner großen Nase. »Von mir aus können wir gern noch ein paar Wochen in Köln bleiben.«

Noch während sie sprach, verdüsterte sich sein Gesicht. Rosina hätte sich am liebsten die Zunge abgebissen. Die Welt, die so weit weg gewesen war, war in ihre Höhle eingedrungen. Sie selbst hatte dafür gesorgt.

»Alle Fürsten Europas lachen über mich«, sagte er.

Sie wusste, was er damit meinte. Als die Kölner ihm von einem

Tag zum andern den Kredit gekündigt und die Tore geschlossen hatten, hatte er sich wie ein kleiner Junge geschämt. Auf neunzigtausend Gulden belief sich die Summe, die man von ihm verlangte.

»Jeder Tag, den sie mich länger hier festhalten, ist ein zusätzlicher Fleck auf meiner Ehre. Ich bringe Schande über das Haus Habsburg und ganz Österreich.«

»Nein, Maxl. Wenn sich jemand schämen muss, dann dein Vater. Er könnte dir ja helfen. Aber er tut es nicht. Das ist viel schlimmer.«

»Gut, dass meine Mutter das nicht mehr erlebt. Sie wusste, was Ehre bedeutet. Wie soll ich jetzt nur nach Gent gelangen?«

Rosina sah seine Qual, er litt unter der Schande mehr als unter allen Wunden, die er je auf einem Turnier oder im Kampf erlitten hatte.

»Und wenn du Wolf nach Gent schickst?«, fragte sie. »Und Marie von Burgund bittest, dich auszulösen?«

»Meinst du, sie lassen Wolf aus der Stadt?«

»Warum nicht? *Du* hast ja die Schulden gemacht, nicht er.«

»Hm, vielleicht hast du recht. Allerdings …«

»Allerdings was?«

Wieder verfinsterte sich seine Miene. »Was soll Marie von mir denken? Ich kann doch nicht meine eigene Braut anbetteln.«

»Ich glaube, Marie wünscht sich nichts mehr, als dass du endlich ihr Land regierst. Außerdem kannst du ihr das Geld ja später …«

Lärm aus dem Hof unterbrach sie. »Wo ist Maximilian von Habsburg?«, rief gleich darauf eine Stimme.

Max sprang aus dem Bett und schaute zum Fenster hinaus. »Olivier de la Marche«, sagte er. »Maries Hofgroßmeister … Wo sind meine Sachen?« Eilig streifte er sich Hemd und Hose über und lief zur Tür. »Vielleicht gibt's endlich gute Nachricht.«

Als er hinaus war, stand auch Rosina auf, um sich anzuziehen. Doch sie hatte noch nicht ihr Wams zugeschnürt, da kehrte Max schon wieder zurück.

Bei seinem Anblick erschrak sie. Er sah aus, als wäre er draußen einem Gespenst begegnet.

»Was ist passiert?«

»Margarete von York, Maries Stiefmutter, hat Olivier geschickt«, sagte er mit tonloser Stimme. »Sie gibt mir hunderttausend Gulden, um die Kölner Händler auszuzahlen.«

»Aber das ist ja wundervoll!«

Max schüttelte den Kopf. »Nein, das ist es nicht. Ganz und gar nicht.«

»Aber warum?« Sie versuchte ein Lächeln, doch als sie seine Augen sah, erstarb es auf ihren Lippen.

»Die Herzoginwitwe knüpft die Zahlung an eine Bedingung.« Er stockte, dann holte er Luft und sagte: »Margarete von York löst mich nur aus, wenn ich allein nach Gent komme. Ohne dich.«

29

Irritiert blickte Jan Coppenhole auf die Truhe, die Philippe de Commynes vor seinen Augen geöffnet hatte. Die Truhe quoll über von Münzen.

»Wozu das viele Geld?«, fragte er.

»Für die Ständeversammlung«, erwiderte Commynes. »Noch steht ja in den Sternen, wie Maximilian sich entscheidet. Da müssen wir Vorsorge treffen.«

»Vorsorge?«

»Ich habe meinem König geschworen, dass der Habsburger Gent nicht erreicht. Und wenn doch, dass die Stadt sich dann bereits in unserer Hand befindet.«

»Verstehe. Ihr wollt die Stände mit Eurem Geld dazu bringen, sich Frankreich anzuschließen? Meint Ihr wirklich, das wäre nötig?« Angewidert verschränkte Coppenhole die Arme vor der Brust. Er liebte Frankreich, aber diesen französischen Höfling mochte er nicht. Commynes war wie alle Aristokraten ein Sklave des Mammons und glaubte darum, jeder Mensch sei käuflich.

Doch ihm, Jan Coppenhole, und seinen Freunden in der Bürgerschaft, ging es nicht um Geld – ihnen ging es um Gerechtigkeit!

»Jetzt habt Euch nicht so«, sagte Commynes, als er seinen Widerwillen sah. »Ein wenig Handsalbe hat noch nie geschadet. Wenn Ihr vielleicht selber probieren wollt?« Er füllte eine Handvoll Münzen in ein Säckchen und reichte es ihm.

»Spendet das Geld lieber den Armen«, erwiderte Coppenhole. »Es gibt genug hungrige Mäuler in der Stadt.«

»Ich weiß, Ihr seid ein Mann von Prinzipien! Gerade das gefällt mir ja so sehr an Euch. Warum hätte ich Euch sonst geholfen, Hugonet aus dem Weg zu räumen? Dabei freilich wart Ihr, wenn Ihr die Bemerkung erlaubt, weit weniger zimperlich als jetzt.«

»Da ging es auch nicht um Geld, sondern um Gerechtigkeit.«

»Aber um die geht es doch jetzt auch!« Commynes legte die Geldkatze in die Truhe zurück. »Ihr wisst so gut wie ich, wenn die Heirat Eurer Regentin mit dem Habsburger Prinzen stattfindet, wird Karls Brut das Land regieren, wie er es selber gemacht hat. Marie und der Österreicher werden das Volk bis aufs Blut ausquetschen, um Kriege zu führen und sich selbst zu bereichern. Darum müssen wir alles tun, um diese Heirat zu verhindern.«

»Da bin ich mit Euch einer Meinung. Aber Ihr braucht dafür niemand zu bestechen. Wir haben dasselbe Ziel. Sobald die Frist, die wir dem Fräulein Burgund gestellt haben, abgelaufen ist, ist es mit ihrer Herrschaft vorbei.«

»Seid Ihr da so sicher, Mijnher Coppenhole?« Commynes trat noch einen Schritt näher zu ihm heran und schaute ihm in die Augen. »Glaubt Ihr, wenn es zur Abstimmung kommt, dass jeder in der Versammlung so festen Prinzipien folgt wie Ihr und allein das Wohl seines Landes im Auge hat, ohne an den eigenen Vorteil zu denken?« Commynes schüttelte den Kopf. »Ich fürchte, da überschätzt Ihr ein wenig den Bürgersinn Eurer Freunde.«

»Wollt Ihr die Vertreter der Stände beleidigen?«

»Jetzt hört aber mal zu!« Commynes' schmeichelnde Stimme wurde mit einem Mal scharf. »Was glaubt Ihr, wen Ihr vor Euch habt? Wenn Ihr wollt, dass Frankreich Euch weiter unterstützt, dann tut gefälligst, was der französische König von Euch erwartet! Habt Ihr das kapiert?«

30

Max hatte geglaubt, Rosina in all ihren Gemütszuständen zu kennen, aber noch nie hatte er sie so außer sich gesehen wie in dieser Stunde. Zuerst hatte sie ihn nur stumm angeschaut, mit ihren großen schwarzen Augen, als hätte sie seine Worte nicht verstanden. Dann aber hatte sie aufgeheult und mit den Fäusten auf ihn eingeschlagen, hatte ihn angeschrien und beschimpft und ihm ihre Klage ins Gesicht geschleudert, jedes der heiligen Versprechen gebrochen zu haben, die er ihr gegeben hatte. Und tatsächlich, niemand anderer als er selbst war der Grund für ihr fassungsloses Verstummen, für ihre aufbrausende Wut, für ihr verzweifeltes Entsetzen. Denn an diesem Abend hatte er ihr seine Entscheidung mitgeteilt, die Entscheidung, mit der er einen ganzen Tag lang gerungen hatte: dass er das Angebot der Herzoginwitwe Margarete von York, ihn beim Magistrat der Stadt Köln auszulösen, annehmen und nach Gent reisen würde. Allein.

»Was soll ich denn tun?«, fragte er. »Jetzt gibt es keine Ausreden mehr …«

»Ausreden«, fauchte Rosina. »Das ist das richtige Wort! Alles Ausreden, seit ich dich kenne. Nur um mich hinzuhalten.«

»Was hat sich denn geändert?« Er machte einen Schritt auf sie zu. »Es ist doch im Grunde alles so geblieben, wie wir ausgemacht hatten. Nur dass ich erst alleine vorausreise – ein paar Wochen, die wir getrennt sind, mehr nicht. Sobald diese verfluchte Hochzeit vorbei ist, hole ich dich nach. Als meine *maîtresse en titre*!!«

»Ich glaube dir kein Wort mehr.«

»Bitte, Rosina, versteh doch! Das ist eine Frage der Ehre! Wenn ich jetzt, ich meine, jetzt, da ich das Geld hab, um die Schulden zu bezahlen, wenn ich jetzt das Wort breche, das mein Vater dieser hässlichen und schwindsüchtigen Marie gegeben hat – ein kaiserliches Ehrenwort! –, dann … dann werden mich alle Fürsten Europas verachten. Willst du das?«

»Sie werden dich noch mehr verachten, wenn sie erfahren, dass deine Braut dir das Geld gegeben hat. Sogar den Hochzeitsring hast du davon gekauft.«

»Marie hat mir doch gar nicht das Geld geschickt!«, protestierte er. »Das war ihre Stiefmutter, Margarete von York!«

»Für deine Ehre willst du alles verraten. Unsere Liebe und unser Kind.«

Den letzten Satz hatte sie ganz leise gesprochen. Aber ihre leise Stimme klang viel bedrohlicher als zuvor ihr Schreien.

»Um das Kind mach dir keine Sorge«, sagte er. »Ich werde für meinen Sohn sorgen, genauso wie für dich. Das schwöre ich!«

»Du hast dich kaufen lassen. Schämst du dich nicht?« Mit Tränen in den Augen sah sie ihn an. »Du musst dich entscheiden, Max. Marie oder ich. Beides zusammen geht nicht.«

Max wich ihrem Blick aus. Welche Antwort sollte er darauf geben? »Vielleicht wäre es am besten, du heiratest Wolf.«

»*Was* sagst du da?«

Er hob den Kopf und erwiderte ihren Blick. »Ja, Rosina, das würde vieles leichter machen. Ich meine, als Wolfs Frau könnte ich dich jetzt gleich mit an den Hof nehmen. Sofort! Dann bräuchten wir gar nicht zu warten, bis ich verheiratet bin.«

Sie schnappte nach Luft. »Das … das ist nicht wahr! Das meinst du nicht im Ernst!«

Max griff nach ihrer Hand. »Doch, Rosinella, das könnte die Lösung sein. Kein Mensch würde Fragen stellen. Du wärst die Frau meines besten Freundes, ich meine, der Form halber, für die Hofetikette, obwohl du in Wirklichkeit natürlich meine …«

»Halt den Mund!« Sie riss ihre Hand von ihm los. »Halt verdammt nochmal den Mund!«

»Jetzt reg dich doch nicht so auf.«

»Ich soll mich nicht aufregen? Obwohl du mich an deinen Freund verschachern willst? Um Verstecken mit mir zu spielen?«

»Davon kann keine Rede sein, das weißt du ganz genau! *Maîtresse en titre* – offizieller geht es doch gar nicht! Es ... es ist doch nur, weil ich dich so sehr liebe ...«

Noch während er das Wort aussprach, wusste er, dass es ein Fehler war, in diesem Augenblick von Liebe zu reden. Rosinas Gesicht verhärtete sich, ihre Augen blitzten. »Weißt du was, lieber Maxl?«, fragte sie mit einer Beherrschung, die ihm mehr Angst machte als ihre schlimmste Wut. »Ich muss dir etwas beichten.«

»Beichten? Du mir? Was?«

»Ich habe dich auch ein bisserl beschummelt. Weil ...« Sie machte eine Pause, bevor sie den Satz zu Ende sprach. »Ich bekomme nämlich gar kein Kind.«

Max spürte, wie sein Herz aussetzte. »Das ... das ist nicht wahr.«

»Doch, Maxl«, sagte sie, immer noch mit dieser unheimlichen Ruhe. »Ich hatte Angst, du würdest mich im Stich lassen ohne einen Balg von dir im Bauch. Darum hab ich das erfunden. Jetzt bin ich froh, dass es heraus ist.«

»Aber ... aber ich habe doch gespürt, wie es sich bewegt.«

Rosina lachte. »Ich hab ein bisschen mit dem Bauch gezuckt, als du daran getastet hast. Das war alles! Und du bist darauf reingefallen.«

Max wollte etwas erwidern, suchte verzweifelt nach Worten, damit alles wieder so sein würde wie früher, aber es gab keine Worte, die das vermochten. Fassungslos starrte er sie an.

»Ja, da schaust du – was? Mein Gott, wenn du jetzt dein Gesicht sehen könntest.« Sie sprach wieder lauter, ihre Stimme überschlug sich beinahe. »Wie lange schleichst du dich schon in mein Bett? Fünf Jahre! Und die ganze Zeit kein Kind! Hast du mal darüber nachgedacht, was das bedeutet? Vielleicht bist du ja überhaupt nicht dazu imstande, einen Sohn zu zeugen!« Plötzlich brach sie in schallendes Gelächter aus. »Aber du hast es gespürt! Tatsächlich gespürt! Wie kann man nur so dämlich sein! Nein, Maxl, ich bin nicht schwanger! Ich bekomme kein Kind! Und ganz bestimmt kein Kind von einem Schlappschwanz wie dir!«

Immer lauter wurde ihr Lachen, immer schriller ihre Stimme, immer böser ihr Blick. Max konnte nicht aufhören, sie anzustarren.

»Was für ein Narr du doch bist, Maximilian von Habsburg! Was für ein idiotischer, gottverdammter Narr!«

Wo war Rosina geblieben? Seine Rosinella? Vor seinen Augen hatte sie sich verwandelt, in eine Furie, deren Hass ihm aus jedem ihrer Blicke entgegenschlug. Plötzlich konnte er es nicht länger ertragen, nicht ihren Anblick und nicht ihre Worte. Mit beiden Händen hielt er sich die Ohren zu und stolperte hinaus auf den Gang, verfolgt von ihrem Hohngelächter.

31

Ich habe Euch Geschenke mitgebracht«, rief Philippe de Commynes der Ständeversammlung zu. »Vom französischen König! Als Ausdruck der Freundschaft Seiner Majestät mit dem burgundischen Volk.«

Teils freudig, teils misstrauisch blickten die Ständevertreter auf die prall gefüllten Beutel, die Jan Coppenhole an sie verteilte.

»Welche Gegenleistung erwartet der König von Frankreich dafür?«, fragte Hinrich Peperkorn.

»Keine«, erklärte Commynes. »Der König von Frankreich hofft nur, dass Ihr seine Treue mit Eurer Treue erwidert.«

»Und was heißt das?«

Aus den Augenwinkeln sah Jan, wie Commynes einen Moment zögerte. Dann straffte er seinen Oberkörper und sagte: »Seine Majestät erwartet, dass Ihr Euch zu Frankreich bekennt. Bevor Maximilian von Habsburg in Eurer Stadt eintrifft und das Fräulein Burgund den Sohn des Kaisers heiratet.«

Peperkorn zog ein ernstes Gesicht. »Wir haben unserer Regentin eine Frist gesetzt. Die müssen wir einhalten.«

»Für Feinheiten ist jetzt keine Zeit«, erwiderte Commynes. »Der Habsburger ist nur noch drei Tagesreisen entfernt.«

»Das heißt, Ihr verlangt von uns, das Wort zu brechen, das wir Marie von Burgund gegeben haben?«

»Was für eine unelegante Formulierung.« Commynes verzog das Gesicht, als schmerze ihn ein Zahn. »Man kann es doch sehr viel gefälliger ausdrücken. Seine Majestät wünscht, dass Ihr künftig so lebt, wie Ihr selber zu leben wünscht. In Frieden mit Frankreich. Damit das Fräulein Burgund und dieser Österreicher nicht den Fleiß Eurer Hände missbrauchen, wie ihr Vater Karl es getan hat!«

»Das ändert nichts an unserem gegebenen Wort«, entgegnete Peperkorn. »Aber damit wir wissen, woran wir sind: Was geschieht, wenn wir dem Wunsch Seiner Majestät nicht entsprechen?«

»Dann«, erklärte Commynes mit hochmütig erhobenen Brauen, »wird Seine Majestät sich mit Gewalt nehmen, was Seiner Majestät gehört.«

Buhrufe und Pfiffe waren die Antwort.

»Das ist Erpressung!«

»Ja, Erpressung! Schweinerei!«

Jan Coppenhole stieß einen Fluch aus. Wenn die Genter Bürger etwas hassten, dann waren es Befehle und Vorschriften. Um sie zu beruhigen, ergriff er das Wort.

»Beruhigt Euch, Freunde! Niemand will uns erpressen. Wenn wir dem Wunsch Seiner Majestät entsprechen, ist es zu unser aller Wohl und Vorteil! Ein Gebot der Vernunft! Frieden statt Steuern!« Er ruderte mit den Armen, damit die anderen in seinen Ruf einfielen, »Frieden statt Steuern! Frieden statt Steuern!«, wiederholte er, doch kein Mensch folgte ihm. Im Gegenteil, die Pfiffe und Rufe wurden noch lauter.

»Marie hatte recht! Die Franzosen wollen nur unser Land!«

»Und unser Geld!«

Coppenhole wollte etwas erwidern, aber Commynes kam ihm zuvor. »Ich warne Euch!«, rief er der Versammlung zu. »Wenn Ihr Euch auf die Seite des Kaisers schlagt, dann ...«

»Wollt Ihr uns drohen?«, fiel Peperkorn ihm ins Wort.

»Nennt es, wie Ihr wollt. Doch eins müsst Ihr wissen: Für den Fall, dass Ihr Euch Ludwigs Wünschen widersetzt, werden alle Genter Bürger dafür büßen!«

Peperkorn schüttelte sein graues Haupt. »Wir lassen uns von keinem Fürsten der Welt Vorschriften machen. Weder vom deutschen Kaiser noch vom französischen König. Wir fürchten niemand außer Gott!«

Commynes' Gesicht verhärtete sich. Mit eisiger Stimme sagte er: »Wenn Ihr den Habsburger in die Stadt lasst und Eure Regentin mit ihm den Bund der Ehe schließt, wird Ludwig Befehl geben, die Bürger dieser Stadt nach Übersee zu deportieren!«

Die Pfiffe und Rufe wuchsen zu solcher Lautstärke an, dass man die einzelnen Stimmen kaum noch verstehen konnte.

»*Was* sagt Ihr da? Deportieren?«

»Nach Übersee?«

Aus über hundert Kehlen scholl Commynes die Empörung der Bürger entgegen.

»Ja, Ihr habt richtig gehört«, rief er über den Lärm hinweg. »Depor-tiert! Männer, Frauen und Kinder!«

»Stimmt das, was er sagt?«, fragte Peperkorn. Jan Coppenhole.

Jan warf Commynes einen fragenden Blick zu. Doch der gab mit keinem Zeichen zu erkennen, dass er nachgeben würde.

Jan blieb nichts anderes übrig, als die Auskunft des Franzosen mit stummem Nicken zu bestätigen.

»Also doch Erpressung!«, sagte Peperkorn.

»Es ist Eure Wahl«, rief Commynes. »Entweder Ihr entschließt Euch, unter dem Schutz Frankreichs in Frieden Eurer Arbeit nachzugehen und Handel zu treiben. Oder Ihr werdet aus Eurer eigenen Stadt vertrieben.«

Bei dem letzten Wort fasste er den Gewürzhändler ins Auge. Eine lange Weile maßen die beiden einander wortlos mit Blicken.

»Nun, wie lautet Eure Entscheidung?«, fragte Commynes.

Mit steinerner Miene trat Peperkorn vor und gab dem Franzosen seine Geldkatze zurück. »Richtet Eurem König aus, dass wir keine Geschenke brauchen. Wir verdienen auf redliche Weise unser Geld. Als treue Untertanen unserer Regentin, der Herzogin von Burgund.«

32

Ist er fort?«, fragte Rosina, ohne Wolf anzusehen.

»Ja. Er ist vor einer Stunde aufgebrochen.«

Einen Augenblick lang herrschte Stille in der Kammer. Rosina starrte auf das Bett mit den zerwühlten Laken. Wolf wusste, was dieser Blick bedeutete. In diesem Bett hatten Max und sie sich geliebt, in diesem Bett waren sie abends zusammen eingeschlafen und morgens nebeneinander aufgewacht, um jeden neuen Tag gemeinsam zu beginnen. Und jetzt war Max fort.

Plötzlich heulte Rosina auf wie ein Tier. Mit zum Himmel erhobenen Armen sank sie auf die Knie, vor dem leeren Bett, umklammerte mit beiden Händen den Pfosten und schlug die Stirn gegen das Holz, einmal, zweimal, immer wieder. Wolf war mit einem Satz bei ihr, fasste sie an den Armen und hob sie in die Höhe. Sie wehrte sich mit ihren Fäusten gegen seinen Griff, doch er ließ sie nicht los. Alles, was er tun konnte, war, sie mit sanfter Gewalt in die Arme zu schließen.

»Ist ja gut, Rosina, ist ja gut. Es tut weh, ich weiß, doch warte nur ab, mit der Zeit lässt der Schmerz nach.« Seine Worte klangen so erbärmlich und dumm, dass er sich schämte. Aber was hätte er ihr Besseres sagen können?

Max hatte ihn zu ihr geschickt. »Kümmere dich um sie«, hatte er gesagt. »Ich will nicht, dass sie Not leidet.« Dabei hatte er ihn mit einem Gesicht angeschaut, als hätte man ihn durch eine Mühle gedreht. »Und dein Sohn?«, hatte Wolf gefragt. Nie hatte er seinen Freund so außer sich vor Glück erlebt wie an jenem Abend, als Max im bischöflichen Palais verkündet hatte, dass Rosina ein Kind von ihm erwartete. Doch jetzt hatte Max nur den Kopf geschüttelt. »Es gibt keinen Sohn. Mein Sohn war eine Lüge.« Ohne ein weiteres Wort hatte er sich abgewandt und war auf sein Pferd gestiegen.

Rosina schluchzte immer noch in Wolfs Armen. Doch sie hatte aufgehört, sich gegen seinen Trost zu wehren. Er spürte, wie ihre Kräfte nachgaben, fast ohne Widerstand sank sie an seine Brust. Während letzte Schluchzer ihren Körper schüttelten, streichelte er über ihr Haar und ließ sie weinen. Es kam ihm vor, als hätte er nie etwas getan, das wichtiger gewesen wäre. Und nichts, für das er so sehr geboren war.

Irgendwann hatte sie keine Tränen mehr. Sie wischte sich über die rotgeränderten Augen und blickte zu ihm auf. »Was soll denn nun aus uns werden?«

»Aus uns?« Trotz ihres Schmerzes klopfte Wolfs Herz vor Freude. »Wen … wen meinst du mit *uns*?«

»Mich und mein Kind.«

»Kind?«, wiederholte er wie ein Tölpel.

»Ja, Kind.« Bitter lachte sie auf. »Was soll nun aus ihm werden, dem kleinen Habsburger, der mit so viel Getöse begrüßt worden ist? Ein Bettelbub? Ein Balg der Schande, auf das die Leute mit dem Finger zeigen?«

»Aber Max hat doch gesagt, du bekommst gar kein Kind!«, rief Wolf. »Er hat gesagt, du hättest ihn angelogen.«

»Das habe ich auch.« Leer und traurig sah sie ihn an. »Aber nur, als ich ihm sagte, ich bekäme kein Kind. Ich wollte ihm weh tun, so wie er mir weh getan hat. Als könnte ein Mädchen wie ich dem Kaisersohn weh tun.«

»Du hast ihm wehgetan«, erwiderte Wolf. »Mehr als je ein anderer Mensch in seinem Leben.«

Der Laut, den sie von sich gab, klang wie ein Schluchzen und Lachen zugleich.

Wolf konnte ihre Verzweiflung nicht länger ertragen, und obwohl er wusste, dass sein Bekenntnis aussichtslos war, fasste er sich ein Herz. Er konnte nicht anders, er *musste* ihr endlich gestehen, was er für sie empfand, sonst würde er selber verrückt. »Ich liebe dich«, sagte er. »Du weißt es seit langem, und ich werde auch dein Kind lieben. Ihr beide müsst weder in Not noch in Schande leben.« Er nahm ihre Hand und sank vor ihr auf die Knie. »Werde meine Frau, Rosina. Du würdest mich zum glücklichsten Mann der Welt machen, und ich gelobe, dass ich ein Leben lang für dich sorgen werde, so gut ich nur kann.«

Schweigend sah sie ihn an, mit ihren dunklen, fast schwarzen Augen. Dann strich sie über sein Haar. »Du guter Wolf«, sagte sie. »Du guter, lieber Wolf. Du hättest die Herzen der edelsten Frauen verdient. Und trotzdem kann ich dir meines nicht geben. Es ist ganz und gar verpfändet, wie die Ländereien des Kaisers. Es kann nie mehr ausgelöst werden, nicht für alles Gold der Welt.«

»Aber das weiß ich doch«, sagte er. »Glaubst du, ich bilde mir ein, ich könnte mich mit Maximilian von Habsburg messen?«

»Du kannst dich sehr wohl mit ihm messen«, erwiderte Rosina mit einem Lächeln voller Wehmut. »Was er an Zauber besitzt, machst du an Güte hundertmal wett. Aber das nützt nichts, lieber Wolf. So gern ich dir mein Jawort gäbe und mich bei dir geborgen wüsste, ich kann es nicht. Mein Mann konnte nie ein anderer sein als Max. Und jetzt, wo er es nicht mehr ist, bin ich allein.«

33

»Lang lebe der Sohn des Kaisers!«
»Hoch lebe Maximilian von Habsburg!«
»Retter Burgunds, tausendmal willkommen!«

In keiner der Städte, durch die Max mit seinem Tross gezogen war, hatte das Volk ihn mit solchem Jubel begrüßt wie bei seiner Ankunft in Gent. Die Bürger der Stadt säumten so dichtgedrängt seinen Weg, dass Iwein nervös zu tänzeln begann. »Bald haben wir es ja geschafft«, sagte er und klopfte seinem Tier den Hals. »Weißt du was? Wenn wir das alles hinter uns haben, lasse ich dich zu einer Stute bringen. Und danach darfst du auf die Weide.«

Kunz, der an seiner Seite ritt, stellte sich in den Bügeln auf. »Sprecht Ihr mit Eurem Pferd oder mit Euch selbst, Hoheit?«

»Halt dein Schandmaul!«

»Hoffentlich kann Eure Braut nur sehen, wie Eure Rüstung in der Abendsonne glänzt. Wie ein vom Himmel gestiegener Erzengel seht Ihr aus!«

»Du sollst dein Maul halten, sagte ich!«

»Jetzt zieht doch kein solches Gesicht! Seht nur, wie glücklich Ihr die Menschen macht! Sie feiern Euch wie einen Erlöser.«

Max gab Iwein die Sporen und trabte ein paar Schritte voraus. Ihm war nicht nach Scherzen zumute, so wenig wie nach dem Jubel der Menschen. Wie hatte er einst solchen Beifall genossen, auf seinen ersten Reisen durchs Reich, an der Seite seines Vaters. Süchtig war er nach dem Jubel der Menschen gewesen. Doch jetzt, da alles vor ihm lag, wovon er geträumt hatte seit seiner Begegnung mit Herzog Karl, jetzt, da er als Sohn des Kaisers und künftiger Herzog von Burgund sich anschickte, zum mächtigsten Herrscher der Welt aufzusteigen – jetzt fühlte er sich so elend wie ein geprügelter Hund. Er war nur in diese Stadt gekommen, um seine Ehre zu retten. Kein anderer Grund hätte ihn sonst dazu bewegen können, das Opfer zu bringen, das er gebracht hatte. Rosina. Er hatte sie für immer verloren, seine *figliola*, seine *bugiarda*, seine *bella bruna*. Was sollte er jetzt noch hoffen? Was noch fürchten? Das Herz in seiner Brust war tot und hatte aufgehört zu schlagen.

An der Spitze des Zuges ritt er durch das Tor des Palastes. Im Hof standen schon die Knechte bereit, sich um ihre Pferde zu kümmern. Müde ließ Max sich in der schweren Silberrüstung aus dem Sattel gleiten.

»Willkommen in Gent, Euer Gnaden.« Olivier de la Marche, in eine prachtvolle Staatsrobe gewandet, trat mit ausgebreiteten Armen auf ihn zu. »Meine Herzogin erwartet Euch. Und mit ihr erwartet Euch Burgund, Euer Herzogtum.«

Wie hätten diese Worte Maximilians Herz erfreut, wenn es noch in seiner Brust schlüge. Doch jetzt waren sie nur leeres Geklingel. Während Fanfaren zu seinem Empfang erschallten, folgte er dem Hofgroßmeister in den Palast. Zu seiner Verwunderung war die Halle menschenleer.

»Nach den Anstrengungen Eurer Reise«, erklärte Olivier, »möchte die Herzogin Euch nicht im Thronsaal empfangen, sondern in Ihrer Kemenate. Eine Gunstbezeigung, die sie nur liebsten und vertrautesten Gästen erweist.«

Während es draußen längst dämmerte, erstrahlte das Innere des Palastes im Schein Tausender Kerzen, deren Licht sich in seltsam gerundeten, winzig kleinen Fensterscheiben brach. Der Hofgroßmeister geleitete Max eine Treppe hinauf, die offenbar zu den Privatgemächern führte. Am Ende eines schmalen Ganges, den nur wenige Kerzen erhellten, sah Max zwei Wachtposten. Bei seinem Erscheinen zogen sie eine Tür auf. Olivier de la Marche trat beiseite, um ihm den Vortritt zu lassen, während der Rest des Gefolges auf dem Gang wartete.

Max holte tief Luft. Es war so weit.

»Aufgemerkt«, hörte er leise die Stimme des Narren. »Jetzt werdet Ihr Euer blaues Wunder erleben.«

Im Innern des Gemachs brannte nur ein einziges Licht. War sie so hässlich, dass sie ihn im Dunkeln empfing? Als Max mit seinen

Blicken in den Schatten suchte, sah er ein weibliches Wesen, das sich mit einer Handarbeit in einen hinteren Winkel des Raumes zurückzog. Das konnte sie nicht sein. Dann entdeckte er eine zweite Frau. Sie erhob sich von einer Bank am Kamin und machte zwei Schritte auf ihn zu.

»Eure Braut«, sagte Olivier de la Marche. »Herzogin Marie von Burgund.«

Als Max sie erblickte, traute er seinen Augen nicht. Wo war das hässliche, schwindsüchtige Wesen, von dem der Narr gesprochen hatte? Aus dem Dunkel des Raums trat ihm eine Frau entgegen, die aussah wie die vollendete Dame aus einem Ritterroman, ein zartes zerbrechliches Geschöpf, das auf den langersehnten Retter wartete. Zierlich von Gestalt, trug sie ein Kleid aus dunkelrotem Samt, von dem sich hell das Blond ihrer Haare abhob, und sie hatte die reinste und weißeste Haut, die Max je gesehen hatte. Ihr Kopf ruhte stolz auf einem schlanken Hals, die Lippen waren herzförmig geschwungen, und die vollkommene Nase wurzelte in einer hohen Stirn. Das Schönste an ihr aber waren die Augen. Sie hatten etwas vom Meer, das Max selber zwar nie gesehen hatte, aber aus den Geschichten seiner Mutter kannte. Alle Schattierungen von Blau spielten darin, und obwohl die dunklen Höhlen, die sie umgaben, von Müdigkeit und Erschöpfung zeugten, leuchtete aus diesen blauen Augen dieselbe, unbezwingbar lebendige Kraft, die Max in den Augen Karls des Kühnen wahrgenommen hatte.

Noch nie hatte er eine schönere Frau gesehen. Marie öffnete die Lippen, um das Wort an ihn zu richten. *»Je suis enchantée de vous voir, monsieur«*, sagte sie mit überraschend fester Stimme. *»Soyez le bienvenue en Bourgogne.«*

Max stutzte erneut. Bei allen Heiligen – Französisch? Das war ja noch schlimmer als Latein! Hilfesuchend drehte er sich um.

Mit einem Lächeln kam Olivier ihm zu Hilfe. »Eure Braut sagt: Seid willkommen, edelstes, deutsches Blut, nach dem ich mich so lange gesehnt habe.«

Max glaubte nicht, dass das die getreue Übersetzung war, Maries

Worte hatten viel zu natürlich und ungekünstelt geklungen. Aber kam es darauf jetzt an? »Bitte sagt ihr, ich danke sehr für den ehrenvollen Empfang.«

Olivier übersetzte den Satz ins Französische, ehe er sich wieder an Max wandte. »Euer Gnaden müssen jetzt die Nelke suchen.«

»Die Nelke?«

»Ein flämischer Brauch«, erwiderte der Hofgroßmeister. »Die Braut trägt in ihrem Mieder eine verborgene Nelkenblüte, die der Bräutigam finden muss, um sie auszulösen.«

Max fühlte alle Augen auf sich gerichtet. Die des Hofgroßmeisters, die der Frau mit der Handarbeit, die der Höflinge und Geistlichen, die hinter ihm auf dem Gang warteten. Vor allem aber die blauen Augen seiner Braut. Plötzlich nervös, machte er einen Schritt auf sie zu. Er konnte es selbst kaum fassen. Sein Herz, sein totgeglaubtes Herz – es begann wieder zu schlagen!

Als er nah genug vor ihr stand, um sie zu berühren, senkte sie den Blick. Ihr Duft war eine Mischung, die ihm gefiel – ein bisschen roch sie nach Rosenwasser und ein bisschen nach Pferd. Scheu betastete er ihr Kleid. Erst jetzt sah er, dass es am Hals von einer Schleife zusammengehalten wurde.

»Nur zu!«, ermunterte ihn Olivier.

Max schaute Marie fragend an. Errötend hob sie den Kopf und nickte ihm zu. »*Faites ce que vous voudrez, Monsieur. Vous en avez bien le droit.*«

Als er immer noch zögerte, nahm sie seine Hand. Bei der Berührung zuckte er zusammen, doch als er spürte, wie ruhig und sicher sie ihn führte, überwand er seine Scheu und zog an der Schleife. Das Kleid öffnete sich und gab den Blick auf einen alabasterfarbenen Brustansatz frei. *Gott muss gelächelt haben*, dachte er, *als er Marie von Burgund erschuf.*

»Die Nelke«, flüsterte Olivier.

Max entdeckte sie am Ausschnitt des Mieders. Beherzt griff er die rosafarbene Blüte und pflückte sie vom Busen seiner Braut.

»Bravo!«, rief Olivier.

Unter dem Applaus der Anwesenden, die das Gelingen der Probe wie ein Kunststück beklatschten, berührte Marie noch einmal seine Hand und sandte ihm aus ihren blauen Augen einen langen, innigen Blick. Erst als der Beifall verebbte, schlug sie die Augen nieder.

Max spürte, wie die Nelke in seiner Hand zitterte. »Lasst alles unverzüglich vorbereiten«, wies er den Hofgroßmeister an. »Morgen früh wollen wir die Verträge unterschreiben und dann so rasch wie möglich vor den Altar treten.«

Nur wenige Tage später, am 19. August des Jahres 1477, wurden Maximilian von Habsburg und Marie von Burgund in der Kathedrale St. Bavo zu Gent vor Gott und der Welt getraut.

DRITTER TEIL

HERZOG VON BURGUND

»Das Leben wäre ein Rosengarten, wenn der französische König nicht wäre.«

MAXIMILIAN VON HABSBURG AN SEINEN VATER, KAISER FRIEDRICH III.

Plessis-les-Tours
Spätsommer 1477

I

Als wäre eine babylonische Sprachverwirrung über den Palast von Plessis-les-Tours niedergegangen, hallte der Audienzsaal vom Geschnatter der Botschafter wider. Innerhalb weniger Wochen hatte sich die Nachricht von der burgundischen Hochzeit in ganz Europa verbreitet – wie würde der französische König auf diese Schmach reagieren? Wie stets bei seinen Empfängen schien Ludwig bester Dinge zu sein, verteilte Komplimente und scherzte. Doch gerade darum war Philippe de Commynes auf der Hut. Er wusste, je charmanter und vergnügter die Spinne sich gab, umso verderblicher war das Gift, das sie spie.

Ludwig parlierte gerade mit dem spanischen Gesandten, als der Zeremonienmeister mit einem Klopfen seines Stabs einen neuen Besucher ankündigte. Ein Mann, den Philippe de Commynes nur allzu gut kannte, verbeugte sich vor dem Thron.

»Olivier de la Marche, Botschafter des Herzogs von Burgund.«

Schlagartig veränderte sich Ludwigs Miene. »Ihr meint – des Herzogs von Österreich?«, fragte er mit hochgezogener Braue. »Was lässt er Uns ausrichten?«

De la Marche überreichte ihm einen Brief. »Der Herzog von Burgund verlangt die Rückgabe aller Gebiete, die Ihr in seinem Hoheitsgebiet besetzt habt.«

Ludwig blickte mit gespieltem Staunen in die Runde. »Wie? Haben Wir etwa Graz besetzt? Oder Linz? Oder gar das schöne Wien? Das wusste ich ja gar nicht.«

Die Botschafter quittierten sein Bonmot mit höflich leisem Gelächter. Doch de la Marche ließ sich nicht beirren.

»Ich denke, Majestät wissen, welche Länder der Herzog von Burgund meint.«

Ludwig bedachte ihn mit einem Blick, den er für gewöhnlich besonders widerlichen Insekten vorbehielt. »Da Ihr so hartnäckig vom Herzog von Burgund sprecht – meint Ihr etwa die Picardie und die Freigrafschaft, die der Herzog von Österreich irrigerweise für sein eigen hält?«

»Genau von diesen Ländern ist die Rede, Sire. Und von den Städten Amiens und Péronne und St. Quentin, um nur einige zu nennen.«

»Soso, und die beansprucht der Herzog von Österreich für sich? Ich fürchte, da hat er die Rechnung ohne den Wirt gemacht. Und der Wirt sind Wir. Ein Befehl genügt, und unsere Truppen verwandeln das herrliche Burgund in eine Wüstenei!«

»Maximilian von Habsburg ist der Sohn des Kaisers! Hinter ihm steht die Armee des Reiches.«

»Oh, der Herzog von Österreich droht Uns mit dem Herrn Papa? Zu köstlich! Der Bettelkaiser und der Bettelprinz! Meine Generäle zittern!« Triumphierend schaute er in die Runde der amüsierten Botschafter, bevor er sich mit einem Achselzucken wieder an de la Marche wandte. »Maximilian ist noch ein Kind, verzeihen Wir ihm also seinen Übermut.«

»Zu gütig, Sire, aber …«

»Kein Aber«, schnitt Ludwig ihm das Wort ab. »Der Kaiser ist viel zu geizig, um seinem Sohn beizustehen. Nicht mal Geld für einen Ehering hatte Maximilian, wie Uns zu Ohren kam, seine Schwiegermutter musste es ihm wohl geben, damit er seiner Braut einen schenken konnte. Wie will er da gegen die mächtigste Armee der Welt rüsten?« Während die Speichellecker, die ihm am nächsten standen, pflichtschuldig lachten, erhob er sich von seinem Thron. »Genug der Plauderei. Zeit für die Messe!«

Durch das Spalier der Gesandten verließ er den Saal. Philippe de Commynes beeilte sich, ihm zu folgen.

»Ihr habt mich zum Gespött gemacht«, zischte Ludwig ihm auf

dem Gang zu. »Niemals, so hattet Ihr geschworen, würde Maximilian Gent erreichen!«

»Ich bin untröstlich, Sire. Aber seid versichert, dies ist nur eine Episode, ein Wimpernschlag der Geschichte, der Herzog von Österreich kann unmöglich seine Forderung aufrechterhalten. Burgund ist ein Männerlehen, und mit dem Tod Herzog Karls …«

»Leeres Geschwätz!«

»Außerdem habe ich mit dem ungarischen Botschafter gesprochen. Kaiser Friedrich weigert sich, die zweite Rate für den Friedensschluss mit Corvinus zu zahlen. Für den Fall, dass Frankreich für die Summe aufkommt, zeigt der Ungarnkönig sich geneigt, erneut gegen Wien zu ziehen. Ohne die Hilfe seines kaiserlichen Vaters wird der Herzog von Österreich nicht imstande sein, sich den französischen Truppen zu widersetzen.«

Während er sprach, trat der Dauphin ihnen in den Weg.

»Gibt es Geschenke für mich, Sire?«, fragte Charles. »Von meiner Braut Marie?«

Ludwig starrte seinen Sohn an wie ein Gespenst. Im Gesicht des Dauphins stand ein blödes Grinsen, um seinen Buckel hing Herzog Karls schwere goldene Kette.

»Marie hat mich doch wieder lieb, oder?«

»Aus dem Weg, du gottverdammter Krüppel!« Ludwig versetzte seinem Sohn einen so kräftigen Schlag, dass er der Länge nach zu Boden fiel.

Philippe de Commynes atmete auf. Der Zorn seines Königs hatte ein anderes Opfer gefunden. Zumindest für den Augenblick.

2

»Bitte, sprecht mir nach«, sagte Johanna van Hallewyn und spitzte den Mund. »*J'aime mon épouse.*«

Max schürzte die Lippen, wie sie es vorgemacht hatte. »*Je*

hämme mong ehpuuse …«, wiederholte er. »Und – was heißt das?«

»Ich liebe meine Frau«, erklärte Johanna mit einem Grinsen.

Maximilian zuckte zusammen.

»Und jetzt konjugieren wir«, fuhr Johanna fort, *»j'aime, tu aimes, il aime.«*

»Arrête!« Marie warf ihrer Freundin einen bösen Blick zu. »Bring dem Herzog was Nützliches bei! Zum Beispiel, was ›Pferd‹ heißt! *Equus*«, fügte sie, an Maximilian gewandt, auf Latein hinzu.

»Oui, oui!«, erwiderte er. »Ich weiß – *cheval.*«

»Bravo!«, lobte Johanna. »Dann machen wir gleich mit dem Zaumzeug weiter. *La reine*, der Zügel …«

Wie jeden Morgen nach der Frühmesse nahmen Marie und ihr Gemahl Unterricht bei der Kammerfrau, die beide Sprachen beherrschte, und hörten mit dem Üben der Konjugationen und Deklinationen in der Regel erst auf, wenn die Glocken von St. Bavo zum Angelus riefen. Da Marie so wenig Deutsch sprach wie Maximilian Französisch, konnten sie sich sonst nur auf Lateinisch verständigen, und obwohl er im Französischen täglich erstaunliche Fortschritte machte, klang sein Latein, das er doch schon als Kind gelernt haben musste, eher nach Pferdestall als nach Studierstube. Offenbar mochte er diese Sprache, die Marie wegen ihrer Klarheit noch mehr liebte als ihre eigene, nicht besonders, und daran störte sie sich seltsamerweise fast so sehr, als gelte diese Abneigung ihr selbst.

Ach, wenn es doch nur sein Latein gewesen wäre …

In Wirklichkeit war es ja gar nicht die Sprache, die sie trennte. So lange, so verzweifelt hatte sie auf Maximilians Ankunft gewartet, doch als was für eine Enttäuschung erwies sich nun ihre Ehe. Etliche Wochen waren sie schon Mann und Frau, und der Frühling ging bald zur Neige, aber noch kein einziges Mal hatte ihr Gemahl das Bett mit ihr in jener Weise geteilt, die zur Zeugung eines Nachkommens notwendig war. Vor der Hochzeitsnacht hatte der Bischof ihr Lager gesegnet, Messdiener hatten es in eine Wolke aus Weihrauch gehüllt, und eine Schar von Mägden hatte unter Johannas Leitung das Leinen mit Rosenblättern und duftenden Essenzen besprenkelt. Doch als sie sich in ihrem bräutlichen Nachtgewand zu ihm legte, hatte er sie nicht berührt. Er hatte sie nur angeschaut, mit einem Blick, als würde er durch sie hindurch jemand ganz anderes sehen.

Wie sollte sie so den Sohn gebären, den sie doch dringend brauchte, um die Herrschaft in Burgund zu sichern? Der Strumpfwirker Coppenhole hatte im Auftrag der Stände einen Paragraphen in ihrem Ehevertrag durchgesetzt, wonach Maximilian von Habsburg nur so lange Herzog von Burgund war, wie seine Gattin, die Herzogin, lebte. Erbberechtigt würden allein die Kinder aus ihrer Verbindung sein, nicht aber er selbst. Starb Marie, ohne Maximilian einen männlichen Thronfolger zu gebären, waren all die Kämpfe, alles Leid, alles Ringen umsonst gewesen, und Burgund würde an Frankreich zurückfallen.

Marie war nichts anderes übriggeblieben, als die Klausel zu unterschreiben. Um aber vor der Welt zu bezeigen, dass ihr Gemahl für sie allen Paragraphen zum Trotz der einzige rechtmäßige Nachfolger ihres Vaters war, hatte sie dafür gesorgt, dass Maximilian zum Großmeister der Ordensritter zum Goldenen Vlies erhoben worden war – sogar die Befürchtungen ihrer Stiefmutter, zu frühe Ehrungen könnten böses Blut im Volk schüren, hatte sie in den Wind geschlagen. Vielmehr war sie mit ihrem Gemahl durch die burgundischen Lande gereist, um dem Volk den neuen Regenten zu zeigen. Die Reise war ein Triumphzug gewesen. Ob in Brabant oder im Hennegau, in Seeland oder Holland, überall jubelten die Menschen Maximilian zu und huldigten ihm als ihrem Herrscher. Und wie ein Herrscher hatte er von seinen Rechten Gebrauch gemacht, hatte die goldene Ordenskette, die Marie für ihn hatte schmieden lassen, sich über die Schultern gelegt und trug sie nun wie einst Karl der Kühne, so dass sie erstmals seit dem Tod ihres Vaters keine Angst mehr vor ihren eigenen Untertanen haben musste. Er war ihr Schutz, der ihr so lange gefehlt hatte, der Fittich, unter dem sie sich geborgen fühlte. Nur von dem Recht, das er an ihr selbst besaß, als seiner Frau und Gemahlin – davon machte er keinen Gebrauch.

Warum? Mochte er sie nicht leiden?

Johanna, der Marie sich anvertraut hatte, glaubte das nicht. Und in der Tat, Max verhielt sich zu ihr, wie ein Ritter sich zu seiner Dame nur verhalten konnte. Er ließ es an keiner Gunstbezeigung fehlen – bei den Turnieren, die man auf der Huldigungstour zu seinen Ehren veranstaltet hatte, trug er stets ihre Farben und widmete ihr jeden seiner Siege. Dabei erwies er sich als vorzüglicher Reiter, noch nie hatte Marie einen Turnierer gesehen, der im Sattel so vollkommen verwachsen mit seinem Pferd schien wie Maximilian, und die Art, wie er mit seinem Hengst Iwein umging, war von der gleichen freundlichen Bestimmtheit, mit der er auch den Menschen begegnete, Adelsleuten am Hof ebenso wie Menschen aus dem gemeinen Volk, und die Marie noch mehr an ihm schätzte als seine stattliche Erscheinung und sein kantiges Gesicht, aus dem trotz seiner Jugend die Entschlusskraft eines erwachsenen Mannes sprach. Vor allem aber mochte sie an ihm, dass sie sich an seiner Seite nicht mehr allein auf der Welt fühlte. Maximilian hatte sie nicht nur davor bewahrt, die Ehe mit einem verkrüppelten Kind eingehen zu müssen, er hatte sie auch aus ihrer Einsamkeit befreit, und dafür war sie bereit, ihm alles zu geben, was sie besaß.

War es Liebe, die sie für ihn empfand?

»*Oooohhh – musica*!«

Als Marie aus ihren Gedanken aufschrak, blickte sie in das Gesicht ihres Mannes. Was war mit ihm passiert? Mit leuchtenden Augen lauschte er den Klängen der Hofkapelle, die unten in der Halle gerade eine Motette zu spielen begann und in der die Stimmen der Sänger mit denen der Instrumente verwoben wie die Fäden eines kunstvollen Teppichs. Beinahe verzückt schloss er die Augen und drehte den Kopf in die Richtung der Musik, als habe er Angst, auch nur einen Ton zu verpassen.

Das hatte Marie nicht erwartet. »*Musicam amas?*«, fragte sie, während ein warmes Gefühl durch ihre Brust strömte. »Liebt Ihr – *musique?*«

3

Es war ein milder Frühsommerabend, als Rosina nach mühsamer Reise endlich Salzburg erreichte. In Köln hatte sie sich einer Kaufmannsfamilie angeschlossen, doch in Augsburg hatte es Wochen gedauert, bis sie eine Pilgerschar fand, in deren Schutz sie weiterziehen konnte. Das nötige Geld hatte Wolf ihr gegeben. Der gute Wolf ... Hätte sie nicht besser daran getan, seinen Antrag anzunehmen? Seit ihrem Abschied in Köln war diese Frage immer wieder in ihr aufgestiegen, wenn sie nachts einsam in fremden Herbergen lag oder das Kind in ihrem Bauch spürte. Zu spät! Sie hatte sich entschieden, und jetzt hatte es keinen Sinn mehr, darüber nachzudenken.

Beladen mit zwei Taschen, in der sie ihr gesamtes Hab und Gut bei sich trug, erklomm sie den Hügel, auf dem ihr Ziel lag. Die ganze Stadt schien Feierabend zu machen. Handwerker traten mit ihren Schürzen aus den noch winterkalten Werkstätten ins Freie, um im Schein der untergehenden Sonne einen Schwatz zu halten, während Mütter ihre herumstreunenden Kinder zum Abendbrei riefen. Vor der Pforte des erzbischöflichen Palais blieb Rosina stehen und blickte an dem von einer hohen Mauer eingefriedeten Gebäude empor, das sich wie eine Burg auf dem Felsen über der Stadt erhob.

Würde sie hier Zuflucht finden?

Ihr Onkel, der Fürstbischof von Salzburg, war ihre einzige Hoffnung. Ihre Eltern lebten schon lange nicht mehr, und an den Hof des Kaisers konnte sie nicht zurück. Nie wieder wollte sie an dem Ort leben, wo sie die Zeit ihres größten Glücks verbracht hatte – die Neider und Tratschmäuler in Friedrichs Hofstaat hätten sich über die weggeworfene Geliebte mit dem dicken Bauch vor Lachen ausgeschüttet. Bei ihrem Onkel hingegen durfte sie mit Verständnis rechnen. Der Bischof war ein weltläufiger und offenherziger Mann, der mit großzügigen Mitteln ein aufgelassenes Frauenkloster unterhielt, in denen er, so hieß es, bedürftigen Witwen und Waisen eine Wohnstatt gab.

Wieder spürte Rosina, wie sich das Kind in ihrem Bauch bewegte – seit München hatte sie keinen Zweifel mehr, dass es wirklich ein Kind war, das sie in ihrem Innern spürte. Für einen Moment sah sie Max vor sich, das Glück in seinem Gesicht, als sie ihm gesagt hatte, dass er Vater werden würde ... Nur mit Mühe gelang es ihr, die Tränen zu unterdrücken. Sie stellte ihre Taschen ab, trat an die Pforte und betätigte den Klingelzug.

Eine Tür neben dem Portal ging einen Spalt weit auf, ein Mönch streckte seinen kahlen Kopf durch die Öffnung. »Wer seid Ihr?«

»Rosina von Kraig. Ich möchte zu meinem Oheim, dem Fürstbischof von Salzburg.«

Der Mönch musterte sie so misstrauisch, dass Rosina sich unwillkürlich die von der Reise verdreckten Kleider glattstrich.

»Seine Eminenz ist beim Heiligen Vater in Rom.«

»Dann werde ich hier auf ihn warten«, erwiderte Rosina.

»Nein, das geht nicht, sprecht in einem Monat noch mal vor.«

Der Mönch wollte die Tür wieder schließen, doch Rosina stellte ihren Fuß in den Spalt.

»Habt Ihr nicht gehört? Der Fürstbischof ist mein Onkel. Lasst mich also herein!« Der Mönch knurrte ein paar Worte, doch dann trat er beiseite und führte sie durch einen Garten zu dem Palais.

In der Eingangshalle zuckte Rosina zusammen. Auf üppigen Diwanen, zwischen denen verwahrloste Kinder spielten, räkelten sich halbnackte Frauen, badeten ihre Füße in plätschernden Brunnen, plauderten kichernd miteinander und aßen von den Früchten, die überall in Schalen bereitstanden.

»Wo bin ich?«, platzte Rosina heraus. »Was sind das für Frauen und Kinder?«

»Arme Witwen und Waisen«, erklärte der Mönch, »gefallene Geschöpfe Gottes, derer sich Seine Eminenz voller Güte erbarmt ...«

4

Marie nahm ihre Laute von der Wand und setzte sich auf einen Schemel.

»*Quel musica hodie?*«, radebrechte Max, der bereits im Musikzimmer Platz genommen hatte.

»Was isch hoite spielö?«, fragte sie, während sie ihr Instrument stimmte. *»Aujourd'hui, je vais jouer une composition de moi-même.«*

»Ihr könnt komponieren? *Incredibilis*!«

»Gar nischt unglaublisch!«, lachte Marie. »*C'est facile.* Man muss nur mit die Herzen spielöhn.«

»Aber …«

»Psssst«, machte sie. »*Ecoutez!*«

Noch während sie sprach, zupfte sie die ersten Töne. Wie immer, wenn sie eines dieser Stücke spielte, die so vollkommen anders klangen als die Orgelmusik, die Max aus seiner Heimat kannte, ging eine seltsame Wandlung in ihm vor. Alles Schwere und Anstrengende fiel von ihm ab, und eine ruhige, gelassene Heiterkeit nahm von ihm Besitz. In dieser Musik, so schien ihm, war alles inbegriffen, was ihn an der neuen Welt, die sich in Burgund für ihn aufgetan hatte, befremdete und zugleich unwiderstehlich anzog: die Verschmelzung von Schönheit und Pracht, Feinsinn und Größe, Verspieltheit und Kraft. Nie zuvor hatte Musik ihn in solcher Weise berührt. Marie hatte gemerkt, wie gern er ihr lauschte, und ohne dass sie sich je dazu verabredet hätten, war es ihnen zur Gewohnheit geworden, die Tage nach der Abendandacht gemeinsam im Musikzimmer zu beschließen.

»*Vous avez une idée, ce que c'est?*«, fragte sie, ohne ihr Spiel zu unterbrechen. »*Quod musica significat?*«, fügte sie auf Latein hinzu, als sie seinen verständnislosen Blick sah.

»Oh, Ihr meint, was die Musik bedeutet?«

Max war verwirrt. Noch nie war er auf die Idee gekommen,

Musik könne etwas anderes sein als eine Reihe von Tönen. Aber wenn Marie ihn fragte, gab es ja vielleicht doch noch etwas, das darüber hinaus ging, etwas, das er nicht kannte ... Er schloss die Augen, um die Töne in sich einströmen zu lassen, nicht nur mit den Ohren, sondern mit jeder Pore seiner Haut. Zuerst sah er nur das Dunkel seiner Seele, wie schwarze Nacht, aber nach einigen Takten tat sich zum Klang perlender Akkorde vor seinem inneren Auge allmählich ein erst grauer, dann zartblauer Himmel auf, wie an einem frühen Sommermorgen. Er sah taunasse Wiesen und Felder im Schein der aufgehenden Sonne, hörte den Hufschlag eines galoppierenden Pferdes, das Bellen eines stöbernden Hundes, während ein Reiher sich auf breiten Schwingen in die Lüfte hob. Ein scharfer, heftiger Akkord – und plötzlich schoss, wie ein Pfeil von der Sehne, ein zweiter Vogel gen Himmel, ein Falke, schnellte in schnurgerader Bahn auf den Reiher zu.

Max öffnete die Augen. »Meint Ihr – die Beizjagd?«

»*Je ne comprends pas*«, erwiderte Marie. »Ich verstehe nischt.«

»*Venandi con avibus?*«, wiederholte er auf Latein.

»*Mais oui – c'est ça!*«, rief sie. »*Formidable!*«

Ihrem strahlenden Gesicht sah er an, dass er richtig geraten hatte: Sie hatte mit ihrer Musik den Flug von Reiher und Falken nachgeahmt, mit Tönen ein Bild gemalt ... *Wie kommt es, dass ich dich fast ohne Worte verstehe?*, dachte er. *Das kann doch gar nicht sein ...* Als sie seinen forschenden Blick sah, errötete sie und schlug die Augen nieder.

Plötzlich war etwas verändert zwischen ihnen, er konnte nicht sagen, was es war, aber auch er war auf einmal ganz verlegen, so dass er, während sie ein weiteres Stück auf der Laute spielte, sie nur scheu aus den Augenwinkeln beobachtete.

Sie war so schön, dass er Kunz bereits am Abend seiner Ankunft in Gent zur Rede gestellt hatte. Der Narr hatte ihm seine Lüge gestanden – Philippe de Commynes hatte ihn gezwungen, dem Bräutigam die Hässlichkeit der Braut in möglichst abschreckender Weise zu schildern, weil er sich selber Hoffnungen auf Marie machte ... Max konnte es dem Franzosen nicht verdenken. Jeder Mann, der Marie sah, musste sie begehren – die vielen Prinzen, die um sie geworben hatten, waren der Beweis. Nur in ihm, Maximilian von Habsburg, Sohn des Kaisers und Nachfolger Karls des Kühnen, entfachte sie kein Feuer, ihre Schönheit berührte ihn so wenig, dass er es nicht mal schaffte, mit ihr seine ehelichen Pflichten zu erfüllen. Was zum Teufel hielt ihn davon ab? Er mochte ihr Aussehen, mochte ihren Geruch, mochte ihre Stimme und ihr Lachen. Manchmal, wenn sie bei Tage zusammen waren, glaubte er, eine Regung zu spüren, ahnte den Zauber, der von ihr ausging, doch jede Nacht, wenn er sich in der Kammer mit ihr zum Schlafen legte, brach der Zauber, nichts regte sich mehr, und er fühlte sich so ohnmächtig als Mann wie vor Monaten in den Armen jenes schwarzgelockten Mädchens, das Kunz ihm während des Brautzugs zugeführt hatte. Sogar Maries Kammerfrau Johanna machte sich beim Vokabellernen schon über sein Versagen lustig.

Konnte es sein, dass Rosina immer noch Macht über ihn hatte? Sie hatte ihn doch belogen und verraten! Hatte versucht, ihn durch einen Sohn an sich zu binden, den es überhaupt nicht gab, und ihn als einen Schlappschwanz verspottet, der vielleicht gar nicht imstande war, ein Kind zu zeugen ... War es sein eigenes schlechtes Gewissen, das dunkle, unbestimmte Gefühl von Schuld, dass er durch seine Entscheidung, allein nach Gent zu reisen, Rosina ebenso verraten hatte wie sie ihn? Ein Seufzer stieg in seiner Brust auf. Ja, er hatte sie verraten, auch wenn er es nur getan hatte, um seiner Pflicht als Herzog von Österreich und seiner Ehre als Sohn des Kaisers zu genügen. Andere Männer in seinem Alter konnten lieben, wen sie wollten, jeder Ritter, jeder Schuster, jeder Bettler durfte den Regungen seines Herzens folgen. Doch ihm war diese Freiheit verwehrt, er trug ein Schicksal auf seinen Schultern, das größer war als er und dem er gehorchen musste, egal, was immer er selber empfand. AEIOU ... Wie gern hätte er über dieses Gefühl von Ohnmacht gesprochen, einem anderen Menschen das Herz ausgeschüttet, um die Bürde dieses Schicksals wenigstens mit Worten zu teilen, vor allem aber die quälende, unentrinnbare Einsamkeit, in die seine Geburt ihn gestellt hatte und aus der er bis zu seinem Tode nie entlassen werden würde. Aber darüber konnte er mit niemandem reden. Weil niemand ihn verstehen würde, nicht mal Wolf. Das konnte nur verstehen, wer ein ähnliches Schicksal hatte, jemand, der ebenso unfrei und einsam war wie er, durch den Fluch einer allzu hohen Geburt.

»*Mais vous avez des larmes aux yeux*«, flüsterte Marie.

Max schaute auf – er hatte gar nicht gemerkt, dass sie aufgehört hatte zu spielen. Sie legte die Laute beiseite und erhob sich von ihrem Schemel. »*Lacrimae*«, wiederholte sie auf Latein.

»Tränen?«

Sie trat auf ihn zu und blickte ihn mit ihren blauen Augen an. »*Je crois, vous êtes aussi seul que moi*«, sagte sie. »Isch glaube, Ihr seid so allein wie auch isch …« Sie war ihm jetzt so nah, dass er wieder diesen besonderen Duft roch, den sie verströmte, eine Mischung von Rosenwasser und Pferd. »*Permettez-moi de vous aider …*« Ohne ihren Blick von ihm zu wenden, wischte sie mit der Spitze ihres Fingers eine Träne von seiner Wange.

Max musste schlucken. Konnte sie seine Gedanken lesen? Ihre Berührung war so zart, so sacht, dass er sich nicht mal seiner Tränen schämte. Dabei schaute sie ihn an, ganz ernst und ohne jeden Spott. Sie sah seine Schwäche, und trotzdem war es nicht schlimm. Plötzlich empfand er eine Regung in seinem Herzen, die reine Freude war, doch keine Freude wie beim Sieg über einen Gegner im Turnier, auch keine Freude wie in Rosinas Armen, sondern ein viel ruhigeres, leiseres Glück, das allein aus Maries Gegenwart strömte. Ja, das war es: Noch nie hatte er sich jemandem näher gefühlt als dieser Fremden in diesem Augenblick, noch nie sich von einem Menschen so sehr verstanden gefühlt wie von ihr. Sie teilten dasselbe Schicksal. Auch sie hatte keine Wahl gehabt, so wenig wie er.

»Marie …«, flüsterte er.

»*Oui*, Maximilian …?«

Statt ihr eine Antwort zu geben, nahm er ihr Gesicht zwischen die Hände und küsste sie.

5

Du bekommst ein Kind? Als unverheiratetes Weib?« Der Fürstbischof bekreuzigte sich. »Gott steh dir bei! Wann kommt der Bastard zur Welt?«

»Mein Kind ist kein Bastard!«, erwiderte Rosina, die nach der Rückkehr ihres Onkels aus Rom die erste Möglichkeit ergriffen hatte, sich ihm zu offenbaren.

»Verzeih das harte Wort – die Erregung.« Er griff nach dem Kuchen, der vor ihm auf dem Tisch stand, und brach ein Stück davon ab, um damit in seiner Hand zu spielen. »Aber wenn ich dir helfen soll, musst du meine Fragen beantworten. Wann wird die Niederkunft voraussichtlich sein?«

»In ungefähr drei Monaten.«

Er nickte. »Dann wird es höchste Zeit, dich wieder an den Hof zu bringen – bevor das Unglück allzu sichtbar wird. Ich werde mich beim Kaiser für dich verwenden.«

»Bitte tut das nicht! Ich kann nicht zurück an den Hof.«

Mit mildem Lächeln schaute ihr Onkel sie an. »Aber wohin willst du sonst?«

»Ich … ich hoffte, ich könnte bei Euch bleiben«, sagte sie.

»Wie stellst du dir das vor?« Ohnmächtig hob er die Arme. »Mein Haus ist voller Witwen und Waisen, die meiner Hilfe bedürfen.«

»Ich würde Euch zur Seite stehen«, erwiderte Rosina. »Ich könnte Euch den Haushalt führen.«

Der Bischof schüttelte den Kopf. »Du gehörst an den Hof des Kaisers, Rosina«, sagte er, während er das Stück Kuchen in seiner Hand zu einer Kugel formte. »Nur dort kannst du einen braven Mann finden, der sich deiner und deines Kindes erbarmt.«

»Aber der Kaiser hat mich davongejagt wie einen Hund!«

Der Bischof blickte sie prüfend an. »Davongejagt? Warum hat er das getan, statt den Vater des Kindes in die Pflicht zu nehmen?«

Rosina erwiderte unsicher seinen Blick. Sollte sie ihm die ganze Wahrheit sagen? Ihr Onkel war älter geworden, sein Haar ergraut, die Wangen hingen herab, und sein Hals war voller Falten. Doch aus seinem Gesicht schauten noch immer dieselben gütigen Augen wie damals, als er sie nach dem Tod ihrer Eltern als Kunigundes Zofe am kaiserlichen Hof untergebracht hatte.

»Weil«, sagte sie leise, »weil ich Seiner Majestät gesagt habe, wer der Vater des Kindes ist.«

»Und wie ist sein Name? Kenne ich ihn?«

»Gewiss, Oheim.« Sie machte eine kurze Pause, dann sagte sie: »Maximilian – Maximilian von Habsburg.«

»Der Sohn des Kaisers?« Der Bischof zog zischend die Luft ein, und sein eben noch so gütiger Blick füllte sich mit Entsetzen. »Ich fürchte, dann müssen wir eine andere Lösung finden.« Eine Weile dachte er nach. Dann winkte er den Mönch, der Rosina zur Audienz geleitet hatte, zu sich und flüsterte ihm etwas ins Ohr.

»Was habt Ihr mit mir vor?«, fragte Rosina.

»Hab keine Sorge«, erwiderte ihr Onkel, »ich lasse dich nicht im Stich.« Zum Zeichen des Abschieds streckte er ihr die Hand entgegen. »Gelobt sei Jesus Christus!«

»In Ewigkeit amen!«, erwiderte Rosina und küsste seine Hand.

Während ihr Onkel sich die Kuchenkugel in den Mund steckte, führte der Mönch sie hinaus. Draußen betraten sie einen Gang, wo lautlos dahingleitende Nonnen leise miteinander flüsterten oder Rosenkränze beteten.

»Wohin bringt Ihr mich?«, fragte Rosina, als sie eine schmale Treppe hinaufstiegen.

»Seine Eminenz hat mich angewiesen, Euch eine bequemere Unterkunft zu geben.«

Noch während er sprach, öffnete der Mönch eine Tür, die an den Treppenabsatz grenzte, und stieß sie in eine Kammer, in der ein halbes Dutzend Ordensfrauen versammelt war. Noch ehe Rosina begriff, was geschah, packte eine ältere Nonne mit hartem Gesicht ihre Schultern und drückte sie auf einen Schemel nieder.

»Was tut Ihr?« Rosina wollte sich wehren, doch eine zweite Nonne sprang hinzu und verdrehte ihr den Arm so schmerzhaft auf den Rücken, dass sie laut aufschrie. Während weitere Nonnen sie auf dem Schemel festhielten, blitzten über ihr die Klingen einer Schere auf. Auf einem Tisch lag eine gefaltete Ordenstracht.

Als sie das Gewand sah, begriff Rosina, was geschah. »Nein! Um Himmels willen – nein!«

Sie schlug um sich und trat, doch die anderen waren zu viele. Überall waren Hände, die ihr jede Bewegung unmöglich machten. Unbeirrt von ihrer Gegenwehr schor die Oberin ihr Haar, und ihre Locken, dieselben schweren, schwarzen Locken, in denen Max so oft sein Gesicht vergraben hatte, sanken zu Boden, während eine junge Ordensfrau leise ein Ave Maria betete. Wie um Rosina zu verspotten, flatterte ein Spatz durch das offene Fenster in die Kammer, tschilpte einmal im Kreis und flog wieder hinaus.

»Ausziehen!«, befahlt die Oberin, als Rosinas Schädel kahl war.

Während zwei Nonnen sie an den Armen hielten, rissen zwei andere Ordensfrauen ihr die Kleider vom Leib. Die Novizin, die das Ave Maria geflüstert hatte, nahm die frische Nonnentracht vom Tisch, raffte den Stoff und hielt Rosina den offenen Ausschnitt hin, damit sie den Kopf hindurchsteckte.

Es war nur ein Wimpernschlag, während dem die Nonnen ihre Arme loslassen mussten – doch dieser eine Moment genügte. Mit einem Ruck riss Rosina sich los, und bevor jemand sie daran hindern konnte, sprang sie auf den Tisch, zog sich am Fensterrahmen in die Höhe und schwang sich hinaus ins Freie.

Halbnackt, nur mit ihrem leinenen Hemd bekleidet, rannte sie durch den Klostergarten zur Pforte. Hastig schob sie den Riegel zurück, doch das Tor war verschlossen. Aufgeschreckt durch den Lärm, kam der Kustos aus dem Torhaus geeilt, während im Garten die ersten Nonnen erschienen, um sie wieder einzufangen. Panisch schaute Rosina sich um. Was jetzt?

Die Klostermauer!

In wenigen Sätzen war sie auf der Krone. Doch als sie in die

Tiefe blickte, schrak sie zurück. Das Kloster war auf dieser Seite an einen Hang gebaut, der unterhalb der Mauer jäh abfiel. Rosina wurde schwindlig. Zu ihren Füßen erstreckte sich ein Anger, auf dem eine Schaubude und ein Podium errichtet waren. Offenbar fand dort gerade irgendeine Aufführung statt. Einer der Zuschauer sah sie und zeigte in ihre Richtung, hundert Köpfe flogen herum, alle Augen schauten zu ihr herauf.

Rosina wusste, je länger sie in den Abgrund starrte, desto mehr sank ihr Mut. Der Sprung war gefährlich – aber hatte sie eine Wahl? Wenn sie ihre Angst nicht überwand, würde sie für immer hinter diesen Mauern verschwinden.

Während sie in ihrem Rücken die Rufe der Nonnen hörte, schloss sie die Augen. In der Schwärze stieg Maximilians Gesicht auf.

Spring!, hörte sie seine Stimme. *Spring, Rosina, spring!*

6

A*mo*«, sagte Max. »Ich liebe …«

»Isch liebe …«, wiederholte Marie und schmiegte sich an seine nackte Schulter. Schon vor einer Stunde waren sie aufgewacht, doch sie schafften es einfach nicht, das Bett zu verlassen. Durch das Fenster der Schlafkammer strahlte die helle Morgensonne.

»Ja? Tust du das wirklich? Lieben?«, fragte er sie mit einem zärtlichen Lächeln.

Marie verstand seine Frage nicht, nur sein Lächeln. Aber sie wusste, welches Wort dieses Lächeln bedeutete. Und das sagte sie lieber als jedes andere Wort auf der Welt. »Ja, isch liiiieeeebe.«

Er beugte sich über sie, um sie zu küssen. Obwohl ihr Mund von den Küssen der Nacht fast wund war, erwiderte sie den Kuss, sie konnte einfach nicht genug davon bekommen.

»Jetzt du!«, sagte sie, als ihre Lippen sich voneinander lösten. *»Amo – j'aime …«*

»Je … ämme …«, wiederholte Max. Dann zeigte er mit dem Finger von sich auf sie. *»Je … TE … ämme!* Ich liebe *dich*!«

»Vraiment, mon cœur?«

»Oui, oui«, versicherte er.

Wieder breitete sich dieses warme Gefühl in ihrer Brust aus. Es gab nichts Schöneres, als wenn er ihr in ihrer Sprache seine Liebe erklärte. »Und jetzt zusammen«, flüsterte sie. *»Amamus!«*

»Nous nous ämmong …«

»Wir liben üns …«

Während sie sich auf Deutsch und Französisch und Latein ihre Liebe beteuerten, nahm sie seine Hand. Er hatte die schönsten Hände, die sie an einem Mann je gesehen hatte: Reiterhände – zupackend und einfühlsam zugleich. Und genauso liebte er sie, mit festem Griff, doch voller Zärtlichkeit. Seit dem Tag, an dem sie ihm ihr Jagdlied vorgespielt hatte, verging kein Abend, an dem sie nicht Arm in Arm zusammen in den Schlaf sanken, und kein Morgen, an dem sie nicht Gesicht an Gesicht aufwachten. Vor allem aber verging keine Nacht, in der sie sich nicht liebten. Nicht in ihren schönsten Träumen hätte Marie sich vorstellen können, dass die Erfüllung der ehelichen Pflichten ihr solches Glück bereiten würde. Wie Adam und Eva hatten sie die Liebe entdeckt, und Marie war voller Zuversicht, dass es nicht lange dauern würde, bis sie den ersehnten Sohn gebar, den Thronfolger Burgunds, um den sie sich so unsinnige Sorgen gemacht hatte.

»Cor meus …« Behutsam löste er die Schleife an ihrem Nachtgewand und streifte den seidigen Stoff zurück, um sie in die Grube des Halses zu küssen. »Mein Herz …«

Marie spürte, wie die Erregung erneut von ihr Besitz ergriff, doch liebevoll wies sie ihn zurück. Sie hatte eine Überraschung für ihn und konnte es nicht länger erwarten, sie ihm zu zeigen. Außerdem hörte sie schon seit einer Weile das Hufgetrappel unter dem Fenster. Obwohl es ihr schwerfiel, verließ sie das Bett und holte aus einem Kasten das Paar hirschlederner Stiefel hervor, das sie vom besten Schumacher in Gent für ihn hatte fertigen lassen.

»*Un cadeau*«, sagte sie. »Eine Geschenk ...«

»*Pour moi?*« Er sprang aus dem Bett und dankte ihr mit noch einem Kuss. »O Marie!« Als er die Stiefel in die Hand nahm und das weiche Leder befühlte, musste er grinsen. »Allerdings, ob die zu meinem Iwein passen ...?«

Marie wusste, was er meinte. Die Stiefel waren zu fein für sein riesiges Schlachtross. Doch daran hatte sie schon selbst gedacht. »*Viens!*«, sagte sie und zog ihn zum Fenster. »*Un autre cadeau* ...«

»Noch ein Geschenk?«

Mit gerunzelter Stirn blickte er hinunter in den Hof. Als er das Pferd sah, das sie für ihn hatte vorführen lassen – ein prachtvoller Schimmelhengst, aufgezäumt mit einer goldenen Kandare, den Kunz von der Rosen am Zügel hielt –, ging ein Leuchten über sein Gesicht.

»Was für ein herrliches Tier«, flüsterte er. »*Equus belissimus* ...«

»Er ist die Mann von meine Passionata«, sagte Marie mit einem Augenzwinkern. »*Il te plaît?*«

»Ob er mir gefällt? Und wie! Wie heißt er?«

»*Orage*. Isch glaube, dass bedeutet ›Sturm‹, *n'est-ce pas*?«

»Was für ein trefflicher Name!«

Marie sah das Strahlen in seinen Augen, und eine neue, warme Flut durchströmte sie. Sie hatte ihn glücklich machen wollen, und es war ihr gelungen.

»Er gehört disch, *mon cœur*«, sagte sie. »Wie isch.«

7

Die Herzogin verschleudert unser sauer verdientes Geld an diesen Ausländer!«, rief Jan Coppenhole den Ständevertretern zu. »Während das Volk hungert, überschüttet sie ihn mit Geschenken! Pferde, hirschlederne Stiefel, Zaumzeug aus purem Gold!«

»Woher wollt Ihr das wissen?«, wandte Peperkorn ein.

»Ein Vertrauter aus ihrem Hofstaat hat es mir berichtet! Und glaubt mir, das ist erst der Anfang! Bald schenkt sie diesem Österreicher das ganze Land!«

»Marie ist frisch verheiratet und verliebt. Das vergeht bald von selbst.«

Jan Coppenhole kochte vor Zorn. Er hatte von Anfang an gewusst, dass es ein Fehler war, das Schicksal Burgunds in die Hände eines Ausländers zu legen, aber Hinrich Peperkorn und seine Anhänger wollten es einfach nicht begreifen. Sie ließen sich blenden von dem jungen Paar, wie das ganze Volk sich von Maximilian und Marie blenden ließ. Überall im Land jubelte man diesem Usurpator wie einem Messias zu, obwohl er keinerlei Rechte auf die Herrschaft hatte. Wie konnte ein Volk nur so dumm sein! War er, Jan Coppenhole, denn der Einzige im ganzen Herzogtum, der den Tatsachen ins Auge blickte?

Von St. Bavo läuteten die Glocken zum Angelus. Jan erschrak. Höchste Zeit, zum Ende zu kommen! Zu Hause wartete seine Schwester mit dem Essen auf ihn, und wenn er nicht pünktlich zu den Mahlzeiten erschien, konnte Antje sehr ungemütlich werden.

»Jetzt haben wir schon wieder den ganzen Vormittag vertrödelt«, sagte er. »Wir verbringen mehr Zeit auf dem Rathaus als in unseren Werkstätten. Soll das immer so weitergehen?«

Die Ständevertreter, von denen die meisten in ihren Arbeitsschürzen gekommen waren, schüttelten die Köpfe.

»Seht Ihr? Wenn wir dem Herzog von Österreich folgen, schaufeln wir uns unser eigenes Grab. Die französischen Truppen haben unser Land besetzt, vom Kaiser und aus dem Reich kommt keine Hilfe, und statt irgendwas zu unternehmen, turtelt Marie mit ihrem Bräutigam und verprasst mehr Geld, als sie besitzt. Und wer wird am Ende die Zeche zahlen? Wir, die einfachen Bürger, die sich im Schweiße ihres Angesichts ihr Brot verdienen.«

Als er zu Ende gesprochen hatte, blickte Jan in lauter betretene Gesichter. Sogar Peperkorn schien beeindruckt. Gott sei Dank, vielleicht kam er ja endlich zu Verstand.

»Was schlagt Ihr Besseres vor?«, fragte der Gewürzhändler.

Jan Coppenhole verschränkte die Arme vor der Brust, wie immer, wenn er sich gewaltsam zur Ruhe zwang. »Wir sollten den französischen Forderungen endlich nachgeben«, sagte er. »Statt einen Krieg zu führen, mit dem wir uns nur selber ruinieren, sollten wir uns lieber unter den Schutz Frankreichs begeben. Um endlich wieder in Frieden unseren Geschäften nachzugehen.«

8

Die Pferde schnaubten und scharrten mit den Hufen vor Bewegungslust, als Max und Marie das Stadttor passierten.

»*Voilà notre but!*«, rief Marie und zeigte auf ein kleines Schloss am Horizont.

»*But*? Was ist das?«, fragte Max.

»Ünsere Ziel!« Noch während sie sprach, gab sie ihrer Rappstute die Sporen. Auch Max galoppierte an. »Wer als Erster da ist!«

In gestrecktem Galopp jagten sie über die taunassen Wiesen. Obwohl Orage seinem Namen alle Ehre machte, hatte Max Mühe, mit seinem Hengst der Stute zu folgen. Marie ritt wie der Teufel – noch nie hatte er eine Frau so reiten sehen wie sie. Katzengleich hockte sie im Sattel, den Kopf an den Hals ihres Tieres geschmiegt, setzte furchtlos über Bäche und Gräben und trieb Passionata zu so hohem Tempo an, dass der Wind Max Tränen in die Augen trieb und die Landschaft vor seinen Augen verwischte, während sie Seite an Seite auf das Schlösschen zurasten.

Als sie den Torbogen erreichten, war Passionata Maximilians Hengst eine Nüsternbreite voraus. »*Gagné!*« Marie ließ die Zügel schießen und riss jubelnd beide Arme in die Höhe.

Im Hof parierten sie ihre Pferde und sprangen aus den Sätteln.

»*Tu es triste?*«, fragte Marie, während sie ihre Stute an einem Balken festband.

»Ich soll traurig sein? Weil ich verloren habe?«, fragte Max.

Marie nickte. »Männer lieben die Ehre!«

Er nahm sie in den Arm und küsste sie. »Dich liebe ich noch mehr.«

Sie schaute ihn an. »Mehr als die Ehre?«

Max sah ihre leuchtenden Augen, die vom Ritt geröteten Wangen, den lachenden Mund. »Ja«, sagte er, »mehr als die Ehre.«

Ihre Wange wurden noch ein bisschen röter. »Was für eine schöne *compliment*«, sagte sie leise. Dann nahm sie seine Hand und zog ihn die Vortreppe hinauf zum Portal. »*Viens!*«

In der Halle wurden sie von einem so lebensechten Porträt Karls des Kühnen empfangen, dass Max beinahe zu Boden gesunken wäre, um ihm seinen Gruß zu entrichten. Lachend durchquerten sie die Halle und betraten einen Raum voller Bücher – an allen vier Wänden, vom Boden bis zur Decke, reihten sie sich Rücken an Rücken. Ihr Anblick schüchterte Max ein. Noch nie hatte er so viele Bücher auf einmal gesehen. In diesem Raum musste das ganze Wissen der Welt versammelt sein.

»*Tu aimes la lecture?*«, fragte Marie. »*Amas libros?*«

»Ob ich Bücher mag?« Max zuckte die Schultern. »Ich ... ich weiß nicht ...« Er war so beeindruckt, dass er zu stottern anfing.

Marie nahm ein Buch aus einem Regal und schlug es auf. »Ovid, *Ars amatoria*«, sagte sie. »*Tu connais?*«

»Ich ... ich glaube, ich habe schon mal davon gehört.« Er nahm ihr den Band aus der Hand, um darin zu blättern. Hatte Kunz von der Rosen diesen Ovid nicht wegen seiner Gedichte gerühmt? Auf jeder Seite gab es Bilder von Liebespaaren – Männer und Frauen, die sich küssten, mal in zärtlicher Umarmung, mal voller Leidenschaft. Manche von ihnen waren nackt. Max musste grinsen. Wenn die Gedichte so waren wie die Bilder, wunderte er sich nicht über die Begeisterung des Narren für Ovid. Plötzlich wurde ihm bewusst, dass Marie ja zusammen mit ihm diese Bilder sah. Peinlich berührt klappte er das Buch zu. Den Besitzer solcher Bilder würde man in Wien an den Schandpranger stellen!

Im Gegensatz zu ihm schien Marie keineswegs verlegen. »*Quels sont les livres que tu connais?*«, fragte sie arglos, während er den Band an seinen Platz zurückstellte.

»Welche Bücher ich kenne?« Max suchte mit den Augen die Buchrücken ab, doch von all den Titeln, die er auf die Schnelle erhaschte, erkannte er nur einen: die Bibel.

»*La Sainte Ecriture?*« Marie lachte. »Sonst kennst du nichts?«

»Doch ... doch ...«, stammelte er. »Die burgundische Feldordnung – die kenne ich auch. Dein ... dein Vater hat sie mir geschenkt.«

»Isch glaube, wir haben noch viel zu tun«, sagte sie. »*Les livres sont mes meilleurs amis*. Bücher sind meine beste Freunde – sie helfen immer und überall ... *Aut delectare aut prodesse volunt poetae ...*«

»Die Dichter wollen erfreuen oder nützen«, übersetzte Max. »Was für ein seltsamer Satz. Von wem stammt der? Von dir?«

»*Mais non!*«, rief sie. »*C'était Horace, qui l'a dit* – Horaz. Das weiß doch jede Kind!«

Als Max ihren spöttischen Blick sah, kam er sich vor wie ein Tölpel. Zeit seines Lebens hatte er Bücher verachtet, stets hatte er geglaubt, dass ein Mann sich nicht in der Studierstube, sondern im Sattel eines Pferdes und auf der Jagd behaupten musste, vor allem aber im Kampf, auf dem Turnierplatz und im Krieg. Doch hier, in dieser Bibliothek, dämmerte ihm plötzlich, dass das vielleicht ein Fehler war. *Bücher helfen immer und überall ... Sie erfreuen oder nützen ...* Es war, als hätte Marie ihm ein Licht aufgesteckt. War Burgund womöglich der Beweis für das, was sie und dieser Horaz behaupteten? Der Reichtum, den Max auf der Huldigungstour in den flandrischen Städten gesehen hatte und der alles übertraf, was er aus Österreich kannte, der Prunk und die elegante Lebensart bei Hofe, die Waffen- und Schmiedekunst, die wunderbare Musik, das

Handwerk und der blühende Handel: Konnte es sein, dass Burgund seine Überlegenheit über alle anderen Fürstentümer und Staaten in Europa ebendiesen Büchern verdankte – dem Wissen, das die klügsten Menschen der Welt aufgeschrieben hatten, um damit anderen Menschen zu nützen oder sie zu erfreuen, wie eine Heerschar guter Freunde?

»So eine Bibliothek möchte ich auch einmal haben«, sagte Max.

»*Mais pourquoi?*« Marie lächelte ihn an. »*Cette bibliothèque, elle est déjà à toi.*«

»Was sagst du da?«

»*Mais oui, mon cœur.* Das alles hier, die Schloss, die Bibliothek – *tout cela* gehört disch. *Un petit cadeau!*«

Max verstand zwar jedes einzelne Wort, das sie sprach, doch ihren Sinn konnte er trotzdem nicht fassen. »Ein Geschenk? Das alles hier? Für mich? Aber ... Aber ...«

»Pssst ...« Marie legte ihm einen Finger auf die Lippen. »*Tu m'as libérée, mon brave chevalier.* Du hast misch gerettet die Leben ...«

Er wollte etwas entgegnen, doch sie verschloss mit ihren Lippen seinen Mund. »*Il y a seulement une chose, que tu dois me promettre.*«

»Was soll ich dir versprechen?«

Marie nahm sein Gesicht zwischen die Hände. »*Promets-moi de ne jamais vivre ici avec une autre femme.*«

Er erwiderte ihren Blick. Sie war wunderschön. Nicht nur wie ein schutzbedürftiges Ritterfräulein, auch nicht wie eine würdevolle Herzogin, sondern wie eine junge, begehrenswerte Frau. Und obwohl sie so zierlich war, fast zerbrechlich, spürte er die Stärke, die in ihr wohnte. Die Stärke, mit der sie Ludwig von Frankreich und dem Rebellen Coppenhole die Stirn geboten hatte.

»Ja, Marie«, sagte er, »das verspreche ich dir. Niemals werde ich hier mit einer anderen Frau leben!«

Sie schaute ihn prüfend an, ernst und ohne ein Lächeln. »Niemals?«

Er schüttelte den Kopf. »*Jamais* – ich schwöre!«

»*C'est bon.*« Das Lächeln kehrte wieder in ihr Gesicht zurück. »*Et maintenant*, was machen wir jetzt? Gehen auf die Jagd? Oder lesen eine Buch *ensemble*? Vielleicht Ovid, *Ars amatoria*?«

Lesen!, wollte er sagen, aber bevor er dazu kam, klopfte es an der Tür.

»*Entrez!*«

Olivier de la Marche, Maries Hofgroßmeister, trat herein. »Verzeiht, Euer Gnaden, Margarete von York möchte Euch sprechen.«

»*Mais pourquoi parlez-vous allemand avec moi?*«, fragte Marie.

»Ich spreche Deutsch«, erklärte Olivier, »weil die Herzoginwitwe nicht Euch sprechen möchte, sondern Euren Gemahl. Allein!«

9

Wie aus sehr, sehr weiter Ferne drangen die Stimmen in Rosinas Bewusstsein. Die Stimme eines Mannes und einer Frau.

»Sie wäre fast verblutet«, sagte die Frau.

»Kein Wunder«, erwiderte der Mann, »so hoch, wie die Mauer ist. Was meinst du – war sie wohl schwanger?«

Die Stimmen weckten Rosina aus einem tiefen, schwarzen Schlaf. Wo war sie? Sie fühlte sich wie zerschlagen, spürte nichts als Schmerzen im Leib. Unfähig, sich zu rühren oder auch nur die Augen zu öffnen, versuchte sie, sich zu erinnern. Undeutliche Bilder tauchten aus ihrem Gedächtnis auf. Das Gesicht ihres Onkels, wie er mit mildem Lächeln den Kopf schüttelte ... Eine Kammer voller Nonnen ... Schwarze Locken, die zu Boden sanken ... Eine Klostermauer, darunter ein schwindelerregender Abgrund ... *Spring, Rosina, spring!* ...

Wie viel Zeit war seitdem vergangen? Stunden? Tage?

Ein leichter Wind strich über ihr Gesicht. Endlich gelang es ihr, die Augen zu öffnen, ihre Lider waren schwer wie Blei. Sie war auf ein Deckenlager gebettet, umgeben von hohem Gras, unter einem Dach aus Weidenruten. Ein paar Schritte entfernt packten schwarzhaarige Menschen mit dunkler, olivfarbener Haut Kisten und Kästen auf einen Planwagen.

Zigeuner ...

Plötzlich erinnerte sie sich an das letzte Bild, das sie vor ihrem Sprung gesehen hatte: Schausteller auf einer Bühne, irgendwo unter der Mauer, umringt von Publikum ... Obwohl es entsetzlich weh tat, drehte Rosina den Kopf zur Seite und entdeckte eine Bude und ein Podium. Das musste die Bühne sein. Die kleine Wagenburg befand sich in einer grasbewachsenen Senke. Drei zottige, abgemagerte Pferde rupften an dürren Halmen, während ein paar Männer die Wagen mit Kisten und Kästen beluden.

Offenbar brach die Truppe gerade ihre Zelte ab, um weiterzuziehen. Würde man sie hier zurücklassen?

Angst stieg in Rosina auf. Was sollte mit ihr werden? Sie besaß doch nicht mehr als die Fetzen auf ihrem zerschundenen Leib, alles andere hatte sie im Kloster zurückgelassen. Nein, nicht alles. Es gab noch etwas, das sie besaß und das ihr niemand nehmen konnte: das Kind in ihrem Leib. Unwillkürlich legte sie die Hände um ihren Bauch. Ein scharfer, stechender Schmerz durchfuhr sie, als würden ihre Eingeweide durchpflügt. Leise stöhnte sie auf.

»Ich glaube, sie ist aufgewacht.« Blinzelnd erkannte Rosina eine ältere Frau, die ihr graues Haar zu einem Knoten gebunden trug. Die Fremde steckte den Kopf unter das Weidendach und betastete mit ihrer knochigen Hand Rosinas Stirn. »Kannst du mich hören, Mädchen?« Während sie sprach, tauchte hinter ihrer Schulter das Gesicht eines jungen Mannes mit langen, schwarzglänzenden Haaren und funkelnden Augen auf. »Hab keine Angst. Ich bin Anna, und das ist mein Sohn.«

Rosina versuchte, den Kopf zu heben und etwas zu sagen, aber sie schaffte es nicht. Sie hatte nicht mal die Kraft, die Augen länger offen zu halten.

»Ich glaube, sie hat das Kind verloren«, hörte sie Anna wieder wie in weiter Ferne sagen.

»Und wenn schon«, erwiderte Miklos. »Sobald sie laufen kann, muss sie verschwinden.«

»Dazu ist sie viel zu schwach. Das würde sie nicht überleben.«

Rosina wollte schreien. Aber kein Laut drang über ihre Lippen. Stumm und reglos lag sie da, gefangen im Dunkel ihrer Ohnmacht.

»Dann bringen wir sie ins Kloster. Die Nonnen werden sich schon um sie kümmern.«

»Ich bin dafür, dass wir sie mitnehmen.«

»Nein, Mutter. Wir haben kein Geld, um fremde Mäuler zu stopfen. Wir haben selber nichts zu fressen.«

»Sei nicht dumm, Miklos. Du wirst sehen, wenn sie wieder bei Kräften und ihr Haar nachgewachsen ist, ist sie eine bildschöne Frau ...«

10

Max starrte auf das Goldene Vlies. Wie ein stummer Vorwurf hing sein Ehrenrock an der Wand, zusammen mit der Ordenskette.

»Ihr müsst endlich das Heft in die Hand nehmen!«, sagte seine Schwiegermutter. »Das halbe Herzogtum wird von französischen Truppen besetzt, die Ständevertreter machen, was sie wollen – und Ihr amüsiert Euch, als ginge Euch das alles nichts an.«

»Was soll ich denn tun?«, fragte Max schuldbewusst.

»Das fragt Ihr mich im Ernst?« Margarete von York schüttelte den Kopf. »Nehmt Euch ein Beispiel an Herzog Karl. Er hat gezeigt, wie ein Burgunder seine Herrschaft verteidigt, sowohl gegen die Rebellen im Land als auch gegen Frankreich.«

»Verzeiht, Euer Gnaden, aber an Herzog Karl will ich mir kein Beispiel nehmen.«

»Was erlaubt Ihr Euch?«, erwiderte sie scharf.

Max zögerte. Sollte er ihr die Wahrheit sagen? Sie würde ihr kaum gefallen, Margarete war immerhin Karls Witwe.

»Ich habe Euren Mann bewundert, als ich ihm zum ersten Mal in Trier begegnet bin«, sagte er schließlich, »mehr, als ich je zuvor einen Mann bewundert habe. So wie Herzog Karl wollte ich selbst einmal sein. Aber ...«

»Aber was?«

»Er ... er hat mich betrogen. Während er mit meinem Vater über die Eheschließung verhandelte, hat er gleichzeitig versucht, Marie an den französischen Dauphin zu verheiraten.«

»Was fällt Euch ein, so etwas zu behaupten!?«

Max erwiderte ihren Blick. »Es gab einen Brief, mit König Ludwigs Siegel. Der Kanzler meines Vaters, Haug von Werdenberg, hat ihn mir gezeigt.«

»Einen Brief?« Margarete runzelte die Stirn. »Von wem hatte der Kanzler das Schreiben?«

Max zuckte die Schultern. »Ich weiß nicht mehr genau. Ich glaube, von Philippe de Commynes.«

»Und darauf stützt Ihr Eure Behauptung? Auf das Zeugnis eines Verräters?«

»Ich ... ich kannte Philippe damals nur als Herzog Karls engsten Vertrauten. Warum sollte ich also an dem Brief zweifeln?«

»Und jetzt? Da Ihr wisst, was für ein Mann Philippe de Commynes ist, habt Ihr da immer noch keine Zweifel?«

Max senkte die Augen. Seit einer Stunde stellte die Herzoginwitwe ihn nun schon zur Rede, warf ihm vor, seine Pflichten als Regent von Burgund zu missachten, mahnte ihn, endlich der Verantwortung gerecht zu werden, die er auf seinen Schultern trug. Inzwischen fühlte er sich, wie wenn früher sein Lateinlehrer ihm eine Standpauke hielt, weil er seine Vokabeln nicht gelernt hatte. Nur mit dem Unterschied, dass Margaretes Vorwürfe ihn weit schmerzlicher trafen als alle Rutenhiebe, die er damals bekommen hatte. Denn sie hatte ja recht.

»Wollt Ihr damit sagen, dass es vielleicht Betrug war?«, fragte er. »Eine Intrige der Franzosen, um das Bündnis zwischen Habsburg und Burgund zu verhindern?«

Margarete nickte. »Ich bin froh, dass Ihr selbst darauf kommt!« Sie machte eine Pause, bevor sie weitersprach. »Glaubt mir, Herzog Karl war immer der Mann, als der er Euch in Trier erschien – der kühnste Fürst Europas. Und darum wiederhole ich meinen Rat: Nehmt ihn Euch zum Vorbild! Geht seinen Weg weiter, zusammen mit seiner Tochter. Und wenn Ihr wollt, auch mit mir.«

Auf dem Turnierplatz gab es keine Gefahr, der Max aus dem Weg ging. Aber hier, am burgundischen Hof und in Gent, lauerten Gefahren, die er nicht kannte. All die Ehren, die er zwischen den Schranken im Kampf Mann gegen Mann errungen hatte, zählten nichts angesichts der Aufgabe, die Margarete ihm wies. Diese Aufgabe bedeutete einen Kampf gegen unbekannte, unsichtbare Mächte, die sich weder mit dem Schwert noch mit der Lanze besiegen ließen. »Glaubt Ihr – glaubt Ihr denn, dass ich das kann?« Unsicher wanderte sein Blick zurück zu der Wand, wo das Vlies und die Ordenskette hingen.

»Ja«, sagte Margarete, »schaut sie Euch an, die Insignien Eurer Macht. Doch lasst es nicht bei den Zeichen bewenden. Beweist durch Eure Taten, dass Ihr Karls Nachfolge würdig seid!«

Max holte tief Luft. »Ich ... ich will es versuchen, Euer Gnaden. Mit Eurer und Gottes Hilfe.«

»Ob Gott Euch hilft, weiß ich nicht, an meiner Hilfe aber soll es niemals fehlen.« Margarete ergriff seine Hände und drückte sie. »Als Sohn des Kaisers und Herzog von Burgund könnt Ihr zum mächtigsten Herrscher Europas aufsteigen. Doch dafür müsst Ihr Euch jetzt bewähren. Burgund ist die Probe auf Euer Schicksal.«

II

Sigmund von Tirol schaute sich suchend in der kaiserlichen Studierstube um.

»Hört auf, Euch im Kreis zu drehen wie eine überfütterte Tänzerin«, sagte Friedrich und biss in eine Melonenscheibe. »Den Wein findet Ihr da drüben auf dem Kasten.«

Sigmund war erleichtert. »Und – was schreibt der Bub?«

»Wozu fragt Ihr? Dass Ihr Euch in meiner Abwesenheit an mein Pult stehlt und in meinen Papieren stöbert wie eine Spitzmaus in der Speisekammer, ist ja kein Geheimnis. Ihr wisst also so gut wie ich, was er schreibt. Er will, dass ich ihn in Burgund besuche.«

»Das ist aber doch sehr lieb von dem Buben«, sagte Sigmund und schenkte sich einen Becher Wein ein.

»Schwatzt keinen Unfug. Maximilian hat nicht seinen Vater eingeladen, sondern den Kaiser.«

»Seit wann gibt es da einen Unterschied?«

Friedrich langte nach einer weiteren Melonenscheibe. »Es geht um Burgund. Ludwigs Truppen verwüsten in Flandern die Ernten und blockieren in Holland die Küste. Da hofft Maximilian, dass der Kaiser mit seinem Besuch den Franzosen Angst einjagt.«

»Dann müssen das aber sehr ängstliche Menschen sein, diese Franzosen«, murmelte Sigmund in seinen Becher.

Friedrich warf ihm einen missbilligenden Blick zu. »Ich wüsste nur gern, wie unser Herr Sohn sich das vorstellt«, knurrte er. »Ich kann Österreich nicht so einfach verlassen. Wenn die Türken sich im Winter aus Ungarn zurückziehen, könnte Corvinus wieder in der Steiermark einfallen.«

»Das wäre nur allzu menschlich«, pflichtete Sigmund ihm bei. »Schließlich habt Ihr immer noch nicht die zweite Rate für den Friedensschluss bezahlt, und das kann dem feurigen Ungarn nicht schmecken.« Er trank einen Schluck von seinem Wein. »Aber vielleicht gibt's ja eine andere Möglichkeit, dem Buben zu helfen. Zum Beispiel, wenn Ihr ihn endlich krönen tätet.«

»Zum römisch-deutschen König?« Friedrich zog ein Gesicht, als wäre ihm die Melonenernte verhagelt.

»Habt Ihr ihm das nicht versprochen?«, fragte Sigmund. »Außerdem, das würde den ängstlichen Franzosen vielleicht einen noch größeren Schreck einjagen. Weil, wenn Ihr dem Maxl die Königskrone aufsetzt, dann würden sie ja sehen, dass der Herzog von Burgund und der Kaiser ...«

»Papperlapapp!«, schnitt Friedrich ihm das Wort ab. »Maximilian ist viel zu unerfahren! Der König muss das Reich zusammenhalten, die Interessen der Fürsten ausgleichen. Das ist Staatskunst, kein Ritterspiel!«

»Dann wollt Ihr den Buben also im Stich lassen?«

Friedrich spuckte ein paar Kerne aus. »Nicht unbedingt. Vielleicht gelingt es uns ja, Corvinus stillzuhalten. Dann könnte ich ein paar tausend Mann nach Burgund schicken.«

»Aber der Ungar will sein Geld. Fünfzigtausend Gulden!«

»Ich habe Corvinus geschrieben, dass er die Summe bekommen soll. Dazu habe ich sogar meinen Kanzler nach Ofen geschickt. Übrigens, eigentlich müsste Werdenberg längst zurück sein.«

»Ihr wollt Eure Schuld bezahlen, lieber Vetter?« Sigmund war so überrascht, dass ihm um ein Haar der Becher aus der Hand fiel. »Was ist in Euch gefahren? Wollt Ihr Eure Kleinodien versetzen?«

»Die Kleinodien werden nicht angerührt!« Friedrichs Gesicht verzog sich zu einem verschlagenen Grinsen. »Und – ich brauche sie auch gar nicht. Das Geld reicht auch so.«

»Was Ihr nicht sagt! Habt Ihr seit neuestem einen Alchimisten in Diensten, von dem ich nichts weiß? Dann wäre ich Euch dankbar, wenn Ihr ihn mir vielleicht gelegentlich borgen könntet ...«

Der Kaiser schüttelte den Kopf.

»Also keinen Alchimisten?«, fragte Sigmund enttäuscht.

»Viel besser!« Friedrichs Gesicht wurde noch eine Spur verschlagener. »Wir haben einen Goldesel!«

»Ihr sprecht in Rätseln, lieber Vetter.«

Der Kaiser beugte sich zu ihm herüber. »Habt Ihr vergessen«, fragte er mit einem verschwörerischen Lächeln, »dass unser Sohn die reichste Erbin Europas geheiratet hat?«

Es dauerte eine Weile, bis Sigmund begriff. »Respekt«, sagte er dann. »*Do ut des* – gebt, auf dass Euch gegeben wird ... Ihr helft dem Maxl mit Euren Soldaten, damit der Bub Euch mit dem Geld der reizenden Marie hilft.«

»AEIOU«, bestätigte Friedrich mit einem Nicken.

»Auf Euer Wohl!« Als Sigmund den Becher hob, um dem Kaiser zuzuprosten, flog die Tür auf, und Werdenberg kam in die Stube gestürmt.

»Ungarn hat uns den Krieg erklärt«, verkündete er. »Corvinus hat mit seinen Truppen bereits die Grenze überschritten.«

»Dieser verfluchte Zigeuner!« Wütend warf Friedrich seine Melone auf den Teller. »Hat er unser Angebot nicht bekommen?«

»Doch. Ich habe ihm Euer Schreiben persönlich ausgehändigt. Aber Ludwig hat ihm die fällige Summe bereits bezahlt. Damit macht Corvinus jetzt mobil. Statt Frieden will er Wien!«

Friedrich starrte den Kanzler an, als rede er in Zungen. Dann nahm er die Melonenscheibe vom Teller und hieb seine gelben Zähne so heftig in das Fruchtfleisch, dass der Saft aufspritzte.

»Der arme Bub«, seufzte Sigmund. »Jetzt muss er sich wohl doch ganz allein durchwurschteln.«

12

Als Marie aus dem Prinsenhof ins Freie trat, um wie jeden Morgen mit Max auszureiten, stutzte sie. Statt ihrer Rappstute und dem Hengst ihres Mannes erblickte sie Dutzende von Reitknechten und Dienern, die damit beschäftigt waren, den Turnierplatz zu schmücken. Wappen wurden an Stangen aufgezogen, hell leuchteten die Farben in der Sonne, während Trompeter der Hofkapelle eine Fanfare spielten. Doch von Max war weit und breit keine Spur, so wenig wie von Passionata und Orage.

»Was hat das zu bedeuten?«, fragte sie Kunz von der Rosen, der auf einem Balken hockend den anderen bei der Arbeit zusah.

»Oh, das wisst Ihr nicht? Euer Gemahl eifert dem Herrn Jesus nach und will ein Wunder wirken. Nur dass er nicht Wasser in Wein, sondern Blut in blanke Gulden verwandeln möchte.«

»Was redest du für närrisches Zeug?«

Der Zwerg schlug sich mit der Pritsche auf den Schenkel. »Ich wäre ein schlechter Narr, würde ich anders mit Euch reden. Aber wenn Ihr Aufklärung wünscht – fragt ihn selbst.« Mit einem Salto sprang er von dem Balken. »Dort drüben steht er!«

Marie entdeckte Max bei der Tribüne, wo er mit Armen und Beinen auf zwei Zimmerleute einsprach. Das Verhalten ihres Mannes war ihr so rätselhaft wie die Auskunft des Narren. Vor zwei Tagen war die Antwort auf Maximilians Brief an seinen Vater eingetroffen: Die Ungarn griffen Wien an, Kaiser Friedrich war darum außerstande, seinem Sohn im Krieg gegen Frankreich zu helfen. Damit nicht genug, hatten die Ständevertreter sich geweigert, Max die fünfhunderttausend Gulden zu bewilligen, die er brauchte, um ein eigenes Heer zu rüsten – die Bürger von Gent, so Coppenholes Auskunft, dächten nicht daran, Kriegsabgaben zu entrichten, während die Herzogin das Geld ihrer Untertanen für Geschenke an ihren ausländischen Gemahl verprasste! Und da wollte Max ein Turnier ausrichten? Nur weil gestern Wolf von Polheim aus Köln gekommen war?

»Das bin ich der Ehre meines Freundes schuldig«, erklärte Max.

»Aber so was kann machen böse Blut in Volk«, erwiderte Marie.

»Keine Angst. »Ich werde Jan Coppenhole in die Schranken fordern! – *Duellum – un duél!*«

Marie traute ihren Ohren nicht. »*Mais c'est n'est pas possible!* Jan Coppenhole ist keine Edelmann! Er ist ein *artisan*, eine Handwerker! Kann er überhaupt auf eine Pferd sitzen?«

»Das ist mir egal!«, erklärte Max grimmig.

Marie wollte protestieren, aber bevor sie etwas erwidern konnte, überschüttete er sie mit einem solchen Redeschwall aus deutschen, lateinischen und französischen Brocken, dass sie nicht zu Wort kam. Wenn sie ihn recht verstand, war sein Plan, im Zweikampf Mann gegen Mann den rebellischen Strumpfwirker zur Bewilligung der nötigen Gelder zu zwingen.

War es das, was der Narr mit seinen krausen Worten meinte?

Marie wartete ab, bis Max zu Ende gesprochen hatte. Dann legte sie die Hand auf seinen Arm. »Du glaubst, die ganze Welt ist eine Turnierplatz, *n'est-ce pas, mon cœur?*«

Max nickte heftig mit dem Kopf. »*Oui, oui!* Und wenn dieser Coppenhole nur einen Funken Ehre hat, wird er kämpfen. Und wenn er kämpft, wird er verlieren. Und wenn er verliert, kann er mir nicht länger den Gehorsam …«

Sie unterbrach ihn mit einem Lächeln. »Aber was, wenn du disch irrst?«

»Worin soll ich mich irren?«, fragte Max irritiert.

»Dass die Welt eine Turnierplatz ist.«

»Was soll die Welt sonst sein?« Er zog ein so überraschtes Gesicht, dass Marie fast lachen musste.

»Vielleicht«, sagte sie, »ist die Welt ja eher – eine Theater?«

Die Verwunderung in seinem Gesicht wich einem fragenden Ausdruck. Wenn es etwas gab, was Marie über alles an ihm liebte, dann war es diese Neugier, seine Wissbegierde, mit der er auf jede ihrer Ideen reagierte und mochte sie noch so fremd für ihn sein.

»Angenommen, du hast recht«, fragte er. »Was muss ich dann tun, um zu bekommen, was ich brauche?«

Wären sie allein gewesen, hätte Marie ihn geküsst. »*Mais c'est si simple, mon brave chevalier!*«, rief sie. »Wenn die Welt eine Theater ist, müssen wir machen eine gute *spectacle*!«

13

Was für ein widerliches Schauspiel! Jan Coppenhole schüttelte sich. Der Herzog von Österreich hatte ihn wie alle Ständevertreter der Stadt Gent in den Prinsenhof geladen, um seine Erhebung zum Großmeister des Ritterordens vom Goldenen Vlies zu feiern. Dabei hatte die Ständeversammlung den Antrag des Regenten auf Finanzierung seiner Kriegsgelüste rundherum abgelehnt! Trotzdem hielt jetzt dieser Ausländer, angetan mit dem Lehensrock und der Ordenskette, an der Seite von Karls Tochter mit derselben Großartigkeit Hof wie einst Karl selbst. Während weibisch gekleidete Höflinge zu den Klängen der Kapelle ihre Damen zum Tanz führten, funkelte auf den Tischen das Geschirr vor lauter Gold und Silber, als wäre der Saal eine einzige Schatzkammer. Bei solchem Geprotze war es fast ein Wunder, dass Maximilian auf das Turnier, von dem die Rede gewesen war, verzichtet hatte.

Wollte er so etwa demonstrieren, dass er an der Hofhaltung sparte, wie die Stände es von ihm verlangten?

Kunz von der Rosen, gewandet in Brokat und Seide, war der lebende Gegenbeweis. Wie lange musste ein Schneider für solche Kleider arbeiten? Obwohl der Zwerg ihn schon einige Male mit nützlichen Nachrichten versorgt hatte, wusste Jan nicht, ob er ihm vertrauen konnte. Kunz war ein Überläufer, genauso wie sein Herr, Philippe de Commynes. Wie ein Zeremonienmeister klopfte er jetzt mit seinem übergroßen Stab auf den Boden. Während die Kapelle verstummte, erhob Maximilian sich von seinem Thron.

»Bürger von Gent!«, rief er in den Saal. »Wir haben Euch um Eure Unterstützung im Krieg gegen Frankreich gebeten. Ihr habt sie uns verweigert. Heute trete ich mit derselben Bitte noch einmal vor Euch: Gebt uns die Gelder, die wir zur Aufrüstung des Heeres und Instandsetzung der Befestigungsanlagen benötigen, um uns gegen den Feind zur Wehr zu setzen!«

Jan staunte, wie gut dieser Ausländer Französisch sprach. Jemand musste die Rede mit ihm Satz für Satz auswendig gelernt haben. Doch an den Gesichtern im Saal war leicht zu erkennen, dass auch die geschliffenste Rede nichts an der Haltung der Stände ändern würde.

Jan trat vor, um auszusprechen, was alle dachten. »Ihr habt fünfhunderttausend Gulden verlangt, um Krieg gegen Ludwig zu führen. Eine solche Summe hat nicht mal Herzog Karl jemals gefordert. Wir weisen auch heute Euer Begehren zurück.«

Maximilian zog ein Gesicht, als hätte er kein Wort verstanden. Jan Coppenhole sah es mit Befriedigung: Offenbar war er schon am Ende seines Lateins. Wie um seine Vermutung zu bestätigen, erhob sich jetzt Marie, um anstelle ihres Gatten zu antworten.

»Wenn Ihr Eurem Herzog das Geld verweigert, ist Burgund eine Beute Frankreichs!«

»Und wenn wir Euch das Geld bewilligen, sind wir eine Beute Österreichs!«, erwiderte Jan. »Sehen wir den Tatsachen ins Auge. Der Herzog von Österreich ist mit nichts in den Händen in unser Land gekommen, um nun alles von unserem Land zu nehmen. Dabei will er das Geld nicht zu unserem Schutz, wie er behauptet, er will sich nur die eigenen Kassen füllen! Um auf unsere Kosten ein Leben in Saus und Braus zu führen!«

»Das ist nicht wahr!«, protestierte Marie. »Der Herzog von Burgund ist nur auf unser Wohl bedacht! Er will unsere Rechte wahren! Die Rechte Burgunds! *Dafür* braucht er das Geld!«

Ihre Worte gingen in einem empörten Raunen unter. Marie tauschte einen Blick mit ihrem Mann und nickte ihm zu. Offenbar war das ein Zeichen, denn nun ergriff Maximilian wieder das Wort.

»Wollt Ihr den Beweis?«, fragte er, in so fehlerfreiem Französisch wie im ersten Teil seiner Rede. »Dann will ich ihn Euch geben!« Vor allen Augen zog er seinen Lehensrock aus. »Dieser Mantel, ein Erbstück Herzog Karls, ist, wie Ihr wisst, hunderttausend Gulden wert. Ich opfere ihn für die Verteidigung Burgunds.«

Mit großer Geste warf er den Rock in eine offene Truhe, die zwei

Diener für ihn bereithielten. Abermals erhob sich ein Raunen. Doch diesmal drückte es nicht Empörung, sondern staunende Verwunderung aus.

Maximilian hob die Hand. »Außerdem werde ich alles, was ich an Gold und Silber besitze, einschmelzen lassen, als meinen Beitrag für die Rüstung unserer Armee.« Er wandte sich an ein Dutzend Diener, die weitere Truhen bereithielten. »Tut, wie Euch befohlen.« Noch während er sprach, traten die Diener an die Tische und räumten alles Gold- und Silbergeschirr ab. »Solange wir uns im Krieg mit Frankreich befinden«, erklärte Maximilian, »werden die Herzogin und ich nur noch von Zinn- und Holztellern essen.«

Die Überraschung war so groß, dass die ganze Gesellschaft verstummte. Jan stieß einen Fluch aus. Was hier geschah, war übelstes Schmierentheater, nichts weiter als ein schändlicher Versuch, die Bürger von Gent an der Nase herumzuführen. Doch offenbar war er der Einzige, der das Spiel durchschaute.

Der Gewürzhändler Hinrich Peperkorn fand als Erster seine Sprache wieder. »Ihr wollt wirklich alles Gold und Silber einschmelzen lassen?«

Maximilian nickte. »Für die Verteidigung Burgunds!«

»Seid Ihr bereit, darauf einen Eid zu schwören?«

»So wahr mir Gott helfe!«

Peperkorn wandte sich an die übrigen Ständevertreter. »Dann schlage ich vor, wir stimmen noch einmal ab. Wer ist dafür, dem Herzog von Burgund die verlangten Gelder zu bewilligen?«

Jan wollte protestieren – aber zu spät! Alle Hände flogen in die Höhe. Gleich darauf erbebte der Saal unter dem Applaus.

Maximilian nahm einen Zinnbecher und prostete der Versammlung zu. »Auf Burgund!«, rief er über den Lärm hinweg.

»Auf Burgund! Auf Burgund!«

Die begeisterten Rufe prasselten wie Schläge auf Jan nieder. Hatten alle den Verstand verloren?

Als der Jubel verebbte, meldete sich noch einmal Herzogin Marie zu Wort. »Ich danke Euch für das Vertrauen, das Ihr meinem Gemahl ausgesprochen habt. Ich will Euch darin nicht nachstehen. In Abänderung unseres Ehevertrages erkläre ich hiermit, dass im Fall meines Todes alle meine Erbrechte, Herzogtümer und Grafschaften an Maximilian von Habsburg übergehen sollen, den einzig wahren und rechtmäßigen Herrscher von Burgund!«

14

»Komm, Wolf, setzen wir uns an den Kamin«, sagte Max, nachdem die Ständevertreter das Fest verlassen hatten. »Ich muss mit dir reden.«

Wolf folgte ihm durch den halbleeren Saal, in dem nur noch eine kleine Hofgesellschaft übriggeblieben war. Auf dem kurzen Weg gab Max einem Kammerherrn eine Anweisung, grüßte einen Bischof und machte gleichzeitig einer Dame ein Kompliment. Wolf wunderte sich, wie selbstsicher sein Freund sich zwischen den vornehmen, fremden Höflingen bewegte, mit einer Eleganz und Weltläufigkeit, als wäre er nicht am ärmlichen Hof seines Vaters aufgewachsen, sondern in all die Pracht und Herrlichkeit des Prinsenhofes hineingeboren.

»Ich brauche deine Hilfe«, sagte Max, kaum dass sie Platz genommen hatten.

»Wozu?«, wollte Wolf wissen.

»Um die Franzosen aus dem Land zu jagen.« Max legte eine Hand auf seinen Arm. »Bist du bereit, mein Heer zu führen?«

Wolf zögerte keinen Augenblick. »Es soll mir eine Ehre sein! Wann brechen wir auf?«

»Ich wusste, dass ich auf dich zählen kann.« Max klopfte ihm auf die Schulter. »Aber bevor wir den Franzosen auf den Leib rücken, gibt es noch eine Menge zu tun. Auf meiner Huldigungsreise mit Marie habe ich mehrere Grenzposten inspiziert. Die burgundischen Befestigungsanlagen sind in einem erbärmlichen Zustand, das Heer hat sich so gut wie aufgelöst, die meisten Edelleute sind mit ihren Knappen und Bauern auf ihre Burgen zurückgekehrt, und die wenigen Soldaten, die geblieben sind, haben noch nie in ihrem Leben exerziert.«

»Geld hast du ja jetzt genug, um eine Armee auszurüsten«, erwiderte Wolf. »Aber sag, wie bist du auf die Idee mit dem Einschmelzen gekommen? Das war ein Meisterstück!«

Sichtlich geschmeichelt lehnte Max sich zurück. »Weißt du«, sagte er, »wir beide, du und ich, wir haben immer gedacht, die Welt ist ein Turnierplatz, und wer einmal über ein Volk herrschen will, für den gebe es keine bessere Schule als die Stechbahn. Aber hier habe ich begriffen, dass das nicht alles ist. Die Welt ist kein Turnierplatz, die Welt ist ein Theater. Und wer auf dieser Bühne bestehen will, muss wissen, was Menschen antreibt, wozu sie im Guten wie im Schlechten fähig sind und was sie im Geheimen begehren.«

»Donnerwetter, Max! Ich erkenne dich nicht wieder. Du redest ja wie ein Philosoph! Hat Marie dir das beigebracht?«

»Ich sehe schon, ich kann dir nichts vormachen«, erwiderte sein Freund mit einem Grinsen. »Ja, du hast recht, das habe ich Marie zu verdanken. Sie hat es in der kurzen Zeit geschafft, dass ich ganze Stunden und Tage mit Büchern verbringe – freiwillig!« Während er sprach, schaute er mit leuchtenden Augen hinüber zum Thron, wo seine Frau sich gerade mit einem Bischof unterhielt.

»Willst du gar nicht wissen, was mit Rosina ist?«, fragte Wolf.

Als sein Freund sich zu ihm herumdrehte, war das Leuchten in seinen Augen erloschen. »Warum musst du mich an sie erinnern?«, fragte er. »Ich habe versucht, sie zu vergessen.«

»Ich hatte gedacht, es würde dich interessieren, wie es ihr geht.«

Max zuckte die Schultern. »Also gut, wie geht es ihr?«

»Sie ist zu ihrem Onkel gereist, dem Fürstbischof von Salzburg. Sie will ihm den Haushalt führen.«

»Schön, dann ist sie ja bestens versorgt.« Er tat einen Seufzer und schaute Wolf an. »Warum hast du sie nicht geheiratet? Ich hatte dich doch gebeten, dich um sie zu kümmern.«

Wolf zögerte. Er hatte sich die Frage selbst unzählige Male gestellt. Aber es gab nur eine einzige Antwort. »Ich denke, das weißt du so gut wie ich«, sagte er schließlich. »Sie hat mich nicht gewollt. Sie wollte nur dich – dich oder keinen.«

Max schüttelte energisch den Kopf. »Sie hat mich belogen und betrogen«, sagte er.

»Bist du dir da wirklich so sicher?«

»Sie hat behauptet, ein Kind von mir zu bekommen! Obwohl sie gar nicht schwanger war! Nur um mich an sich zu ketten!« Seine Stimme klang bitter. »Dabei habe ich sie geliebt, wirklich geliebt ...«

Eine lange Weile starrte er stumm in seinen leeren Becher. Waren das Tränen, die in seinen Augen schimmerten? Wolf konnte es nicht erkennen.

»Und wenn du dich irrst?«, fragte er.

Irritiert blickte Max auf. »Was willst du damit sagen?«

»Ich meine ... vielleicht ...«

»Raus mit der Sprache! Weißt du irgendetwas, was ich nicht weiß?«

Wolf spürte, wie er rot wurde, und wandte sich zum Kamin. Was würde passieren, wenn Max die Wahrheit erfuhr? Würde er in Burgund bleiben? Oder würde er Marie und den Hof verlassen, um Rosina zu suchen? Rosina und sein Kind, das sie unter dem Herzen trug ... Obwohl er sich dagegen wehrte, war Wolf machtlos gegen das Gefühl von Melancholie, das ihn plötzlich überkam. Mit leeren Augen blickte er auf die ausgeglühte Asche, die den Kaminboden bedeckte. Nein, er würde Max nicht sagen, was Rosina ihm gesagt hatte. Er hatte ihr geschworen zu schweigen, und diesen Eid würde er nicht brechen, um keinen Preis der Welt.

»Ich glaube, du brauchst eine Frau«, sagte Max.

Wolf zuckte zusammen. »Wie kommst du darauf?«

»Ich habe dich beim Tanzen beobachtet. Johanna van Hallewyn scheint dir zu gefallen. – Nein, streite es nicht ab«, sagte Max, als

Wolf widersprechen wollte. »Man braucht dich ja nur anzusehen. Du bist ganz rot im Gesicht.«

Wolf verfluchte seine helle Haut, die ihn nicht zum ersten Mal verriet. Johanna war zwar keine Rosina von Kraig – aber ja, er mochte Maries Kammerfrau, sehr sogar. Sie war eine angenehme, hübsche Erscheinung, und sie hatten nach dem Tanz fast den ganzen Abend miteinander geplaudert, ohne dass ihnen die Zeit lang geworden war. Jetzt stand sie beim Thron und lachte mit Marie über Kunz von der Rosen, der seinen Bauch vorwölbte, um den dickleibigen Bischof nachzuahmen.

»Komm mit«, sagte Max und packte Wolf beim Arm.

»Was hast du vor?«

»Das wirst du gleich sehen!« Ohne ihn zu fragen, zerrte er ihn zum Thron.

»Ruhe!«, krähte der Narr und klopfte mit seinem Stab. »Der Herzog will etwas verkünden!«

Die Hofgesellschaft verstummte.

»Heute ist ein großer Tag!«, rief Max. »Endlich sind wir imstande, die Franzosen aus Burgund zu werfen! Darum ist es an der Zeit, Euch meinen Heerführer vorzustellen – meinen Freund und Weggefährten Wolf von Polheim!«

Der Narr hüpfte herbei, und im nächsten Moment hatte Wolf einen Becher in der Hand.

»Auf unseren Sieg!«, rief Max und stieß mit ihm an.

»Auf unseren Sieg!«, erwiderte Wolf und trank.

Als er den Becher absetzte, berührte jemand hinter ihm seinen Arm. »Ich bin sicher, Ihr habt die Ernennung verdient«, hörte er eine Frauenstimme flüstern.

Wolf fuhr herum. Vor ihm stand Johanna van Hallewyn.

»Nehmt Ihr meinen Glückwunsch entgegen?«

Zwei graue, warme Augen schauten ihn an. Wolf musste schlucken. Erst jetzt bemerkte er, dass Johanna die reizendsten Grübchen hatte, die eine Frau nur haben konnte.

»Und noch etwas möchte ich kundtun«, fuhr Max fort. »Die

Verlobung meines neuen Heerführers Wolf von Polheim mit der Hofdame meiner Gemahlin, Johanna van Hallewyn.«

»Was sagst du da?«, rief Wolf.

Max grinste über das ganze Gesicht. »Ja, du hast richtig gehört!« Ehe Wolf es sich versah, nahm Max seine und Johannas Hand und legte sie zusammen. »Noch diesen Sommer wird geheiratet!«

Die Hofgesellschaft applaudierte. Wolf nahm seinen ganzen Mut zusammen, um Johanna anzuschauen. Wieder schoss ihm das Blut ins Gesicht. »Ich ... ich schwöre«, stammelte er, »ich hatte nicht die geringste Ahnung ... Wirklich nicht!«

Johanna senkte den Blick, doch ihren Mund umspielte ein Lächeln, das ihre Grübchen noch reizvoller hervortreten ließ. »Ich auch nicht, Mijnher«, sagte sie leise. »Aber wenn der Regent es so will?«

15

Rosina hörte von draußen das Rufen des Publikums. Die Leute warteten schon voller Ungeduld auf die Vorstellung, doch Miklos ließ sich davon nicht beirren. Immer schneller, immer heftiger folgten die Stöße aufeinander, mit denen er in sie drang.

»*Szeretlek*«, keuchte er an ihrem Ohr. »*Kellesz nekem.*«

Rosina blickte gegen das Zeltdach. Vor jeder Vorstellung überkam Miklos die Lust. Sollte sie ihm dieses kleine Glück verwehren? Miklos hatte sie in seiner Schaustellertruppe aufgenommen, er hatte sie vor ihrem Onkel und den Nonnen gerettet. Ohne ihn und Anna wäre sie jetzt bei den Huren – oder vielleicht gar nicht mehr am Leben. Dafür war sie ihm so dankbar, dass sie ihm das Vergnügen, das sie ihm bereitete, von Herzen gönnte, und nicht selten steckte er sie mit seiner Lust sogar an. Kein Wunder – es gab wahrlich schlechtere Männer als ihn. Miklos war mit seinen schwarzen Haaren und den feurigen Augen hübsch anzusehen, sein Körper gereichte einem Apoll zur Ehre, er war nicht nur ein leidenschaftlicher Liebhaber, sondern auch ein anständiger Kerl, der weder trank noch sein Geld verspielte oder eine Frau jemals schlug, und an den Geruch von Knoblauch, den sein Atem verströmte, hatte Rosina sich bereits gewöhnt.

»Szeretlek«, wiederholte er. *»Kellesz nekem.«*

Heute allerdings sprang der Funke nicht über, sie konnte seine Lust nicht teilen. Miklos hatte es zu eilig gehabt – ein Reiter, der es nicht geschafft hatte, sie im Vorbeigaloppieren in den Sattel zu heben und nun einsam am Horizont entschwand ... Aber kam es darauf an? Geduldig wartete sie ab. Nach fast zwei Jahren, die sie inzwischen mit ihm zusammen war, kannte sie ihn gut genug, um zu wissen, dass, wenn er anfing, Ungarisch zu sprechen, es nicht mehr lange dauerte.

»Szeretlek«, seufzte er ein letztes Mal. *»Kellesz nekem.«*

Zärtlich fuhr sie ihm durchs Haar. »Ach Miklos, du weißt doch, dass ich kein Ungarisch verstehe.«

Mit seinen strahlend weißen Zähnen grinste er sie an. »Du kannst gerne Französisch antworten, wenn dir das lieber ist.«

»Das hättest du wohl gerne!« Lachend schubste sie ihn von sich. »Wie oft soll ich dir noch sagen, dass ich das nicht mag?«

»Wenn eine Frau einen Mann wirklich liebt, dann ...«

»Dann was?«

Sein Grinsen wurde noch eine Spur frecher. »Du weißt schon ...«

Ja, Rosina wusste, was er meinte. Doch diesen Wunsch konnte sie ihm nicht erfüllen. Denn es stimmte, was Miklos sagte. Das konnte eine Frau nur, wenn sie den Mann *wirklich* liebte.

Zum Glück steckte Anna ihren grauen Kopf durch den Zeltspalt. »Los! Wo bleibt ihr? Die Leute schlagen uns gleich die Bühne ein!« Sie warf den beiden einen tadelnden Blick zu und verschwand.

»Anna hat recht. Höchste Zeit!« Rosina sprang auf und sammelte ihre Kleider auf, die verstreut auf dem Lehmboden lagen.

Miklos zog ein Gesicht wie ein kleiner Junge, dem man sein Spielzeug fortgenommen hat. »Du hast es aber eilig ...«

16

Manchmal wünschte Kunz von der Rosen, er würde weniger wissen, als es der Fall war. Doch Wissen war zeit seines Lebens die einzige Möglichkeit gewesen, über seine Zwergenexistenz hinauszuwachsen – und sei es nur im Geiste. Darum wusste Kunz jetzt leider auch, dass der Überbringer einer schlechten Nachricht in der Regel umso härter bestraft wurde, je weniger man sich an deren Verursacher halten konnte. Und es war wahrlich eine schlechte Nachricht, die er heute Philippe de Commynes zu überbringen hatte.

Entsprechend übel war seine Laune an diesem Morgen, und sie hellte sich auch nicht auf, als er den Marktplatz überquerte. Vor der Kathedrale, wo schon die herrlichsten Spektakel stattgefunden hatten wie zum Beispiel die Hinrichtung Hugonets, war heute nur die Bühne einer gewöhnlichen Schaustellertruppe aufgeschlagen. Eine Vettel mit grauen Haaren kündigte soeben die Vorstellung an.

»Ein herzergreifendes Schauspiel über den Herzog von Burgund und seinen Todfeind Ludwig, den heimtückischen König von Frankreich, dargeboten von den berühmtesten und hervorragendsten Tragöden des Abendlands …«

Unter den Pfiffen des Publikums verschwand die Alte von der Bühne, um einem Zigeuner Platz zu machen, der auf dem Kopf eine hölzerne Krone und um die Schultern einen roten Wollmantel trug. Das sollte wohl Herzog Maximilian sein. Aus beruflicher Neugier blieb Kunz stehen.

Der Zigeuner sank auf die Knie und reckte die Hände zum Himmel. »O Göttin Fortuna, ich flehe dich an, schenk mir und Burgund einen Sohn. Damit der König von Frankreich mich endlich mal kann!« Während er den Reimvers sprach, kehrte er dem Publikum den Rücken zu und zeigte seinen blanken, schwarz behaarten Hintern.

Die Zuschauer brüllten vor Lachen. Jeder in Gent wusste, dass

Maximilian und Marie sich seit zwei Jahren vergeblich bemühten, einen Thronfolger zu zeugen, um Ludwigs Ansprüche auf Burgund für immer zurückzuweisen. Aber galt das noch heute, wie dieser Schmierenkomödiant seinem Publikum weismachte? Der Narr wusste es besser. Am Vorabend hatte Olivier de la Marche am Hof verkündet, dass die Herzogin schwanger sei. Ebendies war die Nachricht, die Kunz seinem Herrn zu überbringen hatte.

Er wollte schon weitergehen, als sich hinter dem Vorhang die Stimme einer Frau vernehmen ließ. »Ich kann keinen Sohn dir schenken, o Herzog von Burgund …« Kunz stutzte. Die Stimme kannte er doch? Im nächsten Moment teilte sich der Vorhang, und eine als Göttin Fortuna verkleidete Frau betrat die Bühne. Mit ausgebreiteten Armen ging sie auf den vermeintlichen Herzog zu. »Einen Sohn kann ich dir nicht schicken. Das vermag nur deine Frau. Doch dafür musst du nicht beten, sondern sie nach Herzenslust …« Statt das Reimwort auszusprechen, rieb sie sich unter dem Gejohle der Zuschauer wie eine Buhle an dem Zigeuner.

Kunzens schlechte Laune war auf einen Schlag wie fortgeweht. Vergnügt und voller Zuversicht setzte er seinen Weg fort.

Rosina war in der Stadt, Rosina von Kraig. Damit ließ sich was machen.

17

»Musst du wirklich fort?«, fragte Marie.

»Wolf wartet im Hof, die Pferde sind schon gesattelt«, erwiderte Max. Je länger der Abschied dauerte, desto schwerer fiel er ihm.

»Willst du nicht warten, bis unser Kind da ist?«

»Hab keine Angst, Marie. Zur Geburt unseres Sohnes bin ich wieder hier. Dafür wird Wolf schon sorgen. Johanna ist schließlich auch schwanger und erwartet ihr Kind noch früher als du.«

»Ach Max, warum könnt ihr nicht einfach bleiben? Wir haben doch Frieden mit Frankreich!«

»Frieden?« Er schüttelte den Kopf. »Nur einen Waffenstillstand. Und um den schert Ludwig sich einen Dreck.«

Es war jetzt zwei Jahre her, dass die Stände fünfhunderttausend Gulden bewilligt hatten, damit Max die französischen Besatzer aus dem Herzogtum jagte. Damals hatte allein die Aufrüstung der burgundischen Armee gereicht, um Ludwig zum Einlenken zu zwingen. Bevor es zum Krieg gekommen war, hatte der französische König seine Truppen aus den besetzten Gebieten zurückgezogen, und als es Max mit Hilfe seiner Schwiegermutter Margarete von York gelungen war, ein Bündnis mit England zu schließen, hatte Ludwig zähneknirschend in einen Waffenstillstand eingewilligt. Doch die Ruhe war nur von kurzer Dauer gewesen. In geheimen Verhandlungen hatte Ludwig dem englischen König eine Leibrente von fünfzigtausend Gulden in Aussicht gestellt, und Margaretes Bruder Edward, ein ebenso willensschwacher wie genusssüchtiger Mensch, war der Versuchung erlegen: Das Bündnis Burgunds mit England war auseinandergebrochen. Seitdem flackerte der Krieg überall an den Grenzen in immer wieder neuen Scharmützeln auf.

»Ludwig will uns mürbe machen«, sagte Max. »Und seine Taktik geht auf. In St. Quentin ist kürzlich eine ganze Kompanie zu den Franzosen übergelaufen.«

»Weil Philippe de Commynes die Hauptleute bestochen hat«, erwiderte Marie.

Max nahm ihr Gesicht zwischen seine Hände. »Mach es mir doch nicht so schwer. Ich *muss* jetzt zu meinen Männern, damit sie bei der Fahne bleiben. Du hast mir selber beigebracht, wie wichtig solche Zeichen sind.«

»Ach ja, die Welt ist ein Theater.« Marie schenkte ihm ein wehmütiges Lächeln. »Ich weiß ja, *mon cœur*, dass es nicht anders geht. Es ... es ist ja nur, weil ich dich so sehr liebe. Und möchte, dass du hier bist, wenn unser Sohn, oder unsere Tochter ...« Sie sprach den Satz nicht zu Ende.

Max musste schlucken. »Weißt du eigentlich, wie glücklich mich das macht, wenn du *mon cœur* zu mir sagst?«, flüsterte er.

»Aber das bist du doch auch, mein Herz!«

Der innige Blick, mit dem sie ihre Worte begleitete, rührte ihn noch mehr als das Bekenntnis selbst. Max konnte kaum glauben, wie vertraut sie einander geworden waren. Noch nie hatte er sich mit einem Menschen so blind verstanden wie mit Marie. Und das lag nicht daran, dass sie inzwischen so gut Deutsch wie er Französisch sprach. Der wahre Grund ihrer Vertrautheit war die Gewissheit, dass sie gar keine Worte brauchten, um einander zu verstehen. Stets wussten sie beide, was der andere dachte oder fühlte, wünschte oder fürchtete, und immer wieder kam es vor, dass der eine etwas aussprach, was der andere gerade sagen wollte. Und jetzt ging auch noch ihr größter gemeinsamer Wunsch in Erfüllung, als wolle sogar der Himmel ihre Verbindung segnen: Marie bekam ein Kind. Nichts konnte sie nunmehr voneinander trennen. Er war ein Stück von ihr und sie ein Stück von ihm.

»Es ist ja nicht für immer«, sagte Max. »Ich werde mich beeilen, wie ich nur kann.«

Marie schlug die Augen zu ihm auf. »Versprochen?«

Wie eine kleine Kugel zeichnete sich die Wölbung ihres Bauches unter ihrer Tunika ab. So behutsam er konnte, drückte er Marie an sich und gab ihr einen Kuss. »Versprochen!«

18

Prost, Männer! Auf den Herzog von Burgund!«

Die verrußten Wände der Kaschemme hallten von den Rufen der Handwerker und Tagelöhner wider, die lärmend ihre Bierkrüge aneinanderstießen, um Maximilian von Habsburg hochleben zu lassen. Philippe de Commynes, der mit Jan Coppenhole an einem Tisch im hintersten Winkel des Schankraums saß, um in Ruhe mit dem Strumpfwirker zu reden, konnte es langsam nicht mehr hören.

»Ihr seht es ja selbst«, sagte Coppenhole, »der Österreicher ist beliebt beim Volk.«

»Ihr werdet dafür bezahlt, das zu ändern«, erwiderte Philippe.

»Was soll ich denn machen? Es herrscht Friede im Land, die Leute haben Arbeit und satt zu essen, sogar Tagelöhner können sich leisten, den Feierabend im Wirtshaus zu verbringen.« Voller Abscheu ließ der Strumpfwirker seinen Blick durch den Schankraum schweifen. Der Anblick der trinkenden Männer war ihm offensichtlich ein Gräuel.

»Wir haben jetzt die Möglichkeit, das Blatt zu wenden«, erklärte Philippe. »Der Herzog von Österreich muss an die Front. Nutzt die Zeit seiner Abwesenheit, um die Genter auf Eure Seite zu bringen.«

Coppenhole schüttelte den Kopf. »Die Stände haben sich für Maximilian ausgesprochen. Daran wird sich so schnell nichts ändern.«

»Auch nicht, wenn sie erfahren, dass er schon ihr ganzes Geld verprasst hat?«, fragte Philippe.

»Was wollt Ihr damit sagen?«

Philippe beugte sich zu dem Strumpfwirker vor. »Von den fünfhunderttausend Gulden, die er den Ständen abgeschwatzt hat, ist nicht mehr viel übrig.«

Coppenhole schaute ihn mit seinen gelben Augen misstrauisch an. »Woher wollt Ihr das wissen?«

»Kunz von der Rosen hat es mir gesagt«, erwiderte Philippe. »Angeblich kann der Herzog von Österreich schon den Hund auf dem Boden seiner Schatztruhe sehen.«

Coppenhole zuckte die Schultern. »Wenn Ihr mich fragt, ich traue dem Zwerg nicht über den Weg. Der würde seine Seele dem Teufel verkaufen, wenn nur genug für ihn dabei herausspringt.« Der Strumpfwirker blickte zur Tür. »Wo bleibt er überhaupt, der verfluchte Kerl? Ich habe meine Zeit nicht gestohlen!«

»Bin schon da!« Wie aus dem Nichts stand der Narr plötzlich vor ihnen.

»Sapperlott! Hast du uns belauscht?«, herrschte Philippe ihn an.

»So etwas tue ich nur, wenn man mich dafür bezahlt«, sagte Kunz mit beleidigter Unschuldsmiene. »Ich habe mir lediglich erlaubt, den Kücheneingang zu nehmen, wie es sich für einen unbedeutenden Menschen wie mich gehört. Aber ich sehe, Meister Coppenhole drängt es in seine Werkstatt. Darum fasse ich mich kurz: Ich habe zwei Nachrichten, eine gute und eine schlechte. Welche wollt Ihr zuerst hören?«

»Die schlechte!«, sagte Philippe de Commynes.

»Wie Ihr befehlt«, erwiderte Kunz. »Aber versprecht mir, mich nicht zu strafen. Ich bin nur der Bote.« Er stellte sich auf die Zehenspitzen und forderte mit seinen Affenpfoten Philippe und Coppenhole auf, sich zu ihm herabzubeugen. »Unsere geliebte Herzogin«, raunte er leise, »Marie von Burgund, erwartet ein Kind.«

»Verflucht!«, zischte Philippe, und Coppenhole knallte so heftig mit der Faust auf den Tisch, dass Kunz einen ängstlichen Satz zur Seite machte.

»Wie könnt Ihr mir einen solchen Schreck einjagen«, meckerte er. »Wenn die Herzogin ein Kind bekommt, bin ich gewiss der Letzte, der dazu beigetragen hat.«

»Lass deine Witze«, fiel Philippe ihm ins Wort. »Gott gebe, dass es kein Sohn ist!«

»Macht Euch keine Sorgen vor der Zeit«, erwiderte Kunz mit treuherzigem Augenaufschlag. »Die Hälfte aller ersehnten Söhne werden bekanntlich Töchter. Noch besteht also Hoffnung. Aber – wollt Ihr denn gar nicht die gute Nachricht hören?«

»Frag nicht, sondern sprich!«

Wie ein Ball hüpfte der Zwerg auf den Tisch und pflanzte sich mit seinen untergeschlagenen Beinchen vor Philippe hin. »Es gibt vielleicht eine Möglichkeit, das junge Glück zu spalten. Das zärtliche Band zwischen unserem burgundischen Kleinod und ihrem

Herzog ist ein Malheur, das wir nie auf der Rechnung hatten. Wer weiß, wenn wir es schaffen, dieses Band zu durchschneiden, mag die Kraft der Liebe dahinschwinden wie einst bei dem armen Samson, der sein Haar verlor.«

»Was ist dein Plan?«, fragte Philippe. »Aber ich rate dir, elender Gnom – überleg dir gut, was du sagst.«

»Dessen könnt Ihr gewiss sein«, entgegnete Kunz. »Auch wenn ich nur ein winzig kleines Leben mein eigen nenne, hänge ich doch daran nicht weniger als Ihr an Eurem großen.« Er verzog sein Gesicht zu einer Fratze, aus der sein ganzer Charakter sprach. »Erinnert Ihr Euch noch an Rosina von Kraig, die gar unjüngferliche Jungfer, die einst Maximilians Herz besaß?«

19

Das Lagerfeuer war beinahe heruntergebrannt, nur noch ein blassroter Schein erhellte die nächtliche Dunkelheit. Am Abend hatte Max Branntwein ausgeschenkt, mit einem umgehängten Fässchen war er durch das Heerlager gezogen, um von eigener Hand jedem Einzelnen seiner Leute einen Becher einzuschenken, nachdem die Landsknechte ihm beim Scheibenschießen auf ein Bildnis des französischen Königs ewige Treue geschworen hatten. Jetzt schliefen sie ihren Rausch aus, während Max und Wolf noch am Feuer saßen und den Geräuschen der Nacht lauschten.

»Glaubst du, ich kann mich auf sie verlassen?«, fragte Max.

»Ganz sicher«, erwiderte Wolf. »Die Männer stehen hinter dir.«

»Ja, solange sie ihren Branntwein bekommen.«

»Branntwein gibt Ludwig seinen Männern auch. Aber er würde ihnen nie selber einschenken – kein einziger Fürst außer dir würde so etwas tun. Damit hast du ihre Herzen erobert. Jetzt gehen sie für dich durchs Feuer.«

»Dein Wort in Gottes Ohr«, sagte Max. »Wir sind den Franzosen an Zahl weit unterlegen. Das können wir nur durch Geschick wettmachen. Und die Treue unserer Männer.«

Er ließ seinen Blick über das nächtliche Lager schweifen. Max hatte in den vergangenen Wochen und Monaten zehntausend Mann ausgehoben, hatte täglich mit ihnen exerziert und so aus Bauern und Tagelöhnern richtige Soldaten gemacht, die wussten, wie man mit einer Arkebuse oder einer Armbrust umging, und das nicht nur beim Scheibenschießen bewiesen hatten, sondern auch schon in zahlreichen kleinen Gefechten gegen den Feind.

»Umso wichtiger ist es«, sagte Wolf, »dass sie ihren Sold bekommen. Unsere Kassen sind leer. Wenn du nicht bald was unternimmst, können wir die Männer nicht mehr auszahlen. Dann nützt auch der Branntwein nichts.«

Max zuckte die Schultern. »Geld ist meine geringste Sorge. Wenn kein Geld da ist, erhöht man die Steuern. Das hat Karl auch so getan. Sorgen mache ich mir um was ganz anderes.«

Wolf schaute ihn von der Seite an. »Nämlich?«

Max blickte in die Glut. Seit vier Monaten standen sie nun schon im Feld. Zu einer wirklichen Schlacht war es noch nicht gekommen, doch jede Woche griffen die Franzosen irgendeine burgundische Festung an, so dass er gezwungen war, sein Heer aufzuspalten und mit mehreren kleinen Truppen an verschiedenen Orten gleichzeitig zu sein, um Ludwigs Attacken zurückzuweisen. Offenbar war es das Ziel der Franzosen, mit diesen Nadelstichen die burgundische Armee auseinanderzureißen, um dann irgendwann, wenn Max am wenigsten darauf vorbereitet war, den großen, alles entscheidenden Schlag zu führen. Max wusste, dieser Schlag würde irgendwann kommen, und wenn er ihn nicht parieren konnte, dann würde ihm nur noch eins helfen.

»Ich kann dir gar nicht sagen, wie sehr ich dich beneide.«

Über Wolfs Gesicht huschte ein stolzes Lächeln. »Du meinst – um meinen Sohn?«

Max nickte. Johanna war vor zwei Wochen niedergekommen, und sie hatte Wolf eine Zeichnung von dem Kind geschickt.

»Hab Geduld«, sagte Wolf. »Bald ist Marie auch so weit.«

»Du hast gut reden«, sagte Max. »Ob du heute oder in zwei Jahren einen Sohn hast, braucht dich nicht zu kratzen. Bei mir hängt alles davon ab. Ich bete deshalb Tag und Nacht zu Gott, dass es ein Junge wird. Wenn ein Thronfolger da ist, muss Ludwig beigeben. Sonst aber, ich meine, wenn es ein Mädchen wird …«

Während er sprach, wurde plötzlich Hufgetrappel laut. Gleich darauf tauchte ein Reiter aus der Dunkelheit auf.

»Die Herzogin schickt mich. Ihr sollt sofort nach Gent kommen.«

»Ist es so weit?« Max sprang auf und parierte das Pferd am Zügel. »Was ist es? Junge oder Mädchen?«

20

»Ein Mädchen!«, erklärte Hofgroßmeister Olivier de la Marche.

»Wer behauptet das?«, fragte Margarete von York.

»Ganz Europa, Euer Gnaden. Der französische König hat es bei seiner letzten Audienz verkündet, vor allen in Plessis akkreditierten Botschaftern.«

»Dieser Schuft. Damit will er seinen Anspruch auf Burgund erneuern.«

»Ja, die Botschafter sollen um Unterstützung für Frankreichs Haltung werben. Nicht jeder Fürst, so hat Ludwig gespottet, sei imstande, einen männlichen Thronfolger zu zeugen.«

»Das ist infam!«

»In der Tat, Euer Gnaden. Zumal die Audienz mehr als eine Woche vor der Entbindung stattfand.«

Marie fühlte sich so matt und kraftlos, als hätte man sie wie ein Stück Wäsche durch eine Mangel gewrungen. Mit ihrem Säugling auf dem Arm lag sie im Wochenbett, ohne sich an der Unterhaltung zu beteiligen. Hoffentlich schoss endlich die Milch ein! Vor drei Tagen hatte sie entbunden, doch ihren schweren Brüsten wollte kein einziger Tropfen entweichen.

»Es wird höchste Zeit für die Taufe«, meldete sich der Bischof zu Wort, der mit der Herzoginwitwe und dem Hofgroßmeister an ihrem Bett stand.

»Ich habe alles Nötige veranlasst«, sagte Olivier.

»Wer hat Euch den Befehl dazu gegeben?« Mühsam richtete Marie sich auf, die Bewegung schmerzte sie im ganzen Leib. »Ich will, dass wir mit der Taufe warten, bis der Herzog da ist.«

»Aber das kann noch Tage dauern«, erwiderte der Bischof. »Und vielleicht ist es dann zu spät. Ihr wisst so gut wie ich, Hoheit, wenn ein Kind ungetauft stirbt, ist es zur Hölle verdammt. Könnt Ihr das verantworten?«

»Mein Kind ist gesund«, sagte Marie. »Und der Herzog ist bereits auf dem Weg.«

»Seine Eminenz hat recht«, erklärte Margarete. »Die Seele des Kindes geht vor. Außerdem hast du keine Milch, da ist doppelte Vorsicht geboten. – Es bleibt dabei«, fügte sie, an Olivier de la Marche gewandt, hinzu, »morgen wird getauft!«

21

Hunderte von Menschen drängten sich vor dem Portal der St. Bavo-Kathedrale und verrenkten sich die Hälse, um einen Blick auf den Täufling zu erhaschen. Doch niemand auf dem Platz wartete mit solcher Anspannung wie Philippe de Commynes. Noch immer hatte er keine sichere Nachricht, welchen Geschlechts das Kind war, das Marie von Burgund ihrem Gemahl geboren hatte. War es, wie König Ludwig verbreiten ließ, ein Mädchen? Oder war es, wie der burgundische Hof behauptete, ein Junge? Nicht einmal Kunz von der Rosen hatte die Wahrheit herausgefunden – wenn der Säugling gewickelt wurde, duldete laut Auskunft des Zwerges die

Mutter niemanden in der Wochenkammer außer der Herzoginwitwe Margarete von York und ihrer Zofe Johanna van Hallewyn.

»Da!«, rief jemand. »Sie kommen!«

Philippe stellte sich auf die Zehenspitzen. Über die Köpfe der Menschen hinweg sah er, wie das Tor aufging und Margarete von York mit dem Säugling auf dem Arm aus der Kathedrale ins Freie trat. Laut schallten ihr die Rufe der Wartenden entgegen.

»Sagt, was ist es?«

»Ein Prinz oder eine Prinzessin?«

Während de la Marche sich an die Seite der Herzoginwitwe gesellte, hob diese das Kind in die Höhe und nestelte an der Windel. Im nächsten Moment sah Philippe, was er nicht sehen wollte: einen rosa Zipfel, kaum größer als ein Glied seines kleinen Fingers – und doch groß genug, um über das Schicksal Burgunds zu entscheiden.

Wie ein Orkan brauste der Jubel über den Platz.

»Ein Prinz! Es ist ein Prinz!«

»Hoch lebe die Herzogin!«

»Hoch lebe der Herzog von Burgund!«

Wie eine Monstranz hielt Margarete den nackten Knaben vor sich und zeigte ihn der jubelnden Menge.

»Ja, Herzogin Marie hat Burgund einen Thronfolger geboren!«, rief sie. »Er wurde soeben auf den Namen Philipp getauft!«

Philippe de Commynes schloss die Augen. Wie ein Schlag ins Gesicht traf ihn der Name. Wollte man ihn auch noch verhöhnen?

»Platz da! Aus dem Weg!«

Der Reiter eines Schimmelhengstes bahnte sich einen Weg durch die Menge. Maximilian von Habsburg, der Vater des Kindes. Wie ein Landsknecht in einem einfachen Lederkoller gekleidet, kam er offenbar direkt aus dem Heerlager.

»Lasst mich zu meinem Sohn!«

Während die Menge sich teilte, trieb er sein Pferd die Stufen zum Portal hinauf, beugte sich zu Margarete und hob den Prinzen aufs Pferd.

Die Menschen tobten vor Begeisterung. Mit seinem nackten Sohn vor sich im Sattel, überquerte er den Platz in Richtung Rathaus, wo mehrere Ständevertreter warteten. Als er die Abordnung erreichte, trat der Gewürzhändler Peperkorn vor und reichte ihm ein prall gefülltes Säckel.

»Vierzehntausend Gulden, Euer Gnaden. Ein Geschenk der Bürger dieser Stadt zur Geburt Eures Sohnes!«

»Ich danke Euch für Eure großzügige Gabe.« Maximilian nahm das Säckel, ließ die Münzen darin am Ohr seines Sohnes klimpern. »Na, gefällt dir das? Dann sag deinen Untertanen Dank!«

Wie um der Aufforderung zu folgen, fing der Säugling an zu kreischen. Gleichzeitig ergoss sich eine kraftvolle Fontäne aus seinem kleinen Zipfel. Die Leute brüllten vor Begeisterung.

»Hoch lebe Prinz Philipp!«

»Hoch lebe der Herzog von Burgund!«

Philippe de Commynes konnte den Jubel nicht länger ertragen. Auf dem Absatz machte er kehrt und eilte davon.

Es musste etwas geschehen. Sofort!

22

Gehüllt in ein verschlissenes Tuch, hielt Anna eine Lumpenpuppe auf dem Arm, die sie wie einen Säugling wiegte, während neben ihr auf der Bühne ihr Sohn Miklos, als Herzog Maximilian verkleidet, vor Rosina auf die Bretter sank.

»Dank dir, Fortuna! Ein Kind ward mir geboren!«

»Dankt nicht mir, edler Herzog!«, erwiderte sie. »Dankt Eurer Frau! Sie hat das Kind zur Welt gebracht.«

Den Kopf zur Seite geneigt, sandte er ihr einen schmachtenden Blick. »Und doch gebührt auch Euch, o Göttin, mein Dank. Habt Ihr mich doch gelehrt, welche Pflicht der Mann dem Weibe schuldet.«

Mit einem Satz sprang er auf die Füße, um sie mit beiden Armen zu umfangen und seinen Unterleib an ihr zu reiben. »Wäre ich nicht durch Eure Schule gegangen, nie und nimmer hätte mein Weib von mir empfangen.«

Sie hatten die Szene mindestens ein Dutzend Mal geprobt. Doch als Rosina sie nun zum ersten Mal vor Publikum spielen sollte, ging es über ihre Kraft. Marie hatte Max den Sohn geboren, den sie nie bekommen hatte ... Sie spürte Miklos' Erregung durch ihre Kleider, als er sie umarmte, roch den Knoblauchatem, den er beim Sprechen verströmte. Mit beiden Armen stieß sie ihn von sich und stolperte von der Bühne ins Zelt.

Zum Glück schienen die Zuschauer ihren Abgang für einen Teil des Spektakels zu halten. Laut klatschten sie Beifall, als sich der Vorhang hinter ihr schloss.

»Was war mit dir los?«, fragte Miklos, als er wenig später nachkam. »Du hättest fast die Vorstellung geschmissen.«

»Lass uns weiterziehen«, erwiderte Rosina. »Diese Stadt tut uns nicht gut.«

»Was soll das heißen? Wir haben nirgendwo so viel eingenommen wie hier.«

»Ich fühle mich in Gent einfach nicht wohl.«

»Das hast du schon hundertmal gesagt, aber mir nie den Grund verraten. Was stört dich hier? Sag es! Damit ich dich verstehe!«

Marie wich seinem Blick aus.

»Gibt es irgendwas, was du mir verschweigst?« Er legte seine Hand auf ihre Schulter. »Oder ... oder liegt es vielleicht daran, dass du mich nicht mehr liebst?«

Rosina hob den Kopf und erwiderte seinen Blick. »Ach Miklos, wie kannst du das nur glauben? Du und deine Mutter – ihr habt mir das Leben gerettet. Ohne euch wäre ich jetzt bei den Nonnen oder bei den Huren. Das werde ich euch nie vergessen.«

»Das ist keine Antwort auf meine Frage!«

Ich weiß, dachte Rosina, *aber eine bessere kann ich dir nicht geben. Auch wenn ich es noch so gern täte.*

Ein Klopfen befreite sie aus ihrer Verlegenheit.

»Wer da?«, rief Miklos.

Ein Wesen, kleiner als ein Kind, betrat das Zelt, mit einem Federbarett auf dem Kopf und einem gefältelten Kragen um den Hals. Als Rosina das ledrige Greisengesicht sah, dachte sie zuerst, jemand habe einen Affen in höfische Kleider gesteckt. Doch dann erkannte sie ihn: Nein, das war kein Affe, sondern ein Zwerg, und sie wusste sogar seinen Namen – Kunz von der Rosen!

»Guten Abend. Ich hoffe, ich störe die Herrschaften nicht?«

»Was willst du?«, fragte Miklos barsch. »Mit uns ziehen? Wir brauchen niemanden in unserer Truppe!«

Rosina versteckte sich hinter Miklos' Rücken und legte ihren Finger an die Lippen, damit Kunz sie nicht verriet. Der Narr warf ihr einen beruhigenden Blick zu.

»Eure Befürchtung ist überflüssig«, antwortete er Miklos, »ich bin schon fest engagiert – am Hof des Herzogs.«

»Oh, dann bist du wohl ... dann seid Ihr wohl – Herzog Maximilians Hofnarr?«

»Allerdings«, erwiderte Kunz hoheitsvoll.

»Entschuldigt, bitte verzeiht«, stammelte Miklos, »das ... das konnte ich nicht wissen.«

Kunz betrachtete ihn sehr von unten herauf. »Ich komme im Auftrag des Hofgroßmeisters. Man wünscht eine Darbietung zur Tauffeier des Prinzen, ein kleines Spruchgedicht – ›Quintessenz – oder Der Weisheit letzter Schluss‹. Hier, lies selbst, falls du lesen kannst.« Er drückte Miklos einen Bogen in die Hand.

»Aber das sind ja nur vier Zeilen!«, staunte der, als er einen Blick auf den Text warf.

»Eben – der Weisheit letzter Schluss!«

»Und was«, Miklos rieb Daumen und Zeigefinger aneinander, »springt für uns dabei heraus?«

»Zehn solide Gulden«, erwiderte Kunz. »Für vier Zeilen. Und nur eine einzige Aufführung.«

»Dann soll es uns ein Vergnügen sein, Euer Gnaden!«

»Nein!«, rief Rosina. »Für kein Geld der Welt!«

»Was sagst du da?« Miklos schaute sie irritiert an.

»Ich ... ich meine wir – wir werden nicht am Hof spielen!«

»Aber du hast doch gehört, es ist der Wunsch des Hofgroßmeisters!«

»Also praktisch ein Befehl des Herzogs!«, fügte Kunz hinzu.

»Selbst wenn der Kaiser es verlangen würde«, erklärte Rosina. »Ich trete bei dieser Feier nicht auf!«

»Zum Teufel noch mal, was ist denn in dich gefahren?«, zischte Miklos ihr leise zu. »Wir können es uns nicht leisten, ein solches Angebot abzulehnen.«

»Lass mich nur machen.« Kunz fasste ihn am Arm. »Ich verstehe mich auf die Weiber. Wenn ich die Göttin Fortuna mal kurz unter vier Augen sprechen darf?«

Miklos runzelte misstrauisch die Stirn. »Ich weiß nicht ...«

»Wovor hast du Angst? Dass ein Zwerg sich an einer Göttin vergeht?«

Miklos zuckte die Schultern. »Also gut, wenn Ihr meint.«

Kaum war er aus dem Zelt, beugte Rosina sich zu Kunz herab. »Bitte, verratet mich nicht. Mein Mann weiß nicht, wer ich bin.«

Der Narr stutzte. »Mann?«, fragte er. »Habt Ihr ›Mann‹ gesagt?«

Rosina wusste nicht, was sie antworten sollte.

»Keine Angst«, sagte Kunz gönnerhaft, »von mir wird keiner was erfahren. Vorausgesetzt, Ihr tut, was man von Euch verlangt.«

Rosina nahm seine Hand. »Bitte! Erspart mir ein solches Wiedersehen! Ich würde das nicht überleben.«

»Nicht so dramatisch, verehrte Tragödin, wir sind nicht auf der Bühne«, lachte der Zwerg. Während er seine Affenpfote aus ihrer Hand löste, verhärtete sich seine Miene, und aus seinen Augen strömte eine Kälte, dass Rosina fröstelte. »Entweder«, sagte er, »Ihr spielt mit und ihr erhaltet einen wahrlich fürstlichen Lohn, oder ich sorge dafür, dass man euch allesamt einsperrt. Wegen Beleidigung des Herzogs und der Herzogin. Dann geht's Eurem

›Mann‹ an den Kragen!« Er machte mit der Handkante eine Schnittbewegung vor seiner Kehle. »Wollt Ihr das?«

»Um Gottes willen – nein!«

»Na also, dann verstehen wir uns ja!« Kunz nickte. Und mit einem Lächeln, das so falsch war wie die Pracht seines Aufzugs, fügte er hinzu: »Außerdem – seid Ihr denn gar nicht begierig darauf, endlich die Frau zu sehen, die Euer Glück zerstört hat?«

23

Marie klatschte energisch in die Hände. »Die Teller nicht so dicht an dicht«, wies sie die Mägde beim Eindecken der Festtafel an. »Immer eine Schulterbreite auseinander.«

Im Prinsenhof brummte es wie in einem Bienenhaus. In wenigen Stunden sollte die Tauffeier beginnen, und der Thronsaal war immer noch nicht hergerichtet. Max hatte darauf bestanden, mit dem Fest so lange zu warten, bis Marie das Wochenbett verlassen konnte. Jetzt war sie wieder so weit zu Kräften gelangt, dass sie die Vorbereitungen sogar selbst beaufsichtigte.

Sie zeigte gerade einem der Mädchen, wie sie die Anordnung der Gedecke wünschte, da kam Max in den Saal.

»Zinn?«, fragte er und nahm einen Teller in die Hand. »Zur Geburt meines Sohnes?« Er warf den Teller hinter sich. Gleich darauf kamen Diener mit goldenem Geschirr herein und begannen, die Teller und Becher auf den Tischen auszutauschen.

»Woher kommt das Geschirr?«, fragte Marie. »Du hattest doch alles Gold und Silber einschmelzen lassen.«

Max grinste. »Die Stände haben uns vierzehntausend Gulden geschenkt.«

»Brauchen wir das Geld nicht für wichtigere Dinge?«

»Was kann es Wichtigeres geben als die Geburt unseres Sohns?«, lachte Max und gab ihr vor aller Augen einen Kuss.

Er hatte solche Freude an seinem Streich, dass Marie ihm trotz ihres unguten Gefühls nicht widerstehen konnte. Hoffentlich brachte das kein Unglück ... Doch als am Abend der Saal in seiner ganzen goldenen Pracht erstrahlte, waren auch ihre Bedenken verflogen. Mit ihrem schlummernden Sohn auf dem Arm saß sie neben Max auf dem Thron und freute sich über das glanzvolle Fest, mit dem der Hof die Geburt des Thronfolgers feierte.

Die Tafel war noch nicht abgetragen, da trat Kunz vor die Festgesellschaft und schlug mit einem Stab auf den Boden.

»Wir hören jetzt das Spruchgedicht ›Quintessenz – oder Der Weisheit letzter Schluss‹. Eine kurze Betrachtung über Freud und Leid der Liebe, dargeboten von den hervorragendsten Tragöden des Abendlands.«

Der Vorhang einer kleinen Bühne am anderen Ende des Saales öffnete sich, und unter dem Applaus des Publikums erschienen zwei Schauspieler auf dem Podium: ein dunkelhaariger, feurig blickender Mann, der in eine Toga gekleidet war, sowie eine verschleierte, in schwarze Gewänder gehüllte Frau.

»Was wird das?«, fragte Max leise den Zwerg, der neben dem Thron die Vorstellung verfolgte. »Eine Geschichte aus dem Harem des türkischen Sultans?«

»Die Verschleierung war notwendig, damit das Gesicht der Tragödin Euch nicht vom Genuss ihrer Kunst ablenkt«, erwiderte der Zwerg.

»Pssssst«, machte Marie. »Sie fangen an!«

Der Schauspieler hob seinen togabehangenen Arm. »Wem nie durch Liebe Leid geschah«, deklamierte er mit getragener Stimme. »Dem war auch Lieb durch Lieb nicht nah ...«

Marie horchte auf – die Verse kannte sie! Gottfried von Straßburg hatte sie gedichtet. Aber warum wurden diese Verse hier zur Aufführung gebracht? Sie schaute Max fragend an. Der war offenbar ebenso ahnungslos wie sie und zuckte die Schultern.

Der Schauspieler verstummte, und durch den Schleier ertönte nun die Stimme der Frau. »Leid kommt wohl ohne Lieb allein ...«

Marie sah, wie Max an ihrer Seite zusammenzuckte. Mit ungläubigen Augen starrte er auf die Bühne, wo die verschleierte Gestalt den Vers zu Ende sprach.

»... Lieb kann nicht ohne Leiden sein.«

Die Frau deutete einen Knicks an und überließ wieder dem Mann das Wort. »Das war die Quintessenz der Liebe – oder Der Weisheit letzter Schluss.«

War das alles? Marie war irritiert, genauso wie die Festgäste, die mit dieser Aufführung herzlich wenig anzufangen wussten. Nur ein paar rührten die Hände, um Beifall zu klatschen.

»Was hat das zu bedeuten?«

Max gab keine Antwort. Noch immer starrte er die verschleierte Frau an wie eine Erscheinung.

Marie legte die Hand auf seinen Arm: »Was ist mit dir, *mon cœur*?«

Ohne sie auch nur anzuschauen, sprang Max auf und eilte zur Bühne. »Zeigt Euer Gesicht!«

Zwei Glutaugen erwiderten seinen Blick, doch die Frau rührte sich nicht. Erstarrt wie ein Denkmal stand sie da.

»Lüftet den Schleier!«, forderte Max.

Marie verstand überhaupt nichts mehr. Sie wollte Kunz um Aufklärung bitten, doch da fing ihr Kind auf dem Arm an zu schreien, so laut, das alle Köpfe im Saal zu ihr herumfuhren.

Erleichtertes Lachen ertönte. Ein paar Höflinge erhoben ihre goldenen Pokale.

»Auf den Thronfolger!«

In diesem Augenblick erwachte die Frau aus ihrer Erstarrung. Während der Prinz sich fast die Seele aus dem kleinen Leib krähte, machte sie kehrt und hastete von der Bühne.

24

»Warum hast du mir nichts gesagt?«, fragte Max.

»Ich wusste ja nicht, ob Ihr Euch über das Wiedersehen freut«, erwiderte Kunz von der Rosen.

Am Tag nach der Feier war der Narr wie vom Erdboden verschwunden gewesen. Doch als es am Abend zum Angelus läutete, erwischte Max ihn am Kücheneingang des Palastes, wo Mägde damit beschäftigt waren, die Reste von der Festmahlzeit zu versorgen, und stellte ihn zur Rede.

Mit einem lauernden Blick in die Höhe musterte Kunz seinen Herrn. »Ganz unter uns – freut Ihr Euch etwa nicht?«

»Halt dein freches Maul!« Max tastete unter seinem Wams nach dem Brief, den er am Morgen geschrieben hatte. Fünfmal hatte er sich entschieden, den Zwerg mit der Überbringung zu beauftragen, und fünfmal hatte er den Entschluss wieder verworfen.

»Habt Ihr einen Auftrag für mich?«

Max zögerte noch, als jemand nach ihm rief.

»Euer Gnaden?«

Erschrocken fuhr er herum. Im Eingang stand Johanna van Hallewyn. »Frau von York wünscht Euch zu sprechen.«

»Sofort.« Er wartete, bis die Kammerfrau verschwunden war, dann zog er den Brief hervor und gab ihn Kunz. »Für Rosina. Aber mach schnell. Ich will, dass sie ihn heute noch bekommt.«

Margarete wartete in der Halle auf ihn, zusammen mit Wolf.

»Ist etwas passiert?«, fragte er, als er die besorgten Gesichter der beiden sah.

Margarete nickte. »Unsere Kassen sind leer.«

»Und ich dachte schon, es ist etwas Schlimmes!«

»Leere Kassen *sind* schlimm«, sagte Wolf. »Wir können die Söldner nicht mehr bezahlen. Wenn wir kein neues Geld auftreiben, müssen wir das Heer auflösen.«

»Unmöglich!«, protestierte Max. »Die Franzosen greifen uns

überall an. Wenn wir sie nicht aufhalten, marschieren sie bald gegen Gent.«

»Und womit willst du deine Männer bei der Fahne halten? Mit einem Fässchen Branntwein?«

Max spürte einen Anflug von schlechtem Gewissen. »Ich lasse das Taufgeschirr einschmelzen«, sagte er. »Das bringt vierzehntausend Gulden.«

Wolf nickte. »Das würde für ein paar Monate reichen, immerhin.«

»Richtig«, ergänzte Margarete. »Für ein paar Monate, mehr nicht. Und danach stehen wir wieder da, wo wir jetzt sind.«

»Dann erhöhen wir eben die Steuern!«, sagte Max. »Zum Beispiel ... zum Beispiel auf Bier. Die Flamen trinken Unmengen davon, sogar die Frauen. Ich kenne kein anderes Volk, das so viel Bier ...«

Margarete schüttelt den Kopf. »Nein! Mit neuen Steuern verliert Ihr alle Sympathien. Da müsst Ihr Euch schon etwas Besseres einfallen lassen.«

Max stieß einen Fluch aus. Geld, Geld, Geld – immer war es das verdammte Geld, das ihm Schwierigkeiten machte. Dabei war Burgund das reichste Land der Welt!

In seiner Not fiel ihm nur eine Lösung ein. »Wenn wir uns keinen langen Krieg leisten können«, erklärte er, »dann müssen wir die Franzosen eben in einem kurzen besiegen.«

25

Schwarz glänzten die Fluten der Schelde in der Mondnacht. Nach dem gemeinsamen Abendmahl mit Anna waren Rosina und Miklos an den Fluss gegangen, um ungestört miteinander zu reden.

»Du warst also die Geliebte des Herzogs?«, fragte er.

»Verstehst du jetzt, warum ich nie nach Gent wollte?«

»Das muss die Hölle für dich gewesen sein. Ihn so zu sehen, an der Seite seiner Frau.«

»Und mit seinem Sohn.«

Er fasste sie bei den Schultern. »Warum hast du mir nichts davon gesagt? Aus Stolz?«

Rosina wusste es selber nicht. Stolz war sicher einer der Gründe, gewiss, und vermutlich auch Rücksicht auf Miklos. Aber sie ahnte, das war nicht die ganze Wahrheit. Tief in ihr gab es noch einen Grund, warum sie nie über Max gesprochen hatte. Doch diesen Grund konnte sie nicht einmal sich selbst eingestehen.

»Lass uns von hier fortgehen«, sagte sie. »Bitte! Wenn wir in Gent bleiben, werde ich ihn wieder sehen, und dann …«

Ein leises Klimpern unterbrach sie. Aus der Dunkelheit tauchte der Zwerg auf, Kunz von der Rosen.

»Euer Lohn!«, sagte er und hielt eine Geldkatze in die Höhe.

Miklos nahm ihm den Beutel aus der Hand. »Gib her!«

»Willst du das wirklich annehmen?«, fragte Rosina. »Das … das ist kein gutes Geld.«

Doch Miklos hatte die Verschnürung schon geöffnet. »Es gibt kein schlechtes Geld«, sagte er. »Geld ist immer gut.«

Während er die Münzen zählte, huschte Kunz an Rosinas Seite. »Der ist für Euch«, sagte er leise und steckte ihr einen Brief zu.

26

König Ludwig hatte Philippe de Commynes in den Schlosspark befohlen, um sich von der burgundischen Tauffeier berichten zu lassen. Während er einen unruhig tänzelnden Windhund an der Leine führte, den es machtvoll in Richtung einer frei laufenden Hündin drängte, konnte er sich gar nicht satthören – immer wieder musste Philippe erzählen, wie der Herzog von Österreich plötzlich seiner ehemaligen Geliebten gegenüberstand.

»Zu köstlich! Und er hat sie sofort erkannt?«

»Allein an der Stimme, Sire«, versicherte Philippe. »Und als er sie aufforderte, den Schleier zu lüften, ist sie davongerannt.«

»Wunderbar. Umso sicherer rennt er ihr hinterher. – Ist ja schon gut«, sagte er zu seinem Hund und ließ ihn von der Leine. Mit riesigen Sätzen jagte der Rüde zu seiner Gespielin, um sie zu beschnüffeln.

»Wenn ich mir die Bemerkung erlauben darf«, sagte Philippe, »ich fürchte, die Ehe des Herzogs von Österreich steht unter keinem guten Stern.«

Ludwig war entzückt. »Meint Ihr, diese Rosina von Kraig kann einen Keil zwischen die beiden treiben?«

»Ich will Majestät nicht zu viel versprechen, aber ich denke, die Fäden sind gesponnen. Jetzt brauchen wir nur ein wenig Geduld.«

Ludwig strahlte. »Ihr meint – wie eine Spinne?«

»Ein wahrhaft königlicher Scherz.« Philippe hatte sein Kompliment noch nicht ausgesprochen, da kam der Barbier angelaufen.

»Majestät!«, rief er von weitem und ruderte mit den Armen.

Irritiert blieb Ludwig stehen. »Was gibt es so Dringendes, dass du Uns störst? Monsieur de Commynes und ich plaudern gerade auf die angenehmste Weise.«

Der Barbier war so außer Atem, dass er kaum sprechen konnte. »Der Herzog von Österreich«, stieß er hervor, »Maximilian … Er macht mobil … Die Vorhut marschiert schon auf unsere Grenze zu … Er will die Entscheidungsschlacht …«

Mit einem Schlag war Ludwigs Aufgeräumtheit dahin. »Ruf meinen Feldmarschall«, befahl er. »Ich will ihn sprechen. Sofort!«

27

Einen Monat, nachdem Max die Vorhut der burgundischen Armee in Richtung Frankreich geschickt hatte, machte auch er sich mit seinem Hauptheer auf den Weg, um die feindliche Übermacht zu stellen. Gerüchten nach hatte Ludwig von Frankreich doppelt so viele Männer unter seinem Kommando, doch angesichts der leeren Kassen war Max keine Wahl geblieben: Je länger er die Entscheidung hinauszögerte, umso geringer wurden seine Chancen, die französische Armee zu besiegen.

Als Marie mit ihrem Sohn auf dem Arm ins Freie trat, um ihren Mann zu verabschieden, stand Max schon gestiefelt und gespornt zum Aufbruch bereit vor dem Stall, wo ein Knecht seinen Hengst an der Kandare hielt.

»Bevor du gehst«, sagte Marie, »beantworte mir bitte noch eine Frage. – Wer war sie?«

»Wer war wer?«, fragte Max.

»Du weißt, wen ich meine. Die Schauspielerin.«

Er schüttelte unwillig den Kopf. »Woher soll ich das wissen? Sie war doch verschleiert.«

»Warum wolltest du ihr Gesicht sehen! Weil du wusstest, wer sie ist?«

Max schaute zu Boden. Hatte sie richtig geraten? Doch dann wich die Irritation aus seinem Gesicht, er hob den Kopf und schaute sie mit einem Lächeln an. »Sag mal, bist du etwa eifersüchtig?«

»Bitte, Max, sag mir die Wahrheit.«

Statt ihr zu antworten, küsste er sie auf die Nasenspitze. »Du bist ja wirklich eifersüchtig.« Sein Lächeln wurde noch breiter. »Wie schön!«

Sie wollte etwas erwidern, doch er schlang einfach die Arme um sie und erstickte ihre Worte mit einem Kuss. »Hör auf zu fragen«, flüsterte er. »Spürst du denn nicht, wie sehr ich dich liebe?«

Marie versuchte nicht noch einmal, ihm zu widersprechen, sondern überließ sich seiner Umarmung. Ja, sie spürte, wie sehr er sie liebte: Er liebte sie mit derselben Inbrunst wie sie ihn. Aber vielleicht war das ja gerade das Schlimme.

»Komm wieder«, sagte sie leise.

»Keine Angst, das tue ich.« Er strich erst ihr, dann ihrem Kind über die Wange.

»Es wird Zeit!«, rief Wolf, der sich bereits von seiner Frau und seinem Sohn verabschiedet hatte und schon im Sattel saß.

Max nahm die Zügel seines Pferds in die Hand. »Jetzt soll Ludwig bekommen, was er verdient.« Nachdem er aufgestiegen war, schaute er Marie noch einmal an. »Falls ich nicht zurückkehre – sorg dafür, dass Wolfs und mein Sohn wie Brüder aufwachsen.« Ohne ihre Antwort abzuwarten, wendete er sein Pferd und trabte davon.

Marie blickte ihm nach, bis er durch das Hoftor verschwand. So sehr sie ihn liebte, so sehr hasste sie manchmal seine Worte.

28

Am Stadttor holten Max und Wolf die Hofkapelle ein, die unter dem Jubel des Volkes die Landsknechte in den Krieg begleitete. Sie ritten hinter den Musikern her, bis sie das freie Feld erreichten. Dann parierte Max seinen Hengst.

»Reite du schon mal vor.«

Wolf schaute ihn von der Seite an. »Lass mich raten – Rosina?«

Max nickte. »Ich habe ihr geschrieben, sie soll auf mich warten.«

»Wozu soll das gut sein?«, fragte Wolf.

»Das musst du schon mir überlassen«, sagte Max und galoppierte davon.

Ja, wozu sollte das gut sein, fragte er sich selber, als er wenig später den Hügel mit dem Waldstück erreichte, den er Rosina in seinem Brief bezeichnet hatte. Nur um zu wissen, wie es ihr ging? Unschlüssig stieg er aus dem Sattel und band Orage an einem Baum fest. Während das Tier zu grasen anfing, setzte er sich auf einen Stein und wartete.

Die unverhoffte Begegnung hatte ihn in einer Weise aufgewühlt, die er sich selbst kaum erklären konnte. Er hatte Rosina die ganze Zeit in Salzburg gewähnt, in der Obhut ihres Onkels, behütet und versorgt am Hof des Fürstbischofs. Der Gedanke, dass sie stattdessen jetzt mit Schaustellern über Land zog und nach den Vorstellungen auf irgendwelchen Dorfplätzen womöglich mit einem Hut durchs Publikum ging, um ein paar Münzen zu erbetteln, tat ihm in der Seele weh. Aber warum, zum Teufel, warum ging ihm ihr Schicksal so nahe? Hatte sie das nicht verdient? Er war bereit gewesen, alles für sie zu tun, er hätte sie sogar mit an den Genter Hof genommen und sich zu ihr bekannt, wenn sie nur ein paar Wochen Geduld aufgebracht hätte. Doch statt sich mit der Liebe zu begnügen, die er ihr hätte geben können, hatte sie ihn belogen und verraten und hintergangen. Alles, was danach geschehen war, hatte sie sich selber zuzuschreiben.

Und trotzdem ...

Plötzlich hörte er eine leise singende Frauenstimme in seinem Rücken. Er sprang auf und drehte sich um. Doch keine Spur von Rosina – nur eine Bäuerin, die Beeren suchte und bei seinem Anblick erschrak. Während die Frau eilig in dem kleinen Waldstück verschwand, spürte Max, wie seine Ungeduld wuchs. Er hatte geschrieben, dass er zur Mittagszeit da sein werde, und jetzt war es schon später Nachmittag. Warum ließ Rosina ihn so lange warten? Wollte sie ihn schmoren lassen? Das war ihr zuzutrauen, er kannte ihren Stolz. Oder hatte sie seinen Brief vielleicht gar nicht bekommen? Weil der Zigeuner ihn abgefangen hatte? Nein, das konnte nicht sein, Kunz hatte geschworen, dass er selbst ihr den Brief gegeben hatte. Nur noch ein möglicher Grund fiel ihm ein, warum sie nicht erschien.

War es vielleicht einfach so, dass sie ihn nicht wiedersehen *wollte*?

Er ging zurück zu seinem Stein und schaute wieder über das Land. »Komm wieder«, hatte Marie beim Abschied gesagt und ihn dabei so merkwürdig angeschaut, als wollte sie ihm viel mehr sagen, als diese zwei kleinen Worte ausdrücken konnten. Auf einmal hatte er das verrückte Gefühl, Marie könne von irgendeinem verborgenen Ort aus sehen, wie er hier saß und auf Rosina wartete. Obwohl das natürlich Unsinn war, schoss ihm vor Scham das Blut ins Gesicht. War das nicht auch schon eine Art von Betrug, den er an seiner Frau beging? Ein Betrug, der bereits begonnen hatte, als er Rosina den Brief schrieb? Gewiss, andere Fürsten hielten sich Mätressen im Dutzend, ohne sich um ihre angetrauten Frauen zu scheren. Doch seine Ehe war anders. Marie und er hatten zwar geheiratet, weil ihr Schicksal es so gewollt hatte, doch mit der Zeit hatten ihre Herzen einen Bund geschlossen, der sie viel fester aneinanderband als jeder Vertrag.

Was also tat er hier?

Am Horizont ging allmählich die Sonne unter. Irgendwo schlug eine Glocke, und während der Abendwind ihren Klang über die Wälder und Felder trug, sah Max, wie in der Ferne das Stadttor geschlossen wurde.

Mit einem Seufzer stand er auf, band sein Pferd los und stieg in den Sattel. Es hatte keinen Sinn, länger zu warten. Rosina war nicht gekommen, und sie würde es auch nicht mehr tun.

Beinahe war er erleichtert.

29

Glaubt Ihr, dass Maximilian mich je betrügen könnte?«, fragte Marie.

»Wie kommst du darauf?«, erwiderte Margarete.

Nachdem Max aufgebrochen war, hatte Marie ihre Stiefmutter in deren Kemenate aufgesucht, um ihr das Herz auszuschütten.

»Die Schauspielerin bei der Tauffeier«, sagte sie. »Ich bin sicher, er hat sie gekannt.«

»Ach so!« Margarete schüttelte den Kopf. »Mach dir darum keine Sorgen. Das hat überhaupt nichts zu bedeuten.«

»Aber vielleicht ist sie ja seine Mätresse?«, erwiderte Marie. »Und ich weiß von nichts!«

»Eine Schaustellerin? Die Mätresse des Herzogs von Burgund?« Margarete sah sie fast mitleidig an. »Ach Kindchen …«

»Aber warum hat er dann abgestritten, dass er sie kennt?«

Margarete zuckte die Schultern. »Vielleicht hat die Truppe ja mal vor Jahren in Wien gastiert. Aber selbst wenn damals etwas gewesen sein sollte, was würde das beweisen? Das war vor deiner Zeit – eine Jugendsünde, für die er sich heute vermutlich schämt.«

»Meint Ihr, das war der Grund, warum er sich so seltsam benahm?«, fragte Marie.

Margarete nahm sie in den Arm und drückte sie an sich. »Da bin ich ganz sicher. So sind die Männer nun mal, alle! Am besten, wir sehen einfach darüber hinweg.« Sie schaute Marie an. »Aber jetzt wollen wir darüber nicht länger reden. Versprochen?«

Unsicher erwiderte Marie ihren Blick. »Versprochen …«

31

Krieg, Krieg, Krieg!

Seit Tagen lag Max mit der burgundischen Armee vor der kleinen Ortschaft Guinegate zwischen Arras und Calais und wartete auf die Ankunft des französischen Heeres. Um Ludwig zur Entscheidungsschlacht zu zwingen, hatte er alle seine Kriegsvölker zusammengezogen – Niederländer, Deutsche, Eidgenossen: zwanzigtausend Männer an der Zahl –, um sich mit ihnen vor die Festung Thérouanne zu werfen. Eine solche Provokation konnte der Franzose nicht unbeantwortet lassen.

»Ich denke, hier wird er versuchen anzugreifen.« Max beugte sich über den Schlachtplan und markierte die Kampflinie mit dem Daumennagel. »Wir empfangen ihn mit einem Geschützhagel.«

»Das heißt, die Hakenbüchsen und Bogenschützen sollen die Schlacht eröffnen?«, fragte Wolf.

Max nickte. »Unterstützt durch leichtes Feldgeschütz.« Der Daumennagel grub eine weitere Kerbe. »Und hier, in der Mitte, sammelt sich das Fußvolk, Landsknechte und Bürgergarden.«

»Willst du sie selber kommandieren?«

»Ja. Das Fußvolk wird die Schlacht entscheiden.«

Max wusste, seine Strategie bedeutete eine völlige Abkehr von der ritterlichen Kampfweise, die er in seiner Jugend gelernt hatte. Aber er hatte begriffen, dass die wirkliche Welt anders aussah, als junge Prinzen es sich erträumten. Wenn so riesige Armeen wie das burgundische und französische Heer aufeinandertrafen, gab nicht mehr der Kampf Mann gegen Mann den Ausschlag, vielmehr würde derjenige Heerführer den Sieg davontragen, dem es gelang, die Gewalthaufen möglichst vorteilhaft zum Einsatz zu bringen.

»Hast du Angst?«, fragte Wolf.

»Ja«, sagte Max.

»Ich auch. Es heißt, Ludwig hat fünfzigtausend Männer unter seinem Kommando.«

Max schüttelte den Kopf. »Nicht darum.«

»Warum dann?«, wollte Wolf wissen.

»Weil es sein kann, dass ich meinen Sohn nicht aufwachsen sehe.«

An dem Blick, den Wolf ihm sandte, erkannte Max, dass sein Freund ihn verstand. Stumm drückte er seinen Arm.

Plötzlich gellte draußen ein Schrei. »Sie kommen!«

Max nahm seinen Helm und stürzte aus dem Zelt. Endlich! Gegen Angst half kein Nachsinnen, gegen Angst half nur Kämpfen! Ohne das Gewicht seines Harnischs zu spüren, stieg er auf sein Pferd und galoppierte zu dem Hügel mit der Hauptfahne.

»Mein Gott ...«

Am Horizont erblickte er das französische Heer, Tausende von Rüstungen, in endlos breiter Reihe, die in der Morgensonne glänzten. Die Reiter der Apokalypse ...

»Aufstellung!«, rief Max.

Im nächsten Moment brach Chaos aus. Doch was wie ein heilloses Durcheinander aus Männern, Pferden und Kriegsgerät wirkte, war in Wirklichkeit bis in die kleinste Bewegung einstudiert. Das ganze Heer teilte sich in fünf Treffen, zwei Treffen zu Fuß und drei zu Pferde. Die Bogenschützen, Hakenbüchsen und das leichte Feldgeschütz rückten vor, dahinter formierte sich in zwei Haufen die Hauptmasse der Kriegsvölker, die flandrischen Knechte, die Bürgergarden der großen Städte mit ihren langen Piken sowie die Landwehren der flandrischen Bauern. Max ergriff die Hauptfahne, um sich damit hinter dem Fußvolk zu platzieren, während unter Wolfs Kommando je eine Schwadron der Reiterei die Flügel sicherte.

Als alle auf ihren Posten waren, richtete Max sich im Sattel auf und zeigte mit dem Schwert auf den Feind.

»Das sind die Männer, die unser Land verwüstet haben, unsere Ernten vernichtet, unsere Frauen geschändet. Heute ist der Tag der Vergeltung! Für Burgund! Für Herzogin Marie!«

Aus tausend Kehlen wurde sein Ruf erwidert. »Für Burgund! Für Herzogin Marie!«

»Nieder mit König Ludwig! Nieder mit Frankreich!«

Wieder fielen seine Männer in den Schlachtruf ein.

Max blickte zum Himmel. »Für den Fall, dass der Herr es will und wir siegen, gelobe ich hier vor euch allen, dass ich drei Monate fasten werde. Mit Gott!«

»Mit Gott!«

Das Echo war noch nicht verklungen, da sprang Max aus dem Sattel, sank im taufrischen Gras auf die Knie und faltete die Hände. *»Pater noster, qui es in caelis …«*

Das ganze Kriegsvolk tat es ihm nach. »*… sanctificetur nomen tuum*«, murmelte es aus rauen Kehlen. *»Adveniat regnum tuum. Fiat voluntas tua, sicut in caelo, et in terra …«*

Nach altem Kriegsbrauch küsste Max den Boden, in dem man ihn begraben würde, wenn er heute fiel. »Amen!« Noch einmal schlug er das Kreuzzeichen. Dann erhob er sich und stieg wieder auf sein Pferd.

»Soll ich Befehl zum Angriff geben?«, fragte Wolf.

Max nickte.

Wolf reckte sein Schwert in die Höhe. »Feuer!«

32

Ein Pfeilregen zischte durch die Luft, gefolgt vom Kugelhagel der Hakenbüchsen, während das Feldgeschrei der Angreifer, das sich in welschen und flämischen Rufen durch die Schlachtreihen fortpflanzte, das ganze Firmament zu füllen schien.

»Für Burgund!«

»Es lebe Herzog Maximilian!«

»Mit Gott!«

Philippe de Commynes spürte mit jeder Faser seines Leibes, wie die Angst von ihm Besitz ergriff, während an seiner Seite König Ludwig, angetan mit einem goldenen Harnisch, im Sattel seines Schlachtrosses den Angriff der Burgunder scheinbar ungerührt verfolgte.

»Krieg ist eine Erfindung von Dummköpfen für Dummköpfe«, sagte er, ohne dass seine Miene irgendeine Gemütsregung verriet. »Aber wenn der Herzog von Österreich es nicht anders will …« Statt den Satz zu Ende zu sprechen, hob er langsam und ruhig die Hand, um sie sodann umso entschlossener niederfahren zu lassen.

»*Vive le roi!*«, riefen seine Soldaten. »*Vive la France!*«

Im nächsten Augenblick erzitterte die Erde unter den Hufen der französischen Pferde, eine donnernde Kavalkade warf sich der burgundischen Front entgegen. Wieder regneten burgundische Pfeile und Kugeln vom Himmel herab, einzelne Reiter und Pferde stürzten getroffen zu Boden, doch der gewaltigen Schlachtreihe konnte das nichts anhaben. Wo immer eine Schneise sich darin öffnete, wurde sie durch nachrückende Reiter sofort wieder geschlossen. In unvermindertem Tempo fegte die französische Kavallerie über die Toten und Verwundeten hinweg, eine Angriffswelle, die den rechten Flügel der burgundischen Feldordnung einfach überrannte, ohne auf ernsthafte Gegenwehr zu stoßen.

»Ihre Kavallerie löst sich auf«, sagte Philippe de Commynes. Während die burgundischen Reiter wie eine Horde Karnickel das

Weite suchten, galoppierte die zweite Angriffswelle der Franzosen auf die burgundische Front zu. »Bevor die Sonne untergeht, wird der Herzog von Österreich besiegt sein, und Burgund gehört Euch.«

»Ihr habt allen Grund, darum zu beten«, erwiderte Ludwig, den Blick auf das Getümmel gerichtet. »Sonst Gnade Euch Gott!«

Zu Philippes Erleichterung schien er der Gnade Gottes nicht zu bedürfen. Weder die Bogenschützen noch die Feldartillerie der Burgunder hielten dem Ansturm stand. Vor dem lanzenstarrenden Wall der Fußknechte mussten die französischen Reiter zwar auf die linke Flanke ausweichen, doch auch dort brach der Widerstand nach nur kurzer Zeit zusammen. Die Übermacht war so vollkommen, dass einige französische Hauptleute bereits das Schlachtfeld verließen, um die Verfolgung flüchtiger burgundischer Edelmänner aufzunehmen.

Philippe sah es mit Vergnügen. Jeder gefangene Adlige war Gold wert. »Wenn Majestät erlauben, werde ich mich um die Eintreibung der Lösegelder kümmern.«

Ludwig antwortete nicht. Philippe überschlug im Geiste, ob es wohl möglich sei, mit den Lösegeldern die Kriegskosten zu decken, da sah er, wie sich die Tore der Festung Thérouanne öffneten. Die Franzosen, die Maximilians Truppen darin belagert hatte, brachen aus, um nun in das burgundische Lager einzufallen und dieses zu plündern. Die Schreie der Trossleute und Weiber, die sie erschlugen, gellten über den Kriegslärm hinweg.

War die Schlacht schon im ersten Anprall gewonnen?

Philippe war zuversichtlich: Was so böse für ihn begonnen hatte, schien glücklich zu enden. Und wenn es ihm nun mit Hilfe der Geiseln gelang, so viel Lösegeld einzutreiben, wie der französische Feldzug gekostet hatte, würde Ludwig ihm nicht länger den Vorwurf machen, ihn zu diesem Krieg gezwungen zu haben.

»Was passiert da, Monsieur de Commnynes?«

Philippe war so sehr in Gedanken, dass er zuerst gar nicht begriff, was der König meinte. Als er Ludwigs Blicken folgte, hob er die Brauen. Die Burgunder zogen ihre Wagen vor, als Schutz vor den französischen Reitern, damit diese nicht länger ihr Fußvolk überrennen konnten. Die Befehle gab Maximilian selbst, der, erkennbar an der burgundischen Hauptfahne, jetzt aus dem Sattel seines Pferdes sprang, um sich im Schutz der Wagenburg an die Spitze seines Gewalthaufens zu setzen.

»Warum tut er das?«, fragte Ludwig.

»Er scheint am Boden kämpfen zu wollen«, erwiderte Philippe. »Zusammen mit seinen Landsknechten und Garden.«

»Ein Herzog beim Fußvolk?«, murmelte der König. »So etwas hat es noch nie gegeben.«

»Eine jugendliche Albernheit, Sire, mehr nicht.«

»Albernheit?« Ludwig schüttelte den Kopf. »Während unsere Truppen sich auflösen, um Beute zu machen, massiert er seine Kräfte. Ein Geniestreich! Das Fußvolk als rollendes Bollwerk.«

33

Mit donnerndem Hufgetrappel stürmte die nächste Angriffswelle der Franzosen auf die burgundische Front zu. Im gestreckten Galopp sprengten sie heran, schon konnte man die aufwirbelnden Erdbrocken sehen, den Dampf der schweißnassen Pferde, die zu allem entschlossenen Gesichter der Reiter. Max hielt den Atem an. Würde die Wagenburg halten? Die ersten Pferde setzten zum Sprung an, doch das Hindernis war zu hoch – ein Rapphengst krachte mit der Brust gegen einen Wagen, andere Tiere bäumten sich wiehernd vor der Barriere auf, überschlugen sich und begruben ihre Reiter unter ihren Leibern.

Es war wie in der Turnierbahn: Alles kam auf den richtigen Augenblick an. Zu Fuß eilte Max von einem Ende der Formation zum anderen, erteilte Befehle, beaufsichtigte die Bewegung der Wagen, ohne dabei irgendetwas zu denken oder zu empfinden. In seinem Schädel hallte nur ohne Unterlass ein einziges Wort: *Schneller, schneller, schneller!*

»Alle Mann absitzen!« Die meisten burgundischen Reiter gehorchten, nur ein paar Edelleute blickten Max blöde an. »Alle!«, wiederholte er so scharf, dass keiner es wagte, im Sattel zu bleiben.

Im Schutz der Wagenburg wartete Max mit seinen Männern ab, bis der letzte französische Reiter abgedreht hatte.

»Die Lanzenträger voraus! Im Gleichschritt marsch!«

Die Männer folgten seinem Befehl mit Jubelgeschrei. Gespickt mit den Lanzen der Pikeniere, rückte die burgundische Wagenburg vor: ein riesiger rollender Igel, der die feindlichen Truppen Schritt für Schritt in die Defensive drängte. *Für Marie*, dachte Max, *für Philipp, meinen Sohn …* Vielleicht würden all seine Pläne und Träume vom Kaiserreich scheitern, vielleicht würde sein Vater ihn niemals zum König krönen, aber Burgund, das Herzogtum, für das er alles gegeben hatte, würde er sich nie wieder nehmen lassen … Während er mit seinem Haufen den Gegenstoß immer tiefer ins Zentrum der französischen Hauptmacht trieb, die ohne ihre Beute machenden Hauptleute führungslos war, warf Wolf die Reste der burgundischen Kavallerie in die Schlacht, um mit seinen Reitern die gegnerische Abwehr zu durchbrechen und so den Weg für den Landsturm frei zu machen.

War der Augenblick da? Der Augenblick, um den großen Angriff zu wagen?

»Vorwärts!«, rief Max, ohne länger nachzudenken. »Für Burgund! Für Herzogin Marie!«

Zwischen den Wagen brachen die burgundischen Fußtruppen hervor, Hunderte, Tausende von Männern, und stürmten brüllend dem Feind entgegen.

34

»Sieg! Sieg! Sieg!«

Noch immer hallten aus der Ferne die Jubelrufe der Burgunder durch die Nacht, und der flackernde Schein der Freudenfeuer, die sie auf dem Schlachtfeld entfacht hatten, zeichnete sich in dunkel tanzenden Schatten auf den Wänden des Prunkzeltes ab, in dem Philippe de Commynes mit seinem König beim Nachtmahl saß. Während Ludwig mit derselben stoischen Miene, mit der er vom Feldherrnhügel aus die Niederlage seiner Truppen bis zum bitteren Ende verfolgt hatte, nun den Hirschbraten tranchierte, bekam Philippe kaum einen Bissen herunter und stocherte voller Anspannung auf seinem Teller herum.

»Ohne Euer Versagen wäre dieser Krieg nie geführt worden«, sagte Ludwig und trank einen Schluck Wein.

»Ich habe getan, was ich konnte«, erwiderte Philippe. »Ich habe die Ständevertreter bestochen, das Volk aufgewiegelt, sogar Rosina von Kraig, Maximilians italienische Geliebte, habe ich wieder ins Spiel …«

Ein Blick der Spinne genügte, um ihm das Wort abzuschneiden.

»Es gibt nur noch eine Möglichkeit, Euren Kopf zu retten«, erklärte Ludwig und tupfte sich mit einem Tuch den Mund ab, bevor er wieder zu seinem Besteck griff.

»Welche, Sire?«, fragte Philippe.

»Das wisst Ihr so gut wie ich«, erwiderte der König, ganz in die Betrachtung des Bratenstücks versunken, das er mit seinem Messer aufgespießt hatte.

Philippe nickte. Auch wenn er kein Mann der Tat, sondern des Wortes war, wusste er, dass nun statt kluger Worte seine Tatkraft gefordert war. »Sehr wohl, Majestät«, sagte er und erhob sich von seinem Platz. »Ihr könnt auf mich zählen.«

35

Die Freudenfeuer waren erloschen, und die burgundischen Landsknechte schliefen, berauscht vom Branntwein und mehr noch vom Sieg. Als Gewinner der Schlacht hatte Max nach altem Brauch sein Bett auf dem Feld der Ehre aufgeschlagen, umgeben von all den Toten, die am Tag seines Triumphs gefallen waren.

Nur Wolf von Polheim konnte nicht schlafen, das Bewusstsein, selber dem Tod nur um Haaresbreite entronnen zu sein, hielt ihn wach. Auch seine Leiche könnte jetzt hier liegen, wie die zahllosen anderen Leichen auch, die auf dem verwüsteten Schlachtfeld lagen, mit zerschlagenen Schädeln, gebrochenen Rücken und herausquellenden Eingeweiden. Der Gedanke machte ihn schaudern – und erfüllte ihn zugleich mit Dankbarkeit.

Max hatte sich auf einem einfachen Strohsack zur Ruhe gelegt, nur wenige Schritte von Wolfs Lager entfernt. Jetzt, da er friedlich schlummerte wie ein Kind, konnte man kaum glauben, dass er vor ein paar Stunden die größte und mächtigste Armee der Welt niedergerungen hatte. Max hatte alles auf eine Karte gesetzt, hatte die Entscheidung erzwungen und hatte gewonnen. Er hatte die Schlacht in einer Weise geführt, wie noch kein Feldherr je zuvor eine Schlacht geführt hatte; an der Spitze seines Fußvolks hatte er gekämpft, zusammen mit seinen Edelleuten, hatte sich in den Kampf geworfen wie ein Geschöpf mit acht Armen und Beinen und unter den Feinden gewütet wie ein Todesengel und damit die Kampfbereitschaft seiner Männer entfacht, als die Schlacht schon verloren schien. Wie viele Franzosen er mit eigener Hand niedergemäht hatte, wusste er wahrscheinlich selbst nicht. Jetzt zeugten nur noch das verschmierte Blut auf seiner Wange und das zerzauste helle Haar von seinem Todesmut.

Wolf betrachtete das vertraute Gesicht, aus dem die große Hakennase wie ein Erker in die Luft ragte. Zeit seines Lebens war er stolz darauf gewesen, Maximilian von Habsburgs Freund zu sein, doch noch nie hatte ihn diese Freundschaft mit solchem Stolz erfüllt wie in dieser Nacht.

Ein Zweig knackte in der niedergebrannten Glut. Wolf räkelte sich. Endlich holte auch ihn die Müdigkeit ein. Er zog sich den Mantelsack unter den Kopf, und mit einem Dankgebet auf den Lippen legte er sich zum Schlafen.

36

Max schlief so fest, dass er zuerst gar nicht wusste, wo er war, als ein Geräusch ihn aus der tiefen, wohligen Schwärze seines Schlummers riss. Er brauchte eine kleine Ewigkeit, um sich zu besinnen. War da wirklich ein Geräusch gewesen? Oder hatte er das leise Knacken nur geträumt?

Angestrengt lauschte er in die Nacht. Außer dem Schnarchen der Männer war alles still, nur irgendwo glaubte er leise Schritte zu hören. Schlaftrunken drehte er sich um und blinzelte in die Finsternis. Plötzlich packte jemand seinen Arm, und über ihm tauchte ein Gesicht auf, das er trotz der Dunkelheit sofort erkannte: Philippe de Commynes. In seiner Hand blitzte ein Messer.

»Habe ich Euch also gefunden ...« Commynes hob die Hand, um zuzustechen, doch bevor die Klinge niedersauste, tauchte ein Schatten auf, der sich auf den Franzosen warf. Im selben Augenblick machte Max sich von seinem Griff frei und sprang auf die Beine.

»Bist du's, Wolf?«, rief er.

»Ja, Max, ich hab ihn.«

»Von wegen!«, sagte eine fremde Stimme.

»Verflucht!«, zischte Wolf.

Was war da los? Der Mond trat hinter den Wolken hervor und gab den Blick auf drei Männer frei. Max sah Philippe de Commynes, dahinter Wolf, der den Franzosen am Kragen gepackt hatte, und hinter Wolf noch einen weiteren Mann, den er nicht kannte und der seinem Freund einen Dolch an die Gurgel hielt.

»Lasst meinen Herrn los«, sagte der Fremde. Offenbar gehörte er zu Commynes.

»Einen Teufel werde ich tun!«, sagte Wolf.

»Dann seid Ihr ein toter Mann.«

Max sah das Gesicht seines Freundes, die Klinge an seinem Hals. »Tu, was er sagt«, forderte er ihn auf.

»Nein.«

»Doch, Wolf. Lass ihn los. Ich befehle es dir.«

Widerwillig gehorchte sein Freund der Aufforderung.

»Das will ich Euch auch geraten haben«, sagte Philippe de Commynes und strich sich die Kleider glatt.

»Und Ihr lasst jetzt Herrn von Polheim frei«, verlangte Max.

»Haltet ihr mich für so dumm?« Noch während Commynes sprach, bückte er sich und hob sein Messer vom Boden. »Ihr kommt mit uns«, wandte er sich an Wolf. »Seine Majestät, König Ludwig, kann es gar nicht erwarten, Euch zu sehen.«

»Das werdet Ihr nicht wagen«, sagte Max.

»Wer soll mich daran hindern?«, fragte Commynes. »Eure Wachen?«, fügte er mit Blick auf ein paar Soldaten hinzu, die, aufgeschreckt durch den nächtlichen Lärm, herbeigeeilt waren und auf Befehle warteten. »Wenn sie mich anrühren, ist es mit Herrn von Polheim vorbei.«

»Ihr wollt einen wehrlosen Mann ermorden?«, fragte Max. »Nach verlorener Schlacht? Habt Ihr denn keine Ehre?«

»Ehre?« Voller Verachtung erwiderte Commynes seinen Blick. »Bring ihn fort!«, befahl er. Während der andere Franzose Wolf davonschleppte, drehte Commynes sich noch einmal um. »Ich sage Euch nur eins, Herzog von Österreich. Den Sieg, den Ihr heute errungen habt, den werdet Ihr noch bitter bereuen!«

37

Die Stadt Gent hatte sich für ihren Herrscher herausgeputzt wie eine Braut für ihren Bräutigam. Fahnen, Banner und Girlanden schmückten jede Straße und Gasse, und während die Glocken sämtlicher Kirchen läuteten, hallte der Name des siegreichen Feldherrn von Platz zu Platz, von Haus zu Haus.

»Hoch lebe Maximilian!«

»Hoch lebe der Herzog von Burgund!«

Auf einer Ehrentribüne vor St. Bavo wartete Marie auf die Rückkehr ihres Mannes, zusammen mit ihrer Stiefmutter Margarete, Hofgroßmeister Olivier de la Marche sowie ihrer Kammerfrau Johanna. Schon den ganzen Vormittag fieberten sie seiner Ankunft entgegen, und das Herz hüpfte Marie vor Freude im Leibe, als sie ihn endlich auf seinem Hengst kommen sah, eine Lichtgestalt in glänzender Rüstung, umjubelt von seinem Volk.

»Was für ein Triumph!«, sagte Margarete an ihrer Seite. »Jetzt ist er der wahre Herrscher von Burgund!«

Nur mit Mühe konnte Marie den wilden, heißen Stolz verhehlen, den die Worte der Herzoginwitwe in ihr auslösten. »Habt Ihr die Flugschriften verbreiten lassen?«, fragte sie den Hofgroßmeister.

»In allen großen Städten des Kontinents«, erwiderte Olivier.

»Das ist gut«, sagte Marie. »Die ganze Welt soll wissen, welchen Sieg mein Mann errungen hat! – Es lebe der Herzog von Burgund!«, fiel sie in den Jubel ein und sprang auf, um Max zuzuwinken.

Obwohl die Spitze des Zuges noch mehr als einen Steinwurf entfernt war, hielt es auch Johanna nicht länger an ihrem Platz. Sie stellte sich auf die Zehenspitzen und beschirmte die Augen mit ihrer Hand. »Wo ist Wolf?«, fragte sie. »Ich kann ihn nirgendwo sehen.«

38

Der alte Fußboden ächzte und stöhnte wie ein Greis, als Haug von Werdenberg die kaiserliche Studierstube betrat.

»Was für eine Schmach für König Ludwig!«

Sigmund blickte von seinem Weinkrug auf. Der Kanzler hatte einen Schwung Flugschriften unter dem Arm, die er nun einzeln auf einem Tisch ausbreitete. »Sie haben die Nachricht in allen Sprachen abgedruckt. Auf Deutsch und Französisch und Latein – sogar eine englische Übersetzung gibt es! Hört selbst!«

»Aber wenn's geht, bittschön auf Deutsch«, sagte Sigmund.

Werdenberg nahm einen Bogen und las vor: »Obwohl der Herzog von Burgund ein Heer befehligte, das nur halb so groß war wie das des französischen Feindes, errang er bei Guinegate einen triumphalen Sieg. Es war der Wagemut des jungen Herzogs selbst, der den Ausgang der Schlacht entschied.«

Friedrich schien wenig beeindruckt. Ohne ein Wort zu sagen, ließ er seine Finger knacken.

»Meint Ihr nicht, lieber Vetter, es wäre jetzt an der Zeit, den Buben zum König zu krönen?«, fragte Sigmund. »Ich meine, er hätt's jetzt wirklich verdient.«

»Gar nichts hat er verdient«, erwiderte Friedrich mürrisch. »Er hat nur sein Herzogtum verteidigt. Die Krone muss er sich im Reich verdienen, hier, in der Heimat. Aber die interessiert den Herzog von Burgund ja nicht. Obwohl hier jeden Moment die Ungarn über uns herfallen können. Oder die Türken. Oder beide zusammen. Aber statt seinem alten Vater zu Hilfe zu eilen, führt er sein welsches Leben, als wäre Burgund das Gelobte Land und er selber ein neuer Moses, der sein Volk aus der ägyptischen Knechtschaft führen soll. Fast tät es mich wundern, wenn er überhaupt noch die deutsche Sprache versteht.«

Sigmund trank einen Schluck von seinem Wein. »Der Bub kann es Euch aber auch nie und niemals nicht recht machen.«

»Doch«, schnarrte Friedrich. »Er muss nur wollen!«

»Und was muss er bittschön wollen, lieber Vetter ...?«

39

Vor dem Prinsenhof parierte Max seinen Hengst.

»Ich danke Gott, dass Ihr gesund zurück seid«, sagte Marie, die ihn vor dem Portal empfing, wo der Hofstaat, angeführt von der Herzoginwitwe und Olivier de la Marche, ein Ehrenspalier bildete.

»Und ich danke Euch, dass Ihr für mich gebetet habt.« Er stieg aus dem Sattel und übergab die Zügel einem Reitknecht.

»Nach diesem Sieg habt Ihr auch die Stände auf Eurer Seite«, sagte Margarete. »Von Frankreich will keiner mehr was wissen.«

»Selbst Coppenhole entbietet Euch seinen Glückwunsch«, fügte Olivier hinzu. »Offenbar hat er seinen Widerstand aufgegeben.«

Max wäre jetzt gern allein mit seiner Frau gewesen. Er fühlte sich ganz und gar nicht wie ein Triumphator, eher wie ein Mann, der ein warmes Bad brauchte, eine feste Umarmung und ein Ohr, das ihm zuhörte.

Als würde sie seine Gedanken erraten, schlang Marie die Arme um seinen Hals und flüsterte leise die zwei Worte, die er aus ihrem Mund am allermeisten liebte. *»Mon cœur.«*

»Liebste.« Zärtlich küsste er sie auf die Stirn.

Über ihren Scheitel hinweg sah er Johanna. Mit bangen Augen schaute sie ihn an. Max machte sich aus der Umarmung frei.

»Was ziehst du plötzlich für ein Gesicht?«, fragte Marie.

Statt ihr zu antworten, ließ Max sie stehen. Er musste Johanna die Wahrheit sagen, jetzt gleich.

»Die Franzosen haben Wolf gefangen genommen.«

Johanna wurde aschfahl im Gesicht. »Ich hatte es gewusst«, sagte sie. »Seit Ihr in die Stadt eingeritten seid, ohne ihn.«

»Habt keine Sorge«, erwiderte Max und bemühte sich um ein Lächeln. »Er lebt und ist unverletzt.«

Sie hob ängstlich den Kopf. »Werde ich ihn wiedersehen?«

Er schaute ihr fest in die Augen. »Wolf hat mir das Leben gerettet. Ich werde alles tun, damit er zu uns zurückkehrt. Alles! Das müsst Ihr mir glauben.«

40

Was verlangt Ihr für seine Freilassung?«, fragte Olivier de la Marche. »Geld oder den Austausch von Gefangenen?«

»Falls ihr Wolf von Polheim meint«, erwiderte König Ludwig, »so verlangen Wir gar nichts!«

Philippe de Commynes horchte auf. Hatte er richtig gehört? Hinter den Gittern seines Käfigs zur Untätigkeit verdammt, verfolgte er mit angespannten Sinnen die Audienz des burgundischen Gesandten, doch ohne jede Möglichkeit, Einfluss zu nehmen. Zur Strafe dafür, dass es ihm nicht gelungen war, Maximilian von Habsburg zu töten, hatte Ludwig ihn in denselben Käfig gesperrt, in den einst Kardinal La Balue gesperrt worden war. Und wie früher der Kardinal, so hatte auch Philippe jetzt nur eine Möglichkeit, lebend aus diesem Gefängnis herauszukommen: indem er sich unverzichtbar machte.

»Gar nichts?«, wiederholte de la Marche ungläubig.

»Ja, gar nichts«, bestätigte Ludwig. »Weder Geld noch Geiseln. Der Herzog von Österreich muss nur anerkennen, was Recht ist.«

»Nämlich?«

»Dass Burgund zu Frankreich gehört. Sobald der Herzog von Österreich diese gottgewollte Tatsache mit seinem Siegel beurkundet, ist sein Feldmarschall frei.«

»Verzeiht, Sire«, erwiderte de la Marche, »Burgunds Schicksal wurde auf dem Schlachtfeld von Guinegate entschieden. Als Preis für diesen Sieg fordert Herzog Maximilian Euch auf, die burgundischen Kernlande zurückzugeben.«

»Einen Teufel werde ich tun!«, brauste der König auf, um sogleich wieder mit der ihm eigenen Herablassung hinzuzufügen: »Den Acker von Guinegate überlasse ich dem Herzog von Österreich mit Freuden, von mir aus soll er Bohnen darauf ziehen! Doch was die Kernlande betrifft – niemals!«

De la Marche straffte sich. »Dann nennt Euren Preis für Wolf von Polheim.«

Statt ihm zu antworten, erhob Ludwig sich von seinem Thron und trat an Philippes Käfig. »Nun, Monsieur de Commynes, wie lautet Euer Rat? Was sollen wir verlangen?«

41

Silbern fiel das Mondlicht in die Schlafkammer, und während draußen irgendwo ein Käuzchen rief, schmiegte Marie sich noch enger an Maximilians Brust. Wie sehr hatte sie das vermisst, so in seinem Arm zu liegen, seine Nähe zu spüren, seine Liebe.

»Was hat dein Vater geschrieben?«, fragte sie.

Max zuckte mit der Schulter. »Der Kaiser ist bereit, mich zu krönen«, sagte er mit gespielter Gleichgültigkeit.

»Zum römisch-deutschen König?«, rief Marie und setzte sich auf. »Das sagst du erst jetzt?«

Max lächelte sie mit seinem Siegerlächeln an. »Ich wollte, dass du es als Erste erfährst. Nur du. Ganz allein.« Er nahm ihr Gesicht zwischen die Hände und schaute sie an. »Du weißt, was das bedeutet?«

Marie nickte. »Als König kannst du die deutschen Fürsten jederzeit um Reichshilfe bitten. Dann wird Ludwig nie wieder wagen, uns anzugreifen.«

»Was habe ich nur für eine kluge Frau.« Max grinste.

»Tu ja nicht, als hättest du das nicht gewusst!« Sie zwickte ihn in seine große Nase. »Aber – wie ich deinen Vater kenne, gibt er dir die Krone nicht umsonst. Was verlangt er dafür?«

Maximilians Gesicht wurde ernst. »Ich soll mit ihm Wien gegen die Ungarn verteidigen.«

Maries Begeisterung war mit einem Mal dahin. »Soll das heißen, du willst mich schon wieder verlassen?«

»Nein«, sagte er und gab ihr einen Kuss. »Dazu habe ich dich viel zu sehr vermisst. Wenn ich ins Reich muss, nehme ich dich mit. Und unseren Sohn auch.«

Marie erwiderte ungläubig seinen Blick. »Das willst du wirklich tun? Mit mir in den Krieg ziehen?«

»Warum nicht? Wenn die Hofkapelle mich ins Feld begleitet, warum dann nicht auch meine Frau und mein Sohn?«

Ein ganz warmes, inniges Gefühl durchströmte ihren Körper. »Ach Max, weißt du eigentlich, wie sehr ich dich liebe?« Sie beugte sich zu ihm, um ihn zu küssen. »Komm zu mir, *mon cœur*«, flüsterte sie. »Ich will dich spüren, in mir, jetzt gleich.«

Sie fuhr mit ihrer Hand unter sein Hemd, doch er hielt sie am Arm zurück. »Nein, Marie. Ich darf nicht.«

»Nicht mal heute?«, fragte sie enttäuscht.

»Nicht mal heute.« Max schüttelte den Kopf. »Du weißt doch, dass ich geschworen habe, drei Monate zu fasten.«

Marie stieß einen Seufzer aus. Ja, das wusste sie, und ihr Kopf gab Max recht. Aber was vermochte ihr Kopf gegen die Sehnsucht in ihrem Herzen und in ihrem Leib?

Draußen im Hof wurde Hufgetrappel laut.

»Ich habe es Gott auf dem Schlachtfeld versprochen«, sagte Max und legte ihre Hand beiseite. »Als Dankesopfer für den Sieg.«

Marie schaute ihn prüfend an. »Ist das der einzige Grund?«, fragte sie.

»Natürlich, meine Liebste«, erwiderte er. »Warum sollte ich sonst auf das Schönste verzichten, was es in meinem Leben gibt?«

Als sie sein Gesicht sah, war der Anflug von Misstrauen, der sie wie ein übelriechender Windhauch gestreift hatte, verschwunden.

Nein, es gab keinen Grund, an seiner Liebe zu zweifeln, er war ihr ebenso innig verbunden wie sie ihm, und mit diesem Wissen gingen die drei Monate irgendwann einmal vorbei. Bis dahin würde sie sich mit seinen Küssen begnügen, die waren zum Glück erlaubt. Sie schloss die Augen und suchte mit ihrem Mund seine Lippen. Aber als sie sein Gesicht berührte, hörte sie auf dem Gang Schritte, und gleich darauf klopfte es an der Tür.

»Seid Ihr noch wach?«, rief Margarete von York. »Olivier ist aus Plessis zurück!«

42

Der Hofgroßmeister saß in seinen Reisekleidern in der Küche und schlürfte eine Suppe, die Margarete für ihn hatte aufwärmen lassen.

»Ludwig weigert sich, ein Lösegeld zu fordern«, sagte er. »Er will weder Geld noch Geiseln, er will Burgund!«

»Wozu haben wir dann Krieg geführt?«, fragte Max.

»Ludwig behauptet, Burgund sei nach wie vor ein französisches Lehen. Er will Euch und die Herzogin sogar vor Gericht zerren.«

»Wie kann er es wagen?«, rief Marie.

»Er wirft Euch Hochverrat vor. Und fordert Euch und Euren Gemahl auf, Euch vor dem Pariser Parlament zu verantworten.«

»Das ist ungeheuerlich!«, sagte Margarete.

Olivier spitzte die Lippen, um sich nicht an der Suppe zu verbrennen. »Das hat Philippe de Commynes sich ausgedacht.«

»Dieser Teufel!«, zischte Marie.

Max legte die Hand auf ihren Arm. »Was sollte uns dazu bewegen, an so einem Spektakel mitzuwirken?«

»Das Leben Eures Freundes Wolf von Polheim«, erklärte Olivier.

»Was hat Wolfs Leben damit zu tun?«, wollte Marie wissen.

Der Hofgroßmeister schaute von seinem Teller auf. »Wenn Ihr und Euer Gemahl sich dem Pariser Gericht stellt, ist Ludwig bereit, Wolf von Polheim auszuliefern.«

Max begriff. Und er wusste, was zu tun war. »Ich reite nach Paris. Aber allein!«

»Das dürft Ihr nicht!« Margarete schüttelte energisch den Kopf. »Ludwig nimmt Euch dann selbst als Geisel.«

»Und wenn ich mitkomme?«, fragte Marie. »Mich wird er nicht anrühren, schließlich ist er mein Pate.«

»Darauf könnt Ihr nicht bauen«, erwiderte Olivier. »Dieser Mann hält seinen ersten Minister in einem Käfig gefangen.«

»Glaubt Ihr, Ludwig ist imstande, Wolf von Polheim zu töten?«, fragte Margarete.

»Nein«, erwiderte Olivier, ohne zu zögern.

»Seid Ihr sicher?«

»Ganz sicher. Wolf kann ihm nur nützen, solange er lebt.«

Margarete nickte. »Gut, dann haben wir also Zeit.«

»Soll das heißen, Ihr habt eine Idee?«, fragte Marie.

»Vielleicht.« Margarete dachte nach. Dann wandte sie sich an Max. »Helft dem Kaiser und lasst Euch zum Dank von ihm krönen. Als König des römisch-deutschen Reichs muss Euer Vater Euch dann gegen Frankreich helfen, sollte es Ludwig wirklich einfallen, uns erneut anzugreifen. Ich selber werde meinem Bruder schreiben, dem König von England.«

»Aber der hat sich doch von Ludwig mit einer jährlichen Pension kaufen lassen«, sagte Marie.

»Jetzt ist die Lage anders. England fordert von Frankreich Teile der Normandie und der Champagne. Das könnte meinen Bruder zu einem Bruch mit Frankreich und einem Bündnis mit uns bewegen. Wenn das zustande kommt, wird Ludwig keinen Krieg mehr wagen. Und Wolf von Polheim auch so ausliefern.«

»Ihr habt recht«, pflichtete Max ihr bei. »Wenn Euer Plan gelingt, sitzt Ludwig zwischen England und dem Reich in der Falle. Nur – woher nehme ich das Geld, um meinem Vater zu helfen?«

Margarete schenkte ihm ihr strahlendstes Lächeln. »Hattet Ihr nicht unlängst eine Biersteuer vorgeschlagen?«

43

Wie jeden Morgen nutzte der französische König die Morgenrasur für einen Lagebericht.

»Maximilian von Habsburg rüstet für einen Feldzug gegen Ungarn«, rapportierte der Barbier.

»Will sich der Lümmel mit allen Fürsten Europas anlegen?«, fragte Ludwig. »Woher nimmt er das Geld?«

»Es heißt, er hat eine Biersteuer erhoben.«

»Bier«, der König verzog das Gesicht, »mit einer solchen Steuer könnte man in Frankreich keine hundert Mann ausrüsten.«

»Wenn ich mir eine Bemerkung erlauben darf?«, sagte Philippe de Commynes in seinem Käfig.

»Eben dafür habe ich Euch am Leben gelassen«, erwiderte Ludwig, ohne sich in seinem Rasierstuhl umzudrehen.

Philippe trat an das Gitter. »Maximilians Feldzug eröffnet Eurer Majestät die Möglichkeit, das Blatt zu ihren Gunsten zu wenden.«

»Indem wir in Burgund einfallen?« Ludwig zuckte die Achseln. »Darauf sind wir auch ohne Eure Weisheit schon gekommen. Die Frage ist nur, wer soll einen solchen Feldzug führen? Unsere Heerführer sind Idioten. Das haben sie in Guinegate bewiesen.«

Philippe frohlockte. Die Reaktion hätte nicht günstiger ausfallen können. »Ich ... ich wüsste einen hervorragenden Feldherrn, um Eure Truppen zum Sieg zu führen.«

Ludwig lachte kurz auf. »Meint Ihr zufällig Euch selbst?«

»Nein, Sire«, erwiderte Philippe. »Meine bescheidene Waffe ist das Wort. Aber der Feldherr, den ich meine, kennt die Verhältnisse in Burgund und das burgundische Heer wie der Herzog von Österreich selbst. Wenn es gelänge, ihn für Eure Majestät zu verpflichten – der Krieg wäre so gut wie gewonnen.«

Endlich drehte Ludwig sich in seinem Rasierstuhl herum. »Wie ist sein Name?«

Philippe umspannte mit beiden Händen die Stäbe seines Käfigs. »Wolf von Polheim, Majestät.«

»Wolf von Polheim?« Ludwig sprang von seinem Stuhl. »Wie weise es doch war, Euch das Schwert zu ersparen.« Er zog einen Schlüssel aus seinem Rock, trat an das Gitter und öffnete die Tür. »Los, worauf wartet Ihr?«, sagte er, als er Philippes Zögern sah. »Holt diesen Polheim aus dem Kerker, aber rasch!«

»Zu Euren Diensten, Majestät.« Philippe konnte sein Glück kaum fassen. So schnell es die Etikette erlaubte, eilte er davon, um die Wachen zu verständigen.

Eine Stunde später wurde Wolf von Polheim vor den Thron des Königs geführt.

»Seine Majestät hat in ihrer Güte beschlossen, Euch ein Angebot zu machen«, erklärte Philippe, während der Gefangene von seinen Fesseln befreit wurde.

»Ich höre.«

»Tretet in Frankreichs Dienst ein. Und Ihr seid ein freier Mann.«

»Wollt Ihr mich beleidigen? Ich stehe im Dienst des Herzogs von Burgund.«

»Der Herzog von Österreich scheint keine Verwendung mehr für Euch zu haben«, erklärte Ludwig. »Wir haben ihm unsere Forderungen für Eure Auslösung geschickt, wie es bei Edelleuten üblich ist. Aber er gibt keine Antwort.«

»Das glaube ich nicht!«

»Es ist, wie Majestät sagt«, erwiderte Philippe. »Offenbar hat der Herzog von Österreich vergessen, wer ihm das Leben gerettet hat.«

»Dasselbe Leben, das Ihr mir nehmen wolltet.«

»Außerdem hat das Pariser Parlament Seiner Majestät den Herzog und die Herzogin von Österreich wegen Hochverrats zum Tode verurteilt.«

Polheim verzog keine Miene. »Ich nehme nicht an, dass der Herzog und die Herzogin von Burgund herbeieilen werden, um Euch bei der Vollstreckung des Urteils behilflich zu sein.«

»Nehmt Vernunft an, wenn Euch Euer Leben lieb ist.«

»Ihr wollt, dass ich zum Verräter werde? Wie Ihr?« Er warf Philippe einen verächtlichen Blick zu. »Lieber lasse ich mir den Kopf abschlagen.«

»Das kann schneller passieren, als Euch lieb ist«, sagte Ludwig.

»Verzeiht, Sire«, erwiderte Polheim. »Doch selbst wenn Ihr mich tötet, wird Euch das nichts nützen.«

Ludwig hob interessiert die Brauen. »So?«

»Maximilians Sohn ist ein männlicher Thronfolger burgundischen Geblüts«, erklärte er. »Solange der Prinz lebt, hat Frankreich keinerlei Anspruch auf das Herzogtum – gleichgültig, was Pariser Gerichte entscheiden.«

»Jetzt ist es aber genug!« Philippe packte ihn am Kragen. »Hütet Eure Zunge – oder …«

»Lasst den Mann los«, befahl der König. »Er tut nur, was seine Ehre ihm gebietet.«

»Aber Majestät?« Verwundert drehte Philippe sich herum. »Ich … ich verstehe nicht ganz …«

Ludwig wandte sich an die Wachen, die bei der Tür auf Befehle warteten. »Bringt Herrn von Polheim zurück in seine Zelle.«

Die Wachen nahmen den Gefangenen in ihre Mitte und führten ihn ab.

»Begreift Ihr denn nicht?«, fragte Ludwig, als die Tür sich hinter ihnen schloss. »Monsieur Polheim hat uns selbst gesagt, was zu tun ist.«

»Verzeiht meine Begriffsstutzigkeit, Sire«, erwiderte Philippe. »Aber ich verstehe immer noch nicht …«

»Ts, ts, ts.« Ludwig genoss sichtlich den Moment. »Dabei ist es doch so leicht. Seine Bemerkung über die Bestimmungen des burgundischen Lehens …«

Während der Satz unvollendet im Raum schwebte, dämmerte es

Philippe. »Ihr meint, wenn es keinen männlichen Thronfolger gäbe, dann ...«

»Ist der Groschen endlich gefallen?«

»Ich bewundere Euren Scharfsinn, Majestät.«

»Das erspart uns einen neuen Krieg«, erklärte Ludwig, sehr mit sich zufrieden. »Was steht Ihr hier rum, und haltet Maulaffen feil? Beeilt Euch! Auf nach Gent!«

44

Max stand am Fenster des Audienzsaals, wo er zusammen mit der Herzoginwitwe den Ständevertreter Hinrich Peperkorn empfing, und blickte hinaus in die Nacht. In der Ferne sah er eine Menschenhorde, die sich im Schein von Fackeln zusammengerottet hatte und sich nun dem Prinsenhof näherte.

»Ich würde Euch dringend empfehlen, in Burgund zu bleiben«, sagte Peperkorn.

Max wandte sich zu dem Gewürzhändler herum. »Ich habe Euch meine Meinung dazu bereits gesagt«, erwiderte er gereizt.

Peperkorn drehte seinen Hut in der Hand. »Die ganze Stadt rebelliert gegen die neue Steuer. Ein Gulden auf jedes Fass Bier! Die Leute fangen schon an, die Schankwirte zu verprügeln. Und was noch schlimmer ist – Jan Coppenhole gewinnt bei den Ständen immer mehr Unterstützung. Euer Österreich-Feldzug ist für ihn und seine Anhänger der Beweis, dass Ihr das Land für ausländische Zwecke ausblutet.«

»Verflucht nochmal!«, zischte Max. »Wenn dieser Coppenhole so weitermacht, lasse ich ihn köpfen!«

»Wenn Ihr das tut, habt Ihr das ganze Volk gegen Euch.«

»Aber der Mann betreibt Hochverrat!«

Margarete legte beschwichtigend ihre Hand auf seinen Arm. »Maximilian, bitte!« An den Gewürzhändler gewandt, fügte sie entschuldigend hinzu: »Der Herzog fastet, ein Gelübde nach seinem Sieg über die Franzosen. Er hat den ganzen Tag nichts gegessen.«

»Trotzdem bin ich bei klarem Verstand«, erklärte Max. »Wenn ich dem Kaiser helfe, ist das zum Wohle Burgunds. Dadurch sichere ich dem Herzogtum die Unterstützung des Reichs.«

»Dann wollt Ihr also trotz allem nach Wien ziehen?«, fragte Peperkorn.

Max trat wieder ans Fenster. Die rebellierende Horde wuchs bedrohlich, Scharen von Menschen strömten aus den Gassen und Straßen und schlossen sich dem Zug an. Schon konnte man ihre Rufe hören.

Margarete räusperte sich. »Mijnher Peperkorn wartet auf eine Antwort.«

Max drehte sich herum. »Es bleibt dabei«, sagte er. »Ich lasse mich nicht erpressen. Das bin ich Wolf von Polheim schuldig.«

45

Seite an Seite knieten Philippe de Commynes und Kunz von der Rosen vor dem aufgeklappten Hauptaltar von St. Bavo. *Was für ein seltsamer Ort*, dachte der Narr, den Ludwigs Minister für ihr Treffen gewählt hatte. Das heilige Schweigen, das sie in der leeren Kathedrale umfing, kleidete sie etwa so trefflich wie das Gewand einer Hure die Jungfrau Maria.

»Du weißt, wer König Herodes war?«, fragte Philippe.

»Wie könnt Ihr daran zweifeln, Euer Gnaden?«, erwiderte Kunz. »Ich bin ein frommer Christenmensch.«

»Umso besser«, sagte Philippe. »Dann weißt du sicher auch, was König Herodes getan hat, um seine Herrschaft im Land zu wahren, als diese durch die Geburt eines Knaben gefährdet schien.«

Mit einem Anflug von Bewunderung blickte Kunz ihn von der Seite an. »Ihr schreckt wirklich vor nichts zurück, oder?«

Philippe erwiderte seinen Blick. »Tust du es?«

Einen Augenblick lang herrschte zwischen ihnen Schweigen. Dann reichte der Franzose Kunz eine Börse, die mit dem Wappen des französischen Königs verziert war. »Ich verlasse mich auf dich.«

»Worauf Ihr einen lassen könnt«, sagte Kunz und ließ die Börse in seinem Ärmel verschwinden. »Ich werde den Worten der Heiligen Schrift gewissenhafter folgen als ein Bischof.«

»Amen«, sagte Philippe und bekreuzigte sich. »So soll es sein.«

46

Marie lag schon im Bett, als Max die Schlafkammer betrat. In der Dunkelheit konnte er ihr Gesicht nur erahnen. Trotzdem spürte er, dass sie ihn ansah. Er zog sein Hemd aus und legte sich zu ihr.

»Endlich ist die Fastenzeit vorbei«, flüsterte er.

Er beugte sich über sie, um sie zu küssen, doch sie wehrte ihn zärtlich ab. »Nicht jetzt.«

»Warum? Sag ja nicht, du hast auch ein Gelübde getan!«, sagte er mit gespielter Empörung.

Sie schüttelte den Kopf. »Mir ist jetzt nicht nach Witzen.«

Seine Augen hatten sich inzwischen an die Dunkelheit gewöhnt, und er sah den Ernst in ihrer Miene. »Sag mir, was ist.«

Marie zögerte.

»Willst du es mir nicht verraten?«

Unsicher erwiderte sie seinen Blick. »Erinnerst du dich, als du zurückgekommen bist?«

»Du meinst, aus dem Krieg?«

Marie nickte. »Als du mich damals zurückgewiesen hast, du

weißt schon, hier, in dieser Kammer, da habe ich dich gefragt, ob das Gelübde der einzige Grund dafür war.«

»Aber ich habe dir doch damals die Antwort gegeben!«, rief er.

Marie sah ihm tief in die Augen. »Und die Schauspielerin?«

Max ließ sich auf den Rücken fallen und starrte gegen die Decke. Im Gebälk sah er die Schatten, die der Mond durch das Fenster warf.

»Du kennst sie also?«, fragte Marie.

»Ja«, sagte Max in die Stille hinein.

»Woher?«

»Sie war die Zofe meiner Schwester. Und sie war die Frau, die …« Er verstummte.

»Die was?«

Er glaubte, an der Antwort zu ersticken. Aber er wusste, er durfte jetzt nicht schweigen. »Die Frau, die mir den ersten Kuss gegeben hat.« Er spürte, wie Marie ihn von der Seite anblickte.

»Nur den ersten Kuss?«

Er schüttelte den Kopf.

Eine lange Weile hörte er nur ihren Atem. »Liebst du sie noch?«

Er richtete sich auf. »Nein, Marie«, sagte er, den Blick fest auf sie gerichtet. »Du bist die einzige Frau für mich. Ich … ich war nur verwirrt, als sie so plötzlich auf der Bühne stand. Ich hatte sie ja seit Jahren nicht mehr gesehen.«

Ein unsicheres Lächeln spielte um ihre Lippen. »Und danach? Hast du sie noch mal wiedergesehen?«

Er wich ihrem Blick aus. War es eine Lüge, wenn er ihr die Wahrheit sagte? »Nein, Marie.«

Ihr Lächeln wurde noch unsicherer. »Wirklich nicht?«

»Ich schwöre!« Er streifte mit den Lippen über ihre Wange. »Und jetzt lass die dummen Fragen. Wir haben Wichtigeres zu tun.«

Unter seiner Berührung entspannte sie sich, endlich schmiegte sie sich in seine Umarmung. »Was denn?«, flüsterte sie.

»Kannst du dir das nicht denken?« Ohne den Blick von ihr zu

lassen, knöpfte er ihr Hemd auf. »Unser Sohn braucht doch ein Geschwisterchen …«

47

Ein Schrei riss Marie aus dem Schlaf. Auf einen Schlag war sie hellwach.

»Philipp!«

Sie sprang aus dem Bett und lief mit bloßen Füßen zur Kinderstube. Die Tür stand offen, Kerzenlicht fiel hinaus auf den Flur. Ohne Johanna und die Kinderfrau, die schon in der Kammer waren, wahrzunehmen, stürzte sie ans Bett ihres Sohnes und legte ihm die Hand auf die Brust. Es dauerte eine Weile, bis sie wusste, dass das Entsetzliche sie nicht getroffen hatte: Ihr Kindchen schlief friedlich und fest, sein Brustkorb hob und senkte sich wie immer. Marie war so erleichtert, dass ihr die Knie weich wurden und sie sich am Gestänge des Bettchens festhalten musste.

Als sie sich umdrehte, sah sie Johanna mit ihrem Kind auf dem Arm. Das Gesicht ihrer Freundin war leichenblass, und die Laute, die sie von sich gab, waren keine menschlichen Laute. Es war das leise Wimmern eines Tieres.

»Um Gottes willen, Johanna! Was ist passiert?«

Statt einer Antwort hielt Johanna ihr den kleinen Wolf entgegen. Entsetzt wich Marie zurück. Das Gesicht des Kindes war eisblau, und sein kleiner Körper hing schlaff und leblos in Johannas Armen.

48

Max war sicher, dass Wolfs Sohn keines natürlichen Todes gestorben war – als Johanna die Kammer betreten hatte, so hatte sie berichtet, habe der Kleine ohne Decke am offenen Fenster in der eisigen Nachtluft gelegen. Das musste mit Absicht geschehen sein. Aber was für einen Grund konnte es für einen solchen Anschlag geben? Dafür hatte Max nur eine Erklärung: Der Anschlag hatte nicht dem kleinen Wolf gegolten, sondern Philipp, seinem eigenen Sohn, dem Thronfolger Burgunds.

Seit einer Stunde nahm er das Kindermädchen ins Verhör.

»Wann hast du gemerkt, dass das Kind nicht mehr atmete?«

»Gleich, als ich aufgewacht bin«, erwiderte Rieke.

»Aber Frau van Hallewyn hatte dir doch gesagt, dass ihr Sohn Fieber hatte, und du hattest versprochen, die ganze Nacht aufzupassen!«, sagte Marie.

»Ich … ich muss irgendwann eingeschlafen sein.« Das Mädchen brach in Tränen aus. »Ich kann gar nicht sagen, wie leid mir das tut! Ach, wenn ich das nur irgendwie wiedergutmachen könnte …«

Ein Hüsteln unterbrach sie. »Wenn Euer Gnaden erlauben?«

Max fuhr herum. In der Tür stand Kunz von der Rosen.

»Was willst du? Jetzt nicht!«

»Nur auf ein Wort, Euer Gnaden.«

Widerwillig wandte Max sich dem Zwerg zu. »Rede!«

Mit seiner Affenpfote fordert Kunz ihn auf, sich zu ihm herabzubeugen. »In der Nacht«, raunte er ihm ins Ohr, »musste ich noch mal auf – Ihr versteht schon, der Wein. Da hörte ich auf dem Gang seltsame Geräusche, ein Jammern aus der Kinderkammer, aber irgendwie anders als sonst, eher wie ein Röcheln.«

»Warum hast du nicht nachgeschaut?«

»Ich dachte mir nichts dabei, Johannas Kind war ja krank. Aber im Nachhinein, wenn ich jetzt darüber nachdenke …«

»Was dann? Heraus mit der Sprache!«

Kunz legte sein Greisengesicht in Falten. »Es hörte sich irgendwie an, als würde das Kind ersticken.«

Max hob die Brauen. »Hast du jemanden gesehen?«

»Nicht direkt, und ich will keinen zu Unrecht beschuldigen.« Der Zwerg wies mit dem Kopf auf das Kindermädchen. »Aber vielleicht sollte man sie mal durchsuchen?«

Max wandte sich wieder den Frauen zu. »Was hast du in deinen Taschen?«, fragte er das Mädchen.

»Nichts«, sagte Rieke. »Nur, was ich für die Kinder brauche.« Zum Beweis zeigte sie ein paar Tücher und Salbendöschen vor.

Plötzlich stockte sie.

»Was ist das?«, fragte Marie.

Rieke hielt eine Börse mit einem Wappen in der Hand. »Ich ... ich weiß nicht, was das ist ...«, stammelte sie.

»Gib her!« Max nahm ihr die Börse aus der Hand und öffnete sie. Zum Vorschein kam ein blanker Golddukat. »Woher hast du den?«

»Ich weiß es nicht, wirklich nicht, Euer Gnaden.« Das Mädchen barg schluchzend sein Gesicht in den Händen.

Max gab dem Zwerg ein Zeichen, sie fortzuführen.

»Das ist das Wappen des französischen Königs«, sagte Marie, als die beiden hinaus waren.

Max nickte. »Das ist der Beweis. Der Anschlag galt unserem Sohn.«

»Aber dann kann das Mädchen es unmöglich gewesen sein! Rieke hätte die Kinder niemals verwechselt! Nicht mal im Dunkeln!«

»Stimmt. Aber wenn sie es nicht war – warum hat Ludwig ihr dann einen Golddukaten zukommen lassen?«

Marie dachte nach. »Um Gottes willen!«, sagte sie plötzlich.

»Ist dir was eingefallen?«

»Das Mützchen! Ich hab Johannas Sohn Philipps Mützchen aufgesetzt, wegen dem Fieber.«

»Das Mützchen mit der aufgestickten Krone?«

»Ja, damit der Kleine in der Nacht nicht friert. Wolfs Mützchen war nur aus grobem Leinen, die unseres Sohnes aus Baumwolle, deshalb haben wir sie vertauscht.«

Max begriff. »War Rieke dabei oder wusste davon?«

Marie schüttelte den Kopf.

Er hatte keine weiteren Fragen. »Sie war es«, sagte er. »Dafür wird sie büßen.«

49

Noch am selben Tag, an dem er Kunz von der Rosen mit der endgültigen Lösung der burgundischen Erbfolge beauftragt hatte, war Philippe de Commynes nach Plessis geritten, um seinem König den Vollzug seines Auftrags zu melden. Sein Gesäß schmerzte noch von dem ebenso langen wie scharfen Ritt, da tauchte auch schon Herzog Maximilians Gesandter am Hof auf, um dem französischen König seine Aufwartung zu machen.

»Olivier de la Marche!« Ludwig empfing den Botschafter in aufgeräumtester Stimmung. »Welche Freude, Euch zu sehen! Ich bin sicher, Ihr bringt gute Nachricht aus Burgund.«

»Leider nein, Majestät«, erwiderte de la Marche. »Ein Kind wurde am Genter Hof ermordet.«

»Ein Kind?« Die geheuchelte Anteilnahme in Ludwigs Gesicht war für einen Freund der Schauspielkunst wie Philippe ein erhebender Genuss. »Ermordet? Nein! Wie ist so etwas möglich?«

»Vermutlich galt der Anschlag dem Prinzen«, erklärte der Gesandte. »Doch es gab eine Verwechslung. Anstelle von Maximilians Sohn wurde der Sohn Eurer Geisel getötet.«

»Verflucht! Wie konnte das passieren?«

Alle Schauspielkunst wich aus Ludwigs Gesicht. Philippe glaubte zu sterben.

»Wie bitte?«, fragte de la Marche den König mit einem aufmerksam prüfenden Blick.

Ludwig hatte seine Beherrschung schon wieder zurückerlangt. »Ich meine, weiß man, wer es getan hat?«

»Eine Kammerfrau, sie hat das Kind erstickt. Offenbar wurde sie für den Mord bezahlt. Sie wurde auf der Stelle hingerichtet.«

Ludwig nickte. »So will es die Gerechtigkeit.«

»Allerdings«, fuhr de la Marche fort, »handelte sie offenbar nicht aus freien Stücken, sondern wurde zu ihrem Verbrechen gedungen.« Er zögerte einen Moment, dann blickte er dem König fest in die Augen. »Und zwar von Euch!«

»Ihr habt die Frechheit, mir das ins Gesicht zu sagen?«, rief Ludwig.

De la Marche zuckte nicht mit der Wimper. »Man hat eine Börse bei der Frau gefunden, mit Eurem Wappen.«

»Das ist Verleumdung! Verrat!«

»Der Herzog von Burgund fordert Euch zum Zweikampf heraus«, erklärte der Gesandte. »Mann gegen Mann. Um die Fehde zwischen Frankreich und Burgund zu beenden, ein für alle Mal.«

»Glaubt Ihr, wir sind auf einem Turnierplatz?«

»Ich wiederhole nur die Worte, die der Herzog von Burgund mir aufgetragen hat. Ihr habt die Wahl der Waffen.«

Ludwig hielt es nicht länger auf seinem Thron. Hochrot im Gesicht sprang er auf und durchmaß mit stummer Wut den Saal.

»Welche Antwort darf ich dem Herzog von Burgund ausrichten?«, fragte de la Marche.

Ludwig hielt in seinem Gang inne und schaute zum Fenster hinaus. »Findet Euch morgen bei Sonnenaufgang im Schlosshof ein«, erwiderte er kalt. »Dann sollt Ihr Eure Antwort bekommen.«

50

Voller Entsetzen hörte Marie den Bericht aus Plessis.

»Ludwig hat alle burgundischen Heerführer, die die Franzosen bei Guinegate gefangen genommen haben, vor meinen Augen köpfen lassen. Alle, bis auf Wolf von Polheim.«

»Also fast den ganzen flandrischen Adel«, sagte Max. »Das verstößt gegen jeden Brauch. Gefangene Edelleute tötet man nicht, man tauscht sie aus, gegen Geiseln oder Geld.«

Er sprach ruhig und gefasst, doch Marie wusste, wie viel Kraft es ihn kostete, die Beherrschung zu wahren. Durch das offene Fenster hörte man von Ferne das Volk, das wie jeden Tag in den Straßen rebellierte: »Frieden statt Steuern!«

»Gott sei Dank hat er wenigstens Wolf am Leben gelassen …«, sagte Marie.

»Aber für wie lange?«, fragte Johanna. »Wenn ich Wolf auch noch verliere …« Ihre Worte erstickten in Tränen.

»Für jede Geisel, die Ludwig getötet hat«, sagte Max, »werde ich zwei von unseren französischen Gefangenen köpfen lassen.«

»Davon würde ich dringend abraten«, erwiderte Olivier. »Dann wird Ludwig Herrn von Polheim ebenfalls köpfen lassen.«

»Oder aber er gibt nach«, erwiderte Max. »Auge um Auge, Zahn um Zahn – das ist die einzige Sprache, die dieser Mann versteht.«

Margarete wiegte den Kopf. »Vielleicht gibt er nach, vielleicht auch nicht. Wir wissen nur eins: Wir haben uns geirrt. Wolfs Leben ist alles andere als sicher.«

Während sie sprach, wurden draußen die Rufe der Aufständischen immer lauter.

»Verflucht noch mal, warum macht keiner das Fenster zu?« Statt zu warten, dass jemand anderes es tat, schloss er es selbst. »Ich habe einen Entschluss gefasst«, erklärte er. »Mein Vater muss allein mit den Ungarn fertig werden. Statt ins Reich zu ziehen, werde ich Ludwig zu einer neuen Schlacht zwingen.«

»Ihr habt bei Guinegate einen großen Sieg errungen«, sagte Margarete. »Aber eine gewonnene Schlacht ist kein gewonnener Krieg. Frankreich verfügt immer noch über die größte Armee Europas. Wie wollt Ihr ein Heer ausrüsten, das sich erneut mit Ludwigs Truppen messen kann? Die Stände werden Euch keine Gelder bewilligen, das Volk hat Euch die Biersteuer noch nicht verziehen.«

»Ich werde zu den Ständen sprechen«, sagte Max. »Ich bin sicher, ich kann sie überzeugen.« Seine Stimme verriet, dass er selbst nicht daran glaubte.

»Vielleicht habe ich eine Idee«, sagte Marie. »Allerdings müsste dafür Johanna bereit sein, vor den Ständen zu reden.«

»Ich?«, fragte die Kammerfrau.

Marie wusste, was sie von ihrer Freundin verlangte, aber vielleicht wäre es wirklich eine Möglichkeit. »Ich glaube, wenn die Bürger erfahren, was die Franzosen getan haben, werden sie endlich begreifen, dass Ludwig nicht ihr Freund ist.« Sie schaute Johanna an. »Was meinst du, würdest du das schaffen?«

»Dafür, dass Wolf freikommt, würde ich alles tun.«

»Schön«, sagte Margarete. »Allerdings – für einen neuen Krieg wird die Unterstützung der Stände allein nicht reichen. Wir brauchen noch einen Verbündeten.«

»Habt Ihr immer noch keine Nachricht von König Edward?«, fragte Max.

Margarete schüttelte den Kopf. »Mein Bruder ist ein entsetzlicher Zauderer. Schon als Kind konnte er sich nie entschließen, so dass ich ständig für ihn die Entscheidungen treffen musste.« Während sie sprach, hielt sie plötzlich inne.

Marie ahnte, was ihrer Stiefmutter durch den Kopf ging. »Denkt Ihr gerade dasselbe wie ich?«

Mit einem Lächeln streifte Margarete sich einen goldenen Ring vom Finger, den ein haselnussgroßer Rubin zierte. »Diesen Ring hat mir Herzog Karl zu unserer Hochzeit geschenkt. Vielleicht kann Olivier damit den englischen Botschafter in Plessis überzeugen, sich für einige Zeit vom französischen Hof fernzuhalten.«

51

Der Sitzungssaal im Genter Rathaus war bis auf den letzten Platz gefüllt. Angewidert blickte Jan Coppenhole aufs Podium, wo Hinrich Peperkorn soeben eine Kammerfrau der Herzogin vorgestellt hatte, Johanna van Hallewyn mit Namen. Jan hatte in seinem langen Kampf um Gerechtigkeit schon so manches erlebt, aber dass eine Zofe vor den Bürgern für die Kriege von Karls Tochter und ihres österreichischen Buhlen warb – das schlug dem Fass den Boden aus.

»Wenn Ihr den König von Frankreich unterstützt, unterstützt Ihr einen Kindsmörder«, sagte Frau van Hallewyn. »Ludwig hat meinen Sohn umbringen lassen.«

»Das ist nicht wahr!«, protestierte Jan. So sehr ihn der Verlust dieser Frau reute, so wenig konnte er ihre falsche Behauptung durchgehen lassen. »Jeder in Gent weiß, dass eine Kinderfrau Euren Sohn auf dem Gewissen hat. Ich habe die Hinrichtung der Mörderin mit eigenen Augen gesehen.«

»Man hat bei der Mörderin eine Börse mit Ludwigs Wappen gefunden, mit einem Golddukaten«, erklärte Peperkorn. »Offenbar hat der französische König die Täterin gedungen.«

»Woher wollt Ihr das wissen? Vielleicht hat das ja der Herzog von Österreich ins Werk gesetzt? Um damit zu erpressen!«

»Das ist ungeheuerlich!«

»Ja? Ist es das? Aber warum wurde dann nicht *sein* Sohn umgebracht? Sondern nur der Sohn seines Feldmarschalls?«

Während Buhrufe und Pfiffe laut wurden, schluchzte Frau van Hallewyn laut auf. Als Jan ihren Schmerz sah, wusste er, dass er zu weit gegangen war. »Immerhin können wir das nicht ausschließen«, fügte er hinzu.

Frau van Hallewyn wischte sich die Tränen aus dem Gesicht. »Ich habe schon mein Kind verloren«, sagte sie. »Bitte helft mir, nicht auch noch meinen Mann zu verlieren.«

»Sagt uns, was sollen wir tun?«, fragte Peperkorn.

»Bekundet Eure Unterstützung für den Herzog. Nur wenn der französische König sieht, dass seine Untertanen hinter Maximilian stehen, wird er meinen Mann freilassen.«

»Es lebe der Herzog von Burgund«, rief jemand. Gleich darauf fiel ein anderer in den Ruf ein. »Es lebe Herzog Maximilian!«

52

Wenn Philippe de Commynes in seinem Leben eine Erkenntnis gewonnen hatte, die fraglose Gültigkeit besaß, dann diese: dass es immer noch schlimmer kommen konnte, als es schon war. Und wieder war der Schicksalsbote Olivier de la Marche.

»Das Volk von Burgund verlangt die Auslieferung Wolf von Polheims«, erklärte er im Audienzsaal von Plessis, vor den Botschaftern nahezu aller europäischer Fürsten.

Ludwig stellte eine gelangweilte Miene zur Schau. »Das Volk von Burgund muss nur seinen rechtmäßigen Herrscher anerkennen. Dann ist Wolf von Polheim ein freier Mann.«

»Das Volk von Burgund hat sich für seinen rechtmäßigen Herrscher entschieden. Die Ständeversammlung hat Maximilian von Habsburg ihre volle Unterstützung zugesagt.«

Ludwig zuckte mit den Schultern. »Dann wird Wolf von Polheim das Schicksal der übrigen burgundischen Heerführer teilen.«

»Das glaube ich kaum.« De la Marche trat vor und reichte dem König eine Schriftrolle. »Mit diesem Schreiben teilt der Herzog von Burgund Euch mit, dass er mit dem Bruder seiner Schwiegermutter Margarete von York, Seiner Majestät Edward, König von England, einen Freundschaftspakt geschlossen hat.«

Während ein Raunen durch den Saal ging, blickte Ludwig mit blitzenden Augen in die Runde. »Wo ist der englische Gesandte?«

Die versammelten Botschafter schauten sich gegenseitig an, aber der Gesuchte war nirgendwo zu entdecken.

Der Barbier trat an den Thron. »Der englische Botschafter ist auf Reisen«, flüsterte er Ludwig so leise ins Ohr, dass Philippe ihn kaum verstehen konnte.

Ludwigs Gesicht wurde zur Fratze. »Verflucht!«

»Sollte dem burgundischen Feldmarschall auch nur ein Haar gekrümmt werden«, fuhr de la Marche fort, »erklärt die Allianz Frankreich den Krieg.«

Das Raunen wurde noch lauter. Statt eine Antwort zu geben, knirschte Ludwig mit den Zähnen.

»Zum letzten Mal«, erhob de la Marche seine Stimme. »Was verlangt Ihr für die Auslösung Wolf von Polheims? Nennt Euren Preis!«

Philippe sah, wie der König mit sich kämpfte. »Ihr wollt wissen, wie viel Maximilians Heerführer mir wert ist?«, fragte Ludwig schließlich. »Sagt dem Herzog von Österreich, er soll mir einen Sack Bohnen schicken. Dann lasse ich Wolf von Polheim frei.«

»Bohnen?«, fragte de la Marche irritiert.

»Ja, Bohnen, die er auf dem Acker von Guinegate gezogen hat. Wenn ich mich recht entsinne, habe ich ihm einen entsprechenden Rat zur Nutzung seines Sieges gegeben.«

Die Botschafter lachten, in Ludwigs Gesicht blitzte ein kleiner, böser Triumph auf. »Ihr könnt Euch entfernen«, sagte er und verabschiedete de la Marche mit einer Handbewegung. »Ihr habt mich mit dieser leidigen Angelegenheit lange genug angeödet.«

53

Im Winter des Jahres 1480 erstarrte ganz Flandern unter Eis und Schnee, und alles Leben erstarb in der bitteren Kälte. Schon zu Weihnachten waren die Scheunen leer gewesen, so dass die

Frauen kaum wussten, was sie ihren Kindern und Männern zum Fest vorsetzen sollten, und im Januar herrschte in allen Städten und Dörfern des Landes Hungersnot. Nur am Genter Prinsenhof gab es Grund zur Freude: Herzogin Marie war zu Beginn des neuen Jahres mit einem zweiten Kind niedergekommen, einem Mädchen, das nach der Herzoginwitwe auf den Namen Margarete getauft wurde.

Das Kind war keinen Monat alt, da traf aus Wien ein Brief seines Großvaters ein. Darin empfahl Kaiser Friedrich, Max solle seine Tochter mit dem Dauphin von Frankreich verloben – auf diese Weise könne er den Streit mit König Ludwig für immer beenden. *Tu felix Austria nube* ... Max wusste nur zu gut, aus welchem Grund sein Vater den Vorschlag machte: Der Kaiser musste sich sowohl der Ungarn als auch der Türken erwehren, gegen die er im Herbst schwere Niederlagen erlitten hatte, und brauchte seine Hilfe. Nie und nimmer, erklärte er darum voller Empörung, werde er seine Tochter an einen Krüppel verschachern, der schon Marie hatte heiraten sollen! Doch Margarete von York gab zu bedenken, dass eine Verlobung mit dem Dauphin, die schließlich noch keine Hochzeit sei, vorläufig für Ruhe an den Grenzen zu Frankreich sorgen könne, wo kleine Scharmützel den brüchigen Frieden immer wieder bedrohten. Marie pflichtete ihr bei. Im Norden Burgunds, in Holland, war nämlich ein alter Streit neu entflammt, zwischen den nach Unabhängigkeit strebenden Hoeks, deren Anführer Jan van Montfort eine gefährliche Neigung zur französischen Seite zeigte, und den Kabeljaus, die von alters her treue Untertanen der burgundischen Herzöge waren. Für den Fall, dass es in Holland zum Bürgerkrieg kam, durfte man keinen neuen Krieg mit Frankreich riskieren. Widerwillig beugte Max sich also den Argumenten der Frauen – Haug von Werdenberg, der Kanzler seines Vaters, solle in Plessis die Verhandlungen führen.

Um seine Stimmung zu heben, befahl er, die Geburt seiner Tochter mit einem großen Fest zu feiern. Maries Warnung, man dürfe der hungernden Bevölkerung nicht den Eindruck vermitteln, der Hof treibe in diesen schweren Zeiten Verschwendung, schlug er in den Wind.

Der Ehrengast der Feier war Herzog François de Bretagne, ein dicker, rotgesichtiger Mensch, dessen Nase aussah wie eine Runkelrübe.

»Nun sagt schon, warum habt Ihr mir die Patenschaft Eurer Tochter angetragen?«, wollte der Bretone wissen, als die Festgesellschaft an der Tafel saß.

»Ich möchte Euch ein Bündnis vorschlagen«, erwiderte Max. »Zusammen mit England. Gegen Frankreich.«

François horchte auf. »Zusammen mit England?«

»Jeder weiß, mit welcher Begierde Ludwig auf Euer Herzogtum schielt, um seinen Traum von einem Frankreich zu verwirklichen, das ganz Europa beherrscht. Mit Burgund und England an Eurer Seite wird er es nicht wagen, seiner Begierde nachzugeben.«

François kniff ein Auge zu, um Max zu fixieren. »Und Ihr seid sicher, dass England in diese Allianz eintreten würde?«

Max holte tief Luft. Als der englische König Edward von dem Betrug seiner Schwester erfahren hatte, war er so erbost gewesen, dass er nicht nur seinen bestechlichen Botschafter hatte köpfen lassen, er hatte auch damit gedroht, die vermeintliche Allianz mit Burgund, die Max ausposaunt hatte, öffentlich zu widerrufen. Margarete von York war daraufhin nach London gereist, um ihren Bruder mit dem Argument umzustimmen, dass er im Bündnis mit Burgund gute Aussicht hätte, jene Gebiete von den Franzosen zurückzugewinnen, die England in hundert Jahren Krieg an den Erbfeind verloren hatte, die Normandie und die Champagne. Doch ihr Bruder, so schrieb sie jetzt aus London, würde sich nur unter einer Bedingung zur nachträglichen Ratifizierung des Bündnisses entschließen: wenn auch die Bretagne, seit jeher Zünglein an der Waage im Wettstreit zwischen England und Frankreich um die Vorherrschaft am Kanal, Teil der Allianz würde. Alles kam darum jetzt auf Herzog François an.

»Ganz sicher«, behauptete Max also und hob seinen Goldpokal, um mit dem Bretonen anzustoßen. »Die Herzogin von York weilt derzeit bei ihrem Bruder, um die Verträge vorzubereiten.«

François hob ebenfalls seinen Pokal. »Dann lade ich Euch heute nach Rennes ein, damit wir das Bündnis an meinem Hof schließen.« Er wollte gerade anstoßen, da erblickte er Jan Coppenhole, der mit einer Truhe in den Händen seit einer Weile auf die Gelegenheit wartete, das Wort zu ergreifen. »Aber vielleicht nehmt Ihr erst einmal Eure Geschenke entgegen. Dem Mann fallen ja gleich die Arme ab.«

Max blieb nichts übrig, als Coppenhole zu sich zu winken.

Sofort erhob der Strumpfwirker seine Stimme. »Im Namen der Ständeversammlung drücke ich meine Freude aus, dass Ihr trotz der Not Eures Volkes eine so prunkvolle Feier zur Geburt der Prinzessin ausrichten könnt.« Er stellte die Truhe ab und klappte den Deckel auf. »Wenn Ihr erlaubt, Euer Gnaden, das Geschenk Eurer Bürger.«

Als Max die Gabe sah, traute er seinen Augen nicht. »Stockfisch?«, fragte er. »Eine Truhe voll *Stockfisch*?«

Coppenhole verneigte sich. »Verzeiht die bescheidene Gabe, Euer Gnaden«, erwiderte er mit geheuchelter Demut. »Doch mehr vermochten Eure Untertanen nicht aufzubringen. Sie haben sich Euer Geschenk vom Munde abgespart.«

Was für eine Beleidung! Während Max überlegte, wie er den Kerl zur Rechenschaft ziehen konnte, brach Herzog François in polterndes Gelächter aus. »Der Mann gefällt mir«, rief er, »Stockfisch – einfach köstlich!«

Max zögerte einen Moment, dann fiel er in das Lachen des Bretonen ein. Er trank seinen Wein aus und reichte Coppenhole seinen goldenen Becher. »Nehmt diesen Pokal und kauft dafür das größte Fass Wein, das Ihr auftreiben könnt. Die ganze Stadt soll heute auf das Wohl meiner Tochter trinken!«

Die Festgesellschaft klatschte. »Ein Hoch auf die Prinzessin!«

Alle Gäste erhoben ihre Becher. Max strahlte. Und er strahlte noch mehr, als plötzlich die Tür aufging und ein Mann mit langem Bart und verdreckten Kleidern den Saal betrat.

»Wolf!« Im Laufschritt eilte Max zur Tür, um seinen Freund zu umarmen. »Endlich bist du wieder da!«

54

Wolf starrte auf die leere Wiege in der Kinderkammer. »Was ist mit meinem Sohn geschehen?«

»Er fiel einer Verwechslung zum Opfer«, erwiderte Max.

»Verwechslung?« Wolf hob den Blick.

»Ja«, sagte sein Freund. »Jemand hat das Kindermädchen bestochen, im Auftrag des französischen Königs. Sie sollte *meinen* Sohn töten, den Thronfolger.«

Wolf wich das Blut aus den Adern. »Wie ist es passiert?«

»Unser Wölfchen war krank«, antwortete Johanna. »Er hatte Fieber ... Marie und ich ... wir hatten darum die Mützchen getauscht, damit er es wärmer hatte ... und dann, in der Nacht ...«

»O nein!« Wolf nahm sie in den Arm und drückte sie an sich. Durch die Kleider spürte er die Rundung ihres Bauches – gleich bei seiner Ankunft hatte er gesehen, dass sie wieder schwanger war. Wie sehr hatte er sich über diesen Anblick gefreut. Doch jetzt?

Wolf spürte, wie das Kind in Johannas Bauch zu strampeln begann, und ließ sie los. »Lass uns bitte allein. Ich möchte mit Max reden.«

Wie immer, wenn er sie um etwas bat, erfüllte sie seine Bitte ohne eine Frage.

Er wartete, bis sie die Tür hinter sich geschlossen hatte. Dann drehte er sich zu Max herum.

»Bist du sicher, dass Ludwig den Auftrag gegeben hat?« Er betete zum Himmel, dass die Antwort *nein* lauten würde.

Max zögerte nicht. »Ganz sicher«, erwiderte er.

»Aber woher willst du das wissen?«, fragte Wolf verzweifelt.

»Bei dem Kindermädchen wurde eine Börse gefunden. Mit dem Wappen des französischen Königs. Warum ist das so wichtig?«

Wolf schlug die Hände vors Gesicht. »Herr im Himmel, vergib mir. Ich habe meinen Sohn umgebracht ...«

»Bist du von Sinnen?«

Wolf hob den Kopf und sah seinen Freund an. »Ludwig wollte mich töten, doch ich habe ihm gesagt, dass mein Tod ihm nichts nützen würde. Deine Ansprüche auf Burgund würden bestehen, solange es einen männlichen Thronfolger gibt.«

»Das hast du zum ihm gesagt?« Max begriff. »Das ist ja entsetzlich!«

Wolf nickte. »Hätte ich nur geschwiegen.«

»Es ist nicht deine Schuld«, sagte Max. »Du konntest unmöglich ahnen, was geschah ...«

»Macht das einen Unterschied?« Wolf schüttelte den Kopf. »Auch wenn ich es nicht gewusst habe, ich habe Ludwig angestiftet.«

Eine Dienstmagd betrat die Kammer. Weder Wolf noch Max hatten ihr Klopfen gehört. »Ich soll Euer Gnaden melden, die Herzoginwitwe ist aus England zurück.«

55

Noch nie hatte Philippe de Commynes sich der Macht so fern gefühlt wie in diesen Wochen, in denen er doch fortwährend die Gegenwart seines Königs genoss. Gefangen in seinem Käfig, musste er ohnmächtig mitanhören, wie der Barbier bei der täglichen Morgenrasur die Berichte der französischen Spione von Europas Höfen und Städten der Spinne vortrug, ohne dass Ludwig auch nur ein einziges Mal das Wort an ihn richtete. Nicht mal nach dem Besuch des österreichischen Kanzlers, der Ludwig im Namen

Kaiser Friedrichs die Vermählung von dessen Sohn mit der gerade geborenen burgundischen Prinzessin angetragen hatte, brauchte der König seinen Rat. Da Gerüchte kursierten, dass Herzog François, der mächtige Herrscher der Bretagne, sich im Streit zwischen Burgund und Frankreich auf die Seite Maximilians zu schlagen drohte, versprach die Verlobung des Dauphins mit der Tochter des Burgunders ewigen Frieden.

Aber sollte ein solcher Frieden wirklich Ludwigs Ziel sein? Die Spinne hatte den österreichischen Kanzler zappeln lassen, ohne ihm eine eindeutige Antwort zu geben.

Philippe war entschlossen, alles auf eine Karte zu setzen.

»Darf ich Majestät einen Vorschlag machen?«, fragte er, als der Barbier für einen Moment seinen Bericht unterbrach.

»Ihr wagt es, ungefragt das Wort an Uns zu richten?«, fuhr Ludwig ihn an. »Statt Euch im Gebet auf Euren Tod vorzubereiten?«

Der Dauphin strahlte über sein ganzes verpickeltes Gesicht. »Lasst Ihr ihn jetzt köpfen, Sire?«

»Halt deinen dummen Mund!«

Philippe trat an das Gitter seines Käfigs. »Ich weiß, Majestät, ich habe den Tod tausendfach verdient. Aber wenn Ihr mich zuvor noch einmal anhören wollt? Nur ein einziges Mal.«

Ludwig wandte sich zu seiner Tochter Anne, die mit einem Buch in der Hand beim Kamin saß. »Was meint Ihr?«

Die Prinzessin schaute von ihrer Lektüre auf. »Monsieur de Commynes hat Euch schon manchen wertvollen Rat gegeben, Sire. Hört ihn an und entscheidet, ob er Lob oder Strafe verdient.«

»Also gut, sprecht!«, knurrte Ludwig in seinem Rasierstuhl.

Philippe warf der Prinzessin einen dankbaren Blick zu. »Ich habe einen Plan, Sire, wie Ihr Krieg gegen Burgund führen und den Herzog von Österreich für immer besiegen könnt, ohne einen einzigen französischen Soldaten ins Feld zu schicken.«

»Wie soll das gehen? Mit Hilfe des Heiligen Geists?«

»Ist Euch der Name Jan van Montfort vertraut?«

»Wer ist das?«

»Der Anführer der Hoeks – holländische Rebellen, die im Norden Burgunds die Unabhängigkeit anstreben.«

Ludwig hob die Brauen. »Was ist der Preis?«

Zum Glück war der Kopf, den Philippe auf seinen Schultern trug, noch intakt und hatte die nötigen Informationen parat. Jan Coppenhole hatte in der Vergangenheit mehrmals vorgeschlagen, sich mit Jan van Montfort und seinen Hoeks gegen Maximilian zu verbünden. Philippe hatte dazu früher keine Notwendigkeit gesehen und dem Strumpfwirker verboten, ohne Weisung mit den Holländern in Verbindung zu treten. Jetzt war er froh, dass Coppenhole sich nicht daran gehalten und nach einem Treffen mit Montfort sogar eine Zahl genannt hatte.

»Ich denke«, antwortete Philippe, »einhunderttausend Gulden müssten für die Ausrüstung eines schlagkräftigen holländischen Heeres reichen.«

Ludwig kramte in seinen Taschen und reichte dem Barbier einen Schlüssel. »Lasst den Minister aus dem Käfig.«

56

Konnte es einen schöneren Tag geben als diesen? Am Morgen, kaum, dass die ersten Sonnenstrahlen die Wolken am noch winterlichen Himmel durchbrachen, war Marie zusammen mit Max ausgeritten. Nachdem sie die Stadt verlassen hatten, waren sie am Ufer der Schelde entlanggaloppiert, in einem solchen Tempo, dass sie den Falken hatte fliegen lassen. Cuthbert hatte sie mit hängender Zunge erst eingeholt, als sie am Rand eines Sumpfes von ihren Pferden gestiegen waren und Reine gerade wieder auf Maries Arm landete. Doch statt im Schilf Reiher aufzustöbern, hatten Max und sie sich trotz der Kälte im Schutz einer Wildrosenhecke geliebt.

Jetzt verbrachten sie den Nachmittag in der Bibliothek. Während Marie auf der Laute versuchte, die Erlebnisse des Morgens in

Töne zu verwandeln, hatte Max sich in die Lektüre eines Buches vertieft.

»Was liest du?«, fragte sie, ohne ihr Spiel zu unterbrechen.

»*De beata vita.*«

»Vom glückseligen Leben?« Sie lächelte ihn an.

Statt zu antworten, erwiderte er nur ihr Lächeln und setzte seine Lektüre fort. Marie kannte das Buch, der heilige Augustinus hatte es geschrieben. Doch so sehr sie den scharfen Geist und eleganten Stil des Kirchenvaters schätzte, war sie nicht mit ihm einer Meinung. Augustinus pries die Gottesliebe als allein selig machende Form des Daseins. Ihr eigenes Leben hatte sie eines Besseren belehrt. Nicht in der Liebe zu Gott, sondern in der Liebe zu ihrem Mann hatte sie ihr Glück gefunden. Und endlich war es ihr vergönnt, dieses Glück aus vollen Zügen zu genießen, ohne täglich einer neuen Bedrohung gewärtig sein zu müssen.

Seit Margarete aus England zurückgekehrt war, hatte sich die Lage beruhigt. Der Herzoginwitwe war es gelungen, ihren Bruder zur Anerkennung des Bündnisses mit Burgund zu bewegen – zu groß war Edwards Appetit auf die Normandie und die Champagne, die er durch eine mögliche Dreierallianz von Frankreich zurückzugewinnen hoffte. Seitdem herrschte Frieden an den Grenzen, die französischen Truppen hatten sich ins eigene Land zurückgezogen, und auch die Bürger in den flandrischen Städten schienen endlich der Unruhen müde und gingen wieder ihrer Arbeit nach.

»Darf ich kurz stören?«

Marie schaute von ihrer Laute auf. In der Tür stand Wolf.

»Natürlich«, sagte Max und legte sein Buch beiseite. »Komm rein.«

Sein Freund zögerte. »Ich würde gern allein mit dir reden.«

»Ich wollte mich sowieso um die Kinder kümmern«, sagte Marie und beendete ihr Spiel.

»Nein, nein«, wehrte Wolf ab. »Mit Eurer Erlaubnis machen Euer Gemahl und ich draußen ein paar Schritte.«

57

Ein warmer Vorfrühling umschmeichelte Max, als er mit seinem Freund hinaus in den Garten trat. Doch Wolf blickte so finster drein, als wäre Karfreitag. Dabei hatte seine Frau Johanna erst vor wenigen Tagen einen gesunden Jungen geboren.

»Was ziehst du für ein Gesicht?«, fragte Max. »Endlich scheint die Sonne, die Vögel zwitschern, und vor allem – du hast wieder einen Sohn.«

Wolfs Gesicht verfinsterte sich noch mehr. »Ich muss dir was sagen. Etwas, das ich dir schon lange hätte sagen sollen.«

»Dann spann mich nicht auf die Folter!«

Wolf fiel es sichtlich schwer, die richtigen Worte zu finden. »Wenn ich so lange geschwiegen habe, dann nur, weil ich Rosina schwören musste, dass ich …«

»Rosina?«, platzte Max heraus.

Wolf nickte. »Ich kann nicht länger schweigen. Nicht, nach allem, was passiert ist. Ich hab ja gar nicht gewusst, was das heißt, Vater zu sein … Jetzt, seit ich wieder einen Sohn habe, muss ich immer, wenn ich den Kleinen auf dem Arm halte, an dich denken. Dass du ein Recht hast zu erfahren, dass du …«

»Dass ich was? Hör endlich auf, rumzudrucksen!«

Wolf gab sich einen Ruck. »Rosina hat dir damals nicht die Wahrheit gesagt.«

»Welche Wahrheit? Ich verstehe kein Wort.«

»Du … du hast noch ein Kind. Ein Kind, von dem du nichts weißt.«

»Um Himmels willen«, rief Max. »Wie kommst du darauf?«

»Rosina war schwanger, als sie dich verließ.«

»Nein, das war sie nicht! Sie hat es mir selber gesagt.«

»Ich weiß«, erwiderte Wolf, »aber sie hat dich belogen.«

»Woher willst du das wissen?«

»Von ihr selbst. Damals in Köln, nachdem du fort warst.«

Für einen Moment kam Max der Verdacht, dass dies vielleicht eine Art Spiel war, das sein Freund mit ihm trieb, aus Rache, weil Wolf ihm seinen eigenen Behauptungen zum Trotz doch die Schuld am Tod seines ersten Sohnes gab. Selbst die edelsten Menschen waren zu so etwas fähig, wenn sie einen Schmerz erlitten, der größer war als sie. Doch als Max das Gesicht seines Freundes sah, wusste er, dass Wolf die Wahrheit sagte.

»Hat sie ... hat sie dir auch gesagt, warum sie gelogen hat?«

»Ich glaube, sie hat es aus Stolz getan.«

»Stolz?«

»Ist das so schwer zu verstehen? Sie wollte nicht dein Mitleid, sondern deine Liebe.«

Max brauchte eine Weile, bis er begriff. »O Gott, wenn ich das gewusst hätte ...« Plötzlich schämte er sich, wie er sich nie zuvor in seinem Leben geschämt hatte. Er hatte Rosina verdammt, weil er sich von ihr hintergangen und betrogen glaubte, doch in Wahrheit hatte er nur an sich gedacht, an seinen Stolz und an seine Ehre ... Mein Gott, welches Unrecht hatte er ihr angetan, ihr und dem Kind ... Die Vorstellung, dass Rosina irgendwo in Armut und Not mit diesem Kind lebte, das auch sein Kind war, war unerträglich.

»Hast du eine Ahnung, wo sie jetzt ist?«

Wolf schüttelte den Kopf. »Seit Köln habe ich sie nicht mehr gesehen ...«

Max eilte zurück ins Haus. »Kunz!«, rief er in der Halle.

Mit einem Salto wirbelte der Narr von der Balustrade herab, um vor seinen Füßen zu landen. »Euer Gnaden?«

Max beugte sich zu ihm hinunter. »Ich habe einen Auftrag für dich.«

58

Philippe de Commynes war noch nie in Holland gewesen, und jetzt, da er über die endlose Ebene trabte, kam er sich vor wie am Ende der Welt. Auf seinem Weg von Plessis waren überall die Boten des Frühlings zu sehen gewesen, doch hier hing immer noch der Winter über dem garstigen Land. Kalt und nass war der Wind, der ihm ins Gesicht blies, und sein Pferd versank bis zu den Fesselgelenken im Morast, als er, einige Meilen hinter der Stadt Utrecht, endlich am Horizont sein Ziel erblickte, ein einsames, unter grauen Wolken geducktes Gehöft, das Jan Coppenhole ihm beschrieben hatte.

Philippe war buchstäblich um sein Leben geritten. Die Hoeks waren sein letztes Trumpfass gewesen, um ihn vor Block und Beil zu retten. Er dankte dem Himmel für Maximilians Allianz mit England und der Bretagne, die es seinem König verwehrte, Burgund anzugreifen – ohne diese Allianz wäre Ludwig niemals seinem Rat gefolgt, statt auf die eigenen Truppen auf holländische Rebellen zu setzen. Ein Heer von dreißigtausend Mann sollte Montfort nun gegen den Habsburger zusammenbringen, und er, Philippe de Commynes, hatte dafür zu sorgen, dass die Aufständischen Maximilian besiegten. Sollte seine Mission scheitern, war sein Leben verwirkt.

Eine Horde bärtiger Männer, die im Morast kampierten, beäugten ihn mit misstrauischen Blicken, als er das Gehöft erreichte.

»Was wollt Ihr?«, fragte einer von ihnen.

»Ich suche Jan van Montfort. Bin ich hier richtig?«

»Kommt darauf an.«

Obwohl die Männer ihm Furcht einflößten, beschloss Philippe abzusteigen. Die einzige Waffe gegen solches Volk war sicheres Auftreten. »Kann mir einer von euch helfen?«, fragte er und löste die Riemen des Geldsacks, den er hinter seinem Sattel befestigt hatte.

Montfort musste seine Ankunft durchs Fenster beobachtet haben, denn als Philippe die Bauernstube betrat, erwartete der Rebellenführer ihn bereits: ein Kerl wie ein Baum, der den Kopf einziehen musste, um nicht gegen die niedrige Decke zu stoßen, mit einem Gesicht, das hinter einem schwarzen Bart verschwand.

»Seid Ihr der Mann, von dem Jan Coppenhole sprach?«, fragte Montfort.

Statt einer Antwort überreichte Philippe ihm den prall gefüllten Sack. »Mit einem Gruß vom französischen König.«

Montfort öffnete mit glitzernden Augen die Verschnürung. »Richtet Seiner Majestät aus, wir werden sie nicht enttäuschen«, sagte er. »Wir werden den Österreicher zum Teufel jagen.«

59

Es dauerte einige Wochen, bis das Ringen der Natur entschieden war. Doch dann erneuerte sich einmal mehr das alljährliche Wunder, dass der zarte Frühling den rauen Winter bezwang.

Während der Morast auf den Straßen allmählich trocknete und helles Grün sich über die Felder und Wälder legte, bereitete Marie die Reise in die Bretagne vor. Herzog François hatte noch einmal schriftlich darauf bestanden, das Bündnis mit Burgund an seinem Hof zu schließen – offenbar war es für ihn eine Frage der Ehre, dass Herzog Maximilian und seine Gemahlin ihm in Rennes ihre Aufwartung machten. Der Prunkzug, der auf die Reise gehen sollte, erforderte darum fast größeren Aufwand als ein Feldzug, und die Tage reichten kaum aus, um all die Arbeiten zu erledigen, die Marie zu besorgen hatte: von der Auswahl der Geschenke über die Drapierung der Wagen bis hin zur Vorbereitung der Musikstücke, die zur Unterzeichnung des Bündnisvertrags die Hofkapelle in Rennes spielen sollte.

Zwei Tage aber, bevor sie aufbrechen wollten, erschien ein Reiter im Prinsenhof, Petrus Vermeulen mit Namen, der sich als Bürgermeister von Utrecht auswies. Kaum hatte er den ersten Satz gesagt, waren alle Pläne für die Katz.

»Die Hoeks haben Utrecht überfallen«, berichtete er. »Mit einem riesigen Heer. Sie schlagen alles tot, was sich bewegt.«

Marie, die den Bürgermeister empfangen hatte, schickte Olivier zum Stall, wo Max das Geschirr der Wagenpferde überprüfte.

»Ich bitte Euch um Eure Hilfe«, sagte Vermeulen, als Max in die Halle trat. »Nicht nur als Bürgermeister von Utrecht, auch im Namen der Kabeljaus. Jan von Montforts Truppen haben schon Dutzende Dörfer und Städte niedergebrannt. Überall greifen sie gleichzeitig an, in Utrecht, in Geldern, in Brabant.«

»Woher hat Jan van Montfort so viel Geld?«, wollte Marie wissen.

»Vom französischen König«, erklärte Vermeulen. »Ludwig hat den Hoeks hunderttausend Gulden zukommen lassen.«

»Der feige Hund!«, zischte Max.

»Das ist er«, pflichtete Marie ihm bei. »Feige und gerissen.«

Ihr Pate hatte sich einen Zwist zunutze gemacht, mit dem sie seit ihrer Kindheit vertraut war: den Zwist zwischen den Hoeks und den Kabeljaus. Während die Kabeljaus Maries Vater stets in Treue gefolgt waren, hatten die Hoeks, wann immer Herzog Karl eine Schwäche gezeigt hatte, sich gegen seine Herrschaft aufgelehnt.

»Wir müssen den Kabeljaus zur Seite stehen«, entschied sie.

»Und woher nehmen wir das Geld?«, fragte Max.

Darauf hatte Marie keine Antwort. Wohl aber Petrus Vermeulen.

»Auch wenn ich um Hilfe bitte, komme ich doch nicht mit leeren Händen«, sagte er. »Im Namen Eurer treuen Untertanen in Holland biete ich Euch zur Rüstung eines Heeres achtzigtausend Gulden.«

60

Einen Monat später trennten sich Maximilians Wege von denen seiner Frau. Während Marie mit Margarete von York und dem Hofstaat nach Rennes reiste, um anstelle ihres Gatten mit Herzog François in der Bretagne das geplante Bündnis zu schließen, zog Max zusammen mit Wolf nach Holland in den Krieg.

Es war ein überaus beschwerlicher Ritt. Der Winter war noch einmal zurückgekehrt, und auf den morastigen Wegen versanken die Geschützkarren bis zu den Achsen im Schlamm, so dass der Tross an manchen Tagen nur wenige Meilen vorankam. Doch je weiter sie nach Norden drangen, umso schlimmer wurden die Verwüstungen. Die Hoeks hatten wie die Teufel in Holland gewütet. Ganze Landstriche waren niedergebrannt, Dörfer entvölkert, Häuser und Scheunen geplündert, Kirchen geschändet.

Bei Utrecht stieß Max mit seiner Vorhut auf ein Kloster, aus dem panische Schreie gellten. Als sie in den Hof einritten, sahen sie Nonnen in zerrissenen Kleidern, manche sogar nackt, die voller Todesangst versuchten, ihren Peinigern zu entkommen. Sofort ließ Max zum Angriff blasen. Die Vergewaltiger wollten fliehen, doch er hatte das Tor sichern lassen, so dass es keinem von ihnen gelang, den Hof zu verlassen.

Max gab gerade Befehl, sie in der Kapelle einzusperren, da durchzuckte ihn ein solcher Schmerz, dass ihm schwarz vor Augen wurde. Als er nach seiner Schulter griff, hielt er den Schaft eines Pfeils in der Hand.

»Verflucht!«, rief Wolf. »Sie haben dich erwischt.«

Max hörte kaum noch seine Stimme, dann sackte er ohnmächtig zu Boden.

Als er die Augen wieder aufschlug, lag er im Refektorium des Klosters auf einem Tisch. Ein Wundarzt stand über ihn gebeugt und legte ihm einen Verband an.

»Das Panzerhemd hat Euch das Leben gerettet«, sagte er. »Nur die Spitze steckte im Fleisch.« Zum Beweis zeigte er ihm den entfernten Pfeil.

Obwohl Max unter seinem Verband höllische Schmerzen litt, schüttelte er den Kopf. »Nicht das Panzerhemd ...«

»Marie?«, fragte Wolf, der nicht von seiner Seite gewichen war.

Max nickte. »Sie hat das Hemd für mich schmieden lassen.« Er sah ihr Gesicht, wie sie es ihm beim Abschied gegeben hatte. Als hätte sie geahnt, was kommen würde, hatte er ihr versprechen müssen, das Hemd bei Tag und Nacht zu tragen.

»Wie viele Nonnen haben die Schweine ermordet?«, fragte er Wolf.

»Ungefähr ein Dutzend.«

»Und wie viele Gefangene haben wir gemacht?«

»Ungefähr zwei Dutzend.«

»Gut.« Max richtete sich auf. Der Feldscher warnte vor dem Wundfieber, doch Max schob ihn beiseite. »Man soll die Dreckskerle im Hof aufstellen«, befahl er.

Wolf schaute ihn misstrauisch an. »Was hast du vor?«

»Tu, was ich sage!«

Als Max wenig später in den Hof trat, standen die Hoeks bereits in einer Reihe vor der Klostermauer. Er brauchte nicht lange zu suchen, um zu finden, was er brauchte. Neben der Klosterwerkstatt war ein Stoß frisch zugeschnittener Zaunpfähle aufgeschichtet. Er nahm einen Pfahl, prüfte die Spitze und reichte ihn einem Hauptmann.

»Nicht«, sagte Wolf. »Das gibt nur böses Blut.«

»Sie haben es nicht anders verdient.« Max schaute in die Gesichter der Gefangenen. Einen der Vergewaltiger erkannte er wieder, ein kleiner, untersetzter Mann, dem das Hemd noch aus der Hose hing. »Mit dem fangen wir an.«

Der Mann wurde bleich. »Gnade«, winselte er.

Der Hauptmann achtete nicht auf ihn. Zusammen mit einem Soldaten führte er ihn zu dem Brunnen in der Mitte des Hofs, drückte ihn über den Balken und riss ihm die Hose runter.

»Nein!«, schrie der Mann. »Ich flehe Euch an!«

Mit dem angespitzten Pfahl in der Hand warf der Hauptmann Max einen Blick zu.

Max spürte, wie das Wundfieber einsetzte. Doch er durfte keine Schwäche zeigen. Er heftete seinen Blick auf den Vergewaltiger und nickte.

61

Ihr kommt allein?«, schnaubte François, kaum dass Marie und Margarete vom Wagen gestiegen waren. »Wo ist Herzog Maximilian?« Wie ein Bauer empfing der Bretone die Frauen vor seinem Schloss, das mit seinen unverputzten Mauern eher an eine große Dorfkirche als an einen Palast erinnerte.

»Mein Gemahl lässt Euch herzliche Grüße ausrichten und versichert Euch seiner Freundschaft«, erwiderte Marie.

»Seine Freundschaft kann er sich sonst wohin stecken«, polterte François. »Statt mir seine Aufwartung zu machen, schickt er zwei Weiber. Will er sich über mich lustig machen?«

Marie blickte ihre Stiefmutter an. Durften sie sich das gefallen lassen?

»Wir sind mit allen Vollmachten ausgestattet«, sagte Margarete.

»Wenn Maximilian sich mit mir verbünden will, muss er selber kommen!«, beharrte François. »Sonst unterschreibe ich nichts.«

»Ist das die Botschaft, die ich meinem Bruder ausrichten soll?«

»Eurem Bruder?«

»Ja, Seiner Majestät dem König von England.«

»König Edward ist Euer Bruder?« François musterte sie wie ein Bauer auf dem Viehmarkt, der unsicher ist, ob er den Behauptungen eines Rosstäuschers glauben soll.

»Habt Ihr das nicht gewusst?«, fragte Marie.

François schüttelte unwillig den Kopf. »Nun gut, tretet ein.«

62

Max war so schwach auf den Beinen, dass er sich am Kartentisch festhalten musste, während er mit Wolf den Plan für die Schlacht am nächsten Morgen besprach. Seit Utrecht hatte das Fieber ihn im Griff, doch ihm blieb keine Zeit, es auszukurieren. Jan van Montfort hatte bei Dordrecht aus allen Teilen Hollands sein Heer zusammengezogen, dreißigtausend Mann, um nach vielen kleinen Scharmützeln die endgültige Entscheidung zu erzwingen.

»Lass mich das Heer führen«, sagte Wolf. »Du kannst dich ja kaum auf den Beinen halten.«

»Kommt nicht in Frage«, erwiderte Max. »*Ich* führe meine Männer gegen Montfort.«

»In dem Zustand?« Wolf schaute ihn nachdenklich an. »Vielleicht ist das ja die Strafe.«

»Strafe? Wofür«, fragte Max, obwohl er die Antwort wusste.

»Für deine Rache an den Hoeks.«

Max schüttelte den Kopf. »Ich habe nur Gleiches mit Gleichem vergolten.«

»Ich hätte nicht gedacht, dass du zu solcher Grausamkeit fähig bist«, sagte Wolf. »Du liebst Bücher, du liebst Musik ...«

»Krieg ist Krieg«, erwiderte Max, »da gelten andere Gesetze. Ein Mann, der Krieg führt, ist nicht derselbe, der zu Hause am Ofen sitzt. Die Kerle haben Nonnen geschändet! Ob Ludwig oder Montfort oder Herzog Karl, sie alle hätten an meiner Stelle genauso gehandelt – wahrscheinlich sogar mein Vater. Aber genug lamentiert! Wir müssen die Schlacht vorbereiten.«

Mit zitternder Hand versuchte er die Kampflinie zu markieren, da hörte er plötzlich eine Stimme in seinem Rücken.

»Wie schön, Euch endlich gefunden zu haben, Euer Gnaden.«

Als er sich umdrehte, zweifelte Max an seinen Sinnen. War er im Fieberwahn?

»Kunz«, sagte er. »Was machst du denn hier?«

63

Um Großes zu bewirken, war es manchmal sehr vorteilhaft, klein von Gestalt zu sein. Das stellte Kunz von der Rosen einmal mehr fest, als er am Morgen vor der Schlacht durch das Heerlager der Hoeks spazierte. Obwohl er keinerlei Anstalten machte, seine geringfügige Gegenwart zu verbergen, nahm niemand Anstoß an seinem Erscheinen – im Gegenteil. Die Rebellen lachten und feixten bei seinem Anblick mit derselben Dämlichkeit, mit der man bei Hofe sich über ihn amüsierte, und ein jeder gab ihm bereitwillig Auskunft, wo er ihren Anführer finden würde.

»Was sagst du da?«, fragte Jan van Montfort, nachdem Kunz ihm das Nötigste mitgeteilt hatte. »Maximilian ist außer Gefecht?«

»So wahr ich ein Narr bin«, erwiderte Kunz und äugte zu dem bärtigen Dummkopf hinauf, der ebenso entzückt über die Nachricht schien wie Philippe de Commynes, den er bereits in Kenntnis gesetzt hatte. Monsieur de Commynes hatte sich mit fünf Gulden erkenntlich gezeigt. Vielleicht gab es jetzt die zweite Rate.

»Das heißt, die Burgunder gehen ohne ihren Führer in die Schlacht?«, fragte Montfort.

»Ich war so frei, dafür zu sorgen.«

Der Rebell konnte sein Glück kaum fassen. »Das kann den Krieg entscheiden.« Er warf ihm eine Münze zu. »Fang auf.«

Das ließ Kunz sich nicht zweimal sagen. »Zu gütig.« In seiner Pfote glänzte ein Golddukat. Immerhin. Davon konnte er ein Hurenhaus so lange tanzen lassen, wie seine Kräfte es erlaubten.

Montfort drehte sich zu seinem Männern herum, die sich bereits zur Schlacht formierten.

»Die Burgunder haben keinen Führer mehr!«, brüllte er. »Herzog Maximilian ist tot!«

Der Jubel aus dreißigtausend Kehlen scholl ihm entgegen. »Hurra! Hurra! Hurra!«

64

Herzog François schürte mit eigener Hand das Feuer im Kamin. Hell loderten die Flammen auf, und die Funken stoben in die Halle, in der es so kalt war wie in einer Grabkammer.

»Habt Ihr endlich Nachricht von Eurem Gemahl?«, fragte er.

Marie starrte auf den breiten Rücken des Bretonen, der mit dem Schürhaken in der Hand vor dem Kamin kniete. Nein, sie hatte keine Nachricht von Max, immer noch nicht. Er hatte ihr versprochen, mindestens einen Brief pro Woche zu schicken, doch sie hatte nur einen einzigen bekommen. Darin hatte er geschrieben, er müsse noch Tausende von Flamen totschlagen, bis es endlich Frieden gäbe.

»Tja dann.« François wuchtete seinen massigen Leib in die Höhe.

»Trotzdem«, sagte Margarete. »Wir sollten das Bündnis auf jeden Fall jetzt schon schließen.«

»Was verlangt Ihr von mir?« Der Bretone hob die Arme. »Soll ich einen Vertrag mit einem Mann unterschreiben, der vielleicht längst tot ist?«

»*Ich* werde den Vertrag unterschreiben«, erklärte Marie. »Als Karls Tochter und Herzogin von Burgund.«

»Wie soll das gehen?«, fragte François. »Ihr seid ein Weib, Eure Unterschrift zählt nicht.« Während er sprach, kam ein blondes Mädchen die Treppe herunter. »Meine Tochter Anne«, brummte er.

Das Mädchen mochte fünf oder sechs Jahre alt sein. Verlegen steckte es einen Finger in den Mund.

»Entzückend«, sagte Margarete.

Der Herzog strahlte. »Ja, findet Ihr nicht auch?« Anne war weder hübsch, noch besaß sie Liebreiz, und mit ihren Holzpantinen und der Haube auf dem Kopf sah sie ganz und gar nicht aus wie eine Prinzessin. Außerdem zog sie ein Bein nach. Doch François schaute sie so verliebt an, wie nur ein Vater seine Tochter anschauen kann.

Plötzlich hatte Marie eine Idee. »Sie ist Euer einziges Kind?«

Das Gesicht des Bretonen verdüsterte sich. »Zwei Jahre nach Anne hat die Herzogin mir einen Sohn geboren«, sagte er mit rauer Stimme. »Aber er ist mit seiner Mutter im Wochenbett gestorben.«

Marie sah, wie seine Augen feucht glänzten. »Und Ihr habt nie daran gedacht, wieder zu heiraten?«

François schüttelte den schweren Kopf. »Ich habe die Herzogin zu sehr geliebt.«

Eine Weile sagte niemand ein Wort. Die plötzliche Stille war der kleinen Anne so unheimlich, dass sie sich hinter dem Rücken ihres Vaters verkroch. Der drückte sie mit seiner riesigen Pranke an sich.

»Dann wird Eure Tochter also einmal Euer Land regieren?«, fragte Marie.

»Ja«, sagte François. »Es gibt ja sonst keinen Erben.«

»Dann seid Ihr gewiss wie wir der Meinung«, sagte Margarete mit einem Lächeln, »dass die Unterschrift Eurer Tochter dermaleinst genauso viel gelten sollte wie die eines Mannes, nicht wahr?«

65

Seit der Bürgerkrieg in Flandern tobte, strömte das Publikum in hellen Scharen zu den Vorstellungen von Miklos' Truppe. Drei Tage spielten sie nun schon dasselbe Stück zur Arnheimer Kirchweih, doch die Zuschauer hatten sich immer noch nicht satt gesehen.

»Wir Kabeljaus sind unbesiegbar«, deklamierte Miklos. »Wir verschlingen unsere Feinde wie die kleinen Fische im Meer.«

»Wir Hoeks sind unbesiegbar«, hielt Anna, als Mann verkleidet, dagegen. »Wir kriegen jeden Kabeljau an den Haken.«

Das war Rosinas Stichwort. »Ob Kabeljaus oder Hoeks«, rief

sie und zog aus einer Bodenklappe ein Netz mit verfaulten Fischköpfen in die Höhe, »stinken tut ihr alle beide!«

Mit zugehaltener Nase warf sie das Netz ins Publikum. Die Zuschauer johlten – außer denen, die von den Abfällen getroffen wurden. Leider waren die Einnahmen nie so groß wie der Applaus. Der Krieg hatte das Land ausgeblutet, die Menschen sehnten sich zwar nach Vergnügen, hatten aber kein Geld, um dafür zu bezahlen. Manche klaubten sogar die Fischköpfe vom Boden.

Miklos setzte gerade zu dem Spottvers an, der auf Rosinas Einsatz folgte, da donnerte Hufschlag heran. Aus einer Gasse sprengte ein Reiter auf den Platz und trieb sein Pferd, ein braunes gewaltiges Schlachtross, rücksichtslos durch die Menschenmenge. Kreischend stoben die Zuschauer auseinander.

Vor der Bühne parierte der Reiter sein Pferd.

Maximilian von Habsburg. Der Herzog von Burgund.

Rosina starrte ihn an. Er sah entsetzlich aus. Ausgezehrt, bleich, um Jahre gealtert, der gewaltige Zinken wie ein Schnabel in dem eingefallenen Gesicht.

Er war der schönste Mann der Welt.

Der einzige.

Max.

Ohne ein Wort beugte er sich zu ihr herab, packte sie unter den Achseln und hob sie zu sich in den Sattel. Bevor Rosina begriff, was geschah, wendete er sein Pferd und ritt mit ihr durch die Menge davon.

»Rosina!«, rief Miklos.

Sie hörte seinen Ruf, hörte seine Stimme, auch die Verzweiflung, die darin lag. Doch sie drehte sich nicht um.

66

Alles schien wie früher. Iwein graste friedlich am Ufer des Flusses, während Max und Rosina unter den Zweigen einer ins Wasser ragenden Weide von der Böschung aus auf die vorbeifließenden Fluten blickten.

Doch in Wirklichkeit war gar nichts wie früher. So wenig wie das Wasser im Fluss.

»Wie hast du mich gefunden?«, fragte Rosina.

»Ich habe dich suchen lassen, überall, im ganzen Land.«

»Warum?«

Ihre Frage traf ihn so unvermittelt, dass er keine Antwort darauf hatte. Was war der Grund, weshalb sie hier saßen? Weil er noch etwas für sie empfand? Oder weil er ein schlechtes Gewissen hatte? Jetzt, da er sie wiedersah, erschien sie ihm wie eine Fremde. Rosina war eine Schaustellerin, und er war der Herzog von Burgund. Sie zog mit einem Zigeuner über das Land, und er war verheiratet mit der begehrtesten Herzogin Europas.

»Du hattest kein Recht, mich suchen zu lassen«, sagte sie. »Ich wollte dich nicht wiedersehen.« Sie zögerte. »Hat Wolf dir etwas gesagt?«

Max nickte. »Alles.«

»Wie konnte er das tun? Er hatte mir sein Wort gegeben!«

Ihre Augen erschienen ihm noch größer, noch schwärzer, als er sie in Erinnerung hatte. Doch das Funkeln darin war erloschen.

»Wo ist unser Kind, Rosina?«

In ihr Gesicht trat der Ausdruck grenzenloser Traurigkeit. »Es gibt kein Kind«, sagte sie leise. »Ich habe es verloren, noch bevor es zur Welt kam.«

»Gütiger Himmel!« Max schlug ein Kreuzzeichen.

»Mein Onkel wollte mich in ein Kloster stecken«, fuhr Rosina fort. »Um zu fliehen, bin ich von einer Mauer gesprungen. Dabei ist es passiert.«

Eine Weile starrte sie stumm aufs Wasser. Nie zuvor hatte sie so verletzlich gewirkt, so nackt, so müde, so hilflos.

»Alles ist meine Schuld«, sagte Max. »Ich ... ich kann dich nur um Verzeihung bitten. Auch wenn ich weiß, dass du mir nicht verzeihen kannst.«

Rosina schüttelte den Kopf. »Es gibt nichts zu verzeihen. Du trägst keine Schuld. Alles, was ich getan habe, habe ich selber so entschieden.«

»Nein, ich habe dein Leben zerstört.«

»Was bildest du dir ein?«, erwiderte sie scharf. »Ich wollte nicht, dass du von unserem Kind weißt. Darum habe ich dich angelogen. Was danach geschehen ist, hat nichts mit dir zu tun!« Wütend blickte sie ihn an. Ihr Körper steckte in Lumpen, das Haar fiel ihr ungekämmt auf die Schultern, ohne dass eine Haube oder Schleife es zierte, und ihre bloßen Füße waren lehmverschmiert. Doch ihr Stolz kleidete sie wie eine Königin.

Plötzlich war es, als würde Max eines jener Bilder betrachten, die ein Maler über das Bild eines anderen Künstlers gemalt hat, und man auf einmal, durch die neue Farbschicht hindurch, das alte, ursprüngliche Bild erblickt. Genau so sah er jetzt wieder ihr Gesicht. Nein, sie war keine fremde Schaustellerin, sondern immer noch die stolze, unbezähmbare Frau, die ihm vor noch gar nicht langer Zeit das Liebste auf der Welt gewesen war. Rosina, seine *figliola*, seine *bugiarda*.

Eine Frage schoss ihm in den Sinn, flammte in ihm auf wie ein Blitz. War es möglich, dass er zwei Frauen liebte?

Die Antwort erfüllte ihn mit Entsetzen.

Obwohl er wusste, dass er im Begriff stand, alles zu zerstören, was ihm heilig war, sagte er: »Komm mit mir an den Hof.«

Rosina schüttelte den Kopf. »Warum sollte ich das tun?«, fragte sie. »Ich bin glücklich, so wie es ist.« Ohne sich zu rühren, schaute sie auf ihren Schoß. »Glücklich mit meinem Leben. Und glücklich mit Miklos, meinem Mann.«

Er hob ihr Kinn, zwang sie, ihn anzusehen. »Ich glaube dir nicht.«

»Glaub, was du willst, es ist die Wahrheit.«

»Du kannst dich nicht belügen – so wenig, wie ich mich belügen kann.«

Ja, er liebte zwei Frauen, nicht nur Marie, auch sie, Rosina. Er hatte niemals aufgehört, sie zu lieben, ob er wollte oder nicht. Und wenn er diese Liebe leugnete, würde er an seiner eigenen Lüge verrecken wie an einem tödlichen Gift.

»Rosinella …«

Er streifte mit seinen Lippen ihre Wange. Sie ließ es geschehen, doch ohne seine Zärtlichkeit zu erwidern.

»Komm mit mir nach Gent …«

»Hör auf so zu sprechen. Ich falle darauf nicht mehr rein.«

»Aber du brauchst mich doch. Genauso wie ich dich.«

»Ich brauche niemanden.«

»Dann tu es für mich. Ich kann nicht zusehen, wie du leidest.«

»Ich will kein Mitleid!« Unwillig warf sie den Kopf zurück. »Am wenigsten von dir!«

»Mitleid?« Er riss sie an sich und küsste sie. »Bitte, Rosina …«

»Nicht, Maxl. Nein!«

Sie sträubte sich gegen seinen Kuss, gegen seine Umarmung, gegen seine Lippen auf ihrem Mund. Doch er ließ sie nicht los. Zu lange hatte er sie vermisst, auch wenn er es selbst nicht gewusst hatte.

»Weißt du, wie du mich gerade genannt hast?«, fragte er. »*Maxl* – du hast mich *Maxl* genannt …«

»Habe ich das?« Ungläubig erwiderte sie seinen Blick.

»Ja, das hast du«, sagte er. »Weil du nicht anders konntest.«

Waren es seine Worte? War es die Berührung ihrer Haut? Endlich ließ ihr Widerstand nach, ihre Lippen öffneten sich, und sie sank in seine Umarmung. Es war wie ein Fall durch die Zeit – sie waren in Köln, in Augsburg, in Wien … Alle Fragen verstummten, alle Sorgen, alle Ängste, alle Schmerzen, und es gab nur noch sie beide, niemanden sonst auf der Welt, in der Innigkeit dieses Kusses.

»*Mia figliola, mia bruna, mia bella bugiarda*«, flüsterte er. »Komm mit mir nach Gent. Komm mit mir an den Hof ...«

Sie schaute mit ihren schwarzen Augen zu ihm auf, voller Liebe, voller Verzweiflung. »Wie stellst du dir das vor? Als was soll ich dich begleiten? Als deine Geliebte? Um mich heimlich mit dir zu treffen? Und danach zur Beichte zu huschen?« Sie blies sich eine Locke aus der Stirn. »Oder willst du für mich mit Herzogin Marie brechen?«

Er gab keine Antwort.

»Siehst du?« In seinen Armen richtete sich auf. »Nein, Max. Wie sehr ich dich auch liebe – ich lasse mich nicht mehr demütigen, nie wieder. Lieber ende ich in der Gosse.«

Wieder wollte sie sich von ihm frei machen, und wieder wollte er sie festhalten, aus Angst, sie erneut zu verlieren.

Doch dann, ohne selber zu wissen, warum, ließ er sie los.

»Und wenn ich mich zu dir bekenne?«, fragte er. »Als meiner offiziellen Mätresse? Vor dem Hof – und vor meiner Frau?«

67

Die Schlacht bei Dordrecht war geschlagen, und obwohl die burgundischen Truppen zu diesem Kampf ohne Herzog Maximilian angetreten waren, hatten sie unter Führung ihres Feldmarschalls Wolf von Polheim die Rebellen niedergerungen. Der Aufstand der Hoeks war gebrochen, ihre Armee hatte sich aufgelöst. Doch für keinen der Verlierer war die Niederlage so bitter wie für einen Mann, der an den Kämpfen gar nicht teilgenommen hatte: Philippe de Commynes.

»Ihr hattet mir den Sieg versprochen«, sagte er, als er Jan van Montfort im verlassenen Heerlager der Hoeks zur Rechenschaft zog.

»Meine Männer sind nicht so gut ausgebildet wie die burgundischen Söldner«, erwiderte der Rebell. »Vergesst nicht, Maximilians Landsknechte haben sogar die Franzosen besiegt.«

»Soll das heißen, Ihr gebt auf?«

Montfort schüttelte den Kopf. »Ich werde kämpfen, bis Holland frei ist oder ich im Kampf falle. Aber ich brauche mehr Geld.«

»Ihr habt hunderttausend Gulden bekommen!«

»Seht selbst, was davon übrig ist.« Er wies mit der Hand über das Feld. Nur wenige Spuren zeugten davon, dass hier vor einigen Tagen noch eine Armee von dreißigtausend Mann kampiert hatte: ein paar heruntergebrannte Feuerstellen, zurückgelassenes Gerät, ein Karren mit einer gebrochenen Achse, ein totes Pferd …

»Ich kann König Ludwig nicht unter die Augen treten«, sagte Philippe. »Nicht nach dieser Niederlage.«

»Warum nicht?«

»Weil er mich köpfen lässt!«

Montfort durchbohrte ihn mit seinen grünen Augen. »Was seid Ihr für ein Mann, Monsieur de Commynes? Gibt es nichts in Eurem Leben, wofür Ihr bereit seid, Euer Leben zu lassen?«

68

Mit gemischten Gefühlen nahm Max die Huldigungen der Genter entgegen, als er an der Spitze seines Heeres in die freudentrunkene Stadt einritt. Wolf hatte den Sieg über die Hoeks errungen, doch der Jubel des Volkes galt ihm – dem Herzog von Burgund. Während er den Menschen zuwinkte, beschwichtigte er sein schlechtes Gewissen mit der Tatsache, dass auch nicht jedes Gemälde, für das ein Maler bewundert wird, vom Meister selbst stammt, sondern oft nur von einem Schüler aus seiner Werkstatt.

»Wann willst du es ihr sagen?«, fragte Wolf, der neben ihm ritt.

»Jetzt gleich. Ich will es so schnell wie möglich hinter mich bringen.« Max gab Iwein die Sporen und trabte an. Noch nie war ihm der Weg zum Prinsenhof so lang erschienen. Er wusste, er würde Marie entsetzliche Schmerzen zufügen, die schlimmsten Schmerzen, die er ihr überhaupt zufügen konnte, und ihr Schmerz würde auch sein eigener Schmerz sein. Aber hatte er eine Wahl? Die Wahrheit, dass er zwei Frauen liebte, war schlimmer als jede Lüge, doch keine Lüge war stark genug, um das Verhängnis aufzuhalten, das die Wahrheit anrichten würde ... Seit Max mit Marie zusammen war, hatte er sich nicht mehr so einsam gefühlt wie an diesem Tag. Er und niemand sonst musste für sie alle entscheiden. Und wie immer seine Entscheidung ausfallen würde, würde sie falsch sein.

Als Max vom Pferd stieg, kam Marie schon in den Hof geeilt. »Gott sei Dank, du lebst!« Sie schlang ihre Arme um seinen Hals und gab ihm einen Kuss.

»Das verdanke ich dir«, sagte er. »Ein Pfeil hat mich getroffen. Aber er blieb in dem Panzerhemd stecken, das du mir gabst.«

»Ich hatte gewusst, dass du es brauchen würdest.«

Sie wollte ihn noch einmal küssen, aber er hielt sie zurück. »Ich ... ich muss dir etwas sagen.«

»Erst ich!« Mit leuchtenden Augen reichte sie ihm eine Schriftrolle.

»Was ist das?« Irritiert blickte Max auf das Schriftstück.

»Der Vertrag mit der Bretagne«, erklärte Marie. »Herzog François hat sich wochenlang geweigert, ihn zu unterschreiben, aber mit Margaretes Hilfe habe ich es trotzdem geschafft.«

»Das ist ja großartig! Ludwig wird platzen vor Wut!«

»Und das Beste«, rief Marie, »jetzt brauchen wir unser Töchterchen nicht mehr an den Dauphin zu verheiraten.«

Max musste schlucken. »Ich kann dir gar nicht sagen, wie glücklich mich das macht.« Er wollte sie in den Arm schließen. Aber nun war sie es, die ihn zurückhielt. »Jetzt du!«

»Was – jetzt ich?«

»Du wolltest mir auch etwas sagen!«

Max biss sich auf die Lippen. Der Moment war gekommen. Doch als er die Freude in ihren Augen sah, die Freude und den

Stolz darüber, was sie in Rennes vollbracht hatte, brachte er es nicht über sich. »Ich ... ich wollte dir nur sagen – ich liebe dich.«

»Ach Max.« Sie nahm sein Gesicht zwischen die Hände und küsste ihn. »Ich liebe dich auch, *mon cœur*. Mehr als mein Leben.«

70

Doch, es gab etwas in Philippes Leben, wofür er bereit war, sein Leben zu lassen. Früher, am Hof Karls des Kühnen, hatte er geglaubt, es sei die Liebe. Doch nachdem er erfahren musste, wie wenig die Liebe vermochte, wusste er es besser: Das Einzige, was zählte, war Macht. Würde er ihr entsagen, hätte er sein Leben genauso verwirkt, wie wenn er seinen Kopf auf Ludwigs Richtblock legte. Also war er aller Gefahr zum Trotz nach Plessis zurückgekehrt. Lieber wollte er tot sein oder ein Leben hinter Gittern führen als ein Leben fern von seinem König.

»Wie ist die Laune Seiner Majestät?«, fragte er bei seiner Ankunft im Schloss den Barbier.

»Seine Majestät ist äußerst ungnädig gestimmt. Die Niederlage der Hoeks ...«

»Ist die Nachricht mir also schon vorausgeeilt?«

»Schlechte Nachrichten haben Flügel«, sagte der Barbier. »Vielleicht solltet Ihr ein paar Tage warten, bevor Ihr Seiner Majestät Eure Aufwartung macht.«

Philippe zögerte. Falls es ihm nicht gelang, Ludwig noch einmal zu seinen Gunsten umzustimmen, waren ein paar letzte Tage in Freiheit eine verlockende Aussicht. Doch – war er wirklich frei, solange er in der Ungewissheit über sein Schicksal lebte? Er bat den Barbier, ihn sofort Seiner Majestät zu melden.

»Monsieur de Commynes?« Ludwig, der gerade mit Prinzessin Anne und dem Dauphin beim Mittagsmahl saß, war sichtlich überrascht. »Ich hatte nicht erwartet, das Vergnügen Eurer Gegenwart noch einmal zu genießen.«

»Ich bin mir bewusst, wie sehr mein Anblick Euch beleidigt«, erwiderte Philippe, »doch ist es allein die Sorge um Frankreich, die mich ermutigt ...«

»Wollt Ihr Uns noch mehr reizen?«, fiel Ludwig ihm ins Wort.

»Keineswegs, Sire. Doch bevor Ihr das Urteil über mich sprecht, erlaubt mir, Frankreich einen letzten Dienst zu erweisen.«

Der König zuckte die Schultern. »Nun gut, da Ihr Uns die Mahlzeit ohnehin verdorben habt, sollt Ihr reden.« Der Dauphin wollte protestieren, doch Ludwig gebot ihm zu schweigen. »Was habt Ihr Euch diesmal ausgedacht, Monsieur de Commynes, um Euren Kopf aus der Schlinge zu ziehen?«

Philippe holte tief Luft. »Wenn ich zusammenfassen darf«, sagte er, »so ist es uns leider nicht gelungen, den Herzog von Österreich zu beseitigen. Ferner vereitelte ein unglücklicher Zufall unseren Versuch, die burgundische Thronfolge in Frankreichs Sinn zu korrigieren.«

»Abgesehen von dem Wörtchen ›Zufall‹ ist das eine präzise Beschreibung Eures Unvermögens.«

Philippe ließ sich nicht beirren. »Darum schlage ich Eurer Majestät vor, das Übel noch radikaler an der Wurzel zu packen.«

»Soll heißen?«, fragte Ludwig.

»Marie von Burgund«, erwiderte Philippe mit einer Verbeugung. »Wenn es uns gelingt, sie aus dem Spiel ...«

»Genug! Ich habe verstanden!«

Ludwig erhob sich vom Tisch und durchmaß schweigend den Raum. Philippe sah, wie es in seinem Kopf arbeitete.

War es ihm noch einmal gelungen, das Ruder herumzureißen?

Ludwig setzte gerade zu einer Antwort an, da platzte der Barbier herein. »Die Bretagne ist in das burgundische Bündnis mit England eingetreten!«

»Unmöglich!« Ludwig sprangen vor Zorn die Augen aus dem Kopf.

»Leider doch, Sire.« Aufgeregt wedelte er mit einem Schriftstück in der Hand. »Der Spion Eurer Majestät in London meldet …«

»Schweig!« Ludwig war leichenblass im Gesicht, dabei zitterte er am ganzen Körper, so dass er sich auf eine Truhe stützen musste.

»Bitte, Vater, Ihr dürft Euch nicht aufregen.« Prinzessin Anne eilte zu ihm, um ihn zurück an den Tisch zu führen, doch Ludwig schüttelte sie ab. »Kehrt sofort zurück nach Gent, Monsieur de Commynes«, befahl er Philippe. »Ich … ich … ich …« Ganze Fontänen von Speichel spie er beim Sprechen aus, doch vor Erregung war er unfähig, den Satz zu Ende zu bringen.

»Soll der Minister in Gent meine Hochzeit vorbereiten?«, fragte der Dauphin.

Fassungslos starrte sein Vater ihn an. »Was sagst du da, du dummer … dummer … dummer …« Wieder blieb der Satz unvollendet.

»Aber ich soll doch die burgundische Prinzessin …«

»Idiot! Begreifst du nicht? Es gibt keine … keine …«

»Hochzeit?«, fragte der Dauphin entgeistert.

Statt einer Antwort griff der König nach seinem Stock.

»Bitte, Vater, nicht!«, rief Anne.

Wutentbrannt stürzte Ludwig sich auf seinen Sohn. »Du gottverdammter Krüppel!« Er hob den Stock, der Dauphin duckte sich weg, und der Schlag ging ins Leere. Ludwig setzte ihm nach, doch plötzlich, mitten in der Bewegung, hielt er inne. Wie erstarrt stand er da, die Augen gegen die Decke verdreht, als stünde dort eine Botschaft geschrieben, dann zog sich sein Körper zusammen, und Erbrochenes quoll aus seinem Mund.

»Um Gottes willen!«

Annes Aufschrei war noch nicht verklungen, da brach ihr Vater zusammen, mit einem seltsam schiefen Grinsen im besudelten Gesicht, als wolle er seiner Tochter und der Welt eine Fratze schneiden.

71

Es war Karneval in Gent, der Karneval des Jahres 1482. Von den Kanzeln der Kirchen predigten falsche Pfarrer, in den Straßen und Gassen prügelten sich Tagelöhner mit Handwerksgesellen, und im Prinsenhof empfingen der Herzog und die Herzogin den Hofstaat zum Maskenball.

»*Avancez!*« Herausgeputzt wie ein regierender Fürst, gab Kunz von der Rosen den maskierten Paaren die Kommandos.

Max trat vor und reichte Marie die Hand, um mit ihr die Quadrille anzuführen. Mit einem Lächeln erwiderte sie seine Verbeugung. »Jetzt brechen die guten Zeiten an.«

»Dank Margarete und Euch«, sagte er. »Ohne das Bündnis mit England und der Bretagne hätten wir keinen Frieden, und auch Coppenhole würde immer noch …«

»Pssst.« Marie verschloss mit ihrem Finger seinen Mund. »Lasst uns einfach unser Glück genießen.«

Max schaute sie an. »Seid Ihr denn glücklich?«

Ein Kommando von Kunz riss sie auseinander.

»Noch glücklicher, als Ihr ahnt«, sagte Marie, als der Tanz sie nach einer Drehung wieder zusammenführte. »Ich wollte warten, bis ich ganz sicher bin, aber jetzt kann ich es Euch sagen.« Sie beugte sich zu ihm, um ihm die wunderbare Nachricht ins Ohr zu flüstern.

Da klopfte Kunz abermals mit seinem Stab. »*Changez!*«

Wie befohlen, trennten sich die Paare. Hatte Max verstanden, was sie gesagt hatte? Marie sah, wie er zu einer schwarzhaarigen Tänzerin hinüberglitt, die sie noch nie am Hof gesehen hatte. Jetzt reichte sie Max ihre Hand, und es war, als würde sie hinter ihrer Maske lächeln.

Marie runzelte die Stirn. Wer war diese Frau?

72

Der Schlagfluss seines Königs erwies sich für Philippe de Commynes als unverhofftes Glück. Angesichts des Todes, dem er nur mit knapper Not entronnen war, erkannte Ludwig die Unentbehrlichkeit seines Ministers, und bevor er Philippe nach Gent reisen ließ, wo dieser die burgundische Frage ein für alle Mal lösen sollte, befahl er ihn an sein Krankenbett. Was sollte geschehen, wenn der Herrgott Ludwig zu sich rief? Philippe riet, dass im Falle seines Ablebens Prinzessin Anne als Regentin eingesetzt werden sollte, bis zur Volljährigkeit ihres Bruders. Der König willigte ein. Auf diese Weise hoffte er sein Land und sein Volk vor dem Dauphin zu schützen.

Nachdem Ludwig das Schriftstück unterzeichnet hatte, sank er erschöpft in die Kissen, das Gesicht immer noch durch das schiefe Grinsen entstellt, das wie seine undeutliche Aussprache offenbar eine bleibende Folge des Schlagflusses war. Sein Leibarzt hielt es für ratsam, den Beichtvater zu rufen. Philippe wollte den Raum verlassen, doch Ludwig hielt ihn zurück.

»Durch diese heilige Salbung helfe dir der Herr in seinem reichen Erbarmen«, flüsterte der Priester und bestrich Ludwigs Stirn mit dem Chrisam.

»Nein«, stöhnte der König.

»Er stehe dir bei mit der Kraft des Heiligen Geistes. In seiner Gnade richte er dich auf. *Hoc est corpus!*«

Der Priester streckte ihm eine Hostie entgegen, doch Ludwig schüttelte den Kopf.

»Wollt Ihr ohne den Leib des Herrn aus dem Leben scheiden?«

»Ich bin Gottes treuester Diener.« Ludwig nuschelte die Worte so leise, dass Philippe sie kaum verstand. »Aber eben deshalb darf ich nicht sterben! Noch nicht!«

»Hochmut!«, sagte der Priester. »Unser Leben liegt in Gottes Hand! Und wenn es Gottes Wille ist, dass Ihr …«

»Was wisst Ihr von Gottes Willen?«

»Hoc est corpus!«

»Hokuspokus!« Mühsam richtete Ludwig sich auf. »Gottes Wille ist es, dass ich meine Mission erfülle, die Einigung Frankreichs.« Der Priester wollt etwas sagen, doch Ludwig hob die Hand. »Bitte, ehrwürdiger Vater, betet für mich! Betet für unser Land, dass ich lebe! Bis Burgund wieder zu Frankreich gehört ...«

Amen!, sagte Philippe de Commynes im Geiste.

73

»Wann hört das Versteckspiel auf?«

Endlose Stunden hatte Rosina damit verbracht, auf Max zu warten, in dem Lustschloss draußen vor der Stadt, wo sie seit ihrer Ankunft in Gent wie eine Gefangene lebte. Vor den Fenstern graute fast schon der Tag, als er sich endlich zu ihr geschlichen hatte wie ein Dieb in der Nacht. War sie ein Schmuckstück, das man vor der Welt in einer Schatzkammer wegsperrte, um es hin und wieder hervorzuholen, wenn es gerade passte? Nachdem sie Wochen und Monate in dem Schloss verbracht hatte, ohne einen anderen Menschen als Max zu sehen, weil es immer wieder einen neuen Grund gab, der ihrer offiziellen Vorstellung am Hof entgegenstand, hatte er ihr sein Wort gegeben, den Karnevalsball zu nutzen, um diesen unwürdigen Zustand zu beenden. Doch bevor Kunz den Befehl gegeben hatte, die Masken abzunehmen, hatte er sie mit dem Versprechen, sie noch in dieser Nacht zu besuchen und ihr alles zu erklären, in einen Wagen verfrachtet, um sie in ihren goldenen Käfig zurückzuexpedieren.

»Du hast dein Wort gebrochen!«, fauchte sie ihn an, als er in seinen Ballkleidern zur Tür hereinkam.

»Ich weiß, aber ...«

»Ich habe Miklos verlassen und bin dir gefolgt. Weil du mir versprochen hast, dich zu mir zu bekennen. Als deiner offiziellen Mätresse!«

»Es war einfach nicht der richtige Zeitpunkt …«

»Warum nicht? Immer hast du eine neue Ausrede, warum es gerade nicht der richtige Zeitpunkt ist. Seit ich hier bin. Ich verlange, dass du endlich zu deinem Wort stehst. Und zu mir!«

Max blickte zu Boden. Mit den gepolsterten Schultern und dem taillierten Wams über den engen Hosen sah er aus wie ein Pfau. Doch sein Gesicht war ein einziges schlechtes Gewissen.

»Marie ist wieder schwanger.«

Die Nachricht traf sie so überraschend, dass sie kaum Worte fand. »Wie … wie kann das sein?«

»Sie ist meine Frau.«

»Was du nicht sagst! Also schläfst du noch mit ihr?«

Max hob unsicher den Blick. »Ich habe nie gesagt, dass Marie und ich, dass wir nicht mehr …«

»Nein«, fiel Rosina ihm ins Wort, »*gesagt* hast du das nicht. Aber du hast mich in dem Glauben gelassen!«

»Du hast mich ja nie gefragt!«

»Ausreden! Immer nur Ausreden!« Sie stemmte ihre Hände in die Hüften. »Aber jetzt ist es genug. Entweder du hältst dein Versprechen, oder ich verlasse dich. Für immer.«

Max erwiderte ihren Blick. »Willst du mich erpressen?«

»Nenn es, wie du willst. Das ist meine Bedingung. Du musst dich entscheiden.« Die Hände in den Hüften wartete sie auf seine Antwort.

»Gut«, sagte er, »ich werde mit Marie sprechen.«

»Wann?«

Max dachte nach. »Palmsonntag veranstaltet Olivier de la Marche eine Reiherbeize. Dann werde ich ihr die Wahrheit sagen.«

Rosina schaute ihn an. »Versprochen?«

Max versuchte ein Lächeln. »Mein Ehrenwort.«

74

Am Morgen des Palmsonntags erwachte Marie aus einem seltsamen Traum. Ein Sturm hatte sie in die Luft gehoben, von allen Seiten hatten Blitze gezuckt, bis der ganze Himmel in Flammen aufgegangen war ... Was konnte das bedeuten?

Johanna, der sie beim Ankleiden davon erzählte, riet ihr, auf die Jagd zu verzichten – der Traum könne ein Zeichen sein. Doch Marie hatte sich zu sehr auf diesen Tag gefreut. Wahrscheinlich war das Fasten schuld, warum sie schlecht geschlafen hatte. Ein scharfer Ritt am Morgen war da die beste Medizin.

Als sie hinaus auf den Sattelplatz trat, waren die Gespenster der Nacht bereits verflogen. Die Reiter bestiegen gerade ihre Pferde, begleitet vom aufgeregten Gebell der Hunde, die es gar nicht erwarten konnten, dass die Jagd losging.

Vor dem Stall hielt Kunz ihre Rappstute am Zügel. Während Passionata nervös auf der Stelle tänzelte, machte der Narr einen Buckel, um Marie beim Aufsitzen als Trittleiter zu dienen. Sie nahm die Zügel und setzte ihren Fuß auf seinen Steiß.

»Mir wäre es lieber, du würdest ein ruhigeres Pferd nehmen«, sagte Max, der bereits auf seinem Schimmelhengst saß. »Ich meine, in deinem Zustand.«

Kunz schielte fragend zu ihr herauf. »Soll ich umsatteln lassen?«

»Nicht nötig«, sagte Marie und saß auf. Lachend blickte sie Max an. »Du hast wohl Angst, zu verlieren, oder?«

»Verlieren? Ich? Wobei?«

Statt einer Antwort trabte sie an und setzte sich an die Spitze der Jagdgesellschaft. Was für ein herrlicher Tag! Die Sonne war soeben aufgegangen, eine Schar Spatzen flatterte am Himmel auf, und die Pferde schnaubten in der frischen Morgenluft, während die Hunde kläffend an ihnen hochsprangen. Doch mehr noch als dies alles beglückte sie der Mann, der an ihrer Seite ritt, Maximilian von Habsburg, Herzog von Burgund, der wunderbarste Mann der Welt, von dem sie nun bereits das dritte Kind unter dem Herzen trug.

Würde sie je wieder so glücklich sein wie an diesem Morgen?

»Wer als Erster beim Schloss ist«, rief sie, nachdem sie das Stadttor passiert hatten, und gab ihrer Stute die Sporen.

75

Rosina hatte die Nacht kein Auge zugetan. Eine einzige Frage hatte sie all die Stunden über wach gehalten. Würde Max heute endlich den Mut aufbringen, seiner Frau die Wahrheit zu sagen?

Seit ihrem Streit nach dem Maskenball hatte sie Max nicht mehr gesehen. Sie selbst hatte es so gewollt – erst musste er beweisen, dass er sie mit derselben Unbedingtheit liebte wie sie ihn, bevor sie bereit war, ihn wieder zu empfangen.

Umso schlimmer empfand sie die Einsamkeit in dem Schloss. Um keinen Gerüchten Vorschub zu leisten, lebte sie hier ohne jede Gesellschaft – nicht mal eine Küchenmagd ging ihr zur Hand. Dabei atmete jeder Raum, jeder Winkel des Gebäudes die Gegenwart der anderen, ihrer Rivalin. Die Möbel, die Musikinstrumente, die Skulpturen, die Bilder an den Wänden: Alles zeugte von Maries Hand, von ihrem Geschmack, von ihrer Wahl.

Am schlimmsten aber waren die Bücher. Früher in Wien hatte Rosina manchmal mit Max Geschichten von Rittern und Edelleuten gelesen, von Turnieren und Kriegen und den Freuden der Minne. Zusammen hatten sie mit den Helden gehofft und gebangt und sich mit ihnen ein Leben erträumt, das größer und bedeutender war als jedes wirkliche Leben. Dafür hatte Rosina die Bücher geliebt. Doch die Bücher hier im Schloss waren anders. Abgesehen davon, dass die meisten in Sprachen geschrieben waren, die sie nicht verstand, handelten auch die wenigen, die sie lesen konnte, von Dingen, die ihr so fremd waren wie das Lateinische oder Französische: von Schlachtordnungen und Gerichtsprozessen, von Staatskunst und Verwaltungsfragen. Selbst ein Buch über die Liebe, in dem sie einmal geblättert hatte, hatte sie nur verstört – all die Dinge, die normale Menschen aus Lust und Freude taten, waren darin beschrieben, als wäre die Liebe eine Kunst, die man erlernen und handhaben konnte wie das Schreinern oder Töpfern.

Ob Max Maries Bücher mochte? Wie um sie zu demütigen, blickten die Titel von den Wänden auf sie herab, als in der Ferne Hörnerklang und Hundegebell erklang. Rosina eilte ans Fenster. Durch das Stadttor bewegte sich die Jagdgesellschaft hinaus aufs freie Feld, doch während der Hauptzug mit der Meute sich im Schritt voranbewegte, galoppierten zwei einzelne Reiter in scharfem Tempo auf das Schloss zu.

Als sie näher kamen und Rosina sie erkannte, schlug sie die Hand vor den Mund. Max und Marie. Wollten sie etwa zu ihr?

Rosina wäre am liebsten davongerannt, aber diesen Triumph durfte sie ihrer Rivalin nicht gönnen. Also raffte sie ihr Haar zusammen und verbarg es unter einer Haube, um die beiden zu empfangen.

Sie wollte gerade vor die Tür treten, da sah sie, wie Max seiner Frau in den Zügel griff und die Pferde in Schritt fielen.

Rosina begriff. Die Stunde der Wahrheit war gekommen.

76

Ich werde sie an den Hof holen, als offizielle Mätresse«, sagte Max.

»Das werde ich nicht dulden!«, erwiderte Marie. »Ich bin die Herzogin von Burgund, Karls Tochter!« Ihr Gesicht war bleich, doch ihre Stimme fest.

»Jeder Fürst in Europa hat eine Mätresse.«

Sie hielt ihre Stute an. »Eine Mätresse könnte ich nur dulden, wenn wir uns nicht lieben würden. Aber du liebst mich, so wie ich dich liebe.«

»Ich habe keine andere Wahl!« Max parierte gleichfalls sein Pferd. »Rosina war schwanger, als ich sie verließ.«

»Schwanger?« Maries Blick füllte sich mit Entsetzen. »Dann ist es also doch wahr.«

»Was ist doch wahr?«

»Als Ihr in Köln gefangen wart, warnte man mich. Noch auf dem Brautzug würdet Ihr Euch mit einer Mätresse vergnügen, die einen Bastard von Euch erwartete.«

»Das ist alles sehr lange her«, sagte er. »Wir haben uns damals noch nicht gekannt.«

Er wollte wieder anreiten, doch Marie verstellte ihm mit der unruhig tänzelnden Passionata den Weg.

»Warum erfahre ich das erst jetzt?«

»Weil ich es selber erst jetzt erfahren habe.«

»Also ist sie nicht nur eine Hure, sondern auch eine Lügnerin?«

Max sah die Verachtung in ihrem Gesicht und wollte sie zurechtweisen. Doch er beherrschte sich. »Rosina von Kraig hat mir die Schwangerschaft verschwiegen, weil sie nicht mein Mitleid wollte. Ich war damals ja schon auf dem Weg nach Gent, um dich zu heiraten.«

Marie lachte höhnisch auf. »Oh, dann muss ich mich wohl bei ihr bedanken?«

»Bitte, versteh doch …«

»Und ihr Kind?«, fiel sie ihm ins Wort. »Willst du das auch an den Hof holen? Damit es zusammen mit unseren Kindern aufwächst?«

Max schüttelte den Kopf. »Sie hat das Kind verloren, bevor es zur Welt kam …«

Er sah, wie ihr Gesicht sich veränderte.

»Das heißt, es hat nie gelebt?«, fragte sie leise.

»Verstehst du jetzt?« Max trieb sein Pferd noch näher zu ihr heran. »Ich habe ihr Leben zerstört. Ich *muss* ihr helfen! Es ist eine Frage der Ehre.«

Marie strich über den Hals ihrer Stute. »Ist es wirklich nur das?«

»Was meinst du damit – nur das?«

»Eine Frage der Ehre.« Marie schaute ihn eindringlich an. »Oder ist es auch eine Frage der … Liebe?«

Er wich ihrem Blick aus und schwieg.

»Sag die Wahrheit, Max! Warum willst du sie an den Hof holen? Weil du dich dazu verpflichtet fühlst? Oder weil du sie immer noch liebst?«

Während er auf den Mähnenkamm seines Hengstes starrte, hörte er, wie die Jagdgesellschaft näher kam. Was sollte er tun? Wenn er Marie die Wahrheit sagte, zerstörte er vielleicht alles, was ihn mit ihr verband. Aber sollte er sie darum belügen? Aus Nachsicht, um ihr nicht noch größeres Leid zuzufügen, als er es ohnehin schon tat? Nein, dazu war der Respekt zu groß, den er für sie empfand. Wenn er so handeln würde, könnte er ihr nie wieder in die Augen schauen.

Er hob seinen Kopf und erwiderte ihren Blick.

»Du weißt, dass ich dich liebe, Marie«, sagte er. »Das ist die reine Wahrheit. Aber … aber …«

Maries Miene verhärtete sich. »Aber was?«

Er nahm seinen ganzen Mut zusammen. »Aber ich liebe nicht nur dich – ich liebe auch sie.«

Als er die Worte ausgesprochen hatte, war es auf einmal so still, als ob die Zeit stehengeblieben wäre. Eine lange Weile sagte Marie kein Wort, das Gesicht zur Maske erstarrt: ein Panzer, hinter dem sie alles verbarg, was sein Bekenntnis in ihr auslöste. Der Anblick zerriss Max das Herz. Warum zum Teufel hatte er nicht geschwiegen? Jede Lüge wäre besser gewesen als eine Wahrheit, die ihr solchen Schmerz bereitete.

»Marie, bitte … hör mir zu …«

Während er sprach, löste ihre Miene sich plötzlich auf, wie ein

Spiegel, der zersprang. Sie sah ihm einen endlosen Moment in die Augen, dann warf sie ihre Stute herum und jagte davon.

Max gab seinem Hengst die Sporen, um ihr zu folgen. Doch er war noch nicht angaloppiert, da erblickte er den Graben, auf den Marie zujagte, nur einen Steinwurf entfernt, ein viel zu breiter Graben, hinter dem ein Baumstock aus dem Erdreich ragte ...

»Nein!«

Voller Entsetzen sah er, wie Passionata mit der Vorderhand eintauchte. Für einen Wimpernschlag verharrte die Stute mit gesenkter Brust vor dem Hindernis, als wolle sie den Sprung verweigern, doch dann drückte sie ab. Max schickte ein Stoßgebet zum Himmel. Passionata schien zu fliegen, immer länger wurde ihr schwarzer Rumpf, immer länger der Sprung ... Mit den Vorderhufen landete die Stute auf der anderen Seite des Grabens, Erdbrocken stoben in die Luft. Max atmete auf, Gott sei Dank! Doch plötzlich, Passionata setzte gerade mit der Hinterhand auf, verfing sie sich mit den Hufen im Wurzelwerk der Böschung. Sie geriet ins Straucheln, Marie verlor den Halt, und im nächsten Augenblick wurde sie wie von einem Katapult durch die Luft geschleudert.

Max sprang aus dem Sattel und durchquerte zu Fuß den Graben. Als er die Böschung erklomm, sah er seine Frau. Leblos lag sie am Boden.

»Marie!« Ihr Kleid war voller Blut, beim Sturz war sie gegen den Baumstock geprallt. Vorsichtig fasste er sie bei den Schultern. »Liebste! Wach auf! Bitte, wach auf!« Er hob sie empor, küsste ihre geschlossenen Augen, ihre Wangen, ihren Mund.

Doch Marie sagte kein Wort. Ohne jedes Lebenszeichen lag sie in seinem Arm, stumm und reglos wie der Tod.

77

»Ein Reitunfall?«, nuschelte Ludwig. »Wie überaus charmant. Und der Narr – wie hieß er gleich? Kunz von der Rosen? – hat den Sattelgurt angeritzt?«

»So hatte ich es ihm befohlen«, erwiderte Philippe mit einem Anflug von Eitelkeit. »Der Gurt platzte beim Sprung – wie geplant.«

»Mein armes, armes Patenkind.« Ludwig schüttelte zerknirscht den Kopf. »Was meint Ihr, sollten wir Staatstrauer anordnen, um dem Herzog von Österreich unser Mitgefühl zu bekunden?«

»Ganz wie Majestät befehlen.«

Noch am Tag des Unfalls hatte Philippe sich auf den Weg nach Plessis gemacht, um seinem König die frohe Botschaft zu überbringen. Endlich hatte das Schicksal sein unermüdliches Streben belohnt.

Ludwig richtete sich in seinem Bett auf. »Aber seid Ihr auch sicher, dass sie wirklich …?« Er sprach den Satz nicht zu Ende.

»*Ganz* sicher, Sire«, erwiderte Philippe. »Um einen solchen Sturz zu überleben, müsste es schon mit dem Teufel zugehen.«

»Gepriesen sei der Herr! Er hat unsere Gebete erhört!« Den König hielt es nicht länger im Bett. Vor Freude sprang er von seinem Krankenlager auf und hüpfte im Nachtgewand durch die Kammer.

»Bitte Vater«, mahnte ihn seine Tochter, »der Arzt …«

»Wozu brauche ich den Arzt? Gott hat mir die beste Medizin geschickt!« Vor seinem Sohn blieb er stehen. »Na, begreifst du, was das heißt?«, fragte er den Dauphin. »Jetzt ist Maximilian von Habsburg nur noch ein hergelaufener Österreicher, der in Gent nichts zu sagen hat!«

Charles frohlockte. »Erhebt Ihr mich dann zum Herzog von Burgund?«

Liebevoll strich Ludwig ihm über den Kopf. »Vielleicht – warum nicht?« Dann wandte er sich zu Philippe. »Was meint Ihr? Wäre das möglich?«

Philippe brauchte für die Antwort nicht lange zu überlegen. »Solange die Kinder, die der Herzog von Österreich mit Herzogin Marie gezeugt hat, nicht volljährig sind, brauchen sie einen Vormund, der dazu die nötige Legitimation besitzt.«

»Ich bin Maries Pate«, rief Ludwig. »Und damit der nächste Verwandte der zwei Bälger.« Plötzlich wurde er ernst, und mit einem Gesicht wie in der Kirche bekreuzigte er sich. »Dass ich das noch erleben darf. Burgund gehört wieder Frankreich!«

78

»Was habe ich getan?«, flüsterte Max.

Barhäuptig, mit bloßen Füßen kniete er am Bett seiner Frau. Marie hatte ihr Kind verloren, zusammen mit dem Blut, das aus ihrem Leib geströmt war, doch sie selbst hatte überlebt. Leise stöhnend warf sie sich im Schlaf hin und her. Ihr Gesicht war so bleich, dass es sich kaum von dem Kissen abhob, auf dem ihr Kopf ruhte.

Max küsste ihre schweißnasse Stirn. »Sie glüht wie Kohle«, sagte er, als Margarete und Johanna in die Kammer traten.

»Das ist das Fieber«, sagte Johanna. Sie schlug die Bettdecke zurück, um die kühlenden Tücher an Maries Beinen zu erneuern.

»Können wir denn gar nichts tun, außer Wadenwickel?«

»Doch«, sagte Margarete. »Beten.«

Drei Wochen waren seit Maries Sturz vergangen, drei Wochen, die Max nicht von ihrer Seite gewichen war. Ihre Verletzungen, der Blutverlust, das alles war nicht so schlimm wie das Fieber, das sie nach Tagen befallen hatte und das sich durch nichts auf der Welt senken ließ. Alle Ärzte, Feldscher und Bader der Stadt, alle weisen Frauen, Heilerinnen und Besprecherinnen, alle Priester und Geistliche hatte Max an Maries Lager gerufen. In den Kirchen betete das Volk, Bittprozessionen zogen durch die Straßen und Gassen, die Gebete Tausender von Menschen stiegen zum Himmel empor, bei Tag und bei Nacht, um die Gesundung der Herzogin zu erflehen. Doch Maries Zustand verschlechterte sich von Tag zu Tag, von Woche zu Woche. Als würde der Lebenswille, der ihrem zarten Körper innewohnte und den Max an ihr stets so sehr bewundert hatte, erlöschen wie eine Flamme ohne Nahrung.

»Ich glaube, sie wacht auf«, sagte Margarete plötzlich.

Max konnte es nicht glauben. Gab es doch noch Hoffnung? Als er den Kopf hob, sah er, dass die Herzoginwitwe recht hatte. Marie hatte die Augenlider leicht geöffnet, ihre Lippen bewegten sich, und jetzt drehte sie sogar den Kopf in seine Richtung.

»Die Kinder«, flüsterte sie, kaum hörbar.

»Pssst. Du darfst dich nicht anstrengen.«

»Doch, Max. Bringt sie mir. Ich will ihnen … Lebwohl sagen …«

Max stöhnte laut auf. War sie nur darum noch einmal aufgewacht? Er blickte Margarete fragend an. Als die Herzoginwitwe nickte, legte Johanna das Tuch beiseite, mit dem sie Marie den Schweiß von der Stirn getrocknet hatte, und verließ den Raum, um wenig später mit den Kindern zurückzukehren.

Die zwei blieben an der Tür stehen und starrten mit großen angstvollen Augen ihre Mutter an und scheuten sich, die Kammer zu betreten. Max spürte einen Kloß im Hals. Die kleine Margarete war gerade zwei Jahre alt, und ihr Bruder Philipp noch keine fünf. Würden sie ihre Mutter noch früher verlieren als er selbst?

»Warum sagt die Mama nichts?«, fragte Margarete.

Marie versuchte ein Lächeln. »Die Mama ist krank«, sagte sie. »Ihr müsst jetzt ganz lieb sein.«

»Ich will aber mit der Mama spielen.«

»Das geht nicht, mein Liebling. Die Mama muss fort, auf eine weite Reise.«

Der kleine Philipp, der sich hinter Johanna versteckt hatte, trat hinter den Röcken der Zofe hervor. »Nein, Mama, bleib hier.«

»Mein lieber großer Junge.« Marie streckte die Hand nach ihm aus. »Komm her zu mir. Gib mir einen Kuss.«

Philipp zögerte, doch als Johanna ihm einen Stups gab, trat er an das Bett seiner Mutter und küsste sie auf die Wange. »Ihhh, du bist ja ganz nass!« Er zog die Nase kraus und wischte sich mit dem Handrücken über die Lippen.

»Die Mama soll dableiben.« Jetzt fasste auch Margarete Mut, auf ihren kurzen Beinchen lief sie zu ihrer Mutter und klammerte sich an ihren Arm. »Dableiben! Dableiben!«

Zärtlich strich Marie ihr über den blonden Schopf. »Lebt wohl, ihr zwei«, sagte sie mit einem unendlich müden Lächeln. »Eure Mama hat euch sehr, sehr lieb. Vergesst das nie.«

Mit den Augen gab sie Max ein Zeichen, der Abschied von den Kindern ging über ihre Kraft. Obwohl er es kaum über sich brachte, nahm er die zwei an der Hand, um sie hinauszuführen.

»Nein! Nicht weg!«

»Ich will bei der Mama bleiben!«

Sie sträubten sich, wie sie nur konnten, stemmten sich mit den kleinen Füßen gegen den Türstock, zogen und zerrten an seinem Arm und wollten zurück.

»Kommt jetzt, bitte, eure Mutter muss schlafen.«

Während Marie den Kopf zur Seite drehte, damit ihr Sohn und ihre Tochter ihre Tränen nicht sahen, brachte Max die Kinder hinaus.

79

Im Gefolge eines Dieners betrat Jan Coppenhole die Halle des Prinsenhofes, wo außer Hinrich Peperkorn sowie einem halben Dutzend weiterer Ständevertreter auch die Ritter des Ordens vom Goldenen Vlies versammelt waren. Eine beklommene Stille erfüllte den Raum, nur hier und da wurde ein Wort geflüstert. Voller Misstrauen beäugten die beiden Parteien einander: Hier die Ritter mit ihren langen Mänteln aus scharlachroter Seide und den schweren goldenen Ketten, dort die Kaufleute und Handwerker in ihren schlichten dunklen Gewändern. Jan verschränkte die Arme vor der Brust. Er trug noch seinen Arbeitskittel, ein Bote hatte ihn direkt aus der Werkstatt in den Palast gerufen, als seine Schwester Antje ihm gerade die Mittagssuppe in den Teller füllte. Es hieß, Marie von Burgund liege im Sterben, doch bevor sie aus dem Leben scheide, wolle sie den Räten einen Eid abnehmen.

Olivier de la Marche erschien in der Halle und führte die Wartenden zu der Herzogin.

Als Jan Coppenhole die Kammer betrat, schrak er zusammen. Wo war Karls hochmütige Tochter? In dem Bett saß eine Frau, die, durch mehrere Kissen im Rücken gestützt, nur noch wie ein schwacher Widerhall an Marie von Burgund erinnerte. An ihrer Seite stand die Herzoginwitwe, Margarete von York, die den Eintretenden verkündete, dass sie nun im Namen der Sterbenden deren Testament verlese.

»Vor Euch, den Vertretern der Stände und Ratsherren der Stadt Gent sowie den Rittern vom Orden des Goldenen Vlieses, erkläre ich meine Kinder zu meinen alleinigen Erben und setze als ihren Vormund meinen geliebten Gemahl ein, Herzog Maximilian von Burgund. Bis zur Volljährigkeit meines Sohnes soll er das Land regieren. Das ist mein Letzter Wille.«

Margarete von York ließ das Testament sinken und nickte ihrer Stieftochter zu. Jan konnte nicht die Augen von Marie lassen. Seit die Herzogin den Habsburger geheiratet hatte, hatte er alles dafür getan, ihre Macht zu brechen. Doch jetzt, da er sah, wie sie mit dem Tode rang, konnte er ihr sein Mitgefühl nicht verwehren. Nein, so sehr er die Regierung dieser Frau hasste – ein solches Ende hatte sie nicht verdient.

Aber war dies wirklich schon ihr Ende?

Mit Hilfe ihrer Stiefmutter richtete Marie sich in ihren Kissen auf. »Hebt Eure Hand zum Schwur«, sagte sie mit schwacher Stimme.

Obwohl sie so leise sprach, dass man sie kaum verstand, folgten die Ordensritter ohne Zögern ihrer Aufforderung. Hinrich Peperkorn und die übrigen Ständevertreter taten es ihnen nach. Nur Jan Coppenhole hielt die Arme vor der Brust verschränkt.

»Sprecht mir nach«, flüsterte Marie. »Ich schwöre …«

»Ich schwöre«, wiederholten die Männer im Chor.

»Den Letzten Willen der Herzogin zu achten und zu befolgen …«

»… zu achten und zu befolgen …«

»So wahr mir Gott helfe!«

»So wahr mir Gott helfe!«

Als Marie verstummte, ruhte ihr Blick auf Jan Coppenhole. Ein Schauer rieselte ihm über den Rücken. Hatte sie bemerkt, dass er weder die Hand gehoben noch den Eid gesprochen hatte?

Als würde sie seine Gedanken erraten, fixierte sie ihn. »So wahr mir Gott helfe …«, flüsterte sie noch einmal.

Jan Coppenhole brach der Schweiß aus. Der Tod dieser einst so stolzen Frau erbarmte ihn – aber sollte er deshalb gegen das neunte Gebot verstoßen?

Auf dem Absatz machte er kehrt und stürzte aus der Kammer.

80

Kann man die Hoffnung aufgeben, so lange man liebt?

Max wartete, bis die Ritter und Ständevertreter den Prinsenhof verlassen hatten, dann kehrte er zu seiner Frau zurück. Marie hatte es trotz ihrer Schwäche, trotz des Fiebers und des Blutverlusts geschafft, den Männern einen Eid abzunehmen. Vielleicht würde ihr Lebenswille doch noch einmal wieder aufflackern, sie aufrichten, ihr die Kraft geben, den Tod zu überwinden. Es konnte doch nicht Gottes Wille sein, dass seine geliebte Frau, die Mutter seiner Kinder starb! Gott war das Leben, die Liebe – nicht der Tod!

Als Max die Kammer betrat, verließ Margarete wortlos den Raum, um ihn mit seiner Frau allein zu lassen. Er setzte sich zu

Marie aufs Bett und sah sie an. Sie hatte die Augen geschlossen, kaum merklich ging ihr Atem. Wusste sie überhaupt, dass er hier bei ihr im Raum war? Sie hatte am Morgen, noch vor dem Besuch der Räte, gebeichtet und die Letzte Ölung empfangen, zusammen mit dem Leib des Herrn. Aber was bedeutete das schon? Auch König Ludwig hatte sich von einem Schlagfluss erholt …

Max nahm ihre Hand, die kraftlos vom Bett herunterhing. Sie sollte spüren, dass er bei ihr war, wie sehr er sie liebte, damit die Kraft, die er in sich hatte, auf sie überströmte. Doch als er ihre Hand nahm, wusste er, dass es vorbei war. Alles Leben war aus ihr gewichen, welk und schlaff lag ihre Hand in der seinen. Ihr Lebenswille hatte nur noch für Burgund gereicht, war nur noch einmal aufgeflackert, um die Räte auf ihr Erbe zu verpflichten. Jetzt war er erloschen. Noch in dieser Stunde würde Marie sterben. Daran konnte keine Macht mehr etwas ändern, nicht die Hoffnung und nicht die Liebe.

Laut schluchzend bedeckte Max ihr Gesicht mit Küssen. »Bitte verzeih mir. Bitte verzeih.«

Noch einmal sah sie ihn an, mit ihren wunderschönen blauen Augen. »Es war nicht deine Schuld.« Ihre Stimme war wie das Rascheln des Windes im Herbstlaub. »Ich hätte nicht mit auf die Jagd gedurft. Alle haben mich gewarnt, du auch …«

»Marie!« Wieder brach er in Tränen aus, mit solcher Macht übermannte ihn die Verzweiflung, dass er zu keinem anderen Wort als ihrem Namen fähig war.

Sie tastete nach seinem Arm. »Nicht, mein Geliebter. Wir haben keine Zeit mehr für Tränen …«

Wie durch einen Schleier sah Max ihr bleiches Gesicht. »Wie soll ich nur je ohne dich …«

»Pssssst …«

Er verstummte.

»Du musst mir noch etwas versprechen«, sagte sie.

»Alles, meine Liebste. Alles!«

»Versprich mir, dass du Burgund nie aufgeben wirst …«

»Das schwöre ich bei Gott. Ich werde dein Erbe wahren!«

Sie schüttelte den Kopf. »Nein, nicht für mich – für dich, mein Geliebter …«

Er wollte widersprechen, doch mit einem Blick gebot sie ihm zu schweigen.

»Burgund ist dein Faustpfand … Für die Krone des Kaisers … Du sollst die Christenheit führen …« Sie machte eine Pause, um Kraft zu schöpfen. »Damit das Reich, das Reich Karls des Großen, durch dich neu ersteht …«

Nein, schrie es in ihm, *ich will kein Reich, ich will keine Krone – ich will nur, dass du lebst!*

Leise, fast unmerklich spürte er den Druck ihrer Hand, und sein innerer Schrei verstummte. »Ja, Marie«, sagte er.

Wieder hielt sie erschöpft inne, doch ihre Augen ruhten unverwandt auf ihm. »Gib mir noch einen letzten Kuss …«

Er wusste nicht, ob sie es wirklich gesagt oder ob er es in ihren Augen gelesen hatte. Er beugte sich über sie und streifte mit seinen Lippen ihren Mund.

»Ich werde dich nie vergessen«, flüsterte er. »Niemals …«

»Das ist gut … Das ist gut …«

Wieder überkam ihn das Bedürfnis nach ihrer Verzeihung, mit solcher Macht, dass es ihn zerriss. Wenn sie ihm verzieh, würde sie nicht gehen und ihn nicht allein lassen. *Ich liebe dich*, wollte er ihr sagen, *für mich gibt es nichts mehr, wenn du nur bleibst …* Doch die Worte erstickten in seinen Tränen. Er wünschte, jemand würde kommen und ihn schlagen, bis er aufhörte zu weinen.

Ein leises Lächeln spielte in Maries Gesicht. *»Adieu, mon cœur«*, sagte sie. »Geh und hol Margarete … Das, was jetzt kommt, ist nichts für dich … Bitte, Max«, setzte sie hinzu, als er widersprechen wollte. »Ich halte es sonst nicht aus, *mon cœur … Adieu …*«

81

Man schrieb den 3. April des Jahres 1482. Mit einem Gepränge, wie die Welt es noch nicht gesehen hatte, wurde Marie von Burgund zu Grabe getragen. Tausende von Menschen säumten den Weg zur Kathedrale, um ihr die letzte Ehre zu erweisen. Begleitet vom Läuten der Totenglocken, die von allen Kirchen der Stadt schlugen, wand sich der Zug wie ein Lindwurm durch die Straßen und Gassen. Menschen aus allen Ständen gaben der toten Herzogin das Geleit: Priester und Ordensleute mit brennenden Kerzen, Edelmänner in schwarzen Klagekappen, Grafen und Bannerherren, Wappenherolde der burgundischen Länder, Beamte und Offiziere sowie zahllose vornehme Bürger mit ihren Frauen, bis zu den Handwerkern und Krämern sowie den Massen des gemeinen Volkes aus Bauern und Marktweibern und Tagelöhnern.

Irgendwo in der Menge, von niemandem bemerkt, stand Rosina von Kraig. Sie hatte lange mit sich gerungen, ob sie zu dem Begräbnis kommen sollte. Aber sie hatte keine wirkliche Wahl gehabt. Auch wenn keiner der Trauernden rings um sie her es ahnte, wusste sie – sie ganz allein –, dass sie Teil des einen großen Schauspiels war, dessen letzter Akt sich hier vor ihren Augen vollzog, sie in diesem Schauspiel eine Rolle spielte, die sie sich nicht ausgesucht, doch die das Schicksal ihr auferlegt hatte, vor vielen Jahren, als sie ihr Herz an Maximilian von Habsburg verlor. Die Tote und sie – sie waren die Rivalinnen in diesem Schauspiel gewesen. Sie hatten beide diesen selben Mann geliebt, hatten beide mit ihm ihre glücklichsten und auch ihre schlimmsten Stunden geteilt. Rosina hatte sich gegen ihre Rolle gewehrt, hatte versucht, eine andere Rolle zu finden als die der Geliebten. Doch vergebens. Und als sie ihren Widerstand aufgegeben hatte, gegen das Schicksal und ihre Gefühle, als sie endlich begann, für ihre Rolle zu kämpfen, statt sie zu leugnen – da war es zu spät gewesen. Sie hatte mit eigenen Augen angesehen, wie ihre Rivalin zu Tode gekommen war. Jetzt blieb ihr nur noch, die Trauer des Mannes, der ihr ganzes Leben bedeutete, über den Tod der anderen mitanzuschauen. Das war die Strafe für ihre Schuld.

Ein Raunen in der Menge kündigte an, dass der Katafalk mit dem Leichnam nahte. Ohne dass es jemand befahl, wichen die Menschen zurück, um Platz zu machen.

Und plötzlich erblickte sie ihn, barfuß und im Büßergewand, Sohn und Tochter an den Händen, folgte er dem Sarg seiner Frau. Nie hatte Rosina sich so einsam gefühlt wie in diesem quälend langen Augenblick, als Max an ihr vorüberzog, ohne sie auch nur wahrzunehmen. Sie sah sein Gesicht, die große Hakennase, das rötlichblonde Haar, das ihm in Locken auf die breiten Schultern fiel – doch sie erkannte ihn nicht. Seine sonst so hohe Gestalt war vor Kummer gebeugt, seine Augen, deren verwegenen Blick sie geliebt hatte, schienen gebrochen vom Gram, sein kraftvoller Gang, einst Ausdruck seiner Entschlossenheit, war müde und schleppend. Für diesen Mann existierte nur noch die Tote, die Frau, die er für immer verloren hatte. Sie würde sein Leben bestimmen, bis der Tod sie wieder vereinte.

Es war genug. Rosina hatte nur noch das Bedürfnis zu verschwinden, sich aufzulösen in dem großen Menschenmeer, das sie umfing.

Mit einem Ruck wandte sie sich ab. Das Schauspiel war vorbei, der Vorhang gefallen.

Vierter Teil

WITWER UND KÖNIG

»Hier liegt mein Bestes, und nicht mit Jahren kann mir einer von euch den Augenblick aufwiegen, den mir Gott noch zusammen mit ihr schenkt.«

Maximilian von Habsburg am Sterbebett seiner Frau Marie

Gent
Frühjahr 1482

I

Marie von Burgund war kaum begraben, da machte König Ludwig mobil. Ohne das Ende des Waffenstillstands von Guinegate abzuwarten, schickte er abermals seine Truppen gegen Burgund. Im Handstreich eroberten die Franzosen Bouchain, Lille und Aire, fielen in das Lütticher Kirchenland ein und setzten Seeland und Holland in Flammen. Dabei stießen sie auf keinen nennenswerten Widerstand. Denn das Herzogtum Burgund war ohne Führer. Gefangen in seinem Schmerz, verbrachte Maximilian die Zeit in Trauer und Gebet, unfähig, sich zur Wehr zu setzen, so sehr die Herzoginwitwe Margarete von York und sein Feldmarschall und Freund Wolf von Polheim ihn dazu drängten.

Der einzige Ort, an dem er sich für Stunden vergaß, war Maries Gemach. Alles hier war *sie*. Die Laute an der Wand. Die Stange ihres Jagdfalken. Die französische Grammatik, mit der sie einst zusammen die ersten Verben geübt hatten. *Je t'aime, tu m'aimes, nous nous aimons …* Keiner von ihnen hatte es je über sich gebracht, das Buch wegzuräumen, auch als sie es längst nicht mehr brauchten. Selbst der leichte Pferdegeruch, vermischt mit dem Duft von Rosenwasser, hing noch im Polster ihres Lehnstuhls. Marie hatte das Reiten so sehr geliebt, dass sie bei einem Ritt ihr Leben gelassen hatte. Doch der wahre Grund für ihren Tod war nicht ihre Reitpassion gewesen, sondern die Liebe zu ihrem Mann. Hätte Max diese Liebe nicht missbraucht und mit Füßen getreten, wäre sie noch am Leben.

Wie sollte er mit dieser Schuld existieren? Er hatte gebetet, er hatte gebeichtet, er hatte gefastet und sich gegeißelt und sich bei Wasser und Brot sechs Wochen lang einsperren lassen, um Buße zu tun – doch vergeblich. Die Schuld war geblieben, und keine Macht der Welt konnte ihn davon befreien.

Ein Räuspern riss ihn aus seinen Gedanken. In der Tür stand, in Habit und Mozetta der Benediktiner, Johann Trithemius, Abt von Sponheim. In der Einsamkeit seiner Schuld, die größer war als jede Einsamkeit vor Maries Tod, hatte Max den Geistlichen rufen lassen, weil es von ihm hieß, er könne Verbindung aufnehmen zu jenen Gefilden, die einem gewöhnlichen Lebenden verwehrt waren.

»Seid Ihr noch immer entschlossen?«, fragte der Abt. »Niemand verübelt es Euch, wenn Ihr Euch anders besonnen habt.«

»An meinem Wunsch hat sich nichts geändert«, entgegnete Max.

»So sei es in Gottes Namen.« Johann Trithemius schlug ein Kreuzzeichen. »Dann sollten wir jetzt das Licht löschen und die Fenster verdunkeln.«

Zwei umgehängte Wandteppiche genügten, um den Raum in Zwielicht zu tauchen. Die rasch heraufziehende Nacht würde ein Übriges tun. Obwohl draußen noch winterliche Kälte herrschte, hatte Max das Feuer im Kamin bereits ausgehen lassen, und die einzige Kerze, die auf einem Ständer im Erker brannte, warf nur ein paar flüchtige Schatten auf die Wände.

»Versucht Euch zu sammeln.« Während Max in Gedanken ein Ave Maria sprach, öffnete der Abt eine silberbeschlagene Truhe und entnahm ihr Weihrauchglocke und Aspergill. Mit einem Fidibus entzündete er die Kohle, und während er Wände und Möbel mit Weihwasser besprengte, schwang er die Weihrauchglocke, so dass der Raum langsam erfüllt wurde vom Duft der Heiligkeit.

»Schließt Eure Augen.« Max tat, wie ihm befohlen. Johann Trithemius drehte ihn mehrere Male im Kreise und führte ihn dann ein paar Schritte durch den Raum, um ihn wieder im Kreise zu drehen, bis Max schwindlig wurde. »Jetzt öffnet die Augen.«

Eingehüllt in Weihrauchschwaden, erblickte Max ein Bildnis Maries, das er noch nie zuvor gesehen hatte. Unwillkürlich machte er ein paar Schritte zurück. Doch seltsam, während er von dem Bild zurückwich, schien es vor seinen Augen größer und größer zu werden.

»Warum läufst du von mir fort?«, hörte er plötzlich ihre Stimme, ganz leise und zart. »Sieh mich an. Ich bin's – deine Frau.«

Als er den Kopf hob, schrak er zusammen. Verwirrte der Weihrauch ihm die Sinne? Oder war es der Schwindel? Das war kein Porträt aus Leinwand und Farbe, das ihm da entgegenblickte – das Gesicht in dem vergoldeten Rahmen war das lebende Gesicht Maries! Blond schimmerte ihr Haar im schwachen Schein der Kerze, und ihre blauen Augen glänzten, als hätte sie geweint.

»Mein Engel.«

Um ihre Lippen spielte ein Lächeln. »Erkennst du mich endlich, *mon cœur*?«

»Marie! Bist du zu mir zurückgekommen?«

Sie schüttelte den Kopf. »Hast du den Bauern nie beim Pflügen zugesehen? Sie durchfurchen die Erde immer nur in eine Richtung. Die Zeit ist ein Pflug, der keine Umkehr kennt, Max.«

»Dann soll sie mir stehenbleiben!«

»Nur für diesen einen Moment.« Das Lächeln in ihrem Gesicht erlosch. »Hast du vergessen, was du mir gelobt hast?«

Max wusste, was sie meinte. Aber er schwieg.

Das geliebte Gesicht wurde noch ernster. »Du hast gelobt, Burgund zu bewahren, als Faustpfand deiner Mission. Wie aber willst du das Reich erneuern, das Karl der Große begründet hat, was unseren Kindern übergeben, wenn du dir dieses Pfand aus der Hand reißen lässt? Bist du ein altes Weib, das stillsitzt und stickt, während vor dem Fenster die Welt einstürzt?«

»Du verlangst, ich soll kämpfen?« Max sah nur ihre Augen, diese wunderbaren blauen Augen, die ihm so oft Kraft gegeben hatten. »Aber wie soll ich das? Kämpfen ohne dich? Das kann ich nicht.«

»Doch, Max, du kannst. Ich bin doch bei dir, in unseren Kindern.« Sie lächelte ihn an wie in ihren schönsten Stunden, und ihre

Lippen formten sich zum Kuss. »Der Moment ist vorbei, *mon cœur*. Leb wohl.«

Max wollte ihren Kuss erwidern, doch da sah er, wie ihr Gesicht vor ihm erstarrte, sich zurückverwandelte in ihr Bild, gefangen in einem goldenen Rahmen. Er streckte die Hand aus, um sie mit einer Berührung aufs Neue zu erwecken, doch was er spürte, war nur tote, bemalte Leinwand. Der Schmerz zerriss ihm das Herz, er konnte den Anblick des Trugbilds nicht ertragen. Er riss den Dolch aus seinem Gürtel, stach auf die Leinwand ein, um die Illusion zu zerstören und sich von seinem Wahn zu befreien.

»Beruhigt Euch, Hoheit.« Johann Trithemius führte ihn fort von dem Gemälde. »Sonst nimmt Eure Seele Schaden. Für immer.«

Max war so erschüttert, dass er dem Abt folgte wie ein Kind. »Bitte tut das nie wieder«, flüsterte er.

»Was meint Ihr?«

»Holt sie nie wieder zurück. Nie wieder, hört Ihr?«

Johann Trithemius schüttelte den Kopf. »Irdische Befehle haben keine Gewalt über die Geister. Auch wenn wir ihre Bilder zerstören, können sie uns erscheinen, wann immer sie wollen.« Er schaute Max tief in die Augen. »Weil sie nämlich in uns selber hausen.«

2

Manchmal war Kunz von der Rosen geneigt, an einen gütigen Herrgott zu glauben, der am Ende alles zum Guten lenkte. Als Zwerg war er geboren, als Zwerg hatte er sein Leben lang gelitten, als Zwerg war er verlacht und verspottet worden, gedemütigt und gequält. Doch verdankte er nicht alles, was er nun, da er in die Blüte seiner Jahre kam, sein Eigen nennen durfte, eben dieser so oft verfluchten Zwergenhaftigkeit?

Von dem Geld, das Monsieur de Commynes ihm im Laufe der

Zeit für seine Dienste hatte zukommen lassen, hatte Kunz ein eigenes Haus erworben, in dem er wie ein Fürst regierte. Umgeben von einem ausgedehnten Garten, lag das herrschaftliche Gebäude am Ufer der Schelde, so abseits und geschützt, dass die Geräusche, die aus den Fenstern drangen, kein menschliches Ohr erreichten. Vor allem nicht die Geräusche aus seinem Schlafgemach, dem Prunkstück seines Wolkenschlosses, das die Hälfte des obersten Stockwerks einnahm und fast in Gänze von einem riesigen Bett ausgefüllt war, auf dem ein Zwerg sowie zwei Dutzend Huren bequem Platz fanden.

Kunz lag auf dem Rücken und betrachtete die Decke, eine kostbare Einlegearbeit mit vergoldeten Sternen. Nur eine kurze Atempause war ihm vergönnt, dann bäumte die Naturgewalt zwischen seinen Lenden sich abermals auf. Er hatte ein seidenes Laken darübergebreitet, nicht aus Schamhaftigkeit, sondern weil es ihn amüsierte, wie das Laken sich gleich einem Zeltdach spitzte. Voller Besitzerstolz betrachtete er seine verhüllte Männlichkeit. Mochten die großen und hohen Herren noch so sehr auf ihn herabschauen, mit dem Schiffsmast zwischen seinen kurzen Lenden nahm es keiner von ihnen auf.

»Auf, auf, meine Hübschen!«

Er klatschte in die Hände, und sofort sprangen die Mädchen, die sich am Boden und auf den Polstern räkelten, zurück auf seine Schlafstatt. War das ein Säuseln und Flöten in seinen Ohren, ein Drängen und Sehnen an seinem verwachsenen Leib. Die meisten der Schönen hatte er schon einmal genossen, doch an diesem Morgen hatte die Kupplerin, die auf seine Rechnung in Gent und Umgebung nach hübschen Mädchen Ausschau hielt, ihm ein gar reizendes Exemplar zugeführt. Das Dinglein kauerte so verzagt und in sich zusammengesunken am Fußende seines Bettes, dass es eine helle Freude war.

»So schüchtern? Wir sind doch unter Freunden! Komm her und heb dein Pfötchen. Dir wird die Ehre zuteil, den Schleier zu lüften.« Aufmunternd zupfte er an dem gespannten Laken.

Das Mädchen rührte sich nicht, doch als eine der Huren ihm einen Klaps aufs Hinterteil gab, streckte sie zögernd die Hand aus.

»Brav«, sagte Kunz. »Wir wollen doch sehen, was sich unter dem Tüchlein verbirgt.«

Die Neue musste sich überwinden, doch dann gab sie sich einen Ruck und zog die Verhüllung fort. Eine Elle aus pulsierendem Fleisch ragte in die Höhe.

»Stolz wie ein Spanier.« Voller Wohlgefallen betrachtete Kunz seine Manneszier, während die Huren Beifall klatschten. »Na, wie wäre es mit einem Küsschen zur Begrüßung?«

Entsetzt sprang das Mädchen auf und lief davon.

»Was hat denn eure Freundin?« Kunz ließ die Lider plinkern. »Wurde sie im Kloster erzogen?«

Unten wurde eine Tür geschlagen. War das junge Ding so töricht, splitternackt in die Kälte zu flüchten, aus Angst vor einem so kleinen Mann?

»Nun denn«, forderte Kunz die anderen Mädchen auf. »Bedient euch, so es hier mutige Jungfern gibt!«

Jauchzend packten die Weiber zu. Im nächsten Augenblick aber ertönte draußen ein Schrei, der gar nicht enden wollte. Kunz fühlte sich geschmeichelt. Sollte der Anblick seines Lustpfahls die Kleine derart mitgenommen haben? Ein paar von den Mädchen folgten ihr nach, doch sie waren kaum im Garten, da fingen auch sie an zu kreischen.

»Was zum Teufel ist da los?«

Kunz schlüpfte in seine Samtpantoffeln, streifte sich seinen Brokatrock über und eilte aus dem Haus.

Die Huren knieten am Flussufer im nassen Gras des letzten Jahres. Zwischen ihren nackten Leibern erblickte Kunz etwas Schwarzes. Das Fell von einem toten Tier?

»Beiseite!«

Die Mädchen stoben auseinander und gaben den Blick auf die angeschwemmte Leiche einer Frau frei. Aufgeregt schnatternd rätselten sie über ihr Schicksal.

»Warum ist sie wohl ins Wasser gegangen?«

»Wahrscheinlich hat sie sich ein Kind machen lassen.«

»Wie lange mag sie da schon liegen?«

»Ihre Seele schmort sicher längst in der Hölle.«

Kunz beugte sich über die Leiche und drehte ihren Kopf zu sich herum. Als er das Gesicht sah, begriff er zwei Dinge: Die Leiche war gar nicht tot. Und – er kannte sie.

3

Gesteht Ihr Eure Niederlage ein?«, fragte Matthias Corvinus.

Während Kaiser Friedrich, statt eine Antwort zu geben, in eine Melonenscheibe biss, beäugte Sigmund den Ungarnkönig, der auf Einladung seines Vetters in die Wiener Hofburg gekommen war. Ein bisschen was von einem Zigeuner hatte der Ungar tatsächlich, fand Sigmund, als Corvinus mit funkelnden Augen sein schwarzes Haar in den Nacken warf. Aber konnte man ihm seinen Stolz verdenken? Nachdem es ihm gelungen war, einen Waffenstillstand mit den Türken zu schließen, waren seine Truppen zuhauf in das Donauland eingefallen und hatten bei Hainburg das österreichische Heer vernichtend besiegt. Jetzt standen sie unter den Mauern Wiens.

»Ich habe Euch eine Frage gestellt«, sagte Corvinus.

Friedrich zupfte am Ärmel seines von Motten zerfressenen Prachtgewands, das er eigens für den Empfang des Ungarn aus dem Kasten geholt hatte, und nickte widerwillig mit dem Kopf.

»Gut«, sagte Corvinus. »Dann kommen wir nun zu den Friedensbedingungen.«

»Wenn Majestät erlauben«, erwiderte Friedrich, »würde ich gern auf unsere alten Pläne zurückkommen.«

Corvinus runzelte die Stirn. »Ich weiß nicht, wovon Ihr sprecht.«

»Kunigunde!«, schnarrte Friedrich.

Die Tür ging auf, und herein kam seine Tochter. Sigmund staunte einmal mehr, zu was für einem feschen Maderl seine Nichte sich ausgewachsen hatte. Zwar war ihre Nase ein wenig zu groß geraten wie bei allen Habsburgerinnen, aber das blonde Haar umrahmte ein frisches Gesicht mit zwei allerliebsten Apfelbäckchen, und ihre bernsteinfarbenen Augen strahlten so hell wie die ihres Bruders.

»Eure Majestät.« Mit einem Hofknicks verbeugte sie sich vor dem ungarischen König.

Trotz Kunigundes hübscher Erscheinung glaubte Sigmund nicht, dass der dreiste Versuch seines Cousins Erfolg haben würde. Schließlich hatte Friedrich vor Jahren das Verlöbnis aufgelöst. Doch als er die Blicke sah, mit denen Corvinus die Prinzessin betrachtete, konnte er seinen Vetter nur bewundern. Sollte es ihm wirklich gelingen, auf diese plumpe Weise seine Niederlage in einen Sieg zu verwandeln?

Der Kaiser packte die Möglichkeit beim Schopfe. »Ich weiß selbst nicht, warum die Verbindung unserer Häuser damals nicht gelang«, flötete er. »Aber vielleicht ist ja erst jetzt der richtige Zeitpunkt gekommen?«

Corvinus fiel es offenbar schwer, die Augen von Kunigunde zu lassen. Mit Gewalt riss er sich von ihr los. »Haltet Ihr mich für einen Narren?«, herrschte er den Kaiser so barsch an, dass dieser vor Schreck die Hände hob. »Ihr habt mich damals betrogen und Euer Eheversprechen gebrochen!«

»Ein Missverständnis«, erwiderte Friedrich mit zuckersüßem Lächeln, »das wir jetzt berichtigen sollten.«

»Verzeiht, Prinzessin«, wandte Corvinus sich an Kunigunde, »aber ich fürchte, dieses Gespräch wird Euch ermüden.« Er küsste ihre Hand. »Es tut mir wirklich leid …«

Kunigunde verstand. »Mir auch«, hauchte sie, und ihre Apfelbäckchen leuchteten noch ein wenig röter.

Corvinus wartete, bis sie hinaus war, dann drehte er sich wieder zu Friedrich herum. »Damit es keine weiteren Missverständnisse gibt: Ich verlange von Euch die Zahlung Eurer Schulden. Die zweite Rate für unseren alten Friedensschluss – fünfzigtausend Gulden!«

Wie immer, wenn es um Geld ging, wich jedes Lächeln aus Friedrichs Gesicht. »Aber die habt Ihr doch schon vom französischen König bekommen!«

»Meine Verträge mit Ludwig gehen Euch nichts an. Entweder Ihr erklärt Euch bereit, Eure Pflichten zu erfüllen, oder ich setze den Krieg fort – bis zur Plünderung Wiens!« Mit einer Verbeugung, doch ohne ein weiteres Wort, verließ er den Raum.

Sigmund schaute ihm nach, bis die Tür sich hinter ihm schloss. »Vielleicht hättet Ihr doch ein etwas fescheres Gewand anziehen sollen, lieber Vetter? Immerhin ist Matthias Corvinus ein König.«

Friedrich knöpfte sich den zu engen Kragen auf. »Für einen solchen Zigeuner ist der Anzug noch viel zu gut. Schließlich habe ich darin schon meine Frau zum Altar geführt.«

»Und seitdem haben ganze Dynastien von Flöhen darin gehaust.« Sigmund nahm einen Schluck Wein. »Apropos Dynastie – ich hatte so sehr gehofft, dass Ihr Euch mit dem Ungarn einigt und Eurem Sohn zu Hilfe eilt, statt Euch weiter mit Corvinus zu bekriegen. Ich fürchte, jetzt muss der Maxl die burgundische Suppe, die Ihr ihm eingebrockt habt, mal wieder allein auslöffeln.«

»Söhne werden Männer«, schnarrte Friedrich. »Und ein Mann sein, heißt, allein sein.«

»War der Maxl nicht immer allein?«, fragte Sigmund leise. »Schon als Bub?«

»Söhne von Herrschern sind keine Buben. Söhne von Herrschern haben als Männer zur Welt zu kommen.«

»Aber jetzt hat er auch noch seine geliebte Gemahlin verloren.«

»Geliebte Gemahlin?« Friedrich spuckte einen Melonenkern aus. »Habt Ihr vergessen, dass wir ihn zu dieser Heirat haben prügeln müssen? Außerdem, Marie hat ihn zum Vormund der Kinder ernannt. Er ist der Regent über das reichste Herzogtum Europas. Statt auf unsere Hilfe zu hoffen, sollte er lieber seinen alten Vater in der Heimat unterstützen.«

Sigmund schüttelte den Kopf. »Glaubt Ihr wirklich, dass der Maxl in Burgund regiert? Ich fürchte, ohne die Erlaubnis der Stände darf er nicht einmal seine eigenen Hosen flicken.«

»Ich hoffe, so tief ist er noch nicht gesunken.«

»Beim Allmächtigen«, rief Sigmund, »er sitzt in der Falle, und wenn Ihr ihm nicht zur Seite steht, war Euer Lebenswerk umsonst.«

»Lebenswerk?« Friedrich horchte auf. »Welches Lebenswerk?«

»Muss ich Euch das wirklich erklären? Die Vereinigung Habsburgs mit Burgund! AEIOU!«

An dem grimmigen Gesicht, mit dem Friedrich in seine Melone biss, erkannte Sigmund, dass die Zauberformel wirkte.

»Und was soll ich Eurer Meinung nach tun?« Friedrich wischte sich mit dem Ärmel die Tropfen vom Mund. »Für Maximilians Rettung eine Messe lesen lassen?«

»Ich dachte eher an weltliche Güter«, erwiderte Sigmund. »Geld beispielsweise. Um ein Heer auszurüsten.«

»Woher soll ich Geld nehmen, wenn ich mich selber gegen die Ungarn verteidigen muss?«

»Ich wette, der Fugger gibt Euch ein Vermögen, wenn Ihr ihm Eure Kleinodien verpfändet. Schon allein wegen der Ehre. Darauf halten diese Krämer ganz besonders große Stücke.«

»Ich soll mich an Habsburgs Hausschatz vergreifen? Eher gebe ich meine Tochter dem Großtürken in die Ehe!«

Sigmund zuckte zusammen. »Das meint Ihr jetzt aber nicht im Ernst, lieber Vetter?«

»Natürlich nicht«, erwiderte Friedrich. »Obwohl …« Plötzlich veränderte sich seine Miene, und seine Augen leuchteten, als wäre ihm die Jungfrau erschienen.

»Gott steh uns bei!« Sigmund bekreuzigte sich. Er kannte seinen Vetter lange genug, um zu wissen, welcher Gedanke ihm gerade kam.

4

Kaum hatten die Mädchen das atmende Strandgut ins Haus gebracht, hatte Kunz von der Rosen nach Philippe de Commynes geschickt. So sehr er seinen Witz und seine Urteilskraft schätzte, wollte er doch nicht ohne den Franzosen entscheiden, was mit der unverhofften Beute geschehen sollte. Ein Zwerg kannte seine Grenzen.

»Was hast du da?«, fragte Commynes, als Kunz ihn zu seinem Fundstück führte.

»Für was haltet Ihr es, Euer Gnaden? Für eine Blindschleiche ist es ein bisschen üppig, oder?«

Als Commynes an das Lager der Frau trat, bekam er große Augen. »Ist das etwa ...«

»Wenn ich vorstellen darf«, Kunz verbeugte sich wie ein Zeremonienmeister, »Rosina von Kraig!«

»Bei Gott! Sie ist es tatsächlich!«

»Ich gebe zu, auch ich war überrascht«, erwiderte Kunz. »Die Frage ist nur, was mit der Dame anzufangen wäre. Haben wir noch Nutzen von ihr, oder verpassen wir ihr lieber einen kleinen Stoß, um sie zurück zu den Fischlein zu befördern?«

»Wir sollten nichts übereilen«, sagte Commynes. »Wer weiß, wozu sie uns noch taugt.«

»Ihr meint, man könnte vielleicht ein hübsches Sümmchen für sie bekommen? Von einem geneigten Herrn?«

»Wohl kaum. Nach allem, was passiert ist, wird Maximilian sie nicht wollen. Aber vielleicht will sie sich an ihm rächen, offenbar ist sie ja seinetwegen ins Wasser gegangen.«

»Was für ein gewitzter Gedanke – als Verbündete wäre sie Gold wert. Kein Mensch kennt den Herzog von Österreich so gut wie sie.« Kunz kratzte seine Ärmchen, nach der Kälte draußen brannte seine Haut wie Ameisenpisse – da sah er plötzlich, wie Rosina die Augen aufschlug.

»Wo … wo bin ich?«, fragte sie.

»Wie Ihr seht, in allerbester Gesellschaft«, sagte Kunz.

Irritiert starrte sie ihn an. »Wer bist du?«

»Wollt Ihr mich zum Narren halten? Das ist normalerweise mein Geschäft!«

»Ich … ich habe dich noch nie gesehen.«

»Mag sein, dass Ihr mich übersehen habt, da wäret Ihr nicht die erste. Doch was ist mit den zehn blanken Gulden, zu denen ich Euch zur Tauffeier des Erzherzogs verhalf? Also Schluss jetzt mit dem Schabernack! Begrüßt mich endlich, wie es sich gehört, mit meinem Namen!«

»Aber wie soll ich das tun? Ich kenne dich doch gar nicht!«

»Wollt Ihr wirklich behaupten, Ihr wisst nicht, wer ich bin?«

Kunz sah, wie sehr sie sich bemühte, doch so angestrengt sie auch nachdachte – statt seinen Namen zu nennen, schüttelte sie nur den Kopf.

»Lass mich mal.« Philippe de Commynes schob Kunz beiseite, um die Befragung fortzusetzen. »Wenn Ihr auch meinen Freund nicht erkennt, so wisst Ihr doch sicher Euren eigenen Namen. Wollt Ihr ihn mir verraten?«

Wieder dachte Rosina nach, doch wieder schüttelte sie den Kopf. »Ich … ich weiß es nicht.« Ihre großen schwarzen Augen füllten sich mit Angst.

»Aber Ihr wisst, in welcher Stadt wir uns befinden?«

Die Angst in ihren Augen wurde noch größer. »Wien?«

»Und der Fluss, aus dem man Euch gezogen hat?«

»Die Donau?«

Als Kunz die Verzweiflung sah, die von ihr Besitz ergriff, fiel es ihm wie Schuppen von den Augen. »Bei Gott, sie hat das Gedächtnis …«

»Pssst!« Commynes fasste ihn beim Arm und führte ihn hinaus. »Ja, du hast recht, sie hat das Gedächtnis verloren. Sie weiß nicht, wer sie ist, sie weiß nicht, wo sie ist, noch weiß sie, wer wir sind.«

»Und was jetzt?«

»Abwarten«, entschied Commynes. »Vielleicht ist sie ja in ein paar Tagen wieder bei Trost.«

Kunz wiegte seinen Kopf. »Vielleicht, vielleicht auch nicht. Aber wenn nicht – wo soll sie dann bleiben? In meinem Haus gibt es nur ein einziges Bett, und darin ist für sie kein Platz. Es sei denn«, fügte er mit einem Grinsen hinzu, »sie zeigt sich geneigt, an unseren häuslichen Vergnügungen mitzuwirken …«

»Schweig!« Commynes dachte nach. Dann sagte er: »Mijnher Coppenhole soll sich um sie kümmern. Er hat Platz genug. Und eine Schwester, die auf die Dame aufpassen kann.«

5

Wann kommt die Mama wieder?«, fragte die kleine Margarete, und ihr bebendes Stimmchen verriet, dass sie den Tränen nahe war.

»Du bist dumm«, sagte ihr Bruder, »die Mama macht doch eine Reise. Das hat sie selber gesagt.« So tapfer Philipp auch sprach, sein kleines Gesicht verriet, dass er genauso traurig war wie seine Schwester.

»Ja, aber wenn die Reise vorbei ist?«, beharrte Margarete. »Kommt die Mama dann zurück?«

Max zog sich das Herz zusammen. Es hieß, Kinder hätten ein kurzes Gedächtnis und würden einen Schmerz leichter verwinden als Erwachsene, doch Philipp und Margarete litten ebenso unter dem Verlust ihrer Mutter wie er selber unter dem Verlust seiner Frau. Beim Aufwachen fragten sie nach ihr, und beim Schlafengehen beteten sie für ihre Rückkehr. Wenn sie weinend in den Kissen lagen, sah Max manchmal den kleinen Jungen vor sich, der er selber einmal gewesen war und der in der düsteren Burg von Wiener Neustadt einsam durch die Gänge irrte auf der Suche nach der Wärme und Zärtlichkeit, die seine Mutter ihm gegeben hatte. Er war älter gewesen, als sie gestorben war, aber er hatte damals dieselben Fragen gestellt wie Philipp und Margarete, ohne je Antwort zu erhalten.

Er schlang die Arme um seine Kinder und zog sie an sich. »Ich habe eure Mutter gesehen. Sie ist im Himmel.«

Philipp schaute ihn misstrauisch an. »Um in den Himmel zu kommen, muss man doch fliegen können.«

»Mein kluger, großer Junge.« Max strich ihm über den Kopf. »Du hast recht, eigentlich muss man das. Aber ich hatte Glück, ein Zauberer hat eure Mutter für mich herbeigezaubert.«

»Ein richtiger Zauberer?« Für einen Moment wich der Kummer in Philipps Gesicht der Neugier.

»Ja, ein richtiger Zauberer. Mit einem spitzen schwarzen Hut.«

»Und hat die Mama was gesagt?«, wollte Margarete wissen.

»Und ob.« Max drückte die zwei noch fester an sich. »Sie hat gesagt, dass sie euch ganz, ganz, ganz lieb hat. Und dass sie vom Himmel auf uns herabschaut und auf uns aufpasst. Damit wir immer zusammenbleiben.«

»Kann der Zauberer machen, dass die Mama auch zu uns kommt?«, fragte Philipp.

»Ja, die Mama soll kommen, die Mama soll kommen!«, rief Margarete und klatschte in die Händchen. »Sie soll nicht mehr im Himmel sein!«

Während sie sprach, wurden plötzlich auf dem Gang Schritte laut. Gleich darauf flog die Tür auf, und eine Horde Bewaffneter drang herein. Erschrocken pressten die Kinder sich an ihren Vater.

Max sprang auf. »Was erlaubt Ihr Euch?« Margarete und Philipp klammerten sich an seine Beine und starrten mit großen Augen auf die fremden Männer mit ihren Piken und verbeulten Helmen.

»Das sollt Ihr gleich erfahren.« Die erste Reihe der Bewaffneten wich zur Seite, und hervor trat ein Mann, den Max nur allzu gut kannte: Jan Coppenhole. Mit verschränkten Armen baute er sich vor ihm auf, die gelben Augen in dem pockennarbigen Gesicht fest auf ihn gerichtet.

»Maximilian Herzog von Österreich, im Namen der Ständeversammlung fordere ich Euch auf, mir Euren Sohn Philipp, den rechtmäßigen Erben des Herzogtums Burgund, sowie dessen Schwester Erzherzogin Margarete zu übergeben.«

»Seid Ihr von Sinnen? Nie und nimmer werde ich das tun!«

»So lautet der Beschluss! Die Kinder werden einem Regentschaftsrat überstellt, der sie in seine Obhut nimmt und für ihre Erziehung sorgen wird.«

»Wachen!«, rief Max. »*Wachen!*« Nichts geschah. Verflucht, wo war Wolf? Er versetzte dem Strumpfwirker einen Stoß, um Hilfe zu holen, doch Coppenhole rührte sich nicht vom Fleck. Als wäre er im Boden verwurzelt, stand er vor ihm und verbaute ihm den Weg.

»Ihr könnt rufen, so viel Ihr wollt«, erklärte er. »Wir haben Eure Wachen entwaffnet. Der Palast ist in unserer Hand.« Mit dem Kopf wies er auf die Kinder, die in ihrer Angst unter einen Tisch geflohen waren. »Bringt sie fort!«, befahl er.

Gardisten packten die zwei und zerrten sie in die Höhe.

»Rührt sie nicht an!« Max wollte zu ihnen eilen, doch ein Dutzend Männer umzingelte ihn und hielt ihn zurück.

Es war Philipp, nicht Margarete, der zu weinen begann, als Coppenhole sie bei den Händen nahm. »Hilf, Vater! Hilf!«

»Habt keine Angst!« Max riss sich aus der Umklammerung los, doch er war noch nicht bei der Tür, da versperrten gekreuzte Piken ihm den Weg, und ein Gardist richtete eine Lanze auf seine Brust.

»Hilf, Vater! Hilf!«

Ohnmächtig musste Max mitansehen, wie der Strumpfwirker seine schreienden Kinder davonschleppte.

»Dafür werdet Ihr hängen!«

Coppenhole gab ihm nicht mal eine Antwort.

6

Barbara, sie hieß Barbara. Das war ihr Name. Jan Coppenhole, der Strumpfwirker, in dessen Haus sie untergekommen war, hatte gesagt, sie hätte diesen Namen so oft im Schlaf gemurmelt, dass es wohl ihr eigener sein müsse.

Barbara …

Immer wieder sprach sie den Namen, mit dem man sie nun nannte, vor sich hin, in der Hoffnung, dass er irgendetwas in ihr auslöste, eine Erinnerung, wer sie war, woher sie stammte. Sie versuchte, sich an ihre Familie zu erinnern, an ihre Eltern oder einen Mann, mit dem sie vielleicht verheiratet war, oder an Kinder, aber kein einziges Bild zeigte sich ihr, nicht von einem Angehörigen oder Freund und auch nicht von einem Heim. Dabei konnte sie alle Dinge verrichten wie jeder andere Mensch auch, wusste, was oben und unten war, was rechts und was links, konnte mit den Fingern rechnen, kannte die Namen von Tieren und Pflanzen, war mit den Straßen und Plätzen der Stadt vertraut, konnte sowohl Flämisch als auch Französisch und Deutsch sprechen, konnte sogar lesen und schreiben. Doch sobald sie sich an etwas erinnern wollte, was in der Zeit vor ihrem Erwachen lag, versagte ihr Wille, und sie versank in quälende Ungewissheit. In allen Dingen, die sie selbst betrafen, war ihr Gedächtnis ein dunkler, tiefer Brunnen, in dem sie keinen Grund mehr fand, nur schwarze, gähnende Leere.

War sie in einem falschen Körper gefangen?

Sie war auf dem Weg zur Küche, um sich wie jeden Mittag einen Krug Dünnbier und einen Teller Suppe für die einsame Mahlzeit in der Kammer zu holen, die man ihr zugewiesen hatte, als sie durch die angelehnte Küchentür die Stimmen des Strumpfwirkers und seiner Schwester hörte. Kaum hatte sie die ersten Worte verstanden, verharrte sie auf dem Gang. Die beiden stritten sich.

»Weshalb sollen wir uns um das Weibsstück kümmern? Wirf sie den Herren vor die Tür, die sie dir aufgehalst haben!«

»Begreif doch, Antje. Sie ist ein wertvolles Pfand, eine Trophäe, die wir im Kampf gegen den Herzog errungen haben.«

»Na und? Ich mag so eine nicht im Haus haben, Jan. Seit die da ist, wird mir die Butter im Fass sauer.«

»Es ist doch nur für kurze Zeit. Sobald sie gesund ist, entscheiden wir, was mit ihr geschieht.«

»Dann soll sie sich bis dahin wenigstens ihr Brot verdienen. Auf irgendetwas wird sie sich ja wohl verstehen.«

Barbara wusste, dass die Schwester des Strumpfwirkers sie nicht mochte. Antje, ein grobknochiges Weib mit roten Backen, hatte sich schon oft über sie beschwert, auch in ihrer Gegenwart – als hätte sie Angst, dass sie ihr die Herrschaft im Haus, das sie für ihren Bruder führte, streitig machen könnte. Aber warum, fragte Barbara sich, verteidigte Coppenhole sie? Weshalb nannte er sie ein wertvolles Pfand, eine Trophäe im Kampf gegen den Herzog?

Die Tür schwang auf, und der Strumpfwirker trat auf den Gang. »Geht es Euch besser?« Mit einem verlegenen Lächeln reichte er ihr auf einem Tablett die Mittagsmahlzeit.

»Danke, Mijnher.« Die Suppe duftete nach Rindfleisch und Kohl, und das Bier schäumte im Krug. Doch dankbarer noch war Barbara ihm für das Lächeln, das er ihr schenkte. Wie lange war es her, dass jemand sie angelächelt hatte?

»Ich hoffe, Ihr kommt bald wieder zu Kräften.«

»Ihr seid zu gütig«, sagte sie. »Ich fühle mich schon viel besser.«

»Darf ich ... darf ich Euch dann etwas fragen?«

Barbara sah, wie sein pockennarbiges Gesicht rot anlief. Seine Verlegenheit rührte sie. Dies war sein Haus, sie war nur ein namenloser Findling, und doch behandelte er sie, als stünde sie über ihm. *Du bist ein guter Mann,* dachte sie, *auch wenn du nicht weißt, wie man einer Frau gegenübertritt, bist du ein guter Mann.*

»Gewiss«, sagte sie. »Fragt nur zu. Ich bin in Eurer Schuld.«

Er hob den Kopf und schaute sie aus seinen gelben Augen an. »Falls Ihr Euch wieder kräftig genug fühlt – was meint Ihr, könntet Ihr Euch vielleicht ein wenig im Haus nützlich machen?«

7

Wer die Vormundschaft über den Prinzen hat«, erklärte Margarete von York, »der hat die Herrschaft über das Land.«

»Und die Vormundschaft über den Prinzen hat der Regentschaftsrat«, ergänzte Olivier de la Marche.

»Wer bildet eigentlich diesen Rat?«, fragte Wolf von Polheim.

»Jan Coppenhole und seine Anhänger natürlich«, erwiderte Max. »Ich könnte ihn umbringen, diesen verfluchten Strumpfwirker! Aber solange die Kinder in seiner Gewalt sind ... Herrgott – wenn wir wenigstens wüssten, wo er sie versteckt hält!«

Max hätte nie gedacht, dass er die Kinder so sehr vermissen würde. Früher, als Marie noch lebte, hatte er sie kaum zu Gesicht bekommen – ein Herzog kümmerte sich um seinen Sohn, wenn dieser ins Pagenalter kam und seine Ausbildung zum Edelmann begann, und die Erziehung eines Mädchens war ohnehin Sache der Frauen. Doch der Schmerz hatte ihn mit den Kindern vereint. Die beiden litten unter dem Tod ihrer Mutter noch genauso wie am ersten Tag. Jetzt waren sie alles, was ihm von Marie geblieben war, allein in ihnen lebte sie fort.

Nach Philipps und Margaretes Entführung war Max vor die Ständeversammlung getreten, um die Rückgabe seiner Kinder zu verlangen – Marie von Burgund habe ihn und niemand sonst zum Vormund über den Prinzen und die Prinzessin bestimmt. Doch Coppenhole hatte das Testament, auf das Max sich berief, in Frage gestellt: Marie sei bei der Abfassung ihres Letzten Willens nicht mehr Herrin ihrer selbst gewesen, nicht mal zum Verlesen des Schriftstücks hätten ihre Kräfte gereicht. Stattdessen verlangte er Verhandlungen mit König Ludwig, um die Überfälle der Franzosen auf die Grenzstädte zu beenden. Hinrich Peperkorn hatte einen Kompromiss vorgeschlagen: Wenn Maximilian in Verhandlungen mit Frankreich einwillige, könne man ihm das nominelle Vaterschaftsrecht zugestehen, so dass die Kinder wieder zu ihm zurückkehren dürften, doch ohne daraus Rechte auf die Herrschaft in Burgund abzuleiten. So sehr Max geneigt gewesen war, das Angebot anzunehmen, hatte er es schließlich abgelehnt. Als Vormund über die Kinder hatte Marie ihn zugleich als Regenten über das Land eingesetzt, das war ihr erklärter Wille gewesen. Wenn er das Angebot annahm, würde er sie ein zweites Mal verraten. Statt auf sein Erbe zu verzichten, hatte er also die Stände aufgefordert, ihn als ihren Herrscher anzuerkennen und ihm die nötigen Mittel bereitzustellen, um gegen die Franzosen zu ziehen. Unter Buhrufen hatte man ihn aus dem Rathaus gejagt. Seitdem lebte er mit seinem Gefolge in Mechelen, in der Residenz der Herzoginwitwe Margarete von York.

»Und wie geht es jetzt weiter?«, fragte Wolf.

»Wir werden kämpfen«, erklärte Max. »Lass die Grenzfestungen von allen Frauen, Kindern und Greisen räumen und schick frische Söldner dorthin. Wen immer du anwerben kannst, ist unser Mann.«

»Unsere Kassen sind leerer denn je«, gab Wolf zu bedenken. »Wie soll ich die Männer bezahlen?«

Darauf hatte Max keine Antwort.

»Ich werde nach England reisen«, sagte Margarete von York, »Edward hat seine Ansprüche auf die Normandie und die Champagne nicht aufgegeben. Er wird uns unterstützen.«

»Und ich reite nach Holland«, erklärte Max. »Ich will versuchen, die Kabeljaus für unsere Sache zu gewinnen. Außerdem hat mir mein Vater Hilfe in Aussicht gestellt.«

»Der Kaiser? Was ist denn in ihn gefahren?«, fragte Wolf.

Max grinste. *»Tu felix Austria nube ...«*

»Kannst du dich vielleicht ein bisschen klarer ausdrücken?«

»Mein Vater hat geschrieben, dass er ein Bündnis mit dem Großtürken anstrebt. Werdenberg müsste schon in Konstantinopel sein. Wenn er Erfolg hat, werden die Ungarn Frieden schließen. Dann schickt er uns zehntausend Mann.«

»Arme Kunigunde«, sagte Wolf.

»Ja«, bestätigte Max, »sie kann einem leidtun. Sie soll die vierte Frau des türkischen Prinzen werden. Aber was soll ich tun?« Ohnmächtig hob er die Arme. »Beten wir also zu Gott, dass diese Ehe zustande kommt!«

8

Was für ein sinnreiches Versteck für die armen Waisenkinder! Kunz von der Rosen wusste einen gelungenen Scherz auch dann zu schätzen, wenn er nicht von ihm selber stammte. Um den Prinzen und die Prinzessin aus Gent herauszuschaffen, hatte der Regentschaftsrat sie vor den Toren der Stadt in einem von Herzog Maximilian aufgegebenen Lustschloss untergebracht – demselben Lustschloss, das Marie von Burgund im Überschwang ihrer Liebe einst ihrem Gemahl geschenkt hatte, und in dem sich dieser mit seiner Mätresse verlustiert hatte. Hier waren die Kinder vor ihrem Vater so sicher wie im finstersten Verlies – niemals würde der untreue Gemahl, der sich jetzt vor Schmerz und Gram über seinen Fehltritt verzehrte, diesen Ort noch einmal betreten.

Kunz war den Kindern vom Hof her vertraut, seine Aufgabe war es, sie mit seinen Faxen an ihre neue Umgebung zu gewöhnen. Es war ganz und gar nicht nach seinem Geschmack, für Kinder den Narren zu spielen – im Gegensatz zu richtigen Zwergen waren Kinder umso dümmer, je kleiner sie waren, und die zwei Bälger, die man ihm aufgehalst hatte, waren noch kleiner als er selbst. Sie waren so dumm, dass sie den ganzen Tag nach ihrer Mutter jammerten, obwohl die doch längst tot und beerdigt war. Sie wollten nicht sprechen, rührten keines der Spielzeuge an, die Coppenhole für sie angeschafft hatte, und verweigerten die leckersten Speisen, so dass der Prinz, den die Burgunder bereits »den Schönen« nannten, allmählich vom Fleische fiel und auch seine Schwester nur noch Haut und Knochen war. Am liebsten kauerten sie zu zweit irgendwo in einer Ecke, wie hinter einer unsichtbaren Gefängnismauer, durch deren Ritzen niemand als der Geist der Mutter durfte, und hielten einander in den Armen.

Kunz tat sein Bestes, um die undankbaren Bälger aufzuheitern. Kinder liebten Narren – dem Spiel mit der Patsche, dem Klang der Schellen, dem Herumgehüpfe konnte keines lange widerstehen. Also riss er Witze, bis die beiden endlich lachten, brachte ihnen Kunststücke bei und ließ sie sogar auf seinem gescheckten Pony reiten. Immerhin war der renitente Prinz der Erbe von Burgund, und seine Schwester war schon mit ihren zwei Jahren eine Braut, die jeder Fürst in Europa mit Kusshand heiraten würde! Auch wenn zur Zeit Coppenhole und seine Freunde im Land das Sagen hatten – man konnte nie wissen, in welche Richtung der Wind sich eines Tages drehen würde.

Doch keine Narrenkunst konnte helfen, wenn Philippe de Commynes auf dem Plan erschien, um den Prinzen zu einem Gefolgsmann Frankreichs zu erziehen. Dann ging es in dem Lustschloss zu wie auf einem Kampfplatz.

»Dein Vater ist dein schlimmster Feind!«, trichterte Commynes dem Thronerben wieder und wieder ein.

»Gar nicht wahr!«, setzte der Prinz sich wütend zur Wehr. »Mein Vater ist der Herzog von Burgund!«

»Er ist der Herzog von Österreich! Er will dir dein Erbe stehlen!«

»Ihr lügt! Mein Vater ist unser Beschützer!«

»Der König von Frankreich ist euer Beschützer! Mit seiner Hilfe wirst du mal das Land regieren!«

»Der König von Frankreich ist eine Spinne! Das hat auch die Mama gesagt! Eine ganz eklige, giftige Spinne!«

Commynes verpasste ihm eine Ohrfeige. »Wirst du wohl endlich Vernunft annehmen?«

Der Prinz heulte auf, und die kleine Margarete stürzte sich auf den Franzosen, um ihren Bruder zu verteidigen. »Nicht hauen! Nicht hauen!«

So ging es fast jeden Tag. Am Ende warfen beide Kinder sich auf den Boden, strampelten mit Händen und Füßen in der Luft und schrien dabei so laut nach ihrem Vater in Mechelen und ihrer Mutter im Himmel, dass Philippe de Commynes den Unterricht abbrechen musste. Jeder Höfling, jeder Rebell tanzte nach seiner Pfeife. Doch an diesen Bälgern biss er sich die Zähne aus.

In seiner Not wandte er sich an Kunz von der Rosen. »Dieser eselsköpfige Bengel und seine Schwester sind mir zuwider.«

»Wem sagt Ihr das?«, erwiderte der Zwerg. »Kinder sind eine Plage.«

»Sie sind nicht imstande, ihren Vorteil zu erkennen. Warum kommen sie nicht als Erwachsene auf die Welt?«

Kunz dachte nach. »Vielleicht wäre es von Vorteil, ein Weib hinzuzuziehen«, schlug er vor. »Weiber haben eine besänftigende Wirkung auf das kindliche Gemüt. Ich vermute, der Brüste wegen.«

»Es käme auf einen Versuch an«, pflichtete Commynes ihm bei. »Hast du eine Idee, wer uns helfen könnte?«

9

Voller Zuversicht und Gottvertrauen kehrte Max aus Holland zurück. Seine Reise war ein unerwarteter Erfolg gewesen. Vor dem Prinsenhof sprang er vom Pferd, und noch in den Reitkleidern eilte er in den Palast, um der Herzoginwitwe zu berichten.

»Die Kabeljaus erkennen meine Regentschaft bedingungslos an. Sie haben mir im Kampf gegen Frankreich ihre volle Unterstützung zugesagt – dreitausend Mann wollen sie schicken!«

»Ein Tropfen auf den heißen Stein«, sagte Margarete von York.

»Habt Ihr mich nicht verstanden? *Dreitausend Mann!*«, wiederholte er. Doch als er ihr Gesicht sah, wusste er, dass etwas geschehen war. »Macht Euer Bruder Schwierigkeiten?«

»Edward ist tot«, erwiderte sie.

»Verflucht!«, entfuhr es Max. Dann schlug er ein Kreuzzeichen. »Gott sei seiner Seele gnädig.«

»Er ist in meinen Armen gestorben, kaum, dass ich in London ankam. Aber das ist noch nicht alles …« Sie zögerte.

»Spannt mich nicht auf die Folter!«

»Wolf von Polheim ist es nicht gelungen, die Grenzfestungen zu halten. Er hat nur Niederlagen gegen die Franzosen kassiert.«

»O nein!«

»Aber was noch schlimmer ist: Ihr verliert immer mehr Unterstützung im Land. Olivier berichtet, dass vier Ritter vom Goldenen Vlies den Regentschaftsrat bestätigt haben.«

»Wer sind die Überläufer?« Max schlug mit seiner Reitgerte auf den Tisch. »Ich werde sie aus dem Orden ausstoßen!«

»Das wird nicht viel nützen. Brabant und Flandern sind fest entschlossen, sich Frankreich anzuschließen. Die Stände haben bereits mit Ludwig über einen Friedensvertrag verhandelt.«

»Hinter meinem Rücken? Gibt es denn nur noch Verräter?« Er dachte nach. »Dann muss die Bretagne uns helfen.«

Margarete schüttelte den Kopf. »Herzog François hat uns die Freundschaft gekündigt.«

»Mit welcher Begründung?«

»Durch Edwards Tod, behauptet er, habe sich das Dreierbündnis mit England und Burgund aufgelöst.« Sie reichte Max eine Urkunde.

»Was ist das?«

»Der Vertrag, den die Stände mit Ludwig ausgehandelt haben.«

Max legte die Gerte beiseite und las. Mit jeder Zeile wuchs sein Entsetzen. Die Stände boten Frankreich die volle Kapitulation an. Doch damit nicht genug, garantierten sie dem französischen König die Vormundschaft über Prinz Philipp und erklärten sich außerdem bereit, zur Sicherung des Friedens Prinzessin Margarete dem Dauphin in die Ehe zu geben, Ludwigs blödsinnigem Sohn.

»Das werde ich niemals unterschreiben!«

»Könnt Ihr Euch das leisten?«, fragte Margarete. »Ihr seid ein Herzog ohne Land, ein Fürst ohne Geld und Heer.«

Max sah, wie das Pergament in seiner Hand zitterte. Er hatte Rosina verloren. Er hatte Marie verloren. Er hatte die Unterstützung seiner Vasallen verloren. Aber er hatte noch seine Kinder. Und die würde er so wenig aufgeben wie seinen Anspruch auf Burgund.

»Einen Verbündeten haben wir noch.«

»Welchen?«, fragte Margarete.

»Meinen Vater«, erwiderte Max.

10

Bleich wie ein Laken betrat Kunigunde die Studierstube.

»Was gibt es?«, schnarrte der Kaiser.

»Graf Werdenberg ist zurück«, erwiderte sie mit bebender Stimme. »Aus Konstantinopel.«

»Na endlich! Sag ihm, wir erwarten ihn. Auf der Stelle!«

Während Kunigunde verschwand, schenkte Sigmund sich einen Becher Wein ein. Kein Wunder, dass seine Nichte zitterte vor Angst. Friedrich hatte getan, was kein Christenmensch für möglich gehalten hätte – er hatte seine Tochter dem Sohn des türkischen Sultans versprochen. Jetzt war die Stunde der Wahrheit gekommen: Entweder würde Kunigunde in einem Harem landen – oder Maximilian würde Burgund verlieren. Da Sigmund nicht wusste, zu wem er in dieser vertrackten Lage halten sollte, zu seinem Neffen oder zu seiner Nichte, hielt er sich an den Wein.

»Der Herrscher des Osmanischen Reichs zeigt sich erfreut über Euer Anerbieten«, sagte der Kanzler, als er zum Rapport erschien.

»Etwas anderes hätte mich auch gewundert«, knurrte Friedrich. »Schließlich ist Kunigunde Unsere Tochter.«

»Allerdings gibt es einen Haken, Majestät.«

»Und der wäre?«

Werdenberg zögerte. »Der Sultan besteht darauf, dass seine Enkel in seinem Glauben erzogen werden.«

Friedrich schaute unwillig von seiner Melone auf. »Soll das heißen, dieser Muselmann will die Enkelsöhne des römisch-deutschen Kaisers beschneiden lassen?«

»Was habt Ihr erwartet, lieber Vetter?«, fragte Sigmund. »Dass Allah katholisch ist?«

»Kommt gar nicht in Frage!« Friedrich spuckte ein paar Kerne aus. »Entweder werden meine Enkel getauft, wie es sich für einen Christenmenschen gehört – oder es wird nichts mit der Hochzeit.«

»AEIOU«, seufzte Sigmund von Tirol.

11

Seit Jahrhunderten war die Stadt Arras, am Zusammenfluss von Scarpe und Crichon gelegen, ein Zankapfel zwischen Frankreich und dem Heiligen Römischen Reich, der immer wieder vom Besitz der einen Macht in den der anderen übergegangen war. Vermutlich aus diesem Grund hatte der französische König seine dortige Residenz zur Unterzeichnung des Schandvertrags gewählt. Im Thronsaal, der sich durch nichts von vergleichbaren Räumen in anderen Palästen unterschied, sollte sich heute, am 1. März des Jahres 1483, Maximilians Schicksal erfüllen. Doch nicht im Triumph, sondern in der Niederlage.

Max wandte den Blick zum Fenster. Die Nachrichten aus Wien hatten ihm den Todesstoß versetzt: Kunigundes Ehe, das Bündnis seines Vaters mit dem Osmanischen Reich, war gescheitert. Während die Fanfare, die seinen Bezwinger ankündigte, ihm in den Ohren gellte, fiel draußen in wässrigen Flocken Schnee vom Himmel. Der getreue Olivier de la Marche, der ihn an den Ort seiner Schande begleitet hatte, berührte seinen Arm. »Ihr müsst Euch erheben, Euer Gnaden.«

Max stemmte sich in die Höhe. Obgleich er erst vierundzwanzig Jahre zählte und in den letzten Monaten sichtlich abgemagert war, fühlte er sich älter und schwerer als das ganze Jahrhundert.

»Der Herzog von Österreich! Es ist uns eine Ehre!«

Zum ersten Mal stand Max dem Mann gegenüber, der seit seiner Ankunft in Burgund danach trachtete, ihn zu vernichten: Ludwig von Frankreich, genannt »die Spinne«. Wie klein und unscheinbar dieser Mann war. Das bleiche, verkniffene Gesicht, der schmallippige Mund, die spindeldürren Glieder – würde er nicht die pelzbesetzte Schaube tragen, die ihn eine Elle größer erscheinen ließ, als er war, Max hätte ihn für einen Kanzleisekretär gehalten.

Ludwig verzog den Mund zu einem dünnen Lächeln. »Wollen wir gleich zur Tat schreiten, Euer Gnaden?«

Die Dokumente lagen zur Unterschrift bereit. Max erinnerte sich, was Marie ihm von der Unterzeichnung des Großen Privilegs nach dem Tod ihres Vaters erzählt hatte. Sie hatte den Federkiel zerbrochen, mit dem sie die Urkunde ihrer Schmach unterzeichnet hatte. Heute war der Tag gekommen, an dem er mit seiner Unterschrift *seine* Schmach besiegeln sollte, und auch ihn hatten die Stände dazu getrieben: die Stände und der kleine, spinnenhafte Mann, der sich nun am Tisch gegenüber von ihm niederließ.

War das die Strafe, die er sich hundertfach verdient hatte?

Zögernd nahm auch Max seinen Platz ein. *Ich habe versagt, Marie. Ich habe Burgund verloren. Ich habe Philipp verloren. Und jetzt muss ich einwilligen, dass unserer kleinen Margarete das angetan wird, was deine größte Sorge war …*

»Wie steht es, teurer Herzog?«, fragte die Spinne. »Wünscht Ihr die Klauseln noch einmal durchzugehen?«

Um keinen Preis der Welt wollte Max das! Er kannte jeden Paragraphen des verfluchten Vertrags auswendig, sie hatten sich ihm unauslöschlich eingebrannt: Seine Tochter würde dem Dauphin anverlobt und als Mitgift die Freigrafschaft Burgund in die Ehe einbringen, dazu die Grafschaften Artois, Macon, Auxerre, Charolais, Noyers, Salins, Barry und Boulogne. Sein Sohn würde unter der Vormundschaft des Regentschaftsrats verbleiben, bis er großjährig wäre und die Herrschaft über den kläglichen Rest seines Herzogtums übernehmen konnte. Im Gegenzug würde Frankreich seine Truppen aus den burgundischen Gebieten abziehen, jedoch die Lehenshoheit über Flandern behalten.

Aufmerksam betrachtete Max das Gesicht des französischen Königs, dem ein Sekretär gerade das Schreibzeug reichte. Verkörperte Ludwig den Typus von Herrscher, der künftig die Weltenbühne regierte? Das vom Schlagfluss schiefe Gesicht schien unentwegt zu grinsen, während er, die Zungenspitze zwischen den Lippen, in winzig kleinen Buchstaben seinen Namen unter den Vertrag setzte. Max musste an Karl den Kühnen denken, Maries Vater, den er sich einst zum Vorbild genommen hatte. Karl war ein Ritter gewesen, dem Ruhm und Ehre alles bedeutet hatten. Ludwig hingegen strebte weder nach Ruhm noch nach Ehre, er legte keinen Wert auf das Bild, das er der Welt von sich hinterließ. Ihm war allein an Macht gelegen. Für seinen Zweck, die Einigung und Vorherrschaft Frankreichs, war ihm jedes Mittel recht. Dabei zog er dem Schwert das Wort als Waffe vor, statt mit offenem Visier kämpfte er mit Heimtücke und Hinterlist: Nicht die Wahrheit, sondern die Lüge war sein Verbündeter, nicht Ideale, sondern zählbare Vorteile lenkten sein Handeln. Bis zur bedingungslosen Kapitulation seines Gegners.

»Vergeuden wir keine Zeit«, sagte Max und griff zur Feder.

»Ich sehe, Ihr seid ein Mann von Entschlusskraft«, erwiderte Ludwig.

Während Max die Feder in das Tintenfass tauchte, blickte er dem König ins Auge. *In diesem Spiel ist der letzte Bauer noch nicht geschlagen, und wenn es so weit ist, wird er auf deiner Seite liegen. Ich werde dir Gleiches mit Gleichem vergelten …*

»Dann also auf gute Verwandtschaft!«, sagte Ludwig, als Max den Vertrag unterschrieben hatte und ein Sekretär Sand auf seinen Namenszug streute, um die Tinte zu trocknen. »Der Dauphin kann es gar nicht erwarten, Eure Tochter in die Arme zu schließen.«

Anstelle einer Antwort nahm Max die Feder, und ohne Ludwig aus den Augen zu lassen, brach er sie mit beiden Händen entzwei.

12

Die Werkstatt brummte vor Geschäftigkeit. Die Wirkstühle, an denen die Gesellen saßen, klapperten um die Wette, Lehrlinge wickelten die Kulierware auf, aus denen Meister Coppenhole die Strümpfe zuschnitt, während Näherinnen die Zuschnitte säumten und Laufburschen unter Frau Antjes Leitung fertige Bestellungen zur Auslieferung in Weidenkörbe packten. Nur Barbara stand ohne eine Aufgabe herum.

»Bist du wirklich so dumm, wie du tust? Oder spielst du nur die Gans, damit du auf der faulen Haut liegen kannst? Hier, da hast du was zu tun!« Antje drückte ihr einen Strang Garn in die Hand.

»Was ... was soll ich damit?«

»Kämmen natürlich, du faules Stück!«

Antje reichte ihr einen Kamm, doch als Barbara ihn nehmen wollte, fiel ihr das Garn aus der Hand. Sie versuchte, den Strang aufzufangen, doch dabei geriet sie ins Straucheln, und das Garn landete in einem Fass mit roter Farbe.

»Weißt du, was das kostet?« Antje hielt ihr den farbgetränkten Strang unter die Nase. »Der ist jetzt zu nichts mehr zu gebrauchen!« Wütend warf sie das Garn auf einen Haufen mit Abfällen. »Hast du überhaupt schon mal in deinem Leben gearbeitet?« Ohne Barbara zu fragen, nahm sie ihre Hände und drehte die Innenflächen nach oben. »Mit diesen Samtpfötchen jedenfalls nicht!«

»Jetzt ist es aber genug!« Coppenhole unterbrach seine Arbeit und verließ seinen Arbeitstisch. »Immer musst du an ihr herummeckern!«

Barbara war ihm dankbar für sein Eingreifen – und zugleich wäre es ihr lieber gewesen, wenn er sie nicht beachtet hätte. Es stimmte zwar, dass Antje kein gutes Haar an ihr ließ und sie herumschubste, wann immer sie konnte. Doch dass Coppenhole sie nun gegen seine Schwester in Schutz nahm, vergrößerte noch mehr die Scham, die sie ohnehin schon empfand. Antje hatte ja recht, sie war dumm, sie war eine Gans – zu nichts nütze, als anderen im Weg zu stehen. Eine Frau, die der Fluss angetrieben hatte und die nicht mal ihren Namen kannte. Manchmal dachte sie daran, sich aus dem Haus zu stehlen, um sich allein durchs Leben zu schlagen – Hauptsache, sie fiel niemandem zur Last. Doch die Angst, den letzten Halt, das letzte bisschen Geborgenheit zu verlieren, das sie besaß, hielt sie davon ab. Jan Coppenhole war in einer fremden, feindlichen Welt ihr einziger Schutz.

»Die Arbeit liegt Euch nicht, nicht wahr?«, fragte er.

Was sollte sie darauf antworten? Sie wusste, wie stolz er auf seine Werkstatt war, die er sich allein mit seiner Hände Arbeit aufgebaut hatte, und wollte ihn nicht mit einer falschen Antwort kränken. »Ich stelle mich ungeschickt an«, sagte sie. »Aber ich werde es schon noch lernen. Ich brauche nur ein wenig Zeit.«

»Macht Euch keine Vorwürfe«, sagte er. »Vielleicht seid Ihr einfach nicht dazu geboren.«

»Ja, nimm du sie nur in Schutz«, schimpfte Antje. »Und wer kommt für den Schaden auf?«

Coppenhole nahm seine Schwester zur Seite. »Du weißt doch, dass wir sie brauchen«, zischte er.

»Brauchen? Wozu? Wegen Maximilian? Dass ich nicht lache!«

Maximilian. Barbara war, als schlüge der Name in ihr eine Saite an, die früher einmal in ihr geklungen hatte. Hatte sie jemanden gekannt, der so hieß? »Wer ist das, Maximilian?«, fragte sie.

»Du weißt nicht, wer der Herzog ist?« Antje schlug die Hände über dem Kopf zusammen. »Jesus Maria, was weiß das dumme Ding überhaupt?«

»Maximilian ist der Witwer der verstorbenen Herzogin«, erklärte Coppenhole, »ein Österreicher, der jetzt nach dem Tod seiner Frau versucht, das Volk um seine Rechte zu betrügen. Wir Bürger haben uns zusammengetan, um ihn zum Teufel zu jagen. Damit in unserem Land Gerechtigkeit herrscht.«

»Vortrefflich gesprochen, Meister Coppenhole!«, krähte eine Stimme.

Barbara drehte sich um. In der Werkstatttür stand der Zwerg, der sie aus dem Wasser gefischt hatte, und winkte den Strumpfwirker zu sich. »Auf ein Wort, wenn ich bitten darf.«

Nur widerwillig kam Coppenhole der Aufforderung nach. Offenbar mochte er den Zwerg so wenig wie Barbara, die ihm nicht traute, obwohl er ihr das Leben gerettet hatte. Jetzt steckten die beiden die Köpfe zusammen, Coppenhole ging dafür sogar in die Hocke – irgendwie schien der Gnom Macht über ihn zu haben. Bei dem Lärm in der Werkstatt verstand Barbara kein Wort. Doch ihren Blicken zufolge redeten sie über sie.

Nach einer Weile kehrte Coppenhole zu ihr zurück. »Versteht Ihr Euch auf Kinder?«

Barbara zögerte. Das war eine der vielen Fragen, die sie nicht beantworten konnte. »Ja«, sagte sie darum schließlich aufs Geratewohl. »Ich glaube schon. Warum wollt Ihr das wissen?«

13

Die Prinzessin haben wir vorerst an Frankreich verloren«, erklärte Margarete von York. »Aber den Prinzen dürfen wir nicht aufgeben. Er ist das Faustpfand der Macht.«

»Hat jemand einen Vorschlag?«, fragte Max.

Die Herzoginwitwe schüttelte den Kopf, und auch Wolf von Polheim blieb stumm.

Max trat ans Fenster und schaute hinaus in die Nacht. Wieder und wieder sah er die Bilder vor sich, wie man ihm in Arras seine Tochter entrissen hatte. Im Triumphzug hatte Ludwig die kleine Margarete nach Plessis entführt, in einem goldenen Prunkwagen, eskortiert von zwei Dutzend Reitern. Nach seiner Rückkehr hatte Max sich in Mechelen mit der Hofkapelle eingeschlossen, um in der Musik Vergessen zu finden. Wochenlang hatte er niemanden zu sich gelassen, nicht einmal Margarete von York oder Wolf. Er wollte mit keinem Menschen reden, wollte nichts essen, wollte am liebsten gar nicht mehr sein. Es war, als wäre er in die Hölle hinabgestiegen. Doch irgendwann, in tiefer Nacht, die Kapelle war längst verstummt, hatte Marie vor ihm gestanden, war ihm im Dunkel seiner Seele erschienen, ganz plötzlich aus dem Nichts heraus, wie der Abt es prophezeit hatte. »Wer sich im Unglück beugt«, hatte sie gesagt, »hat nie aufrecht gestanden.« Max wusste nicht, ob die Begegnung ein Traum gewesen war oder Wirklichkeit. Doch sie hatte ihm die Kraft und den Mut gegeben, sein Schicksal wieder in die Hand zu nehmen. Er war von den Toten auferstanden.

»Irgendeine Lösung muss es geben!«, beharrte er. »Wenn es nicht anders geht, befreien wir Philipp mit Gewalt.«

»Ich glaube nicht, dass wir das schaffen«, sagte Wolf. »Gent ist in der Hand der Aufständischen. Wir kämen nicht einmal in die Stadt.«

»Wahrscheinlich hast du recht.« Max wandte sich vom Fenster ab. »Aber vielleicht können wir sie auf andere Weise zwingen.«

»Woran denkt Ihr?«, fragte Margarete.

»Wir müssen Druck ausüben. Alle Städte, die sich weigern, meine Vormundschaft über den Prinzen anzuerkennen, werden bestraft. Als Zeichen, dass Burgunds einzig rechtmäßiger Regent nicht bereit ist, von seinen Ansprüchen zurückzutreten.«

»Wie wollt Ihr eine solche Bestrafung durchführen? Niemand steht an Eurer Seite. Es wird ein Blutbad geben, bei dem Ihr nur verlieren könnt.«

Max konnte der Herzoginwitwe nicht widersprechen. Fast ganz Burgund stand unter französischer Kuratel, jede Woche fielen neue Städte von ihm ab, um sich auf Ludwigs Seite zu schlagen. Und aus Österreich war weniger Hilfe denn je zu erwarten. Der Kaiser war inzwischen mit dem gesamten Hofstaat aus seiner eigenen Hauptstadt geflohen. Konnte man in einer solchen Lage einen Krieg vom Zaun brechen?

»Ich glaube«, sagte er schließlich, »wir haben nur eine Möglichkeit. Wir müssen es machen wie die Spinne.«

»Und was heißt das?«, fragte Wolf.

»Warten«, sagte Max. »Bis sich eine Gelegenheit ergibt.«

14

Verlobung – Verlobung in Plessis!

Die Kapelle spielte einen Saltarello, einen Sprungtanz, in dem Philippe de Commynes sich früher am Burgunder Hof nicht ungern hervorgetan hatte. Jetzt aber hielt er sich zurück. Zwar hatte er Prinzessin Anne in die Pavane geführt und dabei ihren verliebten heimlichen Blicken eine kurze Erwiderung geschenkt, aber damit sollte es genug sein. Wer sich rar machte, machte sich teuer, und die Rolle des lächelnden Beobachters, der still und bescheiden die Früchte seiner Arbeit genießt, passte ihm für diesen Abend trefflich.

Als der Tanz endete, umschwärmte die ganze Festgesellschaft die dreijährige Braut. Philippe staunte, wie rasch Margarete die Trennung von ihrer Familie überwunden hatte. Offenbar war es eine gute Idee gewesen, das kleine Biest in Annes Obhut zu geben – die französische Prinzessin hatte Margarete unter ihre Fittiche genommen und war ihr in wenigen Wochen zur zweiten Mutter geworden. Als Braut trug sie nun ein Kleid aus reinem Brokat, und in ihrem hellen Haar funkelte ein Diadem. Trotz der Schwere des Schmuckstücks hielt sie ihr Köpfchen hocherhoben, und zwischen den Höflingen bewegte sie sich so unbefangen, als wäre eine solche Gesellschaft für sie nur ein Spiel. Ja, sie besaß die natürliche Grazie ihrer Mutter, dachte Philippe, und wie einst Marie flogen nun der Tochter die Herzen zu. Hass wallte in ihm auf.

Umso süßer schmeckte die Genugtuung, die ihm ein Blick auf

den Dauphin bereitete. Dreizehn Jahre war der Kretin jetzt alt, der Kopf noch immer ein gewaltiger Ballon auf dem verwachsenen Leib, das Gesicht von Pickeln entstellt, und in den Mundwinkeln trocknete weißlicher Speichel. *Glückwunsch, Prinzesschen! In den Armen Eures Bräutigams werdet Ihr himmlische Freuden genießen.*

Mit Trippelschrittchen näherte Margarete sich dem Dauphin, mit ihren großen blauen Augen und einem arglosen Lächeln in dem kleinen Gesicht blickte sie zu ihm auf. Neugierig, ohne jede Scheu, stellte sie sich auf die Zehenspitzen, um den buckligen Rücken ihres Bräutigams zu berühren. »Tut die Beule sehr weh?«

»Blödes Balg!«, fauchte der Dauphin, so dass sie verängstigt zurückwich. »Damit du's weißt: Ich heirate dich nur, damit ich dein Land bekomme. Und dann musst du tun, was ich dir befehle!«

Erschrocken starrte Margarete ihn an. Philippe sah es mit Freuden. Vermutlich war in ihrem ganzen Leben noch kein Mensch so garstig zu ihr gewesen. Doch ihr Schreck dauerte nur einen Augenblick, schon konnte sie wieder lächeln. »Du musst Butter auf die Beule streichen«, sagte sie. »Dann tut's nicht mehr so weh.«

Während ein paar Höflinge hinter vorgehaltener Hand kicherten, verließ der König den Thron. »Haben Wir Euch nicht gelehrt«, mahnte er seinen Sohn, »dass man einer Dame stets mit Charme und zierlichen Manieren begegnet?« Er beugte sich zu der kleinen Margarete herab und hob sie auf den Arm. Im nächsten Augenblick begann die Kapelle aufs Neue zu spielen.

»Eure Gesundheit!«, protestierte Prinzessin Anne.

»Meine Gesundheit könnte besser nicht sein!«

Mit der Braut auf dem Arm drehte Ludwig sich im Kreise. So aufgekratzt hatte Philippe seinen König lange nicht mehr gesehen. Doch war das ein Wunder? Die Verbindung Frankreichs mit Burgund durch den Eheschluss der Kinder war eine seiner gelungensten Unternehmungen, die Krönung seines Lebenswerks. Ausgelassen wie ein junger Mann setzte er seine Schritte, so dass Margarete vor Freude laut zu jauchzen begann.

Ist das die Macht?, dachte Philippe, *die Macht, nach der alle streben? Ein sabbernder Greis und ein kieksendes Kind?*

Die Höflinge bildeten inzwischen einen Kreis um das Paar und klatschten im Takt. Doch plötzlich, mitten im Tanz, geriet der König ins Stolpern, seine dürren Beine schienen sich zu verknoten, mit knapper Not gelang es ihm, die Braut einem Höfling in die Arme zu geben – dann stürzte er zu Boden.

Ein Aufschrei, und die Musik verstummte.

Der Leibarzt war als Erster bei ihm.

»Was hat er?«, fragte Prinzessin Anne.

Der Arzt schaute mit ernster Miene zu ihr auf. »Ein neuerlicher Schlagfluss, Hoheit.«

Anne wurde blass. »Ist er …?« Sie sprach das Wort nicht aus.

»Ja, Hoheit, der König ist tot.«

Ein Raunen ging durch den Saal, während Philippe einen letzten Blick auf seinen Herrn warf. Niemand hatte je gewagt, die Gefahr, in der Ludwig schwebte, auch nur auszusprechen – wer die Sterblichkeit des Königs erwähnte, beging Hochverrat. Doch das Schicksal oder Gott oder vielleicht auch die blinde Natur hatte anders entschieden. Ludwigs Gesicht war nur noch eine groteske, rot und blau angelaufene Fratze, die mit offenem Mund und leeren, blöden Augen gegen die Decke starrte.

Die Hofgesellschaft war entsetzt vom Anblick des Toten. Doch Philippe de Commynes beneidete seinen König. Ludwig XI. war als glücklicher Mann gestorben.

15

Es dauerte keine zwei Tage, bis die Nachricht vom Tod des französischen Königs nach Mechelen gelangte.

»Das ist der Augenblick, auf den ich gewartet habe«, erklärte Max. »Ich kündige den Vertrag von Arras.«

»Und dann?«, fragte Margarete.

»Ich reite nach Gent und fordere die Herausgabe meines Sohns. Und Olivier soll nach Plessis reisen, um Margarete zurückzuholen.«

»Glaubt Ihr, der Dauphin gibt sie heraus?«, fragte der Hofgroßmeister.

»Wir müssen es zumindest versuchen.«

»An wen soll ich mich halten? Es gibt Gerüchte, dass Ludwig seine Tochter Anne als Regentin eingesetzt hat.«

»Mir ist egal, wer Frankreich regiert. Ich will meine Kinder zurück!«

»Aber wir haben keine Verbündeten mehr«, wandte Wolf von Polheim ein. »Außer den Kabeljaus.«

»Trotzdem, so eine Gelegenheit kommt so schnell nicht wieder!« Max wandte sich an seine Schwiegermutter. »Was meint Ihr, Frau von York?«

Die Herzoginwitwe zögerte keinen Moment. »Ich bin mit Euch einer Meinung. Frankreich ist ohne Führung. Jetzt oder nie!«

Obwohl Max sich seiner Entscheidung sicher gewesen war, fiel ihm ein Stein vom Herzen. »Sammle unsere Truppen«, befahl er seinem Freund. »Wir müssen es riskieren.«

»Und wenn wir den Krieg verlieren?«, fragte Wolf.

Max fasste ihn ins Auge. »Weißt du, warum Ludwig immer bekommen hat, was er wollte?«

Wolf schüttelte den Kopf.

»Weil er es sich nahm!«

16

Wer würde Ludwig auf den Thron folgen? Der Dauphin oder seine Schwester Anne?

Die Sache war keineswegs ausgemacht. Der König hatte zwar

auf Philippe de Commynes' Rat hin die Prinzessin bis zur Volljährigkeit ihres Bruders als Regentin eingesetzt, doch Charles hatte nach dem Tod des Vaters die Verfügung angefochten, so dass jetzt die Generalstände im fernen Paris entscheiden mussten.

Philippe konnte nur auf die Weisheit der Versammlung hoffen – im Wasserkopf des Dauphins schwappte nichts als trübe Brühe. Doch nicht nur darum favorisierte er dessen Schwester Anne. Die Prinzessin war so gewitzt wie ihr Bruder dämlich und verstand sich auf die Schliche der Macht – vor allem aber war sie in Philippe verliebt. Sie würde Wachs in seinen Händen sein, das sich über einer Flamme formen ließ, ohne dass er sich selber die Finger verbrannte. Zwar war sie mit ihren braunen Locken und der hellen Haut recht hübsch anzusehen, auch hatte sie eine Figur, an der es nirgendwo fehlte – doch die Verbitterung über die Rolle, zu der ihr Geschlecht sie verurteilte, stand ihr im Gesicht geschrieben. Also bestand keine Gefahr, dass Philippe sich je in sie verliebte.

Er war gerade bei dem Dauphin, um ihn davon zu überzeugen, dass man auf keinen Fall Maximilians Forderung nach Rückgabe seiner Braut nachgeben dürfe, als der Bote aus Paris eintraf. Die Generalstände hatten entschieden: Sie hatten kein Vertrauen in einen Krüppel und sich zugunsten der Prinzessin ausgesprochen.

»Anne hat mich betrogen!«, jaulte Charles auf. »Meine eigene Schwester! Ich werde sie köpfen, wenn ich König bin!«

Er tobte, dass ihm der Schaum in Flocken vom Maul flog, doch Philippe kümmerte sich nicht um ihn. Mit dem Schriftstück in der Hand eilte er zu Prinzessin Anne.

»Majestät!« Mit einer Verbeugung sank er vor ihr auf die Knie.

»Ihr nennt mich Majestät?« Das kluge Kind verstand sogleich. »Dann haben wir es also geschafft!« Sie reichte ihm die Hand zum Kuss. »Das habe ich Euch zu verdanken, Monsieur de Commynes. Seid versichert, dass ich Euch Eure Treue angemessen belohne.«

»Der einzige Lohn, den ich erheische, sind Eure Befehle.«

Prinzessin Anne dachte kurz nach. »Erstens«, entschied sie, »Margarete von Burgund bleibt in Plessis.«

»Ich bewundere Eure Klugheit«, sagte Philippe. »Und zweitens?«
»Schickt unsere Truppen nach Gent.«
»Eure Entschlusskraft steht Eurer Klugheit in nichts nach.« Philippe verneigte sich ein zweites Mal. Er liebte es, wenn andere die Ideen, die er selbst ihnen unmerklich eingegeben hatte, wie ihre eigenen aussprachen.

17

Obwohl schon über dreißig Jahre alt, war Jan Coppenhole im Umgang mit Weibern gänzlich unerfahren. Das einzige Weib, das er wirklich kannte, war seine Schwester. Antje führte ihm den Haushalt, seit er seine eigene Werkstatt hatte, und achtete ebenso argwöhnisch wie eifersüchtig darauf, dass kein weibliches Wesen in seine Nähe kam. Geschah dies aber doch, so wusste er nicht, wohin mit sich. Er lief rot an, geriet ins Stottern und Stammeln, um am Ende meist wie ein Idiot zu verstummen und mit vor der Brust verschränkten Armen ein so grimmiges Gesicht zu ziehen, dass jede Frau denken musste, er verabscheue sie. Noch nie war es ihm gelungen, einer Frau auch nur ein freundliches Wort zu sagen. Er hatte weder Angst, vor der Ständeversammlung zu reden, noch, seinen Feinden entgegenzutreten, selbst dem Herzog bot er die Stirn – doch sobald ein Weib das Wort an ihn richtete, verließ ihn jeder Mut. Er war hässlich, hatte ein Pockengesicht und gelbliche Augen. Welche Frau sollte da Gefallen an ihm finden? Doch ausgerechnet das Weib, das Philippe de Commynes ihm aufgehalst hatte, bildete eine Ausnahme. Barbara begegnete ihm so freundlich, dass ihm bei ihr sogar manchmal ein Lächeln gelang – obwohl er nicht die geringsten Absichten auf sie hatte und sie nichts dergleichen verdiente. Schließlich war sie die Hure des Herzogs gewesen, und jetzt war sie nichts weiter als ein Trumpf im Spiel um die Macht.
Barbara. Ja, auch im Geiste nannte er sie bei diesem Namen,

Barbara, nicht Rosina, aus Angst, sich sonst womöglich vor ihr zu verplappern. Wie jeden Tag, wenn seine Zeit es erlaubte, war er auch an diesem Morgen zu dem Schloss vor der Stadt geritten, wo sie den Sohn des Herzogs betreute. Er wollte darüber wachen, dass sie den Prinzen im richtigen Geist erzog und ihn nicht etwa gegen die Franzosen aufhetzte. Diese Vorsicht war durchaus geboten. Als Antje einmal in Barbaras Gegenwart Maximilian erwähnt hatte, hatte Jan den Eindruck gehabt, der Klang dieses Namens würde sie an irgendetwas erinnern.

Durch die offene Tür sah er sie in der Bibliothek. Schwarz glänzend quoll ihr Haar unter der Haube hervor – keine Kopfbedeckung konnte die Lockenfülle bändigen. Gerade nahm sie eine Zeichnung von dem Prinzen in die Hand.

»So ein schönes Bild, Philipp. Ich wünschte, ich könnte auch so malen wie du! Deine Bilder erzählen ja richtige Geschichten.«

Der Junge strahlte sie an. Jan konnte sich nur wundern. Wie schaffte sie das? Der widerspenstige Bengel, der sonst immer verstockt in einer Ecke saß und niemandem Antwort gab, war in ihrer Gegenwart wie verwandelt. Fast konnte man vergessen, welchen Vaters Sohn er war.

»Mijnher Coppenhole!« Jan schrak zusammen, als Barbara ihn plötzlich ansprach. Auf ihren Lippen lag ein Lächeln. »Seht nur, was für ein schönes Bild Philipp gemalt hat.«

Als er den Raum betrat, sah Jan, wie das Leuchten aus dem Gesicht des Prinzen verschwand und Philipp ihn voller Abwehr musterte. Jan versuchte, trotzdem freundlich zu sein, und nahm die Zeichnung, die Barbara ihm reichte. Das Bild zeigte einen Ritter auf einem riesigen Pferd. »Wer ist das?«, fragte er.

»Mein Vater.« Trotzig zog der Junge die Brauen über der Nasenwurzel zusammen.

»Dein Vater ist dein Feind.« Commynes hatte Jan aufgetragen, dem Prinzen das Wort einzutrichtern. Tag und Nacht sollte es auf ihn einwirken, wie eine Medizin, bis es ihn von seinem Irrglauben heilte. »Hörst du? Dein *Feind*!«

»Das ist er gar nicht!«

Philipp sprang auf und trat ihm mit voller Wucht vor das Schienbein. Unwillkürlich holte Jan zum Schlag aus.

»Nicht!« Barbara stellte sich ihm in den Weg. »Lasst ihm seinen Vater. Er hat doch die ganze Familie verloren.«

Jan erwiderte ihren Blick. Auf welcher Seite stand sie? Wieder lächelte sie ihn an. Auf dem Absatz machte er kehrt und ging hinaus.

Auf dem Flur stolperte er über den verfluchten Zwerg.

»Hast du etwa gelauscht?«

»Ich habe Euch schon einmal gesagt, so etwas tue ich nur gegen Bezahlung.« Der Narr zog sein unschuldigstes Gesicht. »Aber vielleicht solltet Ihr selbst mal ein Ohr wagen. Damit Ihr wisst, woran Ihr bei der Dame seid. – Oh, ich glaube, sie redet gerade über Euch.«

Tatsächlich, auch Jan hörte, wie Barbara mehrmals seinen Namen nannte. Unwillkürlich lugte er durch den Türspalt. Barbara kniete vor dem Prinzen und hielt ihn bei den Schultern.

»Mijnher Coppenhole ist kein böser Mann«, sagte sie, den Blick fest auf den Jungen gerichtet.

»Aber er sagt, mein Vater ist mein Feind. Und das ist er doch nicht, oder?«

»Natürlich ist er das nicht.«

»Aber warum sagt er es dann?«

»Er will nur, dass es keinen Krieg mit Frankreich gibt und dass alle Leute satt zu essen haben.«

»Will das mein Vater denn nicht auch?«

»Ach Philipp – woher soll ich das wissen? Ich kenne ihn doch gar nicht.«

Ein leises, hässliches Kichern ertönte zu Jans Füßen.

»Ist das nicht köstlich?«, sagte der Zwerg und plinkerte mit den Augen zu ihm herauf. »Maximilians Mätresse lobt Euch, seinen ärgsten Feind, vor seinem eigenen Sohn, und die Gute weiß nicht mal, dass sie mit dem Vater des Knaben im Bett gelegen hat.«

»Verschwinde!« Jan wollte Kunz einen Tritt verpassen, doch flink wie ein Affe machte der Zwerg sich aus dem Staub.

Als er fort war, schaute Jan wieder durch den Türspalt. Die zwei waren jetzt am Fenster und sprachen so leise, dass er nichts mehr verstand. Barbara strich dem Jungen über den Kopf, und der schmiegte sich an sie, als wäre sie seine Mutter.

Der Anblick versetzte Jan einen Stich. Hatte er sich nicht stets einen Sohn gewünscht, einen Jungen, dem er alles, was er sich im Lauf seines Lebens so hart erarbeitet hatte, dermaleinst hinterlassen konnte? *Liebe*, sprang es ihn an, als er sah, wie die zwei einander in den Armen hielten. Hatte er je erfahren, was das eigentlich war?

Im selben Moment drehte Barbara sich herum und schaute ihm in die Augen.

18

Das Brüllen der Rinder, die aus dem Flammenmeer flohen, gellte ihnen in den Ohren, als Wolf und Max an der Spitze ihres Haufens von dem verwüsteten Hof ritten, und Aschefetzen stoben um sie herum. Wolf hatte aufgehört, die Dörfer zu zählen, die sie in Schutt und Asche gelegt hatten, die Windmühlen, Ställe und Schober, die durch sie in Rauch aufgegangen waren. In der Ferne verhallte der Kanonendonner.

Max hatte den Helm abgenommen und wischte sich die Stirn.

»Wir könnten verhandeln«, sagte Wolf. »Ich weiß, Dauphin Charles ist ein Idiot, aber seine Schwester lenkt vielleicht ein.«

Max schüttelte den Kopf. »Wir werden siegen.«

»Vielleicht. Aber was ist mit den Leuten im Land? Selbst wenn wir den Krieg gewinnen – das Volk wird dich hassen, nicht lieben.«

Max zügelte sein Pferd. »Geliebt hat mich mein Sohn«, sagte er. »Geliebt hat mich meine Tochter. Doch jetzt würden sie mich nicht mal mehr erkennen, so lange haben sie mich nicht mehr gesehen. Glaubst du, da interessiert mich die Liebe des Volkes?«

Ein Jahr tobte nun schon der Krieg um die burgundische Krone, der das Herzogtum spaltete und von beiden Seiten mit unerbittlicher Wut geführt wurde. Zu Maximilian bekannten sich die Kabeljaus im Norden, der Hennegau und Brabant mit Antwerpen und Mechelen. Die größten und reichsten Städte aber, Gent, Ypern und Brügge, die den Anschluss an Frankreich suchten, hatten sich zur Flandrischen Union zusammengetan und sich zu treuen Untertanen von Erzherzog Philipp erklärt, Maximilians Sohn.

Wie eine apokalyptische Spur der Verwüstung fraß der Feldzug sich durch das Land. Obwohl Max kein Geld hatte, um seine Söldner zu bezahlen, hatte er seinen Schwur gehalten und bestrafte alle Städte, die sich im Streit um seinen Sohn gegen ihn gestellt hatten. Dabei machte es Wolf zunehmend Angst, wie sein Freund diesen Krieg führte. Wie ein Verzweifelter warf Max sich in den Kampf, als könne er so den dunklen Mächten entfliehen, die seit Maries Tod immer mehr von ihm Besitz ergriffen – fast schien es, als wolle er in der Welt dieselbe Verwüstung anrichten, die offenbar in seiner Seele herrschte. In Utrecht hatte er ganze Vororte niedergebrannt und die Stadt Tag und Nacht sturmreif geschossen, bis sie sich ergab. Nacht für Nacht wurden auf seinen Befehl Bürgervertreter, die ihm die Gefolgschaft verweigerten, aus ihren Betten gerissen und vor ein Standgericht gezerrt, und fast alle wurden an einen Galgen oder Baum geknüpft, noch ehe der Morgen graute. Und wenn seine Söldner ihren Lohn verlangten, gab er ein Dorf oder einen Flecken zur Plünderung frei, um sie schadlos zu halten.

All das Morden und Brennen, das Max seinen Männern befahl, galt einem Ziel: Gent, der Stadt, in der die Rebellen den Prinzen gefangen hielten. Doch um dorthin zu gelangen, mussten sie noch Dendermonde einnehmen, einen stark befestigten Ort, der wie ein Bollwerk zwischen ihnen und ihrem Ziel lag.

»Wir haben zu große Verluste«, sagte Wolf. »Über viertausend Mann, die wir verloren haben.«

»Ich weiß«, erwiderte Max. »Meinst du, ich kann nicht zählen?«

»Dann nimm endlich Vernunft an! Unser Heer ist zu schwach,

um Dendermonde zu stürmen. In der Festung sind doppelt so viele Männer, wie wir selber haben. Das ist Selbstmord!«

Max setzte seinen verbeulten Helm wieder auf und blickte Wolf an. »Hast du schon mal den Namen Odysseus gehört?«

»Nein, wer ist das? Jemand aus deinen Büchern?«

»Ja«, nickte Max. »Er hat vorgemacht, wie man eine Festung in Unterzahl stürmt.«

19

Barbara ging in die Hocke und breitete die Arme aus. Philipp rannte auf sie zu. Doch statt sich an ihre Brust zu werfen, streckte er ihr ein Bild entgegen. »Schau mal, was ich gemalt habe!«

»Na, dann lass mal sehen.« Barbara nahm ihm die Zeichnung ab. »Ein Ritter auf einem Pferd – ist das wieder dein Vater?«

»Ja, der Herzog von Burgund.« Seine Wangen glühten vor Eifer. »Und das da«, er zeigte auf ein paar Figuren in langen Gewändern, die um den Ritter herumstanden, »das sind seine Mönche und Nonnen!«

»Mönche und Nonnen?«

»Nicht wirklich! In Wirklichkeit sind das natürlich Soldaten – sie haben sich nur verkleidet!«

»Darauf wäre ich nie gekommen.«

»Unsere Feinde sind auch darauf reingefallen, als wir Dendermonde eingenommen haben«, rief Philipp triumphierend. »Mein Vater hat sich als Abt verkleidet«, er tippte mit seinem Finger auf die Mütze des Ritters, die mit einem Kreuz verziert war, »und ist mit einem Haufen Mönche und Nonnen in die Stadt eingedrungen. Und als sie auf dem Marktplatz waren, haben sie die Kutten ausgezogen und ihre Waffen gezückt. Da haben unsere Feinde solche Angst gekriegt, dass sie aus der Stadt geflohen sind.«

»Jetzt begreife ich.« Barbara hatte von den Gerüchten gehört, die über die tollkühne Einnahme von Dendermonde in Gent die Runde machten. »Aber sag mal, woher weißt du denn das alles?«

»Von Klaas«, erwiderte Philipp, »dem neuen Rosengärtner.«

»Hör zu«, sagte sie ernst und nahm ihn bei den Schultern. »Darüber darfst mit niemandem reden, ja? Dein Vater, wenn er hier wäre, würde es dich schwören lassen wie einen seiner Soldaten.«

»Dann schwör' ich's dir«, versicherte Philipp. »Aber ich hätte sowieso keinem anderen was erzählt. Damit dem Klaas nichts passiert. Ich weiß ja, dass die anderen meinen Vater hassen.«

»Du bist ein kluger Junge. Dein Vater wäre sehr stolz auf dich.«

Barbara sah, wie glücklich ihr Lob ihn machte. Doch gleichzeitig kamen ihr Zweifel, ob ihr Lob eigentlich richtig war. Den einzigen Platz, den sie im Leben noch hatte, verdankte sie Jan Coppenhole. War es da nicht ihre Pflicht, ihm zu melden, was der Gärtner dem Jungen erzählte? Vielleicht war der Gärtner ja ein Spion des Herzogs, der versuchte, hinter dem Rücken des Regentschaftsrates den Prinzen auf die feindliche Seite zu ziehen? Doch statt zu tun, was ihr Gewissen ihr riet, bestärkte sie Philipp in seiner Verehrung für seinen Vater und damit in seiner Abwehr gegen ihren eigenen Wohltäter und dessen Verbündete …

»Barbara«, sagte Philipp leise. »Wenn zwei sich liebhaben – dann vergessen sie sich doch nicht, oder?« Stolz und Triumph waren aus seinem Gesicht gewichen.

Barbara strich ihm über den Kopf. Sie ahnte, aus welchem Grund er ihr diese Frage stellte – aber welche Antwort sollte sie ihm geben? Nachts, wenn sie nicht schlafen konnte, hatte sie sich selbst oft gefragt, ob es wohl irgendwo einen Mensch gab, den sie einst geliebt hatte und der sie vielleicht noch immer liebte. Und den sie trotzdem vergessen hatte.

In ihrer Not gab sie Philipp die einzige Antwort, an der es keinen Zweifel gab. »Ich habe dich lieb. Und ich würde dich nie vergessen.«

Er schlang seine Ärmchen um ihren Hals. »Ich dich auch nicht«, schluchzte er. »Nie, niemals!« Mit traurigen Augen schaute er sie an. »Aber mein Vater – der hat mich doch auch nicht vergessen, oder? Und er weiß, dass ich ihn nicht vergessen hab?« Tränen kullerten an seinen Wangen herab.

»Mein armer kleiner Schatz!« Barbara drückte ihn an sich und gab ihm einen Kuss. Wie konnte sie ihn nur trösten?

Plötzlich hatte sie eine Idee.

»Was meinst du? Wollen wir ihm einen Brief schreiben?«

»Wem? Meinem Vater?«

»Ja. Damit er weiß, dass du an ihn denkst!«

Philipp runzelte die Stirn. »Aber wer soll ihm den Brief denn bringen?«

»Das lass nur meine Sorge sein«, sagte Barbara. »Pass auf, am besten, wir schicken ihm dein Bild. Was hältst du davon? Und bei dem, was du dazu schreibst, kann ich dir ja helfen.«

»Das würdest du tun?« Jetzt strahlten seine Augen wieder. »Können wir ihm dann auch schreiben, dass er meiner Schwester Grüße schicken soll? Und dass ich ganz, ganz viel an sie denke, so wie an den Vater und die Mutter, aber dass ich trotzdem nicht weine, auch nicht, wenn der Herr de Commynes mich schlägt?«

Barbara musste sich abwenden, damit Philipp nicht sah, wie ihr die Tränen kamen. »Geh und hol das Schreibzeug«, sagte sie.

20

»Willst du es wirklich wagen, Gent anzugreifen?«, fragte Wolf.

»Glaubst du, ich gebe so kurz vor dem Ziel auf?«, erwiderte Max.

»Aber es ist bisher noch niemandem gelungen, Gent mit Gewalt einzunehmen.«

Max zuckte die Schultern. »Dann werde ich eben der Erste sein.«

Sie lagen mit ihrem Heer nur noch wenige Meilen vor der Stadt –

in ein paar Tagen würde Max Befehl zum Angriff geben. Drei Jahre war es jetzt her, dass Marie gestorben war: drei Jahre, die er mit Töten und Brennen verbrachte hatte, im Krieg gegen die Franzosen und die Rebellen. Nach vielen bitteren Niederlagen hatte sich das Blatt zu seinen Gunsten gewendet, seit der Eroberung von Dendermonde eilte er von Sieg zu Sieg. Gent war nun die letzte Festung in der Hand seiner Widersacher, die Mauer der reichen Stadt das letzte Hindernis auf seinem Weg zum Ziel: Wenn Gent gefallen war, war Philipp frei, und er selber wieder Regent des ganzen Herzogtums Burgund.

Der heftigste Kampf war um den Seehafen von Brügge entbrannt. Von Sluis aus führten die Rebellen einen Kaperkrieg gegen die seeländische und holländische Küste, um den herzogtreuen Kabeljaus den Zugang zum Meer und umgekehrt jede Zufuhr vom Meer nach Brabant zu versperren. Als seine unbezahlten Landsknechte wieder zu murren begannen, war Max in das reiche Waesland gezogen. Auch wenn er das Landvolk lieber verschont hätte – um einen Aufstand der Söldner zu vermeiden, hatte er dort das gesamte Vieh, zwölftausend Stück, zusammentreiben und die Schelde abwärts verfrachten lassen. Nachdem er die gewaltige Herde auf dem Antwerpener Markt zu Geld gemacht hatte, konnte er es sich leisten, für den Seekrieg Piratenhauptleute in Sold zu nehmen, mit deren Hilfe es ihm in nur kurzer Zeit gelungen war, den Brügger Hafen zu erobern. Dutzende von Handelsschiffen, die in Sluis vor Anker lagen, hatte er mit seiner Piratenflotte gekapert. Bestürzt über den Verlust ihrer Schiffe, hatten die Brügger Kaufleute ihn um Vergebung gebeten und in ihre Stadt geladen, in die er unter dem Freudengeschrei des Volkes eingezogen war, um sie namens seines Sohnes Philipp, als Vormund, Regent und Vater, in Gnaden wiederaufzunehmen.

»Hast du schon einen Plan für den Angriff?«, fragte Wolf. »Wir haben es schließlich nicht nur mit der Bürgerwehr zu tun. Die Franzosen stehen bei Deynze mit fünftausend Mann.«

»Hab keine Angst«, erwiderte Max. »Ich weiß, was ich tue.«

Sein Freund schaute ihn sorgenvoll an. »Weißt du das wirklich?«

Max nickte. »Ruf alle Hauptleute in mein Zelt. Dann erkläre ich meinen Plan.«

21

»Mein geliebter Sohn«, las Barbara. *»Du kannst ja nicht ahnen, welche Freude mir deine Briefe jedes Mal bereiten.«*

Philipp blickte mit leuchtenden Augen zu ihr auf. »Das hat mein Vater geschrieben? Ganz wirklich?«

»Glaubst du mir etwa nicht?«, fragte Barbara zurück. Seit fast einem Jahr beantwortete sie nun schon jeden Brief, den der Prinz an seinen Vater schrieb, an Herzog Maximilians Stelle, um mit dem kleinen Betrug Philipp über den Schmerz der Trennung und die quälenden Stunden, in denen Herr de Commynes ihn gegen seinen Vater aufzuhetzen versuchte, hinwegzuhelfen, und jedes Mal, wenn eine solche Antwort kam, geriet der Junge vor Seligkeit in Verzückung. Längst hatte er aufgehört, danach zu fragen, wie die Briefe hin und her gelangten – dafür war sein Glück viel zu groß.

»Und ob ich dir glaube!«, rief er.

»Willst du selber weiterlesen?«, fragte Barbara.

»Nein, lies du. Dann ist es noch schöner.«

Sie beugte sich wieder über den Brief. *»Weißt du«*, fuhr sie fort und tat dabei so, als müsste sie jedes Wort mühsam entziffern, *»dass es für einen Vater auf der Welt nichts Wichtigeres gibt als seinen Sohn? Und weiß du auch, dass nichts einen Vater mit größerem Stolz erfüllt, als wenn sein Sohn so tapfer sein Schicksal trägt wie du? Auch wenn wir uns nicht sehen können, kann uns keiner voneinander trennen, weil wir nämlich immer aneinander denken. Du und ich, deine Schwester Margarete und die Mutter im Himmel – wir sind immer zusammen.«*

»Das stimmt, das stimmt«, rief Philipp aufgeregt. »Wir sind

immer zusammen! Und keiner kann uns trennen! Auch nicht der böse Herr von Commynes. Hat der Vater noch was geschrieben?«

»Ja,« sagte Barbara, »dass ich dir einen Kuss von ihm geben soll.«

Philipp sprang auf ihren Schoß, um sich den Kuss abzuholen. »Wenn mein Vater kommt, sage ich ihm, dass du auch zu uns gehörst«, sagte er. »Du hast ja keinen Sohn, und auch keine Tochter, und bist allein. Aber wenn du zu uns gehörst, musst du nie mehr allein sein, und uns kann dann auch nichts mehr trennen, weil wir dann ja immer an uns denken.«

In der Ferne grollte Donner.

»Ich glaube, es gibt ein Gewitter«, sagte Barbara.

»Ich mag Gewitter«, erwiderte Philipp. »Margarete hatte immer Angst, wenn es gedonnert hat, aber ich habe ihr gesagt, so hört es sich an, wenn der Vater mit seinen Soldaten und Kanonen unsere Feinde besiegt. Dann hatte sie keine Angst mehr.«

Während er sprach, flog plötzlich die Tür auf und Jan Coppenhole stürmte herein. »Die Truppen des Herzogs«, rief er, ganz außer Atem. »Sie greifen Gent an!«

»Ich hab's gewusst!«, jubelte Philipp. »Mein Vater kommt! Mein Vater kommt und holt mich!«

Jan Coppenhole achtete nicht auf ihn. »Ihr müsst fliehen, Frau Barbara!«

»Fliehen?«, fragte sie. »Wohin?«

Er zerrte sie in die Halle, wo seine Schwester wartete. »Antje bringt Euch zu einem Freund. Da seid Ihr in Sicherheit.«

»Aber wie stellt Ihr Euch das vor?«

»Jetzt ist keine Zeit für Fragen! Tut, was ich sage! Bitte! Es ist zu Eurem Besten!« Er wandte sich an seine Schwester. »Weißt du noch, nach wem du dich erkundigen musst?«

»Frans Brederode«, erwiderte Antje. »Der Zunftmeister.«

»Gut. Draußen steht der Wagen.«

»Barbara!«, schrie Philipp, der aus der Bibliothek gelaufen kam. »Du darfst nicht fort! Du darfst nicht fort! Bitte! Geh nicht weg!« Verzweifelt klammerte er sich an ihren Rock.

In der Ferne donnerten die Kanonen.

»Los! Worauf wartet Ihr noch?«, drängte Jan Coppenhole. »Ihr müsst Euch beeilen! Sie sind bald da!«

»Aber was ist mit Philipp?«, rief Barbara.

Jan Coppenhole packte den Jungen am Arm. »Der Prinz bleibt bei mir!«

22

Als Jan Coppenhole den Saal des Genter Rathauses betrat, wusste er, dass ihm ein schwerer Kampf bevorstand. Fast alle Ständevertreter hatten sich um Hinrich Peperkorn geschart und empfingen ihn mit feindseligen Blicken. Gab es überhaupt noch einen Mann, auf dessen Unterstützung er hoffen konnte?

Ohne nach links und rechts zu schauen, drängte er durch die Menge zum Podium. Wer immer für oder gegen ihn war – seine wichtigste Verbündete war die Gerechtigkeit. Und solange er sie auf seiner Seite wusste, würde er kämpfen.

»Wir dürfen nicht aufgeben!«, rief er den Ständevertretern zu. »Sonst waren alle Opfer umsonst!«

»Soll das heißen, Ihr wollt den Krieg fortsetzen?«, fragte Peperkorn.

»Allerdings!« Jan verschränkte die Arme vor der Brust. »Kämpfen bis zum Sieg! Das sind wir unseren Toten schuldig!«

»Dafür ist es zu spät! Maximilian steht mit fünftausend Knechten vor dem Tor!«

»Wir haben ihn aufgehalten! Er hat es nicht in die Stadt geschafft!«

»Ja, aber um welchen Preis? Wir haben schon so viel verloren! Wenn wir weiterkämpfen, verlieren wir alles!«

Was sollte Jan darauf erwidern? Nicht einmal die Franzosen hatten die Belagerung verhindern können. Maximilian hatte ihre

Truppen durch einen Scheinangriff gebunden, um gleichzeitig die Umgebung der Stadt verwüsten lassen. Vor den Augen der Genter hatten seine Männer die Landhäuser und Mühlen in Brand gesteckt, und als die Milizen die Tore geöffnet hatten und aus der Stadt gestürmt waren, um den Besitz der Bürger zu retten, war ein gewaltiger Haufen, der sich im Schutz des Rauchs in einem Hinterhalt versteckt hatte, den Gentern in den Rücken gefallen. Nur unter riesigen Verlusten war es den Milizen gelungen, sich zurückzukämpfen. Die Torwache musste das Schussgatter über die kämpfenden Horden niedersausen lassen, um zu verhindern, dass die Herzogleute mit den fliehenden Bürgern durch das offene Tor in die Stadt gelangten. Hunderte Genter waren dabei ausgesperrt worden und in Gefangenschaft geraten.

»Ich schlage vor, Maximilians Forderung nachzugeben«, sagte Hinrich Peperkorn. »Geben wir den Prinzen heraus und bitten wir den Herzog um Frieden.«

»Das ist Verrat!«, protestierte Jan. »Verrat an der Gerechtigkeit!«

»Man muss einsehen, wenn man einen Kampf verloren hat. Sonst kann man niemals siegen!«

»Aber wir haben noch nicht verloren! Wir haben noch einen Trumpf!«

»Was für ein Trumpf soll das sein?«

»Die Schätze im Prinsenhof. Wenn wir das Gold in die Münze schicken, haben wir Geld genug, um neue Truppen auszuheben. Ich habe schon Boten nach Brügge geschickt, zu meinem Freund Frans Brederode. Er wird Söldner für uns werben.«

»Wollt Ihr alles opfern, was wir besitzen? Sogar den Staatsschatz?« Peperkorn schüttelte den Kopf. »Nein, jetzt muss Schluss sein! Dieser Krieg kam uns ohnehin schon teurer zu stehen als alle Steuern, die Maximilian uns je auferlegt hat. Haben wir den Mut, ihn zu beenden.«

»Ja!«, stimmte ein Schuhmacher ihm zu. »Schluss jetzt mit dem verdammten Krieg! Damit wir wieder in Ruhe arbeiten können!«

»Frieden statt Steuern!«, rief jemand. »Frieden statt Steuern!«

Der Rufer hatte die Parole noch nicht wiederholt, da fiel der ganze Saal ein. »Frieden statt Steuern! Frieden statt Steuern!«

Wie Peitschenhiebe schlugen Jan Coppenhole die Worte entgegen – dieselben Worte, mit denen er früher so oft die Bürger von Gent für die gerechte Sache gewonnen hatte. Entsetzen packte ihn, als er in die hasserfüllten Gesichter sah. Seine Freunde waren vom Glauben abgefallen, verrieten ihre Überzeugung für ein paar Gulden. Was sollte er jetzt tun? Immer lauter, immer wütender gellten die Schreie ihm in den Ohren.

Auf dem Absatz machte er kehrt und stürzte aus dem Saal. Auch wenn die Genter ihm die Gefolgschaft verweigerten – er und niemand sonst hielt in seinen Händen das Faustpfand der Macht: Erzherzog Philipp, den einzig legitimen Erben Burgunds.

Im Laufschritt eilte Jan durch die Gassen. Er hatte den Prinzen in der Obhut des Narren zurückgelassen, wider seinen eigenen Willen, er traute Kunz von der Rosen nicht über den Weg, doch nachdem seine Schwester mit Barbara nach Brügge aufgebrochen war, hatte er keine andere Wahl gehabt. Jetzt betete er zu Gott, dass der Zwerg nicht mit dem Prinzen über alle Berge war.

Als Jan die Tür zu seiner Werkstatt aufriss, blickte er in das Gesicht eines Greises.

»Meister Coppenhole, Ihr seid ja ganz außer Atem!«

»Gott sei Dank, du bist noch da!«

»Ja, was habt Ihr denn gedacht? Hattet Ihr etwa Zweifel?«

Jan fiel eine Zentnerlast von den Schultern, er hatte dem Zwerg unrecht getan. Kunz hatte nicht nur auf den Prinzen aufgepasst, sondern ihn auch mit einem Seil an sich gefesselt, damit er nicht entwischen konnte – sogar ein Bündel hatte er schon für die Flucht gepackt. Jetzt musste es nur noch gelingen, Maximilians Sohn aus der Stadt zu bringen. Am besten, dachte Jan, würde es sein, er spannte seinen Eselskarren an und versteckte Philipp unter einer Ladung Strümpfe, um das Stadttor zu passieren. Waren sie erst aus Gent hinaus, brauchten sie sich nur noch bis Deynze durchzuschlagen, zum Heerlager der Franzosen.

Jan öffnete gerade seine Truhe, um für die Flucht das Geld, das er im Haus hatte, in einen Beutel zu stopfen, da stieß der Zwerg einen Warnruf aus.

»Achtung, Meister! Hinter Euch!«

23

Alle Hauptleute hatten Max abgeraten, Gent anzugreifen. Die Stadt sei ein Hornissennest, hatten sie ihn gewarnt, ein Gärbottich, in dem es vor Aufsässigkeit nur so brodle, ein Pulverfass einander widerstreitender Kräfte – niemand könne einen solchen Krieg je gewinnen. Doch er hatte geschafft, was noch kein Feldherr vor ihm geschafft hatte: Er hatte das stolze und übermächtige Gent mit Waffengewalt erobert.

An der Spitze seines Heeres ritt er in die Stadt ein. Die Genter Unterhändler hatten all seine Forderungen bedingungslos anerkannt, auch im Namen der anderen rebellischen Städte, Ypern und Brügge, die sich in der flandrischen Union zusammengeschlossen hatten: Alle würden Maximilian von Habsburg fortan als rechtmäßigen Vormund seines Sohnes und somit als Regenten von Burgund anerkennen. Außerdem verpflichteten sie sich zur Zahlung einer Kriegsentschädigung von dreihundertsechzigtausend Dukaten. Im Gegenzug hatte Max ihnen Straffreiheit versprochen sowie die Wiederherstellung ihrer alten Privilegien und Freiheiten.

Während er mit Wolf an seiner Seite durch die vertrauten Gassen ritt, dachte er an Marie. Alles, was er seit ihrem Tod getan hatte, hatte er für sie getan. Er hatte ihr Erbe zurückerobert, als ihr Sachwalter und Garant ihres Willens. Hatte er damit seine Schuld abgetragen? Im Gegenlicht der Sonne glaubte er, ihr Gesicht zu sehen.

»Da«, sagte Wolf. »Sie erwarten dich schon.«

Barhäuptig und im Büßergewand empfingen die Vertreter der

Bürgerschaft ihn vor der Kathedrale. Zum Zeichen ihrer vollkommenen Unterwerfung trugen sie Stricke um den Hals.

Als Max seinen Hengst vor St. Bavo parierte, warf der Gewürzhändler Peperkorn sich vor ihm in den Staub.

»Wir bitten Euch um Frieden und Vergebung.«

»Beides sei Euch gewährt!«, erwiderte Max. »Aber erst, wenn Ihr mir meinen Sohn herausgebt, gesund und wohlbehalten.« Er ließ seinen Blick über den menschenvollen Platz schweifen. »Ohne meinen Sohn gebe ich die Stadt zur Plünderung frei.«

Ein angstvolles Raunen erhob sich im Volk, doch die Landsknechte jubelten.

»Tu das nicht«, sagte Wolf. »Es wird ein Gemetzel!«

Max ließ sich nicht beirren. »Wo ist mein Sohn?«

Peperkorn blickte flehentlich zu ihm auf. »Er ist in der Obhut des Strumpfwirkers Jan Coppenhole, Euer Gnaden.«

»Dann sagt mir, wo ich Jan Coppenhole finde. Sonst …«

»Ich … ich weiß es nicht, Euer Gnaden.«

Ohne ein Wort drehte Max sich im Sattel zu seinen Landsknechten herum und hob die Hand.

»Haltet ein!«, rief eine Stimme.

Aus der Kathedrale trat Kunz von der Rosen. An der Hand hielt er ein Kind. »Wenn Ihr erlaubt«, sagte er mit einer Verbeugung, »hier bringe ich Euch den Prinzen. Putzmunter und vergnügt.«

»Philipp!« Max sprang von seinem Pferd und schloss seinen Sohn in den Arm.

Es war wie eine Erlösung. Ein vielhundertfaches Aufatmen ging durch die Menge auf dem Platz. Die Menschen applaudierten und brachen in Jubel aus.

»Es lebe der Herzog von Burgund!«

»Es lebe unser Regent – Maximilian von Habsburg!«

24

In allen Kämpfen seines Lebens hatte Jan Coppenhole darauf vertraut, dass die Gerechtigkeit auf seiner Seite stand. Doch dieses Vertrauen hatte schweren Schaden genommen. Wo war seine Verbündete gewesen, als man ihm den Prinzen, das Faustpfand der Macht im Herzogtum Burgund, entrissen hatte? In Leyden hatte Jan einmal ein Bildnis der Gerechtigkeit gesehen: eine Dame namens Justitia, die eine Waage und ein Schwert in den Händen hielt. Dass der Maler ihre Augen zum Zeichen ihrer Blindheit mit einer Binde versehen hatte, hatte ihn damals empört. Stellte sich jetzt heraus, dass der Maler recht gehabt hatte?

Ein Zwerg, kaum größer als zwei Ellen, hatte Jan die bitterste Niederlage seines Lebens beigebracht. Mit einem Warnruf hatte er ihn getäuscht – dieser eine Moment der Unaufmerksamkeit hatte gereicht, und Kunz von der Rosen hatte sich mit dem Prinzen aus dem Staub gemacht. Jetzt musste Jan froh sein, dass er bei lebendigem Leib aus der Stadt gelangt war.

Nach seiner Flucht aus Gent hatte er sich zu Fuß auf den Weg nach Brügge gemacht. An einem sonnigen Herbstnachmittag erreichte er die Stadt. Das Haus seines Freundes Frans Brederode befand sich am Rozenhoedkaai, ein dreistöckiges Gebäude, das sich mit seinem geschnitzten Stufengiebel stolz über dem Wasser erhob. Zum Glück war der Zunftmeister bei Jans Ankunft noch in der Werkstatt. Frans wollte für ihn nach den Frauen rufen, doch Jan hielt ihn zurück. Er wollte Barbara allein wiedersehen, ohne seine Schwester.

Er fand sie in einer Stube im zweiten Stock. Sie saß mit dem Rücken zur Tür auf einem Schemel am Fenster, in ihrem Schoß ruhte eine Handarbeit. Sie hatte die Arbeit unterbrochen, um sich das Haar zu richten, das in schwarzer Fülle auf ihren Rücken fiel. Während ihr Gesicht sich im Glas der Fensterscheibe spiegelte, flocht sie ihre schweren Locken zu losen Zöpfen und wand sich diese um den Kopf, um sie mit Nadeln festzustecken. Wie gebannt schaute Jan auf die schlanke Silhouette ihres weißen, nackten Halses. Noch nie hatte er etwas so Schönes gesehen.

Barbara.

Obwohl er weder Neigung oder Talent zur Musik besaß, klang ihr Name in ihm wie ein Lied. Dabei war es nicht einmal ihr richtiger Name, nur ein Name, den er selbst ihr gegeben hatte. Aber vielleicht liebte er ihn darum umso mehr. Machte man sich ein Geschöpf nicht zu eigen, indem man ihm einen Namen gab?

Sie hatte inzwischen die letzte Flechte festgesteckt und bedeckte ihr Haar wieder mit einem Tuch.

»Guten Abend«, sagte er mit rauer Stimme.

Barbara drehte sich auf ihrem Schemel herum. »Mijnher Coppenhole – wie schön, Euch zu sehen!« Ihr ganzes Gesicht strahlte. Doch plötzlich runzelte sie die Stirn. »Wo ist Philipp?«

»In Gent«, erwiderte er. »Sie haben ihn mir weggenommen, Kunz von der Rosen ...«

»Um Gottes willen!« Sie sprang von ihrem Schemel auf. »Was haben sie mit ihm vor?«

Jan zögerte. Er wusste ja selber nicht, wer hinter der Entführung steckte. Auch hatte er keine Ahnung, wo Philipp jetzt war, und konnte nur Vermutungen anstellen.

»Glaubt Ihr, sie werden dem Jungen etwas antun?«, fragte Barbara.

»Nein«, versicherte er. »Wer den Prinzen hat, der hat die Macht. Ich denke, er ist jetzt wieder beim Herzog.«

»Bei seinem Vater?«

»Wo soll er sonst sein? Die ganze Stadt hat sich Maximilian ergeben.«

Barbara dachte nach. »Wenn er bei seinem Vater ist«, sagte sie schließlich, »dann ist es gut.«

»Gar nichts ist gut!«, rief Jan.

»Doch, Mijnher. Ein Sohn gehört zu seinem Vater. Immer. Egal, was für ein Mensch der Vater ist.«

»Aber Philipp ist der Erbprinz. Er gehört dem Volk!«

»Nein. Philipp ist ein Kind. Ihr habt doch gesehen, wie sehr er seinen Vater vermisst hat, und jetzt hat er ihn wieder. Das kann nicht unrecht sein.« Plötzlich nahm sie seine Hand. »Aber ich habe Euch noch gar nicht gesagt, wie sehr ich mich freue, Euch heil und gesund zu sehen. Ich hatte solche Angst, dass Euch etwas geschehen könnte. Aber Gott hat meine Gebete erhört.«

»Ihr ... Ihr habt für mich gebetet?« Jan war so verwirrt, dass er gar nicht glauben konnte, was sie gerade gesagt hatte.

»Ja, das habe ich. Jeden Abend vor dem Schlafengehen.«

Groß und schwarz ruhten ihre Augen auf ihm. Er wollte ihren Blick erwidern, aber das schaffte er nicht, alles schien vor ihm zu tanzen. Vor lauter Aufregung wusste er kaum, wohin mit sich und seinen Armen. Er wollte sie vor der Brust verschränken, wie es seine Gewohnheit war, aber dafür hätte er Barbara loslassen müssen. Warm und weich spürte er ihre Hand auf seiner Hand. Sein Herz raste. Noch nie im Leben hatte eine Frau so seine Hand gehalten. Wie war das möglich? Sah sie denn nicht seine Pockennarben, seine gelblichen Augen, sein hässliches Gesicht? Schweiß brach ihm aus, das Blut klopfte ihm im Hals, jeden Augenblick glaubte er zu sterben. Doch gleichzeitig wünschte er sich nur eins: dass sie seine Hand nie wieder loslassen würde.

»Ich bin kein Edelmann, noch bin ich von hohem Stand«, brach es auf einmal aus ihm heraus, »nur ein einfacher Handwerker. An meiner Seite erwartet ein Weib weder Ehre noch Reichtum – alles, was ich zu bieten habe, ist ein arbeitsames, rechtschaffenes Leben, in dem es an nichts fehlt. Ich bin Euch gut, Frau Barbara. Werdet meine Frau.«

Kaum einen Atemzug hatte seine Rede gedauert, doch als er fertig gesprochen hatte, wäre er am liebsten im Boden versunken. Was war in ihn gefahren? Er hatte sich zum Idioten vor ihr gemacht.

Er erwartete, dass sie ihn auslachen oder ohrfeigen würde. Doch weder das eine noch das andere geschah. Sie hielt einfach weiter ruhig seine Hand und schaute ihn mit ihren großen schwarzen Augen an.

»Mijnher«, sagte sie leise. »Ihr erweist mir viel Ehre. Aber annehmen kann ich sie nicht.«

Die wenigen Worte waren schlimmer als jedes Lachen und jede Ohrfeige. »Verzeiht«, flüsterte er und spürte, wie er rot anlief. »Ihr ... Ihr müsst mich verachten.«

Er wollte ihre Hand loslassen, aber sie hielt ihn fest.

»Ihr irrt Euch, Jan Coppenhole«, erwiderte sie. »Ich verachte Euch keineswegs, im Gegenteil, ich mag Euch – so sehr, dass ich mich frage, warum ein so feiner Mann, wie Ihr einer seid, mir solche Ehre erweist. Ich habe Euch nichts zu geben, nicht mal einen Namen, der mir gehört.« Von neuem spürte er den Druck ihrer Hand, und wieder begann sein Herz zu rasen. »Aber gerade, weil Ihr ein so feiner Mann seid, kann ich Euch mein Wort nicht geben. Ich weiß ja nicht, wer ich früher war. Was, wenn ich schon verheiratet bin? Ich würde größte Schande über Euer Haus bringen!«

»Aber Ihr seid doch nicht verheiratet!«, entfuhr es ihm.

Sie schüttelte den Kopf. »Das könnt Ihr so wenig wissen wie ich.«

»Und wenn ich es wüsste?«

»Wisst Ihr es denn?«

Sie schaute ihn an, als würde sie selber sich wünschen, was sein größter Wunsch war. *Ja, ja, ja!*, schrie es in seinem Innern, als er diesen Blick sah. Trotzdem blieb die Antwort ihm im Hals stecken. Er konnte, er durfte ihr die Wahrheit nicht sagen, selbst wenn es ihn noch so sehr danach drängte. Es war wie verhext! Um in die Heirat einzuwilligen, machte Barbara zur Bedingung, dass sie wusste, wer sie war. Doch wenn sie es wüsste, dann würde sie ihn nicht mehr wollen, dann würde sie ihn auf der Stelle verlassen, um in die Arme des anderen zurückzukehren – in die Arme Maximilians, des Herzogs, des Unterdrückers und Volksfeinds!

Jan löste sich von ihrer Hand. Sie ließ es geschehen. Doch er war noch nicht zur Tür hinaus, da kam ihm plötzlich ein Gedanke.

»Ihr habt recht«, sagte er. »Ich weiß es so wenig wie Ihr, ob Ihr gebunden seid. Aber sofern Euch daran liegt, könnte ich Nachforschungen anstellen lassen.«

»Das würdet Ihr für mich tun?«, fragte sie mit einem Lächeln.

»Gewiss.« Ihr Lächeln machte ihm Hoffnung und Mut. Er sank vor ihr auf die Knie und nahm erneut ihre Hand. »Und Ihr?«, fragte er. »Wenn sich herausstellt, dass Ihr frei seid – seid Ihr mir dann im Wort und werdet die Meine?«

»Ja, Mijnher«, sagte sie, ganz einfach und schlicht. »Wenn ich frei für Euch bin, werde ich Eure Frau.«

25

Wo war Philipp geblieben? Der kleine Junge mit den kurzen Armen und Beinen, den man Max nach Maries Tod geraubt hatte?

Vor ihm stand ein fremder, hochgewachsener Knabe von sieben Jahren, der gekleidet war wie ein erwachsener Mann und ihm voller Ernst entgegenblickte. Fast schmerzhaft erkannte Max in seinem Gesicht die Züge seiner Mutter: Die ausdrucksvollen blauen Augen, die hohe Stirn, die schöne Zeichnung der Wangen – all das war Marie, wie sie in seiner Erinnerung lebte. Ihre Züge mischten sich in dem Gesicht des Jungen mit den seinen: Die kühn geschwungene Nase, die vorgeschobene Unterlippe, das wellige, blonde Haar – das war das Erbe Habsburgs.

»Philipp«, sagte Max, so leise, als fürchte er sich vor seiner eigenen Stimme.

»Euer Gnaden«, erwiderte der Junge so förmlich wie bei einer Audienz.

Es war das erste Mal, dass sie allein waren. Die ersten Tage nach der Unterwerfung Gents hatte Max damit verbracht, die wichtigsten Regierungsämter mit seinen Gefolgsleuten zu besetzen. Doch heute erschien er weder im Prinsenhof noch im Rathaus. Er hatte seinen Sohn in das Zelt holen lassen, in dem er während des Feldzugs gegessen und geschlafen hatte, um einen ganzen Tag lang ungestört mit ihm zusammen zu sein. Ehrfürchtig blickte Philipp sich um. An einer Kriegskarte blieb sein Blick hängen. »Da habt Ihr die Aufstellung Eurer Truppen eingezeichnet, nicht wahr? Wenn Ihr es wünscht, kann ich Euch das nächste Mal dabei behilflich sein.«

Seine Förmlichkeit belustigte Max. Zugleich schmerzte sie ihn. »Wie redest du denn mit deinem Vater?«, fragte er. »Willst du nicht *du* zu mir sagen?«

Philipps Gesicht wurde noch ernster. »Man hat mir gesagt, das darf ich nicht.«

Max ging in die Hocke und breitete die Arme aus. »Komm her zu mir.«

Philipp zögerte.

»Na, worauf wartest du?«

Endlich befreite sich das Kind, das in denn Männerkleidern steckte, aus seiner Starre und schmiegte sich an seine Brust. »Vater«, flüsterte er. Während Max den warmen kleinen Körper an sich drückte, war ihm zumute, als hätte er drei Jahre lang gefroren. Wie oft hatte er diesen Augenblick herbeigesehnt, und jetzt war er endlich da. An nichts anderes wollte er denken, nicht an die Frau, die er verloren hatte, nicht an die Tochter, die ihn bald nicht mehr kennen würde, nur an den Sohn, den er wiederbekommen hatte, in dieser Umarmung, die unauflöslich schien.

»Ich habe immer gewusst, dass du mich holst«, sagte Philipp und presste sich an ihn, so fest er nur konnte.

»Und ich habe alles getan, um dich nicht zu enttäuschen.«

Sie brauchten beide eine Weile, bis sie sich voneinander lösten.

»Komm.« Max führte Philipp zu dem gedeckten Tisch. Gegen jede Sitte hatte er die Bediensteten weggeschickt, um allein mit seinem Sohn zu speisen. »Ich habe uns ein Festmahl bereiten lassen. Kapaun, im Sud aus Korinthen, Pflaumen und Datteln. Das habe ich schon mit deinem Großvater gegessen, Karl dem Kühnen, bei unserer ersten Begegnung in Trier.« Während er begann, die besten Stücke für Philipp aus dem Sud zu fischen, freute er sich schon darauf, ihn zum Nachtisch mit einem Turm aus Marzipan zu überraschen.

»Das wird mein Leibgericht«, sagte der Junge und setzte sich an den Tisch. Ohne dass Max ihn dazu auffordern musste, breitete er sich eine Serviette über die Schultern, damit er sich beim Essen die Finger daran abwischen konnte, wie es sich gehörte. Wer hatte ihm so zierliche Manieren beigebracht, fragte sich Max. Philippe de Commynes?

Plötzlich sah er all die verlorenen Jahre, die sie ohneeinander hatten auskommen müssen. »Es tut mir so leid«, sagte er.

»Was denn, Vater?«, fragte Philipp.

»Dass ich nicht für dich da sein konnte. Dass wir beide so lange Zeit nicht zusammen waren.« Er schenkte sich einen Becher von dem unvermischten Burgunder ein.

»Aber wir waren doch zusammen!«, erwiderte Philipp. »Durch unsere Briefe!«

»Welche Briefe?«

»Die du mir geschrieben hast! Und ich dir!« Über das Gesicht des Jungen ging ein Leuchten. »Mit den Briefen war alles nur halb so schlimm. Weil, jedes Mal, wenn du mir geschrieben hast, wusste ich ja, dass du mich nicht vergessen hast und an mich denkst. Und darum habe ich die ganze Zeit auch gewusst, dass du irgendwann kommen würdest, um mich zu holen.«

»Was redest du da, Philipp?«

»Aber ich habe ja auch immer an dich gedacht«, plapperte sein Sohn unbeirrt weiter. »An dich und meine Schwester Margarete, und an die Mama auch. Ich … ich konnte an gar nichts anderes denken, wenn ich allein war.« Das kleine Gesicht verdüsterte sich, doch nur für einen Moment. »Deshalb war es ja so schön, dass ich dir schreiben und dir von allem erzählen konnte. Auch wenn ich manchmal Angst hatte, du würdest dich schämen, weil ich vielleicht beim Schreiben Fehler mache.«

Je länger Philipp sprach, umso weniger verstand Max, wovon die Rede war. Was für Briefe zum Teufel sollten das sein? Er trank einen

Schluck von seinem Wein und schaute dem Jungen zu, wie er an einem Hühnerschlegel nagte. Was hätte er während der Zeit ihrer Trennung darum gegeben, tatsächlich einen Brief von ihm zu bekommen ... Geschrieben hatte Philipp die Briefe ohne Zweifel, so lebhaft, wie er davon erzählte, aber kein einziger hatte Max je erreicht. Dafür konnte es nur eine Erklärung geben. Jemand hatte die Briefe abgefangen, und dieser Jemand hatte vermutlich umgekehrt auch in seinem Namen die Antworten gefälscht, von denen Philipp sprach. Vorsichtig versuchte Max, herauszubekommen, wer hinter dieser seltsamen Korrespondenz steckte. »Ich bin wirklich stolz auf dich, mein Junge«, sagte er. »Anfangs konnte ich kaum glauben, dass jemand in deinem Alter schon solche Briefe schreiben kann.«

»Wenn ich ehrlich bin«, sagte Philipp, »ganz allein habe ich sie auch nicht geschrieben.«

»So?« Max horchte auf. »Dann hat dir also jemand geholfen?«

»Ja, die Frau, die auf mich aufgepasst hat.«

»Von der hast du mir ja noch gar nicht erzählt!«

»Sie ist wunderschön, so schön wie die Mama, obwohl sie ganz anders aussieht. Sie hat nämlich riesig große, dunkle Augen und die schwärzesten Locken der Welt. Aber was ziehst du für ein Gesicht?«, unterbrach Philipp sich. »Bist du böse, weil ich gesagt habe, dass sie so schön ist wie die Mama?«

»Nein, nein«, Max schüttelte den Kopf, »du hast nichts falsch gemacht, gar nichts. Es ist nur ...« Er sprach den Satz nicht zu Ende. Konnte es möglich sein, was er gerade dachte? Nein, das war zu unwahrscheinlich, solche Zufälle gab es nicht. Trotzdem, Philipps Beschreibung irritierte ihn so sehr, dass er sich Gewissheit verschaffen musste. »Sag mal, wie hieß denn die Frau, die auf dich aufgepasst hat?«

»Barbara«, sagte Philipp. »Warum? Kennst du sie?«

»Wie kommst du denn darauf?« Erleichtert lachte Max auf. »Nein, natürlich kenne ich sie nicht. Woher auch? Ich wollte nur ihren Namen wissen.«

»Sie war sehr lieb zu mir«, sagte Philipp, »aber deshalb habe ich die Mama nicht vergessen«, fügte er eilig hinzu. »Ich habe jeden Abend gebetet und der Mama gesagt, dass ich immer an sie denke und dass keine andere wirklich meine Mutter sein kann.«

»Hab keine Sorge.« Max legte seine Hand auf den Arm seines Sohns. »Ich bin sicher, deine Mutter weiß das. Und sie war bestimmt froh, dass Barbara sich um dich gekümmert hat.«

Philipp legte seine kleine Stirn in Falten. »Was meinst du – können wir sie vielleicht suchen?«

»Barbara?«

»Ja. Ich hab ihr versprochen, dass, wenn du kommst und mich holst, dass sie dann auch zu unserer Familie gehört. Weil, sie hat nämlich keine Verwandten.«

»Ich sag noch heute Herrn von Polheim Bescheid«, versprach Max. »Sicher kann er sie finden.« Eigentlich hatte er das nur gesagt, um seinen Sohn zu beruhigen, doch wer weiß, vielleicht sollte er die Frau wirklich suchen lassen? Sie hatte im Dienst der Rebellen gestanden und bestimmt versucht, Philipp gegen ihn aufzuhetzen. Und wenn sie das getan hatte, musste er sie bestrafen. »Ich würde ja gern mal einen von den Briefen sehen, die wir uns geschrieben haben«, sagte er. »Hast du vielleicht noch welche?«

»Und ob!«, rief Philipp. »Ich hatte sie die ganze Zeit in einem Versteck aufgehoben, und nicht mal, wenn Monsieur de Commynes mich geschlagen hätte, hätte ich ihm gesagt, wo sie sind. Hier!« Voller Stolz griff er unter sein Wams und förderte einen Stapel gefalteter Bögen zutage.

»Du hast sie ja gehütet wie einen Schatz«, sagte Max. »Darf ich?«, fragte er und streckte den Arm aus.

»Aber gewiss!« Philipp zog einen Brief aus dem Bündel und reichte ihn ihm.

Max begann zu lesen, was die unbekannte Frau in seinem Namen geschrieben hatte. *»Mein geliebter Sohn. Du ahnst nicht, wie viel Freude Du mir mit Deinem Brief gemacht hast. Immer wieder will ich ihn lesen und Deine Zeichnung ansehen, weil mir beides vor Augen führt, wie glücklich ich mich schätzen kann,* *einen solchen Sohn zu haben.«* Max stutzte. Das hatte er nicht erwartet. Mit erhobenen Brauen setzte er die Lektüre fort. »*Was immer man dir erzählt, Philipp, lass dir von niemandem einreden, ich wäre dein Feind. Ich bin dein Vater. Väter machen vielleicht manchmal Fehler und treffen falsche Entscheidungen, aber sie können nie die Feinde ihrer Söhne sein.«*

Max legte den Brief beiseite. Wer immer die Frau war, die diese Zeilen geschrieben hatte – er hatte ihr unrecht getan. Statt Philipp gegen ihn aufzuhetzen, hatte sie dafür gesorgt, dass sein Sohn ihn in der Zeit der Gefangenschaft nicht zu hassen gelernt hatte.

»Aber Vater!«, rief Philipp plötzlich. »Du weinst ja!«

Max wischte sich über die Augen. »Das ist nichts«, sagte er. »Nur ein Jucken. Wahrscheinlich eine Mücke.«

26

Frau Barbara?«, rief Jan Coppenhole.

Wie fast jeden Abend saß sie am Fenster der Kammer, die Frans Brederode ihr in seinem Haus gegeben hatte, um im Dunkel der hereinbrechenden Nacht auf den Kanal hinunterzuschauen. Obwohl sie die schwarzen Fluten mit ihrem Blick nicht durchdringen konnte, ahnte sie das Gewimmel von Pflanzen und Fischen, das sich unter der undurchsichtigen Oberfläche regte. Wie die Erinnerungen an das Leben, das sie einst gelebt hatte, doch das nun im Dunkel ihrer Seele versunken war.

»Frau Barbara!«, rief Jan Coppenhole zum zweiten Mal. »Bitte kommt herunter. Wir haben einen Gast.«

Verwundert stand sie auf. Ein Gast – für sie? In Brügge?

Jan Coppenhole erwartete sie in der Diele. »Er ist in der Stube«, sagte er. »Ein Goldschmied aus Arnheim. Er hat sich im Zunfthaus gemeldet, ich hatte dort einen Aushang gemacht, mit Fragen nach Eurer Familie. Er behauptet zu wissen, was mit Euch geschehen ist.«

»Aber das ist … das ist ja …« Sie wusste nicht, ob sie sich freuen oder fürchten sollte, und verstummte.

»Ihr solltet Euch wappnen«, sagte Jan Coppenhole. »Was der Mann berichtet, ist keine leichte Kost.« Er drückte ihren Arm. »Aber was er auch sagt, vergesst nicht, Ihr seid nicht allein.«

»Danke«, sagte Barbara.

Als sie in die Stube traten, stand der Fremde mit Frans Brederode zusammen am Kamin, ein Mann mittleren Alters von hoher Statur. Er trug einen Mantel aus feingewobenem, doch abgenutztem Tuch. In der Hand hielt er einen Hut. Sein Gesicht erinnerte Barbara an einen Hasen.

»Guten Abend, Mijnher«, sagte sie.

Mit einem Lächeln trat er auf sie zu. »Barbara!«

Verwundert schaute sie ihn an.

»Erinnerst du dich nicht?«, fragte er.

Sie sah sein enttäuschtes Gesicht. Wie gern würde sie sich erinnern! Angestrengt suchte sie in seinen Zügen nach irgendetwas Vertrautem, doch so sehr sie sich auch bemühte, sie konnte nichts darin finden. »Es tut mir leid«, sagte sie. »Ich kenne Euch nicht.«

»Dann ist es also wahr – du hast dein Gedächtnis verloren?« Er tauschte mit Jan Coppenhole einen Blick. »Ich war ein Freund deines Vaters«, erklärte er dann. »Ich bin Piet Verstegen aus Arnheim. Erinnerst du dich vielleicht an den Namen?«

Barbara schüttelte den Kopf.

»Dein Vater und ich haben beim selben Meister gelernt«, sagte er. »Der gute Johann – Gott sei seiner Seele gnädig.«

»Wollt Ihr … wollt Ihr damit sagen – mein Vater ist tot?«, fragte sie.

»Ja, Barbara.« Der Fremde nickte. »Sie sind alle tot, deine ganze Familie. Dein Vater war der Goldschmied Johann Lautenbacher aus München. Ihr kamt hierher, weil du einen Zunftbruder heiraten solltest. Doch in der Nacht vor der Hochzeit brach ein Feuer aus. Die Ursache weiß man nicht, aber deine Eltern, die Brüder, der Bräutigam – sie alle sind bei dem Brand umgekommen. Du selbst galtest seitdem als vermisst. Umso mehr freue ich mich, dich jetzt gesund wiederzusehen.«

Barbara wusste nicht, was sie erwidern sollte. Es war, als wäre auf dem dunklen Grund ihrer Seele plötzlich ein winziges Bild ihres früheren Lebens aufgetaucht. Auf einmal hatte sie eine Vergangenheit, eine Familie ... Doch kaum hatte sie einen Blick darauf erhascht, war das Bild auch schon wieder in ihr erloschen. Keiner der Menschen, die zu ihr gehörten, war mehr am Leben.

»Wisst Ihr, wer mein Bräutigam war?«

»Ein Goldschmied wie dein Vater, ein feiner Mann«, sagte Piet Verstegen. »Aber auch von seiner Sippe hat niemand den Brand überlebt. Sie wurden alle ausgelöscht.«

Während Barbara ihn reden hörte, dachte sie, sie müsste eigentlich in Tränen ausbrechen. Doch nichts dergleichen geschah. All die schrecklichen Dinge, die der Fremde berichtete, berührten sie nicht. Nur dass ihr Glück zerstört worden war, bevor es überhaupt hatte beginnen können, entsprach auf seltsame Weise der Leere, die sie in ihrem Innern empfand.

»Wie ist es möglich, dass ich mich an nichts von alledem erinnern kann?«

»Wahrscheinlich war das so schlimm für Euch, dass Ihr es anders nicht ertragen konntet«, sagte Jan Coppenhole.

»So etwas kommt vor«, bestätigte Frans Brederode. »Ich kannte einen Mann, dessen Frau vor seinen Augen von einem Soldaten des Herzogs vergewaltigt und erschlagen worden war. Er konnte sich später auch an nichts mehr erinnern.«

Eine Weile sagte niemand ein Wort.

»Ja, dann geh ich mal wieder.« Piet Verstegen wandte sich zur Tür.

»Eine Frage hätte ich noch«, sagte Jan Coppenhole.

»Nämlich?«

»Könnt Ihr mir versichern, dass unsere liebe Frau Barbara eine ledige Jungfer ist? Und dass nichts und niemand sie daran hindern kann, sich zu vermählen?«

»So ist es«, erwiderte der Gast. »Und ich würde mich für meinen toten Freund Johann freuen, wenn sich ein braver Mann fände, der sie versorgt.«

27

Sobald die Staatsgeschäfte es erlaubten, reiste Max nach Mecheln, um in der Abgeschiedenheit der kleinen Stadt, in der die Herzoginwitwe Margarete von York ihren Haushalt aufgeschlagen hatte, ein paar stille Wochen mit seinem Sohn zu verbringen.

Es war, als hätte der Pflug der Zeit in seiner Furche angehalten. Wie in den schönsten Jahren mit Marie begannen er und Philipp die Tage mit einem Ausritt. Seite an Seite trabten sie durch lichte Wälder und galoppierten über fruchtsatte Wiesen, jagten mit Pfeil und Bogen, mit der Armbrust, mit der Lanze und mit Maries Falken Reine, für den der gute alte Cuthbert die Reiher im Schilf aufstöberte. Unter den Pferden im Stall hatte Philipp sich einen kleingewachsenen Schimmel ausgesucht, der, abgesehen von der Größe, mit seiner Ramsnase Maximilians Hengst so ähnlich sah, als wäre er von diesem gezogen. Voller Stolz stellte Max fest, dass sein Sohn so sicher wie ein alter, erfahrener Reiter im Sattel saß, und wann immer ihnen ein Graben oder umgeknickter Baumstamm den Weg versperrte, setzte er im Galopp darüber.

Sie ritten im leichten Trab unter dichtbelaubten Traubeneichen, als Philipps Schimmel vor einem tanzenden Lichtfleck scheute, den die Sonne durch die Baumkronen warf. Eine Parade genügte, und der Junge hatte sein Pferd wieder in der Hand.

»Meinst du, die Mama kann uns beide jetzt sehen?«, fragte er.

»Ganz sicher.« Auch Max parierte sein Pferd.

»Und – freut sie sich wohl?«

»Und ob sie das tut! Das war doch ihr größter Wunsch, dass wir zusammen sind.«

Nach dem Ausritt begann der Unterricht. Max unterwies seinen Sohn in allen Künsten, die Philipp als Ritter einst würde beherrschen müssen. Er hatte für ihn ein kleines Schwert schmieden lassen, das seinem eigenen getreu nachgebildet war. Damit zeigte er ihm, wie man einen Angriff führte und sich gegen einen Angriff verteidigte, er ließ ihn mit der Lanze stechen und weihte ihn in die Geheimnisse des Turnierkampfs ein. Dabei bewies der Junge in allem, was er tat, solchen Mut, dass Max ihn immer wieder bremsen musste, damit er keinen Schaden nahm. Doch wenn sie Mann gegen Mann miteinander kämpften, war es am Ende stets Max, der im Staub lag und um Gnade bitten musste.

In der Mittagszeit, wenn Max mit der Herzoginwitwe Regierungsfragen erörterte, bekam Philipp von Musikern der Hofkapelle Unterricht im Spiel auf verschiedenen Instrumenten. Das Talent dazu hatte er von seiner Mutter geerbt, und schon bald spielte er auf der Laute so schön wie Marie. Als Max ihm erzählte, dass seine Mutter oft die Erlebnisse des Tages in Töne verwandelt hatte, versuchte sich auch der Junge im Komponieren eigener Melodien. Wenn er ihm dann eines seiner Stücke vorspielte, musste Max manchmal an die fremde Frau denken, die an seiner statt mit Philipp korrespondiert hatte. Er hatte nach der Unbekannten suchen lassen, um ihr zu danken, ihre Briefe hatten in der Zeit der Trennung den Glauben seines Sohns an seinen Vater wachgehalten, doch Wolf hatte sie nicht gefunden. Nur bei Kunz von der Rosen hatte Max sich bedanken können und ihn zum Freiherrn erhoben. Schließlich hatte der Narr Philipp aus den Händen des gemeingefährlichen Coppenhole befreit.

Die Nachmittage verbrachten Vater und Sohn wieder gemeinsam. Dann zogen sie sich in die Bibliothek zurück, wo sie dieselben Bücher lasen, die Max früher mit Marie gelesen hatte. Philipp sollte wissen, dass die Welt nicht nur ein Turnierplatz war, sondern auch eine riesige Theaterbühne, und dass die Abenteuer, die es darauf zu bestehen galt, nicht weniger Klugheit und Mut von einem Mann erforderten als die Wettkämpfe in der Stechbahn. Bei der Lektüre der

Bücher überschüttete Philipp ihn mit Fragen, wollte alles wissen, über das Leben vergangener Könige und Kaiser ebenso wie über das der Heiligen und Kirchenväter, und sog sich mit den Antworten voll wie ein Schwamm.

»Wir haben durchgehalten und uns nicht kleinkriegen lassen, nicht wahr?«, fragte Philipp mit vor Eifer glühenden Wangen. »Du hast die Feinde besiegt und bleibst Herzog von Burgund!«

»Ja, aber nur bis du alt genug bist, um selber Herzog zu sein«, erwiderte Max. »Ich bin nur der Regent, dein Stellvertreter.«

Philipp überlegte. »Und wenn du das nicht mehr bist – was wirst du dann sein?«

»Wenn alles so kommt, wie deine Mutter es will – römisch-deutscher König und Kaiser des Reiches.«

»Kaiser?« Der Junge strahlte. »Wie der Großvater?«

»Ja«, sagte Max und nickte. »Wie der Großvater!«

28

Auf einem Ochsenkarren rumpelte Kaiser Friedrich durchs Reich, um bei den deutschen Fürsten für seinen Feldzug gegen Matthias Corvinus zu betteln. Nachdem die treulosen Wiener dem Feind die Stadttore geöffnet hatten, war er bei Nacht und Nebel aus der Hofburg geflohen, in der jetzt der Ungarnkönig residierte, als wäre er der wahre und rechtmäßige Herrscher von Österreich.

Die Reise war eine einzige Tortur. Davon konnte auch Sigmund ein Klagelied singen. Nicht genug damit, dass auf der holperigen Straße einem der Wein aus dem Becher schwappte. Friedrichs Bein, das vom Altersbrand befallen war, verbreitete in dem engen Karren einen solch infernalischen Gestank, dass man kaum atmen konnte, während hinter ihnen das Gefolge mit mehr Kochgeschirr als Blankwaffen schepperte.

Bei jedem Hüpfer, den der Karren tat, jaulte der Kaiser auf wie ein Hund, dem man auf den Schwanz getreten hatte. Mehr noch als das brandige Bein schmerzte ihn aber vermutlich der demütigende Empfang, der ihm allerorten zuteilwurde. Wo immer sie eintrafen, flohen die Leute in ihre Häuser und verrammelten die Türen, um der kaiserlichen Einquartierung zu entgehen. Nirgends waren sie willkommen, nicht in Burgen und nicht in Klöstern, denn sie kamen mit leeren Taschen und leeren Bäuchen. Auch in München, wo Friedrich den Bayernherzog Albrecht um Reichshilfe gegen Ungarn angehen wollte, würde man ihren Aufbruch weitaus mehr zu schätzen wissen als ihre Ankunft.

Der Bayer galt unter den deutschen Fürsten als ebenso mächtig wie störrisch. Doch dass Sigmunds Unbehagen mit jeder Meile, die sie sich rumpelnd den Münchner Stadttoren näherten, weiter wuchs, hatte einen Grund, den er selber zu verantworten hatte. Er stand bei Albrecht tief in der Kreide, und vor dem Zorn des Kaisers, der nichts von seinen drückenden Schulden wusste, konnte ihn nur Prinzessin Kunigunde bewahren, die wie ein Häufchen Elend in sich zusammengesunken zwischen ihrem Vater und ihrem Onkel mit im Karren saß. *Armes Prinzesschen.* Wie sauer Bier bot der Kaiser seine Tochter auf der Bettelreise an, doch jedem Fürsten, der in Frage kam, war der Preis zu hoch, den Friedrich für das Privileg verlangte, sein Schwiegersohn zu werden.

Vielleicht, sinnierte Sigmund, waren seine eigenen Bälger besser dran als die zwei Kaiserkinder. Zumindest kümmerte sich niemand darum, mit wem sie sich ins Bett legten.

Obwohl vorauseilende Boten Herzog Albrecht den Besuch des Kaisers angekündigt hatten, war nichts für ihren Empfang in München bereit. Statt dass ein Schwarm von Höflingen für ihre Bequemlichkeit Sorge trug, mussten die Kaiserlichen sich mit eigenen Händen um die Unterstellung ihrer Reittiere kümmern und ihr Gepäck in die Residenz schleppen. Als Herzog Albrecht endlich Bedienstete entsandte, um ihnen Quartiere zuzuweisen, saß der Kaiser in der Empfangshalle auf einer Kleidertruhe. Entkräftet von der Reise hielt er das kranke Bein, von dem sich der Verband schälte, mit schmerzverzerrtem Gesicht von sich gestreckt.

Der Herzog ließ Friedrich und Sigmund eine Stunde warten, bis er sie, hübsch angetan mit einer pelzverbrämten Schaube, in seinem Audienzsaal empfing. Seine rosige Pausbäckigkeit stand in lächerlichem Gegensatz zu der kränklichen Hagerkeit des Kaisers.

»Falls es Eurem Wunsch entspricht, seid Ihr als durchreisende Gäste selbstredend willkommen«, sagte er. »Was aber die Unterstützung gegen die Ungarn betrifft«, fuhr er im selben Atemzug fort, ohne Friedrich Gelegenheit zu geben, von sich aus sein Anliegen vorzutragen, »so bitte ich Euch, uns beide nicht in Verlegenheit zu bringen.«

Friedrich legte sein Bein auf einen Schemel, um auf dem harten Stuhl bequemer zu sitzen. »Die Niederwerfung der Ungarn ist ein Reichsanliegen«, erklärte er. »Jeder meiner Vasallen hat sich dessen bewusst zu sein und entsprechend seine Pflicht zu tun.«

»Da bin ich anderer Meinung«, entgegnete Albrecht, »und mit mir die Mehrzahl der deutschen Fürsten. Euer Streit mit Matthias Corvinus ist allein Sache des Hauses Habsburg. Wenn überhaupt, kommt Reichshilfe nur unter einer einzigen Bedingung in Betracht.«

»Nämlich?« Voller Misstrauen musterte Friedrich den Herzog.

Der ließ mit der Antwort nicht auf sich warten. »Dass Ihr das Reich eint und Maximilian zum römisch-deutschen König krönt.«

Friedrich zuckte zusammen. »Warum wollt Ihr einen König? Ist Euch ein Kaiser nicht genug?«

»Ich bin ein Freund offener Worte«, erklärte Albrecht. »Ihr seid ein alter, kranker Mann, Majestät, und die deutschen Fürsten sind heillos zerstritten. Euch fehlt die Kraft, sie im Zaum zu halten.«

»Aber einen Grünschnabel wie Unseren Sohn haltet Ihr für geeignet, wie?«

»In der Tat, Herzog Maximilian wäre eine gute Wahl. Er hat in Burgund große Tatkraft bewiesen. Er hat mit den Franzosen nicht nur die größte Armee der Welt besiegt, er hat auch den Aufstand im eigenen Land niedergeschlagen! Würde er zum Krieg gegen

Ungarn rufen, ich denke, hinter seinen Rücken würden die deutschen Fürsten sich scharen.«

»Papperlapapp!«, schnarrte Friedrich. »Ihr kennt Maximilian nicht. Ihr seht nur den Lorbeer auf seinem Kopf, nicht das Stroh darin. Eher lasse ich mir mein Bein abhacken, als dass ich ihn zum König kröne!«

Albrecht rieb sich das wohlgepolsterte Kinn. »Ist das Euer letztes Wort, Majestät?«

Bevor der Kaiser antworten konnte, unterbrach Sigmund das Gespräch. »Würdet Ihr uns vielleicht bis morgen Bedenkzeit geben?«, fragte er den Bayern.

»Ihr wollt Euch mit dem Kaiser unter vier Augen bereden?«

»Mit Eurer Erlaubnis«, erwiderte Sigmund. »Und wenn Ihr so lieb sein wollt, Euer Gnaden, lasst uns bittschön eine Melone und ein Krügerl Wein bringen ...«

29

Nie und nimmer hätte Jan Coppenhole geglaubt, dass einmal auch für ihn die Hochzeitsglocken läuten würden. Darum war es trotz des garstigen Wetters der schönste Tag in seinem Leben, als er Barbara an einem verregneten Herbsttag in Brügge zum Altar führte und ein Priester vor Gott und der Welt ihrer beider Ehebund beglaubigte. Ja, Barbara hatte Wort gehalten. Nachdem Piet Verstegen, ein Kanzleischreiber, der Jans Freund Frans Brederode einen Gefallen schuldete, ihr versichert hatte, dass sie in ihrem früheren Leben nicht verheiratet gewesen war, sondern eine ledige Jungfer, hatte sie in die Hochzeit eingewilligt.

Gern hätte Jan seiner Braut in der prächtigen Liebfrauenkirche das Jawort gegeben. Doch das wäre zu gefährlich gewesen. Der neue Bürgermeister Langhals, der seit der Kapitulation der Stadt vor Maximilians Truppen im Brügger Rathaus regierte, war ein getreuer Gefolgsmann des Herzogs – es war nicht auszuschließen, dass er die einstige Mätresse des Habsburgers von Angesicht kannte. Außerdem musste Jan fürchten, dass ihn selbst jemand erkannte und an seinen Feind verriet. Also fand die Trauung in einer bescheidenen Kirche unweit des Rozenhoedkaais statt, und um auch mit der Feier kein Aufsehen zu erregen, lud Jan zum Festschmaus in das Haus seines Freundes Frans ein. Den Schinkenbraten, um den er seine Schwester gebeten hatte, teilten sie sich nur zu dritt – Antje war die Hochzeit ihres Bruders so zuwider, dass sie sich weigerte, sich mit an den Tisch zu setzen.

Jan war das nur recht, die giftigen Blicke seiner Schwester hätten ihm nur die Stimmung vergällt. So konnte er sein Glück ungestört genießen. Denn Barbara war längst keine Trophäe mehr, kein Trumpf im Spiel um die Macht – sie war die Frau, die er liebte.

Während der Mahlzeit musste er sie immer wieder anschauen. Sie trug ein Kleid aus rotem Samt und goldenem Brokat, das er eigens für diesen Tag für sie hatte schneidern lassen. Es war teurer als sämtliche Anzüge, die er je für sich selbst hatte anfertigen lassen, doch einmal im Leben durfte auch Jan Coppenhole unvernünftig sein. Wie ein kostbarer Bilderrahmen, durch den ein Gemälde erst vollkommen wird, brachte das Kleid Barbaras Schönheit zur Geltung: die großen, schwarzen Augen, die helle Haut, die vollen roten Lippen. Eine Locke quoll unter ihrer Haube hervor, als sie an ihrem Ausschnitt zupfte, der sich um einen üppigen Busen schmiegte.

Ein Schauer lief Jan über den Rücken. Was würde ihn in der Schlafkammer erwarten? So sehr er Barbaras Schönheit genoss, so sehr machte sie ihm zugleich Angst. Als junger Mann war er zwar manches Mal in einer Herberge gewesen, die ihre Gäste mit einer roten Laterne anlockte, aber die Mädchen dort hatten Geld für ihre Dienste genommen und alles von sich aus getan, was ein Mann begehrte, ohne dass man sie zu etwas bitten musste. Doch eine Ehefrau ... Was sollte er nur sagen, wenn es so weit war?

»Ich liebe dich«, sagte er, als er in der Nacht seine Frau in den

Armen hielt. Wie Milch schimmerte Barbaras Gesicht im Mondschein, der durch das Fenster in die Schlafstube fiel. Zärtlich beugte er sich über sie und gab ihr einen Kuss. »Danke.«

Er war der glücklichste Mann der Welt. Alle seine Sorgen hatten sich als vollkommen überflüssig erwiesen. Kaum hatten sie das Licht in der Kammer gelöscht, hatten ihre Leiber im Schutz der Dunkelheit zueinandergefunden, ganz von allein.

»Seltsam«, flüsterte sie, »es hat gar nicht wehgetan.«

»Warum seltsam?«, fragte er.

»Weil, es heißt doch, wenn eine Frau in der Hochzeitsnacht – ich meine, wenn sie zum ersten Mal ...« Sie richtete sich auf den Ellbogen auf und sah ihn an. »Ich habe Angst, dass ich doch keine Jungfer mehr war.«

»Aber was redest du denn da?«, rief Jan. »Da, schau!« Er zeigte auf das Laken, auf dem im schwachen Schein des Mondes ein großer, dunkler Fleck zu sehen war. »Es ist doch alles voller Blut!«

30

Auf dem Tisch stand eine Schale mit Melonenscheiben und daneben ein Krug Wein nebst einem Becher.

»Es gibt nur zwei Möglichkeiten, Reichshilfe gegen die Ungarn zu bekommen«, sagte Sigmund. »Entweder Ihr macht den Maxl zum König – oder ...«

»... oder ich gebe meine Tochter Kunigunde dem Bayern in die Ehe«, ergänzte Friedrich.

»*Tu felix Austria nube.*« Sigmund schenkte sich ein. »Der Bayer genießt hohes Ansehen unter den Fürsten. Wenn Ihr ihn auf Eurer Seite habt, werden auch die anderen folgen. Vielleicht sogar Achilles von Brandenburg und Berthold von Mainz.«

Der Kaiser blickte von seiner Melonenscheibe auf. »Aber meint Ihr, er wird Kunigunde zur Frau nehmen wollen?«

»Nun, verheiratet ist er nicht, das ist schon mal erfreulich.« Sigmund nahm einen tiefen Schluck von seinem Wein. »Um ehrlich zu sein, mir fiele auch ein Stein vom Herzen, wenn die zwei heiraten täten. Weil – so bliebe schließlich alles in der Familie.«

»In der Familie?« Argwöhnisch furchte sich die kaiserliche Stirn. »Was soll in der Familie bleiben?«

Sigmund zögerte. Was er zu sagen hatte, lastete ihm schon seit Beginn der Reise so schwer im Magen wie ein ganzer Ochse. Jetzt musste es heraus. Um Mut zu fassen, nahm er noch einen Schluck. »Leider sah ich mich genötigt«, sagte er schließlich, »einen Teil meines geliebten Tirols an den Herzog von Bayern zu verpfänden. Um genau zu sein – die Hälfte!«

»Ihr habt *was*?« Friedrich fuhr von seinem Stuhl auf.

»Was sollte ich machen?« Sigmund hob ohnmächtig die Arme. »So ein Haushalt mit fünfzig Bälgern kostet nun mal sehr viel Geld.«

»Ihr habt mich hintergangen – mich, Euren Kaiser?« Vor Aufregung humpelte Friedrich mit seinem kranken Bein durch den Raum. »Ihr seid ein Esel, ein gottverdammtes Rindvieh! Ihr habt nicht nur das Haus Habsburg geschwächt, Ihr habt einem der aufmüpfigsten Fürsten im Reich den Rücken gegen Uns gestärkt.«

»Bitte regt Euch nicht auf, lieber Vetter.« Um seine Anteilnahme zu beweisen, wuchtete auch Sigmund sich aus seinem Stuhl und fing an, sinnlos hin und her zu rennen. »Lieber sollten wir Albrecht fragen, was er von Eurem Vorschlag hält. Vielleicht löst sich dann ja alles ganz von allein in Wohlgefallen auf.« Bevor Friedrich antworten konnte, wandte er sich an den Diener, der ihnen den Wein und die Melone gebracht hatte. »Geh und sag deinem Herrn, der Kaiser wünscht ihn zu sprechen.«

Zu Sigmunds Erleichterung erschien der Herzog nur wenige Augenblicke später, so dass ihm eine längere Predigt seines kaiserlichen Vetters erspart blieb.

»Ich habe Euch etwas mitzuteilen«, schnarrte Friedrich, kaum dass sein Gastgeber den Raum betreten hatte. »Wir tragen Euch die Hand Unserer Tochter Kunigunde an. Ich hoffe, ich brauche Euch nicht zu erklären, welche Ehre wir Euch damit erweisen.«

Falls Albrecht überrascht war, ließ er es sich nicht anmerken. »Ein Ehebündnis wäre in der Tat eine Überlegung wert«, erwiderte er. »Ich bin sicher, Ihr habt Euch über die Bedingungen bereits Gedanken gemacht?«

»Nicht in Einzelheiten.«

»Die interessieren mich auch nicht.«

Friedrich horchte auf. »Was interessiert Euch dann?«

»Euer Erbe«, erwiderte Albrecht.

»Das geht nur meinen Sohn und meine Tochter etwas an.«

»Eben.« Das rosige Pausgesicht des Bayern straffte sich. »Erlaubt mir, dass ich Eure Lage zusammenfasse. Die deutschen Fürsten«, fuhr er fort, ohne Friedrichs Erlaubnis abzuwarten, »werden Euch im Kampf gegen Ungarn nur dann Gefolgschaft leisten, wenn Ihr Maximilian krönt. Ihr aber wollt Euren Sohn nicht zum König machen, weil Ihr fürchtet, dann auch bald die Kaiserkrone an ihn zu verlieren. Also soll ich Euch aus der Patsche helfen, indem ich Eure Tochter heirate und dafür sorge, dass die Fürsten sich auch ohne Maximilians Krönung hinter Euch scharen. Dazu bin ich gern bereit, doch verlange ich dafür meinen Preis.« Er machte eine Pause und blickte den Kaiser herausfordernd an. »Ich helfe Euch nur, wenn Ihr mir im Ehevertrag die Erbansprüche Eurer Tochter Kunigunde als meiner künftigen Frau am Haus Habsburg garantiert.«

Mit offenem Mund hatte Friedrich der Rede des Bayern zugehört. Auch jetzt, da Albrecht zu Ende gesprochen hatte, starrte er ihn nur fassungslos an. Die Forderung des Herzogs bedeutete nichts anderes, als dass er selber nach Friedrichs Tod auf die Kaiserkrone spekulierte, an Maximilians Stelle! Sigmund fürchtete schon, sein Vetter wäre im Stehen gestorben, als Friedrich endlich die Sprache wiederfand.

»Wir danken für Eure Gastfreundschaft«, sagte er. Und an Sigmund gewandt, fügte er hinzu: »Wir reisen auf der Stelle ab!«

31

Max war nach dem morgendlichen Ausritt mit seinem Sohn noch im Pferdestall, als ihm völlig überraschend Graf Werdenberg gemeldet wurde. Eilig wechselte er die Kleider, um den Kanzler seines Vaters zu empfangen.

»So förmlich?«, fragte er, als Werdenberg, angetan mit seiner goldenen Amtskette, an der Spitze einer mehrköpfigen Abordnung den Audienzsaal betrat. »Was verschafft mir solche Ehre?«

»Ich komme im Auftrag Eures kaiserlichen Vaters«, erklärte der Kanzler mit einer Verbeugung. »Seine Majestät, Kaiser Friedrich von Habsburg, trägt Euch die Königskrone an.«

Max hörte die Worte, doch konnte er die Botschaft nicht glauben. »Mein Vater will mich zum König erheben?«, fragte er. »Zum König des römisch-deutschen Reiches?«

»Dies ist der Wunsch Seiner Majestät«, bestätigte Werdenberg. »Der Kaiser hat bereits Boten an alle deutschen Fürsten gesandt, um sie nach Frankfurt am Main zu rufen. Dort soll die Königswahl stattfinden.«

Max schloss die Augen. Endlich, endlich war es so weit! Er, Maximilian von Habsburg, sollte die Krone tragen, die Karl der Große getragen hatte ... Seit seiner Jugend hatte er davon geträumt, schon als seine Mutter noch lebte, hatte er sich seine Krönung vorgestellt, die ihn in die Reihe der größten Herrscher der Geschichte erhob, doch nun, als die Nachricht ihn erreichte, traf sie ihn so unverhofft, dass er jeden Einzelnen der Abgesandten aufforderte, sie zu bestätigen. Alle gaben ihm dieselbe Auskunft wie der Kanzler: Ja, der Kaiser wollte seinen Sohn, Maximilian von Habsburg und Herzog von Burgund, zum König erheben.

»Ich weiß, wie viel Euch diese Krone bedeutet«, sagte Margarete von York, als Max sich am Abend mit der Herzoginwitwe besprach. »Trotzdem, ist jetzt der richtige Zeitpunkt, das Land zu verlassen?«

»Wie könnt Ihr das nur fragen?«, erwiderte Max. »Für die Krone des Reiches ist immer der richtige Zeitpunkt! Sie bedeutet die Herrschaft über die Welt! Hat das nicht sogar irgendein Engländer gesagt?«

»Vielleicht, mag sein«, bestätigte sie. »Aber was, wenn Frankreich Eure Abwesenheit nützt, um einen neuen Krieg anzufangen, und abermals das Volk gegen Euch aufwiegelt? Außerdem hat die Krone Ihren Preis. Wenn die deutschen Fürsten Euch zum König wählen, erwarten Sie, dass Ihr die Kosten eines Reichskriegs gegen Ungarn auf Burgund abwälzt. Tragt Ihr keine Sorge, dass es dann einen erneuten Aufstand gibt?«

»Ich teile Eure Sorge durchaus, Euer Gnaden. Aber sagt selbst«, Max blickte die Herzoginwitwe fest an, »würde Marie, wenn sie noch lebte, mir raten, die Königswürde auszuschlagen?«

Margarete von York schüttelte den Kopf. »Nein«, sagte sie, »das würde sie nicht.«

Damit war die Sache entschieden. Vor der Abreise ins Reich ritt Max noch einmal nach Gent, um den Stab über die rebellische Stadt zu brechen. Er wollte Burgund nicht verlassen, ohne ein Zeichen zu setzen, das jeden Gedanken an einen neuen Aufstand im Keim erstickte. Auf dem Platz vor St. Bavo ließ er den Herzogsthron aufrichten, um unter freiem Himmel die Unterwerfung der Bürger in einem förmlichen Akt zu vollziehen. Im Beisein seines Sohns, der so eine erste Lektion in Staatsgeschäften erfuhr, empfing er die in Schwarz gekleideten Genter und befahl, die Stadtbücher mitsamt dem Großen Privileg und allen damit verknüpften Freiheiten, die Karls Vorfahren einst der Genter Bürgerschaft gewährt und die seine Tochter Marie erneuert hatte, vor den Augen des Volkes zu vernichten. Als die Bürger um Verzeihung schrien, winkte Max ab.

»Wenn Ihr Euch als treu erweist, werdet Ihr an mir einen gnädigen Herrn haben«, sagte er. »Solltet Ihr aber meine Gnade mit Ungehorsam vergelten, gebe ich Eure Stadt zur Plünderung frei.«

Um seiner Entschlossenheit Nachdruck zu verleihen, setzte er einen neuen Stadtkommandanten ein, der während seiner Abwesenheit für Ruhe sorgen sollte, sowie einen neuen Rat, dem, mit Hinrich Peperkorn an der Spitze, ausschließlich verlässliche Männer angehörten, die bereit waren, ihm als Vormund des Prinzen und Burgunds Regenten den Treueid zu schwören.

Danach verabschiedete Max sich von seinem Sohn.

»Warum darf ich dich nicht begleiten?«, fragte Philipp.

»Weil ich dich hier brauche. Als Faustpfand unserer Macht.«

»Was ist ein Faustpfand, Vater?«

Als Max das arglose Gesicht des Jungen sah, bückte er sich und nahm ihn in den Arm. »Nichts würde ich mehr wünschen, als dich mit auf die Reise zu nehmen«, sagte er. »Aber Burgund und dein Erbe sind wichtiger. Das würde auch deine Mutter sagen. Glaubst du nicht auch?«

Tapfer erwiderte Philipp seinen Blick. »Wenn du zurückkommst«, fragte er, »bist du dann der König?«

»Ja, mein Sohn«, sagte Max. »Wenn ich zurückkehre, werde ich die Krone des römisch-deutschen Reichs tragen. Das verspreche ich dir.«

32

Wie jeden Morgen erschien Philippe de Commynes zum Lever bei Prinzessin Anne. Während zwei Zofen der Regentin vor einem Spiegel das Haar flochten, trug er ihr seine Einschätzung der Lage vor.

»Der Herzog von Österreich hat einen schweren Fehler begangen«, sagte er.

»Ihr meint – die Kündigung des Großen Privilegs?«

»Sehr wohl, Hoheit, das werden die Genter ihm nicht verzeihen.«

»Umso besser für uns«, sagte Anne zu ihrem Spiegelbild. »Aber wird er auch den zweiten Fehler begehen?«

»Ihr meint – dass er sich dem Krieg seines Vaters gegen Ungarn anschließt? Das werden die deutschen Fürsten verlangen, wenn sie ihn erst gewählt haben.«

»Aber können wir uns darauf verlassen? Maximilian weiß, wie wichtig Burgund für das Reich ist. Mir wäre es lieb, wir könnten ihn selber zwingen, seinem Vater gegen die Ungarn zu helfen.«

»Dafür gäbe es ein einfaches Mittel«, erwiderte Philippe. »Matthias Corvinus …«

Er brauchte den Satz nicht zu Ende sprechen, damit Anne begriff. »Ihr meint – die Feinde unseres Feindes sind unsere Freunde?« Sie drehte sich zu ihm herum. »Dann sollten wir wohl dem König von Ungarn unsere Freundschaft anbieten, nicht wahr?«

»Ihr nehmt mir das Wort aus dem Mund, Hoheit.«

Während Philippe sich verbeugte, bedeckte sie ihr Haar mit einer Haube. Wie viel gescheiter war die Regentin doch als ihr Bruder. In den Gesprächen mit ihr flogen die Gedanken hin und her wie die Bälle beim *jeu de paume*, das die Höflinge neuerdings im Schlossgarten spielten. Der Dauphin hingegen schmollte. Seit dem Beschluss der Pariser Generalstände, Anne zur Regentin zu erheben, vertrieb er sich vor allem die Zeit damit, Hunde und Katzen in den Käfig zu sperren, in den sein Vater einst in Ungnade gefallene Minister gesteckt hatte, um die armen Tiere darin zu seiner Belustigung gegeneinander aufzuhetzen.

»Warum müssen wir Frauen eigentlich unser Haar bedecken?«, fragte plötzlich die kleine Margarete, die mit einer Stickarbeit am Kamin saß und das Gespräch der Erwachsenen bisher stumm verfolgt hatte.

»Damit die Männer nicht auf dumme Gedanken kommen«, erwiderte Anne mit einem Lächeln. Dabei schaute sie allerdings nicht das Mädchen, sondern ihren Besucher an.

Als Philippe dieses Lächeln sah, stellte er sich für einen Moment vor, wie es wohl sein würde, wenn er auf die Avancen der Regentin einginge. Näher als in ihren Armen konnte er der Macht nicht sein. Aber wäre er dann noch Herr seiner selbst?

Ein Blick auf die kleine Margarete, die ihrer Mutter auf fast schon lächerliche Weise glich, genügte, um Philippe von dem Gedanken zu kurieren. Er hatte ein einziges Mal in seinem Leben den Fehler gemacht, eine Frau zu lieben – nie wieder würde er der Liebe die Herrschaft über sich selber opfern.

33

Im Dezember des Jahres 1485 machte Maximilian sich mit großem Gefolge auf den Weg nach Aachen. In der Stadt Karls des Großen wollte er mit seinem Vater zusammentreffen, um von dort aus mit ihm weiter nach Frankfurt zu ziehen, wo der Kaiser für Ende Januar einen Fürstentag einberufen hatte, um seinen Sohn zum König wählen zu lassen.

Acht Jahre war es her, dass Max mit seinem Brautzug nach Gent aufgebrochen war, um Marie von Burgund zu heiraten. Ein schwärmender Ritter war er damals gewesen, und nur widerstrebend hatte er die Heimat verlassen, ohne zu ahnen, dass er jenseits der Grenze, an der Seite jener unbekannten Frau, die er gegen seinen Willen ehelichen sollte, seine wahre Bestimmung finden würde. Jetzt kehrte er zum ersten Mal wieder ins Reich zurück, gereift und als Mann. Wie fremd, wie unwirklich erschien ihm das Land. Damals war es grün und golden gewesen. Jetzt lag es schweigend und weiß da, so weit das Auge reichte, während die Schneeflocken lautlos vom Himmel schwebten, als wollten sie die Heimat in einen Schleier hüllen.

Warum bin ich allein?, dachte er. *Warum kann Marie nicht bei mir sein?*

Zwei Tage vor Weihnachten traf er in Aachen ein. Sein Vater war bereits in der Stadt und wünschte ihn zu einer privaten Unterredung zu empfangen. Ein wenig beklommen betrat Max das Palais, in dem der Kaiser residierte. Wie würde das Wiedersehen sein? Zwischen ihnen lagen acht Jahre, zahllose Kriege, die Geburt zweier Kinder und der Tod seiner Frau. Der Vater war nicht an der Seite seines Sohnes gewesen, als man ihm sein Erbe und seine Kinder entriss, und der Sohn nicht an der Seite seines Vaters, als man diesen wie einen Vagabunden aus Burg und Stadt vertrieb.

Ein Diener begleitete Max zu dem Gemach, in dem der Kaiser auf ihn wartete. Vor der Tür hielt er noch einmal inne. Wie oft hatte er in seiner Jugend vor der Tür seines Vaters gestanden und sich vor der Demütigung gefürchtet, die dahinter seiner harrte. Achtung oder Respekt hatte der Kaiser ihm nie erwiesen. Würde er sie ihm jetzt erweisen? Max schluckte den alten Hader hinunter und öffnete die Tür.

Natürlich war der Kaiser nicht allein. Der unvermeidliche Werdenberg stand am Stehpult und schrieb mit kratzender Feder etwas nieder. Ihm gegenüber thronte in seiner ganzen Leibesfülle Onkel Sigmund auf einem zerbrechlichen, viel zu kleinen Stuhl und schüttete sich einen Becher Wein ein. *Als hätte die Zeit all die Jahre stillgestanden,* dachte Max bei ihrem Anblick. Aber das war eine Täuschung. Zu tief waren die Spuren, die die Zeit an seinem Vater hinterlassen hatte. Wie ein Totenschädel wirkte sein Kopf, aus tiefen Höhlen blickten seine Augen, und um sein rechtes Bein trug er einen Verband.

Ohne einen Gruß stemmte der Kaiser sich in die Höhe. Auch Max blieb stumm. Es gab keine Worte, die jetzt die richtigen waren, nur das leise Stöhnen des Alten war zu hören, offenbar bereitete ihm jede Bewegung Schmerzen. Warum war er nicht sitzen geblieben? Um ihm, seinem Sohn, Achtung und Respekt zu erweisen?

Zögernd machte Max einen Schritt auf seinen Vater zu. Der blieb, gestützt auf seinen Stock, vor ihm stehen, ohne sich zu rühren. Wollte er seinen Sohn zwingen, auch den nächsten Schritt zu tun? Max war ihm so nah, dass ihm die Ausdünstungen des kranken Beins in die Nase stiegen. Damals, vor acht Jahren, als sie Abschied voneinander genommen hatten, hatte sein Vater schon ausgesehen wie ein Greis. Jetzt roch er auch wie einer.

»Ja, worauf wartet Ihr denn noch?« Onkel Sigmund wuchtete sich von seinem Stuhl und trat auf sie zu. »Oder wisst Ihr nicht, wie Vater und Sohn sich begrüßen? Nun, dann sollte ich Euch wohl ein wenig dabei helfen.« Ohne zu fragen, legte er seinen Arm um die beiden und schob sie zusammen. »Willkommen daheim!«

34

Die Wollstränge wurden in Körben geliefert, geordnet nach Farbe und Stärke. Barbara begutachtete jeden einzelnen Strang, ehe sie seinen Erhalt in ein Buch eintrug. Seit Jan und sie wieder in Gent lebten, half sie ihrem Mann in der Werkstatt. Sie wollte nicht den ganzen Tag in der Stube hocken, und von der Hauswirtschaft verstand sie zu wenig, um eine Hilfe zu sein – offenbar hatte ihre Mutter ihr weder Kochen noch Backen beigebracht. Dafür aber konnte sie rechnen, lesen und schreiben. Jan hatte ihr deshalb die Führung der Bücher sowie die Aufsicht über die Ein- und Ausgänge der Waren übertragen. Dabei hatte sie im Laufe der Zeit ein gutes Gespür für die Beschaffenheit der Wolle bekommen und wies inzwischen sogar hin und wieder eine Lieferung zurück, wenn sie den Ansprüchen für das Strumpfgarn nicht genügte. Ihrer Schwägerin war ihre Tätigkeit zwar ein Dorn im Auge – eine Frau in der Werkstatt, so hatte Antje gewarnt, bringe nur Unglück –, aber Jan hatte ein Machtwort gesprochen, und so hatte sie sich schließlich in den Willen ihres Bruders gefügt.

Die Wolle, die man heute gebracht hatte, war ohne Fehler. Nachdem Barbara die Lieferung bezahlt hatte, brachte sie die Körbe ins Lager und sortierte die Stränge in die Regale. Sie war allein in der Werkstatt, die Gesellen und Lehrlinge hatten bereits Feierabend, als Jan, der den ganzen Tag bei einem Färber zu tun gehabt hatte, nach Hause zurückkehrte.

»Du weißt ja gar nicht, wie sehr du mir gefehlt hast.« Er nahm sie in den Arm und schaute sie an. »Bist du glücklich?«

Glück, dachte sie, *was ist schon Glück?* Jan gab ihr etwas, das viel wichtiger war. Geborgenheit. Einen Platz im Leben.

»Es war ein guter Tag«, sagte sie.

Er hob ihr Kinn, so dass sie ihn anschauen musste. »Wenn es irgendetwas gibt, das dir fehlt, musst du es mir sagen – hörst du?«

»Ach Jan, was soll mir denn noch fehlen?« Falls es mehr gab, als sie kannte, wollte sie nichts davon wissen.

Zärtlich lächelte er sie an. »Ich glaube, ich weiß, was es ist.«

»Dann kennst du mich besser als ich mich selbst.«

»Ich glaube, es ist dasselbe, was auch ich mir wünsche.« Er gab ihr einen Kuss. »Wäre es nicht schön, wenn wir ein Kind hätten?«

»Ein Kind? Du wünschst dir ein Kind?«

»Du etwa nicht? Wir sind Mann und Frau – was könnte natürlicher sein?«

Ein Kind. Bei dem Gedanken durchströmte Barbara ein Gefühl, das vielleicht wirklich so etwas wie Glück war. Ein Geschöpf, das ganz ihr gehörte und ihr niemand nehmen würde. Ein neues Leben, ein neuer Anfang, ohne die alten Fragen und Zweifel. »Ja«, sagte sie leise. »Ja, Jan, das wünsche ich mir.«

Er beugte sich zu ihr, um sie zu küssen.

Da klopfte es an der Tür.

»Kann ich Euch einen Moment sprechen, Mijnher Coppenhole?«

Ein Mann, der Barbara von Grund auf zuwider war, betrat die Werkstatt. Philippe de Commynes.

»Nur zu«, sagte Jan.

Commynes schüttelte den Kopf. »Ich meine – unter vier Augen?«

»Ich habe vor meiner Frau nichts zu verbergen.«

»So sollte es in einer guten Ehe sein«, erwiderte der Franzose mit einem falschen Lächeln. »Doch ich fürchte, Euer Weib wird sich nur langweilen.« Er blickte Barbara an. »Wenn ich also bitten darf?«

35

Kunz Freiherr von der Rosen lustwandelte auf dem Fürstentag zu Frankfurt mit einer Grandezza, als hätte er sein Lebtag nichts anderes getan. Ja, in Würdigung seiner Verdienste um die Befreiung des Erbprinzen Philipp von Burgund hatte Herzog Maximilian ihn in den Adelsstand erhoben. Nun war es ihm Genugtuung und Genuss zugleich, einmal ganz und ausschließlich unter seinesgleichen zu sein. Wohin das Auge schaute, nur Edelleute wie er selbst: Herzoge und Grafen, Barone und Freiherren. Sie alle drängten sich am Wegesrand und verrenkten sich die Hälse, um einen Blick auf den Kaiser und seinen Sohn zu erhaschen, die jeden Moment erscheinen mussten.

Mit dem Gefühl natürlicher Überlegenheit schaute Kunz von seinem Hochsitz im Geäst eines Baums auf das Gewimmel zu seinen Füßen herab. Auf dem Frankfurter Römer ging es zu wie auf dem Jahrmarkt. Bunt leuchteten die Farben der Kleider im harschen Winterlicht, die Federn an den Hüten, das Gold und Silber der Schabracken. Wein und Bier flossen in Strömen, und mancher Schankwirt würde wohl schon bald ein reicher Mann sein.

Eine Fanfare ertönte, und gleich darauf erfolgte wie auf einer Bühne der Einzug der Schauspieler. Als ersten Tragöden erblickte Kunz den greisen und kranken Kaiser: Im Tragsessel wurde er zur Wahlkapelle geschafft. An seiner Seite schritt der eigentliche Held des Dramas, Maximilian von Habsburg. Ihm stand die Anspannung ins Gesicht geschrieben – kein Wunder, die Krone des Heiligen Römischen Reichs bedeutete, wie jedermann wusste, die Herrschaft über die Welt, mit ihr konnte er die Vielfalt der habsburgischen Länder einigen und zugleich seine Macht in Burgund stärken. Hinter Vater und Sohn folgte der Chor der Kurfürsten, die bei der anstehenden Wahl allein stimmberechtigt waren. Der Pomp ihres Aufzugs versprach ein Spektakel, wie man es herrlicher auf keinem Jahrmarkt geboten bekam.

Kunzens Erwartungen wurden nicht enttäuscht. Kaum hatte Sigmund von Tirol den Sohn des Kaisers zur Wahl vorgeschlagen, ging ein wochenlanges Feilschen los. Um Maximilian ihre Stimme zu geben, verlangten die Fürsten nicht nur Ämter und Hoheitsrechte, um daraus neue Einkünfte zu erzielen, sondern auch eine umfassende Reform des Reiches, die darauf hinauslief, die Rechte von Kaiser und König zugunsten der Fürsten zu beschneiden. Vor allem Berthold von Mainz, der Friedrich schon vor Jahren in Trier bei den Verhandlungen mit Karl dem Kühnen die Unterstützung versagt hatte, sowie der greise Achilles von Brandenburg, der sich wie Friedrich kaum noch auf den Beinen halten konnte und in einer Sänfte getragen werden musste, stellten immer unverschämtere Forderungen. »Und wenn es mein letzter Dienst am Reich ist«, rief der Greis, wann immer seine Interessen auf dem Spiel standen. Beide ließen in ihrem Widerstand erst nach, als Maximilian Berthold versprach, im Falle seiner Wahl ihm das Recht des Reiches auf das goldene Mainz zu übertragen, und er dem alten Achilles Hoffnungen machte, im selbigen Falle dessen Tochter Dorothea zu heiraten.

Kunz von der Rosen glaubte von alledem kein Wort. Umso mehr bewunderte er den Herzog von Burgund, dass es ihm mit seinen leeren Versprechungen gelang, zwei der wichtigsten Kurfürsten für seine Sache zu gewinnen. Der Kaiser selbst hingegen hielt sich auffallend zurück. Anstatt seinen Sohn zu unterstützen, versuchte er, mit dem Verzehr immer größerer Mengen von Melonen sein brandiges Bein zu kurieren und meldete sich in der Versammlung nur dann und wann zu Wort, um mit mürrischer Miene seinen Unwillen über irgendeinen Beitrag zu bekunden. Fast hatte es den Anschein, als wünsche er die Wahl seines Sohnes gar nicht – die Machtübergabe war ihm offenbar zutiefst zuwider, und ohne den Zwang der Fürsten hätte er sich kaum dazu durchgerungen, sie überhaupt anzubieten. War die Einberufung der Versammlung vielleicht am Ende nur eine Komödie, um Maximilian für den Krieg gegen Ungarn zu gewinnen? Kunz traute dem Alten alles zu. Matthias Corvinus, der bei der Königswahl eigentlich Stimmrecht besaß, war auf dem Fürstentag erst gar nicht zugegen. Da Wladislaw von Böhmen ihm die Kurfürstenstimme streitig machte, hatte Friedrich kurzerhand den einen so wenig wie den anderen nach Frankfurt geladen.

Der Februar war schon angebrochen, als Sigmund von Tirol die wahlberechtigten Fürsten in der Bartholomäuskirche endlich zur Abstimmung aufrief. »Als einziger Anwärter auf die Würde der römisch-deutschen Königskrone stellt sich Maximilian von Habsburg, Herzog von Burgund und Erzherzog von Österreich, zur Wahl. Er ist bereit, dem Reich nach Kräften zu dienen und seinem kaiserlichen Vater ein gehorsamer Sohn und allzeit getreuer Untertan zu sein.«

Sigmund ließ seine Schweinsäuglein noch über die Versammlung schweifen, da erhob sich Albrecht von Bayern. »Ich muss Euch berichtigen, Herr von Tirol«, rief er. »Auch ich stelle mich zur Wahl.«

Verwundert schauten die Kurfürsten sich an. Der Bayer warf seinen Hut in den Ring? Damit hatte niemand gerechnet. Kunz rieb sich die Hände. Was für eine wunderbare Wende! Sogar Friedrich, der halb schlafend der Versammlung beigewohnt hatte, erwachte zu neuem Leben.

»Ihr wagt es, Euch gegen Unseren Sohn zu stellen?«, rief er und schlug mit seinem Stock gegen das Chorgestühl. »Keinem anderen Fürsten als meinem Erstgeborenen steht die Krone des römisch-deutschen Königs zu. AEIOU!« Jeden Buchstaben betonte er mit einem weiteren Schlag.

Der Bayer ließ sich davon nicht beeindrucken. »Ihr irrt Euch, Majestät«, erwiderte er. »Allein die freie Wahl der Fürsten bestimmt, wer König wird, nicht Herkunft noch Geburt!«

»Dann wird keine Wahl stattfinden!«

Berthold von Mainz erhob sich von seinem Stuhl. »Wollt Ihr uns zum Narren halten? Wir haben große Mühen auf uns geladen, um Eurem Ruf zu folgen. Jetzt wird die Sache entschieden, hier auf diesem Fürstentag.«

»Das ist infam! Ich verlange Gehorsam!«

Ohne den Kaiser zu beachten, richtete Berthold das Wort an die Kurfürsten. »An uns ist es zu entscheiden: Wer soll unser König sein – Maximilian von Habsburg oder Albrecht von Bayern?«

36

Du kannst andere nur entzünden, wenn du selber brennst ... Wie oft hatte Jan Coppenhole, wenn er im Rathaus vor der Ständeversammlung sprach, diese Erkenntnis des Heiligen Augustinus am eigenen Leibe verspürt. Als hätte der Himmel selbst ein Feuer in ihm entfacht, sprang der Funke seiner Rede auf seine Zuhörer über. Doch heute war es anders. Eine geschlagene Stunde sprach er nun schon auf die Stände ein, ohne dass sich eine Hand zum Beifall rührte. Warum wollte das Feuer nicht brennen?

Dabei hatte er der Versammlung eine großartige Nachricht zu verkünden. Anne de Beaujeu, die Tochter König Ludwigs und Regentin von Frankreich, bot den Genter Bürgern an, ihre Stadt unter französischem Schutz zur freien Stadtrepublik auszurufen. Das bedeutete die Befreiung von der Knechtschaft des österreichischen Tyrannen – jetzt und für alle Zeit!

»Was nützt uns die Zusage aus dem fernen Frankreich«, fragte Hinrich Peperkorn, »wenn Herzog Maximilian unsere Stadt seinen Landsknechten zur Plünderung freigibt?«

»Maximilians Wahl zum König ist keineswegs sicher«, erwiderte Jan. »Und selbst wenn er gewählt wird – dann muss der Herzog von Österreich mit seinem Vater in den Krieg gegen die Ungarn ziehen. Das ist der Preis für die Krone.«

»Mijnher, habt nicht Ihr selbst immer wieder gesagt, dass die Bürger sich nichts sehnlicher wünschen, als in Ruhe und Frieden ihrer Arbeit nachzugehen?«

»Genau das würde ein französisches Protektorat ja garantieren! Das hat Monsieur de Commynes mir persönlich versichert.«

Peperkorn schüttelte den Kopf. »Herzog Maximilian hat uns die Strafe für den Aufruhr, den Ihr und Euer Herr de Commynes geschürt haben, gnädig erlassen und unsere Stadt verschont. Wir dürfen seine Langmut nicht mit neuem Ungehorsam vergelten.«

»Aber ...«, protestierte Jan.

»Kein Aber!« Der Gewürzhändler kehrte ihm den Rücken zu, um sich den übrigen Ständevertretern zuzuwenden. »Ich schlage vor, wir stimmen ab. Wer von Euch wünscht, das Angebot Frankreichs anzunehmen?«

Außer Jan hob nur ein halbes Dutzend Getreuer die Hand.

»Und nun zeige auf, wer es mit Maximilian von Habsburg hält, dem wahren und rechtmäßigen Herrscher Burgunds!«

37

Kunz Freiherr von der Rosen frohlockte. Der zweite Akt im Drama der Königswahl begann so verheißungsvoll, wie der erste geendet hatte. Gerüchte machten die Runde, dass der Kaiser, wie es so seine Art war, dem Herzog von Bayern seine Tochter zur Ehe angedient hatte, Friedrich und der Brautwerber sich aber nicht über Kunigundes Erbe hatten einigen können, so dass aus dem Bund nichts geworden war. Mit seiner Kandidatur versuchte Albrecht nun offenbar, die Rechnung zu begleichen.

Nachdem Maximilians Rivale seinen Hut in den Ring geworfen hatte, verwandelte der Frankfurter Fürstentag sich in einen Bienenstock. Jedes Fürstenzelt wurde zur Wabe, durch deren Einlass die Wahlwerber beider Parteien ein und aus schwirrten. Als Freund und Kenner des Theaters erkannte Kunz schon bald, dass der Sohn des Kaisers ein glänzender Schauspieler war, der nicht nur eine, sondern viele Rollen beherrschte, um das Publikum mit seiner Kunst zu betören. Hier machte er Versprechungen, stellte Reichsrechte in Aussicht, erging sich in Schmeicheleien – dort senkte er die Hand auf den Schwertgriff und sprach in kaum drei Worten eine Drohung aus. Beim einen machte er sich demütig zum Bittsteller, beim Nächsten schnürte er unterm Verhandlungstisch das Säckel auf. Bei dem sächsischen Kurfürsten gab er sich väterlich, bei dem Kölner brüderlich, bei dem Brandenburger mimte er den möglichen Schwiegersohn. Doch in welcher Rolle er immer auftrat, stets zeigte er Hoheit, sogar im Zorn. Wer im Groll zu ihm kam, dessen Ärger war bald verraucht. Nicht mal sein Vater verweigerte ihm länger die Unterstützung. Hatte der Kaiser zu Beginn des Fürstentags den Eindruck erweckt, er würde lieber einen Besenstiel zum römisch-deutschen König krönen als den eigenen Sohn, so trat er jetzt mit Maximilian unter ein Joch, um zusammen mit ihm den Boden des Reiches umzupflügen, damit bei der Königswahl die Saat im Sinne Habsburgs aufging.

So ging der Februar ins Land, bis am Ende des Monats die Kurfürsten in die Bartholomäuskirche zurückkehrten. Kunz sehnte sich zwar allmählich nach den Annehmlichkeiten seines Genter Hauses und den Zärtlichkeiten der darin wohnenden Damen zurück, doch war er zuversichtlich, dass der letzte Akt des Spektakels ihn für die Entbehrungen entschädigen würde. Um sieben in der Frühe ritten Vater und Sohn an der Spitze ihres Trosses zur Wahlkirche, Seite an Seite, wie vor Jahren bei ihrem Einzug in Trier. Damals war der Jüngere noch ein zu lang geratener Knabe gewesen, der unter der Knute des Älteren stand. Heute war der Ältere ein verglimmendes Licht, das im Glanz eines neuen Sterns noch einmal aufglomm, vielleicht zum letzten Mal.

Als die Versammlung vollständig war, richteten beide Rivalen noch einmal das Wort an die stimmberechtigten Fürsten. Albrecht von Bayern gab ihnen nur ein einziges Versprechen: dass unter seiner Herrschaft ihre Eigenständigkeit stets gewahrt bleiben würde. Doch der Beifall, den er dafür erntete, spiegelte sich in den Gesichtern der Fürsten mit solcher Deutlichkeit, dass der Kaiser, der an der Epistelseite des Chores thronte, so grimmig dreinblickte, als wäre die Schlacht schon verloren. Kunz von der Rosen war gespannt, wie Maximilian den Fehdehandschuh aufgreifen würde.

Scheinbar unbekümmert, ohne jedes Zeichen von innerer Anspannung erhob sich der Prinz. »Was zählt in Euren Augen mehr?«, fragte er. »Der Baum oder der Wald? Der Halm oder das Feld? Der Tropfen oder das Meer?« Verwundert sahen die Fürsten sich an. »Der Wald, werdet Ihr sagen«, fuhr Maximilian fort, »der Wald und das Feld und das Meer – und Ihr habt recht, so zu sprechen! Denn so ist es in allen Dingen. Das Teil ist nichts, das Ganze ist alles! Was zählt ein Haus im Vergleich zur Stadt? Was eine Stadt im Vergleich zum Land? Und was ein Land im Vergleich zum Reich? Nein, nicht das Wohlergehen eines einzelnen Fürsten zählt, sondern das Wohlergehen ihrer Gemeinschaft. Nur wenn das Reich stark ist, kann jeder von uns darin erstarken. Ist aber das Reich schwach, wird jeder von uns unter seiner Schwäche leiden. Darum rufe ich Euch auf, lasst uns allen Streit und alle Fehden schlichten, um das Reich zu einen!«

Kunz von der Rosen war beeindruckt, weniger von Maximilians Worten als von der Art seines Auftritts. Wie ein geübter Tragöde bewegte er sich auf der Bühne. Aus jeder Bewegung seiner Glieder, aus jeder Regung seines Gesichts sprach die Frische und Kühnheit der Jugend, nach der das altersschwache Reich lechzte wie ein Zwerg nach Größe.

»Ihr verlangt Reformen?«, rief er der Versammlung zu. »Ich werde sie Euch geben. Drei Dinge sind erforderlich, um das Reich zu erneuern. Erstens: eine einheitliche Münze. Wenn jeder Kaufmann, jeder Handwerker über alle Grenzen hinweg mit gleicher Münze handeln kann, wird der Handel im ganzen Reich erblühen und der Wohlstand steigen. Zweitens: der Landfrieden. Handel und Wohlstand können nur gedeihen, wenn Ruhe herrscht in jedem Fürstentum. Landfriedensgerichte garantieren unseren Frieden untereinander, wer diesen Frieden gefährdet oder verletzt, wird peinlich bestraft. Drittens: das Reichskammergericht. Frieden kann auf Dauer nur herrschen, wo Gerechtigkeit herrscht. Im Reichskammergericht teilen die Reichsstände sich die Reichsgewalt. Kein Recht ist höher als das Recht, das dieses Gericht spricht.« Maximilian machte eine Pause, bevor er die letzten Worte sprach. »Wohlstand, Frieden, Gerechtigkeit – dafür lasst uns zusammenstehen! Damit das Reich Karls des Großen sich wie ein Phönix aus der Asche erhebt!«

Wie ein Schauspieler am Ende eines Monologs stand Maximilian da und schaute in sein Publikum. Hatte er vergessen, dass er in einem Gotteshaus war, und wartete nun auf Applaus? Während Kunz versuchte, in den Gesichtern der Fürsten zu lesen, erhob sich der Kaiser von seinem hölzernen Thron und hinkte, gestützt auf seinen Stock, den Kopf tief zwischen den Schultern eingezogen, mit seinem brandigen Bein zum Chorraum hinaus. Er konnte die Ungewissheit offenbar nicht länger ertragen.

Kunz folgte ihm nach, das menschliche Drama lockte ihn mehr als die langweilige Prozedur des Wahlvorgangs mit all den Notaren und Schreibern. Er fand den Kaiser in der Liberey der Kirche. Inmitten uralter Bücher kauerte Friedrich an einem abgeschabten Pult und stierte vor sich hin. Es war ein Raum, in dem die Ewigkeit zu wohnen schien – überall Spinnweben und Staub. Konnte die Zeit an einem solchen Ort überhaupt vergehen? Während von draußen leise Geräusche hereindrangen, griff der Kaiser nach einem Folianten, um das Warten durch Lektüre abzukürzen. Seine welken Lippen formten lautlose Worte. Las er – oder betete er für Maximilians Sieg?

Plötzlich erschallten in der Kirche Fanfaren und Pfeifen.

»Alea jacta est«, murmelte Friedrich und klappte das Buch zu. »Die Würfel sind gefallen.«

Im nächsten Moment stürzte Werdenberg herein. »Sie haben ihn gewählt – mit *einer* Stimme!«, verkündete er. »Maximilian von Habsburg ist der römisch-deutsche König!«

Eine lange Weile verharrte der Kaiser auf seinem Stuhl, ohne ein Wort zu sagen. Dann hob er die knotige Hand, und während seine Augen sich mit Tränen füllten, schrieb er mit zitternden Fingern fünf große Buchstaben in den Staub auf seinem Pult:

AEIOU.

38

Arbeit war schon immer die sicherste Quelle der Zufriedenheit für Jan Coppenhole gewesen. Wenn er an seinem Wirkstuhl saß und sah, wie unter seinen Händen das Garn sich in Kulierware verwandelte, empfand er so tiefen inneren Frieden, dass ihm sein übriges Leben mit all den Streitigkeiten und Kämpfen manchmal wie ein falscher Spuk erschien. Doch seitdem Barbara Seite an Seite mit ihm die Werkstatt führte, sie von morgens bis abends um ihn war, sich um die Bücher und die Warenbestände kümmerte, während er einen Lehrling anwies, wie das Garn zu kämmen war, oder ein neues Muster probierte, das er ihr zur Begutachtung vorlegen konnte, oder sie mit feinem Sinn ein Urteil über eine Probe fällte, hin und wieder sogar eine Verbesserung vorschlug – dann erfüllte Arbeit ihn nicht nur mit Zufriedenheit, sondern mit Glück. Konnte ein Mann mehr im Leben erhoffen, als zusammen mit seiner Frau auf solche Weise sein Brot zu verdienen?

Das Einzige, was Jan Coppenholes Glück trübte, war die Erinnerung an die Hochzeitsnacht. Sein Freund Frans Brederode hatte ihm Angst gemacht – wenn Barbara in dieser Nacht nicht blute, so seine Warnung, würde sie vielleicht ihren Glauben verlieren. Mit Hilfe einer toten Taube, die er unter das Laken gelegt hatte, hatte Jan dafür gesorgt, dass Barbara keine Zweifel an ihrer Jungfernschaft kamen. Manchmal nagte deshalb das Gewissen an ihm. Doch war das Glück, das sie beide nun teilten, nicht einen solchen Betrug wert?

Ein Lehrling trat zu ihm an den Wirkstuhl. »Draußen ist ein Herr, der möchte Euch sprechen.«

»Hat er seinen Namen genannt?«, fragte Jan.

Der Lehrling schüttelte den Kopf. Jan konnte sich schon denken, wer es war, und unterbrach seine Arbeit.

»Schlechte Nachrichten«, sagte Philippe de Commynes, der vor dem Haus wartete. »Maximilian wurde zum König gewählt.«

»Deshalb wollt Ihr mich sprechen?«, wunderte sich Jan.

»Allerdings«, erwiderte der Franzose. »Es wird Zeit, unser Trumpfass zu ziehen.«

»Ich ... ich weiß nicht, wovon Ihr redet«, sagte Jan, obwohl er es nur allzu gut wusste.

»Eure Frau«, bestätigte Commynes. »Es wird Zeit, dass sie sich nützlich macht. Oder was glaubt Ihr, warum ich Euch die Frechheit durchgehen ließ, die Hure des Herzogs ohne meine Erlaubnis zu heiraten?«

39

Endlich, endlich erfüllte sich, wozu Maximilian von Habsburg geboren war. Am neunten Tag im April des Jahres 1486 wurde er vor Gott und der Welt zum König erhoben. *Vielleicht ist die Welt ja ein Theater ...* Unwillkürlich musste er an die Worte seiner Frau Marie denken, als er an der Spitze des Krönungszugs, geleitet von seinem kaiserlichen Vater sowie den sieben Kurfürsten, die Hochhalle des Aachener Münsters betrat. Zwischen kostbaren schwarzen Marmorsäulen schritt er zum Hauptaltar, verharrte vor den Stufen im Gebet, um sich dann, als Zeichen seiner Demut, mit ausgebreiteten Armen zu Boden zu werfen. Kalt spürte er an seinem Gesicht den Stein, den die Tritte zahlloser Gläubiger glattpoliert hatten. Während über ihm die Litanei gesungen wurde, bat er Gott um Beistand für sein Amt. Als der Gesang verstummte, erhob er sich auf die Knie, um die Krönungsfragen zu beantworten, die der Kölner Fürstbischof ihm stellte: ob er den katholischen Glauben halten, die heilige Kirche schützen, das Reich gerecht regieren, die Rechte des Reiches wahren, Witwen und Waisen schirmen, der Römischen Kirche und dem Papst treu sein wolle.

»*Volo*«, gelobte er. »Das will ich. So wahr mir Gott helfe!«

Noch einmal warf er sich zu Boden, um ein weiteres stilles Gebet zu verrichten. Dann richtete er sich mit Hilfe der drei geistlichen Kurfürsten auf. Nachdem der Trierer und der Mainzer Fürstbischof ihn an Haupt und Händen entblößt hatten, trat der Kölner zu ihm, um ihn zu salben. Zu dritt hüllten sie ihn in die Krönungsgewänder, Alba, Stola und Cappa, und streiften ihm die Sandalen Karls des Großen über, um ihn so gekleidet vom Altar zum Krönungsstuhl zu führen. Dort überreichte man ihm die Insignien seiner Macht: das von Edelsteinen funkelnde Schwert Karls des Großen, das Zepter und den Reichsapfel. Während die silberne Königskrone sich auf sein Haupt senkte, sah er Maries Gesicht. *Du sollst die Christenheit führen. Damit das Reich durch dich neu ersteht …* Sie hatte an ihn geglaubt, sie hatte ihm das große Ziel gegeben, und noch auf dem Totenbett hatte sie ihm das Versprechen abgenommen, nie von diesem Ziel zu lassen. Warum war sie nicht bei ihm? Ohne sie war dieser Tag nicht nur der Tag seines größten Triumphs, sondern auch der Tag seiner größten Einsamkeit.

»*Regi salutem, laudem et gloriam* – Heil, Lob und Ruhm dem neuen König!«

Tausendstimmiger Jubel durchbrauste das uralte Gotteshaus, als Maximilian sich von dem Krönungsstuhl erhob, um sich dem draußen wartenden Volk zu zeigen. Als er ins Freie trat, war vor dem Portal ein Haferberg aufgeschüttet. Im Ornat des Reichsmarschalls ritt Wolf von Polheim mit einem Pferd in den Haufen hinein, füllte einen silbernen Eimer und streute nach altem Brauch das Getreide über die Bürger aus. Damit war das Signal zur Plünderung gegeben. Während Wolf mit seinem Pferd, das bis zum Bauch versank, sich aus dem Haferberg mühte, stürzten die Leute mit Eimern und Säcken herbei und rauften sich um das Korn.

Bis in die Nacht hinein feierte das Volk auf dem Marktplatz, wo über offenen Feuern Ochsen brieten und aus den Röhren des Brunnens Rheinwein strömte. Max nahm unterdessen im Rathaus die Gaben und Ehrengeschenke entgegen, die der Adel des Landes und die Bürger der Stadt ihm brachten. Längst stand der Mond am Himmel und der Lärm unter den Fenstern war verstummt, als der letzte Besucher sich empfahl. Max verabschiedete sein Gefolge. Er wollte den Tag allein beschließen, in Gedanken an Marie – wenigstens in Gedanken wollte er mit ihr zusammen sein, das Gefühl des Erreichten genießen. Nur eine lästige Pflicht galt es zuvor noch zu erledigen. Selbst an diesem Tag seines Triumphs verfolgte ihn das Gespenst der Geldnot. Also trat er ans Pult, um einen Brief an den Rat der Stadt zu schreiben, in dem er um zweitausend Gulden für die Krönungsfeier bat. Draußen war es inzwischen so still, dass nur das Kratzen der Feder auf dem Pergament zu hören war.

»Es ist an der Zeit, dass Er den Preis für die Krone entrichtet.«

Als Max von seinem Pult aufblickte, sah er in das Gesicht des Kaisers. »Ihr meint den Feldzug gegen die Ungarn?«, fragte er.

Sein Vater nickte. »Er hat sich so lange ausschließlich um Sein Burgund gekümmert, dass man sich für Ihn schämen musste. Das Reich erwartet, dass Er sich endlich seiner Untertanen erbarmt.«

Max erhob sich von seinem Stuhl. »Ich werde weder das Reich noch meine Untertanen enttäuschen. Und auch nicht den Kaiser.«

»Das will ich hoffen«, schnarrte sein Vater, ohne Wolf von Polheim zu beachten, der im Türrahmen erschienen war. »Die Anwesenheit des Königs ist im Krieg gegen Corvinus mehr wert als fünftausend Mann Fußvolk.«

Wolf räusperte sich.

»Was hat Er so Wichtiges, dass Er uns stört?«, knurrte Friedrich.

»Eine Nachricht aus Gent«, erwiderte Wolf. »Frankreich hat Burgund den Krieg erklärt.«

40

Ein Gerücht ging um in der Stadt, flog von Mund zu Mund, von Haus zu Haus, verbreitete sich in Windeseile. Der Kaiser war in Burgund, der Kaiser des römisch-deutschen Reiches! An der Seite seines frisch gekrönten Sohnes, so hieß es, ziehe er durchs Land, um den verfluchten Franzosen, die abermals das Herzogtum bedrohten, zusammen mit dem Regenten Einhalt zu gebieten. Ob die beiden sich wohl auch in Gent zeigen würden?

Während die ganze Stadt dem Kommen von Kaiser und König entgegenfieberte, geriet Jan Coppenhole in immer größere Bedrängnis. Philippe de Commynes verlangte, dass er seiner Frau die Wahrheit sagte. Barbara sollte wieder Rosina werden, um zum zweiten Mal die Gunst des Habsburgers zu erlangen, damit sie ihn für die Franzosen ausspionieren konnte. Die Vorstellung, dass er Barbara seinem Feind ins Bett legen sollte, brachte Jan um den Verstand. Doch mit jedem Tag, den die Rückkehr des Regenten näherrückte, wurde Commynes ungeduldiger.

»Habt Ihr endlich mit ihr gesprochen?« Wieder einmal hatte er Jan vor seiner Werkstatt abgefangen.

Der schüttelte den Kopf.

»Verflucht! Ich hatte es Euch doch befohlen!«

»Ihr habt mir gar nichts zu befehlen. Ich bin ein freier Mann.«

»Werdet nicht frech – Ihr steht in Frankreichs Schuld! Ihr habt Tausende von Gulden bekommen.«

»Nur für die gerechte Sache habe ich Euer Geld genommen. Für mich selber keinen Pfennig.«

»Das ist vollkommen gleich!« Commynes trat so dicht zu ihm heran, dass Jan seinen Atem roch. »Ihr tut, was ich sage, oder …«

»Oder was?«

Der Franzose schnippte mit dem Finger. »Oder ich kümmere mich selbst um Euer Weib.« Dabei zog er ein so hochmütiges Gesicht, dass Jan sich beherrschen musste, um ihm nicht das Maul zu polieren.

»Lasst mich vorbei. Ich habe zu arbeiten.«

Commynes rührte sich nicht vom Fleck. Jan stieß ihn beiseite.

»Was zum Teufel fällt Euch ein?«

Ohne sich um den Franzosen zu kümmern, verschwand er im Haus.

»Habt ihr euch gestritten?«, fragte Barbara, als er zur Tür hereinkam. Außer ihr war niemand mehr in der Werkstatt.

»Gestritten?«, erwiderte Jan. »Wer?«

»Du und Commynes. Ich habe euch durchs Fenster gesehen.«

Er schaute sie an. Obwohl sie schon so lange verheiratet waren, konnte er immer noch nicht fassen, dass diese schöne Frau ihm das Jawort gegeben hatte. Unter ihrer Schürze glaubte er eine leichte Rundung zu erkennen. Sie hatte zwar noch nichts gesagt, doch wer weiß, vielleicht hatte sie schon ein Kind von ihm empfangen. Nacht für Nacht umarmten sie sich, und es konnte nicht ewig dauern, dass die Natur das Wunder wirkte, das ihnen zum vollkommenen Glück noch fehlte.

Wollte er das gefährden? Nur um Commynes zu Willen zu sein?

»Ich will mit dem Kerl nichts mehr zu tun haben«, sagte er.

»Mit dem Franzosen?«

»Ich mag ihn einfach nicht.«

»Ich auch nicht. Aber ich dachte, du brauchst ihn.«

»Ich brauche nur dich.« Er nahm ihre Hand. »Gott hat dich mir geschickt. Du und ich – das ist mir wichtiger als alles andere.«

»Und der Herzog?«, fragte sie.

»Was kümmert uns der Herzog, wenn wir glücklich sind?« Er gab ihr einen Kuss. »Ich jedenfalls bin glücklich, Barbara, so glücklich wie noch nie in meinem Leben.«

»Wenn du es bist, bin ich es auch.« Sie lächelte ihn an. »Trotzdem, wir können nicht so tun, als würde es den Herzog nicht geben. Obwohl ich ihn nie gesehen habe, ist er mir unheimlich. Wo immer er auftaucht, gibt es Tod und Verwüstung. Wenn ich mir vorstelle, dass er zurückkommt, habe ich Angst.«

»Du brauchst keine Angst zu haben.«

»Aber du sagst doch selbst, er ist ein Unglück für das Land.«

»Das ist er auch.«

»Und dann willst du aufhören, ihn zu bekämpfen? Nur weil du Commynes nicht magst?« Sie schüttelte den Kopf. »Nein, Jan. Das darfst du nicht. Gerade weil wir glücklich sind. Das wäre Verrat.«

»Warum? Das begreife ich nicht.«

Sie drückte seine Hand. »Gib nicht auf, Jan. Kämpf weiter.«

Sie war so durchdrungen von dem, was sie sagte, dass er nicht widersprechen wollte. »Du hast ja keine Ahnung, was das bedeutet«, sagte er nur leise.

»Ich weiß«, nickte sie, »ich verstehe von diesen Dingen nichts, und ich kann es auch nicht wirklich erklären, warum du weiterkämpfen musst, es ist nur ein Gefühl. Aber eins weiß ich gewiss: Solange der Herzog regiert, kann es kein wirkliches Glück geben. Nicht für Gent, nicht für Burgund. Und auch nicht für uns beide.«

41

Bei seiner Rückkehr nach Burgund wurde Maximilian vom Jubel des Volkes empfangen. Wo immer er und sein Vater sich zeigten, säumten zahllose Menschen den Weg. Ob Arm oder Reich, ob Bauer, Bürger oder Edelmann – jeder wollte den frisch gekrönten König an der Seite des Kaisers sehen, in der Hoffnung, dass beide zusammen fortan das Land vor der Willkür der Franzosen beschützten.

»Es lebe Kaiser Friedrich! Es lebe König Maximilian!«

Friedrich, der zur Schonung seines Beines im Sattel eines leichtgängigen Zelters saß, gingen die Augen über. Noch nie hatte er solchen Reichtum gesehen wie in Flandern und Brabant, neben deren Pracht ihm die österreichischen Erblande erbärmlich erscheinen mussten. Selbst das kaiserliche Wien war im Vergleich zu Maastricht oder Löwen ein Armenhaus. Doch Max wusste, niemals hätte sein Vater ihm das zugegeben – eher würde er sich die Zunge abbeißen, als die Überlegenheit Burgunds anzuerkennen – AEIOU. Es grenzte ohnehin an ein Wunder, dass Friedrich den Feldzug gegen Matthias Corvinus verschoben hatte, um Max in sein Herzogtum zu begleiten. Seine eigenen Fürsten hatten ihn zu dieser

Entscheidung gedrängt. Die Zukunft des Reiches, so hatten sie gesagt, werde im Westen entschieden – Max müsse darum erst sein burgundisches Erbe verteidigen, um dann mit aller Kraft seinen Vater im Krieg gegen die ungarischen Landräuber aus Österreich zu unterstützen. Den letzten Ausschlag aber hatte eine Seelenregung des Kaisers gegeben, die Max seinem Vater niemals zugetraut hätte: Friedrich hatte den Wunsch geäußert, seinen Enkelsohn kennenzulernen.

Während Wolf in Richtung Westen weiterritt, um das Heer gegen die Franzosen zu rüsten, die bereits die Grenzfestung Béthune besetzt hielten, machten Max und der Kaiser Station in Mechelen, wo sich Philipp während der Königswahl in der Obhut der Herzoginwitwe Margarete von York aufgehalten hatte. Dem Prinzen war sichtlich beklommen zumute, als sein Großvater von seinem Zelter stieg. Der Junge glaubte offenbar, ein Kaiser sei ein höheres Wesen, dem man sich nicht weiter als auf fünf Schritt nähern dürfe, und begrüßte ihn darum mit allen Formen höfischer Sitte. Doch als er sah, wie der alte Mann grantelnd über das Wetter oder die Schmerzen in seinem Bein alle Türen im Palast mit dem Reitstiefel aufstieß, legte Philipp seine Scheu ab und tat es fortan dem Großvater gleich. Noch erstaunlicher aber war es für Maximilian zu sehen, mit welcher Hingabe der Kaiser sich dem Prinzen widmete, wenn er mit einer Wollmütze auf dem Kopf am Ofen saß und mit großer Geduld auf all die Fragen seines Enkels einging. Wie ist es, ein Kaiser zu sein? Würde sein Vater auch eines Tages Kaiser werden? Und was war mit ihm selbst, was würde eines Tages aus ihm? Nie zuvor hätte Max sich seinem Vater so nah gefühlt wie in dieser Zeit, die sie zusammen in Mechelen verbrachten. Sprach aus dem Respekt, den der Kaiser seinem Enkel entgegenbrachte, nicht auch Achtung vor seinem Sohn?

»Und wenn der Vater gegen die Franzosen in den Krieg zieht, helft Ihr ihm dann?«, wollte Philipp wissen.

»Natürlich tue ich das«, erwiderte Friedrich. »Glaubst du, ich lasse deinen Vater im Stich, wenn er mich braucht? Albrecht von

Sachsen ist schon mit einem fünftausend Mann starken Heer auf dem Weg.«

»Was heißt ›im Stich lassen‹, Großvater?«

»Das weißt du nicht? Hm, kein Wunder, du hörst hier ja immer nur dieses welsche Zeug statt unser gutes Deutsch. ›Im Stich lassen‹ heißt, wenn im Gefecht ein Ritter zusieht, wie sein Waffenbruder angegriffen wird, und er ihm nicht hilft, obwohl der Feind zusticht.«

Philipp strahlte. »Und Ihr lasst den Vater nicht im Stich? Weil Ihr ihn genauso liebhabt wie ich?«

Der Kaiser schüttelte sich. »Das hat damit nichts zu tun«, brummte er. »Dein Vater und ich, wir sind der Kaiser und der König des Reichs, und wir wollen Burgund behalten. Burgund ist unser wichtigstes Herzogtum. Deshalb ziehen wir zusammen gegen die Franzosen. Nur wenn wir sie besiegen, kannst auch du später König und Kaiser werden. Wie dein Vater und ich.«

Obwohl Friedrich ein grimmiges Gesicht zog, schwangen Stolz und Zärtlichkeit in seiner Stimme. Max musste schlucken. Noch nie hatte er seinen Vater so reden hören. Vor allem nicht über sich.

»Aber wer passt dann im Reich auf?«, fragte Philipp weiter. »Ich meine, wenn der Kaiser fort ist. Kann da kein Krieg ausbrechen?«

»Er ist ein kluges Kerlchen«, sagte Friedrich und strich ihm über den Kopf. »Aber hab keine Angst, die Fürsten wollten deinen Vater auf dem Thron. Jetzt haben sie ihren Willen und geben Ruhe.«

»Und was ist mit Eurem Bein? Das tut doch weh beim Reiten!«

»Dagegen gibt es ein bewährtes Mittel.« Friedrich griff nach der Schale mit den Melonen. »Da – iss das! Das hilft gegen alles!«

Philipp biss in das Stück hinein, das sein Großvater ihm reichte, und wie dieser spuckte er die Kerne aus, als Graf Werdenberg auf einmal in der Tür erschien.

Im selben Augenblick war Friedrich wieder der Alte. »Was habt Ihr hier verloren?«, schnarrte er. »Ich dachte, Ihr wärt auf dem Weg nach Wien.«

»Das war ich auch, Majestät. Doch vor Augsburg erreichte mich eine schlechte Nachricht. Albrecht von Bayern ...«

»Was zum Teufel hat er jetzt schon wieder ausgefressen?«

»Er hat Rache genommen, Majestät. An Euch. Für seine Niederlage in Frankfurt.«

»Druckst nicht herum! Heraus damit!«

»Sehr wohl, Majestät.« Werdenberg holte tief Luft. »Der Herzog hat die freie Reichsstadt Regensburg besetzt.«

»Verflucht!« Friedrich dachte eine Weile nach. Dann stemmte er sich mit beiden Händen in die Höhe und blickte Maximilian an. »Ich hoffe, Er wird hier auch ohne uns fertig. Der Kaiser muss zurück ins Reich.«

FÜNFTER TEIL

DER RÄCHER

»Ich habe Sorge, wir müssen Tausende von Flämischen zu Tode schlagen, sonst werden sie nicht Frieden geben.«

MAXIMILIAN VON HABSBURG AN MARIE VON BURGUND

Vor Béthune
Juli 1487

I

In der Zeit, die Max in Mechelen verbracht hatte, hatte Wolf von Polheim versucht, ein Heer für den Feldzug gegen die Franzosen zu rüsten. Doch er verfügte weder über genügend Geld noch über genügend Branntwein, um geeignete Söldner anzuwerben. Die Männer, die bereit gewesen waren, sich der burgundischen Fahne anzuschließen, waren schlecht ausgerüstet und noch schlechter ausgebildet. Wolf schämte sich beinahe, als er seinem Freund den zusammengewürfelten Haufen übergab. Ließ sich damit Béthune zurückerobern? Allein die Reiterei, bestehend aus dreizehnhundert Mann, schien halbwegs tauglich. Doch alle Schlachten, die Max gewonnen hatte, hatte er mit dem Fußvolk gewonnen. Umso schwerer fiel darum ins Gewicht, dass auch noch die deutschen und Schweizer Söldner fehlten, die der Kaiser versprochen hatte, doch die er nun, da er ins Reich zurückgekehrt war, für seinen eigenen Krieg brauchte.

»Trotzdem, wir greifen an«, erklärte Max, nachdem er die Truppen inspiziert hatte.

»Das können wir nicht«, erwiderte Wolf. »Wir wissen ja nicht mal, wie viele Männer die Franzosen in der Festung haben.«

»Ganz gleich«, sagte Max. »Ich brauche einen Sieg, und zwar sofort! Sonst verlieren meine Männer den Glauben an mich. Dann gehen uns auch noch die von der Fahne, die uns geblieben sind. – Ja, was ist?«, fragte er einen Melder, der gerade das Zelt betrat.

»Unsere Späher haben einen Franzosen aufgegriffen.«

»Bring ihn her.«

Der Melder öffnete den Eingang, und herein kam ein Mann, der seinen Kleidern nach ein Offizier sein musste.

»Warum ist er nicht gefesselt?«, fragte Max.

»Ein Überläufer, Euer Gnaden. Er sagt, er wünscht, sich uns anzuschließen.«

Max trat auf den Franzosen zu. »Ihr kündigt Eurem Herrn die Treue?«

Der Mann sah ihn fest an. »Treue zur falschen Seite ist ärger als Verrat. Es wäre mir eine Ehre, für den römisch-deutschen König zu kämpfen.«

»So, wäre es das?«, fragte Max. »Und warum sollten wir Euch trauen? Vielleicht seid Ihr ja ein Spion.«

Der Franzose schlug den Kragen zurück und reichte Max eine Schriftrolle, die darunter befestigt war. »Ich bin sicher, das wird Euch von meinen Absichten überzeugen.«

»Lasst sehen!« Die Rolle enthielt eine Zeichnung. Kaum hatte Max einen Blick darauf geworfen, pfiff er durch die Zähne. »Schau dir das an.«

Wolf brauchte nur einmal hinzusehen, um zu begreifen. Die Zeichnung war ein Lageplan der Festung, der eine genaue Aufstellung der Franzosen enthielt. Daraus ging hervor, dass angeblich nur eine Hundertschaft Männer Béthune verteidigte.

»Nun, was hältst du davon?«, fragte Max, nachdem der Melder und der Offizier das Zelt verlassen hatten.

»Ich weiß nicht, irgendwie habe ich ein ungutes Gefühl«, erwiderte Wolf. »Warum ist der Mann zu uns übergelaufen? Was ist der Grund für seinen Verrat? Wenn er wenigstens Geld verlangt hätte. Dann wäre mir wohler.«

»Mir ist der Grund egal. Hauptsache, wir wissen jetzt Bescheid!« Max schlug mit dem Handrücken auf die Zeichnung. »Die Sache ist ein Kinderspiel. Sobald es dunkel ist, greifen wir an. Morgen früh ist Béthune unser!«

Es war ein Gebot der Vernunft, Max zu widersprechen, doch Wolf erkannte, dass jeder Einwand sinnlos wäre. Also hielt er den Mund. Max hatte den Angriff nicht aus Blauäugigkeit beschlossen, auch er wusste ganz genau, da war sich Wolf sicher, dass der

Überläufer womöglich ein Verräter war, der sie mit einem gefälschten Plan in die Falle locken wollte. Nein, Max hatte den Angriff beschlossen, weil er den Angriff *wollte*, egal, wie hoch der Preis war. Sein Wille stand über jeder Vernunft – selbst wenn er damit den Verlust einer ganzen Armee riskierte.

Um die Söldner auf den Sieg einzuschwören, ließ Max am Abend jedem Mann einen Becher Branntwein ausschenken, bevor er zum Aufbruch blies. Wolf hatte gehofft, dass sie im Schutz der Dunkelheit die Franzosen überraschen könnten, aber die Nacht war sternenklar. Im Mondschein galoppierten die Reiter in ihren schimmernden Rüstungen über die Ebene, während der Wind ihre Standarten blähte. Obwohl der Boden unter dem Hufschlag von über tausend Pferden erbebte, blieb in der Festung alles ruhig. Wolf wunderte sich. Nichts deutete darauf hin, dass die Besatzer sie bemerkten.

»Siehst du, dass deine Sorgen überflüssig waren?«, rief Max ihm vom Sattel aus zu.

Er hatte noch nicht zu Ende gesprochen, da tauchte plötzlich aus einer Senke die französische Front vor ihnen auf.

»Halt!«, schrie Wolf. »Alles halt!«

Für die Reiter der vorderen Reihen kam der Warnruf zu spät. Sie galoppierten den Feinden geradewegs in die Geschütze, und wem es gelang, die Linie zu durchbrechen, der wurde dahinter von einer zweiten Front aufgefangen, die ebenso plötzlich aus dem Boden wuchs wie die erste. Die Franzosen hatten ihre Verteidigungslinien so tief gestaffelt, dass niemand entkam. Manche Angreifer versuchten, ihre Pferde zu wenden und in die Deckung der eigenen Reihen zu flüchten, doch von den Flanken stürmte französisches Fußvolk herbei und formierte in Windeseile einen Haufen, der den Fliehenden den Rückweg abschnitt. Hauptleute brüllten verzweifelte Befehle, Todesschreie gellten ihnen als Antwort entgegen. Männer wurden aus den Sätteln geschleudert, von Lanzen und Kugeln getroffene Pferde bäumten sich wiehernd auf, überschlugen sich und begruben ihre Reiter unter sich, Verwundete krümmten sich am Boden, Hunderte verreckende Leiber, während die Nacht erfüllt war von Pulverdampf und dem Donnern der Kanonen.

»Wolf!« Von der Seite sprengte Max heran. »Wo ist der verfluchte Überläufer?«

»Keine Ahnung. Ich dachte, er wäre bei dir!«

Sie blickten sich um, doch der französische Offizier war wie vom Erdboden verschwunden. »Gib Befehl zum Rückzug, Max«, rief Wolf. »Wir müssen retten, was noch zu retten ist.«

»Rückzug? Glaubst du, ich lasse mich so in die Falle locken? Wir kämpfen weiter! Wir nehmen diese verdammte Festung ein!«

»Aber das ist Selbstmord!«

»Wenn du zu feige bist, kannst du ja abhauen!«

»Willst du mich beleidigen?«

Als Wolf im Mondlicht das Gesicht seines Freundes sah, erschrak er. Was geschah in dieser Nacht mit Max? Sein Blick zeugte von kalter, fühlloser Entschlossenheit. Wolf hatte diesen unheimlichen Ausdruck in seinen Augen schon einmal gesehen, vor Jahren in Utrecht, als Max die Männer hatte pfählen lassen, die über die Klosternonnen hergefallen waren ...

»Attacke!«

Mit erhobenem Schwert galoppierte Max an, seine Männer folgten ihm mit Hurra. Doch jeder Turm, jede Zinne der Festung war von Bewaffneten besetzt, um die Angreifer unter Beschuss zu nehmen. Wieder und wieder prallten die burgundischen Soldaten an der Mauer von Béthune ab, während eine Salve nach der anderen auf sie niederging, prallten an dem Bollwerk ab wie die Hunde einer Meute, die wieder und wieder an einem Baumstamm hochsprangen, auf dem sie eine Katze witterten.

Die Morgendämmerung tauchte den Himmel in ein blutiges Rot, als Max endlich den Rückzug befahl. Erschöpft ließ Wolf den Blick über das Gelände schweifen. Die Ebene sah aus wie ein Massengrab, dem der Sturm der Nacht die schützende Erddecke fortgerissen hatte. Die burgundische Reiterei war niedergemäht, das

Fußvolk aufgelöst. Überall lagen tote Menschen und Tiere, in Stücke gehauen und mit aufgeschlitzten Leibern, zwischen denen sich die Schmerzenslaute der Verwundeten erhoben.

Wolf schlug ein Kreuzzeichen. So viele Opfer für nichts. Sie alle waren Maximilians Furor zum Opfer gefallen.

2

Sigmund von Tirol saß in der Klemme: Dem Kaiser war er verpflichtet – und dem Herzog von Bayern verpfändet. Aber woher sollte er das Geld nehmen, wenn nicht stehlen? Die Kinder an seinem Hof vermehrten sich wie die Karnickel, manchmal kamen sie sogar ohne sein Zutun zur Welt und begrüßten ihn, schreiend in ihren Windeln, auf den Armen ihrer zerknirschten Mütter, wenn er nach mehr als neunmonatiger Abwesenheit nach Innsbruck zurückkehrte. Doch sollte er so ein reumütiges Ding mitsamt einem unschuldigen Balg dem grausamen Schicksal überlassen, nur weil an seiner statt ein schmucker Kammerherr oder rotbäckiger Stallknecht der Vater war? Nein, das brachte er nicht übers Herz, er war selbst nicht frei von Fehlern und wusste, wie übermenschlich schwer es manchmal war, einer Versuchung zu widerstehen.

Anfangs noch hatte er seine Geldnot gebannt, indem er den Münzen ein klein wenig mehr Kupfer und dafür weniger Silber aus den Schwazer Minen beimischen ließ. Doch als das Volk den Trug durchschaute und er bald nur noch »der Münzreiche« hieß, war ihm trotz aller Gewissensnot nichts anderes übriggeblieben, als den bayerischen Sirenengesängen zu folgen. Herzog Albrecht zeigte als einziger Mensch Verständnis für ihn, und statt ihm das Schuldenmachen vorzuwerfen wie sein kaiserlicher Vetter, war er so großzügig gewesen, die Schulden gegen ein Pfand auf Teile des schönen Tirols abzulösen, darunter das Oberelsass, den Breisgau und den Schwarzwald, und wenn Sigmund es recht begriffen hatte, wuchs dieses Pfand jährlich genauso wie seine Ausgaben, die der Bayer fortan für ihn beglich, so dass diesem wohl auch schon die Einkünfte aus dem Sundgau und den vier Waldstädten gehörten. Und weil ihm das alles über den Kopf zu wachsen drohte, hatte Sigmund die letzten Jahre seinen Hof gemieden und die meiste Zeit bei seinem lieben Vetter verbracht – nicht zuletzt zu dem Zweck, damit Friedrich keinen Verdacht schöpfte, was in Innsbruck hinter seinem Rücken geschah. Doch jetzt, da die Sache aufgeflogen war, musste er sich sputen, sie zu bereinigen, bevor der Kaiser aus Gent zurückkehrte.

Als Sigmund in Regensburg ankam, hatte er darum wenig Sinn für die Schönheiten der Stadt, weder für die prachtvollen Fassaden der Häuser noch für die hübschen Mädchen in ihren drallen Miedern, an denen er sich bei früheren Besuchen so manches Mal erfreut hatte. Auf ihn wartete eine Aufgabe, die den ganzen Mann erforderte: Er musste Albrecht dazu bewegen, Regensburg herauszugeben, ohne dass der Bayer ihm deshalb den Kredit kündigte. Wie sollte man ein solches Kunststück fertigbringen? Ebenso gut konnte man versuchen, ein Schaf das Apportieren zu lehren.

»Auf Knien flehe ich Euch an«, sagte er, als Albrecht ihn nach langem Antichambrieren endlich empfing. »Gebt Frieden mit dem Kaiser!«

»Schont Eure Knie lieber fürs Beten«, erwiderte der Bayer, »es würde Euch ohnehin bei mir nichts nützen. Ich werde Regensburg nicht aufgeben. Der Magistrat hat die Stadt meinem Schutz unterstellt. Soll ich solches Vertrauen enttäuschen?«

»Aber Ihr kennt meinen lieben Herrn Vetter nicht. Er ist imstande, wegen einer solchen Kleinigkeit einen Krieg anzuzetteln.«

»Möchtet Ihr vielleicht Wein?«, fragte Albrecht.

»Nur, wenn Ihr darauf besteht.« Dankbar nahm Sigmund den Becher, den der Herzog ihm reichte.

»Ich sehe nur eine Möglichkeit«, fuhr Albrecht fort, »mich mit dem Kaiser zu einigen.«

»Und die wäre?«

»Ich will seine Tochter zur Frau!«

»Aber Ihr wisst doch«, seufzte Sigmund, »wie mein Herr Vetter dazu steht. Niemals wird er in diese Ehe einwilligen.«

»Wer sagt, dass wir seine Einwilligung brauchen?« Albrecht sah ihn über den Rand seines Bechers an. »Es genügt, wenn Ihr die Ehe stiftet.«

»Ich? Jesus Maria!«

»Ja, Ihr. Oder wollt Ihr, dass Eure Kinder und ihre Mütter sich künftig zur Armenspeisung bequemen müssen?«

»Da sei der Himmel vor!«

»Und Euer geliebtes Tirol könntet Ihr am Ende auch verlieren.«

»Das würde ich nicht überleben!«

»Seht Ihr?«, fragte Albrecht. »Also gebt Euch einen Ruck und kommt mir ein wenig entgegen.«

»Was verlangt Ihr von mir?« Sigmund war verzweifelt. »Nichts täte ich lieber, als meine geliebte Nichte Euch zum Altar zu führen, keinen besseren Mann als den Herzog von Bayern kann ich mir für sie wünschen. Aber wie soll ich sie zu einer solchen Heirat bewegen? Kunigunde wird sich nicht dem Willen ihres Vaters widersetzen.«

»Habt keine Angst«, erwiderte Albrecht. »Das soll sie auch nicht.«

»Verzeiht meine Dummheit, Euer Gnaden. Aber ich verstehe nicht ganz den Sinn Eurer Rede.«

»Dann will ich Euch nicht länger im Ungewissen lassen.« Der Bayer stand auf und trat zur Tür. »Schreiber!«, rief er auf den Flur hinaus. »Zum Diktat!«

3

Nieder mit dem Regenten! Nieder mit Maximilian!«, rief Jan Coppenhole der Ständeversammlung zu. »Er hat uns das Große Privileg genommen! Er verschleudert unser Geld, ohne uns Rechenschaft abzulegen! Seine Kriege ruinieren unseren Handel, seine Söldner verwüsten das Land, und jetzt hat er eine ganze Armee verloren! Nutzen wir die Gunst der Stunde! Befreien wir uns von dem Tyrannen!«

Jan war wieder in seinem Element. Aus Liebe zu seiner Frau war er bereit gewesen, sein Lebenswerk zu verraten. Doch ausgerechnet Barbara hatte ihn wieder zur Vernunft gebracht. Obwohl sie sich nicht an ihr früheres Leben erinnern konnte, hatte sie im Dunkel ihrer Seele geahnt, dass es kein wirkliches Glück geben konnte, solange der Österreicher regierte. Weder für das Herzogtum noch für die Stadt Gent, noch für sie beide.

»Ich schlage Jan Coppenhole zum neuen Stadtkommandanten vor!«, rief ein Grobschmied. »Wer ist dafür?«

Alle Hände flogen in die Höhe, nicht mal Hinrich Peperkorn legte Widerspruch ein.

»Damit seid Ihr einstimmig gewählt«, erklärte der Schmied.

Als Jan das Rathaus verließ, wartete draußen Philippe de Commynes auf ihn.

»Seid Ihr nun zufrieden?«, fragte er den Franzosen.

Der bedachte ihn mit einem abschätzigen Lächeln. »Von mir aus könnt Ihr Euer Weib noch eine Weile allein genießen. Aber macht Euch keine falschen Hoffnungen. Wenn die Sache es erfordert, werde ich keine Rücksicht auf Euer Eheleben nehmen.«

»Das braucht Ihr auch nicht«, sagte Jan. »Ich habe einen besseren Plan.«

»So?« Commynes maß ihn kühl. »Da bin ich aber gespannt. Lasst hören!«

»Ein andermal!«, erwiderte Jan. »Jetzt bin ich in Eile.«

Damit ließ er den Franzosen stehen. Er hatte tatsächlich keine Zeit zu verlieren. Barbara wartete zu Hause auf ihn und wollte wissen, wie die Ständeversammlung ausgegangen war. Doch bevor er zu ihr zurückkehrte, wollte er noch etwas erledigen, was ihm schon lange auf der Seele lag.

Sein Ziel war ein einfaches Holzhaus am Fischmarkt. Hier hatte einst Arjen der Kannengießer gewohnt, ein wohlangesehener Mann. Doch die Steuern, die Herzog Maximilian dem Volk abpresste, hatten ihn ruiniert. Aus Verzweiflung hatte er sich aufgehängt und Maike, seine Witwe, mittellos zurückgelassen. Seither verdiente die Frau sich ihren Unterhalt als Hebamme.

Würde sie die Antwort wissen, warum Barbara keine Kinder bekam?

4

Der ganze Palast hallte von den Klängen der burgundischen Hofkapelle wider. Die Musik kam aus der Bibliothek, in der Max sich seit seiner Rückkehr aus Béthune vergraben hatte, um mit sich allein zu sein. Es war wie damals nach dem Tod von Marie: Er wollte von der Welt nichts mehr sehen noch hören, wollte außer den Musikern keinen Menschen um sich haben, weder Wolf von Polheim noch Margarete von York – nicht mal seinen Sohn ließ er zu sich. Von morgens bis abends musste die Kapelle für ihn spielen, und oft auch die ganze Nacht hindurch, bis der Morgen graute. Denn nur mit der Musik in seinen Ohren konnte er die dröhnende Leere in seinem Innern ertragen, die Leere seiner Einsamkeit.

Vom Licht des Frühlings, in dem er als frisch gekrönter König sein Volk begrüßt hatte, war nichts mehr übrig. Nebel stieg draußen vor den Fenstern aus den Feldern und hüllte die Welt in Schleier, und durch die Wände des Palastes sickerte die feuchte

Kälte des flämischen Winters. Die Niederlage bei Béthune war mehr als eine verlorene Schlacht gewesen – sie hatte ihn um Jahre zurückgeworfen. Dass die Flamen Max nach seiner Krönung in Aachen zugejubelt hatten, bedeutete nicht, dass sie ihn liebten. Er war ein Fremdling für sie, ein Deutscher, und würde immer ein Fremdling für sie bleiben. Schon hatten die Rebellen das Kommando in Gent zurückerobert, so dass Max bei seiner Rückkehr in Mechelen hatte Zuflucht suchen müssen. Welcher Dämon hatte ihn nur geritten, die Festung wider alle Vernunft anzugreifen? Ein fingierter Lageplan hatte gereicht, um ihn hinters Licht zu führen. Weil er einen Sieg gewollt hatte – koste es, was es wolle. Wolf hatte sich nicht täuschen lassen, weder von einem fingierten Plan noch von seinem Ehrgeiz ... Lag es daran, dass Wolf Frau und Kinder hatte, die ihn glücklich machten und für die er lebte? Wolf hatte eine richtige Familie, Johanna gebar ihm jedes Jahr einen Sohn oder eine Tochter. Max hingegen hatte nur Burgund.

Menschen durften falsche Entscheidungen treffen. Könige nicht.

Menschen durften blind vertrauen. Könige nicht.

Menschen durften sich ruinieren. Könige nicht.

War er überhaupt noch würdig, eine Krone zu tragen? Mehr noch als vor sich selbst schämte er sich vor seinem Sohn. Philipp bewunderte ihn, doch er hatte seine Bewunderung nicht verdient, im Gegenteil – Hunderte von Menschen hatten durch ihn einen sinnlosen Tod gefunden. Stundenlang starrte Max vor sich hin, in der Hoffnung, dass Marie sich ihm zeigte, um ihm einen Trost, einen Zuspruch zu spenden. Aber wo immer sie war – sie blieb seinen Augen verborgen. Seinen Augen und seinem Herzen.

»Warum spielt ihr nicht weiter?«, rief er, als die Musik plötzlich verstummte.

Der Kapellmeister wies mit dem Kinn zur Tür, durch die Margarete von York gerade den Raum betrat.

»Ihr habt einen Gast«, sagte sie.

»Ihr wisst doch, dass ich niemanden sehen will«, erwiderte Max.

»Es ist Peter Langhals. Ich denke, Ihr solltet ihn empfangen.«

»Der Bürgermeister von Brügge? Gut, lasst ihn herein.«

Max erhob sich von seinem Lager. Peter Langhals war einer der wenigen Gefolgsleute, auf die er sich verlassen konnte. Ihm hatte er zu verdanken, dass Brügge ihm noch die Treue hielt.

»Gott gebe, dass Ihr Euch von Eurem Fieber rasch erholt«, sagte Langhals, nachdem er Max seinen Gruß entboten hatte.

»Fieber?«

»Die Herzoginwitwe meinte, Ihr seid krank.«

»Ach so.« Max zuckte die Schulter. »Was führt Euch zu mir?«

»Ich komme im Auftrag der Bürger von Brügge. In ihrem Namen lade ich Euch ein, in unserer Stadt das Fest Mariä Lichtmess zu feiern.«

Max schaute seinen Besucher an, der sich verlegen mit seiner braunen Gerberhand am Kopf kratzte. Was sollte er erwidern? Nichts lag ihm ferner, als irgendein Fest zu feiern.

Margarete von York nahm ihm die Antwort ab. »Könnt Ihr für die Sicherheit Eures Regenten garantieren?«, wollte sie wissen.

»Das kann ich«, versicherte der Bürgermeister. »Es herrscht Ruhe in der Stadt, die Mehrzahl der Bürger ist auf unserer Seite. Und wenn Euer Gnaden sich entschließen könnten«, wandte er sich wieder an Max, »die Stadt Brügge zum Fest der Jungfrau mit Eurer Anwesenheit zu beehren, so würde sich der Magistrat bereiterklären, auf eigene Kosten die Grenzen zu Frankreich zu schützen.«

»Wollt Ihr damit sagen«, fragte Margarete, »die Stadt Brügge stellt dem Regenten Gelder zur Aufrüstung seiner Truppen zur Verfügung?«

»Das ist der Sinn meiner Worte.« Peter Langhals blickte unsicher zwischen den beiden hin und her. »Darf ich den Bürgern von Brügge ausrichten, dass Maximilian von Habsburg unsere Einladung annimmt?«

5

»Was sagt Ihr da?« Friedrichs Stimme schnappte vor Erregung über. »Meine Tochter hat den Herzog von Bayern geheiratet? Ohne meine Erlaubnis? Hinter meinem Rücken?«

Sigmund hob hilflos die Arme. »Wenn Ihr vielleicht ein wenig Melone möchtet? Es heißt, Melone sei gut für die Galle.«

Er reichte dem Kaiser die Schale, auf der die grünroten Scheiben wie zu einem Fächer angerichtet waren, doch Friedrich schlug sie ihm aus der Hand.

»Lasst mich mit Eurem Obst zufrieden! Ihr schuldet mir eine Erklärung! Wie konnte das passieren?«

»Ich fürchte, es war Liebe auf den ersten Blick«, sagte Sigmund. »Und gegen die Liebe kann man bekanntlich nix machen.«

»Papperlapapp! Niemals hätte Kunigunde sich meinem Willen widersetzt.«

»Da habt Ihr recht, lieber Vetter«, pflichtete Sigmund ihm bei. »Das hätte das brave Mädchen nicht übers Herz gebracht. Das hab ich dem Bayern auch gesagt.«

»Aber warum zum Teufel hat sie es dann trotzdem getan?«

Schuldbewusst blickte Sigmund auf die Melonenscheiben am Boden. Als er gehört hatte, dass Friedrich auf dem Weg von Gent nach Wien bei ihm in Innsbruck Station machen würde, hatte er in Erwartung des Sturms, der unweigerlich auf ihn zukommen würde, die schönsten Früchte besorgen lassen, die in ganz Tirol aufzutreiben waren. Doch jetzt begriff er, dass es hier mit Melonen nicht getan war. Lügen hatten noch kürzere Beine als er selbst. Hier konnte nur noch die Wahrheit helfen, und wenn sie noch so grauslich war.

»Also, meine Idee ist das nicht gewesen«, sagte er. »Die hatte Albrecht schon selbst.«

»Was für eine Idee?«

»Und ich hab ihm auch gesagt, dass Euch das ganz und gar nicht gefallen würde. Regelrecht gewarnt habe ich ihn. Aber er wollte ja nicht auf mich hören.«

»Was – für – eine – Idee?«, wiederholte Friedrich und ließ bei jedem Wort seinen Stock auf dem Boden knallen.

»Der Willebrief ...«

»Welcher Willebrief?«

Sigmund nahm seinen ganzen Mut zusammen und schaute seinen Vetter an. »Ihr habt doch selber gesagt, dass Kunigunde niemals nicht gegen Euren Willen den Bayern heiraten würde.«

Friedrich erstarrte. Einen endlos langen Moment stand er da, mit offenem Mund und glotzte Sigmund verständnislos an. Dann plötzlich fiel der Groschen.

»Soll das heißen, Ihr habt einen kaiserlichen Willebrief gefälscht, um unsere Tochter zur Ehe mit dem Bayern zu dingen?«

»So ungefähr könnte man das ausdrücken, wenn man unbedingt will«, sagte Sigmund. »Wobei ich hinzufügen möchte, dass nicht ich, sondern Albrecht, ich meine, der Herzog von Bayern, er war derjenige, welcher ...«

»Seid Ihr von allen guten Geistern verlassen?« Friedrich holte mit dem Stock aus.

Sigmund hob schützend die Arme über den Kopf. »Was ... was sollte ich denn tun, lieber Vetter? Dieser Unmensch wollte meine Kinder ins Armenhaus schicken. Ihr liebt doch auch Eure Kinder und würdet alles für sie tun ...«

»Raus!«, schrie Friedrich. »Verschwindet! Ich kann Euren Anblick nicht ertragen!«

Das ließ Sigmund sich nicht zweimal sagen. Und um seinem lieben Vetter ganz und gar zu Willen zu sein, tat er auch in den nächsten Tagen und Wochen alles dafür, ihm so selten wie möglich unter die Augen zu treten. Mit einer Tatkraft, die niemand ihm zugetraut hätte, schickte Friedrich sich nämlich an, das Land auszumisten, als wäre Tirol der Stall des Augias und er selber ein zweiter Herakles. Auf Geheiß des Kaisers übernahmen die Landstände Sigmunds Schulden, dafür musste dieser umgekehrt sämtliche Regierungsgeschäfte abgeben und sich künftig nicht nur zu äußerster Sparsamkeit in der Hofhaltung verpflichten, sondern auch einen Eid auf die neue Landesordnung ablegen, die ihn praktisch zum Pensionär der Tiroler Stände machte, die Friedrich ihrerseits auf den Kaiser und König zu schwören befahl für den Fall, dass Sigmund, der trotz seiner zahllosen Bastarde keinen einzigen legitimen Nachfahren hatte, dermaleinst das Zeitliche segnete. Schließlich ließ Friedrich im Beisein des bayerischen Gesandten die zwischen Albrecht und Sigmund ausgehandelten Millionenverschreibungen mit der Begründung verbrennen, dass die Verträge das Land Tirol in sittenwidriger Weise übervorteilt hätten.

»Um ganz ehrlich zu sein, lieber Vetter«, sagte Sigmund, als der Sturm vorüber war und Friedrich die eigens für ihn beschafften Melonen nicht länger verschmähte, »eigentlich bin ich recht froh, dass Ihr mir die Last von den Schultern genommen habt. Das Regieren war nix für mich. Und wenn ich sehe, wie Ihr Euch noch im Alter plagen müsst für das Reich ...«

»AEIOU«, schnarrte Friedrich anstelle einer Antwort.

Sigmund schenkte sich einen Becher Wein ein. »Aber eine Frage hätte ich doch noch, lieber Vetter«, sagte er. »Wie in aller Welt wollt Ihr den habgierigen Bayern dazu bringen, der Rücklosung der Tiroler Ländereien zuzustimmen?«

Ein Anflug von Stolz hellte die kaiserliche Miene auf. »Ich habe Werdenberg ins Schwäbische geschickt. Er soll in Esslingen alle süddeutschen Fürsten einen, die mit dem Bayern in Hader liegen. Davon gibt es Gott sei Dank mehr, als Albrecht lieb sein kann. Wenn sie sich zu einem Bund zusammenschließen, werden wir eine Streitmacht haben, die geeignet ist, unserem Herrn Schwiegersohn die Flausen auszutreiben.«

»Ich bewundere Eure Staatskunst«, sagte Sigmund und hob seinen Becher. »Prosit – es möge nützen!«

6

Bei klarem, eiskaltem Winterwetter ritt Max in Brügge ein. Margarete von York hatte ihn gedrängt, die Einladung des Bürgermeisters anzunehmen: Er dürfe den getreuen Langhals nicht verprellen, die angebotene Unterstützung sei ein Zeichen des Himmels, mit dem Geld der reichen Handelsstadt kehre auch Gott an seine Seite zurück. Die Mahnungen der Herzoginwitwe hatten ihn aus seiner Schwermut und Lethargie gerissen. Margarete hatte recht – wenn er die Einladung annahm, würde er nicht nur die nötigen Gelder bekommen, um sein Heer aufzurüsten, er konnte damit zugleich einen Keil zwischen Brügge und Gent treiben, die beiden wichtigsten Städte der Flandrischen Union. Allerdings wollte er nicht den Fehler von Béthune wiederholen und leichtsinnig in eine Falle tappen. Zu seinem Schutz hatte er darum fünfhundert Reiter mit auf den Weg genommen, obwohl die Männer eigentlich bei Kortrijk gebraucht wurden, einer Grenzsiedlung in Westflandern, die das rebellische Gent sich einverleiben wollte.

Als Max mit seinem kleinen Heer am Brügger Kreuztor ankam, empfing ihn eine merkwürdige Stille. Zwar waren die Häuser beflaggt, doch nur wenige Menschen standen links und rechts der Straße, um dem Regenten zuzujubeln.

»Ein bisschen dünn, die Begeisterung, findet Ihr nicht?« Kunz von der Rosen, der auf seinem kleinen Schecken an Maximilians Seite ritt, schnupperte in der Luft und wackelte mit dem Kopf. »Ich an Eurer Stelle würde das schöne Brügge so schnell wie möglich wieder verlassen und schnurstracks zum gegenüberliegenden Tor hinausreiten.«

Max runzelte die Stirn. »Mir kommt das auch nicht geheuer vor. Aber soll ich den Schwanz einziehen wie ein verängstigter Hund?«

Kunz zuckte die Schultern. »Ihr müsst selber wissen, ob Ihr morgen noch bellen wollt oder nicht. Allerdings hat mich mein Riecher selten im Stich gelassen.«

Max wandte sich an Wolf, der ihn auf der anderen Seite flankierte. »Was meinst du? Könnte das eine Falle sein?«

»Peter Langhals hat seine Treue seit Jahren bewiesen.«

»Aber die Brügger Bürgerschaft besteht nicht nur aus dem Bürgermeister. Was, wenn es hier einen zweiten Coppenhole gibt?«

»Dafür ist es zu spät«, sagte Wolf. »Wenn wir jetzt aus der Stadt abziehen, überlässt du deinen Gegnern das Feld. Außerdem sind wir stark genug, um uns zu wehren, wenn es drauf ankommt.«

»Ich erkenne Euch nicht wieder, Herr von Polheim«, rief Kunz. »Wo bleiben die Bedenken, an denen Ihr doch sonst so schwer tragt wie Atlas am Himmelsgewölbe?«

Max musste lachen. »Mir scheint, Euch ist Euer neuer Titel zu Kopf gestiegen, Freiherr von der Kunz!«

»Mit Verlaub, Euer Gnaden, aber solange Ihr mich nicht zum Grafen erhebt, braucht Ihr meinen Hochmut nicht zu fürchten.«

Sie erreichten den Marktplatz, wo sich immerhin einige Dutzend Menschen zum Empfang des Regenten eingefunden hatten. Bei seinem Anblick brachen sie in lauten Jubel aus.

»Na also!«, sagte Max erleichtert und winkte der Menge zu.

Während vom Rathaus die Glocken anschlugen, trat Peter Langhals, angetan mit der Kette des Bürgermeisters, an der Spitze der Räte hinaus auf die Treppe, um ihn zu begrüßen. Auf einem Samtkissen überreichte er ihm die Schlüssel der Stadt.

»Willkommen in Eurer Stadt Brügge!«

»Ich danke Euch für Euren freundlichen Empfang!«

Max zog seinen Hut, um den Gruß zu erwidern, und nahm den Schlüssel entgegen. Dann beugte er sich zu dem Zwerg herab und gab ihm einen Klaps auf den Rücken. »Da hat sich dein Riecher wohl ausnahmsweise geirrt?«, lachte er. »Wenn du es zum Grafen bringen willst, merk dir eins: Wer nicht alles wagt, muss sich vor jedem fürchten!«

7

Rücken an Rücken lagen Jan und Barbara im Ehebett und warteten auf den Schlaf. Wie immer, wenn sie sich als Mann und Frau umarmt hatten, fühlte Jan sich so wohlig schwer wie nach einer guten Mahlzeit. Gleichmäßig ging Barbaras Atem, warm und weich spürte er ihre Haut auf der seinen, während es draußen von St. Bavo zur Mitternacht läutete. Jan liebte diese ruhige Zweisamkeit mit seiner Frau fast noch mehr als die Umarmung selbst, sie war für ihn der Inbegriff von Frieden und Zufriedenheit. Umso mehr bedrückte ihn der Gedanke an morgen. Sollte er Barbara sagen, dass er sie schon wieder verlassen musste? Oder wollte er damit bis zum Aufstehen warten? Erst am Abend war er aus Kortrijk zurückgekommen, gleich nachdem das Stadtregiment die Grenzsiedlung eingenommen hatte, um keinen Tag länger von seiner Frau getrennt zu sein. Doch auf dem Weg nach Gent hatte ihn eine Nachricht von seinem Freund Frans Brederode ereilt. Maximilian war der Einladung von Bürgermeister Langhals gefolgt, Jan solle darum schleunigst nach Brügge kommen.

Würde ihr Plan aufgehen?

»Manchmal glaube ich, mein Schoß ist ein Friedhof«, sagte Barbara plötzlich in die Stille hinein.

»Um Gottes willen!« Jan drehte sich zu ihr herum. »Wie kannst du nur so etwas sagen?«

Aus traurigen schwarzen Augen schaute sie ihn an. »Warum bekomme ich dann kein Kind?«

»Ach, Barbara. Mach dir darum keine Sorgen. Wir müssen keine Kinder haben. Ich liebe dich auch so.«

»Aber ich weiß doch, wie sehr du dir einen Sohn oder auch eine Tochter wünschst.« Sie richtete sich auf den Ellbogen auf. »Was meinst du – soll ich mal die Witwe des Kannengießers fragen?«

»Maike, die Hebamme?« Jan zuckte zusammen. »Auf gar keinen Fall!«

»Aber warum nicht? Vielleicht weiß sie ja, was nicht mit mir stimmt, und hat einen Rat?«

»Nein, Barbara. Das darfst du nicht. Weil ...« Mit ihrer Frage hatte sie ihn so überrumpelt, dass ihm kein wirklicher Grund einfiel. »Der Himmel hat es nun mal so entschieden«, sagte er also. »Es ist Sünde, sich dagegen aufzulehnen.«

»Glaubst du das wirklich?«

Jan schlug die Augen nieder. Nein, das glaubte er nicht, natürlich nicht. Aber sollte er ihr darum die Wahrheit sagen? Er hatte die Hebamme ja gefragt, doch die Auskunft, die sie ihm gegeben hatte, durfte Barbara nie erfahren.

»Was verschweigst du mir?«

»Nichts, Barbara. Wie kommst du darauf, dass ich das tue?«

»Du bist ein schlechter Schauspieler, Jan Coppenhole. Ich kenne dich doch und weiß, dass du irgendwas hast. Also sag, was es ist!«

Obwohl er sie nicht ansah, spürte er, wie ihr Blick auf ihm ruhte. Irgendetwas musste er ihr antworten. »Na gut«, sagte er schließlich. »Ich ... ich wollte es dir eigentlich erst morgen sagen. Aber wenn du jetzt danach fragst – ich muss morgen bereits wieder fort.«

»Was? Wohin denn schon wieder?«

»Nach Brügge. Frans Brederode meint ...« Als er ihr enttäuschtes Gesicht sah, nahm er ihre Hand. »Wenn du nicht willst, dass ich gehe, bleibe ich hier. Du musst es nur sagen.«

»Nein, das will ich nicht.« Barbara schüttelte den Kopf. »Ich will nicht, dass du wegen mir Dinge unterlässt, die du glaubst, tun zu müssen.«

8

Das Läuten der Sturmglocke riss Max aus dem Schlaf. Gelbroter Feuerschein tauchte die Kammer in flackerndes Licht, während von draußen lauter Lärm zu ihm drang. Um Himmels willen, was war passiert? Er sprang aus dem Bett und stolperte zum Fenster.

Als er hinaussah, stockte ihm der Atem. Das Haus des Bürgermeisters, in dem er noch vor wenigen Stunden zu Abend gegessen hatte, stand lichterloh in Flammen. Auf dem Marktplatz randalierten Hunderte von Menschen. Als sie ihn am Fenster erblickten, reckten sie ihm Fackeln und Knüppel entgegen.

»Kommt heraus, Maximilian von Habsburg!«

»Euer Volk will Euch sprechen!«

»Wir verlangen Rechenschaft!«

Ein Stein flog durch die Scheibe, Max duckte sich und trat vom Fenster zurück. Verflucht, warum hielt niemand den Pöbel auf? Im selben Moment fiel ihm ein, dass er seine Söldner nach Kortrijk geschickt hatte, sie sollten den Ort von den Genter Rebellen zurückerobern. Wolf hatte ihm abgeraten, doch nachdem sie eine Woche in Brügge verbracht hatten, ohne dass es zu irgendwelchen Zwischenfällen gekommen war, hatte sich Max in Sicherheit gewähnt. Offenbar hatte er sich geirrt. So schnell er konnte, zog er sich an.

»Was hast du vor?« In der Tür stand sein Freund.

»Ich muss mit den Leuten reden.«

»Bist du wahnsinnig? Die bringen dich um!«

»Unsinn. Ich bringe sie zur Vernunft.«

»Dann lass mich dich begleiten.«

»Nein. Ich gehe allein. Sie sollen sehen, dass ich mich nicht fürchte.« Wolf wollte widersprechen, doch Max ließ keinen Widerspruch zu. »Bleib du im Haus und pass auf. Wenn's brenzlig wird, komm mir zur Hilfe. Aber nur, wenn ich dich wirklich brauche.«

Im Laufschritt eilte Max die Treppe hinunter. Bevor er die Tür öffnete, blieb er kurz stehen. Was sollte er den Leuten sagen? Als er ins Freie trat, empfing ihn ein wütender Aufschrei aus Hunderten von Kehlen. Um sich Gehör zu verschaffen, hob er die Arme.

»Ihr wollt mit Eurem Regenten reden?«, rief er über den Lärm hinweg. »Hier bin ich!« Erst jetzt erkannte er, dass sich sämtliche Zünfte auf dem Platz versammelt hatten, mit ihren Bannern hatten sie sich hinter einer Wagenburg verschanzt, als erwarteten sie eine Schlacht. Während das Stimmengeschrei sich legte, trat eine Abordnung zwischen den Wagen hervor.

»Wer seid Ihr?«, fragte Max, als die Männer auf ihn zu kamen.

»Wir sind die Zunftmeister der Stadt Brügge.«

»Und wie ist Euer Name?«, fragte er den Anführer.

»Frans Brederode.«

»Wo ist Peter Langhals, Euer Bürgermeister?«

»Er ist geflohen, zusammen mit den anderen alten Räten. *Wir* regieren jetzt die Stadt.«

Max wollte den Mann scharf zurechtweisen, doch als er die vielen Gesichter sah, die ihn voller Wurt anstarrten und nur darauf zu warten schienen, dass er einen Fehler machte, wusste er, dass er jetzt niemanden anherrschen durfte.

»Was wollt Ihr?«, fragte er darum mit ruhiger Stimme.

Er hatte noch nicht ausgesprochen, da flogen ihm von allen Seiten die Forderungen der Bürger zu.

»Wir verlangen Rechenschaft!«

»Was habt Ihr mit unserem Geld gemacht?«

»Wir wollen unsere Rechte zurück!«

»Erkennt die neue Regierung an!«

»Schluss mit dem Krieg gegen die Franzosen!«

Max hob abermals die Hände, um die Menge zu beruhigen. »Mir scheint, das sind berechtigte Wünsche.«

»Dann beeilt Euch, sie zu erfüllen!«

»Ja, worauf wartet Ihr noch?«

Max trat auf den Anführer der Abordnung zu. »Frans Brederode, sagt Ihr, ist Euer Name?«

Der Angesprochene nickte.

»Ihr seht aus wie ein vernünftiger Mann«, sagte Max. »Darum schlage ich Euch vor, statt zu streiten, sollten wir lieber gemeinsam das Feuer löschen. Wenn Ihr erlaubt«, er krempelte sich die Ärmel hoch, »will ich gern mit anpacken.«

Ein paar überraschte und anerkennende Rufe wurden laut.

Brederode blickte ihn misstrauisch an. »Ihr braucht Euch nicht zu bemühen, Euer Gnaden. Um das Feuer kümmert sich die Bürgerwehr. Der Brand ist bereits unter Kontrolle.«

Max schaute zu dem brennenden Haus. Drei Löschketten waren im Einsatz, aus dem Rauch schlugen kaum noch Flammen empor.

»Ich gratuliere Euch. Ihr habt tüchtige Leute.«

»Spart Euch Eure Komplimente. Gebt lieber Antwort auf unsere Forderungen.«

»Das will ich gerne tun«, erwiderte Max. »Aber zu dieser späten Stunde? Es ist schon nach Mitternacht, und wir sind alle müde. Was meint Ihr – wäre es nicht klüger, morgen früh miteinander zu sprechen? Ausgeschlafen und bei frischem Verstand?«

Brederode zuckte die Achseln. »Wer garantiert uns, dass Ihr morgen noch da seid? Vielleicht schleicht Ihr Euch ja in der Nacht aus der Stadt?«

»Habt Ihr so wenig Vertrauen zu Eurem Regenten?« Max schaute dem Mann fest in die Augen. »Ich bin in Eurer Hand, Herr Brederode, die Männer, die mich begleitet haben, sind, wie Ihr wisst, in Kortrijk. Ich wohne ohne jeden Schutz unter Euch, und wenn es Euch gefällt, könnt Ihr von mir aus gern den Teil der Bürgerwehr, der beim Löschen nicht mehr benötigt wird, vor meinem Haus postieren. Ich werde trotzdem frei von Sorge schlafen. Weil ich Euch vertraue.« Er machte eine Pause. »Wollt Ihr mein Vertrauen nicht mit Eurem Vertrauen vergelten? Wäre das nicht recht und billig?«

Beifälliges Raunen machte die Runde, und viele Köpfe nickten.

»Dann also morgen früh im Rathaus?« Max streckte den Arm aus. »Hier habt Ihr meine Hand. Schlagt ein!«

Brederode schaute zögernd auf die ausgestreckte Hand. »Nun gut«, brummte er schließlich.

»Nein!«, rief eine Stimme, bevor Brederode einschlagen konnte.

Als Max sich umdrehte, sah er einen Mann, den er sich als Allerletzten an diesem Ort wünschte: Jan Coppenhole.

»Lasst Euch nicht täuschen!«, rief der Strumpfwirker der Menge zu. »Ich kenne den Herzog von Österreich besser als ihr! Er verdient kein Vertrauen. Dieser Mann will immer nur eins – Krieg!«

»Das ist eine Lüge!«, protestierte Max. »Ich bin in friedlicher Absicht gekommen. Allein mein Wunsch, mit den Bürgern dieser Stadt Mariä Lichtmess zu feiern, hat mich hierhergeführt.«

»Glaubt ihm kein Wort. Der Herzog von Österreich ist gekommen, um diese Stadt mit Gewalt zu unterwerfen«, fuhr Coppenhole fort, als wäre Max gar nicht da. »Ich habe sichere Nachricht, dass er um Hilfe nach Mechelen geschickt hat. Seine Schwiegermutter, die Herzoginwitwe Margarete von York, hat bereits eine Armee mit tausend Mann in Marsch gesetzt.«

Pfiffe und Rufe waren das Echo.

»Betrüger!«

»Verräter!«

Ein Mann mit einem Knüppel in der Hand brach aus der Menge hervor und stürmte auf Max zu. Im selben Moment kam Wolf aus dem Haus gestürzt, und ehe Max ihn daran hindern konnte, warf sein Freund sich auf den Angreifer.

»Nein!«, schrie Max. »Nicht!«

Zu spät. Wolf hatte den Mann bereits niedergeschlagen.

»Da seht ihr selbst!«, rief Coppenhole. »So geht es, wenn der Herzog von Österreich in friedlicher Absicht Mariä Lichtmess feiern will! Ich warne Euch: Heute brennt nur ein Haus, aber wenn Ihr diesem Mann vertraut, brennt morgen Eure ganze Stadt.«

»Pfui Teufel!«

»Nieder mit ihm!«

»Nieder mit dem Regenten!«

Max hob ein drittes Mal die Arme, doch diesmal vergeblich – kein Mensch war noch bereit, auf ihn zu hören. Während die Rufe immer lauter wurden, trat Frans Brederode zu ihm und legte ihm die Hand auf die Schulter.

»Maximilian von Habsburg! Im Namen der Zünfte dieser Stadt – Ihr seid verhaftet!«

9

Wie ein Lauffeuer verbreitete sich die Nachricht von der Verhaftung des burgundischen Regenten von Stadt zu Stadt, von Land zu Land, und bald empörte sich der ganze Kontinent über das Majestätsverbrechen von Brügge. Ein König, festgesetzt und entmachtet von seinen eigenen Untertanen – das hatte die Welt noch nicht gesehen! Hier stand nicht nur das Schicksal eines einzelnen Herrschers auf dem Spiel, sondern die göttliche Ordnung auf Erden!

Während in Aachen und Frankfurt, in Wien und Linz, in Straßburg und Luxemburg wie in allen großen Städten des Reichs Bittprozessionen abgehalten wurden, um Maximilians Befreiung von Gott und den Heiligen zu erflehen, löste der himmelschreiende Frevel des Pöbels unter den europäischen Fürsten eine Woge der Verbrüderung aus, über alle Grenzen und Zwistigkeiten hinweg. Die Könige von England, Spanien und Portugal zeigten sich aufgebracht und drohten, jede Form von Handel mit Brügge auszusetzen, solange Maximilian in Gefangenschaft sei. Sogar der ungarische König Matthias Corvinus gelobte, bis zur Freilassung des Kaisersohns Frieden mit Habsburg zu wahren – eine Frage der Ehre, die keine noch so tiefe Feindschaft aushöhlen konnte!

Auch in Gent sprach niemand von etwas anderem als von der

Festsetzung des Regenten. Dieselben Bürger, die ihn vor wenigen Monaten noch hatten hochleben lassen, wünschten ihn nun zur Hölle. Barbara empfand, wenn auf dem Markt oder nach der Messe von den Ereignissen in Brügge die Rede war, weder Wut noch Freude oder Genugtuung – nur eine unbestimmte Erleichterung. Herzog Maximilian war ihr unheimlich, und solange er in Brügge festsaß, konnte er nicht nach Gent zurückkehren.

Eine andere Sorge lastete ihr viel mehr auf der Seele als das Schicksal des Regenten. Sie wollte endlich wissen, warum sie keine Kinder bekam. Darum hatte sie beschlossen, die Abwesenheit ihres Mannes zu nutzen, um die Hebamme aufzusuchen. Als sie zu Jan davon gesprochen hatte, die Witwe des Kannengießers um Rat zu fragen, hatte er so heftig protestiert, dass sie Verdacht geschöpft hatte. Wusste Jan etwas, was sie nicht wissen sollte?

Als sie an einem Samstag nach der Beichte an dem kleinen Holzhaus am Fischmarkt anklopfte, wurde ihr nur widerwillig aufgemacht.

»Schlägst du dich denn damit so sehr?«, fragte Maike, nachdem Barbara ihr den Grund ihres Kommens gesagt hatte. »Du hast kein Kind, und einer andern, die zehn hat, sterben sie alle in einem Winter am Fieber. Sag selbst – welche von euch beiden ist nun besser dran? Es kommt, wie es kommt.«

»Aber die, denen ihre Kinder sterben, hatten sie zumindest eine Weile bei sich«, sagte Barbara. »Und es ist ja nicht nur mein Wunsch, auch mein Mann hätte so gern einen Sohn oder wenigstens eine Tochter.«

»Ja, ich weiß«, sagte Maike.

»Woher?«, fragte Barbara überrascht. »War Jan auch schon bei dir?«

»Wie kommst du darauf?« Maike schüttelte den Kopf. »Am besten, du lässt mich in Ruhe und gehst wieder nach Hause.«

»Nein, erst wenn du mir gesagt hast, was du Jan gesagt hast.«

»Aber das darf ich nicht. Dein Mann hat es mir verboten.«

»Dann war er also doch hier!«

Die Hebamme nahm Barbaras Hand. »Ach Kindchen, warum willst du das alles denn unbedingt wissen?«

Barbara schaute sie ungläubig an. »Kannst du das wirklich nicht verstehen?«

Maike nickte. »Doch, das kann ich.« Sie ließ Barbaras Hand los und streifte sich die Schürze glatt. »Na gut, da ich mich nun schon mal verplappert habe, sollst du die Wahrheit wissen. Aber nur, wenn du mir versprichst, zu Hause den Mund zu halten.«

»Versprochen.«

»Also, wenn eine Frau kein Kind bekommt, dann gibt es dafür vor allem einen Grund – nämlich dass der Mann zu faul ist.«

Barbara blickte zu Boden. »Das kann der Grund nicht sein«, sagte sie leise und spürte, wie sie rot wurde.

»Deswegen brauchst du dich doch nicht zu schämen«, lachte Maike. »Ich weiß, wie die Kinder aus dem Leib der Frauen herauskommen – da werde ich wohl auch wissen, wie sie reinkommen. Aber wenn dein Jan seine Pflicht tut«, fuhr sie fort, »dann weiß ich nur zwei Gründe, warum eure Wiege leer bleibt. Entweder, es hat dich jemand verhext ...«

»Verhext?«

Sie schaute Barbara prüfend an. »Bist du morgens schon mal aufgewacht und hattest ein totes Tier unter dem Kissen? Eine Ratte oder einen Vogel?«

Barbara schüttelte stumm den Kopf.

»Oder hast du mal ein Zeichen auf deinem Bauch entdeckt, ohne zu wissen, wie es dorthin kam?«

»Nein, an so etwas kann ich mich nicht erinnern.«

Maike überlegte. »Dann gibt es nur noch eine Erklärung«, sagte sie. »Ich fürchte, du hattest schon mal ein Kind. Eines, das tot zur Welt kam.«

»Aber ... aber das kann nicht sein«, erwiderte Barbara. »Vor Jan war ich mit keinem anderen Mann verheiratet.«

»Glaubst du wirklich«, fragte Maike mit einem Lächeln, »dass eine Frau verheiratet sein muss, damit in ihrem Bauch was wächst?

So etwas passiert auch ohne Hochzeit und Ehering, ziemlich oft sogar. Und nicht, weil es der Wille des Himmels ist, den keiner versteht. Sondern, weil da jemand nicht hatte abwarten können.«

»Aber wenn ich ein Kind gehabt hätte, das müsste ich doch wissen!«

»Wirklich?« Maike schüttelte den Kopf. »Wie kannst du dir so sicher sein? Ausgerechnet du?«

»Was ... was willst du damit sagen?«, fragte Barbara.

»Ach Kindchen, das weiß doch die ganze Stadt«, sagte Maike. »Als du und Jan geheiratet habt, da haben sich die Leute gewundert, warum ein so schönes Weib wie du einen zum Mann nimmt, der gelbe Augen hat und das Gesicht voller Narben. Und weißt du, was die Leute damals sagten? Seine Braut kam aus dem Wasser, nur darum hat der Coppenhole sie gekriegt. Weil die Wassergeister ihr die Erinnerung gestohlen haben und sie kein Gedächtnis hat.«

10

Die Kranenburg war ein Bürgerhaus am Marktplatz von Brügge, das seinen früheren Besitzern einst als Töpferei und später als Gewürzlager gedient hatte. Jetzt gehörte es dem Magistrat der Stadt – Bürgermeister Langhals hatte es erworben, um vornehmen Herren darin eine Unterkunft zu geben, von der aus sie bequem die erbaulichen Schauspiele verfolgen konnten, die zu hohen Kirchenfesten auf dem Platz aufgeführt wurden.

Hier hatte man Maximilian von Habsburg untergebracht. Doch anders als bei sonstigen Gästen, die in der Kranenburg Wohnung nahmen, patrouillierten Tag und Nacht Wachtposten vor der Tür, und das Schauspiel, das Max durch die vergitterten Fenster sah, war alles andere als erbaulich. Einem Heerlager gleich waren auf dem Marktplatz Zelte aufgeschlagen, in denen bewaffnete Bürger kampierten. Dazwischen rief der Stadtwaibel die Kopfgelder aus, die auf den Bürgermeister und die geflohenen Räte ausgesetzt waren, und am Abend wurden an lodernden Wachfeuern aufrührerische Lieder gesungen, die den Hass auf den Regenten schürten. Mit Wolfs Hilfe, der ihn in den ersten Tagen seiner Haft noch besuchen durfte, hatte Max versucht, einen Brief an seinen Vater zu schmuggeln, in dem er dem Kaiser seine Lage schilderte und um Hilfe bat. Doch man hatte den Brief in Wolfs Schuhen gefunden und vor Maximilians Augen verbrannt. Seitdem war ihm nur noch der Besuch von Geistlichen erlaubt.

Was hatten die Rebellen mit ihm vor? Würden sie ihn an Frankreich ausliefern? Ihm den Prozess machen? Ihn heimlich vergiften? Die Speisen, die man ihm brachte, rührte Max nur an, wenn der Wächter zuvor in seiner Gegenwart davon gekostet hatte. Ein Volk, das seinen König in den Kerker warf, war auch zum Mord an seinem König fähig, dem schlimmsten aller Verbrechen.

Fast täglich sprach Frans Brederode bei ihm vor, um ihn zum Rücktritt zu drängen. Wenn Maximilian freiwillig auf die Vormundschaft über seinen Sohn und die Regentschaft verzichte, wenn er ferner alle Schuldigen bestrafe und Frieden mit Frankreich schließe, würde der Regentschaftsrat, der bis zu Philipps Volljährigkeit die Regierungsgewalt ausübe, dem Herzog von Österreich eine Jahresrente von hunderttausend Écus bewilligen.

Um sich keine Blöße zu geben, trat Max dem Zunftmeister stets so heiter und gelassen entgegen, wie er nur konnte. Selbst wenn die Rebellen ihn umbringen wollten, gönnte er ihnen nicht die Genugtuung, dass er sie um Gnade bat – das war er seiner Krone schuldig.

»Mag Fortuna Euch heute zulächeln«, erwiderte er. »Aber bedenkt, wie schnell das Rad sich drehen kann. Ich habe für Burgund auf den Schlachtfeldern gekämpft, elf lange Jahre schon bringe ich jedes Opfer für dieses Land. Ich bin zu Recht Euer Regent, und Ihr werdet keinen finden, der Euch im Namen des Herzogs, meines Sohns, besser regiert als ich.«

Brederode hatte dafür nur taube Ohren. Statt Maximilians Verdienste anzuerkennen, wurden seine Forderungen täglich unverschämter. Max solle den Vertrag von Arras bestätigen, die Verbindungen mit England und der Bretagne aufheben, alle Truppen entlassen und seinen Sohn an die neuen rechtmäßigen Herren des Landes ausliefern, die Ständevertreter der Stadt Gent.

»An Jan Coppenhole und seine Spießgesellen?«, fragte Max. »Niemals werde ich das tun! Herzog Karls Tochter, Marie von Burgund, hat mich in mein Amt eingesetzt. Ihr Andenken verbietet es mir, mein Erbe oder das meines Sohnes schmälern zu lassen.«

»Ich rate Euch im Guten«, erwiderte Frans Brederode. »Sonst ...«

»Sonst was?« Max schaute dem Rebellen fest in die Augen.

Frans Brederode erwiderte seinen Blick. »Sonst kann ich nicht länger für Euer Leben garantieren!«

11

Wie oft hatte Philipp schon über die Späße des Narren gelacht. Der Schabernack, den Kunz von der Rosen früher zu Lebzeiten der Mutter am Prinsenhof getrieben hatte, gehörte zu seinen ersten Erinnerungen überhaupt. Und auch später, als die Mutter tot war und Philipp und seine Schwester vom Vater getrennt in dem Lustschloss vor Gents Toren lebten, war der Zwerg immer bei ihnen gewesen, hatte Witze gerissen und Philipp und Margarete sogar auf seinem Schecken reiten lassen, damit sie nicht immer traurig sein mussten und auch mal lachen konnten. Doch bei den Nachrichten, mit denen Kunz aus Brügge zurückgekehrt war, schnürte sich Philipp die Kehle zu. Die Rebellen hatten seinen Vater eingesperrt, den Regenten von Burgund und römisch-deutschen König – eingesperrt wie einen Hühnerdieb!

»Und die Bürger von Brügge, die haben das zugelassen?«, fragte Philipp. »Das sind doch alles seine Untertanen!«

»Verzeiht, mein Prinz«, erwiderte der Narr, »aber die Treue der

Untertanen ist so wankelmütig wie die Liebe der Weiber. Seid froh, wenn Ihr beides nicht selber erfahren müsst.«

Phillip wandte sich an seine Großmutter, die Herzoginwitwe. »Dann müssen wir die Ritter vom Goldenen Vlies benachrichtigen. Der Vater ist doch ihr Großmeister!«

»Monsieur de la Marche und ich haben sie schon einberufen, zusammen mit den Generalständen aus den Provinzen.«

»Und – was antworten sie?«

Frau von York zog ein ernstes Gesicht. »Die Ritter lassen sich entschuldigen. Und die Generalstände schweigen.«

Philipp blickte zu Boden, damit niemand sah, wie ihm die Tränen kamen. »Will denn keiner dem Vater helfen?«, fragte er.

Seine Großmutter strich ihm über den Kopf. »Herr von Polheim ist ja noch in Brügge«, sagte sie. »Ihn haben sie nicht eingesperrt. Ich bin sicher, er wird alles tun, um den Regenten freizubekommen. Außerdem habe ich einen Brief an den Heiligen Vater in Rom geschrieben und ihn um seinen Beistand gebeten.«

»Wenn nichts mehr hilft, hilft Beten!«, krächzte der Zwerg und faltete mit frommem Gesicht die Hände.

Beim Anblick des Zwerges kamen Philipp Zweifel. Konnten Gott und der Papst seinem Vater wirklich helfen? Er war zwar erst zehn Jahre alt, doch er wusste, dass Gott oft Dinge geschehen ließ, die ganz und gar nicht richtig waren und die darum niemand verstand. Und wenn es um Krieg und Frieden ging, gab es mindestens einen Menschen auf Erden, der ganz bestimmt mehr ausrichten konnte als der Heilige Vater in Rom.

»Ich möchte einen Brief schreiben«, sagte er. »Werdet Ihr mir dabei helfen, Frau von York?«

12

Eine Musik, wie wenn ein Dutzend ralliger Kater um die Wette miaut, ertönte vor der Kranenburg. Max verließ seine Pritsche. Er wusste, es war so weit – jetzt würden sie Peter Langhals hinrichten.

Wenige Wochen nach seiner Flucht hatte das Stadtregiment den Bürgermeister in einem Bauernhof unweit von Brügge aufgegriffen, mitsamt den alten Räten, und nachdem gestern auf dem Marktplatz das Schafott errichtet worden war, hatte Frans Brederode im Namen der Zünfte verkündet, dass heute das Urteil über sie gesprochen würde.

Als Max aus dem Fenster schaute, war der Platz schon schwarz von Menschen. Die ganze Stadt schien versammelt, alles, was Beine hatte, wollte dabei sein, wenn Peter Langhals und seine Räte hingerichtet wurden. Zu den Klängen der Katzenmusik, die Zimmerleute auf ihren Sägen intonierten, wurden die Angeklagten in Ketten auf das Gerüst geführt, wo außer Frans Brederode und den Zunftmeistern auch schon der Scharfrichter und seine Knechte warteten.

Laut jubelte das Volk, als die Gefangenen zur Folter entkleidet wurden, Männer ballten triumphierend die Fäuste, und Mütter hoben ihre Kinder in die Höhe, damit sie besser sehen konnten. Beim Mittagsläuten begann die Tortur, und die Schreie der Opfer sollten nicht vor dem Abendläuten verstummen. Der Reihe nach legte man Peter Langhals und die Räte auf die Streckbank, um ihnen die zur Verurteilung erforderlichen Geständnisse abzupressen. Während man ihnen die Daumenschrauben anlegte und die Gliedmaßen aus den Gelenken riss, ihre Leiber mit Kreuzknebeln und scharfen Stricken einschnürte, sie mit Pech teerte und federte, gaben sie alles zu, was ihre Peiniger hören wollten: Ja, sie hatten Befehl gegeben, Kriegsvolk in die Stadt zu holen ... Ja, sie hatten sich verschworen, die Bürgerschaft gewaltsam zu züchtigen ... Ja, sie hatten all dies im Auftrag des Regenten getan ... Zehn der Geständigen wurden auf der Stelle enthauptet, nur Peter Langhals, der ihrer peinlichen Befragung standgehalten hatte, ließen sie am Leben, damit er an den Qualen der Folter vor aller Augen verreckte. Ein paar wenige Räte, die Gnade vor ihren Richtern gefunden hatten, wurden mit ausgerenkten Gliedern zurück in ihre Gefängnisse geschleift, verkrüppelt für den Rest ihres Lebens.

Erst als die Dämmerung sich über die Stadt senkte, wandte Max sich von dem grausamen Schauspiel ab. Er hatte am Fenster ausgeharrt, bis die Leichen auf den Schinderkarren geworfen wurden und die Schaulustigen den blutroten Platz verließen. War dies das Vorspiel seines eigenen Schicksals gewesen? Er hatte keinen Zweifel, dass der Prozess nicht nur den Angeklagten gegolten hatte, sondern auch ihm. Das war die letzte Warnung der Rebellen. Sie hatten seine Anhänger vor seinen Augen gefoltert und getötet, damit er wusste, was mit ihm geschah, wenn er ihren Forderungen nicht nachgab.

Während ihm noch die Schmerzensschreie seiner Gefolgsleute in den Ohren klangen, sank er auf seine Pritsche und schloss die Augen. So viele Menschen, die seinetwegen geschunden und getötet worden waren. Dabei hätte es nur eines einzigen Wortes von ihm bedurft, um ihr Leiden zu beenden, doch er hatte dieses eine Wort nicht über die Lippen gebracht ... War die Macht so viel Leid wert? Für einen Moment glaubte er Maries Gesicht zu sehen. Lautlos bewegten sich ihre Lippen. *Du darfst nicht aufgeben. Du DARFST nicht. Sonst war alles umsonst ...*

Als er die Augen aufschlug, stand vor ihm ein Mönch.

»Der Priester, nach dem Ihr verlangt habt«, sagte der Wärter.

»Welcher Priester?« Max konnte sich nicht erinnern, nach einem Geistlichen gerufen zu haben.

Der Wärter zuckte die Schultern. »Ich lass Euch jetzt allein.« Mit einem misstrauischen Blick über die Schulter verließ er die Kammer. Als die Tür sich hinter ihm schloss, schlug der Mönch die Kapuze zurück.

Max traute seinen Augen nicht. »Wolf?«

»Pssst!« Sein Freund legte den Finger auf die Lippen. »Wir müssen uns beeilen.«

»Beeilen? Womit?«

»Wir wechseln die Kleider, und du verlässt als Mönch das Haus. Am Kruispoort warten Männer mit einem Pferd auf dich.«

Max starrte ihn fassungslos an. »Du bist gekommen, um dein Leben für meines zu geben?«

»Es ist meine Schuld, dass wir in die Falle gegangen sind«, sagte Wolf. »Selbst der Narr war klüger als ich.« Er knöpfte den Strick auf, der seine Kutte zusammenhielt. »Los, wir haben nicht viel Zeit.«

Max zögerte. Sollte er das Angebot annehmen? So schnell er konnte, überdachte er die Folgen. Wenn sie Wolf an seiner Stelle hier fanden, war sein Freund ein toter Mann. Dass die Rebellen hingegen es wirklich wagen würden, ihn, Maximilian von Habsburg, zu töten, den König des römisch-deutschen Reiches, war noch nicht ausgemacht …

»Nein, Wolf«, sagte er. »Das kann ich nicht annehmen.«

Er hatte noch nicht ausgesprochen, da flog die Tür auf, und herein kam Frans Brederode, zusammen mit Jan Coppenhole und dem Wärter. Hinter ihnen in der Tür hielten Bewaffnete ihre Piken auf Max und Wolf gerichtet.

Jan Coppenhole nickte. »Hab ich mir's doch gedacht.«

»Gut gemacht«, sagte Brederode und warf dem Wärter eine Münze zu.

13

Kunz von der Rosen war kein Laufbursche, den man nach Belieben durch die Lande schicken konnte, doch um dem Kaiser des römisch-deutschen Reiches eine Botschaft zu überbringen, war selbst er sich nicht zu schade. Also hatte er ohne Murren seinen Schecken gesattelt und sich auf den Weg nach Köln gemacht, wo Friedrich um Unterstützung in seinem Streit gegen den Herzog von Bayern warb, der ihm die ungeratene Tochter entführt hatte. Seit Trier hatte Kunz die Schlafmütze nicht mehr gesehen – ein Wunder, dass der alte Knochen überhaupt noch lebte!

»Freiherr von der Rosen«, stellte er sich dem Kanzler vor, der ihn im erzbischöflichen Palais empfing, wo Friedrich residierte.

»Kommt mit.«

In der kleinen Stube, wo der Kaiser über einem Buch saß, stank es wie die Pest. Bei ihrem Eintreten blickte Friedrich von seiner Lektüre auf.

»Wozu will Er Uns sprechen?«

»Eine Depesche von Eurem Enkel, Erzherzog Philipp von Burgund.« Mit einer Verbeugung überreichte Kunz die Botschaft aus Mechelen.

»Lass Er Uns sehen!«

Während Friedrich den Brief las, wurde der Gestank so unerträglich, dass Kunz sich fast übergeben musste. Offenbar rührte der üble Geruch von dem umwickelten Bein her, das der Kaiser auf einem Schemel abgelegt hatte.

»Was für eine Schmach«, sagte Friedrich, nachdem er den Brief gelesen hatte. »Schlimmeres hat man nicht dem Heiland angetan.«

»Pardon, Majestät«, erwiderte Werdenberg. »Ich verstehe nicht ganz.«

»Schickt Boten an alle deutschen Fürsten! Der Kaiser lädt sie nach Köln! Wir müssen sie um Reichshilfe bitten!«

»Gegen den Herzog von Bayern?«

»Gegen das Pack von Burgund!« Mit schmerzverzerrtem Gesicht stemmte Friedrich sich in die Höhe. »Es geht um das Schicksal des Reichs – ich werde darum nicht ruhen, bis solcher Verrat geahndet ist! Und wenn es mich das Leben kostet. AEIOU!«

14

Coppenhole?«, fragte Max überrascht, als der Strumpfwirker seine Kammer betrat. »Wo ist Herr Brederode?«

»Heute müsst Ihr mit mir vorliebnehmen«, erwiderte der Rebell.

Max schüttelte den Kopf. »Ich weiß nicht, was ich mit Euch zu besprechen hätte. Wir sind in Brügge, nicht in Gent.«

»Nein, wisst Ihr das wirklich nicht?« Der Strumpfwirker verschränkte die Arme vor der Brust und maß ihn mit seinen gelben Augen.

Max musste sich beherrschen, um dem Kerl nicht an die Gurgel zu springen. Natürlich wusste er, was sein Besuch zu bedeuten hatte. Zwei Monate waren vergangen, seit seine Getreuen gefoltert und getötet worden waren – zwei Monate, die man ihn in völliger Ungewissheit über sein Schicksal gelassen hatte, um ihn zu zermürben. Auch von Wolf hatte er keine Nachricht, er wusste nicht mal, ob sein Freund überhaupt noch am Leben war. Ohne ein Wort brachte der Wärter ihm dreimal täglich die Nahrung und einmal in der Woche Kleider zum Wechseln. Und wenn er sich am Fenster zeigte, um auf den Marktplatz hinauszuschauen, richtete ein Armbrustschütze von einem gegenüberliegenden Haus aus seine Waffe auf ihn, um ihn daran zu erinnern, aus welchem Grund man ihn in der Kranenburg gefangen hielt. Wenn jetzt Jan Coppenhole bei ihm erschien, konnte das nur heißen, dass die Geduld seiner Widersacher am Ende war.

»In wessen Auftrag seid Ihr hier?«, fragte Max.

»Im Auftrag der Flandrischen Union«, erwiderte der Strumpfwirker. »Und in ihrem Namen frage ich Euch: Nehmt Ihr unser Angebot an und verzichtet auf die Vormundschaft über Euren Sohn? Oder beharrt Ihr weiter darauf, anstelle des Erzherzogs Burgund zu regieren?«

»Ihr kennt meine Antwort«, sagte Max. »Wenn Ihr nichts anderes mitzuteilen habt, ist unser Gespräch beendet. Ich habe schon Euren Handlanger Brederode wissen lassen, dass ein Verzicht nicht in Frage kommt.«

»Dann erübrigt sich mein Besuch in der Tat«, erklärte Coppenhole und wandte sich zum Gehen.

Max wunderte sich, dass der Strumpfwirker sich mit seiner Auskunft begnügte, und atmete erleichtert auf. Doch bei der Tür drehte Coppenhole sich noch einmal herum.

»Leid tut es mir nur um Euren Marschall. Herr von Polheim ist ein redlicher Mann und hätte ein besseres Schicksal verdient.«

»Was hat Wolf von Polheim damit zu tun?«, fragte Max, obwohl er die Antwort ahnte.

»Eigentlich nichts«, erwiderte Coppenhole. »Aber mit Eurer Weigerung lasst Ihr mir keine andere Wahl.«

»Was meint Ihr mit – andere Wahl?«

»Muss ich Euch das wirklich erklären?«

Nein, das musste er nicht. Max verstand auch so, was gemeint war. »Ich warne Euch«, sagte er. »Gebt Herrn von Polheim frei, oder Ihr werdet es bitter bereuen.«

Coppenhole erwiderte seinen Blick. »Ihr wollt mir drohen? Womit?« Seine Augen wurden zu zwei Schlitzen. »Nein, Euer Gnaden, das Schicksal Eures Freundes liegt in Eurer Hand. Entweder Ihr bestätigt Punkt für Punkt den Frieden von Arras, oder Herr von Polheim muss für Euren Starrsinn büßen. Das Schafott steht noch bereit.«

»Das werdet Ihr nicht wagen!«

»Doch, Euer Gnaden«, erklärte der Strumpfwirker mit einer Ruhe und Sicherheit, die Max die eigene Ohnmacht doppelt spüren ließ. »Niemand kann uns daran hindern. So wie Euch niemand daran hindern konnte, Jan van Montforts Männer in Utrecht zu pfählen.«

»Ich protestiere! Wolf von Polheim gehört dem österreichischen Adel an!«

»Sollen wir darum auf Gerechtigkeit verzichten?«, fragte Coppenhole mit einem Gesicht, das keinen Zweifel an seiner Entschlossenheit aufkommen ließ.

Max verfluchte den Tag, an dem er die Warnungen seines Narren in den Wind geschlagen hatte und in Brügge eingeritten war. Wenn er den Forderungen nachgab, verzichtete er nicht nur auf seine eigenen Ansprüche und die seines Sohnes, er brach auch das Wort, das er Marie auf dem Totenbett gegeben hatte. Erfüllte er aber Maries letzten Willen und bestand auf seinen Rechten, würde Wolf sterben.

»Nun, wie lautet Eure Antwort?«, wollte Coppenhole wissen.

»Gebt mir Bedenkzeit«, sagte Max. »Ich muss darüber nachdenken.«

15

Mache Er Uns einen Spaß!«, befahl Friedrich.

»Stets zu Diensten«, erwiderte Kunz von der Rosen, der neben dem Kaiser und Herzog Albrecht von Sachsen an der Spitze des Reichheers ritt, und zermarterte sich den Schädel, welchen Witz er Seiner Majestät noch nicht erzählt hatte. Er hatte immer geglaubt, so viele Späße zu kennen, dass sie ihm niemals ausgehen könnten, aber je weiter sie auf ihrem Marsch von Köln nach Brügge vorrückten, umso mehr schrumpfte sein Vorrat zusammen. Alle Naslang wollte der Kaiser einen Witz hören, um sich von den Schmerzen abzulenken, die der Ritt ihm bereitete.

»Einen Spaß soll Er machen! Worauf wartet Er?«

»Darf es auch ein Witz über einen Pfaffen sein?«

»Von mir aus auch über den Papst! Wenn er nur seine Wirkung tut.«

»Also«, beeilte Kunz sich zu sagen, »kommt ein Pfaffe Karfreitag zum Schlachter und zeigt auf einen Schinken. ›Den Fisch will ich haben!‹, sagt er. Der Schlachter versteht nicht. ›Meint Ihr den

Schinken?‹ Worauf der Pfaffe erwidert: ›Habe ich dich nach dem Namen des Fisches gefragt?‹«

Friedrich quittierte den Witz mit einem meckernden Lachen. Obwohl Kunz eigentlich der Überzeugung war, dass ein Mensch nichts anderes ist als die Summe seiner Albernheiten, konnte er nicht umhin, den Kaiser heimlich zu bewundern. Friedrich stand in dem Ruf, ein entsetzlicher Zauderer zu sein, der ein Problem lieber auf die lange Bank schob, statt es beherzt anzupacken. Umso überraschter war Kunz nun zu sehen, welch ungeheure Tatkraft Friedrich nach seinem Entschluss, dem Herzog von Burgund zu Hilfe zu eilen, an den Tag legte. Obwohl die deutschen Fürsten behauptet hatten, Maximilians Festnahme beträfe nicht das Reich, sondern allein das Haus Habsburg, war es dem Kaiser in Köln gelungen, ein Heer von elftausend Knechten und viertausend Reitern auf die Beine zu stellen. Vor allem die Fürsten des Schwäbischen Bundes hatten bewiesen, wie ernst sie ihre Verpflichtung nahmen, jeden äußeren Angriff auf ein einzelnes Mitglied aus ihren Reihen gemeinsam so abzuwehren, als wäre es jedes Einzelnen Sache. Mit ihrer Unterstützung hatte Friedrich sich entschlossen, die Streitmacht selbst in den Krieg zu führen. Trotz seines brandigen Beins, mit dem er schon halb im Grabe stand, schreckte er nicht davor zurück, sich ins Getümmel zu werfen. Während Albrecht mit einem Teil der Armee den Seehafen von Brügge zurückerobert hatte, bevor er sich wieder dem Hauptheer anschloss, hatte Friedrich jeden flandrischen Haufen hinweggefegt, der sich seinen Truppen zwischen Köln und Brügge in den Weg gestellt hatte.

»Da! Seht nur!«, rief Albrecht. »Heute Abend sind wir am Ziel!«

Kunz beschattete mit der Hand die Augen. Tatsächlich, am Horizont erhoben sich die Türme der rebellischen Stadt, so stolz und trotzig wie einst der Turm zu Babel ragten sie in den Himmel empor.

Friedrich drehte sich im Sattel zu Herzog Albrecht herum. »Nehmt Euch eine Garde und reitet voraus«, befahl er. »Und richtet dem burgundischen Pack die Botschaft des Kaisers aus: Sollte dem römisch-deutschen König auch nur ein Haar gekrümmt werden, so werden Wir die Stadt Brügge dem Erdboden gleichmachen!«

16

Man schrieb den 12. Mai des Jahres 1488. Von den Zinnen der Stadtmauer wurde bereits das kaiserliche Heer gesichtet, als Maximilian von Habsburg die Kranenburg verließ, um auf dem Brügger Marktplatz sich allen Forderungen seiner Widersacher zu unterwerfen und den Frieden von Arras zu bestätigen. Die Rebellen hatten darauf bestanden, dass die Unterwerfung öffentlich geschah, an derselben Stelle, wo Peter Langhals und die alten Räte gefoltert und gemordet worden waren. Dort, wo das Blutgerüst gestanden hatte, erhob sich nun eine Schaubühne, auf der man zu Maximilians und der Opfer Hohn einen Thron sowie einen Altar mit den Heiligtümern der Stadt aufgestellt hatte, umweht von den Bannern der Gilden und Zünfte.

Als Maximilian auf dem Thron Platz nahm, trat ein Notar vor. Während die Bürger der Stadt sich um das Podium drängten, um der Demütigung eines gesalbten Königs beizuwohnen, verlas er den Vertrag, in dem die Vereinbarungen zwischen Max und den Ständen von Brügge und Gent niedergeschrieben waren und den er hier und heute unterzeichnen würde.

»Maximilian, burgundischer Lande gewester Herr und Herzog, willigt in eine volle gegenseitige Vergebung ein. Im Weiteren verspricht er, die Grafschaft Flandern binnen vier Tagen zu verlassen und binnen weiteren vier Tagen aus den Niederlanden zu ziehen. Nach Unterzeichnung dieses Vertrages und Siegelung mit Petschaft beider Städte soll die Freilassung des gewesten Herzogs von Burgund erfolgen.«

Während der Notar die einzelnen Punkte verlas, blickte Max in das dunkelrote Gesicht Herzog Albrechts von Sachsen, der mit ihm auf dem Podium saß. Der alte Haudegen seines Vaters, der ihm als Knaben das Fechten und Reiten beigebracht hatte, konnte seine Wut kaum beherrschen. Er hatte Max bedrängt, den Rebellen die Unterschrift zu verweigern – der Kaiser hatte der Bürgerschaft von Brügge doch gedroht, ihre Stadt dem Erdboden gleichzumachen, sollte seinem Sohn auch nur ein Haar gekrümmt werden. Doch was nützte Max die Drohung des Kaisers, wenn Wolf von Polheim in der Hand seiner Widersacher war? Jan Coppenhole würde in seinem Wahn nicht davor zurückschrecken, Wolf beim Heranrücken der kaiserlichen Truppen mit eigenen Händen zu ermorden. Wie um ihn in seiner Ohnmacht zu bestätigen, ließ der Strumpfwirker, der zusammen mit Frans Brederode den Altar flankierte, Max während der Verlesung des Vertrags für keinen Moment aus den gelben Augen.

»Der geweste Herzog«, fuhr der Notar fort, »verzichtet auf die Regentschaft über seinen Sohn, den minderjährigen Erzherzog Philipp von Burgund, und verspricht, die fremden Kriegsvölker aus Flandern und den Niederlanden abzuziehen. Auch verpflichtet er sich, den Städten Brügge und Gent das Große Privileg zurückzuerstatten und mit Frankreich einen endgültigen Frieden abzuschließen, auf der Grundlage des Friedens von Arras. Für die Einhaltung dieses Vertrags verbürgt sich des gewesten Herzogs von Burgund Marschall Wolf von Polheim.«

Nachdem der Notar die Verlesung beendet hatte, erhob Max sich von seinem Thron und trat an den Altar, auf dem der Vertrag in zweiter Ausfertigung zur Unterzeichnung bereitlag. Es hatte keinen Sinn, das Unvermeidliche hinauszuzögern. Jan Coppenhole ließ es sich nicht nehmen, ihm mit dem Finger die Stelle zu zeigen, wo er unterschreiben musste. Ohne den Strumpfwirker eines Blickes zu würdigen, nahm Max den Gänsekiel und tauchte ihn in das Tintenfass. Würde er seinem Sohn je wieder in die Augen schauen können? Ein Schriftzug – und das Erbe Karls des Kühnen, das Erbe seiner Frau Marie, war dahin.

Er hatte die Feder noch nicht abgelegt, da brach auf dem Platz lauter Jubel aus.

»Lang lebe das freie Brügge!«

»Lang lebe das freie Flandern!«

»Lang lebe das freie Burgund!«

Was für eine Schmach – noch nie hatte Max sein Volk so glücklich gemacht wie mit seinem Verzicht. Von diesem Augenblick an, das spürte er mit jeder Faser seines Leibes, würde nichts mehr so sein, wie es einmal gewesen war. Er straffte den Rücken, um den letzten Akt des unwürdigen Spektakels hinter sich zu bringen.

»Gebt jetzt Herrn von Polheim frei!«, wandte er sich an Coppenhole.

Der Strumpfwirker schüttelte den Kopf. »Noch nicht, Euer Gnaden. Herr von Polheim bleibt als Euer Bürge in unserem Gewahrsam, bis Ihr den Vertrag erfüllt habt.«

»Ich gebe Euch mein Ehrenwort, dass ich das Land verlasse.«

»Euer Ehrenwort genügt uns nicht.«

Max wollte protestieren, doch als er die jubelnde Menge sah, wusste er, es hatte keinen Sinn. Niemand war da, der ihm helfen würde, Wolf gegen den Willen der Rebellen schon heute freizubekommen – nicht mal Albrecht von Sachsen.

»Ihr habt den Vertrag unterschrieben«, sagte der alte Soldat. »*Pacta sunt servanda* – eine Frage der Ehre.«

Mit dem bitteren Gefühl, vielleicht den größten Fehler seines Lebens gemacht zu haben, verließ Max das Podium. Doch er hatte die Stufen der Treppe hinunter zum Platz noch nicht betreten, da erstarrte er.

Vor ihm, kaum einen Steinwurf entfernt, inmitten einer Horde von Handwerksgesellen, erkannte er das Gesicht einer Frau.

Rosina.

17

Die letzten Töne des Tedeums, mit dem in der St.-Salvator-Kathedrale der Sieg über den Tyrannen gefeiert worden war, verhallten in der Abenddämmerung.

»War das der Herzog?«, fragte Barbara und schaute mit verstörtem Blick Maximilian von Habsburg nach, der, gefolgt von einer kleinen Entourage, auf einem Schimmel durch das Kreuztor die Stadt Brügge verließ.

»Der *geweste* Herzog«, erwiderte Jan und zog seine Frau mit sich fort. »Ja, jetzt hast du ihn gesehen, den Teufel. Aber sag, warum bist du überhaupt hier? Du solltest doch in Gent warten, bis ich zurück bin! Wie kannst du dich in solche Gefahr bringen?«

Barbara hörte ihm gar nicht zu. »Ich habe irgendwie das Gefühl, als würde ich ihn kennen.«

»Das bildest du dir ein.«

»Aber dieses Gesicht ...«

Jan konnte es kaum ertragen, wie sie sich immer noch den Hals nach dem Habsburger verrenkte. Hatte er darum Maximilian besiegt? Damit der noch in der Stunde seines Triumphs Gewalt über seine Frau hatte? Er nahm Barbaras Gesicht zwischen beide Hände und zwang sie so, ihn anzuschauen. »Antworte mir! Warum bist du hier und nicht in Gent?«

Endlich erwiderte sie seinen Blick. »Ich habe mit Maike gesprochen«, sagte sie, »der Hebamme.«

»Gütiger Himmel!« Erschrocken ließ er Barbara los. »Das hatte ich dir doch verboten!«

Ihre großen schwarzen Augen waren voller Angst. »Verzeih mir, Jan. Aber ich muss doch wissen, wer ich bin.«

»Was ... was hat die Hebamme damit zu tun?«

»Ist das so schwer zu verstehen? Ich habe sie gefragt, warum ich kein Kind bekomme.«

»Das habe ich dir doch gesagt! Weil Gott es nicht will!«

»Warum hast du Maike dann befohlen, vor mir zu schweigen?«

Jan hörte die Verzweiflung in ihrer Stimme, sah sie in ihrem Gesicht. »Womit hat Maike dir solche Angst gemacht, dass du mir gefolgt bist?«, fragte er. »Hat sie behauptet, du bist verhext?«

Er hoffte, dass dies der Grund war, doch Barbara schüttelte den Kopf. »Sie hat gesagt, dass, wenn ich schon mal ein Kind geboren hätte, ein totes Kind, dann hätte mein Leib vielleicht Schaden genommen, so dass ich jetzt keins mehr kriegen kann.«

»Aber du hast doch noch nie ein Kind gehabt!«

»Wirklich nicht, Jan?«

Ihr gequälter Blick zerriss ihm das Herz. Was konnte er tun, um diese Qual von ihr zu nehmen? Zärtlich nahm er sie in den Arm. »Mein Liebes, erinnerst du dich denn nicht an die Nacht, als du die Meine wurdest?

Ihre Augen blickten immer noch traurig, doch ihr Mund versuchte ein Lächeln.

»Du bist als Jungfrau zu mir gekommen«, sagte er, »das Laken war voller Blut.«

Eine lange Weile schaute sie ihn voller Bangigkeit an, dann senkte sie den Blick und nickte. »Du hast recht, es kann gar nicht sein. Ich glaube, ich ... ich wollte es einfach nur noch mal von dir hören. Weil, wenn ich mir vorstelle, dass ich womöglich früher ...«

»Psssst«, machte er und strich ihr über den Kopf.

»Du bist so gut zu mir.« Dankbar schaute sie zu ihm auf. »Wenn du da bist, habe ich keine Angst.«

»Siehst du?« Vor lauter Glück küsste er sie auf den Mund, ohne sich um die Leute um sie herum zu kümmern. »Kehren wir nach Gent zurück. Jetzt, wo der Teufel besiegt ist, können wir endlich in Frieden leben.«

18

In ganz Frankreich läuteten die Glocken, und am Hof von Plessis wurde eine Woche lang ununterbrochen gefeiert. Als habe der Himmel selbst die Niederwerfung des Erzfeindes beschlossen, fiel die Bestätigung des Friedens von Arras in denselben Sommer, in dem der Dauphin die Volljährigkeit erlangte und die Regentschaft über das Land von seiner Schwester auf ihn überging. Charles hatte persönlich befohlen, dass zu diesem Anlass aus allen Brunnen des Palastes roter und weißer Wein sprudeln sollte. Die Gärtner hatten Körbe mit frischen Blumen herbeigeschafft, um die Säle und Flure mit blau-gelben Girlanden zu schmücken, und auf den Tischen waren Eier ausgelegt, zwischen denen krummbeinige Narren und halbwüchsige Mädchen tanzten. Trotz aller Pracht rümpfte Philippe de Commynes die Nase: Die Feier, die Charles zu seiner eigenen Ehre veranstaltete, wirkte auf einen Mann wie ihn, der am Hofe Karls des Kühnen aufgewachsen war, wie die Lustbarkeit eines Dienstboten, der in die Truhen seiner Herrschaft gelangt hatte.

Erpicht darauf, den strahlenden Mittelpunkt des Festes zu geben, hinkte Charles auf seinen dürren Beinen von Gast zu Gast und bekleckerte sich mit jedem Toast ein wenig mehr das golddurchwirkte Wams, das wie eine schief gehisste Standarte über dem armen Buckel hing. Philippe würde es nie begreifen: Welcher Teufel hatte Gott dazu getrieben, einer solchen Kreatur die Macht über Frankreich zu geben? Prinzessin Anne, die eine geborene Herrscherin, doch mit dem falschen Geschlecht zur Welt gekommen war, durfte auf Geheiß ihres Bruders an dem Fest nicht teilnehmen. Charles hatte sie in ein Kloster verbannt – dort sollte sie bleiben, bis ein Bräutigam für sie gefunden war. Philippe, der aus seiner Sympathie für die Regentin nie einen Hehl gemacht hatte, war auf der Hut: Wenn es ihm nicht gelang, sich weiter unverzichtbar zu machen, waren auch seine Tage am Hofe des neuen Königs gezählt.

»Wird er mich jetzt heiraten wollen?«

Aufgeschreckt aus seinen Gedanken, sah er in das Gesicht Prinzessin Margaretes, Charles' Braut, die mit verzagtem Blick zu ihm aufschaute.

»Ist er Euch denn so sehr zuwider?«, fragte Philippe.

Margarete nickte. »Er hasst doch meinen Vater.«

In ihren Augen schimmerten Tränen. Unwillkürlich musste er an ihre Mutter denken. Die Prinzessin war inzwischen acht Jahre alt und besaß mit ihren blauen Augen und dem blonden Lockenköpfchen denselben stillen Liebreiz, der Marie einst umwoben hatte. Sie spielte Laute wie ein Engel und ritt ihren Brandfuchs wie ein Teufel. Sie sprach mühelos Latein, las alle Bücher, derer sie habhaft wurde, und eine Konversation mit ihr war für jedermann ein Vergnügen. Mit brennendem Hass hatte Philippe sich einst gewünscht, dieses Kind in das Bett des Dauphins zu legen, aus Rache an ihrer Mutter. Doch jetzt, als ihr kleines Gesicht sich mit Angst füllte, weil gerade ihr Bräutigam sich mit ungelenken Schritten näherte, erregte die Vorstellung fast sein Bedauern.

»Oh, Unser Erster Minister«, tönte Charles, »einträchtig vereint mit Unserer Braut? Nun, heute ist Unser Festtag, da frage ich nicht, welche Ränke Ihr schmiedet.« Er prostete Philippe zu. »Aber ab morgen sehen Wir Euch auf die Finger! Von jetzt an wird regiert, statt intrigiert, und wenn Ihr Euch dabei nicht als ebenso tüchtig erweist wie beim Ränkeschmieden, wartet der Käfig auf Euch!«

Philippe mühte sich, Haltung zu wahren. »Falls Majestät auf die burgundische Frage anspielen ...«

»Ach, lasst Uns doch damit zufrieden«, fiel Charles ihm ins Wort. »Dieses ewige Hin und Her ermüdet Uns. Mit solchem Kleinkram mochte sich meine Schwester begnügen, doch damit ist kein Ruhm zu erlangen. Uns dürstet nach Taten, von denen die ganze Menschheit spricht. Haben Wir Euch schon von dem Ansinnen Seiner Heiligkeit des Papstes gesprochen?«

»Wenn Majestät die Güte hätten, uns ins Bild zu setzen?«

Charles platzte fast vor Stolz. »Der Heilige Vater wünscht, dass

Wir uns an die Spitze der Christenheit setzen und Konstantinopel von den Muselmanen befreien.«

»Keinen würdigeren Fürsten kann ich mir für diese Aufgabe denken als Eure Majestät«, erwiderte Philippe, obwohl er sich an dem Kompliment fast verschluckte. »Doch gerade darum rate ich, den Herzog von Österreich nicht zu unterschätzen. Nur bei einem endgültigen Sieg über Burgund könnt Ihr dieses hehre Ziel erreichen.«

»Habt Ihr Uns nicht verstanden?«, herrschte Charles ihn an. »Streicht das Wort Burgund aus Eurem Wortschatz! Die Welt wird Charles von Frankreich noch rühmen, wenn Maximilian von Habsburg längst vergessen ist – mitsamt Unserer Schwester!« Er brach in ein albernes Gekicher aus. »Statt Uns mit Burgund zu langweilen, richtet lieber dem päpstlichen Nuntius aus, dass Wir sehr wohlwollend über das Ansinnen des Heiligen Vaters nachdenken und ihm als Zeichen Unseres Wohlwollens Frankreich schon heute als Schutzvogtei des Heiligen Stuhls anbieten. – Burgund«, schnaubte er noch einmal verächtlich. »Weiberzeug!«

Margarete schaute ihren Bräutigam hoffnungsvoll an. »Wenn Burgund Euch nicht mehr kümmert, heißt das, dass Ihr meinen Vater nicht länger bekriegen werdet?«

Charles zuckte die buckligen Schultern. »Das hängt ganz von ihm selbst ab. Wenn der Herzog von Österreich endlich seine Niederlage eingesteht, will ich Gnade vor Recht ergehen lassen – schließlich zertritt man einen Wurm nur einmal. Sollte er es allerdings nochmals wagen, den Kopf zu heben«, mit einem Grinsen weidete er sich an dem Entsetzen seiner Braut, »bekommt er den Absatz meines Stiefels zu spüren!«

19

Noch bevor Max mit Albrecht von Sachsen zu den kaiserlichen Truppen gestoßen war, hatte sein Vater einen Fürstentag ins herzogtreue Löwen einberufen. Friedrich wollte dort einen Feldzug gegen die Flandrische Union beschließen lassen, um die Schmach von Brügge zu sühnen und die Herrschaft über Burgund für den römisch-deutschen König zurückzuerobern.

»Wir können keinen Fürstentag abhalten«, widersprach Max, als der Kaiser von seinen Plänen sprach. »Und erst recht dürfen wir nicht gegen Brügge ziehen.«

Mit mürrischer Miene sah Friedrich von seiner Melone auf. »Wer soll uns daran hindern?«

»Wolf von Polheim. Die Rebellen halten ihn als Geisel, bis wir Flandern und die Niederlande verlassen haben.«

»Hat Er Angst um Seinen Spießgesellen? Das braucht Er nicht. Polheim ist ein Edelmann. Er ist in der Gefangenschaft so sicher wie in Abrahams Schoß.«

»Verzeiht, Majestät, aber Ihr wisst nicht, wozu diese Leute fähig sind.«

»Hauptsache diese Leute wissen, wozu *Wir* fähig sind!«, erwiderte Friedrich. »Sie werden es nicht wagen, einen Habsburger Bürgen anzurühren.«

»Woher nehmt Ihr solche Sicherheit?«, fragte Max. »Der französische König hat auch nicht gezögert, Adelsleute in Geiselhaft zu töten. Und was den Franzosen recht war, wird den Rebellen nur billig sein. Wenn ich das Land nicht in einer Woche verlassen habe, ist Wolfs Leben in Gefahr.«

»Memmengeschwätz!« Friedrich musterte ihn mit einem abschätzigen Blick. »Hat Er sich vielleicht von diesem Strumpfwirker den Schneid abkaufen lassen?«

»Da … das ist … uuun-erhört!« Die beleidigende Frage traf Max so unverhofft, dass er nur Gestammel hervorbrachte.

Sein Vater spuckte ungerührt ein paar Kerne aus. »Er braucht Sein Stottergöschel nicht weiter anzustrengen.«

Max schnappte nach Luft. Stottergöschel – niemand durfte ihn so nennen, auch nicht der Kaiser! Doch bevor er protestieren konnte, sprach sein Vater schon weiter.

»Der Fürstentag ist beschlossene Sache. *Punctum!* Und was den Feldzug betrifft – der Einzige, der Uns dabei in die Quere kommen kann, ist der Papst.« Als wäre Max gar nicht da, wandte er sich an seinen Kanzler, der schon seit einiger Zeit mit irgendwelchen Schriftstücken raschelte. »Habt Ihr die Gutachten eingeholt?«

»Sehr wohl, Majestät«, bestätigte Werdenberg.

»Und? Gibt es Bedenken, die Wir mit Rücksicht auf Rom ernst nehmen müssen?«

»Ich denke nicht. Die Magister der Universität Löwen geben Eurer Majestät voll und ganz recht. Erlaubt, dass ich zitiere: ›Die flandrischen Städte haben ihr Versprechen, dem König zu Brügge Sicherheit zu geben, gebrochen; des Ferneren ist der vom König beschworene Vertrag wider das Recht der Goldenen Bulle, denn es ist nicht statthaft, ohne Wissen und Willen des Reichs Landesteile einer fremden Macht zuzuwenden.‹«

Mit energischen Schlägen seines Stocks begleitete Friedrich die Rede des Kanzlers. Max erkannte seinen Vater nicht wieder. War das die Reichsschlafmütze, die jeden Streit vermied, aus Furcht vor einem Verlust? Wie oft hatte er sich gewünscht, dass sein Vater ihn mit solcher Entschlossenheit unterstützte. Doch jetzt, da er es tat, beleidigte er ihn nicht nur, sondern stürzte ihn in einen Zwiespalt, der ihn zerriss. Mit jeder Faser seines Leibes verlangte es ihn nach Rache für die erlittene Schmach, doch durfte er dafür das Leben seines Freundes gefährden? Kunz von der Rosen, den Max auf dem Weg zum kaiserlichen Zelt aufgelesen hatte, um ihm einen Auftrag zu geben, war aus seinem Halbschlummer aufgewacht und beäugte ihn und den Kaiser über den Rand seiner Narrenpritsche.

»Und was ist mit dem Eid, den Unser königlicher Grünschnabel mit seiner Unterschrift so leichtfertig geleistet hat?«, wollte Friedrich von seinem Kanzler wissen.

»Auch dazu haben die Magister sich eindeutig in Eurem Sinn geäußert«, erwiderte Werdenberg. »Ich zitiere: ›Die flandrischen Städte haben wider den Gesalbten des Herrn‹ – damit ist Euer Sohn gemeint – ›freventlich Hand gelegt. Danach ist alles, was der König zugesagt, als null und nichtig anzusehen. Aus diesem Grund ist er den eidbrüchigen Flamen nicht das Geringste schuldig.‹«

»Das heißt, der römisch-deutsche König ist nicht durch seine Unterschrift gebunden?«, fragte Friedrich.

»Weder vor Gott noch vor der Welt.«

Mürrische Genugtuung füllte die Miene des Kaisers. »Dann wird auch der Papst wohl kaum etwas dagegen haben, wenn Wir dem rebellischen Volk ein wenig aufs Haupt schlagen.«

»Nur über meine Leiche!«, rief Max, der endlich die Sprache wiedergefunden hatte. »Solange Wolf in ihrer Gewalt ist, gibt es keinen Krieg. Er war bereit, sein Leben für meines zu geben, als ich in ihrer Gefangenschaft war.«

»Das ist nur seine gottverdammte Pflicht«, erwiderte der Kaiser. »Zu nichts anderem wird ein Polheim geboren.«

»Außerdem«, fuhr Max fort, »ein Wort ist ein Wort. Ich habe mit meiner Unterschrift in die Vergebung eingewilligt und mich zum Frieden verpflichtet – ganz gleich, welche Spitzfindigkeiten Eure Magister sich einfallen lassen. Das ist eine Frage der Ehre!«

»Lass Er Uns mit Seiner Ehre in Ruhe«, schnarrte Friedrich. »Die hat Er schon mehr als genug strapaziert! Und was den Polheim betrifft ... – Was zum Kuckuck ist jetzt schon wieder?«, unterbrach er sich, als ein Melder das Zelt betrat. »Warum redet Er nicht, wenn Er schon ungefragt stört?«

Der Soldat straffte die Schultern. »Herr von Polheim wartet draußen. Er wünscht Seine Majestät den König zu sprechen.«

20

Wolf brauchte nicht lange zu warten. Kaum war der Melder im Zelt des Kaisers verschwunden, trat Max ins Freie.

»Wolf! Ich kann dir gar nicht sagen, wie froh ich bin, dich wiederzusehen!« Er schloss ihn in die Arme und drückte ihn an sich. »Gott sei Dank, die Mistkerle haben dich freigelassen. Wie hast du das geschafft?«

»Ich habe ihnen mein Ehrenwort gegeben.«

»Ehrenwort? Worauf?«

»Dass ich nach Brügge zurückkehre«, erwiderte Wolf.

»Bist du von Sinnen?« Max ließ ihn los und starrte ihn an.

»Nicht hier«, sagte Wolf und zog ihn fort zu den Furagezelten, wo sie ungestört reden konnten. »Es gibt in Brügge Gerüchte von einem Fürstentag«, erklärte er, als sie allein waren. »Es heißt, der König und der Kaiser rüsten für einen Rachefeldzug. Stimmt das?«

Max wollte etwas erwidern, dann biss er sich auf die Lippe und schwieg. Wolf kannte seinen Freund lange genug, um zu wissen, was das bedeutete.

»Du hast dich verpflichtet, den Frieden zu wahren«, sagte er.

»Das habe ich meinem Vater auch gesagt«, erwiderte Max. »Und ich schwöre dir, ich hätte mein Wort gehalten, solange du in ihrer Gewalt warst. Aber jetzt …«

»Was, aber jetzt?«

Max grinste. »Jetzt bist du eben nicht mehr in ihrer Gewalt.«

Wolf schaute seinen Freund an. »Was willst du damit sagen?«

»Muss ich das wirklich erklären?« Max wurde ernst. »Mit dem Reichsheer kann ich beide besiegen, die Franzosen und die Rebellen. Ich wäre ein Idiot, wenn ich diese Möglichkeit nicht nutzen würde, jetzt, da du außer Gefahr bist.«

»Aber ich habe mich für deinen friedlichen Abzug verbürgt! Nur darum haben sie mich aus der Stadt gelassen. Als Parlamentär, damit ich dich zur Einhaltung des Vertrags mahne.«

Das Gesicht seines Freundes verhärtete sich. »Woher nimmst du das Recht, in meinem Namen solche Zusagen zu machen?«

Wolf war sich keiner Schuld bewusst. »Ich habe nur bestätigt, wozu du dich selbst verpflichtet hast. Mit deiner Unterschrift unter den Vertrag.«

»Die ist null und nichtig«, erklärte Max. »Das haben Magister der Universität Löwen zweifelsfrei bestätigt. Die Unterschrift wurde dem König mit Gewalt abgepresst und hat darum keine Gültigkeit. Ich bin also niemandem zu irgendetwas verpflichtet.«

»Und was ist mit meinem Ehrenwort?«, fragte Wolf.

Max zuckte die Schultern. »Es ist nicht meine Schuld, wenn du so leichtfertig dein Ehrenwort gibst.«

»Leichtfertig?« Wolf verschlug es die Sprache. »Nun gut, tu, was du für richtig hältst. Aber ich werde mein Versprechen halten. Ich reite noch heute zurück.«

Er wollte sich abwenden, doch Max packte ihn am Arm. »Das wirst du nicht!«

»Wer soll mich daran hindern?«

»Ich«, sagte Max. »Als dein König befehle ich dir, zu bleiben!« Er drückte Wolfs Arm so fest, dass es schmerzte. »Oder glaubst du, ich verzichte auf Burgund, nur weil ein Strumpfwirker sich das in den Kopf gesetzt hat?«

»Und was ist mit meiner Ehre? Ist die weniger wert als deine?«

Sie standen einander so nah gegenüber, dass ihre Gesichter nur durch eine Handbreit getrennt waren.

»Was willst du sein – Freund oder Feind«, fragte Max mit leiser, böser Stimme. »Du hast die Wahl: Entweder du hältst dich an das Wort, das du unseren Feinden gegeben hast, und verrätst deinen Freund. Oder du hältst deinem König die Treue und tust, was deine Pflicht ist.«

Wolf spürte seinen Atem im Gesicht. »Und was ist deiner Meinung nach meine Pflicht?«, fragte er.

Maximilians Miene wurde zu Stein. »Das zu tun, wozu ein Polheim geboren ist – gehorchen!«

21

Eine lange Weile standen sie da, Auge in Auge, und maßen einander mit ihren Blicken – ein stummer, wortloser Kampf. Wer würde als Erster nachgeben?

»Wie Ihr befehlt, mein König!«, sagte Wolf endlich. »So wie ich geboren bin, um zu gehorchen, so seid Ihr geboren, um zu herrschen. Ich werde tun, was Ihr verlangt.«

Bevor Max etwas erwidern konnte, machte sein Freund kehrt und verschwand zwischen den Zelten. Schon bereute Max, was er gesagt hatte. Würde Wolf ihm diese Demütigung verzeihen? Auch Wolf hatte seinen Stolz – aber wie zum Teufel hätte er den störrischen Esel zur Vernunft bringen können, ohne ihn daran zu erinnern, wo sein Platz im Leben war? Es ging um mehr als sie beide, viel mehr! Es ging um das Erbe seines Sohns, das Erbe Karls des Kühnen, die Herrschaft in Burgund und im Reich, das Versprechen, das er Marie am Totenbett gegeben hatte ... Also unterdrückte er den Drang, Wolf nachzulaufen und um Verzeihung zu bitten, und machte sich stattdessen auf den Weg zurück zum kaiserlichen Zelt, um mit seinem Vater den Feldzug zu besprechen.

»Ihr habt einen Auftrag für mich?« Als wäre ein Affe vom Himmel gefallen, hockte auf einmal Kunz von der Rosen vor ihm.

»Einen Auftrag?«, fragte Max. »Wie kommst du darauf?«

»Weil Ihr davon gesprochen habt«, erwiderte der Narr. »Oder hat die Freude über das Wiedersehen mit Wolf von Polheim Euch so überwältigt, dass ihr Eure eigenen Worte darüber vergessen habt?«

Als er in das faltige Zwergengesicht sah, fiel Max wieder ein, was er von Kunz gewollt hatte. »Auf dem Marktplatz von Brügge habe ich Rosina von Kraig gesehen«, sagte er.

»Was für ein Zufall – ich auch!«

»Sie war nicht allein. Ein Mann hat sie fortgeführt, ein Mann, den ich kenne.«

»Sprecht Ihr vielleicht von Meister Coppenhole?«

»Du hast ihn also auch mit ihr gesehen?«

»Ein gar possierliches Paar.«

»Spar dir deine Witze. Sag lieber, was das zu bedeuten hat?«

Der Zwerg kratzte sich seinen riesigen Schädel. »Ich weiß nicht recht, wie ich mich ausdrücken soll. Wüsstet Ihr die Wahrheit lieber auf Deutsch oder auf Französisch? Ich an Eurer Stelle würde das Französische vorziehen. Dann klingt sie nicht ganz so bitter.«

»Wenn du nicht sofort mit der Sprache rausrückst, lasse ich dich auspeitschen!«

»Gemach, gemach!« Kunz hob seine behaarten Pfoten. »Meister Coppenhole und die Jungfer von Kraig sind schon seit geraumer Zeit ein Paar, um nicht zu sagen, Mann und Frau – vorausgesetzt natürlich, dass der Pfarrer, der sie getraut hat, sich auf sein Handwerk versteht.«

»Und das sagst du mir erst jetzt?« Max fiel aus allen Wolken. »Warum hast du mir das verschwiegen?«

»Ihr habt mich nie danach gefragt!« Mit einem Gesicht, als könne er kein Wässerchen trüben, schaute der Narr ihn an. »Wenn ich schwieg, dann nur zu Eurem Wohl. Schließlich maße ich mir nicht an, meinen Herrn mit Nachrichten zu behelligen, die dieser vermutlich gar nicht hören möchte.«

»Du gottverdammter Satan!« Max hob den Narren mit beiden Händen in die Höhe. »Ich breche dir sämtliche Knochen im Leib.«

»Erbarmen!«, krächzte Kunz und strampelte mit den Beinen in der Luft. »Wenn Ihr Euch so sehr nach der italienischen Schönheit sehnt, will ich sie Euch gern herbeischaffen.« Unschuldig plinkerte er mit den Augen. »Soll ich?«

Max war hin- und hergerissen, ob er dem Zwerg die Gurgel umdrehen oder sein Angebot annehmen sollte. »Nein«, sagte er schließlich und warf ihn wie einen Sack zu Boden. »Besorg mir für die Nacht lieber ein paar Huren.«

22

Voller Zärtlichkeit betrachtete Barbara ihren schlafenden Mann. Jan hatte den Mund leicht geöffnet, ruhig und gleichmäßig ging sein Atem, nur seine geschlossenen Lider zuckten ab und zu, und um seinen Mund spielte ein Lächeln. Ob er wohl gerade etwas Schönes träumte?

»Du bist noch wach?«, fragte er, ohne die Augen zu öffnen.

»Psssst«, machte sie.

Er drehte den Kopf zu ihr und blinzelte sie an. »Sag, Liebste, warum kannst du nicht schlafen?«

»Ich kann dieses Gefühl einfach nicht loswerden.«

»Welches Gefühl?«

»Dass ich ihn kenne.«

»Von wem sprichst du?«

»Maximilian von Habsburg.«

Als sie den Namen nannte, richtete Jan sich auf. »Wie soll das möglich sein?«, fragte er. »Er ist ein König, und du bist eine Frau aus dem Volk.« Er griff nach ihrer Hand. »Mach dir nicht so viele Gedanken, versuch einfach zu schlafen.«

»Wenn ich das nur könnte«, seufzte sie. »Die Leute sagen, dass er ein riesiges Heer rüstet, um Rache zu nehmen. Ich habe solche Angst. Was meinst du – wird er nur Brügge überfallen? Oder auch Gent?«

»Ich weiß nicht, aber um ehrlich zu sein …« Er sprach den Satz nicht zu Ende.

»Du glaubst, er könnte sich auch an Gent rächen?«

Jan nickte. »Er hat seinen Eid gebrochen, genauso wie sein Bürge, obwohl beide ihr Ehrenwort gegeben haben. Solchen Leuten ist alles zuzutrauen.« Als er ihr Gesicht sah, drückte er ihre Hand. »Trotzdem brauchst du keine Angst zu haben. Wenn er es wirklich wagt, uns anzugreifen, werden wir ihn zur Hölle jagen. Schließlich haben wir die Franzosen auf unserer Seite.«

»Meinst du? Oder sagst du das nur, um mich zu beruhigen?«
»Vertrau mir«, erwiderte er. »Es kann dir nichts geschehen.«

23

Wie ein alttestamentarisches Strafgericht brach das Reichsheer über Flandern herein, eine Armee von zwanzigtausend Knechten und über fünftausend Reitern, verwüstete die Felder und machte ganze Landstriche und Dörfer dem Erdboden gleich.

Während Maximilian an die südliche Grenze seines Herzogtums eilte, um zusammen mit seinem Verbündeten, François de Bretagne, einer Gegenattacke des Feindes zuvorzukommen, eroberte er Deynze an der Lys und überfiel mit Ypern und Kortrijk zwei der schlimmsten Rebellennester der Union. Doch auch die Franzosen machten an breiter Front mobil, um die Aufständischen im Kampf gegen den Regenten zu unterstützen. Zusammen leisteten sie Kaiser und König erbitterten Widerstand. Denn der Streit, der in diesem Krieg ausgetragen wurde, war nicht nur der Streit um die Vorherrschaft in den Niederlanden und Flandern, vielmehr wurde hier um die Vorherrschaft in ganz Europa gerungen.

Wem gehörte der Kontinent? Frankreich oder dem römisch-deutschen Reich?

Woche für Woche, Monat für Monat wogte der Krieg hin und her, in einer endlosen Abfolge von wechselnden Siegen und Niederlagen. Im Sommer 1488 brachte das Reichsheer den Flamen und Franzosen bei Coxyde so schwere Verluste bei, dass Maximilian von dort aus ungehindert nach Brügge marschieren konnte. Tag und Nacht berannte er den Ort seiner Schmach, doch bevor es ihm gelang, die Stadt in die Knie zu zwingen, brach im Herbst ein neuer Aufstand der Hoeks aus, und ihm blieb nichts anderes übrig, als seine Truppen von Brügge abzuziehen und auf Seeland und Holland zu werfen.

Kaum aber hatte der König Flandern preisgegeben, starb sein Verbündeter, François de Bretagne. Wie Heuschrecken fielen die Franzosen nun in das Land ein, um einen mächtigen Stoß in das Herz von Brabant zu führen, wo sie in kurzer Zeit Brüssel und Nivelles, Gennep und Löwen besetzten, so dass im Winter von den burgundischen Städten nur noch Antwerpen und Mechelen Maximilian die Treue hielten. Als die Rebellen mit Hilfe der Franzosen auch noch das Lütticher Kirchenland und schließlich die Küste von Amsterdam bis Rotterdam in ihre Gewalt brachten, schien der Kampf verloren. Um sich vor seinen Feinden zu retten, war Maximilian im Januar gezwungen, zu Schiff über die von Hagelstürmen gepeitschte Nordsee zu fliehen.

Sie waren kaum auf See, da zerfetzte der Sturm die Takelage, und nur wenig später zersplitterte der Bugspriet im Wind. Wie ein Spielzeug trieb das führungslose Schiff auf dem Meer, wurde von den Wellen bis in den grauen Himmel hinaufgetragen, um dann in die Wasserschluchten hinabzustürzen, als sollte es in die Hölle gehen. Während die Mannschaft, durchnässt bis auf die Haut, an Deck unter dem Schutznetz kauerte, um nicht in die wütende See geschleudert zu werden, umklammerte Max mit kältestarren Händen die Reling und sprach ein Gebet in den Sturm hinein, der ihm die Worte von den Lippen riss. »*Pater noster qui es in caelis, sanctificetur nomen tuum. Adveniat regnum tuum. Fiat voluntas tua, sicut in caelo et in terra …*«

Es war früher Morgen, als sie bei Speerdamm die Küste erreichten. Wie durch ein Wunder hatte der Wind sich in der Nacht gelegt, die Wolken waren aufgebrochen, und der Regen, der wie eine Sintflut vom Himmel gefallen war, war dünner und dünner geworden, um schließlich ganz zu ersterben. Während die Ruderer sich in die Riemen legten, um die angeschlagene Karacke in den Hafen zu bringen, zog Max sich in der Kajüte frische Kleider an, damit er nicht wie ein Pirat an Land gehen musste.

Hatte Gott sein Gebet erhört?

Als er das Schiff verließ, blickte er in ein vertrautes Gesicht: Herzog Albrecht von Sachsen, der Reit- und Fechtlehrer seiner Jugend, erwartete ihn am Kai. Der alte Haudegen strahlte über das ganze Gesicht.

»Der Himmel ist mit uns!«, rief er Max entgegen.

»Was ist passiert?«

»Englische Truppen sind in der Bretagne gelandet, um unserer Armee den Rücken freizuhalten. Und auch die Spanier haben ein Heer gegen die Franzosen in Marsch gesetzt.«

Max schlug ein Kreuzzeichen. »Gelobt sei Jesus Christus.«

»In Ewigkeit amen!«, ergänzte Albrecht. »Jetzt kann uns niemand mehr den Sieg nehmen. Mit den Spaniern und Engländern an unserer Seite brechen wir den Franzosen das Genick.«

»Seid Ihr so sicher?«, fragte Max.

Statt einer Antwort beugte der Sachse das Knie und hob die Hand zum Schwur. »Ich will mir nicht wieder den Bart scheren lassen, und müsste er so lang werden wie der Karls des Großen, als bis ich meinem König die flämischen Provinzen wieder vollständig zu Füßen gelegt habe.«

24

Jan Coppenhole hatte Barbara sein Wort gegeben. Niemals, so hatte er ihr versprochen, müsse sie sich vor Maximilian von Habsburg fürchten. Barbara hatte ihm vertraut, hatte ihm vertraut wie ein Kind, doch die Gerechtigkeit hatte Jan Coppenhole im Stich gelassen, zusammen mit den Franzosen, und wenn kein Wunder geschah, würde er das Vertrauen, das seine Frau ihm geschenkt hatte, bitterlich enttäuschen, und sie zurück in Angst und Verzweiflung stoßen.

Kaum hatte er seine Werkstatt zum Feierabend geschlossen, hatte er sich auf den Weg zu der Schänke gemacht, in die Philippe de Commynes ihn bestellt hatte. Dass der Minister des Königs nach Gent gekommen war, deutete Jan als gutes Zeichen. Vielleicht hatte Commynes eine Erklärung, warum die Franzosen an nahezu allen Fronten vor Maximilians Truppen zurückwichen. Vielleicht verfolgten sie ja nur einen Plan, den ein einfacher Mann wie er nicht durchschaute, vielleicht bereiteten sie ja schon den großen, alles entscheidenden Angriff gegen die Deutschen vor, während sie scheinbar an Boden verloren. Wie sonst sollte man die zahllosen Niederlagen verstehen, die sie in den letzten Wochen und Monaten hingenommen hatten, ohne sich wirklich zu wehren?

Seit Maximilian dem fast schon sicheren Tod auf hoher See von der Schippe gesprungen war, ging im Volk das Gerücht, er sei mit dem Teufel im Bunde. Kein Wunder, denn wie die Heerscharen der Hölle wüteten seine Truppen im Land. Brüssel und Löwen hatten sich bereits ergeben, und jetzt berannten die Deutschen abermals das verbündete Brügge, nach Gent die wichtigste Stütze der Flandrischen Union. Viertausend Flamen, so hieß es, seien allein beim Überfall der Herzogstreuen auf Dixmuiden unter den Schwertern der Landsknechte zu Tode gekommen. Wenn jetzt auch noch Brügge fiel, war für Maximilian der Weg frei nach Gent.

Als Jan die Spelunke unter der Stadtmauer betrat, empfing ihn dort dieselbe angsterfüllte Leere, die seit Tagen in den Gassen der Stadt herrschte. Keine Würfelspieler, die ihre Becher drehten, keine Säufer, die ihre Nasen in den Wein tauchten, keine Mädchen, die ihre Brüste oder Schenkel entblößten. Nur Philippe de Commynes saß in dem Dämmerlicht am gewohnten Tisch bei seinem Krug.

»Habt Ihr Geld mitgebracht, damit ich das Stadtregiment rüsten kann?«, fragte Jan, nachdem sie einander begrüßt hatten. »Wir brauchen fünfhundert neue Männer, sonst fällt die Stadt beim ersten Ansturm.«

Der Franzose schüttelte den Kopf.

»Nicht?« Jan war empört. »Verflucht, wozu habt Ihr mich dann herbestellt?«

»Um Euch einen Befehl zu geben.«

»Ich höre«, erwiderte Jan.

Commynes zögerte. Dann sagte er: »Der französische König wünscht, dass Ihr Euren Widerstand aufgebt und Euch dem Regenten unterwerft.«

»*Was* sagt Ihr da?« Jan sprang von seinem Schemel auf.

»Ihr habt richtig gehört«, bestätigte Commynes. »Charles hat in seiner grenzenlosen Weisheit beschlossen, den Krieg zu beenden.«

»Aber ... aber wie kann er das tun?«

Commynes zuckte die Achseln. »Er ist der französische König und kann tun, was ihm beliebt. Burgund langweilt ihn, ein Spielzeug, dessen er überdrüssig geworden ist.«

»Das ... das verstehe ich nicht.« Entgeistert sank Jan auf seinen Schemel zurück. »Wie kann Charles auf Burgund verzichten? Ohne Burgund gibt es kein Großfrankreich.«

»Da sind wir ausnahmsweise eines Sinnes, Mijnher. Aber König Charles strebt neuerdings andere Ziele an, größere Ziele. Er will die Christenheit regieren. Darum hat er beschlossen, Herzog Maximilian einen gesamtchristlichen Frieden anzubieten, um gemeinsam mit ihm gegen die Türken zu ziehen.«

»Gesamtchristlichen Frieden?«, wiederholte Jan wie ein Idiot und starrte auf Commynes' Lippen, die diese sinnlosen Worte hervorgebracht hatten. »Dann ... dann war also alles vergebens?«

»Kopf hoch, Meister Coppenhole«, erwiderte Commynes mit einem bitteren Lächeln. »Kein Grund, Euch zu grämen. So habt Ihr mehr Zeit, Euch um Euer Weib zu kümmern.«

25

Kalt war der Wind dieses letzten Oktobertags im Jahr 1489, und ebenso kalt war Maximilians Wunsch nach Vergeltung, als er zu den Klängen des Tedeums, mit dem in der St.-Salvator-Kathedrale die Kapitulation der Stadt Brügge gefeiert wurde, den Marktplatz betrat, wo die Unterwerfung der Bürger stattfinden sollte. Auf diesen Platz hatte er während seiner Gefangenschaft durch die Gitterstäbe vor seinem Fenster hinausgeblickt, Tag für Tag, drei endlose Monate lang, auf diesem Platz waren seine Gefolgsleute gefoltert und hingerichtet worden, als Strafe für ihre Treue zu ihm. Die Stunde der Abrechnung war gekommen. Mit der Unterwerfung verpflichteten die Rebellen sich nicht nur, Maximilian für ihren Frevel eine Entschädigung von dreihunderttausend Gulden zu zahlen, sondern erkannten zugleich seine Vormundschaft über seinen Sohn an sowie seine Regentschaft über Burgund bis zu Erzherzog Philipps Volljährigkeit. Vollkommener konnte Vergeltung nicht sein.

Wem hatte Maximilian den glücklichen Ausgang des Kriegs zu verdanken? Der Vorsehung? Der Uneinigkeit seiner flämischen Widersacher? Dem Wankelmut des französischen Königs, der ihm so überraschend einen Frieden angeboten hatte, um mit ihm gegen die Türken zu ziehen?

Aus den Gassen strömten die Bürger auf den Platz, barfuß und barhäuptig, wie er es verlangt hatte. Doch seltsam, das Gefühl von Triumph und Sieg, das er sich von ihrem Anblick erwartet hatte, stellte sich nicht ein. Es war, wie wenn ein Hungernder mit einem Kanten Brot abgespeist würde – so ungenügend empfand er die Zeichen der Unterwerfung angesichts der Demütigung, die er an diesem Ort erfahren hatte.

Vom Rathaus traten ihm die Vertreter der neuen Bürgerschaft entgegen, während vor der Kranenburg, dem Haus seiner Gefangenschaft, Arbeiter sich mit ihren Rammböcken in Stellung brachten. Wenige Schritte vor ihm warfen die Bürgervertreter sich in den Staub. Max nickte – mehr war zum Zeichen nicht nötig. Die Arbeiter wussten, was sie zu tun hatten. Zu jeweils einem Dutzend rannten sie mit riesigen Mörsern gegen die Kranenburg an, um das Gebäude einzureißen. Wieder und wieder nahmen sie Anlauf, wieder und wieder bebte der Boden, ohne dass etwas geschah. Erst beim sechsten Versuch brach die Mauer, und endlich, endlich, regten sich in Max die erhofften Gefühle, breitete sich in ihm so etwas wie Genugtuung aus. Krachend zerbarsten die verfluchten Wände, die ihn so lange seiner Freiheit beraubt hatten, Stein um Sein stürzte das Gefängnis ein. Mehrere Stunden dauerte die Schleifung, doch Max genoss jeden Augenblick. Und während die Kranenburg vor seinen Augen in Schutt und Asche versank, begriff er, dass er seinen Sieg weder der Vorsehung noch der Uneinigkeit seiner flämischen Widersacher oder dem Wankelmut des französischen Königs verdankte, sondern allein sich selbst – der rohen, unnachgiebigen Gewalt, mit der er sein Schicksal niedergerungen hatte, zusammen mit seinen Feinden.

»Was wünscht Ihr, Euer Gnaden, dass wir anstelle des schändlichen Gebäudes errichten?«, fragte der neue Bürgermeister, als das Werk vollbracht war.

»Eine Sühnekapelle«, antwortete Max. »Den Bürgern dieser Stadt und allen Unseren Untertanen zur ewigen Mahnung.«

Nein, er war noch nicht ans Ende seines Weges gelangt. Doch jetzt wusste er, wie er diesen Weg gehen musste, um sein Ziel zu erreichen. Die Kaiserkrone würde nur bekommen, wer sie sich nahm. Mit Gewalt.

26

Es war noch früh am Morgen, die Natur war kaum erwacht, doch in der Stadt Gent brodelte es wie in der Höllenküche. In der Nacht hatte sich die Nachricht verbreitet, Herzog Maximilians Truppen seien im Anmarsch. Seitdem herrschte Panik in der Stadt, Tausende von Flüchtlingen verstopften die Gassen und Plätze. In Scharen verließen die Bürger ihre Häuser und Werkstätten, Bauern trieben ihr Vieh aus den Ställen, Hühner und Gänse gackerten herrenlos umher, Handwerker brachten auf vollgepackten Karren ihr Hab und Gut fort, Frauen flohen mit ihren Kindern auf den Armen, und Greise wurden auf den Schultern ihrer Söhne davongetragen, während peitschenschwingende Reiter ihre Pferde durch das Gewühl drängten, ohne Rücksicht darauf, ob jemand unter die Hufe geriet. Sie alle hatten nur ein Ziel: Sie wollten die Stadt verlassen, ehe Maximilian sie dem Erdboden gleichmachte.

Auch Barbara hatte ein Bündel mit dem Lebensnotwendigsten gepackt – ein Laib Brot, ein Rosenkranz und ein paar Kleider – und war aus dem Haus gelaufen. Jan hatte die Nacht auf dem Rathaus verbracht, sie wollte zu ihm, um mit ihm zu fliehen. Sie hatte den Markplatz noch nicht erreicht, da kam er ihr entgegen.

»Barbara!«, rief er über den Lärm hinweg.

»Gott sei Dank, da bist du!«, rief sie zurück. »Wir müssen raus aus der Stadt!«

Im Nu hatte er sich durch die Massen gedrängt und riss sie an sich. »Wir brauchen nicht zu fliehen! Es gibt keine Gefahr.«

»Keine Gefahr? Schau dich doch nur um!«

Sie wollte weiterlaufen, doch Jan hielt sie zurück. »Beruhige dich. Ich habe sichere Nachricht, dass es keinen Angriff gibt. Maximilian hat den Feldzug beendet. Sein Heer löst sich auf, und er selber ist auf dem Weg nach Mechelen.«

»Und warum fliehen dann all die Leute?«, fragte Barbara.

»Bitte, Liebes, glaub mir. Es besteht kein Zweifel. Wir sind in Sicherheit. In Gent wird uns nichts passieren.«

Noch während er sprach, ging ein Aufschrei durch die Menge. Barbara fuhr herum. Keinen Steinwurf von ihr entfernt hatte sich ein pechschwarzes Pferd aufgebäumt und schlug mit den Vorderhufen wild in der Luft. Im Sattel des Rappen saß eine blonde Frau, die vergeblich versuchte, das Tier zu bändigen. Plötzlich sprang ein Bauer aus der Menge und stürzte sich mit einer Mistgabel auf das Pferd. Der Rappe machte einen gewaltigen Satz, und während die Menschen kreischend auseinanderstoben, galoppierte er mit der Reiterin, die sich verzweifelt an die Mähne klammerte, über den Platz davon, direkt auf einen im Weg stehenden Leiterwagen zu.

»Nein!«, schrie Barbara.

Es war, als hätte sie das alles schon einmal erlebt. Voller Entsetzen sah sie, wie der Rappe mit der Vorderhand eintauchte. Für einen Wimpernschlag verharrte das Tier mit gesenkter Brust vor dem Hindernis, als wolle es den Sprung verweigern, doch dann drückte es ab. Barbara wusste, gleich würde etwas Fürchterliches geschehen, und schickte ein Stoßgebet zum Himmel. Das Pferd schien zu fliegen, immer länger wurde sein schwarzer Rumpf, immer länger der Sprung ... Mit den Vorderhufen landete der Rappe auf der anderen Seite des Leiterwagens. Barbara atmete auf, doch plötzlich, das Pferd setzte gerade auf, verfing es sich mit den Hinterhufen. Das Tier geriet ins Straucheln, die Reiterin verlor den Halt, und während ihr Pferd sich überschlug, wurde sie wie ein Katapult durch die Luft geschleudert.

»Barbara – was ist mit dir?«

Sie hörte Jans Stimme, sah sein erschrockenes Gesicht, seine aufgerissenen Augen, dann überkam sie der Schwindel, alles löste sich vor ihr auf, jedes Geräusch verstummte, und während sie noch spürte, wie Jan ihr unter die Arme griff, sank sie in Ohnmacht.

27

Max hatte seine ganze Willenskraft aufbringen müssen, um den Feldzug gegen Gent abzubrechen. Sein Bedürfnis nach Rache war noch längst nicht gestillt – wie auch, solange Jan Coppenhole ungestraft gegen ihn hetzte? Doch sein Kopf hatte über sein Herz gesiegt. Es waren unabweisbare Gründe, die ihn zwangen, seine Pläne zu ändern und statt nach Gent nach Mechelen zu reiten. Der Kaiser rief ihn nach Linz – die Sicherung des Tiroler Erbes für das Reich stand auf dem Spiel. Herzog Sigmund hatte das Land noch schlimmer heruntergewirtschaftet, als es den Anschein gehabt hatte. Entweder, so schrieb der Kaiser, würde Maximilian als Nachfolger seines Onkels die Herrschaft über Tirol übernehmen – oder das Herzstück des Habsburgerreichs würde in die Hände

Albrechts von Bayern fallen. Ohne seinen Sohn, den römisch-deutschen König, war Friedrich nicht mehr imstande, den dazu nötigen Landtag durchzuführen. Sein brandiges Bein bereitete ihm inzwischen solche Schmerzen, dass er kaum noch zehn Schritte ohne fremde Hilfe laufen konnte.

»Ich wünsche, dass Philipp mich begleitet«, sagte Max, als er in Mechelen eintraf. »Es wird Zeit, dass er die Heimat seines Vaters kennenlernt.«

»Ein verständlicher Wunsch«, sagte Margarete von York. »Außerdem kann Philipp auf dem Landtag vieles von seinem Vater lernen. Aber bevor Ihr aufbrecht, solltet Ihr noch die Verhandlungen mit der Bretagne aufnehmen.«

»Verhandlungen mit der Bretagne?« Max ahnte, worauf sie hinauswollte, doch er hoffte, dass er sich irrte. Er konnte sich an die bretonische Prinzessin kaum erinnern, ein blondes, unscheinbares Mädchen, das er vor Jahren flüchtig kennengelernt hatte. »Kann das nicht warten?«, fragte er.

»Ich fürchte nein«, erklärte die Herzoginwitwe. »Nach dem Tod von Herzog François wäre eine Heirat mit seiner Tochter das geeignete Mittel, um Euer Bündnis mit der Bretagne vor aller Welt zu erneuern und für immer zu besiegeln. Wenn Ihr wartet, könnte Euch ein anderer Fürst zuvorkommen. Herzogin Anne ist zwar keine Schönheit, aber eine der reichsten Erbinnen Europas. Ich bin sicher, die ersten Brautwerber sind schon auf dem Weg.«

»Ich muss darüber nachdenken«, erwiderte Max. »Charles von Frankreich könnte, wenn ich mich bewerbe, unseren Frieden aufkündigen. Ihr wisst, dass er selber ein Auge auf die Bretagne hat.«

»Wenn Charles den Frieden mit Euch aufkündigen will, tut er es auch ohne einen Grund. Gleichgültig, ob Ihr heiratet oder nicht.«

Max zögerte. »Um ehrlich zu sein«, sagte er, »mir steht nicht der Sinn nach einer neuen Ehe.«

»Ich weiß, wie sehr Ihr Marie geliebt habt«, sagte Margarete. »Trotzdem wundert es mich, dass Ihr darüber Eure Bestimmung aus den Augen verliert. Gerade jetzt, da Ihr Euch anschickt, das

Tiroler Erbe zu sichern, wäre ein Ehebündnis mit der Bretagne ein wichtiger Schritt auf dem Weg zur Kaiserkrone. Ich denke, niemand würde mir darin entschiedener zustimmen als Marie. Meint Ihr nicht auch?«

Max wich ihrem Blick aus. Der Schorf über jener Wunde war immer noch sehr dünn.

»Ist es nur die Erinnerung an Eure Frau, die Euch hindert, das Richtige zu tun?«, fragte Margarete, als er keine Antwort gab. »Oder gibt es noch einen Grund?«

»Was für ein Grund sollte das sein?«, erwiderte er unwillig.

»Ihr braucht Euch vor mir nicht zu verstellen«, sagte Margarete mit einem Lächeln. »In der Zeit, in der Euer Sohn in der Hand der Rebellen war, hat eine Frau für ihn gesorgt, nicht wahr? Philipp hat mir von ihr erzählt. Eine sehr schöne Frau mit schwarzem Haar und schwarzen Augen, sagt er, sie habe sich wie eine Mutter um ihn gekümmert. Jetzt frage ich mich, warum hat sie das für ihn getan? Vielleicht, weil sie seinen Vater liebt?«

»Was wollt Ihr damit sagen?«, fragte Max.

Margarete blickte ihn unverwandt an. »War jene Frau vielleicht Rosina von Kraig, Eure einstige Mätresse?«

Max schüttelte den Kopf. »Das ist völlig ausgeschlossen.«

»Wie wollt Ihr das so sicher wissen?«

»Weil ich den Namen dieser Frau kenne«, sagte Max. »Sie hieß Barbara.«

»Barbara«, wiederholte die Herzoginwitwe. »Ich verstehe, dann bitte ich Euch um Vergebung für meinen voreiligen Schluss. Ich hatte nur gedacht, vielleicht ...« Sie machte eine Pause, um den Gedanken abzuschließen. »Doch was die Verhandlungen mit der Bretagne betrifft«, fuhr sie fort, »bleibe ich bei meiner Meinung. Sie dulden keinen Aufschub. Frankreich muss wissen, dass Burgund einen mächtigen Verbündeten hat. Vor allem, wenn Ihr fort seid.«

Max war froh, dass Frau von York das Thema wechselte. »Also gut«, sagte er. »Meinethalben schickt Olivier de la Marche nach Rennes, damit er in meinem Namen um Anne wirbt.«

»Ich danke Euch«, sagte die Herzoginwitwe. »Ich bin sicher, Ihr werdet es nicht bereuen.«

»Ich bin es, der Euch zu danken hat«, erwiderte Max. »Doch jetzt entschuldigt mich, ich möchte zu meinem Sohn.«

Im Hinausgehen bedeutete er Kunz, der dösend auf einer Fensterbank hockte, ihm zu folgen.

»Was kann ich für Euch tun, Euer Gnaden?«, fragte der Narr, als sie draußen auf dem Gang waren.

Max zögerte. »Die Italienerin, von der ich dir neulich sprach ...«

»Was ist mit der?«

»Du sollst sie für mich finden.«

»Mit Vergnügen, Euer Gnaden.« Kunz verzog sein Gesicht zu einem Grinsen. »Und wenn ich sie gefunden habe, wünscht Euer Gnaden wohl zu erfahren, wie es Ihr ergeht und was sie treibt?«

»Nein«, knurrte Max. »Wenn du sie gefunden hast, bringst du sie zu mir. Und zwar so schnell du kannst.«

28

Barbara«, flüsterte Jan. »Liebste, mein Leben, wo immer du bist – komm zu mir zurück.«

Einen ganzen Tag und eine ganze Nacht saß er nun schon an ihrem Bett, um über sie zu wachen. Er flößte ihr Brühe ein, damit seine Frau zu Kräften kam, trocknete ihr das Gesicht vom Schweiß und deckte sie zu, wenn sie zu frieren schien. In jedes seiner Worte, in jede seiner Handreichungen legte er seine ganze Liebe, doch es half nichts. Barbara blieb in demselben leblosen Zustand, in dem sie sich befand, seit sie in Ohnmacht gesunken war. Ein eilig herbeigerufener Arzt hatte ihr eine übelriechende Salbe auf die Stirn gestrichen, die angeblich bei Frauenleiden half. Aber die teure Arznei hatte so wenig ausgerichtet wie die Gebete, die Jan für seine Frau sprach.

»Ich glaube nicht, dass die noch mal wieder aufwacht«, sagte Antje, als sie die volle Suppenschale sah. Barbara hatte von der Brühe kaum einen Löffel zu sich genommen.

Warum?, dachte Jan. *Wie konnte das geschehen? Es war doch nur eine fremde Reiterin …*

Als Antje die Kammer verließ, glaubte er plötzlich, eine Regung in Barbaras Gesicht zu erkennen. Tatsächlich, er hatte sich nicht getäuscht, ihre Wimpern und Lider zuckten, einmal, zweimal, ganz deutlich, als versuche sie, die Augen zu öffnen.

»Marie«, flüsterte sie. Und wieder: »Marie …«

Jan hielt den Atem an.

»Ich … ich habe gesehen, wie es geschah.« Sie sprach so leise, dass er sie kaum verstand. »Draußen vor der Stadt … Sie saß auf einem schwarzen Pferd und sprang über einen Graben … Und dann … dann stürzte sie … Marie von Burgund.«

Sie schlug die Augen auf. Wie sehr hatte Jan diesen Moment herbeigesehnt. Doch jetzt, da es endlich geschah und Barbara ihre Augen auf ihn richtete, konnte er ihren Blick kaum ertragen. Seine Frau sah ihn an wie einen Fremden.

»Es war meine Schuld«, flüsterte sie. »Ich habe ihn gezwungen, ihr die Wahrheit zu sagen. Darum ist sie gestorben.«

»Um Gottes willen, was redest du da?«, rief Jan. Er nahm ihre Hand und führte sie an sein Gesicht. »Bitte, Barbara, sieh mich an. Erkennst du mich nicht?«

Groß und schwarz ruhten ihre Augen auf ihm, doch ihr Blick war leer. »Wer ist Barbara?«, fragte sie. »Ich heiße Rosina.«

29

Seine Gnaden Herzog Sigmund hat sich wegen der Gebrechen des Alters entschlossen, das Regiment an Maximilian von Habsburg, Erzherzog von Österreich, Herzog von Burgund und

Brabant zu überantworten, damit er noch bei Lebzeiten sehen kann, wie sein Land und die getreuen Untertanen bei allen ihren Gnaden, Rechten und löblichen Freiheiten verbleiben können.«

Leise flüsterte Max die Abdankungsworte seines Onkels mit, die Kanzler Graf Werdenberg vor dem Innsbrucker Landtag verlas. Es war ein saures Stück Arbeit gewesen, die Vereinbarung zustande zu bringen. Der Kaiser, der sich in das alte Habsburger Schloss in Linz zurückgezogen hatte, um sein krankes Bein zu kurieren, hatte sich lange dagegen gesträubt, Sigmund für seinen Verzicht eine jährliche Rente von fünfzigtausend Gulden zuzusichern, damit sein Vetter die Mäuler seiner Kinder stopfen konnte. Tirol war bankrott, die Einnahmen aus den Kupfer- und Silberminen wurden durch die Rente fast vollständig aufgezehrt. Doch Max hatte sich gegen seinen Vater durchgesetzt. Bislang war er nur Prinzgemahl und Vormund gewesen – als Landesherr von Tirol wurde er nun zum ersten Mal Herrscher aus eigenem Recht.

Sigmunds Augen schimmerten feucht, als er vor dem Landtag sein Amt niederlegte. Doch Max machte sich um ihn keine Sorgen – sein Onkel hatte sich noch immer in sein Schicksal gefügt, solange er nur einen Krug Wein in Reichweite hatte. Während Sigmund sich noch die Tränen trocknete, war Erzherzog Philipp der Erste, der Max nach der Vereidigung zum neuen Landesherrn gratulierte. Und sein Sohn wich ihm auch nicht von der Seite, als er sich in den nächsten Tagen daranmachte, das alte Regiment von Grund auf zu erneuern. Mit einem Federstrich setzte er Sigmunds Räte ab, um sie durch Männer seines Vertrauens zu ersetzen. Auch ließ er eine Denkmünze prägen, um die Erinnerung an die Wiedervereinigung der Habsburger Lande für die Zukunft wachzuhalten. Um die Trennung endgültig zu überwinden, musste es ihm allerdings erst noch gelingen, die Vorlande von seinem bayerischen Schwager Albrecht zurückzugewinnen.

Er wollte sich schon mit Philipp auf den Weg nach München machen, da durchkreuzte eine Nachricht aus Wien seine Pläne. König Matthias Corvinus, der ewige Widersacher seines Vaters, war am Schlagfluss gestorben. Wie oft hatte Max sich seinen Tod herbeigesehnt, um sich für die Demütigungen zu rächen, die der Ungar seinem Vater zugefügt hatte, und die Stephanskrone für Österreich zurückzuerobern, wie es Gottes Wille war. Doch einen ungelegeneren Zeitpunkt zum Sterben als diesen hätte Corvinus sich nicht aussuchen können.

»Was werdet Ihr jetzt tun?«, fragte Philipp, als Wolf ihnen die Nachricht überbrachte.

Max dachte kurz nach. »Es bleibt dabei, wir reisen nach Bayern«, erklärte er dann. »Und sobald ich mit Albrecht einig bin, kehren wir nach Gent zurück.«

»Ich halte das für einen Fehler«, erwiderte Wolf. »Wien geht vor.«

Max schüttelte den Kopf. »Und was ist mit Burgund? Außerdem habe ich noch eine Rechnung mit Jan Coppenhole offen.« Rosina erwähnte er nicht.

»Ich habe kein Recht, dir einen Rat zu geben«, sagte Wolf. »Du bist der König, ich bin ein Nichts. Aber als dein Freund, der ich einmal war …«

Max wusste, dies war der Augenblick, Wolf um Verzeihung zu bitten. Es war seit ihrem Streit das erste Mal, dass sie mehr als das Nötigste miteinander sprachen. Aber die Entschuldigung wollte ihm nicht über die Lippen. Nicht vor seinem Sohn. »Du bist immer noch mein Freund«, sagte er nur. »Also sprich – was rätst du mir?«

Wolf schaute ihn an. »Du musst Wien zurückerobern. Eine solche Gelegenheit kommt vielleicht nie wieder!«

Max erwiderte seinen Blick. Allein um ihrer Freundschaft willen war er geneigt, Wolfs Rat zu folgen. Aber er war nicht nur seinem Freund verpflichtet.

»Was meinst du?«, wandte er sich an seinen Sohn.

Philipp zögerte keinen Moment mit der Antwort. »Ich denke genauso wie Herr von Polheim.«

»Und was ist mit deinem Erbe?«

»Ihr seid nicht nur der Regent von Burgund«, erwiderte Philipp,

»sondern vor allem der König des Reiches. Wenn Ihr die Ungarn aus Wien jagt, wird alle Welt wissen, wer der nächste Kaiser ist.«

Philipps Nase war viel zu groß für das noch kindliche Gesicht – ein echter Habsburger Zinken. Doch aus seinen blauen Augen blickte seine Mutter, Marie von Burgund. Max musste schlucken. Vielleicht war er noch nie so stolz auf seinen Sohn gewesen wie in diesem Augenblick.

»Also gut«, sagte er. »Dann machen wir es, wie ihr zwei mir ratet. Allerdings«, fügte er mit einem Grinsen an Wolf hinzu, »muss ich dich dann noch um einen Gefallen bitten. Als mein Freund.«

»Welchen?«, fragte Wolf.

»Reite nach Rennes und leg dich noch einmal für mich ins Bett.«

»Mit Anne de Bretagne?« Wolf zögerte einen Moment, dann grinste er zurück. »Es soll mir ein Vergnügen sein. Nur – wenn ich nach Rennes reite, wer zieht dann mit dir in den Krieg?«

Max legte seine Hand auf die Schulter seines Sohns. »Erzherzog Philipp! Er wird mich nach Wien begleiten.«

30

Das Glück war ein Rausch, der ungeahnte Kräfte verlieh. Seit Wochen schlief Philipp, der seidene Laken gewohnt war, in einem Strohsack, und nur selten war es ihm vergönnt, länger als ein paar Stunden zu ruhen. Für eine richtige Mahlzeit fand sich nie Zeit, meist begnügte er sich wie die Landsknechte seines Vaters mit einer Kelle Hirsebrei und einem Krug Dünnbier, und doch verspürte er keine Müdigkeit. Das Glück, das er genoss, nährte ihn besser als die kräftigsten Speisen und erquickte ihn nachhaltiger als der tiefste Schlaf. Seine Schultern gingen in die Breite, und an seinen Armen bildeten sich Muskeln. Doch nicht nur sein Körper reifte auf diesem Feldzug zu dem eines Mannes heran, sondern auch sein Mut. Aus dem kindlichen Ungestüm, den er anfangs an den Tag gelegt hatte, wurde im Laufe der Monate die ruhige, überlegte Entschlossenheit eines Soldaten.

Nichts hatte er sich so sehr gewünscht, wie an der Seite seines Vaters in den Krieg zu ziehen, und jetzt war sein Wunschtraum Wirklichkeit. Gemeinsam hatten sie bereits Wien erobert und Kaiser Friedrich im Triumph zurück in seine Stadt geleitet. Der Großvater hatte es mit diesem Sieg genug sein lassen wollen, aber zu Philipps Freude hatte der König sich über den Willen des Kaisers hinweggesetzt. Sein Vater wollte die Gunst der Stunde nutzen und nicht eher ruhen, als bis er ganz Ungarn niedergeworfen und sich die Stephanskrone aufgesetzt hatte. Im Sturmschritt waren sie von Stadt zu Stadt geeilt, hatten einen Sieg nach dem anderen an ihre Fahnen geheftet und standen nun, zwei Wochen nach der Rückeroberung Wiens, vor Stuhlweißenburg.

Die Krönungsstadt der ungarischen Könige galt als uneinnehmbare Festung, Scharen von Flüchtlingen hatten sich darum hierher zurückgezogen, um sich vor dem Habsburger Heer zu verschanzen. Voller Respekt blickte Philipp an den Mauern empor, die bis in den Himmel zu ragen schienen.

»Herzog Albrecht meint, wir sollten verhandeln, bevor wir angreifen. Vielleicht ergeben sie sich ja ohne Kampf.«

Sein Vater schüttelte den Kopf. »Verhandelt wird nur, wenn eine Niederlage droht.« Mit kaltem Blick fixierte er das Stadttor, vor dem mehrere Reihen ungarischer Soldaten postiert waren. »Sobald wir Stuhlweißenburg genommen haben, ist der Weg nach Ofen frei.«

Philipp betrachtete den Mann, der reglos wie ein Standbild an seiner Seite zu Pferd saß. Es gab keinen besseren Kriegsherrn, keinen klügeren Strategen, keinen tollkühneren Streiter als ihn. Und dieser Mann war sein Vater! Philipp bat Gott in seinem Herzen, dass er sich in der anstehenden Schlacht würdig erwies, der Sohn Maximilians von Habsburg zu sein.

In seiner Rüstung bekreuzigte er sich, doch er hatte noch nicht das *Amen* gesprochen, da gab sein Vater das Zeichen zum Angriff.

Philipp gab seinem Hengst die Sporen, und als würden zwei Pfeile von derselben Sehne schnellen, sprengten sie aus dem Stand auf die Stadtmauer zu. Tausende von Knechten und Reitern folgten ihnen. Der donnernde Hufschlag der Tiere, das Kriegsgeschrei der Männer, das Klirren der Waffen – das alles wuchs zu einem Orkan heran, der jeden Widerstand hinwegfegte. Wie die Holzfiguren des Kriegsspielzeugs, mit dem Philipp als Knabe gespielt hatte, brachen die Reihen der Ungarn auseinander, wie Katzen kletterten die Landsknechte an der himmelhohen Mauer empor, und es dauerte keine Stunde, bis auf den Zinnen die weiße Flagge gehisst und das Stadttor freigegeben wurde.

Kein einziger Ungar stellte sich ihnen entgegen, als Vater und Sohn an der Spitze ihres Heeres in Stuhlweißenburg einritten. Doch plötzlich tauchte ein Lanzenreiter vor Philipp auf, er hatte die Pike auf ihn gerichtet und galoppierte direkt auf ihn zu. Sein Vater wollte ihm den Weg verbauen.

»Nein!«, rief Philipp. »Der Mann gehört mir!«

Er riss sein Schild in die Höhe und zog sein Schwert. Er hatte gelernt, wie er einem Angreifer den Stich versetzen musste, damit die Klinge durch die Brustplatten hindurch ins Herz drang. Er streckte das Schwert vor, wie er es unzählige Male vor der Strohpuppe geübt hatte, und trieb sein Pferd an. Die Klinge drang so tief in die Brust seines Gegners, dass Philipp es nur mit Mühe wieder herausziehen konnte.

Einen Wimpernschlag lang traf ihn der Blick des fremden Reiters. Philipp glaubte das letzte bisschen Leben in seinen Augen flackern zu sehen. Dann kippte der Kopf des Mannes vornüber, und ohne einen einzigen Laut rutschte er aus dem Sattel. Philipp konnte es kaum glauben. Mehr geschah nicht, wenn ein Mensch starb?

»Der erste Feind, den du getötet hast!« Sein Vater schlug ihm auf die blechbewehrte Schulter. »Glückwunsch, mein Sohn! Mögest du dich für alle Zeit an diesen Augenblick erinnern.« Er löste sein Schwert vom Gurt und reichte es Philipp. »Das gehört von heute an dir. Ich bin stolz auf dich.«

Voller Andacht nahm Philipp das Schwert. Es war dieselbe Waffe, mit deren verkleinerter Nachbildung er vor Jahren von seinem Vater das Fechten gelernt hatte. Gleichgültig, was das Leben noch für ihn bereithielt: Das war das schönste Geschenk, das er jemals bekommen würde. Während er mit der Hand über die Klinge fuhr, scharte sich eine Horde Landsknechte um seinen Vater.

»Gebt Ihr die Stadt zur Plünderung frei?«, wollten sie wissen.

»Nein«, erwiderte der König. »Wir sind noch nicht am Ziel.«

»Aber wir haben seit Wochen keinen Sold mehr bekommen.«

»Und auch keinen Branntwein!«

»Nicht mal zu fressen haben wir!«

Philipp sah die ausgezehrten Gesichter. Die Männer hatten recht, sich zu beklagen, sie riskierten fast täglich ihr Leben, ohne einen Lohn zu erhalten.

Doch sollte sein Vater darum auf die Stephanskrone verzichten?

Philipp reckte sein neuerworbenes Schwert in die Höhe. »Auf nach Ofen!«, rief er.

Sein Vater strahlte. »Folgt dem Befehl des Prinzen! Auf nach Ofen!«

31

Nein, sie hieß nicht Barbara, sondern Rosina, Rosina von Kraig, und war die Tochter eines österreichischen Landadeligen und einer Italienerin, die dank ihrem Onkel, dem Fürstbischof von Salzburg, ihre Jugendjahre am Hof des Kaisers verbracht hatte, als Zofe seiner Tochter Kunigunde und Geliebte seines Sohnes Maximilian …

Wie jeden Abend nach dem Zubettgehen starrte Rosina an die Decke ihrer Kammer, ohne Schlaf zu finden. Alles war wieder da, der Sturz der fremden Reiterin hatte in ihr die für immer verloren geglaubten Erinnerungen hochgespült. Sie wusste wieder, wer sie war – doch war sie darum glücklicher? Wann immer ihr eine Erinnerung kam, war es, als würden sich zwei Bilderfolgen in ihrem Gedächtnis übereinanderschieben, und dann konnte sie nicht unterscheiden, aus welchem Leben die einzelnen Bildteile jeweils stammten – aus ihrem Leben als Barbara oder als Rosina? Das Vergessen, unter dem sie so lange Zeit gelitten hatte, erschien ihr im Vergleich dazu wie eine Gnade.

Ein Rascheln an ihrer Seite weckte sie aus ihren Gedanken.

»Ich liebe dich«, flüsterte Jan.

Statt einer Antwort streckte sie die Hand nach ihm aus. Ohne nach ihrer Herkunft zu fragen, hatte er sie in sein Haus aufgenommen, und auch jetzt, da er wusste, wer sie früher gewesen war, ließ er in seiner Fürsorge nicht nach. Konnte ein Mann einer Frau seine Liebe eindrücklicher beweisen?

Als Rosina ihn berührte, spürte sie, dass er nackt war, und sie erstarrte.

»Was hast du?«, fragte er.

Seine Blöße stieß sie ab, aber das konnte sie ihm nicht sagen. Also sagte sie: »Ich habe den Priester in der Beichte gefragt, ob wir überhaupt verheiratet sind. Weil, als wir geheiratet haben, wussten wir ja gar nicht, wer ich bin.«

Jan griff nach ihrer Hand. »Und – was hat der Priester gesagt?«

»Er weiß es auch nicht.«

Jan schwieg. Nur der Druck seiner Hand wurde unmerklich fester. Plötzlich umarmte er sie und presste sich an sie. Sie spürte seinen Atem im Gesicht, seine pulsierende Erregung an ihrem Schenkel … Warum schaffte sie es nicht, seine Lust zu teilen? Sie war ja bereit, ihn zu empfangen, es war doch sein gutes Recht, dass sie ihm als seine Frau zu Willen war. Obwohl sie sich dagegen wehrte, kamen ihr die Tränen.

Während lautlose Schluchzer sie schüttelten, sah sie sein Gesicht, Enttäuschung in seinen Augen. Doch er machte ihr keinen

Vorwurf. Ohne ein Wort ließ er sie los und bedeckte mit dem Laken seine Blöße.

Eine lange Weile lagen sie stumm nebeneinander. Rosina wagte kaum zu atmen.

»Liebst du mich noch?«, fragte er irgendwann in die Stille hinein.

Ja!, wollte sie sagen, *natürlich liebe ich dich! Du bist doch mein Mann …* Aber die Worte kamen ihr nicht über die Lippen.

»Ach, Jan«, antwortete sie. »Wozu all die Fragen? Lass uns versuchen zu schlafen.«

32

In nur sechs Wochen hatte Max mit seinem Heer Kroatien und die westlichen Teile Ungarns überrannt und dabei fünf Dutzend Städte und Burgen in seine Gewalt gebracht. Damit war ein Viertel des ungarischen Königreichs unter seiner Herrschaft, und noch bevor der erste Schnee fiel, würde ihm auch die Hauptstadt gehören. Kundschafter hatten berichtet, dass man ihm bei einem Angriff auf Ofen ohne Widerstand die Tore öffnen würde. Er war sich seines baldigen Sieges so gewiss, dass er die Briefe an den Kaiser nicht nur als römisch-deutscher König und Herzog von Burgund, sondern auch bereits als König von Ungarn zeichnete.

»Und weißt du, wer mir die Stephanskrone aufsetzen wird, wenn wir die Hauptstadt erobert haben?«, fragte er Philipp am Vorabend des Angriffs auf die Hauptstadt.

»Albrecht von Sachsen?«

»Nach seinen Siegen für uns wäre er einer solchen Ehre sicher würdig«, sagte Max. »Aber ich kenne einen Mann, der noch würdiger ist als er.«

»Das kann nur Herr von Polheim sein«, sagte Philipp. »Allerdings – wie soll das gehen? Er ist ja in Rennes.«

»Errätst du wirklich nicht, wen ich meine?« Max musste lächeln. »Euch meine ich – meinen Sohn, den Erzherzog von Burgund! Ihr werdet mich zum König von Ungarn krönen!«

»Wollt Ihr das wirklich?«, jubelte Philipp.

Seine Augen leuchteten vor Stolz, doch er hatte noch nicht die Worte gefunden, um seiner ganzen Freude Ausdruck zu verleihen, da betrat ein Landsknecht das Zelt.

Max erkannte den Mann. Es war derselbe, der die Plünderung von Stuhlweißenburg gefordert hatte. »Was gibt's?«, fragte er.

»Ich bin gekommen, um Euch sagen, dass Euch niemand folgen wird, wenn Ihr Befehl zum Angriff gebt.«

Max zuckte die Schultern. »Ist es mal wieder so weit?« Die Eröffnung überraschte ihn nicht. Seit er die Plünderung verweigert hatte, rumorte es in der Truppe. Die Männer warfen ihm vor, sie um ihren Lohn gebracht zu haben. Aber bis jetzt war es ihm noch immer gelungen, sie zu vertrösten. »Ich weiß, ihr habt große Opfer auf euch genommen«, sagte er. »Aber in Ofen werdet ihr für alle Mühen entschädigt. Die Stadt ist reich, da könnt ihr saufen und fressen, bis ihr platzt.«

»Wir verlangen doppelten Sold und eine Garantie auf unseren Anteil an der Beute.«

»Wie soll ich etwas garantieren, was ich selber noch nicht habe?«, fragte Max. »Und doppelten Sold könnt ihr euch aus dem Kopf schlagen. Jeder bekommt so viel, wie vereinbart wurde.«

»Wir haben vor Stuhlweißenburg unsere Schuldigkeit getan. Jetzt ist es an Euch, uns zu entlohnen. Das ist nur gerecht.«

»Ich lasse mich nicht erpressen.«

»Nennt es, wie Ihr wollt«, sagte der Mann. »Entweder Ihr erfüllt die Bedingungen, oder Ihr müsst Ofen allein angreifen.« Bevor Max etwas erwidern konnte, machte er kehrt und verließ das Zelt.

»Glaubt Ihr, sie lassen Euch wirklich im Stich?«, fragte Philipp.

Die Antwort erfolgte am nächsten Morgen. Als Albrecht von Sachsen den Befehl zum Antreten gab, rührte sich kein Mann.

»Und was jetzt?«

»Ich lasse mich nicht erpressen«, wiederholte Max trotzig.

Philipp drängte ihn, nachzugeben, er konnte es gar nicht erwarten, seinen Vater zum König von Ungarn zu krönen. Auch Albrecht riet zum Einlenken, schließlich sei der Winter nahe und ehe man den Feldzug abbrechen müsse ... Doch Max blieb bei seiner Entscheidung. Hier ging es nicht um Vernunft – hier ging es darum, seinen Willen durchzusetzen! Er war der Befehlshaber, seine Männer hatten zu tun, was er befahl! Statt nachzugeben, setzte er darum den Hauptleuten zu, drohte, sie mitsamt den Knechten zum Teufel zu jagen, wenn sie nicht gehorchten. Aber ohne Erfolg.

Nach einer Woche beriet er sich noch einmal mit seinem Sohn und dem Sachsen. Danach rief er den Wortführer der Söldner zu sich und versprach zähneknirschend, die Bedingungen zu erfüllen.

»Kann ich mich jetzt wenigstens auf euch verlassen?«, fragte er.

»Auf jeden einzelnen Mann.«

»Gut, in der Morgendämmerung greifen wir an.«

Noch am selben Abend begann es zu schneien, und die ganze Nacht hindurch fiel der Schnee in dichten Flocken vom Himmel. Als Max am Morgen ins Freie trat, war die Welt eine weiße Wüste. Wütend reckte er die Faust zum Himmel. Hatte Gott sich gegen ihn gewandt? So kurz vor dem Ziel? Notgedrungen beschloss er zu warten, bis das Wetter umschlug, es war noch nicht Dezember, da würde der Schnee nicht lange liegen bleiben. Sobald die Wege wieder frei waren, würde er den Feldzug fortsetzen und sich die Stephanskrone holen.

Aber seine Hoffnung erfüllte sich nicht, im Gegenteil, es wurde mit jedem Tag schlimmer. Bald versanken die Pferde bis zum Bauch im Schnee und schafften es nicht mehr, die im Morast festgefrorenen Geschütze vom Fleck zu bewegen. Der Feldzug war im Frost erstarrt, und als auch noch die Donau zufror, so dass die Armee von jedem Nachschub aus dem Reich abgeschnitten war, blieb ihm, Maximilian von Habsburg, dem Mann, der schon als Knabe mit bloßen Händen Hufeisen nach seinem Willen verformt hatte, nichts anderes übrig, als seine Truppen abzuziehen.

Ja, Gott hatte ihn verraten, ihn schändlich im Stich gelassen. Und niemand war da, um die Einsamkeit dieser Niederlage gegen ein übermächtiges Schicksal mit ihm zu teilen.

33

Was für ein herrlicher Rausch war es gewesen, von Sieg zu Sieg zu eilen, immer weiter gen Osten, auf die Hauptstadt der Ungarn zu. Philipp hatte sich auf dem Eroberungszug an der Seite seines Vaters gefühlt, als könnte nichts und niemand sie aufhalten. Umso bedrückender war nun der Rückmarsch. Obwohl sie jede Schlacht gewonnen hatten, stapften die Habsburger Truppen wie eine geschlagene Armee durch den Schnee zurück Richtung Heimat. Hungrig waren die Männer, hungrig und wütend, weil sie sich betrogen fühlten. Nicht der Feind hatte sie besiegt, sondern der Winter. Alle Opfer, die sie gebracht, alle Entbehrungen, die sie auf sich genommen hatten, waren vergebens gewesen. Der Hunger war ihr einziger Lohn, ihre Taschen waren so leer wie ihre Mägen.

Und was tat der König? Der König tat nichts. Philipp erkannte seinen Vater nicht wieder. Es war, als habe er sich in sich selber zurückgezogen, um den Rückschlag zu verwinden. Schweigend ritt er durch die weiße, klirrende Kälte, ohne ein Wort zu reden, und schon am Morgen nahm er den ersten Schluck Branntwein aus seiner Flasche, die er bis zum Abend leerte, um sie zur Nacht durch eine zweite zu ersetzen. Wenn Philipp ihn ansprach, antwortete er nicht, und wenn Albrecht ihn um einen Befehl bat, sagte er nur »Weiter!«, ohne Rücksicht auf die Männer, die sich vor Kälte und Erschöpfung kaum noch auf den Beinen halten konnten.

Ahnte er, was geschehen würde?

Kaum sahen die Männer die Zinnen von Stuhlweißenburg, ging eine seltsame Verwandlung mit ihnen vor. Als würde der Anblick der Stadt ihnen neues Leben einflößen, hoben sie die Köpfe, fielen in Laufschritt und eilten mit Geschrei auf das Haupttor zu.

»Was ist in sie gefahren?«, fragte Philipp.

»Sie wollen die Stadt plündern«, sagte Albrecht von Sachsen.

»Ohne Euren Befehl?«, fragte Philipp seinen Vater.

Der schaute ihn mit glasigen Augen an. »Glaubst du, ein Befehl kann sie aufhalten?« Noch während er sprach, gab er seinem Hengst die Sporen.

»Bleibt lieber hier«, sagte Albrecht, als Philipp seinem Vater folgen wollte. »So eine Plünderung ist keine schöne Sache.«

»Dann müssen wir sie verhindern!«

»Dafür ist es zu spät.« Albrecht strich sich über seinen langen Bart. »Das ist, wie wenn eine Scheune in Brand geraten ist, oder eine Lawine einen Berg hinunter ins Tal rast. Da kann man nur warten, bis es vorbei ist, und hoffen, dass man es überlebt.«

»Das glaube ich nicht. Und der König auch nicht. Sonst würde er es nicht versuchen!«

»Was versuchen?«

»Die Plünderung zu verhindern!«

»Wie kommt Ihr darauf, dass er das will?«

»Warum ist er sonst in die Stadt geritten? Vorwärts, wir müssen ihm helfen!«

Statt sich länger mit Reden aufzuhalten, galoppierte Philipp davon. Er verstand Albrechts Zögern nicht. Der Sachse war der erste Soldat des Königs – wie konnte er ihn da im Stich lassen?

Als Philipp in die Stadt einritt, stockte ihm der Atem. In den Straßen und Gassen sah es aus wie in der Hölle. Frauen flohen ins Freie, mit mehr Kindern auf den Armen, als sie tragen konnten. Männer warfen sich mit bloßen Händen den plündernden Landsknechten entgegen, doch die schlugen sie einfach nieder oder stachen sie ab, vor den Augen ihrer Frauen und Kinder, und stürmten in die Häuser. Dort rafften sie an sich, was sie fanden, und warfen ihre Beute durch die Fenster hinaus, Kisten und Weinfässer, quiekende Ferkel und gackerndes Federvieh.

Philipp stellte sich in die Steigbügel. Wo war sein Vater?

Je weiter er in die Stadt eindrang, umso schlimmer wurde das Grauen. Überall floss Blut, Verwundete krochen auf allen vieren davon, um sich in Sicherheit zu bringen, zwischen aufgeschlitzten Kissen und Gerümpel lagen Tote herum, mit zerschlagenen Schädeln und ausgerissenen Gliedern. Ein Söldner warf ein Kind hinter sich, wie einen Gegenstand, den er nicht gebrauchen konnte, als Philipp seinen Vater endlich entdeckte. Aber was um Himmels willen machte er da? Statt dem Wahnsinn Einhalt zu gebieten, schenkte er Branntwein aus.

»Warum gebt Ihr nicht Befehl, dass sie aufhören?«, rief Philipp.

Als sein Vater seine Stimme hörte, schaute er auf. »Ah, Erzherzog Philipp! Wollt Ihr mit uns feiern, Euer Gnaden?« Er war so betrunken, dass er sich kaum auf den Beinen halten konnte.

»Hört auf!«, schrie Philipp. »Hört bitte endlich auf!«

Niemand achtete auf ihn, auch nicht sein Vater. Während das Plündern weiterging, füllte er weiter Branntwein in die Becher der Söldner. Philipp konnte es nicht fassen. Begriff sein Vater denn nicht, was hier geschah? Die Tür einer Schänke flog auf, Landsknechte zerrten eine nackte Hure auf die Straße.

»Die kommt ja wie gerufen!«, lallte sein Vater. »Los, bringt sie her!«, befahl er den Männern.

Widerwillig kamen sie dem Befehl nach.

»Na, meine Schöne?« Er fasste die Hure am Kinn und drehte ihren Kopf in Philipps Richtung. »Willst du dem jungen Herrn mal zeigen, wofür ein Mann lebt?« Schneller, als Philipp es ihm in dem Zustand zugetraut hätte, packte sein Vater ihn am Arm. »Gebt der Dame einen Kuss, Euer Gnaden! Oder wollt Ihr sie beleidigen?«

Die Hure warf lachend ihre roten Locken in den Nacken und züngelte Philipp zu, als plötzlich Albrecht erschien.

»Lasst Euren Sohn, Majestät!«, sagte er. »Ihr seht doch, dass er …«

»Von wegen! Der Erzherzog ist zwölf Jahre«, lallte der König.

»Höchste Zeit, dass ein Mann aus ihm wird!« Er wandte sich wieder an seinen Sohn. »Nun, worauf wartest du? Oder hat die Weibererziehung ein Mädchen aus dir gemacht?«

Philipp starrte ihn voller Entsetzen an. Das war nicht mehr sein Vater, das war ein Dämon, der ihm aus diesen glasigen Augen entgegenblickte. »Gott möge Euch verzeihen«, flüsterte er.

Das Gesicht seines Vaters verfinsterte sich, dann explodierte es in einem Lachen. »Habt ihr das gehört?«, rief er und schaute in die Runde. »Vor ihm steht ein nacktes Weib, und er fängt an zu beten! – Na gut, wer nicht will, der hat schon …« Er lächelte die Hure mit seinem betrunkenen Gesicht an. »Wenn der Herzog Euch verschmäht – nehmt ihr dann vorlieb mit dem König?«

Nackt, wie sie war, machte die Hure einen Knicks, als wäre sie bei Hofe. »Es soll mir eine Ehre sein, Majestät!«

34

Philippe de Commynes war ein geduldiger Mensch. Doch wenn es galt, dem König von Frankreich eine Einsicht zu vermitteln, stieß selbst seine Geduld an Grenzen. Seit einer geschlagenen Stunde redete er auf Seine Majestät ein. Doch statt seinem Minister zuzuhören, knackte Charles lieber Nüsse.

»*Per procuram* wurde die Ehe bereits geschlossen«, sagte Philippe, in der Hoffnung, dass der Kretin irgendwann seine verwachsenen Ohren spitzte.

»Welche Ehe?«, fragte Charles.

»Zwischen dem Herzog von Österreich und Anne de Bretagne.«

»Die zwei haben geheiratet? Warum hat mir das keiner gesagt?«

Obwohl Philippe de Commynes die ganze Zeit von nichts anderem geredet hatte, atmete er auf. Immerhin war die Botschaft endlich angekommen. Jetzt galt es nur noch, Charles beizubringen, was sie für Frankreich bedeutete. »Verzeiht, wenn ich wieder auf das leidige Thema Burgund zu sprechen komme, Sire. Aber ich fürchte, das neue Bündnis zwingt uns zum Handeln.«

»Welches Bündnis?«

»Zwischen Burgund und der Bretagne. Es bedeutet eine große Gefahr für Eure Majestät. Wenn die zwei Herzogtümer, zusammen mit dem wiedererstarkten Kaiserreich, Frankreich in die Zange nehmen, steht die Existenz Eures Landes auf dem Spiel. Euer Königreich wäre eingekesselt, von Westen und Osten ...«

»... und von Süden und Norden«, fiel Charles ihm ins Wort.

»Richtig, auch von Norden«, bestätigte Philippe, »wenn man das Meer zu unseren Feinden zählt.«

Charles blickte ihn unwillig an. »Haltet Ihr mich für einen Idioten, dass Ihr mit mir redet wie mit einem Kind? Ich habe schon verstanden, worauf Ihr hinauswollt – wir müssen dieses Bündnis verhindern!«

»Sehr wohl, Sire.« Philippe dankte Gott, dass auch die zweite Etappe geschafft war. »Der Herzog von Österreich hat Euch durch seine Ehe mit Marie von Burgund bereits Eures niederländischen Lehens beraubt. Wir dürfen nicht zulassen, dass er Euch abermals durch eine Ehe ein Land nimmt, das Frankreich zusteht. Wenn Ihr ihm nicht Einhalt gebietet, wird er sonst mit derselben Ruchlosigkeit auch Euren großen Plan zunichtemachen.«

»Welchen großen Plan?«, fragte Charles.

Philippe atmete tief durch. »Euren Feldzug gegen die Türken«, erwiderte er. »Ihr habt dem Heiligen Vater versprochen, Konstantinopel der Christenheit zurückzugewinnen.«

»Ach so, gewiss.« Mit der Zungenspitze zwischen den Lippen versuchte Charles eine weitere Nuss zu knacken. Während er sich an der harten Schale abmühte, warf er einen lauernden Blick auf seinen Minister: »Aber wenn Ihr so gescheit seid, wie Ihr tut – auf welchem Wege könnten wir die bretonische Hochzeit denn verhindern?«

»Auf dem allernatürlichsten, Majestät«, erwiderte Philippe. »Dem Weg, den Gott der Allmächtige dafür vorgesehen hat.«

35

Es war wie das Erwachen aus einem qualvollen Albtraum, als Max am Horizont endlich die Spitze des Stephansdoms in den Himmel ragen sah. Auf dem langen Weg von Stuhlweißenburg bis Wien hatte Philipp kein Wort mit ihm gewechselt. War sein Sohn ihm zu Beginn des Feldzugs nicht von der Seite gewichen, ritt er nun stets ganz am Ende des Trosses, und die Mahlzeiten nahm er nicht im Königszelt ein, sondern mit Albrecht von Sachsen oder irgendeinem Ritter unter freiem Himmel, zum Zeichen, dass er ihm die Gefolgschaft verweigerte. Max wusste, woher sein Verhalten rührte. Offenbar glaubte Philipp, dass er die Plünderung hätte verhindern müssen. Doch wie zum Teufel hätte er das tun sollen? Max litt wie ein Tier unter der Kluft, die sich zwischen ihm und seinem Sohn aufgetan hatte, aber eher hätte er sich einen Arm abgehackt, als dass er Philipp seine Schuld eingestanden hätte. Es war die Pflicht des Sohnes, um die Gunst des Vaters zu werben, nicht umgekehrt. Doch was tat Philipp? Statt sich mit ihm auszusöhnen, goss er Öl ins Feuer und beleidigte ihn. Am Morgen nach der Plünderung von Stuhlweißenburg hatte Max das Schwert, das er Philipp nach dessen erster Tötung eines Feindes geschenkt hatte, in seinem Zelt wiedergefunden. Er verfluchte die Weibererziehung, die sein Sohn genossen hatte, sie hatte ihn verweichlicht. Philipp musste endlich begreifen, dass das Leben kein Ringelspiel war, sondern bitterer Ernst, vor allem im Krieg!

Der Kaiser empfing Vater und Sohn in der Hofburg.

»Er hätte auf Uns hören und hierbleiben sollen«, erklärte er Max zur Begrüßung. »Das schöne Geld – alles für die Katz!«

»Der Feldzug war nicht umsonst«, erwiderte Max. »Wir haben fünf Dutzend Städte und Burgen in unsere Hand gebracht. Im Frühjahr fällt uns die Krone wie ein reifer Apfel in den Schoß.«

Statt eine Antwort zu geben, hob der Kaiser nur verächtlich die Braue, dann widmete er sich wieder seiner Melone. Seit ein Arzt ihm gesagt hatte, Melonen würden sein Bein entwässern, aß er davon mehr denn je. Doch dem Gestank nach, mit dem die Wunde den Raum verpestete, war es mit der Wirkung nicht weit her.

»Und – hat Er noch was zu sagen?«, schnarrte Friedrich. »Oder können Wir uns wieder Unseren Geschäften zuwenden?«

»Ich brauche Geld«, sagte Max.

»Bleckt der Hund wieder die Zähne? Kein Wunder, der Herr König weiß ja nur, wie man Geld ausgibt. Nicht, wie man es zusammenhält. Aber wofür braucht Er es denn schon wieder?«

»Ich sagte es bereits, für einen zweiten Feldzug im Frühjahr.«

»Will er abermals gegen die Zigeuner ziehen?« Friedrich spuckte ein paar Kerne aus. »So viel Heimatliebe hätten Wir ihm gar nicht zugetraut. Wir dachten, Er interessiere sich nur für sein Burgund.«

»Ich habe meinem Sohn die Stephanskrone versprochen. Erzherzog Philipp wird mich zum König von Ungarn krönen.«

»So? Hat Er das? Seinem Sohn eine Krone versprochen? Und eine Krönung dazu? Allerdings will mir scheinen, dass der Erzherzog selbst davon recht wenig begeistert ist.«

Max schaute Philipp an. Doch der wich seinem Blick aus. Als Max das verstockte Gesicht sah, ballte er die Faust, um ihm keine Ohrfeige zu verpassen.

»Wenn Er sich weiter mit den Zigeunern schlägt«, fuhr der Kaiser fort, »riskiert Er einen Zweifrontenkrieg, und den wird Er verlieren.«

»Warum Zweifrontenkrieg?«, fragte Max. »In Burgund herrscht Frieden.«

»Aber nicht mehr lange«, erwiderte sein Vater. »Charles von Frankreich hat Wind bekommen, dass Wolf von Polheim sich mit Anne de Bretagne ins Bett gelegt hat. Angeblich marschieren seine Truppen bereits Richtung Rennes.«

»Verflucht! Charles hat den Frieden gebrochen?«

»Den allergesamtchristlichsten Frieden, der je geschlossen wurde«, bestätigte Friedrich. »Darum rate ich Ihm dringend, nach Gent zurückzukehren und sich um Seine widerspenstigen Flamen zu kümmern, bevor die Franzosen wieder im Land sind. Aber was sagt eigentlich der Erzherzog dazu? Schließlich geht es ja um sein Erbe.« Er wandte sich an seinen Enkel. »Sag Er Seine Meinung. Will Er wieder gegen Ungarn ziehen oder zurück nach Gent?«

Philipp hob den Kopf und sah seinem Großvater ins Gesicht. »Ich möchte zurück nach Gent, Majestät«, antwortete er.

»Und warum will Er das?«

»Weil ich weiß, dass dies der Wunsch meiner Mutter Marie von Burgund wäre.«

»Woher willst du das wissen?«, sagte Max. »Deine Mutter ist tot!«

»Ich weiß es trotzdem«, erwiderte Philipp. »Burgund war für sie wichtiger als alles andere. Und wenn in Burgund sich womöglich wieder die Franzosen mit den Rebellen verbünden ...«

Max schaute ihm in die Augen. »Ist das der wahre Grund?«

Wieder wich Philipp seinem Blick aus. Max wusste die Antwort auch so. Nein, das war nicht der wahre Grund, weshalb sein Sohn nicht wieder gegen Ungarn ziehen wollte. Es ging Philipp nicht um Burgund, auch nicht um seine Mutter und sein Erbe, sondern um ihn, seinen Vater. Mit ihm wollte er nicht länger zusammen sein – das war der wirkliche und einzige Grund, weshalb es ihn zurück in die Heimat zog.

»Ich will die Stephanskrone«, erklärte Max.

»Die können Wir auch ohne Krieg haben«, erwiderte sein Vater. »Während Er im Feld Seine Gelder und Kräfte vergeudet hat, haben Wir Unseren braven Werdenberg nach Böhmen geschickt.«

»Wozu?«, fragte Max. »König Wladislaw will Corvinus selbst beerben.«

»Man kann eine Krone auch teilen«, schnarrte Friedrich.

»Was wollt Ihr damit sagen?«, fragte Max. »Habt Ihr Wladislaw etwa ein Angebot gemacht?«

Der Kaiser schenkte ihm keine Beachtung. »Komm her, Bub«, forderte er seinen Enkel auf, mit einer weichen, fast zärtlichen Stimme, wie Max sie von seinem Vater nicht kannte.

Philipp gehorchte.

»Sag, was sollen wir tun? Sollen wir dem König Geld für einen neuen Feldzug gegen die Ungarn geben?«

Philipp schüttelte den Kopf. »Nein, Majestät.«

»Auch dann nicht, wenn der König die ungarische Krone will?«

»Nein, Majestät, auch dann nicht.«

»Und wenn du ihm die Krone selber aufsetzen darfst?«

Philipp verneinte ein drittes Mal. »Nein, Majestät.«

»Herrgott!«, rief Max. »Kannst du nichts anderes sagen als immer nur ›nein, Majestät‹?«

»Nein, Majestät.«

Noch ehe er wusste, was er tat, verpasste Max ihm eine Ohrfeige. Von der Wucht des Schlags taumelte Philipp zurück. Doch er weinte nicht, er hielt nur stumm seine Wange und schaute seinen Vater vorwurfsvoll an.

»Leckt mich doch im Arsch!« Auf dem Absatz machte Max kehrt, er hatte von den beiden genug.

In der Tür drehte er sich noch einmal zu seinem Vater herum. »Wenn Ihr mir Eure Hilfe verweigert, werde ich die deutschen Fürsten zusammenrufen. Als ihr König habe ich Anspruch auf ihre Unterstützung.«

36

Rosina nahm den Reisigbesen, um die Werkstatt auszukehren. Der letzte Geselle hatte sich in den Feierabend verabschiedet, und Jan war auf dem Rathaus. Es gab Hoffnung, dass sich das Blatt in Burgund bald wenden würde – Gerüchten zufolge marschierten die Franzosen nicht nur in Richtung Bretagne, um irgendein Bündnis zu verhindern, sondern rückten auch auf Gent vor. Angeblich wollten sie den Feldzug des Regenten im Reich nützen, um die Stadt wieder unter ihren Schutz zu nehmen.

Rosina ertappte sich dabei, wie sie leise ein Lied summte. Das tat sie nur, wenn sie allein war. Obwohl Jan sie zu nichts drängte, fühlte sie sich in seiner Gegenwart nicht frei, sie wusste ja, was er von ihr erwartete, doch konnte sie aus Gründen, die sie selber nicht verstand, seine Liebe nicht mehr so erwidern wie früher und wie sie es hätte tun sollen. Seit sie ihr Gedächtnis wiedererlangt hatte, wusste sie weniger denn je, wer sie war. War sie Rosina? Oder war sie Barbara? Ihr Mann hingegen versuchte, so weiterzuleben, als hätte sich nichts verändert. Manchmal kam er ihr vor wie ein Witwer, der nicht begreifen konnte, dass es die Frau, die er liebte, nicht mehr gab.

Es klopfte an der Tür. Rosina stellte den Besen in eine Ecke und machte auf. Als sie den Besucher sah, traute sie ihren Augen nicht.

»Kunz von der Rosen?«

»Immer noch derselbe«, erwiderte der Zwerg. »Da Ihr mich aber beim Namen nennt, Jungfer Rosina, nehme ich an, Ihr seid wieder bei Troste und Verstand?«

»Was willst du?«, fragte sie, verwirrt über den unerwarteten Gast.

»Das will ich Euch gerne verraten. Sofern ich hereindarf.«

Sie trat beiseite, um ihn ins Haus zu lassen. Mit großen Schritten durchmaß er die Werkstatt und schaute sich um. »Ich denke, das alles könnt Ihr bald hinter Euch lassen.«

»Ich verstehe nicht, was du meinst.«

»Die Arbeit. Die Schürze. Den Besen.« Mit seiner Affenpfote winkte er sie zu sich heran. »Wenn ich Euch verriete, ich käme im Auftrag Maximilians von Habsburg, was würdet Ihr dazu sagen?«

»Ich ... ich habe nichts mit dem Mann zu tun.«

»Wirklich nicht?«, fragte Kunz. »Und wenn er mir befohlen hätte, Euch zu ihm zu bringen? Weil er sich vor Liebe zu Euch verzehrt?«

Rosina schaute in das Gesicht des Zwergs, in diese ebenso fremden wie vertrauten Züge. Wie aus einer versunkenen Welt war Kunz aufgetaucht, genauso plötzlich und unverhofft wie die Erinnerungen in ihrer Seele. Auf einmal sah sie ihn wieder vor sich – *ihn*, Maximilian ... Den zu groß geratenen jungen Kerl, der sich die Schamkapsel seiner Rüstung von den Hüften schnallte und ins Stroh warf ... Sie hörte das zärtliche Lachen der Nächte, in denen sie kaum eine Stunde Schlaf gefunden hatten, spürte seine Arme um ihren Leib, roch seinen Schweiß, schmeckte das Salz seiner Haut auf ihrer Zunge ... Sie sah ihn, wie er nackt und prustend aus dem Wasser des Kehrbachs aufgestiegen war, nachdem er das Pulver der Ungarn in die Luft gejagt hatte ... Sie sah ihn, wie er über ihre Nachricht jubelte, dass sie ein Kind von ihm erwartete, sah das Glück in seinem Gesicht, das unfassbare Glück ihrer Liebe ... Sie sah ihn, wie er mit einem Brief in der Hand in ihre Schlafkammer kam, hörte seine Stimme, diese, dunkle, unheilvolle Stimme, mit der er ihr sagte, dass er eine andere heiraten würde ... Und sie erinnerte sich an die endlos langen Tage und Nächte, die sie in dem Lustschloss vor den Toren Gents verbracht hatte, im Warten auf ihn, ohne ihn zu sehen ...

Du warst immer zu groß, Maxl. Du brauchtest immer allen Raum für dich, vom ersten Tag an.

»Nun?«, fragte Kunz.

»Ich möchte, dass du gehst«, sagte sie.

»Oho!«, erwiderte der Zwerg. »Seid Ihr so sehr in Meister Coppenhole vernarrt, dass Ihr für ihn die Liebe eines Königs ausschlagt? Bei Gott, das ist ein Witz!« Er musste so heftig lachen, dass er sich den kleinen Bauch hielt. Doch plötzlich wurde er ernst. »Nur damit Ihr wisst, welchen Frosch Ihr zu Eurem Prinzen erkoren habt – hat Meister Coppenhole Euch eigentlich gesagt, warum er Euch in sein Haus nahm, nachdem ich Euch aus dem Schilf gezogen habe wie eine nasse Katze? Nein? Dann will ich es Euch verraten: um Rache an seinem Erzfeind zu nehmen. Ihr wart seine Trophäe, in Euch wollte er Maximilian von Habsburg besiegen.«

»Das ist nicht wahr«, sagte Rosina. »Er hat ja gar nicht gewusst, wer ich in Wirklichkeit bin.«

Kunz sah sie mitleidig an. »Wie könnt Ihr so töricht sein? Nur weil ein Mensch hässlich ist, heißt das nicht, dass ein edles Herz in seinem Busen schlägt. Seht mich an, ich bin der Beweis! Nein, Jungfer von Kraig, der brave Meister Coppenhole hat Euch nach Strich und Faden belogen, um Euch in sein Bett zu kriegen!«

Rosina hielt sich die Ohren zu. Die Dinge, die Kunz sagte, waren so fürchterlich, dass sich alles in ihr sträubte, sie zu glauben. Aber – kam es darauf an, was sie *glaubte*? Kunz schien sich seiner Sache so sicher, dass ihr Zweifel kamen. Und wenn es stimmte, was der Zwerg sagte? Und alles, was sie in diesem Haus genossen hatte: die sichere Geborgenheit, die arbeitsame Ruhe, das ganze stille Glück an der Seite ihres Mannes – wenn dies alles nur Lug und Trug gewesen war? Unsicher ließ sie die Hände sinken.

»Bravo, Jungfer von Kraig«, meckerte der Narr. »Was nützt es, sich die Ohren zu verstopfen, wenn durch sie die Wahrheit schon längst ins Herz geschlüpft ist?« Mit seinem Greisenlächeln reichte er ihr den Arm. »Wollt Ihr nun also doch mit mir kommen?«

37

Als der Schnee im Frühjahr schmolz und das Eis auf den Flüssen und Seen mit lautem Krachen zerbarst, machte Max sich auf den Weg. Doch nicht Ofen war sein Ziel, sondern Nürnberg, wohin er die deutschen Fürsten gerufen hatte, damit sie ihm für den zweiten Feldzug gegen die Ungarn die nötigen Gelder bewilligten. Philipp hatte bei seinem Großvater in Wien bleiben wollen, doch Max hatte ihn gezwungen, mit nach Nürnberg zu ziehen. Er hatte gehofft, sein Sohn würde aufbegehren, so dass es zu einem klärenden Streit zwischen ihnen kam. Doch Philipp war kein Rebell, wie Max einer gewesen war, sondern hatte sich ohne Widerrede gefügt. Er ritt sogar, weil Max es befahl, den ganzen Weg an seiner Seite, doch da er kein Wort sprach, zu dem er nicht aufgefordert wurde, hatte Max die Hoffnung auf eine Aussprache aufgegeben, und weil er es selber nicht schaffte, damit anzufangen, war nach wenigen Tagen das Gespräch zwischen ihnen verstummt.

Kaum waren sie in Nürnberg angekommen, bat Philipp um Erlaubnis, sich entfernen zu dürfen. Max verweigerte sie ihm, für den Abend hatte der Bürgermeister der Stadt zu einem Festmahl geladen. Wieder fügte Philipp sich den Anordnungen in einer Art, die Max hilflos machte. Mit einem Pferd, das bockte und stieg, wurde man fertig. Doch einem Pferd, das sich hinter dem Zügel verkroch, war nicht beizukommen.

Er wechselte gerade die Kleider für den Abend, als ihm jemand die Aufwartung machte, mit dem er nicht gerechnet hatte.

»Wolf!«, rief er, froh, seinen Freund zu sehen. »Wo kommst du her?« Er breitete die Arme aus, um ihn zu begrüßen. Doch Wolf blieb in einem Schritt Abstand vor ihm stehen.

»Ich komme aus Rennes«, sagte er. »Es gibt schlechte Nachrichten. Hier, lies selbst.«

Max nahm den Brief, den sein Freund ihm reichte, und brach das Siegel.

Mein König und Gemahl,

durch den Segen der Kirche Euch angetraut, flehe ich Euch an, mir zu Hilfe zu eilen. Ich habe gelobt, als Eure Gemahlin zu leben und zu sterben, doch wenn Ihr nicht kommt, könnte ich zu Handlungen gezwungen werden, die ich aus freien Stücken niemals begehen würde …

Max ließ den Brief sinken. »Was hat das zu bedeuten?«

»Die Franzosen haben Herzogin Anne in ihrer Gewalt«, erklärte Wolf. »Sie haben die Bretagne mit solcher Übermacht angegriffen, dass ihr nur die Kapitulation blieb. König Charles, der den Feldzug angeführt hat, besaß die Dreistigkeit, sie um ihre Hand zu bitten.«

»Das ist ungeheuerlich!«, rief Max.

»Die Herzogin hat das Ansinnen entschieden zurückgewiesen und betont, dass sie bereits mit dir verheiratet ist.«

»Ach was, Anne de Bretagne ist mir doch völlig egal! Aber dass dieser elende Krüppel es wagt, eine andere Fürstin um ihre Hand zu bitten, obwohl er seit Jahren mit meiner Tochter verlobt ist …« Vor Empörung schlug er mit der Faust auf den Tisch.

Wolf wartete, bis er sich beruhigt hatte. Dann sagte er: »Auch wenn du das vielleicht nicht hören willst, aber im Moment ist deine Ehe mit Herzogin Anne weitaus wichtiger als Prinzessin Margaretes Verlöbnis mit Charles von Frankreich.«

»Vom Standpunkt eines Krämers aus vielleicht – aber nicht vom Standpunkt der Ehre.«

Wolf schüttelte den Kopf. »Herzogin Anne befindet sich in äußerster Bedrängnis und bedarf deiner Hilfe, Max. Wenn du sie ihr verweigerst, wird Charles sie zwingen, ein Bündnis mit Frankreich einzugehen.«

»Willst du damit sagen, ich soll den Ungarnfeldzug aufgeben und stattdessen nach Rennes ziehen?«

»Ich fürchte, du hast keine andere Wahl. Es sei denn, du gibst die Bretagne verloren.«

Max biss sich auf die Lippen. Gut, die Franzosen hatten Rennes erobert, aber musste er deswegen seine Pläne ändern? Die Heirat mit Herzogin Anne war *per procuram* vollzogen, und der Papst hatte sie anerkannt. »Ich werde die Rechtmäßigkeit meiner Ehe vor dem Fürstentag noch einmal offiziell bestätigen«, entschied er.

»Das ist alles?«, fragte Wolf.

»Das ist mehr, als du denkst«, erwiderte Max. »Wenn ich die Ehe bestätige, muss Charles sich schon mit dem Papst anlegen, will er weiter um Herzogin Anne werben. Das aber wird er nicht riskieren, er will ja angeblich einen Kreuzzug gegen Konstantinopel führen.«

»Gut«, sagte Wolf, »vielleicht hast du recht. Aber welche Botschaft schickst du nach Rennes? Du kannst Annes Brief nicht unbeantwortet lassen.«

Max zuckte die Schultern. »Ich werde ihr schreiben, dass sie sich gedulden muss. Sobald wir Ofen erobert haben, werde ich nach Rennes eilen.«

»Bist du sicher, dass das die richtige Entscheidung ist?«

Max zögerte nur einen Moment. »Ja, das bin ich«, erwiderte er dann. »Die Stephanskrone geht vor!«

38

Obwohl Jan Coppenhole bereits den ganzen Tag an einem so heftigen Fieber litt, dass er sich kaum auf den Beinen halten konnte, hatte er seit Monaten nicht mehr so zuversichtlich in die Zukunft geschaut wie an diesem milden Frühlingsabend des Jahres 1490, als er das Genter Rathaus verließ. Nachdem König Charles den Frieden mit dem Regenten aufgekündigt hatte und seine Truppen in Flandern eingefallen waren, hatte die Partei der Gerechtigkeit wieder die Oberhand in Gent gewonnen. Am Nachmittag hatte die Ständeversammlung beschlossen, die Franzosen in die Stadt zu lassen.

Am Ende seiner Kräfte, doch bester Dinge kehrte Jan nach Hause zurück. Er konnte es gar nicht erwarten, die Freude in Rosinas Augen zu sehen – die Bedrohung durch Maximilian von Habsburg war für immer gebannt. Gleichzeitig freute er sich auf sein Bett. Sobald er seiner Frau die gute Nachricht überbracht hatte, würde er sich mit einem heißen Glas Branntwein hinlegen und erst wieder aufstehen, wenn das Fieber auskuriert war.

»Rosina! Rosina?«

Als er sie in der Werkstatt nicht antraf, schleppte er sich in die Wohnung. Wo steckte sie? Auch seine Schwester Antje, die in der Küche das Abendbrot bereitete, hatte keine Ahnung. Seltsam, Rosina hatte nichts davon gesagt, dass sie das Haus verlassen würde. Er wollte gerade kehrtmachen, um im Warenlager nach ihr zu schauen, da hörte er ein Rumpeln im Dachgeschoss.

So rasch, wie sein Zustand es ihm erlaubte, lief er die Treppe zur Schlafkammer hinauf. Endlich, da war sie! Als er die Stube betrat, packte sie gerade Kleider in eine Truhe.

»Willst du verreisen?«, fragte er verwundert.

Rosina drehte sich zu ihm herum. Ganz langsam schüttelte sie den Kopf. »Nein, Jan Coppenhole«, sagte sie und schaute ihn mit ihren großen schwarzen Augen so seltsam an, dass ihm das Blut in den Adern gefror. »Nicht verreisen. Ich werde dich und dein Haus verlassen. Für immer.«

Sechster Teil

CAESAR DESIGNATUS

»Wollt Ihr die Menschheit gewinnen, müsst Ihr stets um den höchsten Einsatz spielen.«

Maximilian I. von Habsburg an seinen Enkel und Nachfolger Karl V.

Nürnberg
Mai 1490

I

Es war zum Erbrechen. Seit zwei Wochen redete Max auf den Fürstentag ein wie auf einen lahmen Gaul. War er ein Bettler oder ein König? Er brauchte Geld – Geld, Geld, Geld! Da in Gent die Rebellen wieder Oberwasser bekommen hatten, war Albrecht von Sachsen mit einem kleinen Heer nach Flandern gezogen, um die erneut aufflackernden Unruhen im Keim zu ersticken, während Max selbst so schnell wie möglich gen Osten aufbrechen musste, um seinen Feldzug gegen die Ungarn zu Ende zu führen, bevor die Zigeuner einen neuen König gewählt hatten – sonst würde der Traum von der Stephanskrone, die er seinem Sohn versprochen hatte, noch in diesem Frühjahr platzen. Doch das verfluchte Fürstenpack kramte immer nur neue Einwände und Bedenken hervor, um sich seiner Pflicht zu entziehen und den König vor den Augen seines Sohnes zu demütigen. Lächerliche achttausend Mann war man bereit, ihm zur Verfügung zu stellen. Damit kam er kaum bis Stuhlweißenburg, geschweige denn bis Ofen.

»Was erwartet Ihr von mir?«, rief er den Fürsten zu. »Soll ich meinen greisen Vater gegen die Ungarn ins Feld schicken?«

Wieder einmal war es der ewige Quertreiber Berthold von Mainz, der den allgemeinen Ungehorsam in Worte fasste. »Wir haben uns bislang bereitfinden lassen, Eure Erblande gewinnen zu helfen. Aber das Vermögen der deutschen Nation, insbesondere der Kurfürsten, ist nicht so groß, dass wir auch fürderhin die Kriegskosten tragen können.«

Damit sprach er aus, was alle dachten. Ein Redner nach dem anderen wies darauf hin, dass der Ungarnfeldzug allein die Interessen des Hauses Habsburg verfolge. »Wer schützt die Grenzlande?«, fragte abermals der Mainzer Fürstbischof, »wenn wir jetzt dem König beistehen und später von feindlicher Übermacht überwältigt werden?« Max drohte, im Fall ihrer Weigerung eine Kriegssteuer zu erheben. Doch damit rief er nur einen Sturm der Entrüstung hervor. Die Fürsten, so erklärte Berthold rundheraus, seien nur verpflichtet, ihm »mit ihrem Blute, nicht aber mit ihrem Gute« zu dienen. Sogar der Herzog von Württemberg, Eberhard im Barte, der sonst so verlässliche Hauptmann des Schwäbischen Bundes, bat darum, von neuerlichen Kriegen verschont zu werden.

Während Eberhard sprach, kam ein Bote in die Versammlung.

»Nicht jetzt!«, sagte Max. Er wusste auch so, welche Nachricht ihn erwartete. Fast täglich traf aus Rennes ein weiterer Notschrei ein, mit dem Anne de Bretagne ihn drängte, zu ihr zu eilen, obwohl er sie um Geduld gebeten hatte.

Doch der Bote ließ sich nicht abweisen. »Ich habe Befehl, Euch zu bitten, die Botschaft sofort zu lesen.«

Widerwillig nahm Max den Brief. Was konnte so wichtig sein, dass er dafür den Streit mit den Fürsten unterbrach?

Kaum hatte er die ersten Zeilen gelesen, wurde er blass.

Die Nachricht war schlimmer als alles, was ihm je widerfahren war, schlimmer sogar als die Schmach von Brügge.

»Schlechte Neuigkeiten?«, fragte Berthold von Mainz.

Max schloss kurz die Augen, um sich zu fassen. »Der Ungarnzug findet nicht statt«, erklärte er.

Der Fürstbischof blickte ihn verständnislos an. »Soll das heißen, Ihr wollt auf die Stephanskrone verzichten?«

Max nickte. Ohne ein weiteres Wort verließ er den Saal, während die Fürsten hinter seinem Rücken in Jubel ausbrachen.

2

Von St. Bavo läutete es zum Angelus. Rosina nahm ein Tuch und wischte ihrem schlafenden Mann den Schweiß von der Stirn. Wann würde er wieder gesund? Als sie Jan eröffnet hatte, dass sie ihn verlassen würde, war er vor ihren Augen mit einem Schüttelfrost zusammengebrochen. Seitdem lag er im Fieber. Seine Stirn glühte, ein Dutzend Mal am Tag wechselte sie seine Wäsche, doch es dauerte manchmal keine Stunde, bis die Laken wieder so nassgeschwitzt waren, dass man sie auswringen konnte. Ihn gesundzupflegen würde das Letzte sein, was sie für ihn tat – sobald er aufstehen konnte, würde sie ihn verlassen. Nach allem, was er für sie getan hatte, war sie ihm diesen letzten Dienst schuldig.

»Rosina?« Ganz leise und schwach war seine Stimme.

»Ja?«

Als er die Augen aufschlug, war sein Blick zum ersten Mal seit über zwei Wochen wieder klar. Sie befühlte seine Stirn.

»Ich glaube, das Fieber ist gesunken«, sagte sie.

Er schaute sie mit gequälter Miene an. »Warum wolltest du gehen?«, fragte er. »Wegen *ihm* – Maximilian?«

Rosina zuckte zusammen. Hatte er ihre Gedanken erraten? Trotz ihres Schrecks war sie froh, dass er selbst darauf zu sprechen kam. Je schneller sie es hinter sich brachten, desto besser. Statt eine Antwort zu geben, schüttelte sie den Kopf.

»Wenn nicht wegen ihm – warum dann?«

Sie sah, wie sehr er litt unter seiner Angst vor dem, was sie sagte. Aber es hatte keinen Sinn, ihn zu schonen. Er war genesen. Der Augenblick der Wahrheit war gekommen. »Weil du ein Lügner bist, Jan Coppenhole«, sagte sie mit ruhiger, fester Stimme. »Du hast mich in dem Glauben gelassen, dass du nicht weißt, wer ich bin. Aber du hast es gewusst, vom ersten Tag an, an dem ihr mich gefunden habt.«

Jan wollte etwas erwidern, aber sie kam ihm zuvor.

»Kunz von der Rosen hat mir alles erzählt.«

»Der verfluchte Zwerg.«

»Und nicht nur er«, fuhr Rosina fort. »Ich habe Antje gefragt. Sie hat bestätigt, was Kunz gesagt hat. Wort für Wort. Du hast mich in dein Haus geholt, weil ich die Mätresse des Herzogs war. Ich war deine Trophäe. Der Beweis deines Sieges.«

»Das ist nicht wahr!«

»Hör endlich auf, es zu leugnen – bitte! Hab wenigstens den Mut, es zuzugeben.«

Einen Wimpernschlag lang hielt er ihrem Blick stand, dann schloss er die Augen. Hätte sie ihn geschlagen, sie hätte ihn nicht schlimmer verletzen können. Doch durfte sie ihm darum die Wahrheit ersparen? Nein, er sollte wissen, weshalb sie ihn verließ.

»Du hat mich um das Einzige beraubt, war mir gehörte, Jan Coppenhole. Mein ganzes früheres Leben. Du hättest mir sagen müssen, wer ich bin. Aber dein Triumph war dir wichtiger als ich.«

Eine lange Weile sagte er nichts. Doch sie sah am Zucken seiner Lider, wie es in ihm arbeitete. Schließlich schlug er die Augen wieder auf.

»Ich habe alles falsch gemacht, und du kannst wahrscheinlich gar nicht anders denken, als du es jetzt tust. Alles spricht ja gegen mich.« Er machte eine Pause. »Und ja, am Anfang war es so, wie du sagst – du warst meine Trophäe. Aber dann …« Er verstummte.

»Was dann?«

»Dann … dann habe ich gespürt, dass ich dich liebe. Dass du die Frau bist, auf die ich mein Leben lang gewartet hatte. Und dass ich nie wieder ohne dich sein wollte.« Wieder machte er eine Pause, um Kraft zu schöpfen. Dann sagte er: »Auch wenn ich dich getäuscht habe – bitte bleib bei mir, Rosina. Wir … wir waren doch glücklich zusammen. Oder nicht?«

Er sah ihr jetzt direkt ins Gesicht. Seine pockennarbige Haut war noch ganz rot, doch der Schweiß war getrocknet und sein Blick frei von Fieber.

»Wie kann man glücklich in einem Leben sein, das nicht das

eigene ist?«, fragte sie. »Ja, ich war glücklich. Aber in einem Leben, das nicht mir gehörte. In einem falschen, geborgten Leben, das vielleicht einer Frau gehörte, die irgendwo für dich bestimmt war – nur da war ich glücklich.«

Jan tat einen tiefen Atemzug. »War es denn das wirklich, unser Leben? So falsch, wie du sagst?«

Rosina zögerte. Sie wusste es ja selbst nicht. Was war denn ihr eigenes, ihr richtiges, ihr wahres und wirkliches Leben? Das Leben, das sie früher geführt hatte, an Maximilians Seite, als heimliche Mätresse des Herzogs?

»Ach, Jan«, sagte sie. »Wie kann ich denn nach einer solchen Lüge noch bei dir bleiben?«

Eine Träne rann an seiner Wange herab. »Glaub mir, ich werde dich nie wieder belügen, das schwöre ich.« Er griff nach ihrer Hand. »Bitte vertrau mir, Rosina. Nur noch ein einziges Mal.«

3

Niemals seit Menschengedenken war ein regierender König so erniedrigt worden wie Maximilian von Habsburg. Nicht genug damit, dass ein Kretin wie Charles von Frankreich es wagte, ihm die Braut zu rauben – nein, der Franzose hatte auch noch seine Tochter Margarete verstoßen, Maries kleines Ebenbild, das Max für Burgund und den Frieden geopfert hatte, um die bretonische Gans zu ehelichen! Er war zum Gespött Europas geworden. Das ganze Reich lachte über ihn, auch die in Nürnberg versammelten Fürsten, die Bischöfe und Grafen, die Barone und Freiherren, die Ritter und Knappen – sie alle fingen an zu tuscheln, wenn sie ihn sahen, grinsten über ihn, vor den Augen seines Sohnes, um sich vor Lachen auszuschütten, sobald er ihnen den Rücken kehrte. Was für ein Angriff auf seine Ehre …

Am liebsten hätte Max den französischen König zum Zweikampf

gefordert, doch da die Hoffnung vergebens war, dass der elende Krüppel sich einem Gefecht Mann gegen Mann stellen würde, hatte Max, nachdem er von Annes Treuebruch erfahren hatte, nur ein Dutzend Lanzen verstoßen, um seinen Zorn zu kühlen. Er hatte darauf vertraut, dass Charles sein Schwiegersohn und Anne seine Frau war. Wie hatte er nur so blauäugig sein können? Jetzt war sein Leben ein Scherbenhaufen. Der Brautraub von Rennes war nicht nur eine persönliche Kränkung des Gatten und Vaters, er war zugleich eine tödliche Beleidigung des Königs! Max hatte mit Spanien und England einen Vertrag geschlossen, in dem beide Länder versprochen hatten, innerhalb von drei Jahren gegen Frankreich zu ziehen, damit die Bretagne nicht an die Franzosen fiel. Mit seiner Heirat war Charles dem Plan zuvorgekommen und stellte nun erneut die Herrschaft auf dem Kontinent in Frage. Schielte er womöglich auf die Kaiserkrone? Schließlich hatte es früher schon Zeiten gegeben, in denen der französische König auch römischer Kaiser gewesen war.

Maximilian von Habsburg oder Charles von Frankreich – für beide zusammen war Europa zu klein. Max war entschlossen, die Entscheidung zu erzwingen, in Lothringen würde er die große Schlacht gegen die Franzosen führen. Zum Glück war es seinem kaiserlichen Vater gelungen, ihm in Ungarn den Rücken freizuhalten. Werdenberg hatte in Pressburg mit König Wladislaw einen Frieden geschlossen, in dem Habsburg und Böhmen sich die Krone von Ungarn miteinander teilten – Friedrich hatte sogar die Rückzahlung jener fünfzigtausend Gulden erwirkt, die er vor einer halben Ewigkeit als Kriegsentschädigung an Matthias Corvinus hatte zahlen müssen. Doch statt Max mit dem Geld zu unterstützen, begnügte er sich, an die Ehre der deutschen Reichsfürsten zu appellieren. In einem Sendbrief beschwor er sie, mit seinem Sohn zu ziehen, um die Beleidigungen zu ahnden, die der französische König dem Reich angetan habe – andernfalls würden sie selbst ewige Schande ernten. »Lieber möchten wir friedlich und gesegnet diese Erde verlassen, als dulden, dass eine so unchristliche und feige Tat unbestraft bliebe.« Doch die kaiserliche Mahnung blieb ohne Widerhall. Die Kurfürsten verweigerten Max sogar die Erlaubnis, die achttausend Mann, die sie ihm für den Ungarnzug bewilligt hatten, für den bretonischen Krieg zu verwenden. Stattdessen hatten sie ihm geraten, Frankreich zur Rückgabe der verschmähten Prinzessin Margarete sowie deren Mitgift, der Freigrafschaft Burgund, aufzufordern.

»Dann ziehe ich eben allein gegen Charles«, erklärte Max.

»Ich an deiner Stelle würde warten«, sagte Wolf. »Vielleicht gibt er ja Margaretes Mitgift heraus.«

»Einen Teufel wird er tun! Eher pflanzt er auf seinem Buckel eine Rosenlaube!«

»Aber du hast kein Geld für den Feldzug. Woher willst du Soldaten und Geschütze nehmen?«

»Geld.« Max zuckte verächtlich die Achseln. »Das kann ich von den Fuggern leihen. Ich habe schon eine Auskunft eingeholt. Sie bieten monatlich zehntausend Gulden auf die Tiroler Silberminen. Das sollte genügen.«

»Bist du wahnsinnig?« Wolf fasste sich an den Kopf. »Willst du den elenden Beutelschneidern Österreich in den Rachen werfen?«

»Misch du dich nicht in Dinge ein, von denen du nichts verstehst!«, herrschte Max ihn an. »Wenn ich deinen Rat brauche, lasse ich es dich wissen!«

Wolfs Augen blitzten kurz auf, doch er sagte kein Wort. In der eintretenden Stille hörte man von draußen das Klirren von Waffen und Rüstungen, vermischt mit Pferdegewieher. Einer der Fürsten veranstaltete ein Turnier. Max musste daran denken, welches Kribbeln diese Klänge früher in ihm ausgelöst hatten.

»Es war nicht so gemeint, Wolf«, sagte er. »Aber wenn du mir einen Gefallen tun willst, schau bitte nach Philipp. Ich will nicht, dass er beim Stechen seinen Kragen riskiert. – Ja, was gibt's denn?«, fragte er einen Diener, der in der Tür stand.

»Der Herzog von Mailand wünscht Euch zu sprechen.«

»Der Herzog von Mailand?«, fragte Max. »Was hat der hier verloren?« Er schaute Wolf an. »Was meinst du, soll ich ihn empfangen?«

Sein Freund grinste. »Soll das heißen, du brauchst meinen Rat?«

Max war froh, dass Wolf seine Entschuldigung angenommen hatte. »Scher dich zum Teufel!«, lachte er. Dann wandte er sich an den Diener. »Sag dem Herzog, der König freut sich, ihn zu sehen.«

4

Fanfarenklänge, umweht von den leuchtenden Farben der Banner, empfingen Wolf auf dem Abreiteplatz, wo Knappen ihren Rittern auf deren gepanzerte Schlachtrösser halfen. Während er den Geruch von Pferdeschweiß und Eisen einatmete, glaubte er schon den Geruch des Blutes zu riechen, das bald hier fließen würde. Plötzlich überkam ihn dieselbe Erregung, die ihn damals überkommen hatte, vor langer, langer Zeit, als er schon einmal einen solchen Auftrag auszuführen hatte. Damals war es Max gewesen, den er hatte hindern sollen, in die Stechbahn einzureiten. Jetzt war es sein Sohn.

Sollte sich alles im Leben wiederholen?

Wolf überschlug die Zeit, die seitdem vergangen war. Jenes Turnier ihrer Jugend lag bald zwanzig Jahre zurück. Wie stolz war er damals gewesen, der Freund Maximilians von Habsburg zu sein.

Und jetzt?

Max hatte sich im Laufe der Jahre verändert. Er war zwar schon immer ein Besessener gewesen, den es danach drängte, die Sterne vom Himmel zu holen, doch je größer seine Ziele wurden, desto unberechenbarer war er geworden. Dabei schien er oft von dunklen, unheimlichen Mächten getrieben, die ihn blind machten für die Gefahr, die er für sich und andere bedeutete. Während er nach den Sternen griff, drohte er in den Abgrund zu stürzen, und alle Menschen, die um ihn waren, mit sich zu reißen. Er war ein Gaukler, der zwischen zwei Enden der Welt ein Seil spannte und darüber tanzte, wie tief der Abgrund darunter auch sein mochte. Und wie viele hatte er schon mit sich in den Abgrund gerissen – in Utrecht, in Béthune und vor allem in Stuhlweißenburg. Doch so sehr Wolf diese dunkle Seite seines Freundes ängstigte, er konnte nicht anders, als ihn zu bewundern, als erwachsener Mann nicht anders als zu der Zeit, als sie beide noch Knaben gewesen waren. Max war geboren, um zu herrschen, selbst wenn er dafür Gott und dem Schicksal trotzen musste, und ebendarum konnte Wolf nie aufhören, stolz auf diesen Freund zu sein, obwohl Max ihm die schlimmsten Wunden und Demütigungen seines Lebens zugefügt hatte. Ihre Freundschaft war wie die Prägung einer Münze: Tausend Hände konnten sie berühren, Millionen Finger sie blank und dünn reiben, aber sie würde niemals vergehen.

Wo war Philipp? Als Wolf mit der Hand die Augen beschirmte, um gegen die Sonne besser zu sehen, entdeckte er Maximilians Sohn. Mit Hilfe von zwei Stallknechten, die nötig waren, um ihn in der Rüstung in die Höhe zu wuchten, bestieg er sein Pferd. Hochaufgerichtet saß er im Sattel, genauso wie früher sein Vater, doch trotz des schweren Harnischs wirkte er viel schmaler als Max, zarter, beinahe verletzlich.

Eine Fanfare ertönte. Philipp schloss die Schenkel um den Leib seines Fuchses und trieb ihn an den Rand des Vierecks. Bevor er den Turnierplatz erreichte, löste sich plötzlich zwischen den Stallgebäuden eine schlanke, in Blaugrau gewandete Gestalt. Sie trug keine Haube, das weizenblonde Haar war zu einer Krone aufgeflochten, und ein Lächeln leuchtete in ihrem feinen, hübschen Gesicht. Wolf kannte sie, er hatte sie auf verschiedenen Festen des Fürstentages gesehen, durch ihren anmutigen Tanz war sie ihm aufgefallen. Sigrun hieß sie und stammte aus fränkischem Adel, einer Familie mit gutem Leumund, doch von niederem Stand. Jetzt knüpfte sie ein Tüchlein in ihren Farben an Philipps gesenkte Lanze.

Statt einfach das Visier hochzuklappen, um seiner Dame einen Blick zu schenken, nahm Philipp noch einmal den ganzen Helm von den Schultern und warf Sigrun eine Kusshand zu. Seine Züge hatten noch das Rundliche, Weiche eines Knaben. Eigentlich, dachte Wolf, war er noch viel zu jung für die Liebe. Doch war er das wirklich? Wolf schüttelte den Kopf. Sein Vater war auch nicht älter gewesen, als er Rosina von Kraig erobert hatte, vor Wolfs Nase, und im Gegensatz zu ihnen beiden hatte Philipp trotz seiner Jugend schon einen Krieg mitgemacht. Wenn er also alt genug war, um im Feld wie ein Mann zu sterben, warum sollte er dann nicht alt genug sein, um wie ein Mann auf dem Turnierplatz um die Gunst eines Mädchens zu werben?

Trotzdem, Wolf hatte einen Auftrag. Und den würde er erfüllen.

»Euer Gnaden!«, rief er.

Der Prinz wandte den Kopf.

»Ihr dürft an dem Stechen nicht teilnehmen. Euer Vater verbietet es.«

»Sagt meinem Vater, ich lasse ihn schön grüßen!«, erwiderte Philipp. »Und jetzt macht mir bitte Platz!« Mit einem Strahlen warf er Sigrun eine zweite Kusshand zu, dann setzte er den Helm auf und trieb sein Pferd an, um in die Stechbahn einzureiten.

5

Eigentlich konnte Jan Coppenholes Leben nicht besser sein. In Gent herrschte wieder die Partei der Gerechtigkeit, Maximilians Rache war dank der Franzosen abgewendet, und in seinem Haus lebte die Frau, die er mehr liebte als sich selbst. Ja, Rosina hatte ihm noch einmal vertraut und war bei ihm geblieben. Doch seitdem machte seine Schwester ihm das Leben zur Hölle.

»Draußen auf der Gasse bist du ein geachteter Mann, vor dem die Leute den Hut ziehen. Aber unter deinem eigenen Dach? Da tanzt dir ein Weib auf der Nase herum, das dir nicht mal einen Sohn gebären kann.«

»Wir brauchen kein Kind, um glücklich zu sein. Wenn du nur Frieden gibst.«

»Soll ich zusehen, wie das Weibsstück dich zugrunde richtet?«

Jan musste an sich halten, um seiner Schwester nicht eins mit der Elle überzuziehen, die er gerade zum Feierabend wegräumte.

»Hat's dir die Sprache verschlagen?«, fragte sie.

»Ich erlaube nicht, dass du so über meine Frau redest.«

»Nimm doch Vernunft an. Wir hatten es so gut zusammen, du und ich, bis dieses Weibsstück ins Haus kam.«

»Du sollst aufhören, sie so zu nennen. Oder …«

»Oder was?« Antje blickte auf die Elle in seiner Hand. »Willst du mich etwa verprügeln?«

Wortlos legte er die Elle beiseite.

»Ach, Jan«, sagte sie. »Warum kann es nicht wieder so sein wie früher? Es wäre so leicht, dich von dem Weib zu trennen. Du musst nur sagen, sie ist verhext. Jeder wird dir glauben, sie bekommt ja kein Kind, obwohl ihr beide jung und gesund seid.«

»Kehre du vor deiner eigenen Tür«, erwiderte er. »Dass ich für dich sorge, weil sich für dich kein Mann gefunden hat, gibt dir nicht das Recht …«

Sie schaute ihn so böse an, dass er verstummte. »Du wolltest mich schon immer loswerden, seit unsere Eltern tot sind.«

»Das ist nicht wahr!«

»Aber den Gefallen tue ich dir nicht. Nicht für dieses Weibsstück. Nicht für diese dreckige, kleine Hure …«

Sie hatte das Wort noch nicht ausgesprochen, da versetzte Jan ihr einen Schlag ins Gesicht. Antje taumelte so heftig zurück, dass sie gegen die Wand prallte.

»Verzeih«, sagte er. »Das wollte ich nicht.«

»Und ob du das wolltest!« Sie wies die Hand zurück, die er ihr reichte. »So weit hat dich das Weibsstück gebracht. Dass du mich schlägst, deine eigene Schwester!« Während sie sich die Wange rieb, füllten ihre Augen sich mit Hass. »Aber das wird sie mir büßen!«

Als Jan ihren Blick sah, erschrak er. Doch bevor er etwas sagen konnte, verschwand sie zur Tür hinaus.

»Was ist passiert?«, fragte Rosina, die, alarmiert durch den Lärm, in die Werkstatt gelaufen kam.

»Antje«, sagte er nur.

»Schon wieder?«

Er nickte. »Ich halte den Unfrieden nicht länger aus.«

»Armer Jan«, sagte sie. »Und das alles wegen mir.«

»Wie kannst du das nur sagen?« Er nahm sie in den Arm und drückte sie an sich. »Es ist nicht deine Schuld. Ich liebe dich doch.« Sie war wie ein Vogel an seiner Brust, ein kleiner, verletzlicher Vogel, der seinen Schutz brauchte, um keinem Raubtier zum Opfer zu fallen, doch der zugleich jeden Augenblick davonfliegen konnte, wenn er ihn nicht festhielt. »Bleib immer bei mir«, flüsterte er. »Versprichst du mir das?«

Mit ihren großen schwarzen Augen blickte sie zu ihm auf. »Was soll ich nur tun?«, fragte sie. »Antje und ich unter einem Dach – ich weiß nicht, wie das gehen soll.«

Jan musste schlucken. Rosina war schöner, als ein Maler sie hätte malen können. Schöner als jede Prinzessin.

Plötzlich wusste er, was zu tun war. »Pack deine Sachen!«

Irritiert runzelte sie die Stirn. »Wovon redest du?«

»Du sollst nicht länger hier wohnen.« Zärtlich lächelte er sie an. »Du gehörst nicht in eine Werkstatt – du gehörst in einen Palast!«

6

Ludovico Sforza hieß der Herzog von Mailand mit Namen, doch seiner dunklen Hautfarbe wegen wurde er nur *il moro* genannt, der Mohr. Ölig glänzte sein schwarzes Haar, und seine bunten Kleider waren von so verschwenderischer Pracht wie die eines türkischen Prinzen. Unter Ärmeln aus schwerster Seide blitzten an seinen Händen Ringe hervor, auf denen kirschgroße Edelsteine prangten. Verwundert musterte Max die seltsame Erscheinung. Was wollte dieser Mann von ihm? Er wusste von Ludovico Sforza nur, dass er einer der reichsten Fürsten Europas war.

»Ich habe von dem Unrecht gehört, das Charles Euch angetan hat«, eröffnete der Herzog das Gespräch. »Aber seid versichert, dass mir sein Vorgehen so wenig behagt wie Euch. Frankreich grenzt an mein Herzogtum. Mir wäre wohler, wenn Charles die Grenzen zu seinen Nachbarn respektieren würde.«

»Es freut mich, dass wir darin eines Sinnes sind«, erwiderte Max. »Doch seid Ihr nur gekommen, um mir dies mitzuteilen?«

»Keineswegs.« Sforza strich sich mit seiner beringten Hand über den Bart. »Ich möchte Euch ein Angebot machen. Falls Ihr Euch entschließen könntet, meine Nichte Bianca zur Frau zu nehmen, erwartet Euch eine Mitgift von vierhunderttausend Gulden. Geld genug, um gegen Frankreich in den Krieg zu ziehen.«

Das Angebot kam so überraschend, dass Max nicht gleich eine Antwort fand. Der Betrag, den Sforza nannte, würde ihn mit einem Schlag von den deutschen Fürsten unabhängig machen, schon morgen könnte er ein Heer rüsten. Doch erlaubte die Ehre, das Angebot anzunehmen? Im Vergleich zu Anne de Bretagne war die Nichte des Mailänders kaum mehr als eine Kammerzofe.

»Ich sehe, Ihr seid im Zweifel über den Rang meines Hauses«, sagte Moro kühl. »Gewiss, mein Großvater war noch ein einfacher Soldat, ein Condottiere, und auch ich bin nur ein Herzog. Doch könnt Ihr es Euch leisten, auf so viel Geld zu verzichten? Ganz Europa weiß, in welchen Nöten Ihr seid.«

»Glaubt Ihr, Ihr könnt einen König kaufen?«, fragte Max.

»Man kann für die schönsten Dinge hässliche Worte finden«, erwiderte Sforza. »Selbst für den Wunsch eines liebenden Oheims, der sich nichts sehnlicher wünscht, als seiner Nichte einen Platz in der Welt zu verschaffen. Aber vielleicht sollte ich erwähnen, dass Biancas Schönheit sogar einem König und künftigen Kaiser zur Zierde gereicht?«

Max versuchte, im Gesicht des Mohren zu lesen, doch der Blick der halbgeschlossenen Augen war nicht zu deuten.

»Auch solltet Ihr nicht die Vorteile vergessen«, fuhr Sforza mit seiner leise singenden Stimme fort, »die Euch aus der Verbindung unserer Häuser erwachsen würden. Mailand würde die Habsburger Balkanflanke absichern und Schutz gegen Venedig bieten. Vor allem aber hättet Ihr in der Lombardei ein ideales Aufmarschgebiet für einen Feldzug nach Konstantinopel.« Er hob die schweren Lider. »Oder wollt Ihr den Feldzug gegen die Türken dem König von Frankreich überlassen? Charles wartet ja nur darauf, sich an die Spitze der Christenheit zu stellen.«

Max war fasziniert und angewidert zugleich. Moro buhlte um seine Gunst wie eine Hure, die ganz genau weiß, mit welchen Reizen sie einen Mann betören muss, um ihm die Sinne zu verwirren.

»Nun gut«, sagte Max, »Wir werden über Euer Angebot nachdenken.«

»Was gibt es da zu überlegen?«, fragte Sforza. »Die Welt preist Euch als einen Mann, der beherzt eine Gelegenheit ergreift, wenn sie sich ihm bietet. Doch jetzt sehe ich einen Zauderer voller Bedenken in Euch. Übrigens«, fügte er rasch hinzu, wie um einen möglichen Einwand zu unterbinden, »nach allem, was ich höre, hat Charles Euch wohl endgültig die Herausgabe der Mitgift verweigert, die Ihr Eurer Tochter mit in die Ehe gabt. Bin ich recht unterrichtet?«

Max zog die Luft ein. Der Kerl musste noch bessere Spione haben als einst König Ludwig. Tatsächlich war erst vor wenigen Tagen ein Schreiben aus Plessis eingetroffen, in dem Charles Frankreichs bleibenden Anspruch auf die Freigrafschaft Burgund reklamierte.

»Angenommen, ich gehe auf Euren Vorschlag ein«, sagte Max, »wärt Ihr imstande, mir noch diesen Monat einen Vorschuss von hunderttausend Gulden auf die Mitgift Eurer Nichte zu zahlen?«

»Es würde mir eine Freude sein«, erwiderte Sforza und streckte ihm seine beringte Hand entgegen. »Schlagt ein, und binnen einer Woche habt Ihr das Geld, das Ihr braucht, um Rache an Frankreich zu nehmen.«

7

Wie sehr hatte Philipp seinen Vater gehasst, als dieser ihn gezwungen hatte, mit nach Nürnberg zu reisen. Und wie glücklich war er nun, dass ihm nichts anderes übriggeblieben war, als zu gehorchen. Denn hier, auf dem Fürstentag, hatte Philipp die Liebe entdeckt!

Sigrun hieß sie, und war die Tochter eines fränkischen Ritters. Obwohl von niederer Herkunft, stand sie in Philipps Augen weit über allen anderen Jungfern, die ihm je begegnet waren. Zum Zeichen ihres Adels trug sie ihr blondes Haar wie eine Krone auf dem Kopf, zwei Handbreit wand sich der geflochtene Zopf in die Höhe. Kein anderes Mädchen außer ihr wagte es, so stolz und frei sein Haar zu zeigen, ohne Haube oder Kopftuch. Allein für diesen Mut liebte Philipp sie, für diesen Mut und für ihre grünen Augen. So grün und klar wie das Wasser eines Bergsees waren sie, und wann immer er in ihr Gesicht sah, glaubte er in diesen Augen zu versinken wie in einem See.

Er hatte sie auf einem Fest zu Ehren seines Vaters zum ersten Mal gesehen, beim Tanz mit Höflingen. Sie hatte sich mit solcher Anmut bewegt, dass er sie den ganzen Abend hatte anschauen müssen. Obwohl sie ihm mehrmals zugelächelt hatte, hatte er nicht den Mut gefunden, sie anzusprechen. Am nächsten Morgen hatte er ihr aber ein Brieflein geschickt und sie gefragt, ob er für sie in die Stechbahn reiten dürfe, und sie hatte es erlaubt. Zu seinem Unglück jedoch hatte ihn bereits sein erster Gegner aus dem Sattel gehoben, und als er im Staub vor ihr lag, wäre er am liebsten im Boden versunken. Sie aber hatte nur gelacht und ihn gefragt, ob es außer Tanzen und Stechen noch etwas gebe, was er nicht könne. Mühsam hatte er sich in seiner Rüstung aufgerichtet, und als er schwankend wieder auf den Beinen stand, hatte er das Visier seines Helms hochgeklappt und sie aufgefordert, ihn in seinem Zelt aufzusuchen. Den ganzen Tag hatte er auf sie gewartet, und als sie am

Abend endlich gekommen war, hatte er ihr auf der Laute vorgespielt. Seitdem verbrachten sie jede freie Stunde zusammen.

»Ich liebe dich.« Allein diese drei Worte auszusprechen, ließ sein Herz höher schlagen.

»Ich liebe dich auch, Philipp.«

»Dann gib mir einen Kuss.«

Sie schüttelte den Kopf.

»Bitte, Sigrun. Warum nicht?«

»Weil du dir einen Kuss erst verdienen musst.«

»Dann sag mir wie!«

Mit ihren grünen Augen lächelte sie ihn an. »Weißt du das nicht?«

Ihr Lächeln machte Philipp noch verrückter, als er ohnehin schon war. War es der glitzernde Staub, der zwischen ihnen in der Luft tanzte, weshalb ihm plötzlich ganz schwindelig wurde? Sie hatten sich im Heuschober hinter dem Pferdestall versteckt, um allein zu sein. Philipp hätte seiner Liebsten gern ein schöneres Gemach geboten, ein Himmelbett, wie es einer Prinzessin gebührte, aber Vorsicht war wichtiger als Bequemlichkeit.

»Doch«, sagte er. »Ich glaube, ich weiß, was du meinst.« Er griff nach der Laute, die neben ihm im Heu lag. »Soll ich?«

Sie gab keine Antwort. Aber ihr Gesicht wurde ganz ernst. Und als ein zartes Rosa sich wie ein Schleier über ihre Wangen legte, wusste er, dass er richtig geraten hatte.

Er nahm das Instrument und strich einen Akkord. »Das habe ich für dich komponiert.«

»Ein eigenes Lied? Für mich?« Das zarte Rosa auf ihren Wangen verdunkelte sich.

»Ja, meine Liebste«, erwiderte er, ohne die Augen von ihr zu lassen, und spielte die ersten Töne. Doch er hatte noch nicht zu singen begonnen, da wurden vom Stall her Stimmen laut. Philipp unterbrach sein Spiel und verharrte mit angehaltenem Atem. In den Quartieren wimmelte es von beflissenen Geistern, die nur allzu bereit waren, ihn beim König zu verraten, um sich selber lieb Kind zu machen. Einer solchen Gefahr durfte er Sigrun nicht aussetzen.

Wenn sein Vater erfuhr, dass er die Tochter eines einfachen Ritters liebte, würde der König nicht ihn, sondern sie bestrafen, vielleicht sogar ihre ganze Familie. Einem Mann, der das Gemetzel von Stuhlweißenburg zugelassen hatte, um sich danach mit einer Hure zu vergnügen, war alles zuzutrauen.

Es verging eine Ewigkeit, in der sie beide kaum wagten, sich zu rühren. Dann endlich verstummten die Stimmen im Stall, und bald verhallten auch die Schritte irgendwo in der Ferne.

»Glaubst du, sie sind fort?«, fragte er.

»Natürlich, mein tapferer Ritter.« Sie grinste ihn so frech an, dass auf ihren Wangen zwei Grübchen erschienen. Dann wurde sie wieder ernst. »Wolltest du nicht gerade etwas tun?«

Er blickte auf seine Laute, doch sie schüttelte den Kopf. »Das könnte uns verraten.«

»Was meinst du dann?«

Sie berührte die Spange, die ihr Haar zusammenhielt.

Philipp spürte, wie ihm der Mund austrocknete. »Darf ich?«

Sie nickte. Mit zitternden Händen fasste er nach der Spange. Im nächsten Moment wallten ihre Locken wie ein Sturzbach über ihre Schultern.

»Komm«, flüsterte sie. »Komm zu mir. Hol dir deinen Lohn.«

Er beugte sich über sie und schaute in ihre Augen, sah in das grüne, tiefe Wasser, bis hinab auf den Grund. Sie schürzte ihre Lippen zum Kuss, und als er die Augen schloss und seine Lippen die ihren berührten, war ihm, als triebe er nackt in einem See.

8

Kann es eine hinterhältigere Krankheit geben, als bei lebendigem Leib zu verfaulen?«, schnarrte Friedrich.

»Verfaulen?« Sigmund schnupperte in der Luft. »Also, ich riech fast gar nix, lieber Vetter.«

»Hat der Rotz Euch den Riechkolben verklebt? Mein Bein stinkt wie die Pest. Jeden Tag hoffe ich, dass es mir vom Rumpf abfällt. Aber der Herr hat kein Erbarmen.«

»Da tut Ihr dem lieben Gott aber unrecht. Zum Ausgleich für Euer Bein hat er in Bayern doch alles ganz wunderbar gefügt.«

Missmutig blickte Friedrich zur Tür. »Wo bleiben sie? Sie sollten uns gleich nach der Morgenandacht ihre Aufwartung machen!«

Auch Sigmund fiel es allmählich schwer, seine Ungeduld zu bezähmen. Dem Grummeln in seinem Magen nach musste es bald Zeit für das Mittagsmahl sein, doch Kunigunde und ihr Gatte ließen sich immer noch nicht blicken. Wie würde das Wiedersehen geraten? Immerhin hatte der querköpfige Herzog von Bayern einen regelrechten Krieg gegen den Kaiser angezettelt, um sich selber um dessen Nachfolge zu bewerben, und was seine dreiste Heirat mit der Prinzessin anbelangte – nein, Sigmund wollte sich daran lieber gar nicht mehr erinnern. Doch nun war die Welt wieder so, wie der Herrgott sie eingerichtet hatte. Nachdem der Schwäbische Bund mit zwanzigtausend Mann vor Augsburg aufmarschiert war, war Albrecht in die Knie gegangen, und brav wie ein Lamm hatte er alle Forderungen Friedrichs erfüllt. Er hatte die Kündigung der Tiroler Schuldverschreibungen ebenso bestätigt wie Kunigundes Verzicht auf ihr Habsburger Erbe, und vor allem hatte er in die Rückgabe der freien Reichsstadt Regensburg eingewilligt.

»Ah, da sind sie ja!« Sigmund hievte sich aus dem Sessel, um die beiden zu empfangen. »Herzlich willkommen!«

Kunigunde betrat als Erste den Raum, gefolgt von ihrem Mann. Was für ein prachtvolles Weibsbild war aus ihr geworden, die Ehe schien ihr zu bekommen. Während Albrecht sich vor dem Kaiser verneigte, machte Kunigunde einen Schritt auf ihren Vater zu.

»Mein Gemahl und ich sind gekommen, um Euch unsere Verehrung zu bezeugen.«

Friedrich kniff Mund und Augen zusammen, als hätte er Mühe, die Ankömmlinge zu erkennen. Dabei langte er nach einer Schale mit Melonen, nahm eine Scheibe und streckte sie seinem Schwiegersohn entgegen. Sigmund fiel ein Stein vom Herzen. Ein Stück Melone aus der Hand seines Vetters bedeutete so sicher den Frieden, wie wenn eine Taube mit einem Ölzweig im Schnabel hereingeflattert wäre. Jetzt hatten sich alle wieder lieb.

Glücklicherweise begriff Albrecht, welche Ehre ihm zuteilwurde. Beherzt nahm er die Melonenscheibe und biss hinein.

»Setzt Euch«, schnarrte Friedrich. Eilig rückten zwei Diener die Stühle zurecht.

»Ich hoffe, Ihr habt mir inzwischen vergeben«, begann Albrecht.

»Ihr meint – den Willebrief?«

Der Bayer deutete eine Verbeugung an. »Es war einzig die Liebe zu Eurer Tochter, die mich trieb.«

»Und die Liebe zu ihrer Mitgift, nehme ich an«, knurrte Friedrich, doch über sein Gesicht huschte ein Lächeln. »An Eurer Stelle hätte ich vermutlich nicht anders gehandelt. Respekt!«

Erleichtert nahm Albrecht Platz. Kunigunde rümpfte die Nase. »Was ist das eigentlich für ein Gestank?« Statt sich zu setzen, öffnete sie ein Fenster.

»Das wird nichts nützen«, knurrte ihr Vater und zeigte mit dem Stock auf sein Bein. »Alles faul. Die Ärzte wollen amputieren.«

»Das Bein? Gütiger Himmel!«

»Stört dich dein linkes Auge, so reiß es aus!« Friedrich spuckte einen Melonenkern zu Boden. »Um das Bein ist es nicht schade, es ist sowieso zu nichts mehr nütze. Hauptsache, sie schneiden mir nicht den Kopf ab. Den brauche ich nämlich noch. Weil unser Herr Sohn in dem seinen leider nur Stroh hat.«

»Steckt der Herzog von Burgund wieder in Schwierigkeiten?«, fragte Albrecht.

»Allerdings«, sagte der Kaiser. »Und wie immer durch eigene Schuld. Warum legt er sich auch nicht selber mit seiner Braut ins Bett, statt sich auf seinen Polheim zu verlassen?«

»Ich fürchte, ich verstehe nicht ganz.«

»Das könnt Ihr auch nicht«, erklärte Sigmund. »Dem Bub hat der französische Charles die Braut entführt, jetzt muss er schon wieder Krieg gegen ihn führen. Als gäb's keine andere Beschäftigung auf der Welt, als sich gegenseitig abzuschlachten.« Er nahm seinen Becher und betrachtete darin den dunkel schimmernden Wein. »Dabei hat der Herrgott uns doch so viele schöne Dinge geschenkt, die wir in Frieden genießen könnten.«

9

Einsam wie Jesus Christus in der Nacht vor der Kreuzigung saß Maximilian von Habsburg in seinem Zelt und haderte mit Gott und der Welt. Sein Golgatha war die Stadt Metz, wo er sein Feldlager aufgeschlagen hatte, und die deutschen Fürsten waren die treulosen Jünger. Unterstützt von seinem kaiserlichen Vater, hatte er sie ins Lothringische gerufen, um von hier aus den Feldzug gegen Charles von Frankreich zu führen, und überall in Stadt und Land waren Flugschriften verbreitet worden, die nach dem Raub der bretonischen Prinzessin für einen Sühnekrieg warben: »O Frankreichs Karle, weh und ach / Gott rächt mit uns die schwere Schmach.« Doch die Entrüstung, die das Volk erfüllte, war bei den Adelsleuten auf taube Ohren gestoßen. Abgesehen von ein paar Haufen aus Tirol sowie fünfhundert Knechten des Schwäbischen Bunds war er auf sich allein gestellt. Weder ein Herzog noch ein Graf, weder ein Baron noch ein Freiherr aus dem übrigen Reich war in Metz erschienen, um an Maximilians Seite zu kämpfen, und von den versprochenen vierundneunzigtausend Gulden, die er den Fürsten hatte abringen können, waren tatsächlich nur klägliche sechzehntausend eingetroffen. Lediglich Ludovico Sforza hatte Wort gehalten und den Vorschuss auf die Mitgift seiner Nichte gezahlt. Doch entgegen Maximilians hochfliegenden Hoffnungen hatte die Summe kaum gereicht, um ein Heer von sechstausend Mann zu rüsten.

Er war nach seiner Ankunft im Lager so niedergeschlagen, dass er tagelang niemanden sehen wollte, nur die Mitglieder der Hofkapelle ließ er zu sich. Bei jeder Mahlzeit, mittags oder abends, mussten sie in seinem Zelt musizieren. Mit Pauken und Trompeten sollten sie die düsteren Gedanken vertreiben, die in seinem Kopf waberten wie draußen die Novembernebel. Doch sobald die Musik verklang, kehrten die dunklen Gedanken zurück, und vergeblich brütete Max über den Landkarten, ohne eine Lösung zu finden.

Hatte der Feldzug überhaupt noch Sinn?

Während Kundschafter berichteten, dass die Franzosen mit einem Heer von zwanzigtausend Mann nach Lothringen marschierten, zeigten Burgunds Verbündete Spanien und England keinerlei Neigung, anstelle der deutschen Fürsten für Max die Kastanien aus dem Feuer zu holen. Im Gegenteil, auch sie hatten ihn im Stich gelassen und das gemeinsame Bündnis gegen Frankreich aufgekündigt. Wenn ein Angriff überhaupt noch sinnvoll sein sollte, musste er seinen Feldzug viel kleinräumiger planen als ursprünglich vorgehabt und ihn ausschließlich auf die Rückeroberung der Freigrafschaft Burgund anlegen. Aber wie er seine Truppen auf den Karten auch hin und her schob, überall brachen die Linien auf und boten dem Feind die offene Flanke.

Kein Zweifel, Gott hatte Maximilian von Habsburg verlassen. Und wenn kein Wunder geschah, würde der Kelch der Niederlage nicht an ihm vorübergehen. Und diesmal würde die Niederlage endgültig sein.

10

Ein Wunder – ein Wunder war geschehen!

Während Maximilian von Habsburg in Lothringen mit seinem Schicksal haderte, war im Elsass eine riesige schwarze Kugel am Himmel erschienen, größer als jede Kugel, die ein irdisches Geschütz abfeuern konnte. Mit Donnergewalt war sie über Wiesen und Wälder hinweggebraust und hatte eine glühende Lichtspur nach sich gezogen, um in einem Weizenfeld bei dem Dorf Ensisheim aufzuschlagen und einen Krater ins Erdreich zu reißen.

Als Maximilian die Kunde von dem Donnerstein vernahm, fasste er mit einem Schlag neuen Mut. Jeder, der das Himmelsschauspiel beobachtet hatte, beschwor, dass die Kugel von Osten nach Westen geflogen war, in Richtung Frankreich, also auf seinen Erzfeind zu. Konnte es ein deutlicheres Zeichen geben? Wie Gott bei der Geburt seines Sohnes den Heiligen Drei Königen mit einem geschweiften Stern den Weg zum Stall von Bethlehem gewiesen hatte, so wies er nun dem König des römisch-deutschen Reichs den Weg in die Schlacht.

Noch am selben Tag schickte Max seinen Freund Wolf von Polheim ins Elsass, um den vom Himmel gefallenen Stern zu bergen und einen Brocken davon nach Metz zu bringen. Gerüstet mit diesem Talisman, wollte er seinen Feldzug unverzüglich beginnen, gleichgültig, wie unterlegen sein Heer dem französischen Gegner war.

»Und du?«, fragte Sigrun. »Wirst du deinen Vater begleiten?«

Philipp, der in der Obhut des Herzogs von Württemberg in Nürnberg zurückgeblieben war, um mit dem Hauptmann des Schwäbischen Bunds auf die Befehle des Königs zu warten, schüttelte den Kopf. »Ich werde nie wieder mit meinem Vater in einen Krieg ziehen.«

»Dann verweigerst du ihm also die Gefolgschaft?«

Philipp nickte. »Ich fürchte, Graf Eberhard muss ohne mich nach Metz ziehen.« Er versuchte ein Grinsen, um nicht zu zeigen, wie sehr er unter dem Bruch mit seinem Vater litt. Doch das Gewicht seiner Worte wog zu schwer.

»Dafür liebe ich dich umso mehr.« Sigrun strich ihm zärtlich über die Wange. »Aber lässt sich der König das gefallen?«

»Natürlich nicht«, sagte Philipp. »Er hat Olivier de la Marche hierherbestellt, seinen Hofgroßmeister. Der soll mich zurück nach Burgund bringen. Als Strafe für meinen Ungehorsam.«

Sigrun schaute ihn mit ihren grünen Augen an. »Du leidest sehr unter ihm, nicht wahr?«

»Unter meinem Vater?« Philipp zuckte die Schultern. »Er kümmert mich nicht mehr, ich habe mit ihm gebrochen. Weh tut mir nur, dass ich dich verlassen muss.«

Im Gegensatz zu der ersten Behauptung war das die reine Wahrheit. Der Abschied von Sigrun zerriss ihm das Herz. Er hatte in seinem kurzen Leben fast alle Menschen verloren, die ihm etwas bedeutet hatten: seine Mutter, seine Schwester, Barbara – und seit Stuhlweißenburg auch seinen Vater, den er vergöttert hatte wie keinen anderen Menschen zuvor. Wenn er jetzt auch noch Sigrun verlieren würde …

Als würde sie seine Nöte ahnen, nahm sie sein Gesicht zwischen die Hände. »Hab keine Angst«, flüsterte sie. »Ich werde immer für dich da sein, egal, was passiert. Wann immer du mich brauchst.«

Sie war so tapfer, dass es Philipp den Hals zuschnürte. Während sie ihm Mut zusprach, hatte sie selbst Tränen in den Augen.

»Und ich für dich«, sagte er. »Niemand kann uns trennen. Das schwöre ich dir.«

Traurig schüttelte sie den Kopf. »Keine Schwüre, bitte.«

»Warum nicht?«

»Ach, Philipp. Es ist doch, wie es ist. Du bist der Sohn des Königs, und ich bin nur …«

Bevor sie weitersprechen konnte, presste er seine Lippen auf ihren Mund und zwang sie mit seinem Kuss zu schweigen.

11

Charles von Frankreich schäumte. Soeben hatte der Barbier ihm berichtet, dass es Maximilian von Habsburg gelungen war, die Freigrafschaft Burgund von Frankreich zu erobern, obwohl sämtliche Fürsten des Reiches ihn im Stich gelassen hatten und er gegen eine französische Armee angetreten war, die dreimal so viele Männer zählte wie seine eigene. Außer sich vor Wut nahm Charles eine der Schüsseln, die vor ihm und seiner Gemahlin auf der Frühstückstafel bereitstanden, und schleuderte sie gegen die Wand.

»Wir hatten einen Sieg befohlen! Warum hat man sich Unserem Befehl widersetzt?«

Philippe de Commynes war froh, dass nicht er, sondern der Barbier den Hergang der Katastrophe berichten musste.

»Der Herzog von Österreich hat seinen Schandsieg nur einem äußerst unehrenhaften Hinterhalt zu verdanken«, trug der Barbier mit ängstlicher Stimme vor. »Er hat unsere Soldaten bei Besançon in einen Engpass gelockt und ihnen dort feige aufgelauert. Jeder Franzose würde sich für einen solchen Sieg schämen.«

»Soll das heißen, Margaretes Mitgift ist verloren?«

»Wenn Eure Majestät damit die Freigrafschaft meinen – ich fürchte, dann muss ich Eurer Majestät beipflichten, Sire.«

Charles blickte seine Frau voller Hass an. »Verflucht sei der Tag, an dem ich Euch zur Gattin nahm«, zischte er. »Hätte ich nur Margarete von Burgund geheiratet. Dann wäre ihr Erbe noch mein. Außerdem war Margarete eine schöne Frau, kein Krüppel wie Ihr!«

Fassungslos starrte Anne ihren Mann an, dann sprang sie mit einem lauten Schluchzer auf, und weinend ging sie aus dem Saal, das rechte verkürzte Bein mühsam hinter sich her ziehend.

»Da, seht Ihr's!«, rief Charles triumphierend. »Sie ist ein Krüppel! Ich habe einen Krüppel geheiratet!« Als sie hinaus war, wandte er sich an Philippe de Commynes. »Sobald Unsere Heerführer zurück sind, soll man sie der Reihe nach köpfen!«

»Sehr wohl, Sire. Ich werde mich persönlich darum kümmern.«

»Und sorgt dafür, dass der gesamte Hof bei der Hinrichtung anwesend ist. Jeder soll sehen, wie der König von Frankreich Verräter zur Rechenschaft zieht. – Halt!«, befahl er dem Barbier, der die Gelegenheit nutzen wollte, sich davonzustehlen. »Du hast mir noch nicht berichtet, wie Unsere Dinge in Flandern stehen.«

Das gequälte Gesicht des Barbiers erübrigte die Antwort. »Nur unwesentlich besser, Majestät.«

»Unwesentlich?«

»Leider scheint Albrecht von Sachsen das Glück an den Sohlen zu kleben. Er hat soeben Sluis zurückerobert.«

»Den Seehafen von Brügge?« Wie von der Tarantel gestochen fuhr Charles zu Philippe de Commynes herum. »Was hat das alles zu bedeuten?«

War das noch eine Frage? Maximilian von Habsburg hatte mit dem Sieg bei Besançon einen der erfolgreichsten Feldzüge abgeschlossen, seit er sich mit Frankreich um die burgundische Erbfolge stritt, und sein Heerführer in Flandern hatte den Rebellen der Union den Garaus bereitet. Doch statt dies zur Antwort zu geben, sagte Philippe nur: »Ich bin zuversichtlich, Sire, dass es dem Ingenium Eurer Majestät gelingen wird, das Blatt in Kürze zu wenden.«

»Das Blatt zu wenden?«, schrie Charles. »Für wie dumm haltet Ihr mich? Nein, Herr de Commynes – wir haben den Krieg verloren.« Seine Lippen bebten, und um seine Augen setzte ein Zucken ein. Plötzlich brach er in Tränen aus. »Verloren!«, schluchzte er und barg sein Gesicht in den Händen. »Verloren, verloren, verloren ...«

Peinlich berührt wie beim Anblick eines verendenden Tiers, betrachtete Philippe de Commynes seinen weinenden König, während die übrigen Höflingen betreten zu Boden sahen.

Hatte der Kretin endlich die Botschaft kapiert?

Es dauerte eine Ewigkeit, bis das Schluchzen ein Ende hatte und Charles die Hände vom Gesicht nahm. Mit geröteten Augen blickte er auf den Barbier und sagte: »Nehmt den Mann fest. Man soll ihn ebenfalls köpfen. Zusammen mit Unseren Heerführern.«

12

Dank des Allmächtigen GOttes Hülfe und Beistand hat der Römische KÖnig die Franzosen gezüchtigt. Einem Alexander gleich, hat er dem frechen fürwitzigen Karl aufs Haupt ge-

schlagen. Möge der Edelste der Edlen itzo die heilige Fahne aufwerfen und im Zeichen des Kreuzes gegen die Türken ziehen …«

Mit einem Seufzer legte Rosina die Flugschrift beiseite, die Jan aus Unachtsamkeit hatte liegen lassen. Sollte Maximilians Schatten sie bis an ihr Lebensende verfolgen? Bis in die Abgeschiedenheit des Prinsenhofs war die Nachricht von seinem Sieg in Lothringen gedrungen, obwohl Jan peinlich darauf bedacht war, nichts von den Ereignissen an sie heranzulassen, die in der Welt außerhalb des Palastes geschahen. Waren die Franzosen nun endgültig niedergerungen, oder war die Schlacht bei Besançon nur eine Schlacht mehr unter zahllosen Schlachten, die im Laufe der Jahre geschlagen worden waren und auch weiterhin geschlagen würden?

Damit ihr Mann nichts merkte, legte Rosina die Flugschrift an den Platz zurück, an dem sie sie gefunden hatte. Wieder einmal überkam sie das befremdliche Gefühl, das sie so oft in den Mauern dieses Palasts beschlich. Was hatte sie hier verloren? Mit den Butzenscheiben und dem Kachelofen übte der Raum, in dem sie am Morgen, als Jan ins Rathaus gegangen war, eine Stickarbeit begonnen hatte, eine anheimelnde Wirkung aus. Trotzdem fühlte sie sich nicht wohl, weder in diesem Raum noch in den übrigen Kammern und Sälen des riesigen Gebäudes. Sie hatte sich dagegen gewehrt, in den Prinsenhof einzuziehen, sie wollte nicht in denselben Räumen leben, in denen einst Max mit seiner Frau gelebt hatte. In dem Bett, in dem sie nun des Nachts an Jans Seite lag, hatte einst Marie von Burgund geschlafen. Jan hatte sie stolz darauf hingewiesen, wem das Bett gehört hatte, und war dabei in eine seltsame Erregung geraten. Doch Rosina hatte nur auf das Bett gestarrt. *Hier hat er mit ihr gelegen, hier hat er sie umarmt, unter diesem Baldachin haben sie ihre Kinder gezeugt …* In der Nacht ihres Einzugs hatte Jan sich auf sie gestürzt und beinahe zur Liebe gezwungen. Anschließend hatte er in ihren Armen geweint. »Verzeih mir, Rosina. Ich wollte dir nicht weh tun.«

Armer Jan. Sie wusste ja, warum er das tat. Der Prinsenhof war ein goldener Käfig, in den er sie gesteckt hatte, aus Angst, sie könne ihm entfliehen. Trotz ihrer Beteuerungen fürchtete er, dass sie

Maximilian immer noch liebte, und versuchte darum, seinen vermeintlichen Rivalen mit dessen eigenen Waffen zu schlagen. »Hierher hat er dich nie gebracht«, hatte Jan gesagt, als er ihr die Herrlichkeiten des Prinsenhofs zeigte. Um mit ihr in dem Palast zu wohnen, hatte er sich sogar über den Widerstand der Genter Ratsmitglieder hinweggesetzt, in deren Augen der Prinsenhof Eigentum des Volkes war, das niemand für sich in Beschlag nehmen durfte, auch nicht der Kommandant des Stadtregiments. Doch Jan kümmerte sich nicht darum, seine Liebe war größer als alle Bedenken.

Ja, armer Jan. Nie hatte er begriffen, was sie an ihm liebte. All der Luxus, all die Geschenke, mit denen er sie überhäufte, waren ihr doch gar nichts wert. Es waren ganz andere Dinge gewesen, mit denen er sie beglückt hatte: die stille Zweisamkeit, die Geborgenheit seines Hauses, die tägliche Arbeit in der Werkstatt – aber dieses Glück war zersprungen, als sie seine Lüge entdeckt hatte. Jetzt führten sie ein Leben in gestohlenen Räumen, aßen von gestohlenen Tellern, tranken aus gestohlenen Bechern und suchten in gestohlenen Laken vergeblich nach Liebe. Manchmal wünschte sie sich, sie hätte ihr Gedächtnis niemals wiedererlangt.

Mit einem Seufzer nahm sie wieder ihre Stickarbeit zur Hand, da hörte sie plötzlich von der Treppe ein Poltern. Im nächsten Moment flog die Tür auf, und Jan kam hereingestürmt.

»Was ist passiert?«

»Sie haben mich abgesetzt!«, rief er, völlig außer Atem. »Hinrich Peperkorn ist der neue Regimentskommandant.«

»Heißt das, wir müssen den Palast verlassen?« Rosina war fast erleichtert.

»Nicht nur den Palast – auch Gent! Wir müssen fliehen! Der Rat hat beschlossen, den Deutschen die Tore zu öffnen.« Er nahm ihre Hand. »Bitte, lass mich nicht allein. Komm mit mir. Du bist alles, was ich habe.« Aus seinen Augen sprach eine Angst, die sie darin noch nie gesehen hatte.

»Ich lasse dich nicht allein«, sagte sie, bevor sie einen Entschluss gefasst hatte. »Ich komme mir dir.«

Die wenigen Worte reichten, und alle Angst wich aus seinem Gesicht. »Ach, Rosina.«

Er wollte sie küssen, aber sie wies ihn zurück. »Müssen wir uns nicht beeilen?«

»Du hast recht!« Er öffnete einen Kasten, holte goldenes Geschirr daraus hervor und füllte es in einen Sack.

»Was willst du damit?«

»Wir brauchen Geld für die Flucht.« Er zog sie zur Tür. »Ich habe das Pferd nicht ausgespannt. Wir fahren sofort los.«

Hand in Hand eilten sie die Treppe hinunter. Aber sie kamen nur bis in den Hof. Als sie ins Freie traten, wurden sie von einer Schar wütender Menschen empfangen. Manche von ihnen waren bewaffnet, mit Knüppeln, Gabeln und Feuerhaken.

»Jemand muss uns verraten haben!« Jan wollte kehrtmachen. Doch zwei Männer verwehrten ihnen die Rückkehr ins Haus.

»Er will sich mit seiner Hure aus dem Staub machen!«

»Verräter!«

»Feigling!«

Es waren dieselben Männer, die Jan früher auf ihren Schultern getragen hatten.

»Du musst allein fliehen!«, zischte er. »Wir treffen uns vor der Stadt!«

»Das werden sie nicht zulassen.«

»Doch! Sie wollen nur mich! Dich lassen sie laufen!«

Als Rosina die Menschenwand vor sich sah, überfiel sie Panik. Wohin sie blickte, sah sie in Gesichter voller Hass.

»Was haben wir denn da?« Einer der Männer riss Jan den Sack aus der Hand, holte einen goldenen Pokal daraus hervor und reckte ihn triumphierend in die Höhe.

Ein wütender Aufschrei war die Antwort. Ein blonder Riese packte Jan bei den Schultern und stieß ihn die Stufen des Portals hinunter. Jan geriet ins Straucheln, doch noch auf der Treppe stieß ihn ein anderer zurück, wie eine Strohpuppe, mit der zwei Kinder spielten. Jan stürzte zu Boden. Sogleich fiel die Meute über ihn her.

Rosina wollte ihm zu Hilfe springen, doch harte Hände hielten sie zurück.

»Was seid ihr für Menschen?«, rief sie. »So viele Jahre hat Jan Coppenhole für euch gekämpft, und jetzt behandelt ihr ihn wie einen Verbrecher!«

Für einen Wimpernschlag hörten sie auf, Jan mit ihren Fäusten und Holzpantinen zu traktieren. Doch nur, um ihm einen Strick um den Hals zu schlingen.

»Steh auf!«, herrschte der blonde Riese ihn an.

Mit dem Strick um den Hals rappelte Jan sich in die Höhe. Sein Gesicht war von den Schlägen und Tritten ganz verquollen.

»Du kommst auch mit«, sagte ein anderer und packte Rosina am Arm.

Sie wusste, dass es keinen Sinn hatte, sich zu wehren, und gehorchte. Der Mann führte sie zu einem Karren, der in der Hofeinfahrt stand.

Bevor sie den Karren bestieg, drehte sie sich noch einmal um. Im selben Moment zuckte sie zusammen.

Halbversteckt hinter einem Mauervorsprung sah sie das Gesicht einer Frau, die sie aus gelben Augen anstarrte.

Antje.

II

Der Krieg war zu Ende, aus und vorbei, nach all den zahllosen Schlachten, die seit Maries Tod im Streit um das burgundische Erbe geschlagen worden waren, um in fünfzehn endlos langen Jahren des Mordens und Brennens das Land zu verwüsten. Die Schlacht bei Besançon hatte die Entscheidung erzwungen, jetzt und für alle Zeit. Max konnte es selbst kaum glauben, es kam ihm vor, als erwachte er aus einem Albtraum, in dem er auf ewig gefangen schien. Doch nach seinem letzten Sieg hatte Charles ihm einen Waffenstillstand angeboten. Das war im März gewesen. Heute, am 23. Mai des Jahres 1493, würden sie hier in Senlis den Frieden besiegeln.

Als Max den Saal betrat, in dem die Vertragsunterzeichnung erfolgen sollte, wartete der französische König bereits auf ihn. Max sah ihn erst auf den zweiten Blick. Charles kauerte hinter einem so großen und wuchtigen Tisch, dass er dahinter beinahe verschwand. Max musste an den Tag vor nunmehr zehn Jahren denken, als er in Arras Charles' Vater Ludwig in ganz ähnlicher Weise gegenübergetreten war.

Damals war er als Geschlagener gekommen. Heute kam er als Sieger.

»Majestät!« Charles verließ seinen Platz und hinkte mit krummem Rücken und ausgebreiteten Armen auf ihn zu. »Oder wünscht Ihr, dass ich Euch Herzog von Burgund nenne?«

Max wich der Umarmung aus. »Lasst uns die Urkunden unterschreiben. Wie ich sehe, liegen sie schon bereit.«

»Gewiss, gewiss.« Charles legte den Kopf schräg auf seine verwachsene Schulter und lächelte ihn an. »Doch wenn Ihr erlaubt, würde ich Euch zuvor gern noch einen Vorschlag machen, der hoffentlich Euren Gefallen finden wird.«

»Wir hören!«

Charles' Lächeln wurde noch breiter. »Wenn wir heute hier zusammenkommen, um Frieden zu schließen, sollten wir dann nicht einfach da anknüpfen, wo wir schon einmal waren? Ich meine – in besseren Zeiten?«

Max ahnte, worauf sein Gegenüber hinauswollte, doch er wartete schweigend ab, damit Charles es selber aussprach.

Das Gesicht des Franzosen wurde ernst. »Ich bin bereit, die Ehe mit Anne de Bretagne aufzulösen, um Eure Tochter, Margarete von Burgund, an ihrer statt zur Frau zu nehmen. So, wie Ihr es mit meinem Vater in Arras vereinbart habt.«

»Ihr wagt es, einen solchen Vorschlag zu machen?« Max musste an sich halten, um nicht handgreiflich zu werden. »Nach Eurem schändlichen Raub von Rennes?«

»Das war doch nur ein Irrtum, Majestät, ein bedauerliches Missverständnis«, versicherte Charles. »Meine Ehe mit der bretonischen Prinzessin hatte niemals Gültigkeit, Anne war ja *per procuram* bereits mit Euch verbunden. Ich habe nach Rom geschickt. Der Heilige Vater hat Eurer Braut nie Dispens erteilt. Alles, was damals passiert ist, ist so gut wie niemals geschehen. Einer Heirat mit Eurer Tochter steht nichts im Wege.«

»Haltet Euer verfluchtes Maul!«

»Aber ich denke …«

»Wenn Ihr noch einmal das Maul aufmacht, drehe ich Euch mit eigenen Händen die Gurgel um.«

Endlich verstummte der Kretin.

Max wies mit dem Kopf auf die bereitliegenden Urkunden. »Ich wünsche jetzt den Vertrag zu unterzeichnen.«

Ohne Charles weiter Beachtung zu schenken, trat er an den Tisch und nahm Platz. Den Text des Vertrags noch einmal zu lesen erübrigte sich – er kannte jeden Paragraphen auswendig und hatte die Abschrift persönlich überwacht. Also nahm er die Gänsefeder und setzte seinen Namen unter das Dokument. Mehr war nicht nötig, um die Sache zu beenden.

Wirklich nicht? War das alles? Nach fünfzehn Jahren? Ein einziger Federstrich – und sonst nichts?

Max hatte ein Gefühl von Genugtuung erwartet, doch es stellte sich nicht ein. Mit diesem Friedensschluss hatte er unwiderruflich das Versprechen erfüllt, das er seiner Frau an ihrem Totenbett gegeben hatte. Er hatte ihr Erbe gerettet, für sich und seine Kinder, und niemand konnte es ihm je wieder streitig machen. Auch war mit diesem Vertrag beschlossen, dass seine Tochter Margarete unverzüglich den französischen Hof verlassen und nach Burgund zurückkehren würde. Alle seine Forderungen waren erfüllt – er hatte sogar durchgesetzt, dass zur Wiederherstellung seiner Ehre die bretonische Heiratsgeschichte aus allen Urkunden und Dokumenten getilgt werden würde. Und trotzdem empfand er keinen Triumph. Er fühlte er sich nur unendlich müde und allein.

Er wollte aufstehen, da sah er plötzlich etwas, das keinerlei Bedeutung hatte – und dennoch alles entschied. Vor ihm war ein wenig Tinte auf den Tisch getropft. Ohne zu wissen, warum, konnte er die Augen nicht von dem schwarzen Fleck lassen. Gebannt schaute er zu, wie der Tropfen in das rötliche Holz einsickerte und sich immer tiefer in die Maserung fraß.

Und endlich, endlich, stellte sich das Gefühl ein, auf das er bis jetzt vergebens gewartet hatte. Die Tinte in dem Holz würde für immer bleiben. Unauslöschlich, solange es diesen Tisch gab. Noch in Jahren und Jahrzehnten, vielleicht sogar in Jahrhunderten würde dieser unscheinbare schwarze Fleck von diesem Tag zeugen, an dem er, Maximilian von Habsburg, Erzherzog von Österreich, Herzog von Burgund und römisch-deutscher König, über Frankreich triumphiert hatte.

Ein Gedanke, der ihm schon einige Male gekommen war, ging ihm durch den Sinn. *Wer sich im Leben kein Gedächtnis macht, der hat im Tod kein Gedächtnis, und desselben Menschen wird mit dem Glockenton vergessen.*

»Man soll diesen Tisch nach Gent bringen«, befahl er. »Ich will ihn im Prinsenhof haben.«

Befriedigt von dem Entschluss, erhob er sich von seinem Stuhl. Das Kapitel Burgund war abgeschlossen, jetzt war der Weg frei zu seinem letzten, alles überragenden Ziel: die Kaiserkrone, die Nachfolge Karls des Großen als unumschränkter Herrscher des deutschen-römischen Reichs und Führer der Christenheit.

Als er sich zur Tür wandte, sah er Maries Gesicht. Mit einem Lächeln nickte sie ihm zu.

12

Auf dem Marktplatz von Gent, wo sich schon so oft das Schicksal Burgunds gewendet hatte, sollte dem ehemaligen Kommandanten des Stadtregiments Jan Coppenhole und seiner Buhle der Prozess gemacht werden. Doch noch bevor der Prozess eröffnet war, wusste Rosina, wie das Urteil ausfallen würde. Ihre einzige Hoffnung war gewesen, dass Hinrich Peperkorn Gericht über sie halten würde – der Gewürzhändler war ein gemäßigter Mann. Doch als sie erfuhr, dass nicht er, sondern drei Räte, die als die heftigsten Widersacher ihres Mannes galten, den Prozess führen würden, hatte sie die Hoffnung aufgegeben. Mit Stricken um den Hals wie Vieh, das man zur Schlachtbank führt, hatte man Jan und sie auf das Schafott gezerrt, das im Schatten der Kathedrale errichtet worden war, um sie dem Zorn des Volkes preiszugeben. Hunderte von Menschen drängten sich nun um das Gerüst, und bei jedem goldfunkelnden Beweisstück, das der Kläger in die Höhe hob, brachen sie in wütendes Gebrüll aus.

»Gibt es Zeugen, die etwas zur Verteidigung der Beklagten vorbringen möchten?«, rief der Richter über den Platz, nachdem die Anklage vorgetragen war.

Der Lärm verebbte, doch das Schweigen, das nun entstand, wirkte noch bedrohlicher als zuvor das Gebrüll. Rosina wusste, wenn dieses Schweigen sich entlud, würde es ihren Tod bedeuten.

»So sich keiner meldet, der zugunsten der Beklagten spricht, verkünden wir nun das Urteil.«

»Halt!«

Eine Frau bahnte sich einen Weg durch die Menge, direkt auf das Podium zu. Rosina kannte sie. Es war dieselbe Frau, die sie verraten hatte – Antje.

»Jan Coppenhole trifft keine Schuld!«, rief sie. »Schuld ist allein die Hure des Herzogs! Sie hat meinen Bruder verhext!«

Ein Raunen ging durch die Menge. Rosina sah die Verzweiflung in Antjes Gesicht. Offenbar bereute sie ihren Verrat und wollte jetzt das Leben ihres Bruders retten.

»Um Himmels willen, mach den Mund auf, Jan!«, rief Antje. »Sag ihnen, wie es war!«

Rosina blickte zu ihrem Mann. Der starrte seine Schwester mit großen Augen an, als würde er gar nicht verstehen, was vor sich ging. Warum nicht, dachte Rosina plötzlich. Warum sollte sie nicht sterben, allein, wenn Jan dadurch mit dem Leben davonkam? Sie hatte schon zwei Leben gelebt, und keines war ihr gelungen.

»Ist es so, wie Eure Schwester sagt?«, fragte der Richter. »Ist die Angeklagte eine Hexe?«

»Natürlich ist sie das!«, beteuerte Antje, als Jan den Kopf schüttelte.

»Habt Ihr dafür Beweise?«

»Sie hat keine Kinder! Obwohl sie jung ist und gesund und mein Bruder ihr täglich beigewohnt hat.«

Ein paar Zuschauer lachten. »Solche Hexen kenne ich!«

»Teufel noch mal – ich auch! Ich hab so eine zu Hause!«

Die Richter schauten sich an. »Führt die Frau fort.«

Zwei Stadtknechte packten Antje unter dem Arm.

»Begreift doch, sie hat ihn verhext!«, rief sie. »*Sie* müsst Ihr töten, die Hexe – nicht ihn!«

Ungerührt zerrten die Knechte sie davon. Der Richter hob die Arme, um für Ruhe zu sorgen.

»Wir verkünden unseren Spruch! Jan Coppenhole und sein Weib haben die Bürger von Gent bestohlen und werden mit dem Tode bestraft. Die Vollstreckung des Urteils erfolgt durch das Beil.«

Rosina hörte die Worte, doch sie erreichten sie nicht. Erst als der Jubel des Volkes aufbrandete, begriff sie ihre Bedeutung. Wenn an diesem Tag die Sonne unterging, würde sie nicht mehr leben.

»Waltet Eures Amtes!«, befahl der Richter dem Henker.

Zwei halbnackte Männer fassten Jan unter dem Arm und schleppten ihn zum Richtblock. Im Gehen drehte er sich noch einmal um. »Ich liebe dich, Rosina!«

Jans Gesicht war schmutzig und zerschunden, sein Hemd hing ihm in Fetzen vom Leib. Rosina spürte, wie ihr die Tränen kamen.

»Gott sei mit dir, Jan Coppenhole!«

Ihr Ruf war noch nicht verhallt, als die Knechte ihn auch schon auf den hölzernen Block herabdrückten. Der Henker hob sein Beil. Für einen Wimpernschlag glaubte Rosina, hinter ihrem Mann das feixende Gesicht des Narren Kunz von der Rosen zu sehen – da sauste das Beil auf ihren Mann herab. Entsetzt schloss sie die Augen.

»Aaaaaaaahhhhh!«, ging es über den Platz.

Als sie die Augen wieder aufschlug, sah sie Jans Kopf in einem Weidenkorb, das Gesicht voller Blut. Während der eine Henkersknecht den leblosen Rumpf von dem Richtblock entfernte, trat der andere zu Rosina.

»Jetzt Ihr.«

Der Mann packte sie am Arm und führte sie über das Schafott. Als sie vor dem Block niederkniete, schien ihr die Abendsonne ins Gesicht.

Der Tag ist doch noch so hell, dachte sie. *So hell und so schön …*

Irgendwo in der Ferne ertönte eine Trompete.

13

Wie sehr hatte Philipp einst den Tag herbeigesehnt, an dem sein Vater wieder in seine Rechte als Regent des Herzogtums Burgund eingesetzt würde. Seit dem Tod seiner Mutter war dies das große gemeinsame Ziel gewesen: Maximilian von Habsburg sollte das burgundische Erbe hüten, bis auf Philipp die Krone Karls des Kühnen überging, damit sein Vater im Reich die Nachfolge des Kaisers antreten konnte. Diese Regelung entsprach sowohl den Forderungen der Stände, die an die Wiederanerkennung des Regenten die Bedingung geknüpft hatten, dass der Prinz mit Vollendung seines sechzehnten Lebensjahrs die Thronfolge antrat, als auch den Wünschen der Reichsfürsten, die Philipp auf dem burgundischen Thron sehen wollten, damit Maximilian sich als künftiger Kaiser ausschließlich um ihre Belange kümmerte. Doch nun, da dieser Tag gekommen war, von dem aus der Weg in die Zukunft Burgunds wie des Reichs so deutlich vor ihm lag, als wäre er auf einer Karte gezeichnet, ließ Philipp das Spektakel, das zur Huldigung seines Vaters auf dem Marktplatz von Gent veranstaltet wurde, so kalt, dass es ihm fast wie Verrat an seinem eigenen Erbe vorkam. Nicht mal die Rasur Albrechts von Sachsen, der nach Erfüllung seines Eides, Flandern zurückzuerobern, sich vor den Augen seines Königs und der Genter Bürger den seit Jahren ungeschorenen Bart abnehmen ließ, konnte Philipp beglücken. Zu tief war der Graben, der sich zwischen ihm und seinem Vater aufgetan hatte.

Wenn wenigstens Sigrun dabei gewesen wäre, vielleicht hätte er dann das Schauspiel genossen – aber so? Er wäre viel lieber mit seiner Großmutter Frau von York an die französische Grenze gereist, um seine Schwester in Empfang zu nehmen, die, wie im Vertrag von Senlis vereinbart, inzwischen den Hof von Plessis-les-Tours verlassen hatte und bei Valenciennes den burgundischen Abgesandten übergeben werden sollte. Margarete war bei ihrer Trennung gerade drei Jahre alt gewesen – jetzt war sie eine junge Frau von dreizehn Jahren, und Philipp konnte es kaum erwarten, sie wiederzusehen. Doch sein Vater hatte ihn nicht mit der Großmutter reisen lassen, so wenig, wie er bei Sigrun hatte bleiben dürfen. Er brauchte ihn an seiner Seite in Gent. Um vor der Welt eine Einigkeit zwischen ihnen beiden zu demonstrieren, die es in Wirklichkeit längst nicht mehr gab.

Nachdem Albrecht seines Bartes ledig war, trat der Feldherr vor den Doppelthron von Vater und Sohn. Vor sich trug er ein Kissen aus Samt. »Mein König«, wandte er sich an Maximilian, »es ist mir die höchste Ehre, Euch die Schlüssel dieser Stadt zu überreichen.«

»Meinen innigsten Dank«, sagte Maximilian. »Doch gebührt der Schlüssel nicht mir, sondern meinem Sohn, dem Erzherzog von Burgund. Er ist der wahre Herr des Landes und dieser Stadt, ich bin nur sein Statthalter.«

Er wollte den Schlüssel an Philipp weiterreichen, doch der weigerte sich, ihn zu nehmen. »Statt mein Erbe zu wahren, habt Ihr es zerstört. Meine Mutter hat Euch einen Paradiesgarten hinterlassen. Ihr habt ihn in eine Wüste verwandelt. Gott möge Euch verzeihen!«

Mit Genugtuung sah Philipp, wie hart die Beleidigung seinen Vater traf, seine Augen funkelten vor Zorn, und sein Kinn bebte. Doch statt aufzubrausen, wie Philipp hoffte, damit alle Welt sah, was für ein verlogenes Schauspiel hier aufgeführt wurde, gelang es dem König, sich zu beherrschen. Ruhig und gelassen nahm er den Schlüssel und steckte ihn sich in den Gürtel. »Ist es nicht besser, ein Land zu verwüsten, als es zu verlieren?«, fragte er mit eiskalter Stimme. »Ich bin sicher, wenn Ihr mir erst auf den Thron folgt, werdet Ihr mir diesen Krieg danken. – Ah, Kunz von der Rosen!«

Mit einem Satz sprang der Narr auf das Podium. »Wie stets zu Diensten!«

»Hast du sie gefunden?«, fragte Maximilian.

»Die Italienerin, wegen der Ihr mich nach Gent vorausgeschickt habt?«, erwiderte der Zwerg.

»Wen sonst?«

»Als Albrecht in die Stadt einritt, blinkte das Beil des Henkers über ihrem Hals.«

Philipp sah, wie sein Vater erschrak. »Und? Lebt sie noch?«

Der Narr verbeugte sich. »Im Gegensatz zu ihrem Herrn Gemahl erfreut sie sich bester Gesundheit.«

»Gott sei Dank!«

»Dankt nicht Gott, sondern mir«, erwiderte Kunz. »Als Verehrer der Schönheit erachtete ich es als meine Pflicht, den Henker davon zu unterrichten, um wen es sich bei der Dame handelte, bevor irreparabler Schaden entstand.«

»Dann schulde ich dir wirklich großen Dank«, sagte Maximilian. »Aber wo ist sie? Kann ich sie sehen?«

»Wenn Ihr wollt, sofort!« Kunz hopste wie ein Affe von dem Podium, und nur wenig später kehrte er mit einer Frau zurück, die ihm nur zögernd folgte.

Als Philipp das Gesicht der Frau sah, traute er seinen Augen nicht. Vor Freude machte sein Herz einen Sprung. »Barbara!«, rief er. »Barbara!«

»Philipp!«

Auch sie hatte ihn erkannt. Er sprang auf, um sie zu umarmen, doch sein Vater hielt ihn zurück. »Du kennst diese Frau?«

»Das ist Barbara«, sagte Philipp. »Sie hat sich um mich gekümmert, in der Zeit meiner Gefangenschaft.«

Sein Vater starrte ihn fassungslos an. »Das war – *sie*?«

Philipp nickte. »Ja, die Frau, von der ich Euch erzählt habe. Sie hat mir geholfen, die Briefe zu schreiben.«

14

Rosina hob den Kopf. Als ihre Blicke sich trafen, spürte Max, wie sich sein Herz weitete. Das Schwarz dieser Augen wiederzusehen war Heimkehr. Erst dann sah er ihr Gesicht. Im schwachen Dämmerlicht konnte er keine Spur des Alterns an ihr finden, kein Zeichen des fremden Lebens und des verhassten Mannes, mit dem sie Tisch und Bett geteilt hatte.

»Deine Leute haben meinen Mann umgebracht«, sagte sie.

»Meine Leute haben dir das Leben gerettet«, erwiderte er. »Das Urteil über Jan Coppenhole haben die Räte der Stadt Gent gesprochen. Ich habe damit nichts zu tun.«

»Jan Coppenhole war ein rechtschaffener Mensch. Alles, was er wollte, war Gerechtigkeit.«

»Jan Coppenhole war ein Aufrührer und Hetzer. Er hat das Herzogtum ins Verderben gestürzt. Mit seinem Tod hat er die Gerechtigkeit bekommen, die er wollte.« Er sah ihr fest in die Augen. »Warum hast du diesen Mann geheiratet? Ausgerechnet ihn?«

Statt ihm zu antworten, drehte Rosina ihm den Rücken zu.

Zehn Jahre war es her, dass sie sich zum letzten Mal gesehen hatten. Doch das erste Gespräch, das sie nach all der Zeit führten, begann dort, wo ihr letztes Gespräch geendet hatte: im Streit. Warum, fragte sich Max, hatte er Kunz den Auftrag gegeben, nach Rosina zu suchen? Aus Sorge um sie? Oder weil er glaubte, noch einmal mit ihr einen neuen Anfang zu finden? Er wusste es nicht. Um mit ihr allein zu sein, hatte er auf das Siegesmahl verzichtet und sich mit ihr in eine Stube des Rathauses zurückgezogen. Sie hatte ihm alles erzählt, was seit Maries Tod mit ihr geschehen war. Doch je mehr sie erzählte, desto weniger verstand er.

Inzwischen war es so dunkel geworden, dass er eine Kerze anzündete.

»Warum hast du bei Philipp für mich Partei ergriffen?«, fragte er.

»Ich für dich Partei ergriffen? Wie kommst du darauf?«

»Du hast in meinem Namen Briefe an ihn geschrieben.«

»Das habe ich nicht für dich getan, sondern für deinen Sohn.«

»Aber ohne deine Briefe hätte er den Einflüsterungen geglaubt und mich irgendwann gehasst. Warum hast du das verhindert?«

Rosina zuckte die Schultern. »Ich war damals ein anderer Mensch.«

Im Kerzenlicht sah Max ihre Silhouette vor dem Fenster. War es vielleicht trotz allem möglich, die letzten zehn Jahre auszustreichen und noch einmal an der Stelle zu beginnen, an denen ihnen das Leben zerbrochen war? Er hatte nicht erwartet, dass das Wiedersehen ihn so sehr aufwühlen würde. Er war empört über jedes Wort, das sie zu Coppenholes Verteidigung vorbrachte, und gleichzeitig dankbar für alles, was sie für Philipp getan hatte. In jeder ihrer Gesten sah er die Frau, in deren Armen er zum ersten Mal erfahren hatte, was Liebe ist. Zugleich war sie ihm so fremd geworden, dass er sie kaum wiedererkannte. War sie überhaupt noch

Rosina? Oder war sie zu der anderen geworden, Barbara, die Frau, die sich zu Jan Coppenhole ins Bett gelegt hatte?

»Komm zu mir an den Hof«, sagte er. »Als meine offizielle Mätresse.«

Sie drehte sich zu ihm herum. »Bist du wahnsinnig?«

»Ich würde keinerlei Forderungen damit verknüpfen«, erklärte er. »Du bräuchtest mich nicht einmal zu sehen, wenn du nicht willst. Ich möchte nur, dass du ein angemessenes Leben führen kannst. Das bin ich dir schuldig.«

»Du bist mir gar nichts schuldig«, erwiderte sie. »So wenig wie ich dir. Wir beide haben nichts mehr miteinander zu tun.«

Hätte sie ihn angeschrien, hätte sie geweint oder ihn verflucht – auf all das hätte Max eine Antwort gefunden. Aber sie sprach so ruhig, so gefasst, so entschieden, dass es nichts gab, was er ihr hätte entgegnen können. Sie hatte recht. Einfach recht. Sie hatten nichts mehr miteinander zu tun. Plötzlich empfand er weder Liebe noch Hass, weder Hoffnung noch Wut. Nur Scham.

»Was glaubst du – wäre wohl alles anders gekommen, wenn du damals unser Kind behalten hättest?«

»Ich weiß es nicht«, antwortete sie. »Wirklich nicht. Aber hat es jetzt noch Sinn, darüber nachzudenken? Unser Kind gibt es nicht mehr, hat es nie wirklich gegeben.« Die Abwehr in ihren Augen war einer abgrundtiefen Traurigkeit gewichen. »Vielleicht wäre es besser, du würdest dich jetzt um diejenigen deiner Kinder kümmern, die noch am Leben sind, Max.«

Als er seinen Namen aus ihrem Mund hörte, zuckte er zusammen. Der eine Laut genügte – und alles war wieder da. Eine Flut von Bildern, Düften und geflüsterten Worten stürzte auf ihn ein. Das Rascheln seidener Laken, ihr Atem auf seiner Haut, ihr Lachen an seinem Ohr. Nein, sie war nicht Barbara, sie war Rosina, immer noch, Rosina und niemand sonst.

»Meine Tochter Margarete kehrt nach Burgund zurück. Nach zehn Jahren am französischen Hof. Vielleicht könntest du ihr helfen.«

»Das ist nicht dein Ernst!«

»Warum nicht? Sie braucht eine Frau an ihrer Seite, eine Freundin, die ihr Gesellschaft leistet, damit sie sich wieder hier einlebt. Frau von York ist dafür zu alt.«

Rosina lachte laut auf. »Und da fällt deine Wahl auf mich? Eine ehemalige Schaustellerin und Witwe eines Strumpfwirkers? Als Gesellschafterin für eine Prinzessin?« Sie wurde wieder ernst. »Nein, Max. Das geht nicht.«

»Warum nicht, Rosina?«

»Weißt du das wirklich nicht?«

Sie schaute ihn an. Es war früher Sommer, aber in der Stube war es so kalt, dass er fror. Er senkte den Blick.

»Doch, ich weiß es.«

»Siehst du?«

Ja, er wusste, was sie meinte, natürlich wusste er das, auch wenn für einen Moment die Hoffnung stärker gewesen war als alle Scham. Margarete war Maries Tochter. Zehn Jahre konnte man vielleicht ausstreichen, zusammen mit all den anderen Dingen, die geschehen waren, so fürchterlich sie sein mochten. Doch ein Ereignis war unaustilgbar. Maries Tod. Er würde für immer zwischen ihnen sein wie ein blankes Schwert.

»Dann ist es also entschieden?«, sagte er. »Du wirst nicht an meinen Hof kommen?«

Sie nickte.

»Ach, Rosina.« Er wusste, dass es ein Fehler war, ihren Namen auszusprechen, aber er konnte nicht anders. Zu sehr brannte in ihm der Wunsch, dass auch sie noch einmal seinen Namen sagte. *Maximilian ... Maxl ...* Nur noch ein einziges Mal. Aber er traute sich nicht, sie darum zu bitten »Wohin wirst du jetzt gehen?«, fragte er.

»Wozu willst du das wissen?«, erwiderte sie. »Das geht dich nichts mehr an.«

Ohne seine Antwort abzuwarten, wandte sie sich von ihm ab und verließ den Raum.

15

In Max' Gegenwart hatte Rosina es irgendwie geschafft, dass ihre Vernunft über ihr Herz die Oberhand behielt. Doch nun, da sie ihm nicht mehr ins Gesicht schauen musste, war es mit ihrer Beherrschung vorbei. Wenn er sie noch einmal aufgefordert hätte, zu ihm an den Hof zu kommen, nur ein einziges Mal – sie hätte nicht gewusst, ob sie dann auch noch widerstanden hätte. Jetzt hatte sie nur ein Ziel: Sie musste fort, fort aus dieser Stadt, fort von Max, so schnell wie möglich, bevor sie den Verstand verlor und etwas tat, was sie für immer bereuen würde!

Wo sollte sie fortan leben? Ihr fiel nur ein Mensch ein, an den sie sich wenden konnte, und dass dieser Mensch viele hundert Meilen von Gent entfernt lebte, war ihr nur recht. Je weiter, desto besser! Sobald sie eine Reiseschar von Kaufleuten oder Pilgern fand, der sie sich anschließen konnte, würde sie sich auf den Weg machen. Doch zuvor wollte sie noch einmal Philipp wiedersehen. Es hatte eine Zeit in ihrem Leben gegeben, da war er fast ein Sohn für sie gewesen. Sie konnte Gent nicht verlassen, ohne sich von ihm zu verabschieden.

Als ein Diener sie in sein Gemach führte, war es, als hätte jemand das Rad der Zeit zurückgedreht. Philipp hatte vieles von seiner Mutter, doch in diesem Moment sah er seinem Vater auf fast lächerliche Weise ähnlich: derselbe hochaufgeschossene Jüngling wie Max, aus dessen Augen ihr der Zorn eines verletzten Kindes entgegenblitzte.

»Warum hast du das getan?«, fragte er.

»Was getan?«

»Ich habe dir vertraut«, sagte er, »aber du hast mein Vertrauen missbraucht. Du hast falsche Briefe geschrieben und mir darin einen Helden vorgegaukelt, der mein Vater nie gewesen ist.«

Rosina schaute ihn an. Wie alt mochte er jetzt sein? Vierzehn, fünfzehn Jahre? Auf jeden Fall alt genug für die Wahrheit.

»Ich wollte nicht, dass du den Glauben an deinen Vater verlierst«, sagte sie. »Du hast so sehr unter der Trennung gelitten, und man hat dir eingeredet, dein Vater wäre dein größter Feind.«

»Ja und?«, erwiderte er. »Sie hatten ja recht! Mein Vater *ist* mein größter Feind!«

Als sie den Hass in seinen Augen sah, erkannte sie, dass Max nicht nur sich selbst, sondern auch seinen Sohn verloren hatte. Für einen Moment empfand sie Genugtuung. War das nicht der gerechte Ausgleich dafür, dass sie ihr Kind verloren hatte, bevor es auf die Welt gekommen war? Noch während der Gedanke ihr kam, schämte sie sich. Das hatte Max nicht verdient. Nicht mal er.

»Nein, Philipp«, sagte sie. »Dein Vater ist nicht dein Feind, er ist es nie gewesen. Das haben seine Gegner dir eingeredet, um ihn mit deiner Hilfe vom Thron zu stürzen.«

»Auf jeden Fall ist er alles andere als der edle Ritter, den du mir weismachen wolltest. Mein Vater ist ein Tyrann, der über Leichen geht. Wenn es nur ihm und seinen Zielen nützt.«

»Das ist nur die halbe Wahrheit. Ich kenne deinen Vater besser als du.«

»Du hast ja keine Ahnung!«, erwiderte Philipp. »Ich war dabei, wie er eine ganze Stadt verwüsten ließ, um sich anschließend mit einer Hure zu vergnügen.«

Rosina schloss die Augen. Sie wollte diesen Max nicht sehen, der immer mehr den anderen Max verdrängte, den alten, wirklichen Max. Den Ritter, der für sie sein erstes Turnier geritten hatte … Den Prinzen, der seinem kaiserlichen Vater die Stirn geboten hatte, um seine Liebe zu ihr zu verteidigen … Den Jüngling, der vor Seligkeit außer sich geraten war, als sie ihm gesagt hatte, dass sie ein Kind von ihm erwartete … Nicht mal der Verlust ihres Gedächtnisses hatte ausgereicht, um diesen Max in ihr zu töten.

Sie öffnete die Augen und schaute Philipp an. »Das ist der Krieg«, sagte sie. »Da vergessen die Menschen, wer sie sind. Alle.«

»Vor allem die, die immer wieder neue Kriege anzetteln. Weil sie glauben, sie wären zur Herrschaft über die ganze Welt berufen.«

»Dein Vater hat auch eine andere Seite. Eine Seite, die du vielleicht nicht kennst.«

»So, hat er die?«

Rosina verstummte. Die Fragen, die Philipp ihr stellte, die Vermutungen, die er aussprach, die Schlüsse, die er zog, bedrohten die letzte Sicherheit, an die sie sich bis jetzt geklammert hatte. Gab es den Max, den sie verteidigte, überhaupt noch? Es stimmte ja, was Philipp sagte. Maximilian von Habsburg war über Leichen gegangen, nicht nur im Reich, auch in Burgund. Das ganze Land lag in Schutt und Asche, die Felder waren verbrannt, Städte und Dörfer zerstört, weil er alles seinem Sieg untergeordnet hatte. Und was Philipp über seinen Vater sagte ... – kein Sohn würde so etwas aus freien Stücken sagen.

Auf einmal wusste sie, was ihre Antwort war. »Du musst deinem Vater helfen, wieder der Mann zu werden, der er früher war«, sagte sie. »Wenn du es nicht für ihn tun willst, tu es für dich selbst. Du wirst sonst nie mit dir ins Reine kommen.«

»Was geht mich ein Mann an, den ich nie kannte?«, schnaubte Philipp.

»Doch, du kanntest diesen Mann«, sagte Rosina. »Es war der Mann, den du damals so sehr vermisst hast, dass du nicht ertragen konntest, von ihm getrennt zu sein. Dieser Mann ist dein Vater.«

Rosina sah, dass er über ihre Worte nachdachte. »Was damals angeht, mag es so sein«, sagte er. »Damals habe ich mir nichts mehr gewünscht, als meinem Vater nahe zu sein, aber das ist vorbei. Mein Vater bedeutet mir nichts mehr, so wie ich ihm nichts mehr bedeute. Früher hat er mich geliebt. Jetzt bin ich für ihn nur noch ein nützliches Werkzeug, wie alles, das ihm in die Hände gerät, ein Faustpfand der Macht, ein Garant seiner Herrschaft.«

Rosina nickte. »Ich kann mir vorstellen, wie weh das tut.«

Philipp zuckte die Schultern. »Du musst mich nicht bemitleiden. Ich brauche meinen Vater nicht mehr.«

»Jeder Sohn braucht seinen Vater.«

»Ich nicht. Weil ...« Er verstummte. Während er zu Boden blickte, legte sich ein zartes Rosa über seine Wangen.

»Weil was?«, fragte Rosina.

»Weil ich jemand anderen gefunden habe«, sagte Philipp mit einem verlegenen Lächeln. »Jemand, der mich versteht und mich gern hat, so wie ich bin.«

Rosina begriff. »Ein Mädchen?«

Er nickte, und das Rosa auf seinen Wangen verdunkelte sich. Genauso wie früher bei seinem Vater, wenn er verlegen war.

»Wie heißt sie?«

Philipp hob den Kopf. »Sigrun«, sagte er. »Sigrun von der Weitenburg. Aber du musst mir versprechen, ihm nichts zu verraten. Sie ist nur die Tochter eines fränkischen Ritters, und der Herzog von Burgund und König des römisch-deutschen Reichs wird nie und nimmer erlauben, dass sein Sohn ...«

»Woher willst du das wissen?«

»Weil ich es weiß«, erwiderte Philipp trotzig.

Jetzt musste auch Rosina lächeln. »Genau dasselbe hat dein Vater damals auch behauptet.«

»Was hat mein Vater jetzt damit zu tun?«

»Mehr als du ahnst«, sagte sie. »Dein Vater war damals genauso verliebt wie du, und genauso verzweifelt. Auch wenn du dir das vielleicht nicht vorstellen kannst.«

»Das *will* ich mir gar nicht vorstellen!«

»Natürlich nicht. Weil, wenn man verliebt ist, glaubt jeder, er wäre der Erste, dem so etwas passiert.«

Philipp schüttelte unwillig den Kopf. »Es gibt nur einen Menschen, den mein Vater liebt. Sich selbst.«

Rosina sah die Zornesfalte zwischen seinen Brauen. Sogar die hatte er von Max geerbt.

»Vielleicht hast du recht«, sagte sie. »Vielleicht aber auch nicht. Du musst es selbst herausfinden. Bis dahin gebe ich dir nur einen Rat.«

Philipp schaute sie herausfordernd an. »Welchen?«

Rosina wich seinem Blick aus. »Wenn du im Zweifel bist«, sagte sie leise, »folge nicht der Vernunft, sondern deinem Herzen. Das heißt«, fügte sie hinzu, »wenn du den Mut dazu hast.«

16

»Einer trage des anderen Last, so werdet Ihr das Gesetz Christi erfüllen …«

Tapfer wiederholte Sigmund im Geiste die Worte des Apostels Paulus, doch sie halfen noch weniger als der Krug Wein, den er bereits geleert hatte, um die fürchterlichen Qualen zu ertragen, die sein lieber Vetter litt. Friedrich hatte aus der Amputation des kaiserlichen Beins, die, seit der brandige Fuß fühllos geworden und kohlrabenschwarz angelaufen war, keinen weiteren Aufschub duldete, eine wahre Haupt- und Staatsaktion gemacht und befohlen, dass der ganze Hof zusah, wie ihm von den berühmtesten Ärzten des Reiches die nutzlose Gliedmaße abgetrennt wurde. Er wollte durch diese Demonstration österreichischer Feldscherkunst höchstkaiserlich beweisen, dass kein Soldat, der im Felde stand, eine solche Operation fürchten müsse. Doch gottlob war kein Soldat zugegen, der das Gemetzel anschauen musste. Während unter der Aufsicht von Friedrichs Leibarzt Georg Tannstetter drei Bader den geknebelten Kaiser festhielten, damit er keinen Widerstand leistete, versuchte der Hauptfeldscher das faulige Bein an der Wade abzusägen. Blut spritzte, Eiter strömte, und das Stöhnen des Patienten sowie das Knirschen der Säge waren auch mit zugestopften Ohren nicht auszuhalten. Doch Friedrichs Knochen erwiesen sich als ebenso störrisch wie sein Charakter, und obwohl schon über eine Stunde seit Beginn der Operation vergangen war, wollte die verfluchte Gliedmaße sich nicht lösen. Sigmund war vor lauter Mitgefühl schon zweimal in Ohnmacht gesunken, aber nur, um beide Male aufs Neue wieder in der Hölle aufzuwachen.

War das die Strafe dafür, dass er sein geliebtes Tirol so schändlich hatte vor die Hunde gehen lassen?

Während Friedrich seine Zähne in ein Beißholz vergrub, quollen seine Augen aus den Höhlen immer weiter hervor. Plötzlich glaubte Sigmund, dem Tod selber ins Antlitz zu schauen. Zeit seines Lebens hatte Friedrich ihn herumgeschubst und -gestoßen, ohne jeden Respekt, hatte seine Launen an ihm ausgelassen, ihn bevormundet und ihn so knapp gehalten, dass die blanke Not sein Haus regierte, ihm seinen Wein ebenso missgönnt wie die harmlosen Vergnügungen mit seinen Weibern. Und trotzdem, so wurde ihm in dieser Stunde bewusst, gab es keinen Menschen, dem er sich stärker verbunden fühlte als seinem Vetter. Mit keiner Frau, mit keinem seiner Kinder hatte er sein Leben geteilt wie mit diesem Mann. Wenn Friedrich starb, würde er so allein auf der Welt sein wie Adam, bevor Gott Eva erschaffen hatte.

»Es ist vollbracht!«

Wie eine Trophäe hielt Georg Tannstetter die abgetrennte Gliedmaße in die Höhe. Während die Bader sich daranmachten, die Wunde auszubrennen und die Blutung zu stillen, betrachtete Sigmund voller Verwunderung das faulige Stück Fleisch in der Hand des Arztes, das soeben noch der Fuß des Kaisers gewesen war. Wie Vogelschnäbel krümmten sich die gelben Nägel um die schwarzen Zehen. Ein durch und durch widerwärtiger Anblick, der nach einem großen Schluck Wein verlangte.

»Ihr gestattet, Majestät?«, fragte Georg Tannstetter und griff nach dem Knebel im Mund des Patienten.

Als Friedrich nickte, befreite der Arzt ihn von dem Beißholz.

»Wie geht es Euch, lieber Vetter?«, erkundigte sich Sigmund mit der gebotenen Vorsicht.

Friedrichs Gesicht war zwar noch kreideweiß, aber aus seinem Blick sprach schon wieder die vertraute Griesgrämigkeit. »Besser ein gesunder Bauer als ein kranker Kaiser«, knurrte er. »Das römische Reich wird sich wohl fortan auf einem Bein fortbewegen müssen.«

17

Sobald die Staatsgeschäfte es erlaubten, reiste Max von Gent nach Mechelen, um endlich seine Tochter in die Arme zu schließen, die dort in Gesellschaft der Herzoginwitwe seit Wochen auf ihn wartete. Das Wiedersehen mit der Prinzessin war die beste Medizin, um die Begegnung mit Rosina zu vergessen. Und vielleicht konnte Margarete ihm auch helfen, ihren Bruder Philipp zur Vernunft zu bringen.

Kaum hatte Max nach seiner Ankunft in Frau von Yorks Palast die Kleider gewechselt, bestellte er die Prinzessin zu sich in sein Kabinett, wo er für sie Konfekt und Erfrischungen hatte auftragen lassen. Als sie eintrat, traute er seinen Augen nicht. Das junge Mädchen, das in zarter, erster Blüte vor ihm stand, glich ihrer Mutter in einer Weise, das er glaubte, Marie selbst vor sich zu sehen. Plötzlich schmerzte ihn jedes Jahr, jeder Monat, jeder Tag, den er mit ihr versäumt hatte. Während er ihr mit ausgebreiteten Armen entgegeneilte, sank sie mit einem Hofknicks vor ihm nieder.

»Majestät!«

»Wozu die Förmlichkeiten?«, rief er. »Ich bin dein Vater!« Er half ihr vom Boden auf und schloss sie in die Arme. »Margarete ...« Ihr Haar duftete wie einst das Haar ihrer Mutter. »Du weißt ja nicht, wie glücklich ich bin, dich wiederzuhaben.«

»So, seid Ihr das?«, fragte sie und befreite sich aus seiner Umarmung. »Dann wundert es mich, dass Ihr so lange gewartet habt, dieses Glück zu genießen. Ich hatte gehofft, Euch bereits an der französischen Grenze zu sehen.«

»Hat man dir nicht gesagt, dass ich durch Staatsgeschäfte verhindert war? Glaub mir, es war fürchterlich, dich auf dem Heimweg zu wissen und nicht zu dir zu dürfen.«

»Am Hof von Plessis habe ich gelernt, so wenig wie möglich zu glauben und mich allein an die Dinge zu halten, die ich sehen und anfassen kann.«

Ihr Ton schaffte einen größeren Abstand zwischen ihnen, als wenn sie ihn mit beiden Händen von sich gestoßen hätte. Sie klang wie eine perfekte Hofdame, viel reifer, als ihr Alter erwarten ließ.

»Es galt, das Erbe Eurer Mutter zu sichern«, sagte Max. »Aber ich habe während dieser Wochen unentwegt an Euch gedacht. Wie auch in all den Jahren unserer Trennung zuvor.« Er schaute in ihre Augen, Maries Augen, und konnte es nicht fassen, dass sie endlich wieder vereint waren. »Ich ... ich weiß, wie schwer es für Euch gewesen sein muss, am französischen Hof aufzuwachsen, als Braut dieses Kretins!«

»Es freut mich, dass Ihr das anerkennt«, sagte Margarete, mit einer Stimme, in der endlich Gefühl mitschwang.

»Aber natürlich erkenne ich das an!«, rief Max. »Und Ihr könnt Euch nicht vorstellen, wie schwer es für mich war, Euch mit diesem Menschen zu verloben! Es zerriss mir das Herz, als wir in Arras voneinander getrennt wurden. Aber ich hatte damals keine andere Wahl. Sonst wäre alles verloren gewesen.«

Margaretes Augen füllten sich mit Tränen. »Ach, Vater ...«

Das Wort war wie eine Erlösung. Ohne zu überlegen, was er tat, nahm er seine Tochter ein zweites Mal in den Arm. Diesmal ließ sie es geschehen.

»Gottlob sind diese Zeiten vorbei«, flüsterte er und drückte sie an sich. Zärtlich schmiegte sie sich an seine Brust. Eine lange Weile standen sie so da, ohne ein Wort zu reden, einer die Nähe des andern genießend.

Ganz vorsichtig löste er sich von ihr. »Vielleicht«, sagte er, »freut es dich ja, dass ich inzwischen einen anderen Bräutigam für dich gefunden habe.«

Margarete schaute ihn verwundert an. »Einen anderen Bräutigam?«

»Ja«, sagte Max. »Einen König. Wie es meiner Tochter gebührt.«

»Darf ich seinen Namen erfahren?«

Max zögerte. »Wladislaw von Böhmen«, sagte er schließlich. »Aber keine Sorge, die Sache eilt nicht. Du bleibst vorerst in meiner

Obhut, bis deine Erziehung abgeschlossen ist. Es kann durchaus sein, dass noch ein paar Jahre vergehen. Es war nur wichtig, der Welt zu zeigen, dass Habsburg und Böhmen Seite an Seite stehen.«

»Wer ist König Wladislaw?«, fragte Margarete.

»Ein sehr, sehr wichtiger Verbündeter«, erwiderte Max. »Wir brauchen ihn im Krieg gegen die Türken.«

»Und deshalb soll ich ihn heiraten?« Plötzlich war Margarete nicht mehr die so selbstsicher auftretende Hofdame, die sie eben noch gewesen war, auch nicht die zärtliche Tochter, die seine Umarmung so innig erwidert hatte, sondern ein dreizehn Jahre altes Mädchen, das nicht begriff, wie ihm geschah. »Aber ich weiß doch gar nichts über ihn. Nicht mal, wie alt er ist.«

Max zögerte. Was sollte er darauf erwidern? Ihm fiel nur eine Phrase ein. »Er ist in den besten Jahren, noch keine vierzig, so viel ich weiß. Aber hab keine Angst,« fügte er hinzu, als er ihr Entsetzen sah, »er wird dir ein guter Mann sein.«

»Bitte, tut mir das nicht an!«, sagte Margarete. »Zehn Jahre lang habe ich in der Furcht gelebt, Charles von Frankreich heiraten zu müssen, und jetzt, da ich diesem Scheusal entkommen bin, wollt Ihr mich mit einem Mann verheiraten, der älter ist als mein Vater?«

Max schaffte es kaum, ihren Blick zu erwidern. »Der Gedanke macht auch mich nicht glücklich«, sagte er. »Aber durch deine Heirat mit Wladislaw würdest du einen wichtigen Beitrag leisten, um die Stellung des Hauses Habsburg zu festigen. Allein können wir gegen die Türken nicht bestehen, dein Großvater ist zu alt und zu krank, um sie abzuwehren.«

Max sah, wie Margaretes Gesicht sich verhärtete. Genau so hatte Marie ihn angeschaut, in jenem fatalen Augenblick, als er ihr gesagt hatte, dass er Rosina von Kraig an den Hof holen wollte. »Philipp hat recht«, sagte sie. »Ihr schreckt vor nichts zurück.«

»Was hat dein Bruder damit zu tun?«

»Ihr kennt nur Euch und Eure Ziele. Was aus Eurem Sohn und Eurer Tochter wird, ist Euch egal. Aber haben Philipp und ich kein Recht auf unser eigenes Leben?«

Max tat es weh, dass ihr Wiedersehen diese Wende nahm, und noch mehr schmerzte ihn zu erkennen, wie weh er seiner Tochter tat. Wie sollte er ihr erklären, dass er nur tat, wozu er gezwungen war?

Ein Klopfen an der Tür enthob ihn der Antwort.

»Herein!«

Wolf von Polheim betrat den Raum.

»Was gibt's?«, fragte Max.

Sein Freund umfasste mit beiden Händen seine Schultern. »Dein Vater«, sagte er.

»Hat er die Amputation überstanden?«

»Ja.« Wolf nickte. »Aber ...«

»Aber was?«

Wolf holte tief Luft. Dann sagte er: »Der Kaiser des römisch-deutschen Reiches ist vor drei Tagen in der Gnade des Herrn verschieden.«

18

»Wisst Ihr, Commynes, wie sie in England sagen, wenn ihnen ein König stirbt?« Charles von Frankreich hatte sich seinen hermelinbesetzten Purpurmantel um die Schultern geworfen und stolzierte damit im Thronsaal auf und ab. »Sie sagen: Der König ist tot – lang lebe der König! Zeugt das nicht von Größe?«

Philippe wusste, wann der Kretin eine Antwort erwartete und wann nicht, und schwieg.

»Tun wir es den Engländern nach!« Charles nahm seinen Pokal und trank ihm zu. »Der Kaiser ist tot – lang lebe der Kaiser!«

Philippe erwiderte den Toast mit einem dünnen Lächeln.

»Kaiser Charles. Nicht übel, oder?« Er zog sich den Mantel bis ans Kinn, so dass er vollständig hinter dem Purpur verschwand. »Das ganze christliche Abendland unter französischer Führung!

Das ist meine Bestimmung, dazu hat Gott mich auf die Erde geschickt!«

Leider hat der Teufel die Pakete vertauscht, dachte Philippe.

»Nun, was sagt Ihr, Commynes? Hat die Größe meines Plans Euch die Sprache verschlagen?«

»Euer Plan ist vorzüglich«, erwiderte Philippe. »Allerdings – ein Franzose auf dem Thron des römisch-deutschen Reichs …?«

»Die Schwierigkeit des Weges adelt das Ziel«, erwiderte Charles mit überlegener Miene. »Und wie Ihr vielleicht selber wisst, entscheidet nicht die Erbfolge des Hauses Habsburg, wer Kaiser Friedrich auf den Thron folgt, sondern die freie Wahl der Reichsfürsten.«

»Ich bewundere Eure Sachkenntnis, Sire. Dennoch möchte ich zu bedenken geben, dass die Reichsfürsten sich bereits mit der Königswahl für Friedrichs Sohn entschieden haben. Da fällt die Vorstellung schwer, dass sie bei der Kaiserwahl ihr eigenes Votum korrigieren und einen Franzosen auf den Thron heben.«

»Aber dass sie einen Burgunder wählen, schließt Ihr nicht aus, oder?«, fragte Charles, durchdrungen von seiner eigenen Schläue.

»Nein, Sire«, entgegnete Philippe. »Nur leider hat Maximilian den deutschen Fürsten für den Fall seiner Wahl bereits verbindlich seinen Verzicht auf den Thron von Burgund zugesagt. – Aber was bedeutet schon die Krone des Kaisers«, fügte er rasch hinzu, als er die Verärgerung in Charles' Gesicht sah, »im Vergleich zur Krone Frankreichs? Eitler Zierrat, der einem Habsburger Habenichts schmeicheln mag. Haltet nur fest am Ziel Eures Vaters. Der Stern eines geeinten Großfrankreichs wird so hell wie kein anderer am Firmament erstrahlen und alle anderen Sterne zum Erlöschen bringen, auch den des Reichs. Dazu bedarf es nur der sofortigen Rückeroberung von Burgund …«

»Burgund, Burgund, Burgund!«, äffte der König ihn nach. »Wenn Euch eines Tages der Teufel holt, werdet Ihr noch im Grabe dieses eine Wort wiederholen!«

»Ich führe diese Rede nicht um meinetwillen«, erwiderte Philippe. »Ich denke allein an den Ruhm Eurer Majestät. Der Vertrag von Senlis ist noch nicht bestätigt, der Heilige Vater ist auf Eurer Seite. Habt Ihr Burgund erst wieder in Händen …«

»Noch einmal dieses Wort, und Ihr findet Euch im Käfig wieder! – Burgund!«, schnaubte Charles voller Verachtung. »Statt Uns Eure Bedenken vorzutragen, macht lieber Vorschläge, wie Wir Unser Ziel erreichen!«

Philippe verdrehte die Augen. Was vermochte alle Vernunft gegen den Ehrgeiz eines Idioten? Mit einem Seufzer fügte er sich und gab seinen Widerstand auf.

»Gewiss habt Ihr recht. Vielleicht gibt es doch einen Weg, Majestät, der Euch auf den Thron des Kaisers führt.«

Der König hob die Brauen. »Welchen?«

»Ich werde mit dem türkischen Gesandten sprechen.«

»Mit dem türkischen Gesandten?«, wiederholte Charles in der ihm eigenen Blödigkeit. Plötzlich erhellte der Funke des Verstehens sein Gesicht. »Was für ein vorzüglicher Gedanke! Macht dem Sultan ein Angebot, das er nicht ablehnen kann!«

19

Zu spät! Als Max in Linz eintraf, war der Sarg mit dem Leichnam seines Vaters schon auf dem Weg nach Wien. Nur Sigmund hielt einsam Wache in dem gespenstisch leeren Schloss, als wolle er der Seele seines Vetters, die vielleicht noch in den alten Mauern hauste, zum allerletzten Mal Gesellschaft leisten.

»Ich habe dafür gesorgt, dass man das abgetrennte Bein mit in den Sarg gelegt hat«, sagte er. »Damit Euer lieber Herr Vater nicht auf nur einem Fuß vor seinen Heiland hintreten muss.«

»Wie ist er gestorben?«, fragte Max.

Sein Onkel wiegte den Kopf. »Ach Bub, es kam, wie es kommen musste. Die Amputation war eine grausliche Viecherei. Aber krepiert ist er nicht an seinem Bein, sondern an seinen Melonen. Nix anderes wollte er nach der Operation mehr fressen als das wässrige Zeug, bis er die Ruhr bekam.« Er schenkte sich einen Becher Wein ein. »Ich hab's meinem lieben Vetter ja immer gesagt, dass er eines Tages daran verrecken tät'. So viel Obst verträgt kein Mensch. Prost!«

Max versuchte, sich vorzustellen, wie sein Vater die letzten Tage in dem düsteren Schloss verbracht hatte: ein Totengerippe, mit einem Stumpf von Bein ... Die Vorstellung ließ ihn schaudern, doch dafür war keine Zeit, so wenig wie für Trauer oder Gedenken. Die Reichsfürsten würden sich zur Beisetzung in Wien versammeln, die meisten waren vermutlich schon auf dem Weg. Er musste vor ihnen in der Kaiserstadt sein, um seine Wahl zu betreiben.

»Ich reise noch heute weiter«, erklärte er.

»Zur Beerdigung Eures lieben Herrn Vaters?«, fragte Sigmund. »Das ist brav. Aber ich fürchte, allzu lange werdet Ihr nicht im schönen Wien bleiben können.«

»Warum nicht?«

Kunz von der Rosen, der mit seiner Narrenpritsche auf der Ofenbank döste, blickte neugierig auf.

»Ja, hat Euch das denn niemand gesagt?« Sigmund sah Max mitleidig an. »Die Türken sind in Kroatien eingefallen. Mit einer Armee von zehntausend Mann.«

»Verflucht!« Max trat vor Wut gegen einen Schemel, der im hohen Bogen durch die Luft flog. »Ausgerechnet jetzt! Das kann kein Zufall sein!«

Sigmund schaute ihn über den Rand seines Bechers an. »Ihr glaubt, da steckt jemand dahinter? Ich meine, außer dem Sultan?«

»Charles von Frankreich!«, sagte Max.

»Also dem wär' das schon zuzutrauen«, nickte Sigmund. »Allerdings – wollte der nicht eigentlich die Türken vernichten?«

»Ich bin sicher, dass er den Sultan angestiftet hat. Vielleicht hat er ihm sogar Geld gegeben.« Max dachte nach. »Den Schlüssel!«, sagte er dann.

»Welchen Schlüssel?«, fragte sein Onkel verdutzt.

»Der Schatzkammer!«

Sigmund begriff. »Ihr wollt die Kleinodien plündern?« Umständlich kramte er in seinen Taschen. »Ich weiß nicht, ob das meinem lieben Vetter wirklich gefallen würde.« Nur zögernd reichte er den Schlüssel.

»Gebt her!«

Max ließ seinen Onkel stehen und eilte die Treppe hinauf. Sein Vater hatte sein Leben lang wie ein Krämer gespart und gefeilscht und gerafft, und selbst die schlimmsten Demütigungen hatten ihn nicht dazu verleitet, den Hausschatz anzurühren. Max hatte sich immer über den Geiz des Kaisers ereifert, doch jetzt kam er ihm zugute. Er würde das Krongut für den Krieg gegen die Türken verwenden!

Guten Muts öffnete er die Schatzkammer. Doch was war das? Er hatte Kisten voller Gold und Edelsteinen erwartet, aber alles, was er in den von Spinnweben bedeckten Truhen erblickte, war ein Haufen verstaubter zeremonieller Geräte von so geringem Wert, dass er damit keine Hundertschaft Reiter ausrüsten konnte.

Max konnte es nicht fassen. An solchem Plunder hatte das Herz seines Vaters gehangen? Dafür hatte der Alte ihm so oft die Hilfe verweigert?

»Mit Verlaub, Euer Gnaden. Wenn ein kleiner Geist Euch einen Rat geben darf?«, sagte Kunz von der Rosen, der ihm mit dem noch schnaufenden Sigmund die Treppe hinauf gefolgt war.

»Rede!«

Der Zwerg plinkerte zu ihm herauf. »Wäre es jetzt nicht an der Zeit, Eure Vermählung voranzutreiben?«

Der Vorschlag gefiel Max überhaupt nicht. Aber was sollte er tun? »Du hast recht«, sagte er. »Bring meinen Sohn her!«

»Zu Diensten«, erwiderte der Narr und hoppelte davon.

»Wollt Ihr das dem Buben wirklich antun?«, fragte Sigmund.

»Soll ich lieber Euch zu diesem Dienst bestimmen?«, erwiderte Max. »Mit Wolf von Polheim wird Bianca Sforza sich nicht begnügen. Und was passieren kann, wenn ein Mann von niederem Rang mich vertritt, haben wir in der Bretagne zur Genüge erfahren.«

»Trotzdem ...«

Max wusste, was sein Onkel dachte. Aber darauf konnte er keine Rücksicht nehmen. Er musste einen Feldzug finanzieren, sonst machten die Türken ihm einen Strich durch die Kaiserwahl.

»Ihr habt mich rufen lassen?«, fragte Philipp, als er mit Kunz die Schatzkammer betrat.

»Du weißt, was eine Hochzeit *per procuram* ist?«, fragte Max.

Philipp schaute ihn mit ungläubigen Augen an. »Das ist nicht Euer Ernst. Niemals lege ich mich mit Eurer Braut in ein Bett.«

Max erwiderte seinen Blick. »Ihr tut, was ich sage«, erklärte er kalt. »Morgen früh reist Ihr ab, zusammen mit Herrn von Polheim. Er wird Euch nach Mailand begleiten.«

20

Im Schloss von Namur, in dem die Herzoginwitwe den Sommer verbrachte, herrschte aufgeregte Betriebsamkeit. Frau von York wollte mit ihrem Hofstaat nach Wien reisen, um an der Beisetzung des Kaisers teilzunehmen, und ein jeder, der sie begleiten würde, fieberte dem Ereignis entgegen, als ginge es auf einen Jahrmarkt. Nahezu alle gekrönten Häupter des Kontinents würden in der österreichischen Hauptstadt sein, und so manche europäische Prinzessin, die jetzt nach Wien aufbrach, würde von dort als Braut eines Fürsten oder gar Königs heimkehren.

Nur Prinzessin Margarete, Enkel- und Patentochter der Herzoginwitwe und auf deren Namen getauft, zeigte nicht die geringste Lust auf die Reise. Denn der Bräutigam, mit dem sie sich in Wien verloben sollte, König Wladislaw von Böhmen, war nicht nur ein uralter Mann, sondern stand außerdem in dem Ruf, ebenso dumm wie hässlich zu sein.

Zum Glück hatte Margarete auf dem Schloss einen Gang entdeckt, der von der Kemenate direkt zu den Stallungen führte, ohne dass man eines der Hauptportale benutzen musste. Noch vor dem Frühstück hatte sie sich hinausgeschlichen, um einen Ausritt zu machen, und als sie endlich im Sattel saß und durch die taunassen Wiesen an der Maas entlanggaloppierte, hatte sie seit langer Zeit zum ersten Mal wieder das Gefühl, frei atmen zu können. Vor ihr lag die unendliche Weite der flämischen Landschaft, über ihr wölbte sich der hellblaue Himmel, und zu ihren Füßen bellten zwei Hunde, die aus Übermut nach den Fesseln ihrer Fuchsstute schnappten.

Konnte das Leben schöner sein als an einem solchen Morgen?

Am schilfigen Ufer stöberten die Hunde einen Reiher auf. Mit breiten Schwingen erhob sich der Vogel in die Lüfte. Margarete schaute ihm nach, wie er der Sonne entgegenflog, während am Boden die Hunde vergeblich kläfften und jaulten. Wie mühelos er alles hinter sich ließ, am liebsten hätte sie es ihm gleichgetan! Ein Vers fiel ihr ein – doch was reimte sich auf »Himmelsschwingen«?

Bei der Rückkehr ins Schloss wurde sie bereits erwartet.

»Glaubt Ihr, auf diese Weise Eurer Bestimmung zu entgehen?«

Frau von York empfing sie auf dem Treppenabsatz und schaute mit vorwurfsvoller Strenge auf sie herab.

»Ich … ich weiß nicht, wovon Ihr redet«, erwiderte Margarete.

»Und ob Ihr das wisst«, sagte die Herzoginwitwe. »Ihr seid schließlich die Tochter Eurer Mutter.« Plötzlich verschwand die vorwurfsvolle Strenge aus ihrem Gesicht, ein Ausdruck zärtlicher Wehmut trat an ihre Stelle. »Ach, Kindchen, wie gern würde ich dir dieses Schicksal ersparen. Doch je höher die Geburt, desto höher der Preis.«

21

Philipp kannte den Reichtum der flandrischen Städte, er kannte die prunkvollen Höfe Burgunds, er hatte Ritterturniere und Fürstentage erlebt, auf denen die vornehmsten Männer des Reichs alle erdenklichen Mühen und Kosten auf sich genommen hatten, um sich gegenseitig an Prachtentfaltung zu überbieten. Doch nichts kam dem Gepränge gleich, mit dem er als Stellvertreter seines königlichen Vaters in Mailand empfangen wurde.

Noch vor der Braut selbst erblickte er deren Schätze, die zu Ehren seiner Ankunft im Palazzo Sforza ausgestellt waren: goldenes und silbernes Geschirr, Heiligen- und Madonnenbildnisse, Juwelen und Geschmeide, Kleider aus Samt und Brokat, kostbare Gobelins und Teppiche, Truhen, Wagen und Reitzeug … Doch der Glanz all dieser Schätze wurde überstrahlt von der Braut, die am Arm ihres dunkelgesichtigen Onkels den Saal betrat: eine Frau von solch befremdlicher Schönheit, dass Philipp bei ihrem Anblick der Atem stockte. Von zierlicher, jugendlicher Gestalt, war Bianca kaum älter als er, doch die schwermütigen, großen Mandelaugen in dem weißen, vollkommen ebenmäßigen Gesicht glühten von einem Verlangen, das ihn ängstigte, und als sie vor ihm niedersank, spielte um ihren roten, vollen Mund ein Lächeln, das ebenso ausschweifende wie lasterhafte Genüsse versprach.

Während Bianca gleich nach der Begrüßung entschwand, ohne dass Philipp und sie ein Wort gewechselt hatten, bat Sforza zu Tisch. Philipp summte der Kopf: die scheinbar unendliche Abfolge der Gerichte, die Fülle der Farben, das Stimmengewirr in einer Sprache, die wie Musik klang, die hitzigen Melodien, die eine unsichtbare Kapelle produzierte, der schwere Duft, den die Blumen verströmten und seine Sinne verwirrten wie der süße, in Gebirgsschnee gekühlte Wein, von dem ihm die Diener immer wieder aufs Neue nachschenkten, während Gaukler und Narren und Tänzerinnen für fortwährende Kurzweil der Gäste sorgten – all dies berauschte ihn in nie zuvor erlebter Weise.

Es war ein vollkommenes Verlobungsfest, bei dem es an nichts fehlte, außer an einem Bräutigam und einer Braut, und es war schon spät in der Nacht, als Philipp endlich ins Bett sank, so dass ihm bis zur Vermählung nur wenige Stunden Zeit blieben. In einem goldenen Wagen, den acht Schimmel durch die mit Triumphbögen geschmückten Mailänder Straßen zogen, traf Bianca am nächsten Morgen vor dem Dom ein. Mit klopfendem Herzen wartete Philipp im Innern des Gotteshauses auf die Ankunft der Braut, während der Erzbischof bereits das im Altarraum aufgeschlagene Prunkbett segnete und Diakone ihre Weihrauchgefäße schwenkten.

»Glaubt mir, es tut nicht weh«, raunte Herr von Polheim. »Ich habe es schon zweimal überstanden.«

Philipp war so angespannt, dass er die Worte kaum verstand. Was würde Sigrun sagen, wenn sie ihn hier sähe? Laut dröhnend schlugen die Glocken an, Trompeten erschollen, und im nächsten Augenblick sah er die Braut seines Vaters. Angetan mit einer karmesinroten Robe, bewegte sie sich in vollendeter Anmut auf ihn zu. Vor dem Bett blieb sie stehen, hob den Kopf in seine Richtung und lächelte ihn mit ihren dunklen, vollen Lippen an. Als ihre Blicke sich trafen, war es, als würde sie ihn unschicklich berühren.

»Ich kann nicht«, flüsterte Philipp.

»Was könnt Ihr nicht?«, erwiderte Wolf.

»Mich zu ihr legen.«

»Um Gottes willen! Dafür ist es zu spät!«

Unsicher schaute Philipp sich um. Der Dom war bis auf den letzten Platz gefüllt, tausend Augen starrten die Braut und den Bräutigam voller Erwartung an.

»Denkt an Euer Erbe!«, zischte Wolf. »Denkt an Burgund.«

Philipp spürte, wie ihm das Herz bis zum Hals klopfte. Wieder lächelte Bianca Sforza ihm zu. Zwischen ihren Lippen spielte die Spitze ihrer Zunge.

Als er dieses Lächeln sah, war es entschieden.

Ohne zu wissen, was er tat, ließ er Wolf von Polheim stehen und rannte los, vorbei an dem Bischof, vorbei an den Diakonen, vorbei an Bianca Sforza und dem Mailänder Herzog.

Er hatte nur noch ein Ziel: hinaus – ins Freie!

22

Zwei Monate waren seit Friedrichs Tod vergangen, als Maximilian von Habsburg endlich in Wien eintraf, um seinen Vater zu Grabe zu tragen. Mit dem Geld, das die Fugger ihm auf die Mitgift seiner Frau geliehen hatten, der reichen Bianca Sforza, hatte er ein schlagkräftiges Heer ausgehoben, an dessen Spitze er gegen die Türken ziehen würde, sobald der Kaiser bestattet war.

Max hatte darum auf allen Schiffen der Flottille, mit der er die Donau hinabgefahren war, die Kreuzzugsfahne hissen lassen. Schon in der Wachau hatten seine Untertanen ihm zugejubelt, und als die Schiffe in Wien anlegten, stand die ganze Stadt bereit, um den König mit Trommeln und Posaunen zu empfangen.

Nur einer fehlte. Sein Sohn.

»Wo ist Philipp?«

»Ich weiß es nicht«, antwortete Wolf.

»Was soll das heißen?«, fragte Max. »Ihr wart doch zusammen in Mailand! Warum ist er nicht hier, um seinen Vater zu begrüßen?«

Sein Freund blickte zu Boden. Max überkam eine fürchterliche Ahnung. »Soll das etwa heißen …?«

Wolf nickte. »Er hat sich geweigert, das Lager mit deiner Braut zu teilen.«

»Gütiger Himmel! Dann wurde die Ehe gar nicht geschlossen?«

»Doch«, erwiderte Wolf. »Ich habe Markgraf Christoph von Baden gebeten, dich zu vertreten. Er war der ranghöchste deutsche Edelmann, der in Mailand zugegen war. Zum Glück erklärte er sich bereit, um Sforza und die Braut nicht noch mehr zu brüskieren.«

Max war erleichtert. Damit waren wenigstens die beliehenen Gelder gesichert. Doch dann fiel ihm wieder sein Sohn ein. »Der verfluchte Kerl wagt es, mir den Gehorsam zu verweigern? Um die Zukunft Burgunds und des ganzen Reichs aufs Spiel zu setzen? Und du Idiot hast ihn entkommen lassen!«

Wolf erwiderte seinen Blick. »Vielleicht stellst du dir einfach vor, was du an seiner Stelle getan hättest.«

Max wollte aufbegehren, für Gefühlsduseleien war jetzt keine Zeit, doch dann musste er schlucken. »Verzeih«, sagte er. »Es ist nicht deine Schuld. Aber weiß denn wirklich keiner, wo Philipp steckt?«

»Nein.« Wolf schüttelte den Kopf. »Ich habe jeden gefragt, auch die Herzoginwitwe und deine Schwester.«

»Sind Frau von York und Kunigunde schon in Wien?«

»Ja. Aber auch sie haben kein Lebenszeichen von ihm.«

Max überlegte. Philipp musste gefunden werden, koste es, was es wolle, oder die deutschen Fürsten würden ihm ebenso die Gefolgschaft verweigern wie sein Sohn. So verschieden ihre Interessen waren und so sehr sie sich untereinander bekriegten, in einem waren sie sich einig: Sie würden ihn nur zum Kaiser wählen, wenn er Philipp zu seinem Nachfolger in Burgund erhob, um sich in Zukunft ausschließlich um die vielen ungelösten Aufgaben im Reich zu kümmern.

Werdenberg, der bislang schweigend das Gespräch verfolgt hatte, räusperte sich. »Leider ist das nicht die einzige schlechte Nachricht, Majestät.«

»Was denn noch?«, stöhnte Max.

»Die Türken, Majestät.«

»Was zum Teufel ist mit ihnen? Herrgott, lasst Euch doch nicht jedes Wort einzeln aus der Nase ziehen!«

»Sie haben ganz Kroatien überrannt.«

»Wie das? Hat denn keiner versucht, sie aufzuhalten?«

»Doch. Aber sie waren in zu großer Übermacht. Viertausend Kroaten haben sie erschlagen und alle Edelleute gefangen.«

Max spürte, wie ihm der Mund austrocknete. »Und jetzt?«

»Jetzt rücken sie auf Wien vor. Sie sind schon bis in die Steiermark und Krain vorgedrungen.«

Max nickte. »Ich verstehe.« Es war, als hätte der Teufel selbst seine Hand im Spiel. Er stand so kurz vor seinem großen Ziel, die

Kaiserkrone war zum Greifen nah, doch kaum streckte er die Hand nach ihr aus, verschwor sich die ganze Welt gegen ihn.

Es gab nur eine Möglichkeit, um sich aus dieser Lage zu befreien. »Die Beisetzung wird verschoben«, erklärte er.

»Das ... das geht nicht.« Werdenbergs Gesicht war das blanke Entsetzen.

»Warum nicht?«

»Alle Fürsten des Reichs sind hier, um dem toten Kaiser die letzte Ehre zu erweisen.«

»Nein«, widersprach Max. »Die Fürsten des Reichs sind hier, um den neuen Kaiser zu wählen. Und damit kein Zweifel aufkommt, wer das ist, muss ich gegen die Türken ziehen und die verfluchten Muselmänner hinter die Grenzen zurückwerfen. Und zwar sofort!«

»Aber ... aber was ist mit Eurem Vater?«

Max zuckte die Achseln. »Leichen können warten«, sagte er. »Wem die Zeit abgelaufen ist, dem läuft sie nicht mehr davon.«

23

Rosina war durch ganz Europa gezogen, sie hatte zwei Leben gelebt und zwei Männer geliebt, sie hatte vieles gewonnen und noch mehr verloren, und jetzt war sie wieder an dem Ort angelangt, an dem vor zwanzig Jahren alles begonnen hatte: in Wien.

Von Gent aus war sie nach München gereist – Kunigunde war der einzige Mensch gewesen, bei dem sie hatte Zuflucht nehmen können. Die Tochter des Kaisers hatte sie mit Freuden in ihren Hofstaat aufgenommen, Kunigunde hatte inzwischen zwei Kinder geboren und konnte die Hilfe einer Freundin gut gebrauchen. Darum hatte sie Rosina auch gebeten, sie zur Beisetzung des Kaisers nach Wien zu begleiten. Rosina hatte sich erst dagegen gewehrt, aus Angst, dort Max zu begegnen. Doch als Kunigunde ihr versprochen hatte, dass es keinen Grund für ein solches Wiedersehen geben würde, hatte sie der Freundin den Wunsch erfüllt.

Hätte sie nur auf ihre innere Stimme gehört ...

Kaum waren sie in Wien eingetroffen, hatte Wolf von Polheim bei Kunigunde vorgesprochen. Rosina war in einen Nebenraum verschwunden, damit er sie nicht sah, aber durch die angelehnte Tür hatte sie jedes Wort gehört. Erzherzog Philipp war, nachdem er sich Maximilians Befehl, in Mailand *per procuram* für seinen Vater die Nichte irgendeines Herzogs zu heiraten, spurlos verschwunden – ob Kunigunde etwas über den Verbleib des Prinzen wisse?

Kunigunde hatte keine Ahnung, doch Rosina war ganz sicher, wohin Philipp geflohen war. Er war seinem Vater so ähnlich, dass es nur diese eine Möglichkeit gab. Aber wenn sie darüber sprach, ließ sich ein Wiedersehen mit Max nur schwer vermeiden.

»Was hast du auf dem Herzen?«, fragte Kunigunde, die ihre Not sah.

Rosina zögerte. War es erst heraus, gab es kein Zurück. Doch durfte sie darum schweigen?

»Ich glaube, ich weiß, wo Philipp ist«, sagte sie schließlich.

»Du?« Kunigunde war überrascht. »Woher?«

»Ich kenne ihn. Und es kommen nicht allzu viele Möglichkeiten in Frage.«

Kunigunde wurde ernst. »Ich fürchte, jetzt musst du doch mit meinem Bruder sprechen.«

Rosina schüttelte den Kopf. »Du kannst alles von mir verlangen. Aber das – niemals!«

»Willst du es dann nicht wenigstens mir sagen?«

»Damit du es Max weitersagst?«

»Was wäre daran falsch?«

»Du weißt doch, wie Max ist. Wenn er erfährt, wo Philipp steckt, wird er entscheiden, was geschieht. Und Philipp hat keine Wahl.«

Kunigunde dachte nach. »Aber hat Philipp denn so eine Wahl?«, fragte sie. »Wenn Philipp bleibt, wo er ist, werden die Fürsten Max nicht zum Kaiser wählen. Und auch sein burgundisches Erbe ist dann in Gefahr – ohne Philipp werden die Stände Max nicht länger als Regenten anerkennen. Willst du das entscheiden? Über Philipps Kopf hinweg? Nur weil du nicht mit seinem Vater reden willst?«

Rosina schaute sie an. Ihre Freundin war früher ein eher stilles, zurückhaltendes Mädchen gewesen, das nur wenig sprach. Doch jetzt erkannte sie, dass Kunigunde darum nicht weniger klug war als ihr Bruder.

»Wirst du mit Max reden?«, fragte Kunigunde, als sie ihr Zögern sah.

»Nein«, erklärte Rosina. »Es geht um Philipp. Also soll er selbst entscheiden.«

24

Würde sich das Rad der Geschichte noch einmal drehen? Philippe de Commynes war kein Mann, der einen Krieg verloren gab, bevor die letzte Schlacht geschlagen war. Nach dem Frieden von Senlis hatte er die Hoffnung zwar fast schon aufgegeben, Maximilian von Habsburg in die Knie zu zwingen. Doch jetzt, da es ihm gelungen war, die Türken zu einem Angriff gegen Österreich zu verleiten, wurden die Karten neu gemischt. Vielleicht ließe sich die Wahl des Habsburgers zum Kaiser doch noch im letzten Moment vereiteln, wenn man der Welt vor Augen führte, dass Maximilian zur Führung der Christenheit untauglich war. Lieber wollte Philippe Charles von Frankreich auf dem Kaiserthron dulden als den Mann, der ihn um sein Lebensglück gebracht hatte.

Während Friedrichs Leiche in der Krypta des Stephansdoms unbeerdigt vor sich hinmoderte, besuchte er die Empfänge und Bankette, die täglich in Wien gegeben wurden, um die Zeit bis zur Beisetzung des Kaisers zu nutzen. Im Vertrauen darauf, dass alles, was Charles' Stellung festigte, dem Herzog von Österreich schadete, impfte er jedem Fürsten, jedem Botschafter und jedem Bischof eine Idee ein, die sich bald wie ein Schnupfen in der Stadt verbreitete und von der nach wenigen Wochen ein jeder glaubte, er habe sie selber ausgeheckt: die Idee eines gesamtchristlichen Friedens zur Bildung einer Heiligen Liga, als Bollwerk des Abendlandes gegen die Osmanen.

Unbemerkt von aller Öffentlichkeit hatte Philippe zu diesem Zweck heimliche Verhandlungen geführt. Mit schwerem Geld hatte er Friedensschlüsse mit England und Spanien erkauft, und es war ihm sogar gelungen, Maximilians Unterhändlern eine gemeinsame Liga schmackhaft zu machen. War die Verteidigung des Glaubens nicht das gemeinsame Interesse Frankreichs und des Reiches? Und waren, wenn es um die Weltherrschaft ging, Charles und Maximilian nicht natürliche Bundesgenossen? Besonders stolz war Philippe darauf, wie er den Heiligen Vater vor seinen Karren gespannt hatte. Ohne dass es ihn einen einzigen Gulden gekostet hatte, hatte Kardinal Peraudi, der Nuntius des Papstes, sich zum obersten Sachwalter seiner Idee aufgeschwungen.

»Der dreiste Angriff der Türken auf das Reich erfordert den Zusammenhalt aller Gläubigen. Unsere Antwort kann darum nur ein gesamtchristlicher Frieden sein, eine *pax dei*, die weder Streit noch Zwist zwischen Glaubensbrüdern kennt, sondern nur gottgewollte Einigkeit!«

Der Beifall, mit dem die Botschafter Peraudis Rede belohnten, war für Philippe der Beweis, dass seine Saat aufgegangen war. War der Zeitpunkt gekommen, Frankreichs Preis einzufordern?

»Mein König begrüßt den Vorschlag des Heiligen Vaters«, erklärte er auf einem Empfang, auf dem fast sämtliche Fürsten Europas zugegen waren, »und niemand wäre glücklicher über ein solches Bollwerk zur Verteidigung des Glaubens als Charles von Frankreich. Doch können wir über eine Heilige Liga verhandeln, solange der, der ihr an der Seite des französischen Herrschers vorstünde, uns über seine eigenen Umstände im Unklaren lässt? Ich jedenfalls kann meinem König nicht reinen Gewissens raten, in solche Verhandlungen einzutreten, solange der römisch-deutsche König sich weder gewillt noch imstande zeigt, seine Pflichten dieser Liga gegenüber zu erfüllen.«

Peraudi war über den Einwurf ebenso überrascht wie verwirrt. »Ich fürchte, ich verstehe Euer Gnaden nicht ganz.«

»Dann erlaubt mir, mich deutlicher auszudrücken«, erwiderte Philippe. »Maximilian von Habsburg hat sich sowohl gegenüber den deutschen Fürsten wie auch gegenüber den niederländischen Ständen verpflichtet, seinen Sohn, Erzherzog Philipp, auf den Thron von Burgund zu erheben. Wie aber soll er das tun, wenn er offenbar nicht einmal weiß, wo der Prinz sich derzeit aufhält?«

Erregtes Raunen machte sich breit, und nicht wenige Botschafter nickten mit den Köpfen.

»Darum«, fuhr Philippe fort, »erkläre ich im Namen meines Königs: Frankreich wird unter keinen Umständen einer Heiligen Liga beitreten, Frankreich wird nicht einmal den Vertrag von Senlis ratifizieren, bevor Maximilian von Habsburg sein Wort eingelöst und Erzherzog Philipp den burgundischen Thron bestiegen hat.«

25

Es war Rosina nicht allzu schwergefallen, Philipp aufzuspüren. Er hatte dasselbe getan, was sein Vater an seiner Stelle auch getan hätte: Er war seinem Herzen gefolgt. Da sie den Namen seiner Liebsten kannte und außerdem wusste, dass Sigrun aus dem Fränkischen stammte, brauchte sie nicht lange zu suchen.

Das Rittergut Weitenburg lag nur wenige Meilen von Nürnberg entfernt. Rosina wartete ab, bis Sigrun den Hof verließ, im Vertrauen darauf, dass sie sie zu Philipp führen würde.

Sie hatte sich nicht getäuscht. Die zwei trafen sich bei einer Fischerhütte am Ufer der Pegnitz. Mit seligen Gesichtern sanken sie einander in die Arme, schauten sich an und hielten sich bei den

Händen, ohne ein Wort zu sagen, in stummem Glück die Gegenwart des anderen genießend. Dann setzten sie sich unter einen Vogelkirschbaum, Philipp lehnte sich an den Stamm, während Sigrun ihren weizenblonden Kopf in seinen Schoß bettete.

Bei uns war es meist umgekehrt, dachte Rosina.

Wie lange war das her? Noch immer spürte sie mit jeder Faser ihres Leibes, wie sehr sie Max geliebt hatte ... Ja, sie hatte ihn geliebt, über alle Zeiten hinweg, als sie so jung gewesen war wie Sigrun, und sogar noch in der Zeit, als sie ihren eigenen Namen nicht mehr kannte. Darum durfte sie ihn nicht wiedersehen. Nie, niemals.

Als die beiden sich küssten, wandte Rosina sich ab. Sie wollte an der Straße auf ihn warten. Sicher hatte Philipp sich in Nürnberg einquartiert, in einer Herberge der alten Handelsstadt fiel ein junger umherreisender Mann nicht auf.

»Barbara?« Ungläubig schaute er sie an, als er sie am Abend am Wegrand entdeckte. »Was tust du denn hier?«

»Ich bin gekommen, um mit dir zu reden.«

Philipps Gesicht verdüsterte sich. »Hat mein Vater dich geschickt?«

Sie schüttelte den Kopf. »Dein Vater weiß nicht, dass ich hier bin.«

»Wirklich nicht?« Seine Miene entspannte sich nicht, im Gegenteil. »Warum willst du dann mit mir reden?«

»Weil du nicht einfach so verschwinden darfst. Du hast ja keine Ahnung, was du damit anrichtest. Du bist der Thronfolger! Dein Erbe steht auf dem Spiel.«

Philipp lachte bitter auf. »Mein Erbe liegt in Schutt und Asche.«

»Ist das nicht doppelter Grund, dich darum zu kümmern?«

Er kehrte ihr den Rücken zu und schaute in die Ferne. »Es gibt wichtigere Dinge.«

»Ich weiß«, sagte Rosina. »Ich habe dich mit Sigrun gesehen.«

»Spionierst du uns nach?« Mit einem Ruck drehte er sich wieder zu ihr herum.

»Hab keine Angst«, sagte sie. »Ich werde niemandem etwas verraten. Aber bitte, komm mit mir nach Wien. Dein Vater steckt in großen Schwierigkeiten.«

Voller Misstrauen erwiderte er ihren Blick. »Warum mischst du dich überhaupt ein?«

»Weil ich glaube, dass dein Vater nicht der ist, für den du ihn hältst.« Die Antwort kam so plötzlich aus ihrem Mund, dass Rosina selbst überrascht war. Wie konnte sie so etwas behaupten? Sie hatte ja selber keine Ahnung, wer Max in Wirklichkeit war.

»Du hast schon einmal versucht, mir einen Vater vorzugaukeln, den ich nicht habe«, erwiderte Philipp. »Ich will nichts mehr von ihm wissen.«

»Damit schadest du dir nur selbst.«

»Warum?«

Rosina dachte nach. »Weil du vor deinem Vater nicht fortlaufen kannst«, sagte sie schließlich. »Sonst wird er immer über dein Leben bestimmen, viel mehr, als wenn du dich ihm stellst.«

Philipp schwieg. Die Arme vor der Brust verschränkt, strahlte er nichts als Abwehr aus. Genauso hatte Max früher ausgesehen, wenn er von *seinem* Vater gesprochen hatte. Dieselbe Zornesfalte auf der Stirn. Derselbe scharfe Zug um Mund und Nase. Und dieselbe Traurigkeit in den Augen.

»Du hast Angst, dass er dich von Sigrun trennen wird, nicht wahr?«, fragte sie leise.

»Hast du daran etwa Zweifel?«

»Um ehrlich zu sein, ich weiß es nicht«, sagte sie. »Aber es gibt nur eine Möglichkeit, um das herauszufinden.«

Endlich erwiderte er ihren Blick. »Welche?«

Rosina fasste ihn bei den Schultern. »Sei ein Mann!«

26

Nachdem Max bei Aspang ein kleines Heer zur Sicherung Wiens zurückgelassen hatte, überschritt er mit der Hauptmacht am 12. Oktober den Simmering. In rastloser Eile rückte er Richtung Osten vor, in der Hoffnung, sich jenseits der Raab mit dem ungarischen Heer zu vereinen, um in den Grenzlanden die Schlacht gegen die von Jacub Pascha geführten Osmanen zu suchen. Doch als er in Radkersburg eintraf, war vom Feind weit und breit keine Spur.

»Wo zum Teufel sind die Türken?«, fragte er Banus Josip, den kroatischen Vizekönig, den er in sein Feldlager befohlen hatte.

»Jacub Pascha ist mit seinem Heer abgezogen.«

»Wohin hat er sich verkrochen? Ich werde den Mistkerl stellen!«

»Ich fürchte, dafür ist es zu spät. Die osmanische Armee ist schon auf dem Weg nach Konstantinopel. Mit riesiger Beute und dem aufgespießten Kopf unseres Heerführers.«

Max brauchte einen Moment, um die Tragweite der Auskunft zu begreifen. »Soll das heißen – die feigen Hunde verweigern mir die Schlacht?«

»Ja, Majestät«, sagte der Banus. »Ich wollte, es wäre anders.«

In ohnmächtiger Wut rammte Max sein Schwert in den Boden. Mit der Fahne des Kreuzes war er gegen die Türken gezogen, an der Spitze eines neuntausend Mann starken Heeres, und obwohl er gewusst hatte, dass ihn dieser Feldzug noch nicht in die Hauptstadt der Osmanen führen würde, war er doch in dem festen Glauben aufgebrochen, dass dies der Auftakt jenes Kreuzzugs sei, mit dem er dermaleinst als Kaiser das alte Ostrom von den Ungläubigen für die Christenheit zurückerobern würde. Stattdessen entpuppte sein Feldzug sich nun als ein vollkommen sinnloser Schlag ins Leere.

»Haben Wladislaws Truppen die Türken in die Flucht geschlagen?«

Der Kroate schüttelte den Kopf. »Hier haben sich keine Ungarn blicken lassen. Obwohl wir Wladislaw um Hilfe gebeten hatten. Es sind nur ein paar Abgesandte des Ofener Reichstags erschienen, die uns erklärt haben, dass der König von Ungarn nichts mit dem deutschen Kreuzzug zu tun haben will.«

»Das ist Verrat!«, rief Max. »Ich hatte befohlen, dass die Ungarn sich unserer Hauptmacht anschließen sollten. Dazu war Wladislaw verpflichtet. Mein Vater und er haben in Pressburg ein Schutzbündnis geschlossen.«

»Der Reichstag von Ofen hat sich nicht daran gehalten«, erklärte der Banus. »Im Gegenteil, er hat sogar beschlossen, Eure Truppen nicht über die Grenze zu lassen.«

»Wie können sie das wagen? Wladislaw und ich teilen uns die Stephanskrone!«

»Das ist der Grund, warum sie Euch nicht im Land haben wollen. Sie fürchten, dass Ihr Eure Ansprüche als Mitkönig geltend macht.«

Max musste an sich halten, um seinen Zorn nicht an dem Kroaten auszulassen. »Ich werde mit meinem Heer nach Ofen ziehen, um mir die Stephanskrone zu holen.«

»Das wird keinen Sinn haben.«

»Warum nicht?«, fragte Max. »Wladislaw ist in Wien. Er kann mich nicht daran hindern.«

»Ihr werdet in Ofen keine Krone finden«, erwiderte der Banus. »Der Reichstag hat beschlossen, die Stephanskrone an einem geheimen Ort aufzubewahren. Um sie vor Euch zu sichern.«

27

Die Nachrichten von dem gescheiterten Feldzug, die der Rückkehr des Königs vorauseilten, machten Prinzessin Margarete Mut. Die türkische Gefahr war gebannt, und König Wladislaw hatte ihren Vater auf schändliche Weise im Stich gelassen. Aus welchem Grund sollte sie jetzt noch den alten fremden Mann heiraten?

»Weil es eine Notwendigkeit ist«, erklärte Frau von York.

»Aber warum?«, fragte Margarete. Wladislaw hatte ihr am Vortag erstmals seine Aufwartung gemacht. Die Begegnung hatte die schlimmsten Erwartungen übertroffen. Der König von Ungarn und Böhmen war ein kichernder Greis mit bleichen Hängebacken, unter dessen lüsternen Blicken sie sich wie nackt gefühlt hatte. Ihren Versuch, ihn durch unmissverständliche Zeichen der Abneigung von seinem Ehewunsch abzubringen, hatte er mit einer Beharrlichkeit ignoriert, die nur mit vollkommener Dummheit zu erklären war. Wie ein verliebter Kater hatte er sie umschmeichelt und darauf gedrängt, ihre Verlobung so bald wie möglich öffentlich zu machen, und hatte dafür die Beisetzung des Kaisers vorgeschlagen – bei der Trauerfeier würden schließlich fast alle Fürsten Europas versammelt sein.

»Habsburg kann auf das Bündnis mit ihm nicht verzichten«, erwiderte Frau von York.

»Wenn er ein Mann von Ehre wäre, würde ich mich opfern«, erklärte Margarete. »Schließlich kenne ich meine Pflichten. Aber Wladislaw ist ein Verräter! Und wenn er mich nun zur Frau bekommt, wird er für seinen Verrat sogar noch belohnt!«

»Ich weiß«, sagte ihre Großmutter, »die Politik ist manchmal schwer zu verstehen. Aber gerade weil Wladislaw sein Wort gebrochen hat, *muss* Eure Ehe mit ihm zustande kommen. Sonst wird es im Osten des Reiches niemals Ruhe geben. Und dann wird Charles von Frankreich nicht zögern, seine Ansprüche auf die Kaiserkrone zu erheben. Wollt Ihr dem etwa Vorschub leisten?«

Nein, das wollte Margarete nicht. Natürlich nicht. Die Vorstellung, dass ausgerechnet der Mann, der sie selbst so schändlich behandelt hatte, ihrem Vater womöglich den Thron streitig machte, war noch unerträglicher als die Vorstellung einer Ehe mit König Wladislaw.

»Ich werde tun, was Ihr und mein Vater wünscht«, sagte sie.

»Ich hatte nichts anderes erwartet«, erwiderte Frau von York. »Eure Mutter wäre stolz auf Euch.«

28

Im Triumph, so hatte Max gehofft, würde er nach Wien zurückkehren, mit dem ersten Sieg über die Ungläubigen an der Kreuzzugsfahne. Umso tiefer war die Schmach, als er nun, ohne eine einzige Schlacht geschlagen zu haben, in die Stadt einritt, um endlich seinen Vater zu Grabe zu tragen.

Achttausendvierhundertzweiundzwanzig Messen wurden für das Seelenheil des verstorbenen Kaisers gelesen, in allen Kirchen Wiens, doch das solenne Leichenbegräbnis wurde selbstredend in St. Stephan gefeiert. Der ganze Chor war mit schwarzen Tüchern verhängt, während das Trauergerüst, geschmückt mit den Kleinodien des Reichs sowie den Wappen der Habsburger Erblande, in der Mitte des Doms aufgerichtet worden war, im Schein von tausend Kerzen. Prunkvoll gekleidete Herolde hielten die Ehrenwache an dem Katafalk, an dem in einer schier endlosen Prozession Hunderte von Fürsten und Botschaftern, Bischöfen und Äbten, Prioren und Prälaten sowie unzählige Vertreter des Reichs und des Landadels ihre Gaben ablegten.

Sie alle beugten ihr Haupt vor einem Mann, den Max zeit seines Lebens verachtet hatte. Erst jetzt, in der Stunde des Abschieds, begann er zu ahnen, wie sehr er sich in seinem Vater geirrt hatte. Als Reichsschlafmütze hatte man Friedrich verspottet – doch hatte er in seiner steten Beharrlichkeit nicht viel mehr bewirkt als Max in seinem blinden Ungestüm? Der alte Kaiser hatte dreiundfünfzig Jahre lang regiert, hatte Päpste und Könige, Freunde und Feinde überlebt. Er hatte ein in sich zerstrittenes Reich zusammengehalten, hatte verpfändete Herrschaften zurückerworben und neue hinzugewonnen, oft allein durch kluges Zuwarten, hatte die Niederlage gegen Ungarn in einen Sieg verwandelt, Teile des Feindeslands erobert und für das Haus Habsburg sogar den ungarischen Königstitel sowie Ansprüche auf die Erbfolge gesichert. Und schließlich hatte er seinen Sohn, Maximilian von Habsburg, durch die Heirat mit Marie von Burgund zum reichsten Fürsten Europas gemacht und durch seine Wahl zum römisch-deutschen König als Herrscher eines Reichs inthronisiert, das sich vom Balkan im Osten bis an den Atlantik im Westen erstreckte.

Während er auf den Sarg starrte, beschlich Max auf einmal das Gefühl, im Vergleich zu seinem Vater ein gottverdammter Narr zu sein. Eher würden die Kurfürsten Kunz von der Rosen zum Kaiser wählen als Maximilian von Habsburg.

Graf Werdenberg, Friedrichs getreuer Kanzler, betrat gerade den Chorraum, um die Leichenrede zu halten, da breitete sich plötzlich Unruhe in dem Gotteshaus aus. Ein Raunen ging durch die Reihen, und viele Köpfe drehten sich um.

Was hatte das zu bedeuten?

Als Max über die Schulter blickte, um nach der Ursache der Unruhe zu schauen, traute er seinen Augen nicht.

Der Mann, der den Dom betreten hatte und nun sein Knie beugte, um dem Kaiser die letzte Ehre zu erweisen, war Philipp von Burgund, sein Sohn.

29

Philipp hatte lange mit sich gerungen, bevor er sich entschlossen hatte, nach Wien zu reisen. Doch am Ende hatte Barbara, die in Wirklichkeit Rosina hieß, ihn überzeugt. Wenn er herausfinden wollte, wer sein Vater war, gab es nur eine Möglichkeit. Er musste ihn zur Rede stellen.

»Wo bist du gewesen?«, fragte der König, als sie nach der Beisetzung des Kaisers unter vier Augen sprachen.

»In Franken«, antwortete Philipp so ruhig er konnte.

»Was hattest du da zu suchen? Du wurdest hier gebraucht! Wusstest du das nicht?«

»Doch, das wusste ich«, erwiderte Philipp. »Das heißt, ich

wusste, dass *Ihr* mich hier braucht. Aber Eure Wünsche waren nicht die meinen.«

»Was fällt dir ein, so mit mir zu reden?«, fuhr sein Vater ihn an.

Philipp ließ sich nicht beeindrucken. »Ich rede nicht anders mit Euch, als Ihr in Eurer Jugend mit Eurem Vater geredet habt«, sagte er. »Erinnert Ihr Euch nicht?«

Eine lange Weile maßen sie einander mit ihren Blicken. Obwohl es ihm schwerfiel, hielt Philipp stand.

»Du hast dich verliebt«, sagte sein Vater. »Ist es das?«

Philipp nickte.

»Wie heißt sie?«

»Sigrun. Sigrun von der Weitenburg.«

»Ich habe den Namen nie gehört. Wer ist sie? Wer ist ihr Vater?«

»Ein Ritter aus der Gegend von Nürnberg.«

»Bist du von Sinnen? Dafür setzt du alles aufs Spiel? Für die Liebschaft mit einem Bauernmädchen?« Voller Wut packte er Philipp am Kragen und schleifte ihn quer durch den Raum zu der Habsburger Wappenwand.

30

Während er seinen Sohn durch den Raum schleifte, glaubte Max für einen Moment, Maries Gesicht zu sehen. Mit stummem Vorwurf schüttelte sie den Kopf. Doch das war ein Hirngespinst – ein Wimpernschlag reichte, um es zu verscheuchen. Wie einen Welpen, der noch nicht stubenrein ist und mit der Nase darauf gestoßen werden muss, was er darf und was nicht, drückte er Philipp mit der Nase gegen die Wappenwand.

»Was steht da?«

Philipp antwortete nicht.

»Was da steht, will ich wissen!«

Wieder keine Antwort.

»A-E-I-O-U!«, skandierte Max. »Wiederhol das!«

»a … e … i … o … u …«, sagte sein Sohn, aber so leise, dass er kaum zu verstehen war.

»Lauter!«

»A, E, I, O, U …«

»Und – was heißt das?«

Philipp zögerte. Dann sagte er: »Alles Elend Ist Oesterreich Untertan.«

Das war zu viel! »Du wagst es, Habsburgs Wahlspruch zu verspotten?« Mit beiden Händen packte Max ihn an den Schultern und schleuderte ihn gegen die Wand.

Philipp wehrte sich nicht. Das machte Max nur noch wütender. Wie sollte er seinen Sohn zur Räson bringen, wenn der ihm keinen Widerstand bot, sondern ihn einfach ins Leere laufen ließ – wie das feige Türkenpack, das ihm die Schlacht verweigert hatte? Voller Verachtung wandte er sich ab. Philipp war ein dummer kleiner Klugscheißer, dessen Mut sich darin erschöpfte, Worte zu klauben.

»Halt!«

Max war schon in der Tür, als sein Sohn ihn rief. Fast gegen seinen Willen drehte er sich noch einmal um. »Du wagst es, deinem Vater Befehle zu geben?«

»Das würde ich niemals tun«, entgegnete Philipp. »Ich möchte nur, dass Ihr nicht geht, bevor wir miteinander gesprochen haben.«

Max runzelte die Stirn. »Was willst du?«

Philipp zögerte. »Euren Respekt«, sagte er dann.

»Meinen Respekt?« Max lachte laut auf. »Vor einem verliebten Jüngling, dem ein Bauernmädchen den Kopf verdreht hat?«

»Ja, Respekt«, wiederholte sein Sohn ernst. »Vor dem Erzherzog von Burgund, dem rechtmäßigen Erben des Landes.«

Max traute seinen Ohren nicht. »Sind das die Früchte der Erziehung, die du bei den Rebellen genossen hast?«

»In diesem Punkt haben Eure Widersacher die Wahrheit gesagt«, sagte Philipp. »Burgund ist *mein* Erbe, nicht Eures. Wenn Ihr das Herzogtum regiert, tut Ihr dies nur in meinem Namen.«

»Das ist unerhört!« Max wollte ihn ohrfeigen, doch wieder glaubte er Maries Gesicht zu sehen. Mit geballten Fäusten beherrschte er sich. »Ist das alles, was du mir sagen wolltest?«, fragte er.

»Nein.«

»Dann rede!«

Philipp fasste mit beiden Händen die Aufschläge seines Rocks und richtete seine Augen auf Max – die blauen, hellen, klaren Augen seiner Mutter. »Wenn Ihr mir den Respekt zollt, den Ihr mir schuldet, bin ich bereit, Euren Wünschen zu entsprechen.«

Max brauchte eine Weile, um zu begreifen, was sein Sohn meinte. »Soll das ... soll das etwa heißen, du bist bereit, die Thronfolge anzutreten?«

»Allerdings.«

Max atmete auf. »Endlich nimmst du Vernunft an!« Erleichtert machte er einen Schritt ihn zu.

»Aber nur unter einer Bedingung!«, erklärte sein Sohn.

»*Du* maßt dir an, *mir* Bedingungen zu stellen?«

Philipp überhörte die Frage. »Ich werde den Thron nur besteigen, wenn Ihr mir die Freiheit gebt, mein Herzogtum so zu regieren, wie ich allein es für richtig halte. Das ist mein gutes Recht«, fügte er hinzu, als Max widersprechen wollte. »So ist es im Testament meiner Mutter verbrieft, und so habt Ihr selbst es vor den Ständen bestätigt, als Voraussetzung dafür, dass man Euch als Regenten anerkannt hat. Am Tag meiner Volljährigkeit geht die volle und ungeteilte Herrschaftsgewalt in Burgund auf mich über, den Sohn Eurer Frau Marie und Enkel Karls des Kühnen.«

Max war von der Rede seines Sohns so überrascht, dass es ihm für einen Augenblick die Sprache verschlug. Philipp verlangte genau jene Souveränität von ihm, die er selbst Jahre und Jahrzehnte von seinem Vater gefordert hatte, ohne je damit durchzudringen. Irritiert erwiderte er Philipps Blick: Konnte es sein, dass er seinen Sohn verkannt hatte? Genauso wie seinen Vater? Zum ersten Mal fiel ihm auf, dass Philipp inzwischen fast so groß war wie er selbst – ein junger Mann, der wusste, was er wollte und was er tat.

»Komm her«, sagte Max, als er die Sprache wiederfand.

»Weshalb?«, fragte Philipp misstrauisch.

Max breitete die Arme aus. »Um dich an meine Brust zu drücken!«

Philipps Miene hellte sich ein klein wenig auf. »Das heißt, Ihr seid bereit, meine Bedingung zu erfüllen?«, fragte er, doch ohne sich vom Fleck zu rühren.

»Jawohl, Euer Gnaden«, erwiderte Max.

»Und Ihr werdet meine Entscheidungen respektieren, wie immer sie ausfallen, ohne dass Ihr versucht, Einfluss zu nehmen oder dass ich mich vor Euch rechtfertigen muss?«

»Ihr habt mein Wort darauf. Selbst wenn Ihr beschließt«, fügte Max mit einem Grinsen hinzu, »die Tochter eines fränkischen Ritters an Euren Hof zu holen.«

»Das gesteht Ihr mir zu?« Für einen Moment strahlte Philipp über das ganze Gesicht, dann wurde er wieder ernst. »Eine Bitte habe ich noch an Euch.«

»Verflucht! Was denn noch?«

»Erspart meiner Schwester die Ehe mit König Wladislaw. Margarete hat einen besseren Mann verdient.«

Max spürte, wie die Wut wieder in ihm hochschoss. Doch dann sah er in Philipps Gesicht. Es war, als blicke er in einen Spiegel. Dieselbe große Nase, dieselbe Trotzfalte auf der Stirn ... Auf einmal löste sich alle Anspannung, die er seit Wochen und Monaten in sich trug, und entlud sich in einem gewaltigen Lachen, und immer noch lachend drückte er seinen Sohn an die Brust.

31

Philippe de Commynes hatte alles so perfekt eingefädelt. Während Maximilian von Habsburg gegen die Türken gezogen war, hatten sich in den Wochen vor der Beisetzung des Kaisers immer mehr Fürsten auf die französische Seite geschlagen und wollten der Heiligen Liga nur unter der Bedingung beitreten, dass der römisch-deutsche König sein Versprechen einlöste und seinen Sohn in die burgundische Herrschaft einsetzte. Doch plötzlich, wie aus dem Nichts, war der verfluchte Bengel beim Begräbnis seines Großvaters aufgetaucht, um Philippe de Commynes um die Früchte seiner Arbeit zu bringen.

War damit der Sieg Habsburgs besiegelt?

Frankreich schien nach der Rückkehr des burgundischen Thronfolgers nichts anderes übrigzubleiben, als den Vertrag von Senlis zu ratifizieren. Und sobald dies geschehen war, würde es keine Möglichkeit mehr geben, sich länger dem Willen des Heiligen Vaters zu widersetzen. Die Geister, die Philippe de Commynes gerufen hatte, sie waren gekommen, mit der unfehlbaren Logik seines eigenen Plans. Er konnte nur noch ein wenig Zeit schinden, indem er Maximilian dazu nötigte, in einem Zusatzvertrag auf alle Titel und Rechte eines Herzogs der Bretagne zugunsten des französischen Königs zu verzichten – die einzige Genugtuung, die Philippe de Commynes geblieben war. Nicht mal die Streitigkeiten Habsburgs mit König Wladislaw um die ungarische Krone, die aufs Neue entflammt waren, nachdem Maximilian die Verlobung seiner Tochter mit dem Böhmen aufgekündigt hatte, spielten ihm in die Karten. Der Habsburger, so ging in Wien das Gerücht, habe für Prinzessin Margarete einen neuen Heiratskandidaten gefunden, einen Mann, der Wladislaw an Adel und Rang bei weitem übertraf: Don Juan, Prinz von Asturien, Infant des spanischen Königs.

Philippe hatte nur noch eine Hoffnung, dass der Triumph seines verhassten Widersachers vereitelt wurde: indem Maximilians Hochzeit mit Bianca Sforza scheiterte. Denn ohne das Geld aus Mailand wäre der Herzog von Österreich selbst als Kaiser so arm wie der Bettelprinz, als der er Marie von Burgund gefreit hatte.

32

Sigmund von Tirol war ein Stein vom Herzen gefallen, als Max ihn gebeten hatte, sich um seine Braut zu kümmern, die, aus Mailand kommend, in Innsbruck auf ihn warten sollte, bis Friedrichs Beisetzung glücklich vollbracht war. Eine Beerdigung, so hatte Sigmund gesagt, sei nichts für ihn, so wenig wie das Regieren, und die Vorstellung, seinen lieben Vetter zu Grabe zu tragen, sei ihm wahrhaft ein Graus. Doch niemand hatte damit rechnen können, dass erst ein neues Jahr anbrechen musste, bis Max sich in Wien auf den Weg machen konnte, um seine *per procuram* geschlossene Ehe endlich *in actu* zu vollziehen.

Als er an einem verhangenen Märztag Schloss Ambrass erreichte, wo Bianca Sforza mit ihrem Hofstaat einquartiert war, runzelte er die Stirn. Im Schlosshof sah es aus wie nach einer verlorenen Schlacht. Langhaarige Gesellen, die wie Wegelagerer offen ihre Dolche in den Gürteln trugen, schleppten Kisten ins Freie und luden sie auf Ochsenkarren.

»Was geht hier vor?«

»Gott sei Dank, dass Ihr endlich da seid«, erwiderte Sigmund. »Eure Braut, ich meine, Euer Eheweib, Bianca Sforza …«

»Was ist mit ihr?«

Der geweste Herzog von Tirol hob ohnmächtig die Arme. »Sie will abreisen.«

»Ist sie von Sinnen?«, rief Max.

»Gewiss ist sie das«, erwiderte sein Onkel mit einem Seufzer. »Allerdings – ein bisserl kann ich sie schon verstehen. Sie fühlt sich in ihrer Ehre beleidigt, weil, Ihr habt schließlich den ganzen Winter lang den Genuss Eurer ehelichen Rechte verschmäht. So was mögen die Weiber nicht.«

»Aber ich habe doch geschrieben, warum ich keine Zeit für die Trauung hatte. Die Beerdigung des Kaisers, und außerdem die Türken …«

»Das habe ich ihr auch gesagt«, bestätigte Sigmund und nickte mehrmals mit dem Kopf, »vor allem das mit den Türken, dass das ganz und gar unordentliche Leute sind, die einfach einen Krieg vom Zaun brechen, wann es ihnen gerade passt, ohne auf andere Rücksicht zu nehmen. Bis Weihnachten ist es ja auch noch einigermaßen gutgegangen, schließlich weiß ich ja, wie man die Weiber kitzeln muss, nämlich bei ihrer Eitelkeit. Also hab ich Eurer Braut, ich meine, Eurem Eheweib, ein goldenes Dachl versprochen, das der König ihr zu Ehren errichten wird, an einem besonders schönen Haus in der Stadt, vielleicht an der Residenz der Landesfürsten, und dass Flugblätter in ganz Europa von dem herrlichen Ehebund künden würden, den sie mit Euch schließen würde, das hab ich ihr auch gesagt, aber mit dem neuen Jahr wurde es von Tag zu Tag schlimmer, und seit die Fastenzeit begonnen hat ... Nun ja, vielleicht ist es ja auch nur der Hunger, der sie so peinigt.«

Max hörte den Ausflüchten seines Onkels nur mit halbem Ohr zu. »Wo ist die Herzogin jetzt?«

»In ihrer Kammer. Sie hat sich eingeschlossen, sie will mit niemandem mehr reden außer mit ihrem Hofstaat.« Sigmund senkte die Stimme, damit niemand sonst ihn hören konnte, und deutete mit dem Kopf zu den finsteren Gesellen, die im Hof die Wagen beluden. »Aber ich warne Euch, vor ihrer Tür stehen immer ein paar von diesen Spitzbuben, *condottieri* heißen die, und die drohen jeden abzustechen, der zu ihrer Herrin vordringen will.«

»In welchem Flügel habt Ihr sie einquartiert?«

»Im Südflügel. Damit sie es ein bisserl wärmer hat, so wie in ihrer mailändischen Heimat. – Aber was habt Ihr vor?«

Statt zu antworten, ließ Max seinen Onkel stehen und eilte die Treppe hinauf.

33

Draußen senkte sich die Dämmerung über die Stadt, und im Kamin prasselte ein Feuer. Wie jeden Abend, seit Rosina aus Nürnberg und Kunigunde aus Wien nach München zurückgekehrt waren, saßen die beiden Frauen nach dem Abendmahl noch eine Weile beisammen, um gemeinsam den Tag zu beschließen.

»Ich bin so froh, dass Max und Philipp sich versöhnt haben«, sagte Kunigunde. »Ich hoffe, mein Bruder weiß, was er dir zu verdanken hat.«

»Ich habe es nicht für Max getan«, erwiderte Rosina. »Sondern für Philipp. Ihm wollte ich helfen.«

»Wirklich nur ihm?«

Rosina wich dem forschenden Blick ihrer Freundin aus. Nein, sie hatte es nicht nur für Philipp getan, sondern auch für Max, als eine Art Abschiedsgeschenk.

»Was hast du jetzt vor?«, fragte Kunigunde.

Rosina war irritiert. »Ich ... ich hatte gehofft, ich könnte bei dir bleiben, an deinem Hof«, sagte sie. »Willst du mich fortschicken?«

Kunigunde nickte. »Ja, das will ich.«

»Aber warum? Habe ich irgendetwas falsch gemacht?«

Ihre Freundin schüttelte lächelnd den Kopf. »Nein«, sagte sie. »Natürlich nicht. Du weißt ja, wie gern ich dich bei mir habe. Aber du bist zu jung, um das Leben hier an meiner Seite zu beschließen wie eine alte Jungfer. Ich denke, du solltest wieder einen Mann an deiner Seite haben. Und zwar so bald wie möglich.«

Rosina wollte widersprechen. Nicht im Traum hatte sie daran gedacht, noch einmal ihr Leben mit einem Mann zu teilen. Wann immer sie in der Liebe ihr Glück gesucht hatte, war sie am Ende noch unglücklicher gewesen als zuvor ... Sie dachte an die Zeit mit Jan Coppenhole zurück, an die gemeinsame Arbeit, bei Tag und oft auch bei Nacht, an die Sorge um Haus und Werkstatt, die sie miteinander verbunden hatte ... Nein, sie war im Haus dieses

Mannes nicht unglücklich gewesen, im Gegenteil, sie hatte an Jans Seite so tiefe Zufriedenheit empfunden, dass sie darüber fast sogar Max vergessen hatte. Konnte ihr größeres Glück beschieden sein?

»Glaubst du denn«, fragte sie, »dass sich für eine alte Frau wie mich noch ein Mann interessiert?«

Kunigunde lachte laut auf. »Offenbar hast du schon lange nicht mehr in einen Spiegel geschaut. Das müsste schon mit dem Teufel zugehen, wenn ich keinen passenden Mann für dich finde!« Dann wurde sie ernst. »Erlaubst du mir, dass ich dir einen Kandidaten vorstelle?«, fragte sie und stand auf.

Rosina runzelte verwundert die Stirn. »Meinst du – jetzt gleich?«

Ohne ein Wort öffnete Kunigunde die Tür und verschwand hinaus auf den Gang. Im nächsten Augenblick trat ein Mann herein. Als Rosina ihn erblickte, fing ihr Herz wie wild zu schlagen an. Wie war das möglich? Hunderte von Meilen war sie geflohen, um diesem Mann zu entkommen.

»Maximilian – du?«

Ungläubig schaute sie ihn an, betrachtete sein Gesicht, wie sie es schon seit einer Ewigkeit nicht mehr getan hatte, suchte die Spuren darin zu sehen, die Spuren seines Lebens. Seine Nase schien noch größer, wie ein schroffer Fels sprang sie zwischen den knochigen Wangen hervor, er war gealtert, und auf seiner Stirn hatten sich Falten eingegraben, die sich wohl nie wieder glätten ließen. Doch der helle, klare Blick aus seinen Bernsteinaugen war noch derselbe wie früher. Derselbe Blick, mit dem er sie angeschaut hatte, wenn sie sich in den Armen hielten und liebten.

Ohne die Augen von ihr zu lassen, trat er auf sie zu. »Komm mit mir«, sagte er so leise, dass sie seine Worte mehr ahnte als hörte, »komm mit mir an meinen Hof. Bitte. Ich kann nicht länger ohne dich leben.« Er streckte die Hand nach ihr aus, hielt einen Moment inne. Dann strich er ihr über die Wange. »*Rosinella, mia figliola, mia bruna bugiarda ...*«

Beim Klang der fast vergessenen Laute war es, als kehre sie an einen Ort zurück, an den sie schon immer gehört hatte, von allem

Anfang an. Hatte es Sinn, sich weiter dagegen zu wehren? Es war ihr Schicksal, diesen Mann zu lieben, und würde immer ihr Schicksal sein, gleichgültig, ob die Götter es wollten oder nicht. Weil sie selbst es wollte, nicht anders konnte, als ihn lieben, ihr Leben lang, mit jedem Schlag ihres Herzens.

»Ach Maxl …«

»Rosina …«

Als er sich über sie beugte, schloss sie die Augen. Küsste er sie, oder küsste sie ihn? Sie konnte es nicht unterscheiden. Er war bei ihr und sie war bei ihm – das war das Einzige, was zählte.

34

»Hoch lebe der Graf von Flandern!«

»Hoch lebe der Herzog von Burgund!«

»Hoch lebe der König und künftige Kaiser!«

Mit der Wollust eines Flagellanten, dem die eigene Geißelung qualvolle Lust bereitet, beobachtete Philippe de Commynes, verborgen in der Menge und von niemandem erkannt, den Festzug, der sich auf die Löwener Peterskirche zubewegte, wo an diesem Tag, dem 9. September des Jahres 1494, die Macht in Burgund und in Europa neu verteilt und gewichtet würde. Philippe de Commynes tat dies nicht aus freien Stücken: Er *musste* das Schauspiel seiner Niederlage sehen, musste mit eigenen Augen und Ohren bezeugen, was hier geschah, um mit seinem Leben abzuschließen. Sonst würde er niemals zur Ruhe gelangen, nicht einmal im Grab.

Ja, sein ewiger Widersacher, Maximilian von Habsburg, der nun an der Spitze des Festzugs, Seite an Seite mit seinem Sohn und seiner Mätresse, die Treppe zu der Kirche betrat, hatte den Triumph davongetragen – sowohl über ihn, Philippe de Commynes, als auch über Frankreich, das Land, in dessen Dienst er getreten war, nachdem die einzige Frau, die er je hatte lieben können, Marie von Burgund, ihn an den Österreicher verraten hatte. Vom heutigen Tag an würde die Welt eine andere sein. Maximilian von Habsburg würde ihre Geschicke bestimmen, er war der künftige Kaiser, der *Caesar designatus*, dazu bestimmt, die Heilige Liga anzuführen.

Philippe de Commynes wartete, bis die Prozession in der Kirche verschwunden war. Dann wandte er sich ab und verließ den Platz. Am Stadttor stand ein Wagen für ihn bereit. Sein Ziel war nicht Plessis-les-Tours, sondern ein kleines Landschloss am Ufer der Loire, unweit von Roanne, das er vor Jahren erworben hatte, um dort seine Tage zu beschließen.

Für ihn gab es nur noch den Tod – die einzige Beute des Besiegten.

35

Gloria in excelsis Deo, et in terra pax hominibus bonae voluntatis!«

Das ganze Gotteshaus hallte vom Lobpreis Gottes und seiner Herrscher auf Erden wider, als Max zusammen mit Rosina im Chorgestühl der Peterskirche Platz nahm. Erlöst vom jahrzehntelangen Albtraum der französischen Feindschaft, war er in die Niederlande zurückgekehrt, um heute seinen Sohn Philipp, der im Juni das sechzehnte Lebensjahr vollendet hatte, aus der Vormundschaft zu entlassen und als Herzog von Burgund in die Regentschaft über sein Erbe einzusetzen, wie es sowohl den deutschen Reichsfürsten als auch den flämischen Ständen zugesichert worden war.

Die Kirche war bis auf den letzten Platz gefüllt, eine Unzahl weltlicher und kirchlicher Fürsten drängte sich in dichten Reihen, zusammen mit den Rittern vom Goldenen Vlies in ihren farbenprächtigen Roben. Hofgroßmeister Olivier de la Marche hatte vorgeschlagen, die Inauguration in Gent vorzunehmen, wo das Schicksal des Herzogtums sich so oft schon gewendet hatte, doch Rosina hatte Max gebeten, auf diese neuerliche Geste der Unterwerfung der streitbaren Stadt zu verzichten. Max hatte ihr den Gefallen nach einigem Zögern getan. Nun, da Philipp am Altar der Löwener Kirche nach altem Brauch die Brabanter Privilegien und Freiheiten beschwor und dafür die Huldigungen der Landstände entgegennahm, war er stolz und glücklich, sich erstmals dem Volk mit seiner offiziellen Mätresse zu zeigen. Bianca Sforza, die mit dem Versprechen, dass sie schon bald zur Königin erhoben würde, doch noch mit ihm vor den Traualtar getreten war, um die *per procuram* geschlossene Ehe *in actu* zu bestätigen, hatte die Strapazen der langen Reise gescheut und vorgezogen, im Reich zu bleiben, so dass an ihrer Stelle Rosina von Kraig Max zur Linken begleitete.

Nachdem Philipp als neuer Herzog einige Herren zu Rittern geschlagen hatte, verließ die Festgemeinde in einer nicht enden wollenden Prozession das Gotteshaus. Als sie ins Freie traten, streute Philipp, unterstützt von seiner Schwester Margarete sowie Frau von York, Dukaten unter die wartenden Menschen, damit seine Untertanen diesen Tag für alle Zeit im Gedächtnis behielten. Dabei warf er immer wieder verstohlene Blicke zu Sigrun hinüber, die sich ein wenig abseits der übrigen Hofgesellschaft hielt, wo Kunz von der Rosen zum Vergnügen der Zuschauer wie ein Affe auf allen vieren herumhopste. Die Verliebtheit der beiden rührte Max. Natürlich würde Philipp niemals die Tochter eines fränkischen Ritters zur Frau nehmen, Max hatte andere, größere Pläne mit ihm, die für die Zukunft des Reiches von unermesslicher Bedeutung waren. Philipp sollte die spanische Infantin heiraten, wie seine Schwester Margarete den spanischen Thronfolger, um die Grundlage für ein Reich zu legen, das für Jahrzehnte, wenn nicht gar für Jahrhunderte alle übrigen Nationen in seinen Schatten stellen würde. AEIOU … Diese Pläne kannte Philipp allerdings noch nicht. Wozu auch? Bis es so weit war, sollte er sein Glück mit Sigrun genießen. Schließlich gab es kein größeres Glück auf Erden als die Hoffnung.

»Max.«

Rosinas Stimme riss ihn aus seinen Gedanken. »Ja?«

»Ich glaube, es ist so weit.«

Auf dem Podium, das gegenüber der Kirche aufgeschlagen war, wartete Kardinal Peraudi, der Nuntius und Kreuzzugslegat des Papstes, zusammen mit Wolf von Polheim.

Max reichte Rosina den Arm und führte sie die Stufen zu der Empore hinauf. Während Rosina neben dem Thron Platz nahm, legte Wolf ein samtenes Kissen vor Max aus.

Als der König vor dem Kardinal auf die Knie sank, verstummte das Lärmen der Menge, und neben dem menschenvollen Platz wurde es so still, dass man das Zwitschern der Vögel hörte.

»In nomine patris et filii et spiritus sancti ...«

Unter der lateinischen Segensformel überreichte der Kardinal Max das päpstlich geweihte Schwert und den päpstlich geweihten Königshut, um ihn als Herrscher des Reichs anzuerkennen, und ernannte ihn zum Führer der Christenheit. Damit bekundete der Heilige Vater in Rom durch seinen Stellvertreter vor Gott und aller Welt, dass keinem anderen Herrscher als Maximilian von Habsburg die Kaiserkrone gebührte, die Krone Karls des Großen.

Als Max, ergriffen von der Erhabenheit dieses Moments, die Augen schloss, um in der Einsamkeit seines Herzens ein Dankgebet zu sprechen, sah er vor sich Marie. Mit einem Lächeln bewegte sie ihre Lippen. *Du hast dein Ziel erreicht. Jetzt brauchst du mich nicht mehr. Adieu, mein Liebster, leb wohl ...*

Applaus brandete auf. Max öffnete die Augen.

Als er sich von den Knien erhob, um auf dem Thron Platz zu nehmen, blickte er in Rosinas Gesicht.

»Nun, mein Gernegroß?«, flüsterte sie so leise, dass niemand sonst sie hören konnte. »Bist du zufrieden?«

»Nur wenn du mir sagst, dass du mich liebst.«

»Wie sollte ich nicht?« Zärtlich erwiderte sie seinen Blick. »Ich war doch schon dem stotternden Bettelprinzen verfallen – wie kann ich da dem mächtigsten Mann der Welt widerstehen?« Sie berührte seine Wange, und als wären sie beide allein, unter einem Baum im Wienerwald oder im Stroh eines Pferdeverschlags, gab sie ihm einen Kuss. »Ja, mein König und Kaiser der Welt, ich liebe dich.«

EPILOG

DER WEGBEREITER

»Er war stets ein anderer, als er selbst zu sein glaubte.«

ANONYMER ZEITGENOSSE ÜBER KAISER MAXIMILIAN I.

Bologna, Februar 1530

Der Tag war kühl, doch hier, im Norden Italiens, war der wenige Schnee des Winters schon vom Wind der Zeit verweht. Keine Wolke zeigte sich, um das Bild zu trüben. Der Himmel, der sich über den Dächern der Stadt wölbte, schien wie aus blauem Eis.

Drei Monate war es her, dass sie in Genua von Bord der *Andrea Doria* gegangen waren, um Fuß auf italienischen Boden zu setzen. Ohne Verzug waren sie nach Bologna gezogen, begleitet von einem Tross adliger Speichellecker und achttausend bewaffneter Soldaten. Karl war allein, ohne einen Mann zu seinem Schutz an der Flanke, auf seinem Schimmel vorausgeritten. Sein Großvater hätte es ebenso getan.

Er war eine weniger spektakuläre Erscheinung, der Enkel, war keine Lichtgestalt wie Maximilian, sondern hatte etwas von einem Finsterling, aber das Gespür für Wirkung war ihm in gleicher Weise eigen. Voller Majestät hatte er seinen Hengst durch die Straßen der päpstlichen Stadt gelenkt und dabei fortwährend Münzen unter das jubelnde Volk werfen lassen. »Lasst Gold vom Himmel regnen«, hatte er seine Leute angewiesen. »Ich will, dass der Anblick den Menschen auf Generationen im Gedächtnis haften bleibt.«

War es wahrhaftig der Enkel, der so sprach? *Beim Großvater hätte es nicht anders geklungen,* dachte Kunz von der Rosen. Philipp, der Sohn, der nach Maximilians Willen die spanische Infantin geheiratet hatte, war anders gewesen: Empfindsamer, stiller, mit schmaleren Schultern, kaum tauglich, das Gewicht der Welt darauf zu laden. Auch des Vaters blühende Gesundheit hatte der schöne Philipp nicht geerbt – ein Septemberfieber hatte genügt, um ihn dahinzuraffen.

Wie lange war das jetzt her? Schon ein Vierteljahrhundert? Ja, die Zeit raste umso schneller dahin, je mehr ihren Opfern die Kräfte schwanden. Kunz schien es, als wäre sie schon an ihm vorbeigezogen, er hatte es aufgegeben, ihr hinterherzuhecheln.

Der Tod des Sohnes, der es ihm im Leben nie leichtgemacht hatte, mochte Maximilian getroffen haben, aber wie stets bei den Wechselfällen des Schicksals in seinem Leben hatte er auch die Vorteile dieses Verlusts erkannt: Der entschlossene, tatenfreudige Karl war zur Nachfolge besser geeignet. Diese Einschätzung hatte nicht getrogen. Hier stand er nun, Karl, jeder Zoll der Herrscher, als der er erzogen worden war, und wartete im Stadtpalast von Bologna auf einen Akt, der seinem Großvater, der nur den Titel des erwählten, nicht aber des gekrönten Kaisers hatte führen dürfen, verwehrt geblieben war: die Kaiserkrönung durch den Papst.

Seine Heiligkeit Clemens VII. residierte im selben Palast. Drei Monate hatten sich die Vorbereitungen hingezogen, aber alle Verhandlungen hatten in friedvollem Geist ihren Anfang und in wechselseitigem Einvernehmen ihr Ende genommen. Heute war der große Tag da. Der Tag, den Maximilian herbeigesehnt hatte wie ein rosenwangiges Mädchen seine Hochzeit, doch der nun, über zehn Jahre nach seinem Tod, ohne ihn stattfand.

Ist es nicht seltsam, dachte Kunz, *dass Ihr, der Unverwüstliche, schneller ans Ende gekommen seid als ich? Dass nicht der kraftstrotzende Weltenherrscher, sondern nur sein schrumpeliger Zwerg übriggeblieben ist, um diesen Tag zu erleben?* Wie gewohnt saß er auch hier, im prächtigen Audienzsaal des Palasts, auf dem Sims eines Fensters, ohne dass jemand Notiz von ihm nahm. *Es hat nie zwei gegeben, die gegensätzlicher waren als Ihr und ich, mein Herr und Kaiser. Ihr so hochgewachsen, ich so winzig; Ihr von erhabener Majestät, ich eine verwachsene Spottgeburt; Ihr ewig jung, ich schon vergreist geboren; Ihr sonnenblond, ich schwarz wie die böse Nacht. Und doch waren wir aus dem gleichen Holz geschnitzt, Ihr aus dem feinen Mark, ich aus der knorrigen Rinde.*

Mühsam verlagerte Kunz sein Gewicht, inzwischen ächzten die Glieder seines lächerlichen Körpers bei jeder Bewegung. Im Hof wartete bereits das Gefolge mit den Pferden, um Karl zur Basilika San Petronio zu geleiten, wo die prunkvolle Krönung stattfinden sollte. Die eiserne Krone der Lombardei hatte Papst Clemens dem Habsburger bereits vor Tagen aufs Haupt gesetzt, im Beisein von ein paar Dutzend italienischer *nobili*, doch zum heutigen Festakt waren Fürsten und Abgesandte aus der ganzen Welt zusammengeströmt. Alles war bereit. Karl war fertig angekleidet und hätte sich auf den Weg machen können, doch er schien einen Grund zu haben, den Aufbruch hinauszuzögern.

Die Bilder. Das Fries aus einhundertsiebenundvierzig Holzschnitten, das die Maler Albrecht Altdorfer, Hans Burgkmair und Albrecht Dürer in über drei Jahren Arbeit geschaffen hatten: *Der Triumphzug Kaiser Maximilians.*

Würde es seinem Buckel nicht so teuflische Schmerzen bereiten, hätte Kunz sich verneigt. Das monumentale Bildwerk war durch und durch Maximilian, nicht weniger, als seine gebieterische Stimme und der mächtige Habsburger Zinken es gewesen waren. Von römischen Feldherren und Cäsaren hatte er seine Abstammung hergeleitet, und wie jene hatte er nicht nur sein Ableben, sondern auch das Bild, das die Nachwelt von ihm haben sollte, sorgsam vorgezeichnet. *Gernegroß,* hatte sein schwarzlockiges Hürchen ihn genannt, Rosina von Kraig, vielleicht der einzige Mensch, der ihn wie Kunz bis auf den Grund seiner Seele durchschaut hatte. Doch auch sie war schon tot, wie alle anderen außer ihm, dem Narren.

Vanitas, vanitatis … Selbst seine Bücher, *Teuerdank, Freydal* und *Weißkunig*, Heldengesänge, die Maximilian zur Sicherung seines Nachruhms selbst geschrieben und für deren Produktion er den Buchdruck mit mehr Geld gefördert hatte, als er sich hatte leisten können, waren dem Gernegroß nicht genug gewesen. *Der Triumphzug* hatte hergemusst, dieses einzigartige Panoptikum, das seine Siege und Abenteuer in solcher Bildgewalt feierte, dass im

Betrachter jede wahre Erinnerung dagegen verblasste. Er hatte alles in Szene gesetzt, auf der großen Bühne des Lebens, bis hin zu seinem eigenen Tod und noch darüber hinaus. Denn nichts hatte Maximilian von Habsburg so sehr gefürchtet, wie beim Glockenton vergessen zu sein.

Karl hatte die Holzschnitte am Tag nach ihrer Ankunft im Audienzsaal aufhängen lassen, doch seither hatte er den Raum nicht betreten. Die Bilder sah er auch jetzt nicht an, er hatte die Hände auf dem Rücken verschränkt und starrte zu Boden.

Auf wen wartete er? Als zwei Diener die Flügeltür aufwarfen, betrat eine Frau den Saal. Ohne Respekt und ohne Gnade hatte das Alter in ihrem Gesicht gewütet. Kunz seufzte auf. Irgendwann machten die Jahre selbst aus dem schönsten Menschenantlitz eine Affenfratze wie die seine. Dennoch haftete der Verblühten immer noch eine Spur jenes Liebreizes an, der Teil ihres mütterlichen Erbes war.

Margarete von Österreich. Karls Tante und Maximilians Tochter.

Ihre Tochter.

Ja, diese alte, gebrechliche Frau war einmal jene kleine, zarte Knospe gewesen, die Marie von Burgund zur Welt gebracht hatte. Der jähe Schmerz, der Kunz durchzuckte, ein Zwacken unter den Rippenbögen, roh und harsch und frisch wie vor fünfzig Jahren, verriet ihm, dass er trotz seines aberwitzig hohen Alters noch kein lebender Leichnam war, sondern ein Herz in seiner engen Brust schlug. *Die süße Marie …* Er hatte sie gemocht – und doch hatte er sie auf dem Gewissen. Weil er, der Zwerg, der schon durch seine Gestalt ein Hohn war auf die Gottesebenbildlichkeit des Menschen, nie frei gewesen war, sondern stets nur ein Werkzeug der Großen und Schönen, die Gottes wahrhafte Ebenbilder waren und darum in selbstherrlicher Willkür über das Schicksal entschieden, ihr eigenes und das der anderen.

Warum ist mir nie jemand auf die Schliche gekommen? Warum konnte ich die größten Schandtaten begehen, ohne bestraft zu werden? Vielleicht, weil ich gar nicht die Wahl hatte, mich je für das Gute zu entscheiden? Bei der Erinnerung daran, wie Philippe de Commynes ihn gedungen hatte, Maries Sattelgurt anzuritzen, erfasste Kunz ein Anflug von Melancholie, und in ihm regte sich ein so seltsamer Wunsch, dass er kaum glauben konnte, dass er dem Dunkel seiner Seele entsprang: der Wunsch, einmal im Leben etwas Gutes getan zu haben, nicht aus Tugend oder Edelmut, vielmehr aus reiner Neugier, nur um zu wissen, was für ein Gefühl das war – ein guter Mensch zu sein …

»Ihr wolltet mich sprechen?«, fragte Maries Tochter Karl, als wäre außer ihnen sonst niemand in dem großen Saal.

»Habt Dank, dass Ihr gekommen seid«, erwiderte der künftige Kaiser. Er klang verstört. Unsicher. Nicht wie Karl.

»Gibt es noch etwas zu bereden?«

»Ich weiß es selbst nicht.« Er stützte die Stirn in eine Hand, als sei der Kopf ihm schwer. »Ich wollte dies hier gern mit Euch ansehen, ehe ich zur Basilika aufbreche. Die Bilder, die mein Großvater in Auftrag gab.«

Margarete trat vor die erste Gruppe von Holzschnitten und betrachtete die Jäger und Bannerträger, die den Triumphzug anführten. »Ihr möchtet ihm nahe sein, nicht wahr?«

Karl hob den Kopf. Sein Blick glitt über die Reihe der geschmückten Triumphwagen hinweg, die Maximilians Erfolge in der Schlacht verherrlichten, über die Porträts der Fürsten und Herzöge, über die sein Großvater geherrscht hatte. »Ihm verdanke ich alles, was ich bin. Meine Krönung, die Anerkennung durch den Papst. Das alles ist sein Werk.«

»Ja, dafür hat mein Vater gelebt«, stimmte Margarete zu. »Dem Haus Habsburg die Kaiserwürde sichern und das geeinte, neuerstarkte Reich seinem Nachfolger in die Hände legen. Das war sein Ziel. Dafür hat er das Reich neu eingeteilt, die Verwaltung reformiert, ihm ein Kammergericht und eine Münze gegeben und ihm den Ewigen Landfrieden aufgezwungen. Er hat den Weg bereitet.«

Hat er das, der Gernegroß?, fragte sich Kunz. *Er ganz allein?* Gewiss, Maximilian hatte viele Male vollmundig seine Absicht erklärt, wieder und wieder an die alles überragende Mission erinnert, die seine Frau Marie ihm auf dem Totenbett aufgetragen hatte: das Kaiserreich Karls des Großen wiederaufzurichten, um sich an die Spitze der Christenheit zu stellen. Aber wäre ihm, dem großen Weltenbauer, das ohne Hilfe eines andern gelungen – ohne ihn, den kleinen Kunz? *Ich war der Stachel in deinem Fleisch, ohne meine Schandtaten hätte es so manche deiner Großtaten nie gegeben. Dein Werk war auch ein kleines bisschen meines ...* Kunz lief ein Schauer über den verwachsenen Rücken. Vielleicht war diese Erkenntnis der größte Witz seines närrischen Lebens. Sie beide, Maximilian und er, der Große und der Kleine, der Schöne und der Hässliche, der Allesüberrager und der Unsichtbare: Sie gehörten nicht aus Zufall zusammen, sondern waren vom Schicksal füreinander bestimmt, von allem Anfang an. Damit die Geschichte, die Gott im Himmel und der Teufel in der Hölle ersonnen hatten, auf Erden so werden konnte, wie sie geworden war, im Guten wie im Bösen.

War das der Grund, warum Kunz sich nach Strafe für seine Taten sehnte wie andere sich für die ihren nach Lohn?

Karl hatte Margarete vor den Holzschnitt geführt, der Maximilian zeigte, wie er auf festlich geschmücktem Wagen an seinem eigenen Triumphzug teilnahm. »Er war mein Vorbild«, bekannte er. »In allem, was ich je getan habe.«

Margarete lächelte. »Ihr seid so unbeirrt Euren Weg gegangen, dass ich stets glaubte, Ihr hättet kein Vorbild außer Euch selbst.«

»So mag es nach außen hin scheinen«, erwiderte Karl. »Doch die Wahrheit ist eine andere. Ich war sechs Jahre alt, und mein Vater war gerade gestorben, als mein Großvater mich zu sich rufen ließ. *Wer bist du?*, hat er mich gefragt. *Karl, Infant von Spanien,* habe ich geantwortet. *Sohn König Philipps.*«

»Und – hat ihn die Antwort zufriedengestellt?«

Karl schüttelte den Kopf. »Er gab mir einen Rat, den ich damals kaum begriff, doch den ich nie vergessen konnte. *Denk nicht an den, der du bist, denk an den, der du sein willst und allein darum sein kannst und sein wirst: Karl, Kaiser der Welt – geboren, um zu herrschen* … Mein Leben lang habe ich versucht, diesem Rat zu folgen.«

»Er hat Euch bis hierher geführt«, sagte Margarete. »Noch in dieser Stunde krönt Euch der Papst zum Kaiser. Dann werdet Ihr über ein Reich herrschen, das es in solcher Größe nie zuvor gegeben hat. Ein Reich, in dem die Sonne niemals untergeht.«

»Ja, das werde ich«, murmelte Karl, den Blick auf das gemalte Abbild des Großvaters gerichtet. »Und trotzdem ist mir, als hätte ich nie auch nur einen Tag lang über mein eigenes Leben verfügt.«

Das hast du auch nie, armer Narr, dachte Kunz. *Nicht mal dein Großvater hat das, selbst ihm, der schon als Knabe mit bloßen Händen Hufeisen formte wie später sein Schicksal, waren Grenzen gesetzt: Auch er war nicht nur Spieler, sondern ebenso Spielball, nicht nur Herrscher, sondern auch Knecht – gefangen in seiner Geburt.*

Kunzens Blick wanderte zu dem Holzschnitt, der Maximilians Hochzeit mit Marie von Burgund darstellte. Der Mann, der später das ganze Weltreich umpflügen sollte, hatte als Prinz nicht entscheiden dürfen, zu wem er sich ins Brautbett legte. Trotzdem hatte er bei diesem Bildnis die höchste Sorgfalt und Kunstfertigkeit verlangt. Warum? Um nach seinem Verzicht auf die glutäugige Geliebte wie ein braver Bürger sein Eheglück von der Nachwelt feiern zu lassen? Oder weil er tief in seinem Herzen wusste, dass er ohne diesen frühen Verzicht nie zu seiner späteren Größe herangewachsen wäre? Weil erst Marie diese Größe in ihm entdeckt und zur Reife gebracht hatte?

»Mir scheint, uns ist das Leben nicht gegeben worden, damit wir darüber verfügen«, erwiderte Margarete mit der ruhigen Resignation einer Frau, über die selbst ein Leben lang verfügt worden war. »Dem Kaiser so wenig wie dem Bettelmann.«

»Wozu dann?«

»Damit wir es erfüllen und eines Tages, wenn wir es in die Hände des Schöpfers zurücklegen, mit reinem Gewissen sagen können: Ich habe mein Bestes getan, meine Konten sind ausgeglichen.«

Und was ist mit meinem Leben?, durchfuhr es Kunz. *Wie können meine Konten ausgeglichen sein, wenn mich kein Mensch je zur Rechenschaft gezogen hat? Wenn mir die Strafe für meine zwergenhafte Niedertracht verwehrt blieb?*

Margarete legte ihrem Neffen die Hand auf den Arm. »Fasst Euch jetzt ein Herz, Karl. Euer Großvater hat den Weg bereitet, den Ihr zu gehen habt. Ihr werdet die Titel tragen, die er in der Stunde seines Todes ablegte, und Ihr werdet das Werk erfüllen, das er nicht vollenden konnte.«

»Gibt es das auf Erden überhaupt?«, fragte Karl. »Vollendung?«

»Die Frage ist müßig«, entschied Margarete. »Maximilian hat getan, was ihm zu tun beschieden war, mehr könnt auch Ihr nicht tun. Welche Bedeutung den Taten zukommt, entscheidet der Weltlauf, nicht wir.«

Über mich und meine Taten wird der Weltlauf nie entscheiden ... Kunz schmeckte Bitterkeit auf der Zunge, die sonst schon lange nichts mehr schmeckte. *Bin ich wirklich so klein und unscheinbar, dass nicht einmal über mich zu richten der Mühe lohnt?* Über Maximilian hatte jeder gerichtet, man hatte ihn gefeiert oder verflucht. Er war zu groß, als dass man ihn übersehen konnte. Und noch in Hunderten von Jahren würde er ein Großer sein, den jeder sah, um ihn zu feiern oder wenigstens zu verfluchen, dafür hatte er selbst gesorgt, mit den Bildern hier im Saal wie auch mit seinen Büchern, diesen Hymnen auf den eigenen Nabel. Kunz hingegen, obwohl er dem Rad der Geschichte so oft in die Speichen gegriffen hatte – er konnte unbemerkt auf einer Fensterbank hocken, niemand nahm ihn wahr, den kleinen Greis mit der Narrenpritsche, noch malte ein Künstler sein Bild oder fand ein Geschichtsschreiber ihn der Erwähnung für würdig. Einer wie er mochte Weltenherrscher ins Stolpern bringen, dem Gedächtnis der Welt hatte er nicht einen Kratzer eingekerbt.

»Ich danke Euch«, sagte Karl. »Es war mein Wunsch, ehe ich

mich krönen lasse, diese kleine Spanne Zeit mit Euch allein zu sein. Mit Euch – und mit ihm.« Mit einer Kopfbewegung grüßte er Maximilians Bild auf dem Triumphwagen.

»Seid Ihr dann jetzt bereit?«, fragte Margarete.

Karl nickte. »Sofort. Nur noch einen Augenblick der Stille.«

Beide sahen das Bild an und schwiegen. »*Quod in celis Sol, hoc in terra Cesar*«, prangte über dem Baldachin des Wagens. »Was die Sonne am Himmel, das ist der Kaiser auf Erden.« Obwohl solche Feierlichkeit Kunz zuwider war, konnte auch er sich der Weihe dieses Moments nicht entziehen. Wie groß und schön Maximilian auf dem Bild war! Genau so war er im Leben von Triumph zu Triumph geeilt, als wolle der Himmel ihn noch für die Gaben belohnen, die ihm so unverdient in die Wiege gelegt worden waren ... Was für ein himmelschreiendes Unrecht!

Doch plötzlich, in der tiefsten Schwärze dieses Gedankens, ging Kunz ein Licht auf. Hatte er die Rechnung nicht längst bezahlt? Die Strafe, auf die er sein Leben lang gewartet hatte – war sie ihm nicht erteilt worden, noch ehe er die Untaten begehen konnte, die solche Bestrafung rechtfertigten und verlangten? War sie ihm nicht in die Wiege gelegt worden, ebenso willkürlich und ungerecht, wie Maximilian der Lohn? Über andere würde das Gedächtnis der Welt richten. Über ihn aber hatte bereits seine Geburt gerichtet. Indem er als Krüppel geboren worden war, als Affenfratze, als Zwerg, verflucht, als Krüppel sein Leben zu fristen, Tag für Tag, Jahr für Jahr, länger als all die Großen und Schönen – bis es seinem Schöpfer dermaleinst aus Langeweile gefallen würde, ihn von seiner Existenz zu erlösen.

Die Tür ging auf, und herein kam Mercurino Gattinara, Karls Großkanzler. »Verzeiht, Majestät, die Zeit drängt. Seine Heiligkeit wartet in der Basilika.«

Aus alter Gewohnheit wollte Kunz von der Fensterbank hüpfen, um Karl zu folgen – wo immer etwas geschah, musste der Narr dabei sein. Doch da fiel sein Blick auf die Stundenkerze, die bis auf den Docht heruntergebrannt war. Mit einem müden Lächeln hielt er inne. Wozu sollte er seinen Platz verlassen? Seine Zeit war abgelaufen, es gab für ihn auf dieser Welt nichts mehr zu tun, niemand war mehr da, für den er Schicksal spielen sollte. Auf einmal spürte er, wie seine gekrümmten, ächzenden Glieder sich streckten, die ewige Spannung, die seinen kleinen Körper so viele Jahre zusammengehalten hatte, sich nach und nach löste. *Meine Konten sind ausgeglichen* ... Ja, es war vollbracht, er konnte sein Leben in die Hände seines Schöpfers zurücklegen. Ob dieser Schöpfer Gott oder Satan war: Er, Kunz Freiherr von der Rosen, hatte seinen Preis bezahlt, keine Rechnung oder Strafe wartete auf ihn.

»Brechen wir auf?«, fragte Margarete.

Während Kunz an seinem Platz hockenblieb, straffte Karl die Schultern, wie Maximilian es so oft getan hatte. »Ich bin so weit, *ma dame.*«

Er reichte Margarete den Arm, und während ein Luftzug, der schon nach Frühjahr schmeckte, durch den Raum strich, sah Kunz von seiner Fensterbank aus zu, wie der neue Kaiser Seite an Seite mit Maximilians Tochter hinaus in das helle Sonnenlicht trat, wo das jubelnde Volk ihn empfing.

Dichtung und Wahrheit

Er oder ich – das war beim Schreiben dieses Romans oft die Frage, und ich gestehe, einige Male stand ich kurz vor der Kapitulation angesichts der monströsen Lebensgeschichte, die einem aus den Quellen und Monographien über Maximilian I. von Habsburg entgegenbricht. »Das Leben eines Menschen ist zu kurz, um das Leben dieses Mannes zu erfassen«, sagt darum Hermann Wiesflecker, Nestor der Maximilian-Forschung, über seinen und meinen Protagonisten. In der Tat: Um all die Schlachten zu erzählen, die Maximilian I. von Habsburg geschlagen hat, um vom Bettelprinzen zum Kaiser aufzusteigen, all die Bündnisse und Verträge, die er schloss, um sich seiner Feinde zu erwehren, all die Liebschaften und Händel, in die er sich warf, um seinen übergroßen Lebenshunger zu stillen – um all das zu erzählen, was die Geschichte dieses Mannes ausmacht, mit all ihren Widersprüchen und Wendungen, reicht der Platz nicht aus, der sich für gewöhnlich zwischen zwei Buchdeckeln findet.

Ich habe deshalb auf den Versuch verzichtet, das ganze Leben dieses Kaisers wiederzugeben, und mich stattdessen auf die Geschichte seiner Kaiser*werdung* beschränkt: von der schicksalhaften Begegnung mit Karl dem Kühnen bis zur Sicherung und Weitergabe seines burgundischen Erbes, als Voraussetzung für seine Erhebung. In dieser Lebensphase gibt sich nicht nur Maximilians persönliches Wesen, sondern auch seine historische Bedeutung als epochale Figur des Übergangs vom Mittelalter zur Renaissance am eindrucksvollsten zu erkennen. Dabei habe ich hier und da die Chronologie der Ereignisse sowie manche Äußerlichkeit im Detail abgewandelt. Dies geschah, um einen in sich geschlossenen Erzählkreis zu schaffen, der, gestützt auf die historische Überlieferung, intuitiv den Geist und die Kräfte zu erfassen sucht, die den beschriebenen Ereignissen innewohnen und deren Bedeutung und Auswirkungen bis heute begründen. Denn die innere Wahrheit – ob einer Person oder Epoche – und deren Entfaltung in der Geschichte erschließt sich nicht aus der Abbildung bloßer Fakten, sondern aus der Verdichtung von Tatsachen und Legenden, von Geschehnissen und Meinungen, von Hoffnungen, Ängsten und Leidenschaften …

Folgende Ereignisse, die im Roman zur Sprache kommen, gelten in der historischen Forschung als gesichert:

1459: Maximilians Geburt: Gründonnerstag, 22. März.
1462: Kindheitstrauma: Belagerung der Hofburg durch den eigenen Onkel, demütigende Flucht und Rettung; Stottern und Sprachhemmung.
1463: Päpstliche Anregung zur Verbindung Habsburg-Burgund durch Heirat als Bündnis gegen die Türken.
1465: Geburt von Schwester Kunigunde.
1467: Tod der Mutter Eleonore von Portugal.
1472: Philippe de Commynes, Berater Karls des Kühnen, wechselt vom burgundischen Hof an den französischen Hof Ludwigs XI.
1473: Liebschaft mit der Kammerjungfer Rosina von Kraig; Ermahnungsbrief des Papstes an Maximilian zur Eheschließung mit Marie von Burgund; der plötzliche (Gift-?) Tod des Brautwerbers Nicolaus von Lothringen; Frühjahr: Augsburger Reichstag: Ausrüstung und Einkleidung für Trier mit Hilfe der Fugger; Verhandlungen in Trier: der Kaiser im Schatten des Herzogs, Maximilians Begegnung mit Karl dem Kühnen; Karls Forderung: Erhebung zum Römischen König und *Caesar designatus*; Störfeuer: Gerüchte über Maries angebliche Hässlichkeit; Ludwigs Abgesandter in Trier: Werben um Kunigunde und Sabotage

der habsburgisch-burgundischen Pläne; Bündnis-Alternative: Kunigunde und der Sohn des Großtürken; Scheitern der Verhandlungen in Trier: Friedrichs Abreise bei Nacht und Nebel.

1474: Karls Antwort auf die Blamage von Trier: die Belagerung von Neuss; Augsburger Reichstag: keine Unterstützung der Reichsstände, Abzug in Schimpf und Schande; Friedrichs Gegenattacke: Aufbietung des Reichsheers.

1475: Karls schwere Niederlage von Grandson; Einlenken im Ehe-Wettstreit, schriftliche Bestätigung des Eheversprechens durch Burgund ohne Anspruch auf eine Krone.

1476: Briefe und ein Ring: Maries persönliche Einwilligung in die Ehe; Weihnachten: Mondfinsternis als Vorbote eines Fürstentodes.

1477: 5. Januar: Karls Tod in der Schlacht vor Nancy, Gerüchte von einem Hinterhalt aus den eigenen Reihen; Ludwigs Jubel über Karls Tod: Verteilung der burgundischen Herrschaften; Gent: Ungewissheit über Ausgang der Schlacht und das Schicksal des Herzogs; 24. Januar: Friedrich stimmt in einem Brief an den bereits toten Karl der geplanten Vermählung bei; Marie erfährt vom Tod ihres Vaters; burgundische Gesandtschaft mit Hugonet nach Paris: Ermahnung Ludwigs zur Einhaltung des Friedens; Maries Situation: Aufbegehren der Generalstände und der unteren Schichten, keine Totenmesse für Karl; Ludwigs Antwort auf Maries Gesandtschaft: Rückforderung aller französischen Kronlehen oder Maries Einwilligung in Heirat mit dem französischen Dauphin; Maries Absage an den Dauphin durch ihre Hofdame Johanna; Ludwigs Reaktion: Angriff auf burgundische Grenzgebiete; 11. Februar: Generallandtag in Gent: erpresste Bestätigung des Großen Privilegs; Ludwigs Intrige gegen Maries Kanzler: Hugonets Verurteilung und Hinrichtung; Marie de facto Gefangene der Generalstände; Palmsonntag: Hilferuf an Maximilian; Osterzeit: Maximilian im Zwiespalt zwischen Leidenschaft für Rosina und Ruf seiner Braut; Streit zwischen Vater und Sohn: Rosina wird vom Hof verbannt; Frankreichs Absichten auf Burgund als Grund für Einschwenken der Generalstände zugunsten Maximilians; 21. April: Heirat Maximilian-Marie *per procuram*: Stimmungsumschwung in Burgund; Ludwigs Antwort: weiterer Vormarsch und Wüstungskrieg; Ludwig stellt Maries Anspruch auf die Niederlande in Frage und stiftet Ungarnkönig Corvinus zum Angriff auf Wien an; verzweifelte Geldbeschaffung für den Brautzug; ungarische, von Frankreich finanzierte Streifscharen brechen in Österreich ein: Maximilians militärischer Einsatz in der Heimat; Abschied von Rosina: der Ritter in Maximilian siegt über den Liebhaber; 21. Mai: Aufbruch nach Burgund; Mitte Juni: Ungarnkönig Corvinus marschiert gegen die Hofburg; Maximilian: Geldschwund auf der Reise und Sehnsucht nach Rosina; 3. Juli: Ankunft in Köln ohne Geld; Maximilian in Schuldhaft: Auslösung durch Margarete von Yorks Geldgeschenk von 100 000 Gulden und Fortsetzung der Reise; 18. August: Ankunft in Burgund; erste Begegnung von Maximilian und Marie: die verborgene Nelke; 19. August: Eheschließung in der Hofkapelle zu Gent mit bescheidenem Fest; Ludwigs Propaganda: Gerüchte über den ärmsten Bräutigam der Welt; Maximilians erste Amtshandlung: Verhandlungen über Geld und Truppen gegen Frankreich; französische Agenten: Gerüchte über Ausbeutung Burgunds durch den Bettelprinzen; Maximilians Huldigungstour durch Burgund; Maximilians Zeichen an die Stände und die Bevölkerung: Vermünzung des Tafelsilbers; Erfolg: 500 000 Gulden für die Aufrüstung des burgundischen Heeres; 18. September: brüchiger Waffenstillstand mit Frankreich; Hilferuf an Friedrich: Kaiser durch Corvinus selber gebunden; Bündnisbestrebungen mit Spanien und England.

1478: Maximilians Herrschaftsideal: das burgundische Erlebnis; Maximilian drängt seinen Vater auf Erhebung zum Römischen König, Friedrich lehnt wegen Maximilians Unerfahrenheit ab; Frühjahr: Ludwigs Neutralisierung der Engländer durch Jahrespension; Wiederaufflackern des Krieges: Scharmützel im Norden und Süden; Ludwigs Agenten hetzen gegen die deutschen Ausbeuter und schüren den Konflikt zwischen Hoeks und Kabeljaus; Druck auf Maximilian: Ganze Kompanien laufen dank Bestechung zu den Franzosen über; 22. Juni: Festigung von Maximilians Stellung durch Geburt des Sohnes Philipp; Gerüchte um das Geschlecht des Prinzen: öffentliche Zurschaustellung des nackten Knaben bei der Taufe; 11. Juli: ein Jahr Waffenstillstand mit Frankreich; Ludwig verweigert die Anerkennung des burgundischen Staats und zitiert den Herzog und die Herzogin »von Österreich« vor das Pariser Gericht: postumer Schauprozess gegen Karl wegen Hochverrats.

1479: Hungersnot und Steuererhöhungen in Burgund; Druck durch leere Kassen: Maximilian will die Entscheidungsschlacht im Erbfolgekrieg; April: die Schlacht von Guinegate: Maximilians Sieg dank neuartiger Kriegsführung; die Nacht nach der Schlacht: Anschlag auf Maximilian auf dem *lit d'honneur*; Wolf von Polheim gerät in französische Gefangenschaft; Ludwigs Replik zu Maximilians Siegesboten: Bohnen züchten auf den Feldern von Guinegate; Propagierung des Triumphs von Guinegate europaweit mit Flugschriften; Oktober: Nürnberger Reichstag: trotz Maximilians Sieg keine Kriegshilfe für Burgund; Hoffnungsstrahl: Bekenntnis der Bretagne zu Burgund; Frankreichs Seeblockade gegen die Niederlande; Winter: Hungersnot und Teuerung in Burgund; Biersteuer: Aufstand in Gent, erneute Stimmungsmache durch französische Agenten, wachsende Unbeliebtheit des österreichischen Herzogs.

1480: Österreichs Unglücksjahr: Niederlagen gegen die Ungarn und Türken, dazu die Pest im Land; 10. Januar: Geburt von Maximilians und Maries Tochter Margarete; Spekulationen: Friede mit Frankreich durch Verlobung der Tochter mit dem Dauphin?; Maximilians Parteinahme für die Kabeljaus: 80 000 Gulden für den Krieg gegen Frankreich; März: Maximilian erkrankt an Fieber, Streuung von Gerüchten zu seinem Tod; Frühsommer: meuternde Soldaten und Anschlag auf Maximilian in Namur: Maries Kettenhemd; Wettbewerb zwischen Frankreich und Burgund um England; 1. August: Freundschaftsvertrag mit England; 21. August: Waffenstillstand mit Frankreich; Auslösung Wolf von Polheims aus französischer Gefangenschaft gegen Überlassung von niederländischen Jagdhunden.

1481: Unterwerfung Hollands samt der Hoeks sowie Gelderns; Wende im Frühjahr: Ludwig todkrank nach Schlaganfall; Ludwigs Todesangst und Gottesfurcht: Gebete um Verlängerung seines Lebens; 16. April: Maximilians Bündnisverträge mit England und der Bretagne, um Frankreich in die Zange zu nehmen.

1482: 24. März: Maries Reitunfall und Tod; Maries Testament vor den Rittern vom Goldenen Vlies; Maximilian im Schmerz: Anrufung der Toten durch Johann Trithemius, Abt von Sponheim; Aufstand in Gent, geschürt von dem Strumpfwirker und französischen Agenten Jan Coppenhole; 28. April: Forderung der Generalstaaten: Regentschaft über den Erbprinzen, Frieden mit Frankreich, Heiratsvertrag Margarete/Dauphin; Ludwigs Jubel über Maries Tod: Aufmarsch der Franzosen an den Grenzen Burgunds, Mobilisierung der Bevölkerung gegen Maximilian; Mai: Maximilians Landesaufgebot scheitert am Widerstand der Stände; Sommer in Wien: Waffenstillstand zwischen Osmanischem Reich und Corvinus, dessen Bestreben einer Großreichsbildung im Donauraum auf Habsburger Kosten; keine Hilfe aus Wien für Maximilian: Angriff der Ungarn auf die Hauptstadt; 23. Dezember: Schandvertrag von Arras ohne Maximilians Mitwirkung: Verlust der Vormundschaft über Sohn Philipp, Margaretes Vor-Verlöbnis mit Dauphin, Margaretes weitere Erziehung am französischen Hof von Plessis-les Tours, Freigrafschaft Burgund als Mitgift; Ludwigs Gegenleistung: Räumung der besetzten Gebiete, Einstellung feindlicher Handlungen; Philipp wird ohne Maximilians Wissen einem Regentschaftsrat unterstellt; Maximilian weigert sich, Vertrag von Arras zu unterzeichnen; Druck auf Maximilian: Sohn Philipp in der Hand der Genter Rebellen.

1483: 1. März: Maximilian unterzeichnet Vertrag von Arras; Margaretes Ankunft in Plessis: jedermanns Liebling am französischen Königshof; April: Kaiser Friedrich muss aus Wien fliehen; Albrecht von Sachsen als Friedrichs Statthalter und Verteidiger in der Hauptstadt; 16. Juni: Verlobung Margaretes mit Dauphin; Genter verweigern Maximilian die Herausgabe des Sohns; Maximilians Rache: Bestrafung der Ständevertreter in Mecheln, Löwen, Brüssel und Antwerpen; Maximilians gewaltsamer Versuch, die Vormundschaft über Philipp zurückzugewinnen: Aufstand in Flandern und Brabant; Maximilians Rachezug gegen Utrecht; 30. August: Tod Ludwigs XI.: Nachfolger ist der bisherige Dauphin, der 13-jährige Charles VIII., Regentschaft durch dessen Schwester Anne de Beaujeu von Frankreich; freie Fahrt für Corvinus: Sultan Bejazid bietet Ungarn fünfjährigen Waffenstillstand an.

1484: Maximilians Geniestreich: Seekrieg gegen die flandrischen Küstenstädte; Sommer: Krieg der Flandrischen Union (Gent, Brügge, Ypern) gegen Maximilian; tollkühner Überraschungsschlag: Maximilians Eroberung von Dendermonde; Dezember: Kriegserklärung Frankreichs gegen Burgund wegen Bruch des Vertrags von Arras.

1485: Januar: Brügger Kaperkrieg gegen Seeland und Holland; Februar: Corvinus fällt in Österreich ein und marschiert auf Wien; Mai: Maximilians Angriff auf Gent; 12000 Rinder: Beutemachen in der Bevölkerung zur Befriedung der Söldner; Maximilian nimmt für Seekrieg Piratenhauptleute in Sold; Maximilians Angriff auf Brügge: Kaperkrieg gegen Flotte vor Brügger Hafen Sluis; 1. Juni: Die an Hungersnot leidenden Wiener öffnen den Ungarn die Tore, Corvinus besetzt die Stadt; Juni: Brügges Kapitulation: Maximilian nimmt als Vormund seines Sohnes und Regent von der Stadt Besitz: Pardon für die Stadt, Bestrafung der Rebellen, Annexion der französischen Schiffe; Gent: Die höheren Stände gewinnen gegen Coppenhole die Oberhand; 28. Juni: Frieden mit den Ständen Flanderns: Restitution der alten Privilegien für Rückstellung von Philipp und Anerkennung von Maximilians Regentschaft sowie Zahlung von 350000 Gulden Kriegsentschädigung; Coppenhole flieht aus Gent; 7. Juli: Einmarsch in Gent: Wiedersehen von Maximilian und Sohn Philipp; Kaiser Friedrich hilfesuchend und bettelnd auf der Flucht durchs Reich; Wiederaufbau von Wien durch Corvinus; Gent, 11. Juli: Übergriffe deutscher Söldner: neuerlicher Aufstand der Stadtbevölkerung; 22. Juli: Bestrafung Gents: Vernichtung der Stadtbücher, Aufhebung der Privilegien, zusätzliche Strafzahlungen; Philipp bei Herzoginwitwe Margarete von York in Mechelen; Nachricht vom Fall Wiens: Kaiser Friedrich samt Tochter Kunigunde ins Asyl nach Innsbruck; Streit Friedrich/Sigmund: Ausverkauf Tirols an Albrecht von Bayern; Maximilian in Mechelen bei Sohn und Schwiegermutter: Philipp als Maximilians Faustpfand im Kampf um die Macht; Notruf des Kaisers: Friedrich endlich bereit, Maximilian auf den Königsthron zu erheben; Maximilians Abreise ins Reich; 22. September: erstes Wiedersehen von Maximilian und Friedrich nach acht Jahren.

1486: Januar: gemeinsamer Einzug von Vater und Sohn in Frankfurt; Erzherzog Sigmund als Maximilians Fürsprecher zur Königswahl; Widerstände gegen Maximilian: die Kurfürsten von Brandenburg, Pfalz, Mainz; Verpfändung der Schwazer Silberminen durch Sigmund an Maximilians Rivalen Albrecht von Bayern; 16. Februar: Maximilians Wahl zum Römischen König; Verlierer der Königswahl: Albrecht von Bayern; AEIOU: Friedrichs Rührung bei Wahl seines Sohnes; Proteste gegen Maximilians Wahl von Corvinus und Wladislaw von Böhmen beim Papst; Forderung der Kurfürsten auf Reichstag: Reichsreform, Landfriede, Kammergericht, einheitliche Münze; 9. April: Maximilians Krönung in Aachen; Friedrichs und Maximilians Übereinkunft: keine Einmischung des Sohnes in die Reichsgeschäfte; Maximilian erklärt sich bereit, zusammen mit Friedrich gegen Corvinus zu ziehen; Änderung der Pläne durch neuen französischen Angriff auf Burgund; Corvinus verbündet sich mit König von Frankreich und dem neuen Tudor-König von England; Maximilians Antwort: Bündnis mit der Bretagne; Friedrich und Maximilian zusammen zurück in die Niederlande: glänzender Empfang des Kaisers; erstes Zusammentreffen von Vater, Sohn und Enkel in Mechelen; Albrecht von Bayerns Rache im Oktober: Besetzung der freien Reichsstadt Regensburg; Maximilian kann Sold nicht bezahlen: massenhafte Absatzbewegungen seiner Landsknechte; weiterer Ausverkauf Südtirols durch Sigmund an Albrecht von Bayern.

1487: Januar: Albrecht heiratet ohne Wissen des Kaisers, aber mit Hilfe von Sigmund, Friedrichs Tochter Kunigunde; Voraussetzung der Heirat: ein gefälschter Willebrief; Juli: Kriegswende in Burgund durch Maximilians Niederlage bei Béthune; Landtag in Hall: Sigmund wird im August unter Kuratel gestellt; Dezember: Friedrich schließt mit Corvinus Notfrieden; in Gent und Brügge gewinnen die niederen Stände um Coppenhole und Frans von Brederode wieder die Oberhand; Coppenhole Kommandeur des Genter Stadtregiments; Vertreibung der burgundischen Besatzung und neuerliche Bindung an Frankreich; 26. Dezember: Einberufung der Generalstaaten nach Brügge; Verschwörung in Brügge: Einladung Maximilians zur Feier von Mariä Lichtmess.

1488: 17. Januar: Gent wird Stadtrepublik unter französischer Lehenshoheit; Friedrich in Innsbruck: Sigmund muss die Millionenverschreibungen an Albrecht von Bayern widerrufen, Anerkennung von Kunigundes Heirat mit Albrecht von Bayern; Maximilian in Brügge: Inhaftierung in der Kranenburg; Empörung in ganz Europa über Verhaftung eines Königs; Februar: Gründung des Schwäbischen Bundes in Esslingen, Graf Eberhard im Barte oberster Feldhauptmann; Kompromissangebot der Brügger: 100 000 Ecus Jahresrente auf Lebenszeit für Maximilians Verzicht auf Regentschaft, Bestrafung der Schuldigen, Frieden mit Frankreich; Maximilian lehnt ab; Schaugerüst: Folterung und Enthauptung von Maximilians Räten; Hofnarr Kunz von der Rosen schlägt Flucht in Mönchstarnung vor: Maximilian lehnt wegen Ehrlosigkeit ab; Maximilians heimlicher Bittbrief um Hilfe: Antwort des Kaisers wird von Brügger Bürgern abgefangen; Sohn Philipps erste Tat: Anrufung von kaiserlichen Hilfstruppen; 24. April in Köln: Aufbietung der Reichshilfe durch Friedrich; Forderung von Maximilians Freilassung durch Reich und Papst; Druck durch anrückendes Reichsheer: Brederode verlässt die Stadt; 12. Mai: Bestätigung des Friedens von Arras als Lösung des Konflikts; Mai: Einmarsch des Reichsheers in Flandern unter Führung des Kaisers; 16./20. Mai: Freilassung Maximilians, des »gewesten Herzogs von Burgund«; Fürstengericht in Löwen: Maximilians in Brügge abgepresste Eide werden für nichtig erklärt; Vertragsbruch:

Strafexpedition gegen Gent; Fürstentag ernennt Herzog Albrecht von Sachsen zum Reichsfeldherr und beauftragt ihn mit Weiterführung des niederländischen Krieges; gemeinsamer Angriff von Maximilian und François de Bretagne auf Frankreich; August: François de Bretagne stirbt; François' Erbin: seine zwölfjährige Tochter Anne de Bretagne; Maximilian gerät auf Flucht über die Nordsee in Seenot; Bündnis Burgunds mit Spanien und England; Albrechts Schwur: sich den Bart nicht mehr zu scheren, bis Flandern wieder erobert ist; Maximilian verlässt die Niederlande Richtung Reich.

1489: Landung von englischen und spanischen Truppen in der Bretagne; Albrecht von Sachsens Gegenoffensive in Flandern; neue französische Interessen: Papst versucht via Legat Peraudi, Charles für Kreuzzug unter französischer Führung zu gewinnen; Aufnahme von Verhandlungen zur Verheiratung Maximilians mit Anne de Bretagne; Kriegsgefahr im Reich: Bayern gegen Schwäbischen Bund; Juni: Maximilians erster Reichstag als König in Frankfurt; Maximilians Plan, die östlichen Erbländer von Ungarn zurückzukaufen; Friedrich dagegen: Weissagung der Astrologen von Corvinus' baldigem Tod; 28. Juli: Frankfurter Friede: Waffenstillstand mit Frankreich durch Vermittlung des päpstlichen Legaten Peraudi; Kreuzzug gegen Türken als gemeinsames Ziel; 30. Oktober: Friedensschluss mit der Flandrischen Union: Maximilians erneute Vormundschaft und Regentschaft über seinen Sohn, Zerstörung der Kranenburg in Brügge, 300 000 Gulden Schadenersatz.

1490: März: Landtag in Innsbruck: Sigmund dankt ab für 52 000 Gulden Jahrespension; Abtretung Tirols und der Vorlande an Maximilian; 6. April: Tod zur Unzeit: Ungarnkönig Matthias Corvinus stirbt; Maximilian beansprucht Thron von Ungarn; Juli: Wladislaw von Böhmen neuer König von Ungarn; Sommer: neuerlicher Aufstand in

Brügge; Maximilians Feldzug zur Rückeroberung der Erblande und Wiens; 22. August: Rückeroberung Wiens; Verschärfung des Konflikts zwischen Bayern und Schwäbischem Bund: Forderung von Kunigundes Erbverzicht; 4. Oktober: Beginn des Ungarnfeldzugs; 17. November: Eroberung von Stuhlweißenburg; Meuterei der unbezahlten Söldner und Wintereinbruch; Aufgabe des Marschs auf Ofen und des Ungarnfeldzugs; Plünderung von Stuhlweißenburg zur Befriedung der Söldner; Dezember: Niederschlagung des Aufstands in Brügge durch Albrecht von Sachsen und Strafgericht gegen alle Rebellen; 16. Dezember: Unterzeichnung des Heiratsvertrags zwischen Maximilian und Anne de Bretagne; Frankreichs Antwort: Einmarsch französischer Truppen in der Bretagne.

1491: Frühjahr: Jan Coppenholes letzter Aufstand in Gent; Rachefeldzug: Albrechts von Sachsens Wüstungskrieg gegen Gent; März: Maximilian verlangt auf Nürnberger Reichstag Kriegshilfe gegen Frankreich; in Nürnberg Nachricht von Frankreichs Angriff auf die Bretagne und Annes Bitte um Hilfe; Maximilians Weigerung: nur Bestätigung der Ehe mit Anne vor den Reichsfürsten statt Marsch in die Bretagne; Oktober: Belagerung der bretonischen Hauptstadt Rennes durch die Franzosen; 27. Oktober: Anne de Bretagne kapituliert; 7. November: Friede von Pressburg: Sicherung der habsburgischen Erbansprüche auf Ungarn und der Mitregentschaft, Teilung der Stephanskrone; Reichsacht über Regensburg: Aufrüstung des Reichs gegen Bayern; 6. Dezember: Eheschließung Charles' von Frankreich mit Anne de Bretagne unter Aufhebung von Annes Eheschließung *per procuram* mit Maximilian.

1492: 27. Februar: Anne de Bretagne wird französische Königin; Maximilian als Gespött Europas: Tochter Margarete von Charles als Braut verstoßen, Anne de Bretagne als eigene Braut an Charles verloren; Maximilian fordert Charles zum Zweikampf; Geldbeschaffung für Rachefeldzug gegen Frankreich mit Hilfe der Fugger; April: Aufmarsch des Schwäbischen Bundes gegen Bayern mit 20000 Mann vor Augsburg; 25. Mai: Vergleich zwischen Bayern und dem Reich: Kündigung der Tiroler Verschreibungen, Kunigundes Erbschaftsverzicht, Rückgabe der freien Reichsstadt Regensburg; Wortbruch: Franzosen geben weder die verschmähte Braut noch deren Mitgift, die Freigrafschaft Burgund, zurück; keine Reichshilfe auf Koblenzer Reichstag für Maximilians geplanten Frankreichfeldzug; England kündigt Bündnis mit Maximilian; Aufnahme von Heiratsverhandlungen mit Ludovico Sforza: 100000 Gulden Vorschuss auf Biancas Mitgift; Versöhnung Kaiser Friedrichs mit Tochter Kunigunde; Gents Kapitulation: Hinrichtung des Rebellenführers Jan Coppenhole, Trennung von Frankreich; verraten in Metz: Maximilian muss in Unterzahl ohne zugesagte Unterstützung gegen Frankreich ziehen; Oktober: Albrecht von Sachsen erobert Brügger Hafen Sluis; November: Meteorit »Donnerstein von Ensisheim« als Gotteszeichen, Maximilian entschließt sich trotz fehlender Unterstützung für Feldzug gegen Frankreich.

1493: Januar: Eroberung der Freigrafschaft Burgund mit kleinem Heer; 23. Mai: Friede von Senlis: Rückgewinnung der Freigrafschaft Burgund, Behauptung des burgundischen Erbes, Rückbringung von Prinzessin Margarete zu ihrem Vater und Bruder; Ende des 15-jährigen burgundischen Erbfolgekriegs: das Land verwüstet, aber gehalten; Wahrung der Ehre: Tilgung aller Spuren der »bretonischen Heiratsgeschichte« aus offiziellen Dokumenten; Juni: Wiedersehen von Vater und Tochter: Margaretes Heimkehr; Juni: Friedrichs brandiges Bein wird in Anwesenheit des gesamten Hofes amputiert; Bündnisbestrebungen mit Wladislaw gegen die Türken: Maximilians Angebot zur Verheiratung seiner Tochter Margarete mit dem König von Ungarn und

Böhmen; 9. August: verheerende Niederlage der Kroaten gegen die Türken; 19. August: Kaiser Friedrich stirbt mit 78 Jahren an der Ruhr in Folge exzessiven Verzehrs von Wassermelonen; Einsargung Friedrichs mit amputiertem Bein; Desillusion: die vermeintlichen Schätze des Kaisers; Friedrichs verzögerte Beisetzung: Aufmarsch gegen die Türken; November: Maximilians Feldzug ins Leere; Maximilians Heirat *per procuram* mit Bianca Sforza in Mailand durch Christoph von Baden; Biancas Reise ohne Bräutigam nach Innsbruck; Dezember: Beisetzung Friedrichs in Wien; Botschaftertreffen in Wien: Ratifizierung des Friedens von Senlis, Pläne für eine Heilige Liga gegen die Türken, zusammen mit dem französischen Erbfeind.

1494: 16. März: Vollzug der Mailänder Heirat zwischen Maximilian und Bianca in Innsbruck; Baubeginn des »Goldenen Dachl« zur Erinnerung an die Hochzeit; Maximilians Zug ins Reich: Sicherung des Landfriedens; Biancas Vertröstung: Krönung zur Römischen Königin; Maximilians Rückkehr in die Niederlande; Bart ab: Rückgabe ganz Flanderns durch Albrecht von Sachsen; September: Machtübergabe in Burgund: Philipps Einsetzung als Herzog; Schwert und Hut: Maximilians Anerkennung als regierender König durch den päpstlichen Legaten Peraudi. *Tu felix Austria nube*: Pläne für ein doppeltes spanisch-habsburgisches Ehebündnis.

Ohne genauere Datierung: Rosina von Kraig wird Maximilians offizielle Mätresse, neben seiner ungeliebten Gemahlin Bianca Sforza.

Personenverzeichnis

Albrecht von Bayern, Kurfürst
Albrecht von Sachsen, Kurfürst
Anne de Bretagne, Tochter von Herzog François
Berthold von Mainz, Fürstbischof
Frans Brederode, Aufständischer in Brügge
Charles, Dauphin, später Charles XIII., König von Frankreich
Antje Coppenhole, Schwester von Jan
Jan Coppenhole, Strumpfwirker in Gent
Matthias Corvinus, ungarischer König
François, Herzog der Bretagne
Friedrich III., römisch-deutscher Kaiser, Maximilians Vater
Hugonet, Kanzler Karls des Kühnen
Johanna van Hallewyn, Hofdame Maries
Karl der Kühne, Herzog von Burgund
Kunigunde von Habsburg, Schwester Maximilians
Kunz von der Rosen, Hofnarr
La Balue, französischer Kardinal und Minister
Peter Langhals, Bürgermeister von Brügge
Ludwig XI., König von Frankreich
Olivier de la Marche, burgundischer Hofgroßmeister
Margarete von York, Ehefrau Karls des Kühnen, Maries Stiefmutter
Margarete von Burgund, Tochter von Maximilian und Marie
Marie von Burgund, Tochter Karls des Kühnen
Maximilian von Habsburg
Nicolaus von Lothringen, Brautwerber
Hinrich Peperkorn, Genter Handelsherr

Philipp von Burgund, Sohn von Maximilian und Marie
Philippe de Commynes, Berater am burgundischen und französischen Hof
Rosina von Kraig, Maximilians Geliebte
Bianca Sforza, Tochter des Herzogs von Mailand
Ludovico Sforza, Herzog von Mailand
Sigmund von Tirol, Maximilians Onkel
Johann Trithemius, Benediktinerabt und Magier
Sigrun von der Weitenburg, junge Adlige
Haug von Werdenberg, Kanzler Friedrichs III.
Wladislaw, König von Böhmen
Wolf von Polheim, Freund Maximilians

Maximilian von Habsburg
Nordsee
Kgr.
England
Amsterdam
London
Seeland
Brügge
Mechelen
Calais
Flandern
Brabant
Guinegate
Gent
Artois
Henne-
gau
Aac
Picardie
Luxem-
burg
Rouen
Brest
Seine
Rethel
Reims
Verdun
Hzm. Bretagne
Paris
Chartres
Nantes
Orleans
Tours
(Plessis-les-Tours)
Dijon
Freigrafsch
Hzm.
Burgund
Besançon
Königreich
Burgund
La Rochelle
Atlantik
Hzm. Sav
Lyon
Bordeaux
Frankreich
Garonne
Rhône
Tu
Toulouse
Nîmes
Kgr.
Navarra
Marseille
Kgr.
Kastilien
Kgr. Aragon
Spanien
Barcelona
Mittelme

Dänemark
Ostsee
Danzig
Deutscher Orden
Lübeck
Hamburg
Stettin
Bremen
DAS
KGR. POLEN
Elbe
RÖMISCH-
Hzm. Schlesien
Breslau
Dresden
Frankfurt
Main
Prag
Krakau
Kgr. Böhmen
Heidelberg
Nürnberg
Mgft. Mähren
DEUTSCHE
Straßburg
Ulm
Hzm.
Erzhzm.
Donau
Wien
Preßburg
Rottweil
Bayern
Österreich
Augsburg
München
Salzburg
Wiener Neustadt
Ofen
Pest
Steiermark
Tirol
KAISERREICH
Graz
Chur
Kärnten
UNGARN
Bozen
Donau
Rep. Venedig
Krain
Venedig
Rep. Venedig
OSMANISCHES
REICH
Bologna
Kirchenstaat
Florenz
Siena
Adria
KÖNIGREICH
NEAPEL
Rom

Bücher, die Sie auch interessieren könnten

Peter Prange
Die Philosophin
Historischer Roman
Band 03054

Paris, 1747. Die junge Sophie begegnet Denis Diderot, dem Philosophen, der ein hochgefährliches Buch plant: eine Enzyklopädie mit dem ganzen Wissen der Menschheit – Sprengstoff für die schwankende Monarchie. Bald erkennt Sophie, dass es dabei um mehr geht als um ein Buch. Es geht um ihr eigenes Leben, ihr Recht auf Freiheit, auf Liebe und Glück.

Der berühmte Bestsellererfolg von Peter Prange.

Peter Prange
Die Principessa
Historischer Roman
Band 03055

Rom, 1623: in der Stadt der Kardinäle und Kurtisanen gerät die junge Clarissa in den Bann der Kunst. Sie begegnet den beiden berühmtesten Architekten ihrer Zeit: Lorenzo Bernini, Liebling der Frauen und des Papstes, und Francesco Borromini, ein Getriebener auf der Suche nach Vollkommenheit. Die schicksalhafte Liebe zu Clarissa verwandelt die zwei Freunde in erbitterte Feinde.

»Ein erzählerisch prächtig ausgeschmücktes Geschichtsgemälde.«
stern.de

fi 03055 / 1

Sabine Weigand

Die silberne Burg

Historischer Roman

Band 18339

Sie ist Ärztin, sie ist Jüdin, und sie ist auf der Flucht: Sara verbirgt ihr Schicksal vor den Gauklern, mit denen sie im Jahre 1415 den Rhein entlang zieht. Geheimnisse haben auch der junge Ritter Ezzo und der irische Mönch Ciaran, der in seiner Harfe das Vermächtnis eines Ketzers versteckt, das die Kirche unbedingt vernichten will.

Alle drei geraten auf dem Konzil von Konstanz in große Gefahr. Denn sie hüten ein Geheimnis, das die Welt von Kaiser und Papst erschüttern kann.

»Ein mitreißende Mittelalterroman, der seine Leser so authentisch in eine dunkle Zeit versetzt, dass man das Buch nur bei hellem Licht lesen sollte. Faszinierendes, phantastisches Lesefutter für hungrige Historien-Fans.«
MDR

»Weigand wollte Sara, dieser außergewöhnlichen Frau, mit einer fiktiven Lebensgeschichte ein Denkmal setzen – und das ist ihr hervorragend gelungen.«
Alice Werner, Buchjournal

Fischer Taschenbuch Verlag

fi 18339 / 1

Sabine Weigand

Das Buch der Königin

Historischer Roman

Band 19701

Erbin, Mutter, Rebellin: der große Roman um Königin Konstanze, die heimliche Schlüsselfigur der Stauferdynastie. Es ist die berühmteste Geburtsszene des Mittelalters: Konstanze, Frau des deutschen Kaisers Heinrich VI., vierzigjährig, als unfruchtbar verschrien, hochschwanger. Sie bringt ihren Sohn öffentlich, auf dem Marktplatz von Jesi, zur Welt. Die Nachwelt kennt sie als Mutter des Stauferkaisers Friedrich II. Aber welcher Weg liegt wirklich hinter Konstanze von Sizilien? Wem gehört ihre Treue: ihrer Heimat Sizilien oder ihrem Mann, dessen Grausamkeit sie entsetzt?

»Meisterhaft gelingt Sabine Weigand, worum
sich so mancher Historiker vergeblich bemüht:
Geschichte erlebbar zu machen.«
Claudia Urbasek, Nürnberger Zeitung

fi 19701 / 1